Notre-Dame de Paris

巴黎圣母院

[法国]维克多·雨果 著　施康强 张新木 译

译林出版社

图书在版编目（CIP）数据

巴黎圣母院 /（法）维克多·雨果著；施康强，张新木译．—南京：译林出版社，2023.10
（雨果精选集）
ISBN 978-7-5447-9844-0

Ⅰ．①巴… Ⅱ．①维… ②施… ③张… Ⅲ．①长篇小说－法国－近代 Ⅳ．①I565.44

中国国家版本馆 CIP 数据核字（2023）第 121940 号

巴黎圣母院 ［法国］维克多·雨果／著 施康强 张新木／译

责任编辑 唐洋洋
装帧设计 周伟伟
校　　对 孙玉兰
责任印制 颜　亮

原文出版 Classiques Garnier, 1959
出版发行 译林出版社
地　　址 南京市湖南路 1 号 A 楼
邮　　箱 yilin@yilin.com
网　　址 www.yilin.com
市场热线 025-86633278
排　　版 南京展望文化发展有限公司
印　　刷 苏州市越洋印刷有限公司
开　　本 880 毫米 ×1230 毫米 1/32
印　　张 15.5
插　　页 4
版　　次 2023 年 10 月第 1 版
印　　次 2023 年 10 月第 1 次印刷
书　　号 ISBN 978-7-5447-9844-0
定　　价 68.00 元

卡西莫多在玫瑰花窗后扮怪相

Lacrampe et Cie

三名乞丐头目

卡西莫多受刑

格兰古瓦表演杂技

’ΑΝÁΓΚΗ（命运）

无赖汉进攻巴黎圣母院

卡西莫多搬起巨石扔过圣母院的栏杆

克洛班·特鲁叶福之死

译序

电影院里，影片上演前不会先放一段录音介绍本片内容，评价片中人物。观众有足够的智商，自能看懂内容并对人物做出自己的评价。小说，尤其是名著的读者，他们的文化修养必定高于一般电影观众，似乎更用不着一位研究者、批评家、专业人员出来指导他们应如何阅读。此类文字，自高身价的称之为“序”，谦逊一点的名之曰“导言”。除非能提供独特的见解或新发现的材料，此类文字本不必写，至少应力求简明扼要，多少有点新意。本丛书的体例要求每本书的正文前有这样一篇东西[①]，于是不得已而为之，遵例亦称为“序”。

《巴黎圣母院》作于一八三一年，以一四八二年路易十一治下的法国为背景，自然可以视作一部历史小说。作者雨果（一八〇二—一八八五）是法国浪漫主义运动的领袖。浪漫主义巨匠出手写小说，与英国小说家、历史小说奠基人司各特的路子便有所不同，更多一点华采，几分恢宏，人物的真、善、美和假、恶、丑皆被放大了若干倍。

中国的历史小说往往“七真三假”，主要人物必须实有其人，主要情节必须确有其事。西洋的历史小说相反，主要人物和主要情节往往是

① 此处指本书首次在我社出版时的丛书。——编者注

虚构的，倒是次要人物和次要情节有所依据，以便渲染历史氛围，营造一种“可信性”。司各特如此，雨果亦复如此。《巴黎圣母院》中，吉卜赛舞女爱斯美拉达和驼背敲钟人卡西莫多是完全虚构的。副主教克洛德·弗洛罗确有其人，但实无其事。次要人物，上自达官贵人，下至在圣母院广场上围观弃婴的四名修女，其姓名都有出处可查。虽然作者几乎做到无一人无来历，他在巧妙拼接分散、零碎的历史材料的同时，为了小说结构和艺术的需要，也不惜“修改”历史。书中一个相当重要的角色，圣迹剧作者、诗人格兰古瓦名载史册，不过他生于一四七五年，一四八二年时还是个毛孩子。他成为圣迹剧作者是后来的事，雨果让他提前出生了二十年。

在他本国，雨果的诗名大于他作为小说家的名望。诗人写小说，免不了笔端诗情洋溢。第三卷第二章“巴黎鸟瞰”的最后一节对日出时分巴黎万钟齐鸣的赞颂，是雨果自诩的史诗手笔，亦为论者和选家普遍推崇。然而全书的基调阴沉悲惨，命运似圣母院钟楼的巨大阴影笼罩各卷，以狂风疾雨之力把主人公推向注定的结局。因此笔者更欣赏第二卷第七章“新婚之夜”开头，写到格兰古瓦端详爱斯美拉达时，作家插入一段自己童年生活的回忆，把吉卜赛姑娘比作飞无定向、身影绰约、翩然掠过树梢的蓝蜻蜓。只有这一段文字，这一首天真烂漫的抒情短诗，是阴影中的亮点，暴风雨前片刻的宁静。

雨果亦以剧作家闻名。这部小说更多地带上了他作为剧作家的印记。在这之前，他写过两部剧本：《玛丽蓉·德·洛尔墨》和《爱那尼》。他如展开剧情一样展开他的小说。全书的时间跨度仅为六个月，自一四八二年一月至七月，而其中主要情节又集中发生在几天之内。第一、第二卷写一四八二年一月六日一天内发生的事情：诗人格兰古瓦的圣迹剧演出失败，误入“奇迹大院”，差点被吊死，最后因祸得福，与吉卜赛舞女爱斯美拉达摔罐成亲。这两卷，相当于剧本的“交代”。

第三卷游离情节之外，专门描写圣母院和巴黎城。

第四卷回到本题，追述克洛德副主教与敲钟人卡西莫多的关系，是

“补充交代”。

第五卷又脱离情节。路易十一国王在这里出现并无必要，只是为了引出克洛德关于“这个将要杀死那个”的议论。

从第六卷起，又接上情节。读者从坐关婆的悲惨身世，已能猜出爱斯美拉达和卡西莫多的来历。第七卷用五章篇幅写三月二十九日夜里发生的事情：腓比斯赴约与爱斯美拉达幽会，克洛德透过门缝偷窥，不由得妒火中烧，捅了腓比斯一刀后溜走，反诬爱斯美拉达为凶手。

第八卷，一个月之后，爱斯美拉达的案件开审。这以后，情节急转直下，波澜迭起，直至第十一卷大结局：爱斯美拉达被绞死，克洛德被卡西莫多从钟楼顶上摔下来，卡西莫多到墓穴中与爱斯美拉达永久相伴。

不仅小说情节的开展类似戏剧，小说中人物的关系，也袭用了雨果喜爱的戏剧模式：三个男子共恋一女子。在《爱那尼》中，唐·哥梅茨、国王和欧那尼争夺唐娜·莎尔。在《巴黎圣母院》中，弗洛罗、卡西莫多、格兰古瓦围着爱斯美拉达转。（模式允许一定程度的变异。确切地说，格兰古瓦并不热恋爱斯美拉达。他比他尊之为老师的克洛德要理智、冷静得多，不允许自己做无回报的投入。若用图形来表示，他们的关系似一个等腰三角形，弗洛罗与卡西莫多为两条长的侧边，格兰古瓦为短的底边，爱斯美拉达自然是三角形的中心。至于腓比斯，他根本不爱爱斯美拉达，因此不存在一个四边形的四条边与其中心的关系。）雨果一八三三年写的剧本《吕意·布拉斯》又重复这一模式：三个男子，一个粗野似卡西莫多，一个恶毒如克洛德·弗洛罗，一个耽于幻想若格兰古瓦，共恋西班牙王后。

上面说过，第三、第五卷游离于情节之外，性急的读者完全可以跳开这两章不读，对抽象思考缺乏兴趣的读者也可以略过不读，如同对待《战争与和平》最后一部中长篇大论的历史哲学。作者之所以插入这两卷“闲文”，是因为他不满足于讲故事、编戏，他愿兼做建筑史家和思想家。他要阐述一个思想，一个学理：如同哥特式建筑取代了罗马式建筑，民主将取代神权，印刷术将取代建筑术，印在纸上的思想将取代刻在石头上的思想，“这个将要杀死那个”；在谷登堡发明印刷术之前，人类的思想主要体现为石头建筑，一旦书籍成为思想更轻便、更易于普及的载体，建筑艺术便无用武之地了。

这是诗人的结论，类比和推理多于实证。事实上，印刷术发明之后，被“杀死”的不是建筑艺术，只是哥特式建筑，而且“凶手”也不是谷登堡，至少不是他一个人。这里有复杂的社会、经济原因。十五世纪以后的欧洲，建筑艺术并未衰落、消亡，人类的部分思想依旧记录在石头上，文艺复兴、巴洛克等建筑风格相继而起。直至十九世纪初，拿破仑的凯旋门仍是石头建筑，虽说他也熔化缴获的大炮，铸造、建立了旺多姆铜柱。石头建筑到十九世纪末才寿终正寝。建筑材料和建筑技术的革命使钢筋水泥的摩天楼成为现代工业文明的标志，全部钢铁结构的埃菲尔铁塔在塞纳河畔高耸入云，俯视圣母院和凯旋门。而在我们今天生活的世界里，笨重的钢筋水泥越来越为合金材料和玻璃幕墙所取代。就在历代法国国王的住所卢浮宫的院子里，贝聿铭明快的金字塔与阴沉晦暗、历尽沧桑的石头宫殿相映成趣。

同在我们今天生活的世界里，印刷品、书籍作为思想主要载体的地位遭到音像制品越来越猛烈的冲击，就差一位作家，一位思想家出来大喝一声：“这个将要杀死那个！广播、电影、电视将要杀死书籍！”

其实，这个不会杀死那个，这一个和那一个有时甚至会相互促进。一部小说改编成电影或电视剧，观众的数目必定是读者的几十倍、几百倍。意犹未尽的观众回过头来又会去读小说。世人知有《巴黎圣母院》这部小说，知有雨果这位作家，往往是因为他们看过同名的电影。扮演爱斯美拉达的意大利影星琪娜·洛洛布里琪达为雨果立下的功绩，超过加在一起的几十部文学史教科书和几百位文学教授。

圣母院教堂本身或许是最大的受益者，观光巴黎的游客每年数以百万计，他们首先想看的是这座哥特式主教堂，因为他们读过小说《巴黎圣母院》或者看过电影。人们不再建造哥特式教堂，但是人们知道保存杰出的文化和历史遗迹。

一座教堂和一本书，长存于天地之间。

施康强

附注：本文部分内容参考了M.-F.基亚尔为“加尼埃古典名著”丛书《巴黎圣母院》撰写的导言。

弁言

本书作者几年前在参观，或者更确切地说，在搜索巴黎圣母院时，在其两座钟楼中的一座的一个幽暗角落里，发现墙上一行用手刻下的字迹：

ʼANÁΓKH[①]

这几个大写希腊字母阅尽岁月，变得乌黑，而且深深陷入石头；它们的形状和神态显示某种为哥特字体所固有的特征，像是提示它们出自一个中世纪人之手；尤其是它们蕴藏的悲惨的、宿命的意义震动了作者。

作者于是寻思，他努力猜测是哪个受难的灵魂非要在古老教堂的前额上留下这个罪恶或不幸的印记，否则就不甘心离开尘世。

这以后，那堵墙壁或经粉刷，或遭打磨，究竟属于哪种情况已不得而知了，字迹也就消失了。近两百年来，中世纪遗留的奇妙教堂无不受此待遇。破坏来自四面八方，从外部也从内部。神父涂抹粉刷，建筑师打磨刮擦，然后民众把它们夷为平地。

于是，除了本书作者在这里提供的一点脆弱的记忆之外，关于镌刻在圣母院阴暗的钟楼内壁的那个神秘的单词，关于这个单词不胜忧伤

---

① 希腊文：意为“命运”。

地予以概括的那个不为人知的命运，今天已找不到任何踪迹了。刻在墙上的那个词也已从教堂的墙上消逝，教堂本身，恐怕不久也将从地面上消逝。

本书正是在这行字迹启发下写成的。

一八三一年三月

一八三二年定本附言

曾经预告本版将增加若干“新”的章节，这是弄错了。应该说加入“未经出版”的章节。因为如果“新”的意思是“新写的”，本版增加的这几章并非“新”的，它们与本书其余部分同时写成，源自同一时代，脱胎于同一思想，一直是《巴黎圣母院》手稿的组成部分。更有一说：作者不理解，此类著作一经完成，如何还能事后添枝加叶。这可不是随心所欲的。作者认为，一部小说诞生时，不妨说它的各章各节必定已各就各位；一部戏剧诞生时，各幕各场必定齐备。切莫以为，诸位称作戏剧或小说的那个神秘的微型世界的组成部分的数目可以任意决定。这种性质的作品应该一气呵成，一次定型，嫁接和焊接上去的成分都长不活。木已成舟，就不要反悔，别去修改。书一旦出版，作品的性别，或雌或雄，一经确认并宣布，婴儿哭出第一声，他就出生了，就待在那儿了，就是那个样子了，父母已奈何他不得。他属于空气和阳光，只能由他照原样去生去死。您的书不成功？那也活该。不要给失败的书再增添章节。它不完整？您本应该在孕育它的时候就让它完整的。您那棵树疙疙瘩瘩太多？您怎么也修不顺的。您的小说得了痨病？您的小说活不成了？它本来缺乏生命力，您救不了它。您的剧本生来少一条腿？请相信我，给它安条假腿也无济于事。

因此，作者切盼读者知晓，本版增添的各章并非专为此次再版而写的。它们之所以未收入本书前此各版，原因很简单。《巴黎圣母院》初版时，保存这三章原稿的卷宗丢失了。要么重写，要么付之阙如。作者认为，首先，这三章中只有两章篇幅较长，都是关于艺术和历史的，少了它们也无损于戏剧或小说的实质，读者不会觉察。唯有作者自己知道这个欠缺的秘密，于是他决定放弃。其次，索性如实招来，他生性疏懒，重写遗失的三章令他望之却步，有这工夫，不如另写一部小说更省事。

今天，这几章原稿又找回来了，他就利用眼前的机会把它们补进去。

现在奉上的便是他的作品的全貌，是他梦想的那个样子，他创造的那个样子。不管是好是坏，能传之后世还是短命，反正他要求的就是这个样子。

诚然，对于那些很有识别力，却只在《巴黎圣母院》里寻找戏剧和小说的人来说，找回来的这几章价值不大。可是，可能另有读者不认为研究隐藏在本书里的美学和哲学思想乃无益之举，他们在阅读《巴黎圣母院》时，乐意在小说底下爬梳出并非小说的东西，并且透过诗人如现在这副样子的创作去追寻——此话有点狂妄，读者请勿见怪——历史学家的体系和艺术家的宗旨。

假定《巴黎圣母院》值得补全，那么作者主要是为后一类读者才补足这三章的。

作者在其中一章表达并发挥他关于艺术的见解。他认为这一至高无上的艺术当今处于衰落，而且几乎不可避免地趋于死亡。这一见解不幸在他头脑中根深蒂固，乃是深思熟虑的结果。不过他觉得有必要在此声明，但愿未来有一天证明他错了。他知道各种形式的艺术都可以寄一切希望于后人，何况今天，萌芽状态的天才正在艺术家的工作室里破土欲出，其声可闻。种子已经播入犁沟，丰收在望。他只是担心——读者可在本版的第二卷[①]中知其原委——建筑术虽然千百年来一直是培育艺术的

① 见第三卷第一章。

最肥沃的土壤，但生命的汁液已从这古老的土地中流失。

不过，今天的艺术青年生气蓬勃，精力充沛，堪称前程远大，以至于尤其在当今的建筑学校里，教员尽管可厌，却在不知不觉中，甚至完全违背自己的意志，培养了出色的学生。一切与贺拉斯说的那个陶工相反，此人本想做双耳尖底瓮，成品却是罐子。“轮子转处，罐子出世。”①

不过，无论如何，不管建筑术有何种前途，也不管青年建筑师们有朝一日以何种方式解决他们的艺术面临的问题，在新的艺术建筑尚未出现之时，我们还是妥为保护旧的吧。如有可能，我们应向全民族灌输对民族建筑的热爱。作者宣称，这是本书的主要目的之一，也是他毕生追求的主要目的之一。

《巴黎圣母院》也许为真正理解中世纪艺术开阔了视野。迄今为止，一些人对这一灿烂的艺术一无所知，更糟糕的是它遭到另一些人的冷遇。不过作者远不以为他自告奋勇担当的这个任务已经完成。他已经不止一次为我们古老的建筑术辩护，他曾大声疾呼揭发众多亵渎、破坏、玷污行径。他将坚持不懈。他已保证经常提起这个话题，他会经常做的。他决心捍卫历史性建筑，其执着程度将不亚于学校和学院里那帮偶像破坏者们攻击同一些建筑时的凶狠。看到中世纪建筑术落在什么人手里，看到当今一帮只解涂抹灰泥之辈如何作践这一伟大艺术的遗迹，委实令人痛心。我们既为有识之士，眼睁睁看着他们胡作非为，仅对他们报以嘘声，简直是我们的耻辱。我在这里讲的事情不仅发生在外省，而且发生在巴黎，就在我们家门口，窗户底下，在这座伟大的城市，人文荟萃之邦，出版、言论、思想之都。在结束这篇附言之际，我们忍不住要揭发几个每天都在我们眼皮底下，在有艺术修养的公众鼻子底下策划、讨论、开始、继续、安安稳稳完成的毁坏文物的实例，而且他们毫不在乎批评，倒是批评者面对他们的胆大妄为反而手足无措。不久前拆毁了大

---

① 原文是拉丁文，见贺拉斯《诗艺》。此处意为：老师的本领只能教给学生做罐子，学生却做出双耳尖底瓮，比老师高明。

主教府，这座建筑趣味不高，所以为害不大；不过与大主教府相连的主教府也被拆毁了。这可是十四世纪稀有的遗迹，专事拆毁的建筑师却不知识别，来了个良莠不分，统统拆掉。人们正在议论削平精美的樊尚小教堂，以便用拆下来的石头去修筑天晓得的防御工事，可是多梅尼尔①当年根本不需要依靠这东西。一面花费巨款去修复波旁宫这堆破烂，另一面却听任春分时节的罡风刮倒圣教堂富丽堂皇的镶花玻璃窗。几天前，肉铺圣雅克教堂的塔楼周围搭起脚手架；不定哪一天就要抡开大镐了。有这么一个泥瓦匠，竟在司法宫令人肃然起敬的塔楼之间盖了一所白色小屋。另一个则下手阉割草场圣日耳曼，这座建于封建时代的有三个钟楼的修道院。必定还有一个会出头推倒圣日耳曼奥克塞尔教堂。所有这些泥瓦匠都自命为建筑师，由省政府或各项杂支开发工资，还穿着绿色礼服②。举凡恶俗趣味损害高雅趣味的事情，他们都做了。令人尤为伤心的是，我们写作本文之时，他们中的一个已抓住居勒里宫，另一个对准菲利佩尔·德洛姆③劈面砍了一刀。这位先生恬不知耻，竟把自己那个笨重累赘的建筑物砸扁以后，强行塞进文艺复兴时期最优雅的建筑立面中间。我们这个时代虽说对丑闻见多不怪，这却不是小事一桩。

一八三二年十月二十日，巴黎

① 多梅尼尔（1777—1832）任樊尚要塞司令时，曾击退反拿破仑联军的进攻（1814）。

② 法兰西学士院院士的礼服。

③ 菲利佩尔·德洛姆（约1510—约1570），居勒里宫的建造者。

目录

第一卷

第二卷

第三卷

第四卷

第五卷

第六卷

第七卷

第十一卷

第一卷

一 大 厅

距今三百四十八年六个月零十九天，巴黎万钟齐鸣，旧城①、大学城和新城三重城垣中的市民个个惊醒。

然而一四八二年一月六日这一天并非载诸史册的重大日子。大清早就惊动了巴黎各座钟楼和全体市民的事件，其实不足称道。这既非皮卡第人或勃艮第人发动进攻，也不是抬着圣龛游行，更不是拉阿斯葡萄园②里的学生娃起来造反，不是号称“万民敬畏之主国王陛下”的入城式，甚至不是在司法宫广场干净利落地绞死个把男女扒手。这也不是十五世纪常见的某个头戴翎毛、身披五色斑斓的盛装的外国使团来临。两天前刚有这样一队人马驰过，那是弗兰德的使节奉命前来缔结弗兰德的玛格丽特公主与法国王太子的婚约。他们进入巴黎，使波旁枢机主教大人伤透脑筋。他为了取悦国王，不得不对这班举止粗俗、高声喧哗的弗兰德市长、镇长笑脸相迎，并在自己的波旁公馆中

---

① 旧城，或译城岛，为巴黎最早的居民点，是塞纳河中的一个岛。

② 拉阿斯葡萄园是大学城最早的名字。

上演一出“极其精彩的寓意剧、滑稽剧兼闹剧”以示款待，顾不得一场滂沱大雨淋透了悬挂在公馆门口的华丽幔帐。

一月六日那一天，按照让·德·特洛阿的说法“使巴黎百姓兴奋不已”的事件，是隆重纪念主显节和胡闹节。自从远古以来，这两个节日已合并庆祝。

那一天，预定在河滩广场点燃篝火，在勃拉克小教堂竖立五月树，在司法宫演出圣迹剧。头天晚上，京兆衙门的差官身穿紫地缀白色大十字的山羊毛料漂亮号衣，已在大街通衢吹奏喇叭晓谕此事。

一大清早，男女市民不管是住家还是铺户，统统锁上屋门，从四面八方拥向上述三个地点之一。各有各的选择，有的愿看篝火，有的喜欢五月树，有的偏爱圣迹剧。话说回来，巴黎的闲人自古以来就很有见识，大股人流直奔篝火而去，因为烤篝火正合时令。要不就去看圣迹剧，上演圣迹剧的司法宫大厅有屋顶和墙壁门窗，足以御寒。大家不谋而合，让那棵可怜兮兮、着花不多的五月树在勃拉克小教堂公墓内，在一月的天空下独自哆嗦。

老百姓尤其拥入通往司法宫的各条大街，因为他们知道，前两天抵达的弗兰德使节打算观看圣迹剧，并且列席同在大厅举行的胡闹王选举。

这座大厅当时号称世上大厅之最（索瓦尔确实尚未丈量蒙塔吉古堡的大厅），那一天谁要挤进去却殊非易事。守在窗口的好奇者望见宫前广场上万头攒动，宛似一片汪洋。五六条大街如河流的出口，每时每刻都把后来者投入人海。形状不规则的广场如水池，四周屋宇的墙角突出其间如海岬伸入大海，而人流的波涛愈益汹涌澎湃，撞击这些岬角。司法宫高大的哥特式①立面中央有座大阶梯，人流分成两股，

---

① 今天人们约定俗成使用“哥特式”这个词时，指的完全不是其本义。我们姑妄用之，与大家一样用它来表示中世纪后半期建筑的特征。这一时期的建筑以尖拱为主，而前半期的建筑以半圆拱为特色。——原注

不断上上下下。人潮在中间的台阶底下劈开后，又汇成壮阔的波澜沿着两侧的坡道滚滚扩散。总而言之，大阶梯如百丈瀑布，片刻不停地泻入广场这个大湖。喊声，笑声，千万双脚的跺地声沸沸扬扬，震天动地。这一片喧嚣不时加剧，涌向大阶梯的人流不时折回来，乱作一团，搅成漩涡。原来是一名弓箭手出头干涉。要不就是京兆尹手下一名捕快骑马冲出来维持秩序。这项差事由京兆衙门传给都督府，复由都督府传给兵马司，再由兵马司传给今日巴黎的巡警大队，倒是出色的传统。

但见成千上万安静诚实的市民在各自的门口、窗口、天窗口、屋顶上伸头探脑，观望司法宫和嘈杂的人群，倒也别无他求。因为直到今天，巴黎许多人仍满足于观看看热闹人本身形成的热闹场面，而一堵墙背后发生什么事情，总使我们兴味盎然。

我们生活在一八三〇年的人假如有可能凭借想象混入十五世纪巴黎人中间，与他们一起拉来拽去，摩肩接踵，挤进这个在一四八二年一月六日变得窄小的大厅，我们看到的场面必定有趣，不乏魅力。我们周围的一切虽然古老，在我们看来反而显得十分新鲜。

假如读者同意，我们请他试着想象他与我们一起置身于穿着罩衫、半截衫和短袄的嘈杂人群之中，跨越大厅门槛时，会有什么感受。

首先是耳际轰鸣，眼花缭乱。在我们头顶上是木雕贴面，漆成天蓝色，饰以金色百合花图案的双行尖拱圆顶；在我们脚下是黑白两色相间的大理石地面。离我们几步远的地方有一巨大的柱子，稍后是又一根巨柱，一根接一根。大厅的纵向共有七根柱子支撑双行尖拱在横向正中的落点。前四根柱子周围摆着杂货摊，出售闪闪发光的玻璃器皿和金属饰片；后三根柱子周围放着橡木板凳，早由诉讼人的短裤和代讼人的长袍磨平蹭光。大厅周遭，沿着高高的外墙，在门与门之间，窗户之间，柱子之间，从法拉蒙德起的历代法国国王的雕像，排成不见尽头的行列，其中有闭目垂臂的懒王，也有昂首向天、高举两臂的好勇斗狠的君主。尖拱长窗上镶着五光十色的玻璃；宽敞的出入口装着华美的精雕细刻的门扉。这一切，拱顶、柱子、墙壁、窗框、护板、雕像，自上至下无不涂上辉煌的天蓝色和金色。这金碧交辉之色当年已经有点暗淡了，后来到吾主纪元一五四九年，杜勃雷尔遵循传统依旧大加赞美时，其实已满面尘土，埋在蜘蛛网底下了。

现在请诸位想象，在一月份惨淡的阳光映照下，一股五颜六色、吵吵闹闹的人流涌进这个宽广的长方形大厅，沿着墙壁移动，围着柱子打转。至此，诸位对我们将要进一步描述其有趣细节的画面已有一个笼统的印象了。

肯定无疑，假如拉瓦雅克没有刺杀亨利四世①，就不会有存放在司法宫档案室里的拉瓦雅克案的卷宗，也就不会有拉瓦雅克的同谋务以销毁这套卷宗为念；因此不会有事出无奈，才去烧掉档案室以便烧掉卷宗，烧掉司法宫以便烧掉档案室的纵火者；因此也不会发生一六一八年那场火灾。也就是说，古老的宫殿及其古老的大厅就会屹立至今。我就可以对读者说：您老不妨去瞧瞧。这样我就不必描述，读者也不劳细读这篇描述了——此事证明这个终古常新的真理，重大事件产生无法估计的后果。

当然也可能拉瓦雅克没有同谋，或者，即便他有同谋，他们也与一六一八年的火灾毫无关联。另有两个解释同样言之成理。其一，众所周知，三月七日后半夜，一颗宽一尺、高一肘的火星从天而降，落在巴黎城内。其二，有戴奥菲尔的四行诗为证：

一事说来真凄惨：
司法女神在巴黎。
皆因辣椒吃过头，
烫得庙堂焚作灰②。

---

① 此事发生在1610年5月14日。

② “吃辣椒”是双关语，也可解作贪污受贿。“庙堂”与辣椒烫伤的“软腭”在法语里也是同一个词。

不管人们如何看待对一六一八年司法宫火灾起因的三种解释——政治的、自然的和诗的，火灾总是发生了，这一不幸的事实确凿不移。由于这场灾祸，尤其由于事后的屡次修复彻底破坏了幸免于火的残余部分，时至今日，这座建筑已所剩无几了。须知这本是法国历代国王最早的住所，其资格比卢浮宫还老，远在美男子菲力浦时代已经久阅沧桑，引得当时人前去寻找见诸海尔加都斯描写的、由罗倍尔国王建造的华丽建筑的遗迹。今天一切消失殆尽。圣路易用作“新婚燕尔”的洞房的军机处，于今安在？他“身穿山羊毛料短袄，上罩无袖粗呢衫，另加黑檀木色的外套，与若安维尔一起躺在地毯上”审理案件的那座花园，又在哪里？该上哪儿去找西吉斯蒙皇帝的寝宫、沙尔四世的寝室和无地王约翰的寝室？沙尔六世发布特赦令的大楼梯呢？马赛尔当着王太子的面，处死罗倍尔·德·克莱蒙和香巴涅元帅的那块石板地呢？那扇小门呢？伪教皇贝内迪克特的训谕曾在此地被撕成碎片，而传达训谕的人则被戴上高帽，从此门出发在巴黎游街示众。那座金碧辉煌的大厅及其尖拱窗户、雕像、柱子、雕琢剔透的巨大拱顶又在何处？还有那间金漆房间呢？那头低垂脑袋、尾巴夹在后腿中间的石狮呢？它与蹲在所罗门宝座前的狮子同样谦卑，强力面对正义理应如此。还有那一道道精致的门户，一扇扇美丽的镶花玻璃窗呢？那曾使毕斯高奈特自愧弗如的镂花铁活呢？杜汉西精工细作的木活呢？……岁月不居，人事无常，这些奇迹最后落了什么下场？人们用什么来替代这一切，替代这全部高卢史，这哥特式艺术的杰作伟构？艺术方面，取而代之的是圣日尔韦教堂大门拙劣的建筑师德·勃劳斯先生笨重的扁圆拱；至于历史方面，留给我们的是喋喋不休的关于那根大柱子的回忆，巴特吕之流至今还在说三道四。

这一切都无关宏旨——言归正传，且说真正古老的司法宫里那所名不虚传的大厅。

一张有名的大理石桌子占据这巨大无比的长方形厅堂的一端。那张桌子的长度、宽度、厚度，皆为人所未睹。借用古老的土地赋税簿籍惯用的那种足以使卡冈都亚垂涎三尺的文体，“该大理石板之肥硕实乃举世无匹”。小礼拜堂占据大厅另一端，路易十一在这里安放表现自己跪在圣处女面前的雕像，还把查理曼和圣路易的雕像移置其间，顾不上列代先王雕像的壁龛因此空了两个。他这样做，是因为他相信这两位法国明君贤主在天上必定得宠。这座小礼拜堂当时建成不过六年，面目犹新，备具由优雅的建筑、精妙的雕塑、玲珑剔透的金属镂刻所体现的迷人趣味。这一趣味在法国标志哥特式风格的结束，并且一直延续到十六世纪中叶，化为文艺复兴时代仙乡奇境一般的异思遐想。正面上端镂空的玫瑰花窗尤称杰作，极细巧与文雅之能事，好比星芒四射的抽纱花边。

大厅中央，面对大门，靠墙搭了一个织金缎铺垫的看台。通向上文提到的金漆卧室的过道的一扇窗户改装成这个看台的专用入口，供弗兰德使节和应邀观看圣迹剧演出的其他达官显贵登台就座。

按照惯例，圣迹剧应在那张大理石长桌上演出。大清早就把桌子布置好了。被法院书记们的鞋跟磨出沟沟道道的大理石桌面上，架起一个相当高的木棚。棚顶为厅内各处视线所及，权充舞台；用帷幔挡住的棚子内部，则是演员的更衣室。一架梯子不知遮盖，竖在棚外，连接舞台和更衣室，演员必须踩着陡峭的梯级上场下场。无论出场的角色多么出人意料，情节多么曲折，戏剧效果多么突兀，统统需要借助这架梯子。在艺术和机关布景的童年时代，这一切显得那么天真，那么可敬！

司法宫守备[①]属下的四名差官把住大理石桌子的四角。无论节日还是行刑日都是民众娱乐的机会，而保证现场不出乱子为他们的职守所在。

演出应于司法宫的大钟敲响十二下时开始。既是演戏，到这个钟点才开场未免太晚，不过总得迁就使节们的时间安排。

---

① 此一职位兼有巴黎相当大一个地区的行政权和司法权，见下文第十卷第五章。

所有这些人从清早起就等着开戏。许多既老实又好奇的人天刚亮就待在司法宫的大台阶上，冻得浑身发抖；有几位甚至声称，为了有把握第一批入场，他们在大门洞里过了一夜。人群越聚越多，如河水泛滥，开始沿着墙壁往上升，围着柱子扎成堆，乃至爬上柱顶、檐板、窗台，攀上建筑物的所有突出部分、雕塑的所有凸起部位。人们感到不自在，厌烦，急不可耐。这一天本是玩世不恭、举城若狂的自由日子，所以只要有谁的胳膊肘顶了旁人，或者某人鞋子的铁包头踢着另一人，必定爆发争吵。离使节团到达的钟点还早，众人由于长时间的等待已经疲劳不堪。他们被关在一处，硬塞在一起，你挤我压，你踩我踏，憋得透不过气，那片吵闹嘈杂之声也变得辛酸尖刻。只听见四面八方怨恨咒骂弗兰德人，京兆尹，波旁枢机主教，司法宫守备，奥地利的玛格丽特公主，执棒的差官，冷了，热了，鬼天气，巴黎主教，胡闹王，柱子，雕像，这扇门关了，那扇窗开了。这一切，逗得混在人群里的学生和仆役乐不可支，他们不时恶作剧，不断捣乱，撩拨人群的不满情绪，可谓火上添油。

这伙人中间有几名嘻嘻哈哈的捣蛋鬼自成一帮。他们打碎一扇窗玻璃之后，胆子贼大地坐在柱子顶盘上，从那里俯视里里外外，肆意嘲弄大厅里和广场上的人群。单看他们如何丑化别人的动作，如何哈哈大笑，如何从大厅的一端到另一端彼此打招呼，相互挖苦，便知这些年轻学生与其他观众不同，毫无倦意，不生厌烦。他们自有办法从眼皮底下的众生相中发掘供自己开心的场面，从而有足够的耐心等待正式演出开场。

“指着我的灵魂起誓，这必定是您老兄，磨坊的约翰·弗洛罗！”其中一位冲一个盘在柱头叶板上、脸容俊秀、满头金发的淘气鬼喊道，“足下的雅号可谓名副其实，瞧您的胳膊腿像四扇风车叶子迎风转动——您待在这里有多久了？”

“大慈大悲的魔鬼在上，”约翰·弗洛罗答道，“在下待了四个多钟头了。这四个钟头，但愿能从我死后在炼狱里涤罪的时间中扣除。

西西里国王的八名歌手在圣教堂唱七点钟大弥撒的第一节时，我听得一清二楚。”

“歌手真不赖，他们的嗓门比头上戴的尖顶帽还尖！”另一位接过话头，“国王给圣约翰先生献上一台弥撒之前，本应该打听圣约翰先生是否喜欢用普罗旺斯口音哼唱拉丁文赞美诗。”

“就是为了让西西里国王的这帮混蛋歌手有活干，他才安排这台弥撒的！”人群中，窗户底下，一个老妇人尖声喊道，“我倒要请教各位：开销一千个巴黎里弗尔举办弥撒！而且这笔钱出自巴黎中央菜场的海鲜承包税！”

“闭嘴！老婆子。”女鱼贩身旁一个神情严肃、正用手捂住鼻子的胖子喝道，“当然有必要举办一台弥撒。莫非您愿意圣上御体再次违和？”

“说得好，吉尔·勒高纽先生，国王陛下的皮袍供应商！”攀住柱子顶盘的那名学生娃喊道。

听到御用皮袍供应商这个倒霉的姓氏[①]，学生们哄堂大笑。

“勒高纽！吉尔·勒高纽！”一些人叫道。

“既生角，复长毛。”[②]另一人接着说。

“嗨！”柱子顶盘上的淘气鬼继续往下说，“这有什么好笑的？可敬的好人吉尔·勒高纽是内廷总管约翰·勒高纽先生的弟弟，樊尚森林首席护林官马耶·勒高纽先生的儿子，这一家人都是巴黎市民，父子相传都有妻室！”

众人更加乐不可支。胖子裘皮商无言对答，竭力躲避从各方面盯住他的目光。可是他累得满头大汗，气喘吁吁也属徒劳：如同楔子揳入木料，他越是努力挣扎，他那张又气又恼、充血紫涨的大宽脸盘夹在左右邻人的肩膀中间，反而愈益牢靠。

他身边终于有人出来解围，此人与他一样肥胖、可敬、五短身材。

---

① “勒高纽”，意为“长角的”，相当于汉语“戴绿帽的”。

② 原文为拉丁文。

“混账！当学生的竟敢对市民如此出言不逊！想当年，少不了用柴火棍子揍他们一顿，然后用同一堆柴火把他们烧死。”

此话惹恼了全体学生。

“喔啦嘿！谁在唱这调门？打哪来的丧门星？”

“嘿，我认出来了，”一名学生说，“这是安德烈·穆斯尼埃老板。”

“因为他是大学城四名宣誓书商[①]之一！”另一名学生说。

“这家铺子里一切都成四，”第三名学生说，“四个学区[②]，四个学院，四个节日，四个学监，四个选举人[③]，四个书店老板。”

“那好，”约翰·弗洛罗接过话头，“就给他们尝尝四倍的厉害。”

“穆斯尼埃，我们要烧掉你的图书。”

“穆斯尼埃，我们要痛打你的用人。”

“穆斯尼埃，我们要骚扰你的老婆。”

“就是那位好心肠，胖乎乎的乌达德太太。”

“她跟不受丈夫管束的小寡妇一样，又水灵又快活。”

“罚你们统统去见魔鬼！”安德烈·穆斯尼埃老板嘀咕了一句。

“安德烈老板，”约翰始终悬在柱子顶盘上，闻言便道，“你给我闭嘴，要不我就掉下来砸你的脑袋！”

安德烈老板抬眼一望，似在估量柱子的高度与这促狭鬼的体重，然后默默算出该体重乘以下跌速度平方，再也不敢吭声了。

约翰大获全胜，得意非凡，接着往下说。

“我说得出做得到，虽然家兄是副主教！”

“我辈大学生也够风光了！今天这样的日子，竟然未能让人尊重我们的特权！新城有五月树和焰火；旧城有圣迹剧、胡闹王和弗兰德

---

① 中世纪经营某些行业，从事某些职业者需宣誓后得到认可。

② 中世纪的巴黎大学学生按籍贯分四个学区：法兰西学区，皮卡第学区，诺曼底学区，日耳曼学区。当时法国未统一，“法兰西”指巴黎及周围地区。

③ 有权选举校长者。

大使；大学城里啥也没有！”

“莫倍尔广场可是大得很！”盘踞窗台的一名学生接过话头。

“打倒校长、选举人和学监！”约翰高呼。

“今晚该用安德烈老板铺子里的书，在加亚空地点一堆篝火。”另一位又说。

“把录事的书桌一块儿烧了！”他的邻人说。

“还有开道吏的棍棒！”

“还有各书院山长的痰盂！”

“还有学监的酒柜！”

“还有校长的小板凳！”

“打倒！”小约翰在一旁呼应，“打倒安德烈老板、开道吏和录事；打倒神学家、医生和经学博士；打倒学监、选举人和校长！”

“这简直是世界末日！”安德烈老板捂住耳朵，低声自语。

“正巧，校长来了！这会儿他刚好走进广场。”把住窗口的一名学生喊道。

众人纷纷扭头向广场望去。

“果真是我们尊敬的校长蒂博先生吗？”磨坊的约翰·弗洛罗问道。他攀附的柱子既在大厅内部，就看不见外面的情况。

“果真是他，”众人答道，“是他本人，校长大人蒂博先生。”

当真是校长与大学的全体要员列队前往迎接外国使团，此刻正好穿过司法宫广场。学生们挤到窗口，当他们经过时报以嘲讽和意在挖苦的掌声。校长走在队伍前头，首当其冲；那攻势委实凌厉。

“您好！校长先生！喔啦嘿！您好！”

“这老赌棍怎么会到此地来的？莫非他舍得撇下他的骰子？”

“瞧他在骡背上颠儿颠儿的！那畜生的耳朵还没有他的长。”

“喔啦嘿！您好，蒂博校长先生！赌徒蒂博！[1]老混蛋！老赌棍！”

---

① 原文是拉丁文。

“天主保佑您老！昨夜您准是好手气吧？”

“噢！瞧这副老脸皮，赌钱掷骰子，把它熬得铁青、乌黑，又像挨了打！”

“掷骰者蒂博[①]，您老屁股朝着大学，急急忙忙往新城赶，这是要上哪儿去啊？”

“想必是到蒂博赌台街找个好去处。”磨坊的约翰喊道。

这街名妙语双关，引得众口复述，声如雷鸣，同时伴以狂热的掌声。

“校长先生，魔鬼赌局的常客，您老是否到蒂博赌台街找个好去处？”

“然后轮到大学的其他要人了。”

“打倒开道吏！打倒执杖吏！”

“喂，罗班·普斯潘，这一位到底是谁啊？”

“这位是吉倍尔·德·苏利，吉倍尔图斯·德·苏利亚科，奥坦学院的山长。”

“拿着，这是我的鞋：你占的位置比我好；把鞋扔到他脸上去！”

“照打，葡萄神节之核桃[②]！”

“打倒那六个穿白大褂的神学家！”

“那边果真是神学家吗？我还以为是圣热纳维也芙书院为了罗尼采邑，送给巴黎城的六只大白鹅[③]呢！”

“打倒医生！”

“打倒主德论文和释疑论文！”

“接住我的帽子，圣热纳维也芙的山长！你可是剥夺了我的权利——千真万确！他把我在诺曼底学区的位子给了小阿斯加尼欧·法

① 原文是拉丁文。

② 原文是拉丁文。葡萄神节是古罗马的狂欢节，不分主奴，普天同庆。

③ “白鹅”又指“笨蛋”。

扎帕达，那斯籍贯布尔日省，其实是意大利人。”

“这不公平。”全体学生喊道，“打倒圣热纳维也芙的山长！”

“喔嘿！若阿善·德·拉德奥尔先生！喔嘿！路易·达于伊！喔嘿！朗贝尔·奥克特芒！”

“让魔鬼掐死德意志学区的学监！”

“还有圣教堂披灰毛搭肩的主事神父及其所服灰裘！”

“或曰彼等服灰裘者！”[①]

“喔啦嘿！快看诸位艺术大师！这么多漂亮的黑帽子！这么多漂亮的红帽子！”

“活像校长长了一条漂亮尾巴。”

“好比威尼斯公爵前去与大海成亲。”

“瞧，约翰！圣热纳维也芙教堂的议事司铎们来了！”

“议事司铎统统见鬼去！”

“克洛德·肖阿长老！克洛德·肖阿博士！您老是否在找玛丽·拉吉法德？”

“她在格拉蒂尼街。”

“她在给民兵管带[②]铺床。”

“她使出四套招数。”

“或放一屁。”[③]

“您要不要她当面发招？”

“各位同学！西蒙·桑甘先生，皮卡第的选举人来了！他把老婆驮在马屁股上。”

“骑者身后端坐黑色之忧郁。”[④]

---

① 原文是拉丁文。

② 法国古时军队里有民兵随同作战。十四世纪取消随军民兵，但保留民兵管带一职，管理随军妓女。

③ 原文是拉丁文。

④ 同上。

“有胆量，西蒙先生！”

“日安，选举人先生！”

“夜安，选举人太太！”

“他们什么都看得见，真叫快活。”磨坊的约翰依旧高踞在柱顶的叶饰上，不由得叹道。

与此同时，大学城宣过誓的书商，安德烈·穆斯尼埃老板，正与御用皮货商吉尔·勒高纽老板附耳细语。

“我跟您说，先生，这就是世界末日。从未见过有这么胡闹的学生。是本世纪种种该死的发明毁了一切。什么大炮呀，火炮呀，射石炮呀，尤其是印刷术，这个来自德国的又一种瘟疫。不再有手抄本，也就不再有图书了！印刷术杀死了图书业！世界末日正在来临。”

“但凭天鹅绒料子越来越风行，我也看出这个兆头了。”皮货商说道。

此时钟敲十二下。

大厅里所有人齐声吐出一声“啊”。学生们就此闭口。然后全场骚乱，万头攒动，脚步争移，咳嗽声和掏手绢擤鼻涕声汇成巨大的爆炸声；人人设法调整、占定位置，踮起脚尖，扎堆结伙，继而一片寂静；所有人都伸长脖子，张大嘴，盯住那张大理石桌子。那上面毫无动静，司法宫守备属下四名差官始终纹丝不动把住四角，如四尊彩绘的雕像。全体观众把目光转向弗兰德使节专用的看台。看台门关着，台上空荡荡。大家从清早起等待三件事：中午、弗兰德使团、圣迹剧。唯有中午准时赴约。

这未免太过分了。

人们又等了一、二、三、五分钟，乃至一刻钟；什么也没露面。看台上阒无人迹，舞台上声息全无。此时观众的烦躁变成恼怒，怨声四起。一开始倒是声量不大，人们仅是嘀咕：“圣迹剧！圣迹剧！”脑袋渐渐发热。一场风暴正在酝酿，沉闷的雷声在人群上空滚动。是磨坊的约翰首先发难，把火点着，他如一条蛇盘绕在柱头，使出吃奶力气喊道：

“要圣迹剧，弗兰德使节见鬼去！”

人群鼓掌响应，重复他的话：

“要圣迹剧，弗兰德人统统见鬼去！”

“我们要求立即上演圣迹剧，”那学生接着说，“否则我建议吊死司法宫守备，也算一场喜剧兼寓意剧。”

“说得好，”众人高声附和，“先把他那几名当差的吊死了吧。”

继之一片鼓噪。那四个可怜虫脸色煞白，面面相觑。人群向他们压过来。仅有一圈不牢靠的木栏杆把他们和人群隔开，他们看到栏杆已被压弯，即将坍塌。

此时可谓千钧一发。

“冲啊！上啊！”人群从四面八方呐喊。

恰巧这个时候，上文描绘的那座更衣室的门帘掀开，走出一人。此人一露面，全场停止喧哗，像是中了魔法，愤激之情顿时化作好奇心。

“雅静！雅静！”

此人心惊胆战，全身哆嗦，边走边施礼，挪到大理石桌子边缘。他离桌子边缘越近，膝盖弯曲越厉害。

然而场子里逐渐安静下来，仅能听见平静的人群也难免发出的轻微的嘈杂声。

“各位市民先生，各位市民女士，”此人开言道，“我们有幸为枢机主教大人朗诵、上演一出美不胜收的寓意剧，名为《圣处女马利亚明断记》。在下扮演朱庇特。大人此刻正在陪同奥地利公爵派遣的十分可敬的使团；该使团此时正在博岱门聆听大学校长先生的讲演，略有耽搁。一待至尊至贵的枢机主教大人驾临，我们就开演。”

也只有朱庇特大神显灵，才能保全这四名倒霉差官的性命。如果说我们有幸编出这个十分可信的故事，因而要在职司批评的圣母跟前对之负责，人们在此抬出“神灵请勿干预”[1]的古训指责我们，却是不适用的。何况朱庇特老爷那身华丽的服装吸引了观众的注意，也有助于使他们平静下来。朱庇特身披锁子甲，外罩镶嵌镀金钉子的黑色天鹅绒袄，头戴缀有银质镀金纽扣的头盔。若不是他半张脸涂着胭脂，另外半张脸又被一部大胡子挡住，若不是他手执插满金属细条的洒金硬纸板圆筒，让内行人一眼看出那道具象征闪电，若不是他那双赤脚上按照希腊方式缠上彩带，他这副打扮的威严，本可以与贝里公爵卫队中的布列塔尼弓箭手比个高低。

二　彼埃尔·格兰古瓦

观众的满意和赞叹全是冲着他的服饰来的。他演说的同时，观众的兴趣逐渐消退。等他说到这个不知趣的结尾：“一待至尊至贵的枢机主教大人驾临，我们就开演”，全场大哗，淹没了他的声音。人群高呼：

“马上开演！圣迹剧！马上开演圣迹剧！”在所有人的声音之上，磨坊的约翰的声音如尼姆的嘈杂乐队中的短笛，高出一个调门。这学生尖声喊道：“马上开演！”

“打倒朱庇特和波旁枢机主教！”罗班·普斯潘和其他高踞在窗台上的神学生齐声吼叫。

“马上开演寓意剧！”人群再三喊道，“马上！立刻！给戏子和枢机主教套上口袋和绳子！”

可怜的朱庇特吓呆了，胭脂底下的脸色变得煞白。他听任手中的闪电掉在地上，另一手摘下头盔，忙不迭行礼，全身哆嗦，结结巴巴说道：“枢机主教大人……列位使臣……弗兰德的玛格丽特……”他语

---

① 原文是拉丁文。

无伦次。其实他是害怕被吊死。

等枢机主教驾临再开戏，就会被民众吊死；不等他来就开戏，就要被枢机主教吊死。他左右为难，只看到一个深渊，就是绞刑架。

幸亏有人过来解围，承担责任。

此人早就待在栏杆后面，大理石桌子周围的空当里。他背靠的那根粗大的石柱完全挡住了众人的视线，谁也没有发觉他那细长的身影。他是瘦高个子，金发，白脸，虽说额头和双颊已起皱纹，其实年纪还轻，目光炯炯，嘴角常含笑意。他穿一身敝旧、磨得发亮的黑哔叽衣服，走近大理石桌子，对那倒霉蛋做了个手势。可那一位直发愣，根本没看见。

新出现的人又凑前一步，说道："朱庇特！我亲爱的朱庇特！"

那一位也没听见。

瘦高个子金发男子终于失去耐心，冲他吼道：

"米歇尔·吉博恩！"

"谁在叫我？"朱庇特似大梦方醒，问道。

"是我。"穿黑衣服的人答道。

"啊！"朱庇特说。

"马上开演，"那人说，"满足民众的要求吧。司法宫守备那边，由我去解释；枢机主教先生那边，由守备去解释。"

朱庇特这才喘过气来。

人群继续嘘他，他使出全身力气喊道：

"诸位市民先生，我们马上开演。"

"美哉，朱庇特！众公民，请喝彩！"[1]学生们高呼。

"妙啊！妙啊！"民众呐喊。

掌声震耳欲聋。朱庇特已经退回帷幕背后，欢呼声依旧撼动屋宇。

---

① 原文是拉丁文。

那个陌生人似乎施了魔法，按照我们亲爱的老高乃依的说法乃是“化风暴为水波不兴”。此刻他却谦逊地回到那根巨柱的阴影底下。有两名妙龄少女位于观众前列，注意到他与米歇尔·吉博恩扮演的朱庇特的对话。若不是她们与他搭话，他必定还要待在那里不为人所见，与刚才一样一动不动，沉默无语。两名女子中的一个示意他走过来：

“法师……”

“您不作兴这么称呼，我亲爱的蕾娜德。”另一位说道。她长得俊俏、水灵，穿着节日盛装更显娇秀。“人家可不是神学生，是俗家人；不应该叫‘法师’，要叫‘先生’。”

“先生。”蕾娜德又说。

陌生人走近栏杆。

“两位小姐有何见教？”他赶紧问道。蕾娜德大窘，忙说：

“嘻嘻，啥事也没有。是我的伙伴吉斯盖特·拉让先娜想跟您说话来着。”

“不是的，”吉斯盖特满脸绯红，接过话头说，“是蕾娜德叫您‘法师’来着，我跟她说应该叫‘先生’。”

两名少女垂下眼睛。那男子巴不得与她们攀谈，笑盈盈望着她们，说道：

“两位小姐当真没有什么话要说？”

“噢！啥也没有。”吉斯盖特说。

“没啥。”蕾娜德说。

高个子金发青年退后一步，打算走开。可是两个小妞的好奇心已被激发，无意放走他。

“先生，”吉斯盖特急忙开腔，须知女人下定决心与水闸开闸同样势不可当，“您想必认识要在圣迹剧里扮演圣处女的那名大兵？”

“您指的是朱庇特的角色？”不知姓名者说。

“可不是！”蕾娜德说，“她真糊涂！您想必认识朱庇特？”

“是米歇尔·吉博恩吗?”无名氏答道，“认识他，夫人。”

“他那部胡子真叫漂亮!”蕾娜德说。

“他们待会儿演的，是不是很有意思?”吉斯盖特怯生生问道。

“非常有意思，小姐。”无名氏毫不犹豫地回答。

“演啥呀?”

“《圣处女马利亚明断记》，是出寓意剧，小姐。”

“啊!这可不一般。”蕾娜德说。

然后有片刻冷场，是陌生人打破沉默。

“这是出新编的寓意剧，以前从未上演。”

“也就是说，”吉斯盖特说，“这跟两年前，教皇特使先生入城那一天上演的戏不一样，那出戏里有三个漂亮姐扮演……”

“美人鱼。”蕾娜德接下去说。

“而且一丝不挂。”那年轻男子补充说。

蕾娜德羞得垂下眼皮。吉斯盖特望了她一眼，便也低头垂目。他笑着往下说：

“观众大饱眼福。今天的寓意剧是特意为弗兰德公主殿下编的。”

“戏里面也唱牧歌吗?”

“寓意剧里可不行!”陌生人说，“不能混淆体裁。假如演滑稽剧，那倒合适。”

“可惜了!”吉斯盖特说，“上一次，单孔桥喷泉边上有男女蛮子厮杀，口唱拉丁圣歌和牧歌，做出各种身段。”

“对于教皇特使合适的，未必适用于公主。”陌生人冷冷答道。

“在他们身边，”蕾娜德接着说，“有好几件低音乐器一个赛过一个，奏出的调门好不动听。”

“为了让过路人解乏，”吉斯盖特继续说，“喷泉从三个口子喷出葡萄酒、牛奶和香料甜酒，谁想喝就喝。”

“单孔桥下游一点路，在三一教堂有活人扮演的耶稣受难场面，可是不开口。”

“我记得真真的！”吉斯盖特喊道，“天主钉在十字架上[①]，两个强盗一左一右。”

两名饶舌女子回想教皇特使入城的盛况，大为兴奋，不由得抢着说话。

“再往前一点，在画家门，另有一些人也穿金戴银。”

“还有呢，在无辜圣婴喷泉，那个猎手带着汪汪叫的狗群，吹着号角，追逐一头母鹿。”

“还有，在巴黎屠宰场搭了一座高台，表示迪厄普城堡。”

“教皇特使打那儿经过时，你知道，吉斯盖特，咱们的人就发起冲锋，把英国人都给宰了。”

“紧靠大堡门那一边，也有特别漂亮的人物。”

“还有钱币兑换桥上挂满帐子、帘子。”

“教皇特使经过那里时，桥上放飞两百多打各式各样的鸟雀；可好看了，蕾娜德。”

“今天还要好看。”她们的对话者早就听得不耐烦，好不容易才有机会插话。

“您向我们担保这圣迹剧很好看？”吉斯盖特问。

“这个自然。”他答道，然后他不无炫耀地补充说，“两位小姐，不才正是剧作者。”

“当真？”两个姑娘大吃一惊。

“当真！”诗人沾沾自喜答道，“确切说，是我们俩：约翰·马尔尚锯解木板，搭好戏台，安装全部木活；我编写剧本——鄙人彼埃尔·格兰古瓦。”

就是《熙德》的作者自报姓名“彼埃尔·高乃依”，也不会比他更自负。

---

① 钉在十字架上的是耶稣，不过天父、天子、圣灵三位一体，民间往往混用“天主”和“基督”。

读者自能发觉，从朱庇特退回帷幕背后到新编寓意剧的作者突然暴露身份，赢得吉斯盖特和蕾娜德一片天真烂漫的赞美为止，功夫已经不小。值得注意的是，只凭那名演员的担保，几分钟前还吵吵嚷嚷的人群此刻变得宽容，静候开戏。此事证明这条终古常新，今天还在我们的剧场里屡试不爽的真理：要使观众耐心等待，最好的办法是向他们宣布马上开戏。

然而名叫约翰的学生没有睡大觉。正当全场观众于骚乱之后静下心来等待之际，他冷不丁喊道：

“喔啦嘿！朱庇特，圣处女，都是魔鬼手下耍把戏的！你们存心拿我们取笑？演戏！演戏！赶快开场，否则又该我们闹一场了。”

不容再拖延了。

棚子里面高低音乐器齐奏，帷幕掀开；四名涂脂抹粉、穿着五彩斑驳服装的剧中人，爬上充当上、下场门的陡峭木梯。他们登上棚顶的舞台之后，面向观众排成一行，深深施礼。于是乐声停止，圣迹剧开场。

观众见剧中人向他们行礼，便报以热烈的掌声。然后全场肃静，演员念起开场白，我们就不在这里赘述了。此风至今不变，观众更关心演员的行头而不是他们扮演的角色，何况这样做本来也是对的。这四名剧中人都穿着一半黄色、一半白色的袍子，差别仅在袍料上。第一袭袍子用金银线交织的锦缎制成，第二件用绸料，第三件系呢料，第四件是布料。第一位剧中人右手执剑，第二位手持两把金钥匙，第三位拿着一杆秤，第四位拿一把锹。这些标志尽管十分明白，只怕还有懒人不肯动脑筋，所以另在袍子下摆上用粗大的黑色字母绣出各自的身份。锦缎袍子上的字样是“我乃贵族”；绸袍上的字样“我乃教士”；呢袍上绣着“我乃商贾”；布袍上绣着“我乃农夫”。凡是有判断力的观众都不难认出人物的性别：两名男性，即教士和农夫，穿的袍子较短，头戴翘边软帽；两名女性，即贵族和商贾，穿的袍子较长，戴的是风帽。

观众除非假装糊涂，才看不懂这个诗意盎然的序幕：农夫与商贾配对，教士与贵族成双；这两对幸福的夫妻共有一只光彩夺目的金海豚为后嗣，有意把它赠给世上第一美人。他们走遍世界各地寻访这个美人，先后否决了戈尔贡德的女王、特雷比崇德的公主、鞑靼大汗的女儿等人。农夫、教士、贵族和商贾这四位最后来到司法宫的大理石桌子上小憩，他们为公正的观众朗诵的警句格言之多，足够文学院学生用来应付考试，举行辩论，练习决断，砥砺辞藻，拟立文书，稳当当拿下学士头衔。

这一切可谓美不胜收。

这四位寓意人物争着向观众灌输源源不断的隐喻之时，没有人的耳朵比剧作者，诗人，刚才忍不住向两个漂亮姑娘自报家门的彼埃尔·格兰古瓦的耳朵竖得更尖，没有人的心脏比这位好人的心脏跳得更厉害，没有人的脖子比他的脖子伸得更长，没有人的目光比他的目光更惊慌。他已经离开她们几步，回到柱子后面，待在那里细听、观看、品味。观众鼓励序幕开场的掌声还在他的五脏六腑间回荡，他整个儿出了神。但凡作者看到全场鸦雀无声，自己的思想由演员口中逐一道出时，莫不如此专注。可敬的彼埃尔·格兰古瓦！

说来也惨，他如痴似醉，不到一会儿工夫，便受到干扰。格兰古瓦刚把嘴唇凑近这醉人的凯旋与欢乐之杯，便有一滴苦汁掺入其中。

原来是一名衣衫褴褛的乞丐挤在人群中间，既无人理睬，又未能在周围人的口袋里找到足够的补偿，就别出心裁去占据某一显眼之处，也好吸引众人的目光和施舍。还在演员们念定场诗的时候，他沿着贵宾看台的台柱往上攀缘，一直爬到看台栏杆下缘的檐板上，一屁股坐下来，用他那身破衣烂衫和右胳膊上那个龇牙咧嘴的恶疮招引公众的注意和怜悯。他一言不发，别无他举。

他的沉默使得序幕得以顺利进行，假如不是高踞柱子顶端的约翰看到这乞丐在装模作样，忍不住纵声狂笑，场子里本不会出什么大乱子。这小淘气也不管他这样做会打断演出，破坏观众的全神贯注，兀自兴高采烈地喊道："嘿！瞧这个乞求布施的病鬼！"

正值全场肃静之际爆出这句大煞风景的话，其效果不啻向青蛙栖息的池塘扔进一块石头，或向一群飞鸟射出一枪。格兰古瓦顿时如遭电击，不由得打了个寒噤。序幕就此打住，场子里一片乱糟糟，所有人都把脑袋转向那乞丐。可他毫不在意，反而把这场乱子当作生财的好机会，半闭双目，拉着悲切切的腔调说道："可怜可怜吧，先生太太！"

"哎哟，我凭自己的灵魂起誓，"约翰接着说，"敢情是克洛班·特鲁叶福。喔啦嘿！哥们儿，莫非你嫌伤口长在脚上碍事，把它挪到胳膊上来了？"

说着，他的手法敏捷如猿猴，扔出一枚小银币，不偏不倚落入乞丐用长疮的胳膊端住的油腻腻的毡帽里。那乞丐不动声色接受这施舍和嘲弄，继续哭着嗓子喊道："可怜可怜吧，先生太太！"

这个场面大大转移了观众的注意力，许多人，由罗班·普斯潘和全体神学生领头，冲着这两位热烈鼓掌。学生用他的尖嗓门，乞丐用他处变不惊的哼哼调，一唱一和即兴编演的古怪二重唱正好落在序幕中间。

格兰古瓦大为不悦，他先是一愣，悟出味来之后才向台上四名剧中人拼命喊叫："往下演！见鬼了，往下演！"他对两名捣乱者甚至不屑一顾。

此时他觉得有人拽他的袍子下摆。他转过身来，心里憋着火，勉强做出笑容。然而不容他不笑：是吉斯盖特·拉让先娜穿过栏杆伸出秀美的玉臂，借此引起他的注意。

"先生，"那姑娘说，"他们会演下去吗？"

"当然啦。"格兰古瓦答道。居然对这一点还有疑问，叫他很不高兴。

“那么说，先生，您能否给我讲解……”

“下文如何？”格兰古瓦打断她，说，“那好，您听着！”

“不，”吉斯盖特说，“是他们到这会儿为止都说了些什么。”

格兰古瓦好比被人狠狠揭了伤疤，差点没蹦起来。

“这该死的傻妞笨丫头！”他喃喃低语。

从这一刻起，吉斯盖特在他心里的地位就一落千丈了。

此时，演员们已执行他的指示。观众见到演员重又开口，也就重新听他们说些什么。不过剧情突然断成两截，纵使好歹焊上了，仍旧失色不少。格兰古瓦有鉴于此，心里好不酸楚。场子里逐渐恢复安静，那名学生不再多嘴，那乞丐自顾自点数帽子里的几个钱币，演出重又占据上风。

其实这是部佳作，只稍稍作改动，看来就是拿在今天上演也会产生不错的效果。交代情节虽说略为长了一点，稍嫌空泛，本是遵循当时的惯例。好在脉络一清二楚，格兰古瓦在他诚实无邪的心底里不由得自鸣得意，暗中赞赏。诸位不难想象这四名寓言人物走遍世界三大部分，也没找到合适的地方托付他们的金海豚，此刻有点累了。演到这里，他们众口交誉这奇妙的大鱼，用成千个巧妙的隐喻暗示他就是弗兰德的玛格丽特的年轻的未婚夫。后者此时正在昂布瓦兹城堡隐居[①]，闷闷不乐，做梦也没想到农夫、教士、贵族、商贾这四位已为他绕了地球一圈。却说这只海豚年轻俊秀，身强力壮，尤为可贵的是（此乃帝王所有美德的渊源）他本系法兰西雄狮的儿子。我敢说这个大胆的隐喻令人叹为观止，何况这一天本是为祝贺王室订婚而上演寓言剧，一头雄狮竟然生下一只海豚，想必戏剧博物志不以为怪。这类罕见的品达罗斯[②]式的搭配正好证明

---

① 法文“海豚”与“王太子”为同一词（dauphin）。路易十一把儿子软禁起来，防他染病、被绑架或接触不良影响。

② 古希腊抒情诗人，颂歌作者。

剧作者的热情昂扬。不过，若要批评几句，诗人阐发这一美丽的想法原本用不到二百行诗。可是府尹大人明令规定圣迹剧应从中午演到下午四点，台上总得有话可说才行。何况观众都很有耐心地听着。

正当商贾小姐与贵族夫人吵得不可开交之际，农夫先生念出一句绝妙好诗：

树林中从未见过如此雄姿英发的兽类

专用看台那扇一直不合时宜紧闭的门，忽然更加不合时宜地打开了；执达吏声如洪钟突然宣布：枢机主教波旁大人驾到。

三　枢机主教大人

可怜的格兰古瓦！饶是圣约翰节的双响爆竹同时点燃，二十杆火枪齐发，比利炮台那座赫赫有名的蛇形炮轰鸣——那家伙在巴黎围城期间，一四六五年九月二十九日星期天，一炮击毙七个勃艮第人——圣殿门火药库的弹药全部爆炸，在这庄严的扣人心弦的时刻，也不如执达吏口中这几个字更能震聋他的耳朵："枢机主教大人驾到。"

并非彼埃尔·格兰古瓦害怕枢机主教大人或者蔑视其人，他既没有这般软弱，也没有那般傲慢。今天我们会说他是地道的折中派。格兰古瓦属于那种高尚坚定、安详克己的人，遇事恪守中庸，富于理性和自由哲学精神，同时也知尊重贵为枢机主教者。这类宝贵的哲人一脉相传，智慧好比另一位阿里亚娜①，交给他们指示途径的线团，使他们得以从开天辟地之日起安然穿越人类的迷魂阵。各个时代都有他们

① 希腊神话中米诺斯国王的女儿阿里亚娜用一线团帮助忒修斯走出迷宫。

的踪影，他们以不变应万变，也就是说永远适应他们所处的时代。就说彼埃尔·格兰古瓦吧，假如我们能恢复他当之无愧的荣誉，他本是这类哲人在十五世纪的代表。肯定也是这一精神在十六世纪指导杜勃雷尔神父，让他写下这段率真的妙语，足以流芳百世："我按籍贯是巴黎人，按言论是帕黎人，因为'帕黎'一词在希腊文意为言论自由。甚至对孔蒂亲王殿下的叔叔和弟弟这两位枢机主教大人，我也运用言论自由，不过我同时尊重他们的地位，也不伤害他们众多的随从中的任何一位。"

所以，虽说枢机主教的出场使彼埃尔·格兰古瓦很不愉快，这倒不是因为诗人恨他或者藐视他。恰恰相反，我们的诗人通情达理，尤其是他的长衫已敝旧不堪，不可能不殷切期望序幕中的许多暗示，特别是对于法兰西雄狮孕育的海豚的颂扬，上达那位显贵的听闻。不过凡是诗人都禀性高尚，不汲汲于一己的私利。假定用数字十来表示诗人的实体，一名化学家对之做定量分析，或者用拉伯雷的说法做剂量测定时，必能发现其中九成是自尊心，私利仅占一成。话说专用看台的门为枢机主教大人打开时，格兰古瓦身上那九成自尊心已被群众的赞扬吹得飘飘然，晕乎乎，无限膨胀，以至于我们刚才在诗人气质中辨认出来的那一丁点儿难以觉察的私心已被窒息，不见踪影了。其实这点私心倒是宝贵的成分，它好比压舱物，使得诗人不脱离现实，不疏远人情，否则他们就该两脚不着地了。格兰古瓦感到，看到，乃至触摸到全场观众如中了定身法，张口结舌，屏住呼吸倾听他的贺婚诗剧中层出不穷、奇长无比的大段台词，他心中好不畅快。我敢说他本人也沉浸在全场如痴如醉的气氛中，与拉封丹正好相反，后者在他的喜剧《佛罗伦萨人》上演时问道："是哪个混蛋写了这首歪诗？"格兰古瓦必定乐意询问身边的观众："这是谁的杰作啊？"明乎此，就可想而知，枢机主教突然光临，大煞风景，在他心里该是什么滋味。

他的担心果然成为事实。枢机主教阁下进场引起场内一阵骚动。人人都转过头去望着专用看台，众口齐呼："枢机主教！枢机主教！"

再也听不清台上说些什么。倒霉的序幕再次被掐断。

枢机主教在看台入口处停立片刻。他用相当冷漠的目光扫视全场时，观众的喧哗愈益猛烈。人人都想看清他的尊容，恨不得自己的脖子能高过邻人的肩膀。

他确实是个大人物，见到他也赛过观看任何一出喜剧。沙尔·德·波旁枢机主教兼为里昂大主教、里昂伯爵、高卢首席主教。他的弟弟，波惹的领主彼埃尔娶了国王的长女，因此他是路易十一的姻亲。他母亲勃艮第的安妮丝与莽汉沙尔[①]又是近亲。这位高卢首席主教性格上最大的与众不同的特点，是他天生是块做朝臣的料，对权势忠贞不贰。可想而知，他的双重亲戚关系没为他少惹麻烦，他的精神航船不知绕过多少礁石，才不至于或者碰上路易十一，或者撞上莽汉沙尔，落个粉身碎骨的下场。这两位君主好比沙里勃德和西拉礁石，当年奈摩尔公爵和圣波尔大都督就没有躲过这一关。上天保佑，他总算顺利穿越海峡，安全抵达罗马。不过，虽然他到了港口，正因为他到了港口，每当他回顾自己在宦海中的艰难颠簸，升降沉浮，他总是心有余悸。因此他常说一四七六年对他“既凶又吉”。意思是说，这一年他同时失去他母亲波旁奈公爵夫人和他的表兄勃艮第公爵，后一件丧事对他的丧母之痛倒是个安慰。

话说回来，他本是个大好人。他过着枢机主教的快活日子，开怀畅饮沙约皇家葡萄园酿造的美酒，与理查家的俏娘子和托马斯家的骚婆娘没什么过不去的，乐意对标致姑娘施舍，不理睬老婆子。凡此种种，使他赢得巴黎百姓的好感。他每次出门都有一帮主教、修道院院长随行，他们个个出身名门，风流放浪，宴饮无度。圣日耳曼奥克塞尔教区虔诚的信女们晚上路过波旁公馆灯火辉煌的窗户底下时，不止一次听到白天对她们念诵经文的同一些人，竟然在觥筹交错声中唱起教皇伯诺瓦十二世的酒神颂来，无不为之惊骇。这位教皇曾在三重冕

① 莽汉沙尔（查理），勃艮第公爵，曾与路易十一交战。

上添加一顶王冠："饮酒当如教皇[1]。"

想必是他素得人心，才在入场时免遭群众的嘘声。群众刚才还怨气冲天，正当他们要选举胡闹王的日子，对区区一名枢机主教自然谈不上敬意。可是巴黎人不记仇，市民们刚才迫使演出开始，已经赢了枢机主教一个回合，这个胜利已使他们心满意足。何况波旁枢机主教大人仪表堂堂，又穿着一件漂亮合体的大红袍，也就是说所有妇女，即最好的那一半观众，都站在他这一边了。一名枢机主教，长得俊美，穿得光鲜，只为他耽误了演出准时开场就嘘他轰他，这未免不公道，也显得太小家子气了。

他步入看台，以大人物世代相传的那种微笑向观众致意，然后缓步走向他的猩红绒座椅，脸上一副若有所思的神情。随从的主教和修道院院长们——今天我们该说是他的幕僚——跟在他后面拥进看台，引起观众加倍的喧嚣和好奇心。人人抢着指点他们，叫出他们的名字，至少也得认识他们中的一个。这一位是马赛主教阿卢戴大人，如果我没记错，那一位是圣德尼大堂教务会主席；这是罗倍尔·德·莱皮那斯，草场圣日耳曼修道院院长，路易十一一名情妇的浪荡兄弟。他们不是认错了人，就是把名字念得怪声怪气。至于一帮学生，他们嘴里都不干净。须知这一天本是他们的好日子，他们的胡闹节，狂欢节，法院书记员和大学生一年一度的放肆日子。这一天百无禁忌，怎么捣乱都不过分。再说人群里还有几名婊子，什么西蒙娜·卡特里佛呀，安妮斯·拉加丁呀，罗宾娜·皮埃德布呀，统统都在。如此佳日良辰，有教会人士和娼妓做伴，难道还不许至少随便骂上两句，对天主略为不恭？所以他们少不了恣意妄为。一片嘈杂声中，就数神学院学生的咒骂和粗话最吓人。他们害怕圣路易的烙铁，舌头缩在嘴里整整一年，岂能放过今天这个机会！可怜圣路易，他们在他的司法宫里着实肆无忌惮了！他们中每个人都在刚进入看台的贵人中选定一个做

---

① 原文是拉丁文。

靶子，不是这个穿黑袍的，就是那个穿灰袍的，要不就是穿白袍或紫袍的。至于磨坊的约翰，他既是副主教的弟弟，便选中穿红袍的大肆攻击，悍然盯住枢机主教，扯开嗓门大喊："久浸佳酿之袍[①]！"

我们向读者一一交代的这些细节，都混在一片喧嚣之中。众人的喊声未能抵达专用看台就被淹没了。何况枢机主教根本不以为怪，这一天大家胡闹已成习俗。他脸上的神色表明他心事重重。一件烦心事紧追他不放，几乎与他同时进入看台：那就是弗兰德使团。

他并非深谋远虑的政治家，不担心他的表妹勃艮第的玛格丽特公主和他的表弟维也纳的王储查理结婚可能引起的后果；奥地利公爵与法国国王勉强维持的亲善关系能延续多久，英国国王对自己女儿受到轻慢会有什么反应，对这一切他都不着急。他照旧每晚痛饮沙约皇家葡萄园的美酒，丝毫没有料到，路易十一后来情真意切赠送爱德华四世的八瓶同样的酒（当然其配方已由古瓦克吉埃医生略为改正）[②]，有朝一日竟会使路易十一不再受爱德华四世的挟制。"奥地利公爵大人备受尊敬的使团"没给枢机主教带来这类烦心事，不过他们从另一方面叫他头痛。我们在本书第二页已经提过一笔，要他沙尔·德·波旁去盛情款待不知哪里冒出来的普通市民，要他贵为枢机主教与乡镇小吏平起平坐，要他作为法国人，酒席上的活宝，与喝啤酒的弗兰德人应酬，而且是在大庭广众之前，委实够他难堪的。若说他为了取悦国王不得不强颜赔笑，这一趟差事肯定是最苦的。所以，听到执达吏声如洪钟通报"奥地利公爵大人的使节驾到"，他便转过脸去对着大门，做出他研究有素的世上最优雅的姿态。不消说，全场观众也把目光转向大门。

奥地利的马克西米连的四十八名使节排成两行，由圣贝尔丹修

---

① 原文是拉丁文。

② 酒中下了毒。

道院院长，金羊毛勋位主管，尊敬的约翰神父，和根特市首席执法官，人称多比先生的雅克·德·果阿带队，神色庄重地步入大厅，这场面与沙尔·德·波旁那伙打打闹闹的教会人士适成对照。场子里顿时一片肃静。来客挨着次序向执达吏报出自己的姓名和身份，后者听不明白，便胡乱向大众传达。人们听到这些被掐头去尾的刁钻名字和古怪头衔，忍不住轻声窃笑。这位是洛易·罗埃洛夫，卢汶市的助理长官；那一位是克莱斯·戴丢埃尔德，布鲁塞尔市政助理；保尔·德·巴欧斯特先生，又称伏瓦密泽尔先生，弗兰德的议长；约翰·考勒根斯，安特卫普市长；乔治·德·拉摩尔，根特市法院首席判官；盖道尔夫·梵·德·哈格，根特市首席检察官；还有比埃尔贝克先生，约翰·皮诺克，约翰·迪马泽尔；等等，等等。反正不是执法官、市政官、市长，便是市长、市政官、执法官。他们个个挺着腰板，端着架势，穿着丝绒和锦缎，戴着缀有塞浦路斯金线球的黑天鹅绒帽子。总而言之，一个个都是弗兰德人的面孔，凛然不可犯，都像伦勃朗的《夜巡》中那些突出在黑色背景上的坚毅有力、严肃庄重的人物。他们的前额上好像都刻着他们的主人，奥地利的马克西米连在诏书上写下的文句，即他有“充分理由信赖彼等之见识、勇敢、经验、忠诚与贤明”。

不过有一个例外，其中一人的面相透着精明、机灵、狡诈，那副猴子脸当外交家最为适宜。但见枢机主教向前迈了三步，对他深施一礼，可是那人不过是“威廉·里姆，根特市参议官，享俸禄者”。

当时很少人知道威廉·里姆是何许人。他是个罕见的天才，倘若生逢乱世，必能叱咤风云，领袖群伦，可是在十五世纪只能偷偷摸摸搞些小小的阴谋，或如圣西门公爵所说，“以挖墙脚为生”。所幸欧洲第一“挖墙脚专家”对他很是赏识，他与路易十一合伙捣鬼，甚是亲热，经常插手这位国王的秘密事务。但见枢机主教对这位满脸病容的弗兰德执法官员彬彬有礼，观众看得眼花缭乱，根本不知道其中底细。

四　雅克·科伯诺尔老板

根特市的享俸禄者与枢机主教大人低身施礼，同时以更低的声音交谈之际，一个身材魁梧、宽脸盘、厚肩膀的汉子走上前来与威廉·里姆比肩而立，那情景好比狐狸身边站了一只猛犬。他头戴毡风帽，身穿皮短褂，与周围人的一色丝绒和绸缎极不相称。执达吏以为他是个走错路的马夫，一把拦住他。

"喂，朋友！此路不通。"

穿皮短褂的汉子用肩膀把他顶开，扯着大嗓门嚷道：

"这家伙想干什么？你不知道我是谁？"这奇特的对话吸引了全场观众。

"您的姓名？"执达吏问道。

"雅克·科伯诺尔。"

"您的身份？"

"根特城的裤子袜子商，'三链'为记。"

执达吏闪过一边。要他通报市政助理官和市长倒也罢了，通报一个卖裤子袜子的，未免太不像话。枢机主教如坐针毡。老百姓都在睁大眼睛看，竖起耳朵听。两天以来，枢机主教大人费尽心机调理这伙弗兰德狗熊，指望他们面对大庭广众不至于太不懂规矩，这个恶作剧可是够他受的。但见威廉·里姆满脸奸笑走到执达吏跟前，对他悄悄说道：

"通报雅克·科伯诺尔老板，根特城市政助理官秘书。"

"执达吏，"枢机主教跟着高声说道，"通报雅克·科伯诺尔，卓越的根特城的市政助理官秘书。"

这下他可是捅了娄子，本来威廉·里姆一个人出面就能遮盖过去，偏偏科伯诺尔听到了枢机主教的吩咐。

“不，十字架做证！”他大喝一声如雷鸣，“雅克·科伯诺尔，裤子袜子商。你听明白，执达吏？一字不多，一字不少。十字架做证！裤子袜子商，这身份很不错。大公阁下不止一次到我的裤裆里找他的手套[1]。”

全场哄笑，鼓掌。在巴黎俏皮话刚刚脱口就被理解，因此总能赢得掌声。

还得补充一句，科伯诺尔是平民的一员，他周围的公众全是平民。所以他与观众之间如接通了电流，立即沟通，可谓一拍即合。弗兰德裤袜商出言不逊，羞辱朝中贵人，顿时在平民百姓心中激起在十五世纪仍旧模糊、不甚分明的自尊心。这名裤袜商敢于顶撞枢机主教大人，与他分庭抗礼！这些可怜虫平时对圣热纳维也芙修道院院长的警卫队长的班长的仆从尚且唯唯诺诺，而修道院院长本人不过是给枢机主教牵袍角的角色，想到他们的侪辈竟然如此自尊，他们心里感到一阵甜蜜。

科伯诺尔骄傲地向枢机主教大人施礼，后者向这个连路易十一也惧怕三分的无所不能的市民还礼。然后他们各归其位，枢机主教狼狈不堪，忧心忡忡；科伯诺尔泰然自若，高傲骄矜。菲利浦·德·科明称为“机智狡诈之徒”的威廉·里姆嘴角含着一丝优越、嘲弄的微笑，把这一切都看在眼里。科伯诺尔大概暗想，说到底他这个裤袜商的头衔也不低于别的头衔。他若当上枢机主教，勃艮第的玛丽，即他今天为之订婚的玛格丽特的母亲，害怕他也不如他现在当个裤袜商：因为枢机主教没有本事煽动根特市民起来反抗莽汉沙尔的女儿的众多面首；那位弗兰德公主在断头台底下泪流满面，苦苦哀求民众饶恕她的宠臣的时候，不是当枢机主教的说一句话就能鼓动群众不予理睬，而他这个裤袜商只要抬一下穿皮短褂的胳膊，就能叫两颗人头落地，那可是两位最显赫的贵人，吉·丹倍古尔和威廉·雨果奈大臣。

---

① “手套”与“根特”在法语里是同音词。

然而倒霉的枢机主教既然沾上这般恶劣的伙伴，他的苦酒远没有喝到尽头。

那个在序幕开场时就爬到枢机主教专用看台下缘的厚脸皮乞丐，读者诸君想必还没有忘记。贵宾驾到后，他依旧在那上面。众位高级教士与使节如货真价实的弗兰德鲱鱼装进木桶一般在看台上挤着就座时，他老先生却得其所哉，索性叉开两腿盘住柱子顶托。如此不逊，实为罕见。一开始谁也没有觉察，因为大家的注意力都在别处，他那方面也没有发觉大厅内有何异常，兀自摇晃脑袋，无忧无虑如那不勒斯平民，时不时在全场的喧嚣中机械地冒出一句："发发慈悲吧，仁人君子！"全体观众中间，他可能是唯一对执达吏与科伯诺尔之间的争执不屑一顾的人。事有凑巧，民众已对根特城的裤袜商大有好感，所有人的目光都落在他身上，他正好在看台第一排就座，位置就在那乞丐的上方。这位弗兰德使节仔细端详眼皮底下的怪人之后，便友好地拍一下他用破衣烂衫遮盖的肩膀。全场见此，无不惊讶。乞丐转过身来，两人四目对视，脸上都露出惊奇、相认和满心喜悦的神情。然后那名裤袜商和假病人手挽着手低声交谈起来，根本不在乎自己成为观众万目所瞩的对象。克洛班·特鲁叶福那身破烂衬着看台上铺的织金毯子，宛如一条肉虫趴在鲜润的柑橘上。

这场面稀奇古怪，引得全场观众大乐，纷纷起哄，不由得枢机主教不发觉。他探出身子去看个究竟，可是从他坐的位子上只能隐约看到特鲁叶福龌龊不堪的衣衫。他当然以为是乞丐在请求布施，如此胆大妄为令他怒不可遏，当下喊道："司法宫守备，给我把这混蛋扔到河里去！"

"十字架上的上帝做证！枢机主教大人，这位是我的朋友。"科伯诺尔说道。他与乞丐依旧手挽手。

"妙啊！妙啊！"群众高呼。从此刻起，科伯诺尔老板在巴黎与在根特一样"深得人心"，因为如菲利浦·德·科明所言，在巴黎"凡有此等气魄之人若行事不守规矩，必孚众望"。

枢机主教咬了咬嘴唇。他俯向邻座的圣热纳维也芙修道院院长，低声说道：

“大公殿下派来为玛格丽特公主联姻的使节，叫人哭笑不得！”

“阁下对这帮弗兰德畜生讲礼貌是对牛弹琴，”修道院院长说，“所谓‘置明珠于群豚前’[①]也。”

“倒不如说‘置群豚于明珠前’也。”枢机主教笑道。

全体穿道袍的随从对这句俏皮话赞不绝口。枢机主教心里算是舒坦了一点，他与科伯诺尔打了个平手，他也有一句妙语赢得了掌声。

现在，请读者诸君中有能力概括一个形象或一个意念者——这是借用当今流行的文体的措辞——允许我们向他们提个问题：他们能否清楚地设想，就在我们要求他们集中注意力的这个时刻，司法宫宽敞的长方形大厅呈现何种景象。大厅中央，背靠西墙搭出一个宽大的铺着金色锦缎的看台。随着执达吏大声通报，衮衮诸公通过一个尖拱顶的小门鱼贯而入。看台头几排长凳上已经坐下许多头戴貂皮、天鹅绒或者红缎帽子的显贵。看台四周保持安静，气象庄严；看台下面，对面，各处，却是万头攒动，一片喧哗。看台上每张脸都有一千双眼睛盯着看，每个人的名字都被一千张嘴悄声议论。看台上的场面诚然有趣，值得观众注意。可是在那边，在另一头，那个草草搭成的木棚子，棚顶上有四个涂得五颜六色的傀儡，棚下也站着四个木偶，这又是干什么用的？木棚子边上这个穿黑大褂、脸色煞白的人又是谁？天哪！亲爱的读者，这便是彼埃尔·格兰古瓦和他的剧本的序幕。

我们大家把他忘得一干二净了。

这正是他最担心的事情。

从枢机主教进场那一刻起，格兰古瓦便为救活他的序幕使出全身解数。他先是命令不知所措的演员们继续往下演，而且要加大嗓门。

---

① 原文是拉丁文，“玛格丽特”在拉丁文中有“明珠”的意思。

然后，眼看谁也不听他们的台词，他又吩咐他们停下来。剧情被打断已有一刻钟了，他一直在跺脚，不停地奔走，招呼吉斯盖特和蕾娜德，鼓动周围的观众继续看戏；可是全属徒劳。谁也没有把目光从枢机主教、使团成员身上和看台上移开，这看台才是全场唯一的焦点。还得认为，虽然我们说起这一点不无遗憾，枢机主教大人驾到，把他们的注意力完全吸引过去的那个时候，观众对序幕已经有点厌烦了。说到底，看台上和大理石桌子上演的是同一出戏：农夫和教士，贵族与商贾的冲突。多数人宁可看到这些人物在弗兰德使节身上，在戴着主教冠冕的随从身上，在枢机主教的袍子底下，在科伯诺尔的皮短袄底下活龙活现，呼吸，动作，有血有肉，推推搡搡，也不愿看他们涂脂抹粉，穿得不伦不类，念着诗句，总而言之，塞进格兰古瓦为他们设计的半黄半白的大褂，变得如动物标本一般僵硬。

不过，我们的诗人看到场子里秩序稍有恢复，便想出一条扭转乾坤的妙计。

"先生，何不从头开始？"他转身对身边一位观众说，此人是个胖子，看上去颇有耐心。

"开始什么？"对方问道。

"哎！圣迹剧呀！"格兰古瓦说。

有人不表示反对，格兰古瓦就觉得够了。自己的事还得自己办。于是他大声呼唤，尽可能让人家相信他是观众的一分子："从头开演圣迹剧！从头开演！"

"见鬼！"磨坊的约翰说，"那边几个人瞎嚷嚷什么？（因为格兰古瓦一个人的声音赛过四个人。）诸位同学，你们倒是说说看！圣迹剧不是已经演完了？他们要从头开演。这不公平！"

"不行！不行！"众学生齐呼，"打倒圣迹剧！打倒圣迹剧！"

可是格兰古瓦使出吃奶力气，喊得震天价响："从头开演！从头开演！"

这番闹腾引起枢机主教的注意。

“司法宫守备先生，”他对离他几步远的一名穿黑衣服的大汉说，“这帮捣蛋鬼闹得天翻地覆，莫非掉进圣水盆里了？”

司法宫守备是两栖类官员，司法界的蝙蝠，既属鼠类也是鸟类，兼为法官和士兵。

他走近枢机主教大人，诚惶诚恐，吞吞吐吐解释民众何以不守规矩：中午已过，大人法驾犹未光临，观众等不及，演员被迫开演了。

枢机主教哈哈大笑。

“说实话，换了大学校长先生也拿他们没有办法。尊意如何，里姆先生？”

“大人，”威廉·里姆答道，“我们躲过半部戏，也算是占了便宜，理应知足。”

“这帮混蛋可以把他们的闹剧演下去吗？”守备问道。

“演下去，演下去，”枢机主教说，“我本来无所谓。我可以用这时间念我的日课经。”

守备走到看台边上，挥手示意全场肃静，然后高喊：

“诸位市民、乡民，有人要求从头开演，有人要求终止演出，枢机主教大人为满足双方的愿望，下令接着演。”

双方都得忍让。不过剧作者和观众因此都对枢机主教耿耿于怀。

戏台上的人重新开始对话，格兰古瓦希望，至少后面的戏有人观看。这个希望和他的其他幻想一样，很快就告破灭。场子里确实安静下来了，不过格兰古瓦没有注意到，枢机主教下令接着演的时候，看台上远没有坐满。弗兰德使节来临之后，还有别的人陆续来到。他们都是枢机主教的随行人员，执达吏不顾剧中人正在念台词，不时扯着嗓门通报来者的姓名、头衔，大大扰乱了演出。诸君但须想象，剧情正在展开时，执达吏在两个脚韵之间，乃至前半句诗与后半句诗之间，尖声插入类似的夹注：

雅克·沙莫吕老爷，宗教法庭皇家检察官！

约翰·德·哈莱老爷，候补骑士，实授巴黎巡夜骑兵管带！

加里欧·德·日诺亚克老爷，骑士，勃吕萨克领主，皇家炮兵管带！

德娄·拉吉埃老爷，国王陛下驻法兰西、香巴涅·勃里山林水道巡查官！

路易·德·格拉维尔老爷，骑士，御前顾问，侍卫，法兰西水师提督，樊尚森林总管！

德尼·勒梅西埃老爷，巴黎盲人院督办！

凡此种种，不一而足，叫人无法忍受。

这个古怪的伴音搅得剧情难以连贯。格兰古瓦尤为气愤的，是他很清楚情节越来越精彩，观众只要听下去，准会被吸引的。确实很难想出更巧妙、更富于戏剧性的场景了。正当序幕的四名人物一筹莫展时，维纳斯女神“*凌波微步*”[①]，身穿绣有巴黎城徽上的战舰的华丽短袄，向他们显灵。既然这只金海豚是许给天下第一美人的，她便亲自前来求婚。朱庇特在后台为她声援，频发掌心雷。眼看女神就要获胜，说白了就是嫁给王太子时，一个小女孩穿白色锦缎，手持雏菊[②]（一望而知，此乃弗兰德公主的化身）上场，欲与维纳斯争个高下。剧情骤变，如奇峰突起。反复争辩之后，维纳斯、玛格丽特和幕后的人物一致同意听凭圣处女裁决。此外还有一个要紧角色，是美索不达米亚国王堂·佩德尔。不过演出屡经打断，现在闹不清他究竟起什么作用。所有人物都是通过那架梯子登上戏台的。

可是失败已成定局。如此美妙的匠心竟无人感受、理解。自从枢机主教进场，就像有一条看不见的魔线突然把观众的目光从大理石桌子牵向看台，从大厅南端引向西侧。所有人的眼睛都盯在那里。新来的贵宾，他们该死的姓名，他们的长相、服饰使观众不断分心，真叫

---

① 原文是拉丁文。

② “玛格丽特”这个名字本义为“雏菊”。

人伤心啊！除了吉斯盖特和蕾娜德不时被格兰古瓦拽一下袖子，才转过身来瞅一眼演出，除了他身边那位颇有耐心的胖子，谁也不听，谁也不正眼儿瞧一下这部被遗弃的可怜的寓意剧。格兰古瓦只见观众都以侧面对着戏台。

眼看他苦心经营的光荣与诗的伟构土崩瓦解，他心里说不出的酸楚。前不久，这批黎民百姓迫不及待要听人朗诵他的大作，差点儿没跟司法宫守备干架！现在他们有戏可听了，反而全不放在心上。殊不知这出戏开演时曾赢得满堂喝彩！民众喜怒无常，历来如此！想刚才，观众险些乎没把守备手下的差官吊死！此刻他豁得出身家性命，只要能回到那个甜蜜的时刻。

执达吏粗暴的独白总算停止了。贵宾到齐，格兰古瓦松了一口气。演员们卖力气继续演下去。那个裤袜商科伯诺尔老板冷不丁站起来，格兰古瓦听到他在万众瞩目之下发表这篇万恶的演说：

“诸位巴黎市民、绅士，凭十字架起誓，在下不知道我们在这里干些什么。我当然看到在那个犄角，那个台子上，有几个人看样子像要打架。我不知道这是不是你们所谓的圣迹剧，不过这确实不逗乐。他们光斗嘴，不动手。我等他们中有人打出第一拳，等了一刻钟还不见分晓。他们都是孬种，只会恶言伤人。最好把伦敦或者鹿特丹的角斗士请来，那才叫热闹呢！你们马上会看到拳打脚踢震天响，广场上也听得见。可是那几位真叫人可怜，他们至少应该跳一段摩尔人的舞蹈，或者拿出别的什么玩意儿！原来告诉我的可不是这个。本来答应我来过胡闹节，外加选举胡闹王。我们根特也有胡闹王，在这方面我们不落后，凭十字架起誓！听听我们是怎么干的。我们先是扎一个人堆，就跟此地一样。然后每人轮流把脑袋伸过一个窟窿，向其他人做一个怪相，谁扮的鬼脸最丑陋，赢得大家喝彩，谁就当选为胡闹王。就这么着，开心极了！你们愿意不愿意也照敝乡的办法选举胡闹王？无论如何，这比听那几个人唠叨要有趣。如果他们几位愿意到窗口扮鬼脸，当然也可以参加。诸位市民先生，你们说呢？此地男女两性的古怪样品之多，足够我们按照弗兰德方式大笑一场的。再说我们中不乏天生丑相、大有希望扮一个出色的鬼脸。”

格兰古瓦本想反驳。可是他惊愕、气恼、愤怒到了极点，一时说不出话来。何况市民们被称作绅士，心里十分受用，已经热烈赞同这位深得人心的裤袜商的提议。任何抵抗皆属徒劳，只有随波逐流了。格兰古瓦双手捂住脸，他不如梯曼泰斯画中的阿伽门农[①]那么幸运，后者还有件大氅蒙住自己的脑袋。

五　卡西莫多

转瞬间，万事齐备，只待实施科伯诺尔的主意了。市民、学生、法院书记一齐动手。大理石桌子正对面的小礼拜堂被选作扮鬼脸的舞台。礼拜堂门顶上美丽的玫瑰花窗被砸碎一块玻璃，剩下的圆形石头框子正好让参赛者伸出脑袋。人们不知从哪里搬来的两个木桶，好歹把它们摞起来，参赛者爬上木桶，便够得着那个窗框。众人约定，每个候选人不论性别（因为也可以选出一个胡闹女王），在出场前必须捂住脸躲在小礼拜堂里，这样才能保证他做的怪相留给观众完整、新鲜的印象。不消片刻，小礼拜堂里便挤满竞争者，那扇门随即关上。

科伯诺尔从他的位子上发号施令，指挥、安排一切。这番闹腾之时，枢机主教的尴尬不亚于格兰古瓦。他推说要做晚祷，便率领全体随从退场。他进场时群众如此兴奋，他离去时竟然根本无人在意。唯有威廉·里姆注意到枢机主教大人全军溃退。民众的关注犹如太阳，

① 梯曼泰斯是公元前5世纪末的希腊画家。据希腊神话，阿伽门农率希腊联军出征特洛伊，舰队遇风，不能航行。神谕阿伽门农献出他的女儿伊芙琴尼亚作祭，才能改变风向。阿伽门农不忍目睹爱女被杀，乃用大氅蒙住自己脑袋。

继续运行。它从大厅一端起程，在大厅中央稍作停留，现在抵达另一端了。大理石桌子和铺垫锦缎的看台各有其盛时，现在轮到路易十一的小礼拜堂了。从此大家无拘无束，尽可装疯卖傻。场子里只剩下弗兰德人和一干贱民。

扮怪相表演开始了。第一张丑脸伸出窗沿，它翻转眼皮露出红色的里子，撑开血盆大口，前额上纹路密布好比时下流行的帝国轻骑兵式靴子。这副尊容惹得众人捧腹大笑，乐得直跺脚，荷马听到了准会把这些村夫乡民当作神祇①。其实这座大厅本来就是奥林匹斯山，可怜的朱庇特和格兰古瓦比谁都明白这一点。第二张、第三张丑脸接着亮相，紧跟在后面还有一张又一张。每张脸都引起加倍的哄笑，更重的跺脚。这个场面带来某种不可言传的特殊兴奋，具有某种难以名状的令人癫狂陶醉的力量，今天沙龙里的读者实难体会。请诸位想象有一组人脸依次显示各种几何图形，从三角形到梯形，从圆锥到多面体，表现人类的各种感情，从愤怒直到淫荡；各个年龄，从新生儿的皮肤褶皱直到垂死老妪的皱纹；各种宗教的神鬼，从牧神直到别西卜②；各种兽形，耳鼻嘴脸莫不酷似。还请诸位想象新桥上的柱头像——被日耳曼·皮隆的鬼斧神工凝固为石头的梦魇——突然活转来，轮流用火灼的眼睛望着你，或者是威尼斯狂欢节上所有的面具挨个儿出现在你的观剧镜底下。总而言之，活脱一幅鬼趣图。

这场狂欢越变越成弗兰德式的。纵有特尼埃的生花妙笔，也画不出其千姿百态。请诸位想象萨尔瓦多·罗莎用他画两军鏖战的笔力去画酒神节狂欢，或能依稀得之。场内分不清谁是学生，谁是使节，谁是市民，乃至不分男女；克洛班·特鲁叶福、吉尔·勒高纽、玛丽·卡特里佛、罗班·普斯潘等人不再有差别。所有人都融化在集体的放纵里。整个大厅变成无耻和嬉戏的大熔炉，其中每张嘴都发出一

① 荷马史诗中常写奥林匹斯山上的神祇纵声大笑。

② 犹太传说中的鬼王。

声怪叫，每只眼睛都射出一道闪电，每张脸都扮出一副怪相，每个人都模拟一个丑态。所有人都在狂呼大叫。玫瑰花窗口每露出一张龇牙咧嘴的鬼脸，就好比火堆里添了一把柴火。从这开了锅的人群中间，犹似蒸汽从炉中升腾，散出一股尖酸、尖锐、尖刻之音，一种如苍蝇扑翅的嗞嗞声。

“哎哟！倒大霉了！”

“瞧这副嘴脸！”

“它一钱不值！”

“下一个！”

“吉耶梅特·莫赖皮，你看这公牛头，就差长角了。挑他当丈夫可不合适。”

“又来了一个。”

“教皇的肚皮！这算哪门子鬼脸啊？”

“喔啦嘿！这是犯规。只许露出脸部。”

“这个该死的彼埃蕾特·加勒彼特！她什么都干得出来！”

“妙啊！妙啊！”

“笑煞我了！”

“瞧这一位，他的耳朵太大，伸不出来！”

等等，等等。

为我们的老朋友约翰，我们得说句公道话。场子里群魔乱舞之时，他依旧待在柱子顶端，像是见习水手在桅杆高处守望。但见他手舞足蹈，如中了风魔。他张大了嘴巴，可他发出的声音却无人听见。并非人声嘈杂盖住了他的喊声，吵嚷声再大他也不怕，而是他的声音大概达到了人的听觉的极限：据索伏说是振动一万二千次，据比欧[1]说是八千次。

至于格兰古瓦，最初的沮丧过去之后，他又恢复了常态。他迎头

① 索伏与比欧都是法国物理学家。

顶住命运的挫折。“往下演！”他第三次对演员，这些说话的机器喊道。然后他在大理石桌子前来回踱步，忽发奇想，让自己也到小礼拜堂的窗洞里亮个相，冲这帮忘恩负义的民众，扮个鬼脸，多少也出出心头的恶气。接着又想：“不行，这么做有失身份；不图报复，抗争到底。诗歌对于民众有巨大的威力，我会把他们拉回来的。我倒要看看最后谁赢，是鬼脸还是文学。”

唉！他成了自己作品的唯一观众。

情况比刚才还要糟。现在他只看见众人的后背。

我说错了，他曾在紧急关头征求其意见的那个有耐心的胖子依旧面向戏台。至于吉斯盖特和蕾娜德，她俩早就溜号了。

他唯一的观众忠贞不渝，使格兰古瓦大受感动。他走过去，一边搭话一边轻轻摇动他的胳膊，因为这位好人趴在栏杆上，正在打盹。

“先生，我感谢您。”

“先生，”胖子打个哈欠答道，“谢我什么？”

“我看得出来，”诗人接着说，“您讨厌这大吵大嚷妨碍您好好听戏。不过您请放心：您的大名必将流芳百世。敢问尊姓大名？”

“雷诺·沙朵，巴黎大堡[1]的司印官，为您效劳。”

“先生，您在这儿便是缪斯女神的唯一代表。”格兰古瓦说。

“您过奖了，先生。”大堡司印官答道。

“您是唯一的用心听戏的，”格兰古瓦又说，“您觉得此戏如何？”

“嘿嘿！”胖法官睡意未消，他这么敷衍也算难为他了。

格兰古瓦也只好满足于这个赞语，因为突然掌声雷鸣，喝彩声撼天动地，打断了他们的谈话。原来是胡闹王选出来了。

“妙啊！妙啊！妙啊！”四面八方同声齐呼。

此时伸出玫瑰花窗的窟窿的那副怪相，堪称一绝。群众的想象力在狂欢中大大激发，他们为怪诞悬下极高的标准，迄今为止在窗口依

---

① 大堡（沙德莱堡）是法院和监狱所在地。

次出现的五角形、六角形、不规则形的鬼脸都不够格，只有刚才镇住全场的那张高妙绝伦的鬼脸才能赢得满堂喝彩。科伯诺尔老板带头鼓掌。克洛班·特鲁叶福是参赛者，天知道他那张脸能达到何种丑陋程度，竟然连他也自愧弗如。我们自然也认输。我们无意为读者描绘这张脸的细部：四面体的鼻子，马蹄铁形的嘴巴，左眼上挡着浓密如茅草丛的红眉毛，一个大肉瘤完全遮住右眼，牙齿横七竖八，东缺一块西少一角，赛过城墙垛口，一颗长如象牙的獠牙伸出长着厚茧的嘴唇，下巴劈开。尤其难以形容的，是由这一切组成的表情，其中混杂着狡诈、惊愕和忧郁。诸位请用想象力综合这一切，如果做得到的话。

全场喝彩。大家抢着拥进小礼拜堂，把享天福的胡闹王如凯旋的英雄一般抬出来。此时众人的惊奇和赞叹才达到顶点。那副怪相原来是他的本来面目。

或者不如说他整个人就是一副怪相：大脑袋上栽着棕红色头发；两肩之间拱起一个硕大的驼背，全靠前面的鸡胸才维持平衡；大小腿扭曲异常，只有在膝盖处能合拢，以至于从正面看来像两把以刀把相接的镰刀；宽脚板，一双巨掌。如此奇形怪状却显示某种令人生畏的力量、矫捷和勇敢，蓄意嘲弄力和美皆源于和谐这一永恒法则。这就是新当选的胡闹王。

就像是把一个巨人打得粉碎，再把四肢百骸胡乱拼装起来。

这个独眼巨人在小礼拜堂门槛上露面了。他纹丝不动站在那里，敦实的身材的宽度与高度几乎相等，照一位伟人的说法该是“底座呈正方形”。从他那件半红半紫、缀满银色钟形图案的大氅，尤其从他臻于完美的丑陋，民众立刻认出他是谁，齐声喊道：

“是敲钟人卡西莫多！是卡西莫多！圣母院的驼背！独眼龙卡西莫多！瘸子卡西莫多！妙啊！妙啊！”

可见这可怜人有的是绰号，任凭挑选。

“孕妇留神！”众学生喊道。

“想怀孕的也得小心。”约翰接着说。

女人们果真捂住脸。

“哟！这混账猴子！”一个女人说。

“又丑又恶毒。”另一个说。

“他就是魔鬼。”第三个补上一句。

“我真倒霉，贴着圣母院住，整夜都听见他在天沟上转悠。”

“跟猫一起。”

“他老在屋顶上蹿来蹿去。”

“他从各家各户的烟筒口兴妖作法。”

“那天夜里，他从我家窗口冲我扮了个鬼脸。我以为是个男人，吓破了胆。”

“我敢说他参加魔鬼联欢会的。有一天他把扫帚落在我家屋檐上了。”①

“哟！这驼子的丑脸！”

“哟！这下贱坯子！”

“噗哇！”

男人们反倒乐不可支，频频鼓掌。

卡西莫多作为众矢之的在小礼拜堂门口站定，阴沉、庄重，听凭众人赞赏。

一名学生，我猜是罗班·普斯潘，凑到他跟前，冲他的脸大笑。卡西莫多嫌他挨得太近，用不着说话，抓住他的腰带往上一提，顺手把他扔过人群头顶，落到十步开外的地方。

科伯诺尔老板满心喜欢，走过去说：

“十字架做证！圣父在上！你是我平生见过的最美的丑八怪。你在罗马也跟在巴黎一样有资格称王称霸。”

他一边说，一边伸出手去兴高采烈地拍他的肩膀。卡西莫多屹立

---

① 西方传说，巫师和巫婆骑着扫帚飞去参加魔鬼聚会。

不动。科伯诺尔接着说：

“你真是个妙人，我心里痒痒的，巴不得带你出去美餐一顿，就是破费一个崭新的十二里弗尔银币我也不在乎。你的意思呢？”

卡西莫多仍不吭声。

“十字架做证！”裤袜商说，“你聋了不成？”

他真是聋子。

然而他开始对科伯诺尔的过分随便感到不耐烦了。他突然向弗兰德巨人转过身子，朝他咬牙切齿，吓得他连连后退，就像是猛犬在猫面前败下阵来。

于是在这奇人四周形成一个半径至少为十五步的怪圈，圈内人无不对他既惧怕又崇敬。一个老妪告诉科伯诺尔，卡西莫多是聋子。

“聋子！”裤袜商发出弗兰德人特有的大笑，“十字架做证！这才是十全十美的胡闹王。”

“嘿！我认出来了。”约翰喊道。他终于从柱子顶上下来，以便就近细看卡西莫多。“这是家兄副主教的敲钟人——您好，卡西莫多！”

“三分人七分鬼！”罗班·普斯潘摔了一大跤，心里还不是滋味，“他一亮相，是个驼子。他一走路，是个瘸子。他瞅着你看，是个独眼龙。你跟他说话，他是聋子——这个波利芬[①]拿他的舌头干什么用？”

“他想说话就开口，”老太婆说，“他是被钟声震聋耳朵的，不是哑巴。”

“可谓美中不足。”约翰发表评论。

“他那只独眼也嫌多余。”罗班·普斯潘补一句。

“这倒未必，”约翰另有高见，“独眼比瞎子更不完整。他知道自己缺了什么。”

此时所有乞丐、所有仆役、所有扒手与学生们会合一起，列队前

① 《奥德赛》中被尤利西斯戳瞎眼睛的独眼巨人。

往法院书记室，在文件柜里翻出一顶纸糊冠冕和一件滑稽的胡闹王御袍。卡西莫多不动声色，驯顺而又高傲地听凭人家给他加冕穿袍。然后人们请他坐进一副五颜六色的担架。胡闹团十二名大骑士抬起担架。独眼怪物看到所有这些漂亮、挺拔、身材匀称的人的脑袋在自己那双畸形的脚下攒动，此时他阴郁的脸色不由得开朗，展示出既傲慢又掺杂着辛酸的快乐表情。这支大叫大嚷、衣衫褴褛的队伍随即开始游行。他们按例先在司法宫内各条走廊走一圈，然后出巡城中的大街小巷。

六　爱斯美拉达

我们不胜欣慰告知读者诸君，上面这些事情发生时，格兰古瓦和他的剧本不为所动，硬是顶下来了，演员们在他的催逼下没有停止朗诵台词，而他始终侧耳细听。对这番喧嚣他既然无可奈何，索性下决心坚持到底，指望观众会有回心转意的时候。待他看到卡西莫多、科伯诺尔和胡闹王喊声震天的随从大吵大嚷离开大厅，这一丝希望更加活跃了。群众紧跟着他们也走了。“也好，”他暗自想道，“捣蛋鬼统统走光了。”不幸的是，捣蛋鬼等于全体观众，转瞬间大厅里空无一人。

确切说，还剩下一些观众，有的东零西散，有的三五成群围住各根柱子。无非是老弱妇孺，受不住吵闹喧哗才留下来的。另有几名学生跨骑在窗口，向广场眺望。

“也罢，”格兰古瓦心想，“剩下这些人正好听我的圣迹剧的结尾。人数虽说不多，个个都是精英，是有文化素养的观众。”

片刻之后，本应各种乐器齐奏，制造强烈的效果以烘托圣处女出场，偏生一件乐器也没有响。格兰古瓦这才发觉，乐队被抬着胡闹王游行的队伍带走了。他只得认命，说道：“乐曲就免了吧。”

他走近扎成一堆的几个市民，他们像是在议论剧本。下面是他窃听到的只言片语：

“史纳铎老板，您可知道当年属于纳摩尔先生的拿伐尔公馆？”

“知道的，就在勃拉克小教堂对面。”

“我告诉您，税务局刚把它租给专门画圣像的吉约姆·阿里桑大，年租金六个巴黎里弗尔八个苏。”

“这年头房租涨得可真快！”

“算了吧！”格兰古瓦暗中叹道，“总还有别人在听戏吧。”

“各位同学，”占据窗口的一名淘气鬼突然高呼，“爱斯美拉达！爱斯美拉达在广场上！”

这句话产生魔法般的效果。大厅里剩下的人顿时都拥向窗口，爬上墙头以便看个究竟，一面连声喊道：“爱斯美拉达！爱斯美拉达！”

与此同时，外面响起雷鸣般的鼓掌声。

“爱斯美拉达，这是什么意思？”格兰古瓦合住双掌，伤心地说道，“啊！天主啊！好像该轮到窗户大出风头了！”

他转向大理石桌子，发现演出已经中断。此刻本应朱庇特带着闪电出场，朱庇特却傻乎乎待在舞台底下。

“米歇尔·吉博恩！”诗人发火了，大喝一声，“你这是干吗？这是你演的角色吗？赶快上台！”

“可是，”朱庇特说，“有个学生刚把梯子给搬走了。”

格兰古瓦一看，此言不虚。他设置的悬念及其结局之间的任何联系都被切断了。

“鬼东西！”他喃喃自语，“他要这梯子干什么用？”

“为了去看爱斯美拉达。”朱庇特可怜兮兮地答道，“他说，嘿，这里有架梯子闲着没用！顺手就抄走了。”

这是最后的打击。格兰古瓦只得逆来顺受。

“你们统统给我滚吧！”他对演员们说，“假如我能领到赏钱，也有你们一份。”

接着他也垂头丧气撤退了，不过走在最后，不失弹尽粮绝才撤离战场的大将风度。

他一边爬下司法宫曲里拐弯的楼梯，一边嘀咕："这帮巴黎人都是笨牛加蠢驴！他们是来看圣迹剧的，却一句戏词也不听。他们对谁都有兴趣，留心克洛班·特鲁叶福、枢机主教、科伯诺尔、卡西莫多，乃至魔鬼！唯独不过问圣母马利亚。早知如此，你们这群闲汉，我不如给你们多看几个黄花闺女玛丽！我这又何苦！本为看人脸而来，看到的却是大后背！身为诗人，却被当作卖狗皮膏药的！说起来，当年荷马曾在希腊的大村小镇行乞，纳索[①]遭流放，死在莫斯科人中间！不过，我真不明白他们说的那个爱斯美拉达是什么意思。我若是明白，情愿让魔鬼扒下我的皮！先得问这是什么话？准是古埃及话！”

---

① 即罗马诗人奥维德，《变形记》《爱经》的作者，他被流放，死在杰特人中间。

第二卷

一　从沙里勃德到西拉[①]

一月份的天色黑得早。格兰古瓦走出司法宫时，街上已经昏暗。他庆幸夜幕降临；他急需找一条黑暗的、无人走动的街巷以便好好想一想，让哲学家用其基本原理慰藉诗人的创伤。何况哲学是他唯一的庇护所，因为他无家可归。在他的戏剧尝试一败涂地之后，他不敢回到干草港对面水上粮仓街自己的寓所去。这是他向巴黎屠宰税承包商纪佑姆·杜西尔先生租来的，积欠六个月的房租合十二个巴黎苏，相当于他在世界上拥有的，包括他的短裤、衬衫和尖顶小帽在内的全部财富的十二倍。他本指望京兆尹大人为他的贺婚诗赏他一笔钱，也好拿来还债。他暂时躲在圣教堂司库监狱的小门洞里，考虑今夜在巴黎的大街小巷中选定何处过夜最为合适。思索片刻，他记起上星期曾在鞋店街某位法院顾问家门口见到一块供骑骡用的垫脚石，便想这块石头大可为一名乞丐或一位诗人充当枕头。他感谢天主赐给他这个好主意。旧城里彼此相似的古老街巷，诸如桶厂街、老制呢街、鞋店街、

① 沙里勃德为大漩涡，西拉为礁石。意即过了这一关过不了另一关。

犹太街等等，组成弯弯曲曲的迷宫，今天这些街巷的十层楼房依然屹立。正当他准备穿过司法宫广场，钻进这座迷宫时，他看到胡闹王的仪仗恰好从司法宫里拥出来，挡住他的去路，高声喧哗，举着明晃晃的火把，还带着原本归他支配的乐队。目睹这个场面，他受伤的自尊心又是一阵隐隐作痛，他只有远远躲开。他编的戏大大失利，令他备尝辛酸，一切能向他提起白天庆典的事情，无不勾起他的牢骚，使他的伤口流血。

他想取道米歇尔桥，不料一群儿童手执花炮焰火在桥上奔来跑去。

“活见鬼的焰火！”格兰古瓦说。他只得改道钱币兑换桥。桥头的房屋挂着三面绘有法国国王、王太子和弗兰德的玛格丽特的大旗，还有六面小旗上画着奥地利公爵、波旁枢机主教、博热先生、法兰西的霞娜夫人、王上的私生子波旁先生，以及一个叫不出名字的人。大小旗幡被火把照得通亮，围观的人群赞叹不已。

“画家约翰·富博真是幸运！”格兰古瓦长叹一声，掉头不顾大小旗幡，迤逦而去。他面前有一个街口；这条街黑黢黢的，没有行人，他觉得有希望在那里躲避这个节日的全部声响和光彩，便一头扎了进去。几分钟后，他一脚撞上某个障碍物，不由得打个趔趄，摔了一跤。原来那是五月花束，法院书记员们大清早把它放在院长家门口，以示庆祝。格兰古瓦英勇地忍受了这又一桩倒霉事情。他爬起身，走到河边，走过民庭小塔楼和刑庭大塔楼，沿着御花园的大墙一直往前，直到一片未铺石板、污泥深达脚踝的河滩。此地是旧城的西端，与牛渡洲隔着狭窄的一道白水。这个后来被新桥和桥上的铜马取代的小岛，在夜色中呈现庞大的黑暗身影。他眺望小岛片刻。从岛上闪烁的小点亮光，可以猜出是那座状如蜂房的棚屋，摆渡的船夫夜里在此栖身。

“渡运母牛的船夫真是幸运！”格兰古瓦心想，“你无心追逐荣名，也不作贺婚诗！皇家的婚事和勃艮第公爵夫人都与你不相干！除了四月份在你的草地上开放，供你的母牛咬嚼的雏菊，你不知有别的雏菊。而我身为诗人，却被人喝倒彩，却冻得发抖，还欠着十二个苏。

我的鞋底磨得透明，足以做那盏风灯的灯罩玻璃。多谢了！船夫！你的棚屋抚慰我的眼睛，让我忘记巴黎！”

他正想得出神，几乎动了诗兴，冷不防从那座幸福的棚屋传来圣约翰节双响大爆竹的爆炸声，把他震醒。原来那船夫不甘寂寞，特为自己放个爆竹，也算参与当天的庆祝活动了。

这一声炸雷叫格兰古瓦毛骨悚然。

“该死的节日！”他喊道，“你果真对我穷追不舍！天主啊，直到这船夫的小屋里，我也不得消停！”

然后他低头看脚下的塞纳河水，感到一阵可怕的诱惑。

“唉！假如河水不是那么冷，我真想投河自尽！”

绝望之余，他索性横下心来。既然他躲不开胡闹王、约翰·富博的旗幡、五月花束、花炮、焰火，不如壮着胆冲进节日狂欢的心脏，前往河滩广场。他想：

“至少，在那里我可能会有一角篝火暖和身子。那里的市立济贫食堂里，听说今天有满满三大柜子的皇家甜点心，说不定我还能赶上剩羹残炙呢。”

二　河滩广场

当年河滩广场的遗迹，如今已很难辨认了。广场北角那座优雅的小塔楼硕果仅存，可是它也横遭卑贱的灰泥的涂抹，轮廓分明的雕刻变得模糊不清，恐怕过不了多久就会淹没、消失在如潮汛一般涌现的新楼宇中间。新楼吞噬巴黎所有旧宅的速度实在惊人。

诸君若和我们一样，每次经过河滩广场总要满怀怜悯和同情，望一眼夹在两座路易十五时代不伦不类的房屋之间的这座可怜的塔楼，就不难在头脑里重建这塔楼曾是其组成部分的那个建筑群，进而完整地再现十五世纪古老的哥特式广场的原貌。

当年和现在一样，此地是一个不规则的梯形，一边是码头，另外三边是又高又窄、鳞次栉比的阴暗房屋。白天可以观赏多姿多彩的石雕或木雕，它们展示了从十五世纪上溯到十一世纪、中世纪各种形式的住宅建筑的样品。从在那个时代已开始取代尖拱窗户的框式窗户起，直到已被尖拱替代的罗马式半圆拱为止，应有尽有。广场沿塞纳河那一边，靠着鞣皮厂街那一侧有座古老的罗朗塔楼，上面几层都是尖拱窗户，二楼仍是清一色的半圆拱窗户。入夜，但见这一大堆楼宇高下错落的屋顶，围着广场排开锐利如锯齿的黑影。今昔的根本差别正在于此：今天的城市里，建筑物以其正面朝着街道和广场，从前却是山墙。两百年来，房屋转了向。

广场东边的中央高耸一座笨重的、混杂不同风格的建筑。它由重叠的三个部分组成，因此有三个名称，从中可以知道它的历史、用途及建筑式样。它叫“太子宫”，因为曾是沙尔五世当太子时的住所；也叫“商馆”，因为它当过市政厅；又叫“柱屋”，因为有一排粗大的柱子支撑着三个楼层。像巴黎这样一座大好城市需要的一切，这里莫不齐备。有小教堂，可以祷告天主；有“议事厅”，可用于开会以及在必要时驳斥国王的使者；顶楼还有个贮满枪炮的“军械库”。因为巴黎市民深知，不管什么场合一味祈祷和为市民的特权辩护是不够的，他们总在市政厅的阁楼里备下几杆生了锈的好枪。

河滩广场当年就是一派凄凄惨惨的景象，今天依旧如此，因为它在人们心里唤起极不愉快的回忆，也因为多米尼克·薄加道尔建造的那座阴森森的市政厅取代了柱屋。还得说明，广场中央的石块路面上并肩耸立一副绞刑架和一根耻辱柱，或者借用当年的说法，一座“正义台”和一架“梯子”[1]。这两件常年设置的刑具少不了也使行人的目光避开这个不祥之地，须知有那么多鲜蹦活跳的生命在广场上咽了

---

① “梯子”通向耻辱柱。见后文卡西莫多受刑场面。

气，而且五十年后的所谓“圣瓦里埃热病”也肇始于此。这是对绞刑台的恐惧症，是所有疾病中最可怕的，因为它并非天意，而是人为。

话说回来，想到三百年前到处称王称霸的死刑今天局促一隅，倒也令人欣慰。当年不论河滩广场、菜市场、多菲纳广场、特腊瓦十字架、猪市、骇人的隼山、都头栅栏、猫场、圣德尼门、尚波市场、博岱门、圣雅克门，到处密布铁轮子、石绞台以及其他形形色色的、牢牢嵌入地面的刑具。这还不算修会会长、主教、教士会议、修道院院长和享有司法权的长老们设置的无数“梯子”，把犯人扔进塞纳河的溺刑，等等。死刑这个封建社会的老霸主，今天它的甲胄一片一片脱落，已无从施行其匪夷所思、精益求精的酷刑，不复能每五年更换一次大堡里拷打犯人的皮革床架；它几乎已被撵出我们的法律和我们的城市，被一部又一部的法典驱逐、赶走。而今在巴黎这座大城中，它只剩下一个栖身之地，那便是设在河滩广场一个不光彩的角落的一座其貌不扬的断头台。它偷偷摸摸，惴惴不安，羞愧难言，干完勾当后马上溜走，仿佛它最怕被人当场抓获。想到这一切，倒也令人欣慰。

三　以德报怨①

彼埃尔·格兰古瓦抵达河滩广场时，已经浑身冻僵了。为了避开钱币兑换桥的人流和约翰·富博的旗幡，他取道磨坊桥。不料主教的各台水磨在他经过时溅了他一身水，弄得他那件长罩衫里外湿透。而且因为自己的剧本演砸了，他觉得自己比平时更加怕冷，急忙向在广场中央烧得正旺的篝火走去。但是篝火四周围着许多人。格兰古瓦是真正的戏剧诗人，本有自言自语的习惯，见此情景，便念起独白来。

“该下地狱的巴黎人！他们竟然挡住去路，不容我烤火，我可是

① 原文是西班牙文。

太需要取暖了。我的鞋进了水。这些该死的水磨没头没脑朝我身上浇水。巴黎主教安装水磨，真是邪门歪道！我倒想知道，主教要水磨做什么用！难道他想改行当磨坊主？如果他只需要我的诅咒便能如愿以偿，那我马上就给他本人、给他的大教堂和他的磨坊念咒！咱们瞧瞧，这帮闲汉肯不肯挪窝！请问他们在这里干些什么！他们在取暖，好不舒坦；他们在观看一百捆柴火燃烧，好不壮观！”

他走近细看，才发现人圈围得很大，若是为了围着国王的篝火取暖本不该如此。观众这么多，并非完全被一百捆柴火燃烧的辉煌景象吸引过来的。

人群与篝火之间留出一大块空地，一个少女正在跳舞。

格兰古瓦枉为怀疑派哲学家和讽刺诗人，眼前那光彩夺目的形象令他眩晕，一时竟不能断定这姑娘是人，是仙，还是天使。

她个子不高，但是身材苗条挺拔，因此显得很高。她的肤色较黑，不过可以猜想，若在白天，她的皮肤必定泛出安达卢西亚妇女和罗马妇女特有的那种美丽的金色光泽。她一双纤足也是安达卢西亚式的，套在优雅细窄的鞋子里，曲伸自如。她脚踩一条随随便便铺在地上的旧地毯，跳舞、旋转、翻飞。旋转过程中，每当她青春焕发的脸容闪过你面前，她那双黑色大眼睛就向你射出一道电光。

在她周围，人人瞠目结舌。这也难怪：她把滚圆的、无瑕疵的两臂举过头顶，敲响巴斯克鼓，跟着鼓点子起舞时，整个身段细巧纤弱，灵活如黄蜂；她穿着不打裥的金色胸衣，色彩斑斓的长袍迎风膨胀，两肩裸裎，裙子不时掀开，露出秀美的小腿；何况黑发如漆，明眸如火——她不可能是肉骨凡胎。

格兰古瓦心想：“说真的，她是火精，是水仙，是女神，是曼那路斯山酒神庙的女祭司！”恰当此时，这个“火精”的一条发辫松开，原来插在上面的一枚铜币滚到地上。

“错了！”格兰古瓦说，“这是个吉卜赛女郎。”

一切幻觉统统消失。

她重又跳舞。她从地上抄起两把剑，用剑尖顶住前额，让它们朝一个方向转动，自己的身子则朝反方向旋转。她确实是个吉卜赛女郎。不过，尽管格兰古瓦不复有幻觉，这场面本身自有其魅力。篝火照亮全场，刺眼的红光在围成一圈的人脸上颤动，在吉卜赛女郎微黑的额际跳跃，还向广场深处射出惨白的余光。那里，一侧是古老的柱屋暗黑的、皱纹密布的门脸，另一侧是石头绞刑台的两根立柱，它们的阴影随着火光一起晃动。

成千张被火光映红的脸庞中间，有一个似乎比所有其他人更专心致志观赏这跳舞的女郎。这是个男子，脸色严峻、沉着、阴鸷。他的身子被周围的人挡住，看不出穿什么衣服。从面容看他的年龄不会超过三十五岁，但是已经秃顶，仅在鬓际有几撮稀疏的花白头发。他的额头既高又宽，已有皱纹；不过他那双深陷的眼睛却闪烁着不同寻常的青春火花，爆发着火热的生命力，蕴藏着深沉的情欲。他把目光死盯在吉卜赛女郎身上。那个十六岁的轻佻少女舞蹈飞旋，观众皆大欢喜时，他心里转的念头似乎变得越来越阴沉。他的唇际不时浮现一丝微笑，同时发出一声叹息，可是那微笑好像比叹息更加痛苦。

少女跳得气喘吁吁，终于停了下来。观众怀着爱怜之心，为她鼓掌。

“加利！”吉卜赛女郎喊道。

格兰古瓦看到一头娇小的白山羊走上前来，它机灵，活泼，毛发含有光泽，双角和四蹄描了金，还戴着一个镀金的项圈。这之前它一直蹲在地毯一角看女主人跳舞，格兰古瓦没有注意到。

“加利，”舞女说，“该你了。”

她坐下来，同时做了个优雅的手势，把巴斯克鼓递给它看。她接着说：

“加利，现在是几月份？”

山羊抬起一条前腿，在鼓面上敲了一下。时令正是一月。观众鼓掌。

“加利，”少女把鼓面翻转来，继续说，“今天是几号？”

加利举起描金的细腿，敲了六下鼓。埃及女子[①]又把鼓面转过来，问道：

“加利，现在几点了？”

加利敲了七下。正好，柱屋的大钟也敲响七点钟。

观众赞叹不已。

“其中必有妖法。”人群里冒出一个阴阳怪气的声音，非是别人，正是那个死盯着吉卜赛女郎的秃顶男子。

她打了个寒噤，转身去看。然而雷鸣般的掌声淹没了这讨厌的声音。

掌声甚至使她完全忘了这回事，只顾继续招呼她的山羊。

“加利，城防手枪营管带吉沙·格朗雷米阁下是怎样参加圣烛节游行的？”

加利用两条后腿站起来，一边开步走，一边咩咩叫。它的步态那么庄重、文雅，惟妙惟肖地模仿手枪营管带利欲熏心的假虔诚，逗得全体观众笑了个前仰后合。表演越来越成功，少女更加起劲，接着说：

“加利，宗教法庭的皇家检察官，雅克·沙莫吕阁下，是怎样布道的？”

山羊一屁股坐在后腿上，又叫了起来，同时古怪地挥动前腿，除了学不会雅克·沙莫吕的蹩脚法文和蹩脚拉丁文，他的腔调、神态可谓活龙活现。

观众报以更热烈的掌声。

“亵渎神明！”秃顶男子又叫了一声。

---

① 中世纪人认为吉卜赛人（在法国又称波希米亚人）是从埃及来的，故又称埃及人，梅里美在《卡门》中对此有考证。

吉卜赛女郎再次转过身去。

“呸！是这个恶棍！”她说。然后她把下嘴唇伸得超过上嘴唇，做了个习惯的噘嘴表情，旋转脚踵，反身托着手鼓向众人敛钱。

但见大银币、小银币、盾币、鹰币纷如雨下。突然她走到格兰古瓦跟前。格兰古瓦不经意把手伸进衣兜，她也就站住了。诗人摸到口袋底，这才发现真情，原来他一文不名。“见鬼！”他嘟囔一声，可是那漂亮姑娘站定不动，睁着大眼睛朝他看，把手鼓递到他面前，等待他给钱。格兰古瓦冒出大颗大颗的汗珠。

假如他口袋里装着秘鲁全国的黄金，他肯定也会交给那舞女的。无奈格兰古瓦没有秘鲁的金矿，何况当时美洲尚未发现。

幸亏出了桩意外，解了他的围。

“你还不滚开，埃及的蝗虫！”从广场最暗的角落传来一个尖嗓门。

少女受到惊吓，转身去看。这回不是秃顶男子的声音，而是个女人的嗓门，既十分恶毒，又透着奉教的虔诚。

这声尖叫吓着了吉卜赛女郎，却使广场上东窜西颠的一帮顽童乐不可支。他们乱哄哄笑成一团，大声叫喊道：

“是罗朗塔楼的坐关老太婆，是麻袋修女老婆子在骂人！敢情她还没有吃晚饭？找点济贫食堂的剩饭给她送去吧！”

众人一齐冲向柱屋。

趁着跳舞女郎一时惶惑，格兰古瓦赶紧脱身。顽童们的喊叫提醒他，他也没有吃晚饭，便也向食堂奔去。可是小淘气们跑得比他快：等他来到，他们已把食堂洗劫一空，连五个苏一斤的粗点心也没剩下。只给他留下几株间杂在玫瑰丛中的细巧的百合花，那是马第厄·比台纳一四三四年画在墙上的，当不得晚餐。

不吃晚饭就睡觉固然令人扫兴；没有晚饭吃而且不知道去哪儿睡觉就更非快活事情了。格兰古瓦偏生落到这步田地，没有面包，没有床铺；他需要应付燃眉之急，更觉得衣食住行实为人生大难。他早就发现一条真理：朱庇特创造人类时必定气儿不顺，所以智者贤人终其一生，命运总跟他的哲学过不去。就他本人而言，命运特别跟他捣乱；他听到自己的肚子咕咕叫，认为噩运利用饥饿攻击他的哲学，施的是下三路的招数。

他沉溺在忧郁想法里不能自拔时，一曲古里古怪却又带着万种柔情的歌声突然把他唤醒。是那个埃及少女在唱歌。

她的歌喉与她的舞蹈和美貌如出一辙，同样无法形容，令人迷醉。这是某种纯洁、清越、空灵，不妨说是长着翅膀的东西。这是持续不断的如鲜花怒放的旋律，是出其不意的华彩乐章，继之以穿插尖厉、带嘘声的音符的简单乐句，然后是一连串令夜莺也自愧弗如，却又始终保持和谐的音阶跳跃。再往后是八度音柔和的波动，其高下低昂犹如唱歌的少女的胸脯起伏，随着歌声的千变万化，她的俏脸蛋上的表情也变幻莫测，从最放荡不羁的情欲直到最贞节的尊严。她简直一会儿是疯子，一会儿是女王。

她唱的歌词用了格兰古瓦不懂的语言，好像连她本人也不解其意，因为她唱歌时的表情与歌词的意义无甚关联。例如下面这四句诗，由她唱出来变得欣喜欲狂：

他们在柱子里发现
满满一箱子财富，
里面还有崭新的旗幡
画着狰狞可怕的面具。

过了一会儿，她唱出下面这一节：

看这些阿拉伯骑士
在马背上岿然不动，
腰佩利剑，肩上背着

精工打造的弩弓。

格兰古瓦听了却悲从中来，潸然泪下。不过她的歌声的基调是快乐，她唱歌与小鸟鸣啭一样，是因为恬静舒适，无忧无虑。

吉卜赛女郎的歌声搅乱了格兰古瓦的沉思冥想，不过这和天鹅搅乱水面一样。他满心喜欢地听着她唱歌，忘了其他一切。几个小时以来，只有这一会儿他不觉得自己在受苦。

可是好景不长。

同一个女人的声音，刚才打断吉卜赛女郎的舞步，此刻来打断她的歌声。

“你还不闭嘴，地狱里的知了？”声音依然来自广场最暗的角落。

可怜的“知了”戛然噤声。格兰古瓦赶忙堵住耳朵。他说道：

“哟！该死的缺齿锯子锯断诗琴啦！”

同时，其他观众也与他一样嘀咕起来。不止一人喊道：“麻袋修女见鬼去！”此时若不是胡闹王的游行队伍来到，分了众人的心，这个不露面的老厌物准保要为她恶意攻击吉卜赛女郎而后悔不迭。游行队伍举着火把，笑闹喧哗，经过大街小巷，抵达河滩广场。

诸位读者曾目睹这支队伍从司法宫出发。它一路上吸收了巴黎全城的贱民，闲得发慌的小偷，无事可做的流浪汉，分门别类排开阵势。待他们进入河滩广场时，已蔚为壮观了。

打头的是埃及人。埃及公爵一马当先，他手下的伯爵们执鞭随镫；埃及男女肩上背着吵吵嚷嚷的孩子，乱七八糟跟在他们后面。所有人：公爵、伯爵、庶民，一律破衣烂衫。随后是丐帮，即全法国的盗贼按照品级列队，地位低的走在前头。他们每四人一行，佩戴的标志表示各人在这个奇怪团体中的级别。大多数人有残疾，不是缺胳膊就是少腿，有冒充失业的，有假称朝圣的，有疯狗咬伤的，有患癫痫的，有长癣的，有裹手帕装病的，有斜背酒瓶的，有拄拐棍的，有剪绺的，有烫伤的，有长烂疮的，有假破产的，有假伤兵，有死了爹娘的，还有装大麻风的和诸位丐帮长老。丐帮大小成员名目之多，荷马复生也难以尽举，装大麻风的和诸位长老簇拥着“黑话王国”的国王，丐帮的大帮主。他蹲坐在两条大狗拉着的一辆小车里，一下子还难以辨认。黑话王国之后，是伽利略帝国，这个帝国的皇帝纪尧姆·卢梭身穿酒渍斑斑的紫袍，威严煊赫迈步前进。相扑相打，模仿战斗动作的舞蹈艺人为他开路，执杖吏、护卫和审计院书记簇围在他的前后左右。司法宫的小书记员们殿后。他们身穿黑袍，扛着缀满纸花的五月树，奏着堪在群魔集会上演奏的音乐，举着粗大的黄蜡烛。在这群人中央，胡闹团诸位大骑士抬着一副担架，那上面插的蜡烛之多，瘟疫流行期间供奉圣热纳维也芙神龛的也比不上。担架上，手执权杖，头戴皇冕，身披皇袍，神采飞扬端坐着新当选的胡闹王，巴黎圣母院的敲钟人，驼子卡西莫多。

这支滑稽的游行队伍的每一部分都有自己独特的音乐。埃及人把他们的木琴和非洲手鼓敲得震天价响。黑话王国的臣民谈不上精通音律，只知道拉古式小提琴，吹羊角号，弹十二世纪的哥特式三弦琴。伽利略帝国也未见高明，他们的音乐里勉强可以听出简陋的三弦琴，那种乐器属于艺术的幼稚阶段，局限于“来”“拉”“米”三个音。可是胡闹王周围却汇拢了那个时代的全部音乐财富，各种乐器互争雄长，热闹非凡。最高音、次高音和高音三弦琴齐鸣合奏，长笛和铜管也来助兴。可叹啊！诸位想必记得，这本是格兰古瓦的乐队。

在从司法宫到河滩广场的路上，卡西莫多这副晦气丑陋的面容逐渐进入何种心花怒放、骄傲幸福的极乐境界，殊难形容，这是他平生第一次享受到自尊心的满足。这之前，他备尝欺凌，因地位低下而受蔑视，因形体丑陋而遭厌恶。所以，尽管他是聋子，也像真正的教皇一样品味人群的欢呼。其实他因为感到自己为他们所憎恨而憎恨这个人群，至于他的臣民是胡闹鬼、瘫子、盗贼、乞丐的乌合之众，这无关紧要。他们总归是臣民，而他是君王，他把所有讥诮的掌声，心怀不恭的敬意，都当真的收下了。话说回来，人群对他表示的敬意里也带着三分畏惧，因为这驼子力大无穷，这双罗圈腿行走如飞，这聋子下手狠毒。有了这三项品性，他就不显得那么可笑了。

此外，若说这位新当选的胡闹王能够意识到自己的感受以及他在别人心里引起的感受，这是我们万难相信的。寄寓在这副不完备的躯壳里的精神必定也缺了点什么，必定是闭目塞聪的。所以，他此刻的感受对他自身来说是绝对模糊、混沌、紊乱的，不过，喜悦显而易见，骄傲压倒一切。这张阴沉、不幸的脸竟然容光焕发。

正当卡西莫多醉醺醺、乐陶陶经过柱屋门前，人群中突然冲出一个人，怒不可遏地夺下他手中包金纸的木质权杖，那是他作为胡闹王的标志。众人见此，莫不大骇。

这个胆大包天的人，正是前不久混在人圈中观看吉卜赛女郎跳舞的那个秃顶男子，他曾出恶语威胁那可怜的姑娘，吓得她手足冰凉。他穿着教士的道袍。格兰古瓦以前没有注意他，在他冲出人群的那一瞬间却认出他了，不由得失声惊呼："奇怪！这可不是我的业师，堂·克洛德·弗洛罗副主教！他跟这个独眼家伙有什么过节儿？那家伙会吃了他的！"

果不其然，随着一声令人毛骨悚然的吼叫，可怕的卡西莫多从担架上一跃而下。妇女们纷纷转过目光，免得看到他把副主教撕成两截。

他一个箭步跳到神父跟前，望着他，然后跪下。

神父摘下他的冠冕，折断他的权杖，撕裂他那件缀着金箔的皇袍。

卡西莫多依旧跪着，低下脑袋，双掌合十。

然后他俩用手势和记号做古怪的交谈，双方谁也不开口。神父怒冲冲站着，一味威吓，咄咄逼人；卡西莫多跪着，十分谦卑，苦苦哀求。可是，卡西莫多只要伸出大拇指肯定就能把神父碾成齑粉。

最后，副主教粗暴地摇动卡西莫多健壮的肩膀，示意他站起来，跟他走。

卡西莫多站起身。

最初的惊愕过去之后，胡闹团这才想起捍卫他们被突然废黜的君王。于是埃及人、丐帮和全体法院书记员都围上来，冲着神父吼叫。

卡西莫多挺身站到神父面前，摊开巨灵之掌，磨响牙齿如被惹恼的猛虎，怒目而视胆敢进犯的人。

神父恢复他庄重、阴鸷的神态，向卡西莫多做了个手势，默默离去。

卡西莫多为他开路，挡道者无不退避。

他们穿过人群，走出广场后，一大帮闲人和好事者想跟踪他们。于是卡西莫多改做后卫，倒退着护送副主教。凭他那副矮矬敦实的身材，恶狠狠、怪模怪样的神情，倒竖的毛发，绷紧的四肢肌肉，野猪一般的獠牙，猛兽一般的咆哮，只消一抬手，一瞪眼，就使人群退避不迭。

人们听任他俩钻进一条黑暗的窄巷，谁也不敢尾随，光是想到卡西莫多咬牙切齿的鬼模样，就足以令人却步。

“这倒不错，”格兰古瓦说，“可我又该上哪儿去蹭晚饭呢？”

四　夜盯美人梢，必有麻烦事

格兰古瓦不顾吉凶，跟定了吉卜赛姑娘。他见她牵着山羊拐进刀剪作坊街，便也跟着踅进去。

“为什么不呢？”他心想。

作为巴黎街头不失务实精神的哲学家，格兰古瓦早就发现，最能激发人的想象力的事情，莫过于尾随一个漂亮女人而且不知道她前往何地。这样做是自愿放弃自己的自由意志，让自己的奇思服从另一个人的异想，而那个人却毫无所知。这样做也是混合随心所欲的独立性和盲目服从；这种介乎奴役与自由之间的中间状态很对格兰古瓦的胃口，因为他本性兼容并蓄，优柔寡断，对世间万事都执其两端，在人类的各种习性之间摇摆不定，结果使它们彼此抵消。他乐于把自己比作穆罕默德的坟墓，被两块磁石向相反的方向吸引，永远在向上和朝下、穹顶和地坪、飞升和坠落、天顶和天底之间犹豫不决。

假如格兰古瓦活在今天，在浪漫派和古典派之间他该是多么恰当地恪守中庸啊！

可是他并非能活三百岁的原始人，实在令人惋惜。他留下的空白无人填补，今天才令我们感到格外痛切。

再说，像这样在街上盯梢，尤其是盯女人的梢——这是格兰古瓦乐意做的——最相宜的心情莫过于不知道自己该在哪儿过夜。

所以他满腹心事跟在少女后面。少女看到市民们匆匆回家，当天特准照常营业的酒店也纷纷关门，便加快了脚步，逼得那头漂亮的山羊也一路小跑。

格兰古瓦的想法大致如下："说到底，她总得住在什么地方；吉卜赛女人都是好心眼。谁又知道呢！……"

他欲言又止，紧跟着还打了省略号。这省略号代表好些不能明言的绮思艳想。

最后几拨市民也忙着关门落闩了。经过各家门口时，他不时听到他们之间交谈的只言片语，他一厢情愿的逐步推想因此屡被打断。

有一处，是两个老人彼此打招呼。

"蒂博·费尼克尔老哥，您可知道天气冷得很？"

冬天刚一开始，格兰古瓦就领教了。

"可不，包尼法斯·狄索姆老哥！敢情这个冬天要和三年前，一四八〇年的冬天一样冷了，那年劈柴卖到八个苏一斤。"

"嗨！跟一四〇七年冬天比，那不算什么，蒂博老哥！那一年从圣马丁节到圣烛节，一直天寒地冻！冻得邪门，法院大厅里的录事们，每写三个字，鹅毛笔上的墨水就结成冰！审讯记录也做不下去了！"

另一处，是两个比屋而居的婆娘手执蜡烛在窗口攀谈，浓重的雾气使蜡烛噼啪作响。

"布达克太太，您丈夫没告诉您那件惨事？"

"没有呀。是什么事，图岗太太？"

"大堡的公证人吉尔·戈丹先生的马遇上弗兰德人的出行场面，受了惊吓，当下撞倒则肋司定修会的居士菲利浦·阿夫里洛先生。"

"真有此事？"

"千真万确。"

"市民的马闯祸！这太过分了！若是骑士的马，倒还说得过去！"

话音刚落，窗户随即关上。可是格兰古瓦的思路还是被打断了。

多亏始终走在他前面的吉卜赛女郎和加利，他很快就找回被打断的线索，毫不费劲就重新接上。这是一对俊俏、文弱、妩媚的造物，他赞赏她俩的纤纤细足，苗条的体态，优雅的举止，几乎把她俩视同一体。若论聪明和友善，他觉得她俩都是妙龄少女；要说步态的轻盈、灵敏和矫健，又觉得她俩都是山羊。

他们走着走着，街巷变得越来越黑，越少人踪。宵禁的钟声早已敲过，难得碰上石块路面上有个行人，窗户上亮着灯光。格兰古瓦尾随吉卜赛女郎，走进古老的无辜圣婴坟场四周由纠缠不清的小巷、街口和死胡同组成的迷宫。那个街区整个儿就像被猫搅乱的线团。"这些个街道倒是不讲逻辑。"格兰古瓦叹道。他身陷千百条兜圈子的盘陀路中，已经迷失方向，可是吉卜赛姑娘似乎熟门熟路，脚下毫不犹豫，越走越快。至于格兰古瓦，若不是菜市场巨大的八角形耻辱柱帮他确定方位，他根本不知道自己到了什么地方。在一条街的拐角，他瞥见那个庞然大物的镂空尖顶的黑影清晰可辨，映在韦德莱街一家亮着灯的窗户上。

他引起姑娘的注意已经有一会儿工夫了。她好几次惴惴不安地转过头来望他；有一次她甚至冷不丁站住，借助一家半开着门的面包店里漏出来的亮光，从头到脚盯了他一眼；这以后，格兰古瓦见她噘一下嘴——是他已经注意到的同一个动作——自顾自走她的路。

姑娘这一噘嘴，勾起格兰古瓦许多想法。这个表情娇憨可掬，其中肯定兼有蔑视和嘲讽。于是他低下脑袋，放慢脚步，与姑娘拉开距离。姑娘拐进一条横街，他刚看不见她，就听到她一声尖叫。

他赶紧跑过去。

这条街一团漆黑。但是拐角处的圣处女像下有个铁笼子，里面点着油捻。借着亮光，格兰古瓦看到两个男子抱住吉卜赛女郎，怕她叫喊，便使劲堵她的嘴，而她在拼命挣扎。可怜的山羊吓破了胆，低下头咩咩直叫。

“救人哪，巡防队的总爷！”格兰古瓦高呼。他奋不顾身冲上去。劫持少女的两名男子中的一个朝他转过身来，他认出卡西莫多那张可怕的鬼脸。

格兰古瓦并没有逃之夭夭，不过他也没有再往前走一步。

卡西莫多迎上前来，反手一推，就把他摔出去四步开外。然后他用一条胳臂托起吉卜赛女郎，轻巧如托着一条绸带，随即消失在黑暗之中。他的同伴跟在他后面。可怜的山羊尾随不舍，悲号不止。

“救命啊！救命啊！”不幸的吉卜赛女郎高呼。

“站住，混蛋！把这婊子给我放下来！”一名骑士突然从邻近的街口冲出来，猛喝一声宛如雷鸣。来者全副武装，手执双刃长剑，乃是御营弓箭队队长。

趁卡西莫多惊愕不已之际，他一把夺过吉卜赛女郎，把她横放在马鞍上。等到吓人的驼子回过味儿来，猛扑过去要夺回他的猎物，十五六名手执长剑、跟随长官的弓箭手正好赶到现场。他们是御营属下的一个班，奉京兆尹罗倍尔·戴斯图特维尔大人之命巡视街道。

卡西莫多当即被包围，抓住，绳捆索绑。他咆哮如雷，口吐白沫，伸出獠牙咬人。若是大白天，只要见到他那副在盛怒之下变得更加可怕的面容，这一队人必定会拔腿就逃。可是黑夜解除了他最具威慑力的武器：他的丑陋。

趁他们格斗时，他的伙伴已经悄悄溜走。

吉卜赛女郎在军官的马鞍上翩然坐起身子，双手按住这青年男子的肩头，凝眸细看他几秒钟，透着万分欣喜，既为了他俊俏的脸容，也为了他刚才鼎力相助。然后她首先打破沉默，用比平时更加甜润的嗓音说道：

“请问尊姓大名，巡兵先生。”

“腓比斯·德·沙朵佩队长，为您效劳，我的美人！”军官挺胸答道。

“多谢了！”她说。

腓比斯队长还在捻他的勃艮第式小胡子，她已如羽箭坠，从马背上滑下来，转瞬间无影无踪。

闪电的消失也没有她那么快。

“教皇的肚脐眼儿！”队长命令抽紧捆绑卡西莫多的皮带，骂了一声，“我宁可扣留那婊子。”

“您叫我怎么办呢，长官？”一名巡兵说，“飞走黄莺鸟，留下黑蝙蝠。”

五　麻烦接踵而至

话说格兰古瓦摔得昏头昏脑，躺倒在街角圣处女像面前的石块路面上。他逐渐恢复了神志。最初几分钟，他觉得自己在某种颇为惬意的似睡非睡状态中漂浮；在吉卜赛女郎和白山羊翩若惊鸿向他显现的同时，卡西莫多的铁拳也向他袭来。这一状态持续不长。他的身体与石块路面接触的部位感到一阵奇冷，终于使他完全醒过来，脑子又清楚了。“我身上哪来这股子凉气？”他陡然想起来，这才发现自己差不多躺在明沟中央了。

“见鬼的驼背独眼龙！”他从牙缝里嘟囔一声，说完就想站起来。可是他摔得太重，晕得厉害，只得待在原地。所幸他的手能活动，便用手捂住鼻子，一切随它去了。

“巴黎的烂泥，”他心想（因为他相信，肯定这明沟就是他今夜的住处了，“待在住所除了瞎想还能干些什么？”[①]），“巴黎的烂泥特别臭，其中必定有许多挥发性硝酸盐。何况尼古拉·弗拉美先生和炼金师们也持此见解……”

“炼金师”这个词蓦地使他想起克洛德·弗洛罗副主教，他记起自己刚才隐约看到的暴力场面。吉卜赛女郎竭力挣脱两个男子的劫持，卡西莫多有个同伴，于是他的脑海中模模糊糊掠过副主教高傲、阴郁的面容。“真蹊跷！”他想。于是他从这个前提出发，在这个基础上建造离奇的假设体系，这是哲学家搭的纸牌城堡。然后，猛一下他再次回到现实。“哎哟！冻死人了！”他叫出声来。

这地方确实越来越待不下去了。流淌的沟水的每一个分子夺走格兰古瓦体内的每一个热量分子，他的体温与沟水的温度之间开始建立平衡，对他可是大大不利。突然，另一种性质完全不同的苦恼向他袭来。

来了一群顽童，一帮自古以来就光着脚丫子在巴黎满城乱跑的野孩子，他们的名字永远叫作“流浪儿”。我们小时候，每天傍晚放学回家时，他们都向我们扔石头，只因为我们的长裤整整齐齐，没有撕破。这样一群小捣蛋像一窝蜂似的拥到格兰古瓦躺卧的街口，大笑大嚷，毫不在意会把街坊四邻吵醒。他们身后拽着一个说不出形状的口袋，单凭他们的木鞋的响声，就足以惊醒死人。格兰古瓦既没有完全

① 见拉封丹的寓言《兔子和青蛙》。

死去，也就撑起身子。

“喂，埃纳甘·唐岱什！喂，约翰·班斯布德！”他们的叫嚷震耳欲聋，“欧斯塔什·穆朋，街面上那个卖破铜烂铁的刚才咽了气。我们把他的草垫子搞来了，正好点一堆篝火。今天是欢迎弗兰德人的好日子。”

他们刚好走到格兰古瓦身边，没有看见他。说干就干，他们把草垫子恰巧扔到格兰古瓦身上，同时一名小捣蛋揪下一把麦秆，打算凑着圣处女像下的油灯把它点着。

“天杀的！”格兰古瓦心里嘀咕，“莫非这就要让我热个够？”

情势可谓千钧一发：眼看自己难逃水火夹攻，他使出吃奶力气挣扎，其危急不亚于不愿下油锅、奋力逃命的伪币制造者。

“圣处女在上！”顽童们惊呼，“铁器店老板的鬼魂回阳了！”

他们拔腿就逃。

这块地盘于是归草垫子独占。贝勒福莱、勒居日神父和考罗泽三家肯定说，次日该地区的教士举行隆重的仪式捡起草垫子，把它送进圣奥波杜纳教堂的宝库。从此直到一七八九年，该教堂的圣器保管员靠它赚了不少钱，说是莫贡塞依街角的圣母像，在值得纪念的一四八二年一月六日至七日夜间显灵，驱逐了已故欧斯塔什·穆朋的阴魂。该人为跟魔鬼开玩笑，临死时故弄狡狯，把自己的灵魂藏在草垫子里。

六　摔破的瓦罐

格兰古瓦慌不择道，撒腿狂奔，多次把脑袋撞上街角，跨过许多水沟，穿过许多街巷，许多死胡同，许多街口，在菜市场九曲十八弯铺着石块的古老小巷子里夺路逃命，在惊恐万状中踏遍了“一切通道，大街小巷”——那是契据上漂亮的拉丁文的说法。我们的诗人跑了半天之后，猛然停住，首先是由于他已接不上气，其次是因为他脑子里冒出一个两难推理，再也甩不开。他用手指抵住前额，自言自语道："彼埃尔·格兰古瓦先生，您这么瞎跑，委实没有头脑：小捣蛋们怕你，不亚于您怕他们。我跟您说，刚才您往北逃跑的时候，好像听见他们拖着木鞋奔南边去，两者必居其一：或者他们吓跑了，那么他们在恐慌中必定把草垫子留在原地，正好为您充当舒适的床铺。您从今天早晨起忙着寻找过夜的床铺。只因为您为她献上一出伴有凯旋场面和哑剧的寓意剧，圣母特地显灵，赐给您这个奖赏。或者那帮小把戏没有逃跑，那么他们必定点着了草垫子，也就是烧了一堆旺火，正好供您享受，烤干衣服，暖和身子。无论哪种情况，好床还是好火，这草垫子都是天降的礼物，莫贡塞依街转角慈悲的圣母马利亚可能正是为了成全您，才打发欧斯塔什·穆朋去死的。而您却像皮卡第人遇上法兰西人，没命地奔逃，把自己寻找的东西反倒扔在背后，岂非大傻瓜！"

于是他转身往回走，用心窥测、摸索方向，伸出鼻子迎风嗅闻，竖起耳朵细听，力图找回那床天赐的草垫子。可是纯属徒劳，只见房屋、死胡同、岔路口相错相交，他在其中一再迟疑，老是怀疑自己走错了路。漆黑一团的小胡同纠缠盘绕，叫他进退两难，即便陷入图奈尔宫的迷魂阵里，也不见得如此狼狈。他终于失去耐心，庄重地喊道："这些该受诅咒的岔路口，都是魔鬼仿照他的爪子造出来的！"

喊过后，他略感轻松。此时他在一条又长又窄的小巷尽头发现一道红光，精神更加振作了。"赞美天主！"他说，"就在那边！我的草垫子烧着了！"于是他把自己比作在黑夜中迷途的舟子，虔诚补充说："致敬，致敬，圣母之星[①]！"

他这段经文是念给圣处女还是念给草垫子听的，我们实在不得而知。

---

① 原文是拉丁文。

那条巷子是斜坡路，没有铺石块，越走越倾斜，越泥泞不堪。他走了没几步，就发现一桩怪事。敢情此地还有别的响动，这里那里，有些说不出名堂的奇形怪状、朦朦胧胧的东西往前爬行，统统趋向巷子尽头那道摇晃不已的亮光，犹如笨拙的昆虫在黑夜里从一株草茎挪向另一株草茎，爬向牧人的篝火。

钱袋空空如也的人最敢冒险。格兰古瓦继续前进，很快就赶上其中爬得最慢、落在最后的那条毛毛虫。走近一看，原来是个可怜的无腿人，好像一只受伤的蜘蛛只剩两条细腿，全凭双手支撑身躯往前蹦。待他走到这人面蜘蛛身边，那家伙发出一声哀号："行行好吧，老爷，行行好吧[1]！"

"但凡我听懂你在说什么，"格兰古瓦说道，"愿魔鬼把你和我一块儿抓走！"

他径直往前走。

他又赶上一个蠕动不已的庞然大物。仔细打量，原来是个缺胳臂少腿的瘸子全靠一套复杂的拐棍和假腿体系支撑身体，以至于他看上去像一副自动移位的脚手架。格兰古瓦擅长高雅的古典比喻，遂在心里把他比作火神伏尔甘的巨鼎变化为人。

当他经过时，这口活的三脚鼎，向他脱帽致敬，不过他把帽子举到格兰古瓦下巴底下，像是托着刮胡子用的盘子，同时冲着他的耳朵大喊："骑士先生，行行好，给点钱买块面包吧[2]！"

"看来这家伙也会说话，"格兰古瓦说，"可是这话实在难懂。假如他懂这话，他比我幸运。"

随后，他的念头突然转到别处，不由得拍一下脑门："想起来了，今天上午他们说的'爱斯美拉达'又是什么鬼意思？"

他想加快脚步，可是第三次又被什么东西挡住去路。这个什么东

---

① 原文是意大利文。

② 原文是西班牙文。

西，或者应该说什么人，是个小个子瞎子，蓄着犹太人的大胡子。一条大狗在前面给他领路。他拨动棍子探索周围的空间，带着匈牙利口音，瓮声瓮气冲他直嚷："积德行善[①]！"

"好极了！"格兰古瓦说，"总算有一个会讲基督徒的话，想必我天生一副乐善好施的面容，尽管我的钱袋那么瘪，还老有人要我布施。我的朋友（说着他转身面对那瞎子），上个礼拜我卖掉了最后一件衬衫，也就是说，既然您只懂西塞罗的语言：余已于上周售出仅存之衬衣[②]。"

说完，他背过身子，继续往前走。可是瞎子与他同时迈开脚步，而那个瘫子，还有那个缺胳臂少腿的家伙，也匆匆赶上来，讨饭钵子和拐棍碰击铺路石，响声一路不断。三个人会齐之后，便跌跌撞撞跟在可怜的格兰古瓦后面，对他唱歌。

"积德行善！"瞎子唱道。

"行行好啊！"无腿人唱道。

瘸子接过去，反复唱道："给点钱买面包！"

格兰古瓦堵住耳朵。"真是巴别塔呀[③]！"他喊道。

他拔脚狂奔。瞎子也跑。瘸子也跑。无腿人也跑。

他越往街巷深处跑，他周围的无腿人、瞎子和瘸子越聚越多，还有从屋子里、从横街上、从地窖气窗里出来的独臂人、独眼龙、满身长疮的麻风病人。他们吼叫、号叫、吠叫，磕磕碰碰，跌跌撞撞，如雨后的蛞蝓在泥水中爬行，一齐拥向街尽头的亮光。

格兰古瓦甩不开身后三个追逐者，不知道事情会怎样结局。他失魂落魄，在人群中间乱窜，绕过瘸子，跨过无腿人。无奈这么多残疾人如蚂蚁倾巢出动，他陷入重围，挪不开脚步，犹如被一大群螃蟹困

---

① 原文是拉丁文。

② 同上。

③ 据《圣经》，人类欲建一塔通天，上帝使他们各说各的语言，不能沟通。"巴别塔"遂指"语言混乱之所"。

住的那位英国船长。

他想到还不如退回原路，可是为时已晚。这支大军已在他身后合拢，三名乞丐与他寸步不离，他只有继续往前，既是被这股不可阻挡的洪流推着走，也是出于恐惧和眩晕，吓昏了头，把这一切当作一场噩梦。

他终于抵达街道尽头。这条街通向一片极为开阔的空地，千百点火光散布各处，在混沌的夜雾中晃动。格兰古瓦一头扎进去，希望能依仗自己的腿力，甩掉这三个穷追不舍的残疾人的魔影。

“您往哪里走，老兄！”[①]瘸子扔下拐棍，大喝一声。他撒开双腿撵上来，巴黎街头还没见过这么干净利落的步子。

同时无腿人也站直身子，把那个笨重的包铁皮的饭钵子扣在他脑门上。瞎子则睁开双眼，目露凶光。

“我这是在哪儿呀？”诗人吓破了胆，说道。

“在奇迹大院。”第四个幽灵靠上来，答道。

“凭我的灵魂发誓，”格兰古瓦说下去，“我眼见瞎子能看，瘸子能跑，可是救世主又在哪里？”

众人报以一阵狞笑。

可怜的诗人环顾四周。他确实身处可怕的奇迹大院，从来没有正派人在这个时分进入这块地方。这是个魔圈，大堡的军官和京兆尹衙门的捕快一旦闯入，便碎为齑粉；这是盗贼的渊薮，巴黎脸上的脓疮；这是阴沟，各国首都大街小巷的恶棍、乞丐、流浪者的溪流每天早晨从此地流出去，每天夜里又回归其中；这是阴森的蜂窝，所有为害社会的黄蜂每晚带着虏获物归巢；这是弄虚作假的医院，吉卜赛人，还俗的僧人，失足的学生，世界各民族——西班牙、意大利、德意志的渣滓，各宗教——犹太教、基督教、伊斯兰教、偶像崇拜教的败类，白天敷上假伤口沿街乞讨，天一黑就在这里变成强盗。总之，

---

① 原文是西班牙文。

这里是巨大的更衣室。盗窃者、卖淫和凶杀者在巴黎街头巷尾上演的永久的喜剧中的全部角色，在那个时代，都在这里上装卸装。

这是一个宽阔的广场，形状不规则，铺的石块高低不平，与当时巴黎所有的广场别无二致。东零西散的火光四周，扎着古怪的人堆，人影憧憧，吵吵嚷嚷。能听到尖厉的笑声，儿童的哭声，妇女的说话声。众多晃动的脑袋在火光衬托下，幻成千奇百怪的剪影。不时有巨大的、形状难辨的黑影混入在地面上跳动不已的火光，那是一条像人的狗，或者一个像狗的人走过。在这个城邦里与在地狱之都一样，不复存在人种和物种的界限。男人、女人、动物、年龄、性别、健康和疾病，似乎在这里不分彼此；一切无不混杂、融合、重叠，这一群人浑然不分，人人具备整体的全部特性。格兰古瓦借助微弱、摇曳的火光辨认出围住广场四周的房屋，看到风雨剥蚀、蛀洞累累、破相变形的门脸。每所房屋都有一两扇天窗亮着灯，那是它们的眼睛。它们蹲在黑暗中如老妇人围成一圈，怪异乖戾，伸出硕大的脑袋眨眼观看群魔乱舞的场面。

这对他像是一个新世界，一个蛇行蚁聚的世界，陌生，畸形，闻所未闻，光怪陆离。

格兰古瓦越来越害怕。三名乞丐如三把钳子把他紧紧夹住；其他许多张脸围着他游动，吼叫。不幸的格兰古瓦努力振作精神，想弄清楚今天是否星期六。可是他白费工夫。他的记忆和思想的线索已经掐断；他怀疑一切，在他所见到的和他感觉到的之间飘来飘去，向自己提出这个不能解答的问题：假如我存在，那么这一切是否存在？假如这一切都存在，那么我是否存在？

此时，他周围的嘈杂声中响起一个清晰的喊声："带他去见王上！带去见王上！"

"圣处女在上！"格兰古瓦心里嘀咕，"此地的王上，必定是头公山羊。"

"去见王上！去见王上！"众人齐声附和。

人们拽着他往前走，大家抢上来抓他。可是那三名乞丐就是不松手，硬把他夺回来，大吼大叫："他归我们了！"

诗人那件上衣已病入膏肓，禁不住这番争夺，当下咽了气。

在他被簇拥着穿越这可怕的广场时，他的眩晕感消失了。才走几步，他就恢复了现实感。他开始适应这里的气氛。最初，从他诗人的头脑里，也可能，说白了，从他的空肚皮里，升起一道烟雾，或者说是一股水汽，在他与周围物体之间弥漫，让他只能隐约看到这些物体，如在噩梦中隔着飘忽不定的迷雾所见，又如坠入梦境中的黑暗世界，那里一切轮廓无不颤动，一切形状无不扭曲，物体重叠聚积，变得硕大无比，物与人都在膨胀，化作怪兽，化为幽灵。这一阵幻觉过去之后，他的目光逐渐不再迷乱，眼中所见不再放大若干倍了，真实世界在他周围显现，撞击他的两眼双脚；他刚才自以为身处其中的那个恐怖的诗意境界的构件，在撞击之下逐一坠毁。他不能不发现自己并非涉足冥河，而是蹚着烂泥浆；推搡他的并非魔鬼，而是盗贼；遭到危险的并非他的灵魂，而是他的性命（既然他缺少在正派人和强盗中间充当有效的调解人的那个宝贝：钱袋）。待他更加贴近、更加冷静地观察这狂欢场面，终于从群魔夜会，一跤跌进下等酒店。

奇迹大院确实是个下等酒店，不过是盗匪麇集之所，葡萄酒的红色和鲜血的红色互不相让。

抵达目的地后，他那支破衣烂衫的卫队终于把他撂下。此时他见到的景象并不利于他重归诗境，即便与地狱的诗境也不相宜。这是个最粗俗不过的、实打实的下流酒馆。假如这事情不是出在十五世纪，我们该说格兰古瓦一跤从米开朗琪罗跌进卡洛[①]。

一块宽大的圆形石板上烧着熊熊大火，火上坐着一口此刻未盛食物的铁鼎，火焰烧红了鼎足。火堆周围横七竖八撂下九张破桌子，从未学过几何学皮毛的仆役把它们修得方方正正，或者至少使各条边的

---

① 卡洛，法国17世纪画家，喜欢描绘下流社会场景。

相交角度不那么怪诞。几个装满葡萄酒和大麦酒的瓦罐在桌子上闪闪发亮，围桌坐下许多醉汉，因为映着火光，也因为上了酒劲，个个满脸通红。其中有个大肚汉，乐呵呵搂住一个膘肥肉厚的妓女亲嘴。有一名假士兵，用黑话来说是“假伤兵”，一边吹着口哨一边解开他那假伤口的绷带，活动他健壮有力却从大清早起就千裹万缠的膝关节。对面一个病鬼在调和白屈菜汁和牛血，准备明天涂在他的“义腿”上。隔两张桌子，一个假香客、真强盗穿着全套朝圣服装，一板一眼吟唱圣后哀史，既拿出唱圣诗的腔调，还带着鼻音。另一处，一名年轻无赖向一个老家伙请教如何装癫痫，后者教他嚼肥皂便能口吐白沫。一个装鼓胀病的忙着给自己消肿，害得同桌四五个女拐子忙不迭捂住鼻子，她们正在争夺当晚偷来的一名儿童。凡此种种场面，如两个世纪之后索瓦尔所说，“朝廷认为十分有趣，堪供王上消愁解闷，并用于在小波旁宫供奉御前的四幕皇家芭蕾舞剧《黑夜》的开场部分”。一六五三年一位看过该剧演出的人补充说：“奇迹大院的诸般变幻莫测，从未得到如此出色的表演。邦斯拉德专为此事写下优美的诗句。”

到处只闻粗野的笑声，淫荡的歌声，人人自顾自笑骂、议论，全不管别人在说什么。酒罐子相互碰撞，争吵随之而起，缺了口的罐子划裂本已破烂的衣衫。

一条大狗盘尾蹲踞，望着火堆。几名儿童也掺和进这场疯狂的宴庆，那个被偷来的孩子又哭又叫。另一个胖乎乎的男孩坐在高板凳上，双脚悬空，下巴正好够着桌子边，一声不吭。另一个孩子神情严肃，用手指把淌下的蜡烛油摊开在桌面上。最后一个小把戏蹲在泥浆里，几乎整个身子钻进一口大锅，他用一块瓦片刮擦锅壁，斯特拉迪乌斯[①]听到那声音管保会晕过去。

一只大酒桶放在火边，一名乞丐坐在桶上。这就是乞丐王坐殿

① 有名的意大利弦乐器商。

听政。

三名揪住格兰古瓦不放的乞丐把他带到酒桶跟前，狂饮胡闹的人群霎时间安静下来，除了那孩子还在刮他的铁锅。

格兰古瓦不敢出大气儿，也不敢仰视。

“老兄，摘掉你的帽子。”[1]抓住他的那三个家伙中有一人喊道。他还没听明白这话的意思，另一个人已摘走他的帽子。这尖顶帽虽说破烂，凑合着还能挡雨遮太阳。格兰古瓦唯有叹气。

此时，高踞酒桶之上的国王向他发话了：

“这混蛋是什么来历？”

格兰古瓦打了个寒噤。这个声音虽因带有威胁而比平时更有力，还是使他想起另一个声音。今天上午，正是这同一个声音在观众中间哼哼“可怜可怜吧！”，给他的圣迹剧带来第一个打击。他抬头一看，果真是克洛班·特鲁叶福。

克洛班·特鲁叶福佩戴王者的标记，那一身破烂却依然如故。他胳臂上的假疮已经不见了，眼下他手执一根白色皮鞭，正是衙役用来开道、叫作“布莱伊”的那一种。他头戴一顶有一圈帽檐、上部合拢的帽子，不过很难说这是王冠还是童帽，因为两者极其相似。格兰古瓦认出奇迹大院的国王就是司法宫大厅里那个跟他捣乱的乞丐时，自己也不知为什么，心里又产生一线希望。

“先生……老爷……”他一阵嗫嚅，“陛下……我该怎样称呼您？”他逐步升级，终于到达顶点，不知道怎样再往上升或者下降。

“老爷，陛下，或者伙计，怎么称呼都行。不过你得赶快，你有什么要为自己辩护的？”

“为自己辩护！”格兰古瓦心想，“我可不喜欢这个说法。”他重又嗫嚅道：“我就是今天上午……”

“魔鬼的指甲！”克洛班打断他，“报上你的姓名，混蛋，废话少

---

① 原文是西班牙文。

说。听着，你面前是三位显赫的君王：本人克洛班·特鲁叶福，丢纳王，丐帮帮主的继承人，黑话王国至高无上的君主；再瞧那边，那个脑门上缠着擦桌布的黄脸老头，他是玛提亚斯·亨加第·斯皮卡利，埃及和波希米亚公爵；还有那个胖子，他不听我们说话，只顾跟一个骚婆娘亲热，他是纪尧姆·卢梭，伽利略帝国的皇帝。我们三个是你的审判官。你不是黑话王国的子民，却闯进黑话王国，你侵犯了我们城邦的特权，理应受到惩罚，除非你是'卡崩'、'法兰米图'或者'里福来'，用你们正派人的黑话来说，也就是偷钱包的、装病的或者烧伤的。你算不算这号人？为你自己辩护吧。报出你的身份。"

"哎哟！"格兰古瓦说，"我没有这个荣幸。我是作者……"

"那就结了，"特鲁叶福抢过话头说，"要把你吊死，这事情特简单，正派的市民先生们！你们那里怎样对待我们，我们这里也就怎样对待你们。你们用来对付流氓无赖的法律，流氓无赖也如法回敬。假如这法律太严，错不在我们。时不时让大家伙儿看到正派人套着麻绳项圈扮鬼脸，这样做大有必要，能叫这圈麻绳显得体面。来吧，朋友，高高兴兴地把你这身破烂脱下来，分给太太小姐们。我要把你吊死，好让流氓无赖开心。你呢，你把钱袋交给他们当酒钱。假如你还有什么花样要做，那边的石臼里有一尊像模像样的石头天主像，是我们从牛倌圣彼得堂偷来的。给你四分钟时间做祷告，好把你的灵魂扔给他。"

这席演说委实吓人。

"说得好，凭我的灵魂起誓！克洛班·特鲁叶福布道赛过教皇他老人家。"伽利略皇帝一边喝彩，一边砸破一个酒罐以便垫稳桌子。

"列位皇上，诸位君王，"格兰古瓦冷静地说（不知怎的，他又恢复了沉着，语气变得坚定），"可别那么想。我叫彼埃尔·格兰古瓦，我是诗人，今天上午司法宫大厅上演的寓意剧就是我写的。"

"想起来了，是你，仁兄！"克洛班说，"我也在那儿，天主的脑袋做证！就算这样吧，伙计，难道因为你今天上午叫我们着实腻歪，晚上我们就不能把你吊死不成？”

格兰古瓦心想：“我恐怕难以脱身了。”不过他还要尽力，便说道：“我不明白，为什么诗人不能算在流氓无赖里头。伊索普斯乃是流浪汉，荷马罗斯乃是乞丐，墨丘利马斯[①]本是小偷……”

克洛班打断他：“你讲话像念咒，存心糊弄我们。少废话，乖乖等着吊死吧。”

“请原谅，丢纳国王陛下，”格兰古瓦寸步不让，随即反驳，“废话值得一听……等一下……您请听我说……您不能不容分说就判我死刑吧……”

他周围一片喧嚣，淹没了他可怜的申辩。那个刮铁锅的孩子越加卖力。最要命的，是一个老太婆刚把一口摊肥油的煎锅坐在烧红的三脚架上，肥油受热后噼噼啪啪响，好像一群儿童吵吵嚷嚷，在狂欢节追赶戴假面具的人。

这当口，特鲁叶福好像在与埃及公爵和伽利略皇帝商量什么。后者已灌得烂醉了。然后他没好气大喝一声：“肃静！”可是那铁锅和那煎锅都不理睬他，继续合唱，气得他跳下酒桶，一脚踢翻铁锅，使它带着那孩子滚到十步开外，另一脚踢倒煎锅，把满锅的肥油都浇在火上。随后他庄严地重返宝座，不理会那孩子抽抽噎噎，那老婆子骂骂咧咧：她的晚餐正化作白色火苗，中看不中吃了。

特鲁叶福做了个手势，公爵、皇帝、丐帮大小长老即走过来，在他身边围成一个马蹄形。格兰古瓦始终被死死揪住，占据马蹄形的中心。一眼望去，这半个圈子人尽是破衣烂衫，不值钱的金属亮片，叉子，斧子，醉后站不稳的腿，裸露的粗胳臂，肮脏不堪的、憔悴的、痴呆的脸。在丐帮的圆桌会议中央，克洛班·特鲁叶福君临天下，俨若这个元老院的议长，这个贵族团的领袖，这个枢机主教会议上的教

---

① 伊索、荷马、墨丘利的拉丁文读音，墨丘利兼为盗贼之神。

皇，首先是因为他高踞酒桶之上，其次是因为他有某种高傲、残忍、可怖的神情，目射凶光。若说一般流氓无赖皆具畜类气质，他那股剽悍劲头中毫无粗鄙之相，不妨说在众多猪脸中间，他是个野猪头。

“听着，”他用长满茧子的手抚摸畸形的下巴，对格兰古瓦说道，“我看不出为什么不能把你吊死。这事情确实不讨你喜欢，其实很简单，无非是你们这些市民还不习惯罢了，你们把这事情看得太重。说到底，我们对你没有恶意，眼下就有法子叫你暂时脱身。你愿不愿意入伙？”

格兰古瓦眼看在劫难逃，已经听天由命，可想而知这个建议对他起到什么作用。他如抓到救命的木板，说道：

“我当然愿意，愿意之至。”

“你同意加入扒手党[①]？”克洛班接着问。

“扒手，再好不过了。”格兰古瓦答道。

“你承认自己是不纳税市民的一员？”丢纳王又问。

“不纳税市民的一员。”

“黑话王国的臣民？”

“黑话王国的臣民。”

“叫花子？”

“叫花子。”

“心里头也是？”

“心里头也是。”

“我得告诉你，”国王接着说，“就是这样，还是得把你吊死。”

“见鬼了！”诗人说。

克洛班不动声色往下说：“只不过留在以后，仪式也要隆重一些，由我们的好巴黎城出钱，派几个正经人，用漂亮的石头绞刑架把你吊死，这多少是个安慰。”

---

① 直译为“小刀会”。后文丐帮攻打圣母院，即以“小刀闲游”为代号。

“但愿如您所说。”格兰古瓦答道。

“还有别的好处。作为不纳税市民，跟一般巴黎市民不同，你不必交清洁费、济贫捐、街灯税。”

“但愿如此，”诗人说，“我同意，我就当叫花子，黑话王国臣民，不纳税市民，扒手党徒，您说什么我就当什么。其实我早就干上所有这些行当了，丢纳王陛下，因为我是哲学家。您知道，‘哲学无所不包，哲学家兼备众人’[①]。”

丢纳王直皱眉头。

“你把我当什么人了，朋友？你说的是哪门子匈牙利犹太人黑话？我不懂希伯来话。要做强盗，就不当犹太人。我早已不屑小偷小摸了，现在我杀人。割喉咙，我干；割钱袋，我不干。”

他越说越生气，话句越来越简短。格兰古瓦好不容易才插进几句话表示歉意：“我请您原谅，陛下。我刚才说的不是希伯来文，是拉丁文。”

克洛班怒不可遏：“我告诉你，我不是犹太人，我要把你吊死，犹太会堂的肚子！你身边这个卖假货的犹太小儿，我也把他吊死，这家伙本来就是一枚伪币，我希望有一天看到他与伪币一样下场，钉在柜台上示众！”

说这番话的时候，他手指着那个大胡子小个子匈牙利人，就是曾凑到格兰古瓦跟前，跟他说“积德行善”的那一个。此人听不懂别的语言，莫名其妙瞅着丢纳王冲他大发雷霆。

克洛班陛下终于平静下来。

“混蛋！”他对诗人说，“这么说，你愿意当叫花子？”

“当然喽。”诗人答道。

“光是愿意还不够，”脾气暴躁的克洛班说道，“善良愿望不能为菜汤添一头洋葱，只对进天堂有点用处，可天堂和黑话王国可是两回

---

① 原文是拉丁文。

事。为当黑话王国的臣民，你必须证明你不是废物，所以要你去掏假人的钱包。”

“您让我掏什么都行啊！”格兰古瓦说。

克洛班做了个手势，几名乞丐走出人圈，过一会儿又回来了。他们带来两根木桩，桩子下端各有扁平的木板撑脚，便于固定在地面上。待他们在木桩上端安好一根横梁，这就成了一副漂亮的轻便绞架。转眼间，格兰古瓦看到绞架在他面前安装完毕，不由得十分叹服。万事齐备，包括在横梁底下诱人地摇来晃去的绳套。

“他们究竟想干什么？”格兰古瓦惴惴不安，暗自问道。此时响起一串铃铛声，打断了他的思路，原来是乞丐们把一个假人的脖子套进绳圈。这是个吓唬鸟雀的稻草人，穿一身红衣服，上下挂满铃铛，足够三十头卡斯蒂利亚骡子用的。随着绳索的晃动，千百个铃铛一齐摇响，这声音逐渐减弱。假人的运动如取代了滴漏和沙漏的钟摆，待它静止不动，铃声也就停息。

于是克洛班指着假人底下一张晃晃悠悠的小凳子，对格兰古瓦说：“踩上去！”

“使不得！”格兰古瓦表示反对，“我要摔断脖子的。您的凳子像马提雅尔的双行诗，高一脚低一脚：第一行六个音步，第二行五个音步。”

“上去！”克洛班再次命令。

格兰古瓦踩上凳子，不免颠簸脑袋摇晃胳臂，才找回重心。

“现在，”丢纳王接着说，“你把右脚钩住左腿，踮起左脚尖。”

“陛下，”格兰古瓦说，“莫非您非要我折了胳膊摔断腿不可？”

克洛班摇头。

“听着，朋友，你说话太多。这事情用两句话就能说明的。我关照你踮起左脚尖站好，这样你就够得着假人的口袋。你去搜那个口袋，掏出里头的钱包。假如一个铃铛也不响，你能做成这件事，那就是你的造化，你就有资格当叫花子。剩下的事情是连续八天狠狠地揍你。”

“天主的肚子！我绝不去碰响铃铛，”格兰古瓦说，“可是，万一碰响了呢？”

“那就把你吊死，听明白了吗？”

“我一点也不明白。”格兰古瓦答道。

“听我再说一遍，你去搜假人的口袋，掏走它的钱包。这个过程中，只要碰响一个铃铛，我们就把你吊死。现在听明白了？”

“是的，”格兰古瓦说，“听明白了。这以后呢？”

“假如你能掏走钱包而不碰响铃铛，你就当成叫花子了。然后要连续揍你八天。现在你想必明白了！”

“不，陛下，我反倒糊涂了。对我又有什么好处呢？在第一种情况下我被吊死，在第二种情况下我挨揍……”

“可是当叫花子呢？”克洛班说下去，“当叫花子呢？这难道不上算？我们揍你是为你好，让你经得起摔打。”

“谢天谢地。”诗人答道。

“行了，快动手吧！”丐帮帮主说。他用脚跺一下酒桶，其声似敲大鼓。“去搜假人的口袋，尽快完事。我最后一次警告你！只要碰响一个铃铛，你就得代替假人的位置。”

众乞丐对克洛班的话热烈鼓掌，随即围着绞架站成人圈，纵声狂笑。格兰古瓦明白，他既让他们如此开心，他们必定对他什么都做得出来。除了顺利完成他被迫去干的那桩吓人勾当，他没有别的希望，可是成功的可能微乎其微。他决心豁出去，不过在动手前他不忘向那假人做热诚的祷告。虽说他就要去掏它的口袋，或许它比这帮乞丐更容易感动。这千百个铃铛各有一条小小的铜舌头，每个铃铛对他都像张着大口的毒蛇，随时准备发出咝咝声咬人。

“唉！”他低声自语，“难道我的性命取决于这些铃铛，只要其中最小的一个稍微响一下，就会要了我的命！”他两手合十，祷告说：“啊！小铃铛，千万别响！千万别晃，千万别动！”

他想再碰碰运气，说动特鲁叶福。

“万一刮风呢?”他问。

“把你吊死。”对方的回答干脆利落。

既然没有暂停、缓期的可能，也断了任何退路，他也就横下一条心了。他用右脚钩住左脚，踮起左脚尖，伸出胳臂。正当他的手够着假人时，他用一条腿支撑的身体在三条腿的板凳上难免一晃；他不假思索便去拽住假人，当下失去平衡，结结实实摔在地上。假人身上要命的铃铛一阵乱响，震得他昏头昏脑。同时，只因他推了一把，那假人先是打个旋，然后在两根木桩之间威严地摆动起来。

“倒霉!”格兰古瓦摔倒时喊了一声。他趴在地上像死了一样。

这时候，他听见头顶上千百个铃铛一齐发出的可怕响声，众乞丐的狞笑声，还有特鲁叶福的说话声:“把这家伙给我拖起来，狠狠地绞死他!”

他爬起来。已经有人把假人卸下，给他腾出位置。

乞丐们逼他踩上凳子。克洛班走到他跟前，把他的脖子套进绳圈，拍拍他的肩膀说道:“永别了，朋友！现在你逃不掉了，哪怕你狡猾如教皇也没有用了。”

格兰古瓦想喊“饶命”，话到嘴边又咽下去了。他举目四顾，毫无希望：所有人都在笑。

“葡萄星君，”丢纳王招呼一个身材魁梧的乞丐，后者立即出列，“你爬到横梁上去。”

葡萄星君敏捷地爬上横梁。过一会儿，格兰古瓦抬眼看到他已蹲在横梁上，吓得魂灵儿出了窍。

“而你，”克洛班·特鲁叶福接着说，“红脸安德烈，等我一拍手，你就拱膝盖把凳子推倒。还有你，弗朗索瓦·唱曲李子，你就抱住这混蛋的脚往下拽。葡萄星君，你就压住他的肩膀。你们三个人的动作要配合好，明白了吗?”

格兰古瓦浑身哆嗦。

“准备好了吗？”克洛班·特鲁叶福问。像三只蜘蛛窥伺一只苍蝇，三名乞丐已蓄势待发。可怜的格兰古瓦有片刻恐怖的等待，因为有几根葡萄藤没有烧着，克洛班不紧不慢把它们踢进火堆。“准备好了吗？”他又说一遍，然后张开两手准备击掌。再过一秒钟，事情就了结了。

可是他好像突然想起什么，停了下来。

“等一等，”他说，“我倒忘了！……我们有个规矩，在绞死一个男人之前，先得问问有没有女人要他——伙计，这可是你最后的机会。你要么娶个女叫花，要么跟绞索成亲。”

不管读者诸君觉得这条吉卜赛法律有多奇怪，它今天依旧原原本本载入古老的英国法典汇编。诸位请参看《伯灵顿氏法规评注集》。

格兰古瓦喘了口气。半小时以来，这是他第二次重睹生机，所以他不敢抱太大的希望。

“喂！喂！”克洛班又爬上酒桶，喊道，“娘儿们，妞儿们，你们中间，从巫婆到她的母猫，有没有骚婆娘愿意要这个骚小子的？喂，高莱特·拉沙隆纳！伊莉沙白·特鲁万！西蒙娜·若都因！玛丽·彼埃德布！长脚托娜！贝拉德·法努埃尔！米歇儿·格那叶！克洛德·咬指甲！马杜里娜·吉洛罗！喂！伊萨博·蒂埃利！你们都过来瞧瞧！白捡一个男人，谁要？”

格兰古瓦正在落难之中，那模样不怎么招人爱。众女丐不为这个建议所动，不幸的人听到她们回答：“不要！不要！吊死他，让大家伙儿都取个乐！”

不过还是有三个女人出列，走过来嗅嗅闻闻。第一位来者是个方脸膛的胖妇人。她仔细打量哲学家寒碜的上衣，那件短衫经纬毕露，千疮百孔，窟窿眼多于炒栗子的大马勺。那婆娘做了个怪相，嘀咕一声：“烂布条！”然后对格兰古瓦说：

“你的斗篷哪儿去啦？”

"丢了。"格兰古瓦说。

"你的帽子呢?"

"给抢走了。"

"你的鞋子呢?"

"掉了鞋底。"

"你的钱包呢?"

"惭愧!"格兰古瓦吞吞吐吐说,"里头一个子儿也没有。"

"那你该着吊死,说声谢谢吧!"女叫花子顶他一句,扭头便走。

第二位既老又黑,满脸皱纹,奇丑无比,即便在奇迹大院也引人注目。她围着格兰古瓦打转,吓得他几乎害怕自己会被看中。可是她从牙齿缝里迸出一句"太瘦了",也走开了。

第三位是个姑娘,还算鲜嫩,模样也过得去。她端详他片刻,面有怜悯之色,然后垂下眼皮,揉搓裙子,拿不定主意。他注视她的每一个动作,这可是他的最后一线希望。"不,"姑娘终于表态,"不,吉尧姆·隆格茹会揍我的。"她也返回人群之中。

"伙计,"克洛班说,"你时运不济。"

然后他从酒桶上站起身,嚷道:"没有人开价?"他模仿拍卖员的吆喝,逗得众人大乐。"没有人开价?一——二——三!"随后冲着绞架点头示意,"卖了!"

葡萄星君、红脸安德烈和弗朗索瓦·唱曲李子一齐靠近格兰古瓦。

恰在此时,黑话王国子民中间腾起一片喊声:"爱斯美拉达,爱斯美拉达!"

格兰古瓦打一寒战。他朝喊声所来的方向望去,但见人群自动闪开,给一纯洁无瑕、光彩照人的倩影让路。

"爱斯美拉达!"格兰古瓦自语道。在他心头百感交集之际,这个富有魔力的名字勾起他对白天全部经历的回忆,一下子把他惊呆了。

这个人间尤物以其美貌和魅力倾倒众生，连奇迹大院也不能例外。她所到之处，男女乞丐退避两厢；遇上她的目光，他们粗野的脸上顿时增添了灵光。

她迈着轻盈的步伐走近受刑者，漂亮的小山羊加利跟在她后面。格兰古瓦面无人色，她默默打量他片刻。

“您要把这个人吊死？”她向克洛班郑重发问。

“是的，妹子，”丢纳王答道，“除非你认他做丈夫。”她又噘一下嘴唇，娇态可掬。

“我认了。”她说。

格兰古瓦至此坚信不疑，从早晨起自己一直在做梦，眼下这梦还在继续。

不意柳暗花明，骤入佳境，似这般转折也太突兀了。自有人解开绳套上的活结，把诗人从小凳上抱下来。他过于激动，站不起来，只好一屁股坐在地上。

埃及公爵一声不吭，拿来一个瓦罐。吉卜赛女郎把瓦罐递给格兰古瓦，对他说：“把它摔在地上。”

瓦罐摔成四片。

“兄弟，”埃及公爵伸出两手按住他俩的额头，说道，“她是你的妻子；妹子，他是你的丈夫。为期四年。礼毕。”

七　新婚之夜

过不多久，我们的诗人已待在一间尖拱顶的小房间里，坐在一张桌子跟前。那屋子门窗紧闭，暖意融融，那张桌子紧贴着挂在墙上的食品柜，只等着上菜端饭了。他与一位漂亮姑娘单独相处，待会儿还能舒舒服服躺在床上。他撞上这艳遇像是被人施了魔法。他开始把自己果真当作童话中的人物了，不时环顾四周，像在寻找那辆由两个插翅神兽驾辕的火焰车，看它是否还在那里。只有这种仙车才能如此神速地把他从鞑靼国带进天堂。有时他也死盯着短衫上的窟窿眼细看，以便抓住现实，不至于完全堕入五里雾里。他的理智在幻觉世界中飘荡，全靠这一条线与尘世维系了。

少女似乎当他根本不存在。她在屋子里来回走动，挪动板凳什么的，还与山羊说话，时不时噘一下嘴。她终于坐到桌子边上，格兰古瓦可以仔细端详她了。

读者诸君，你们都有过童年，也许你们很幸运，至今童心未泯，你们必定不止一次（就我而言，我整日乐此不疲，那是我一生过得最有意义的日子）沿着潺潺流水，在阳光明媚的日子，从一个荆棘丛到另一片灌木林，追逐一只美丽的蓝色或绿色蜻蜓，而它则飞无定向，翩然掠过树梢。你们想必记得自己曾满怀柔情和好奇心，用心思，用目光，注视它紫色和碧蓝色的翅膀挟着营营的响声刮起的微型旋风。它的形体在迅速运动中变得像是罩上一层薄纱，难以捉摸。在翅膀颤动中时隐时现的绰约身影，对于你们是神怪，是想象之物，不可触及，不容狎视。后来那蜻蜓在一枝芦苇尖上栖息，你们可以屏住呼吸，好生观看它薄若轻纱的长翼，釉彩斑斓的长袍，一对水晶眼球。你们又是多么惊诧，多么害怕这个形体会重归虚无缥缈，这个生灵会化作梦幻！你们只要回想这些印象，便不难体会格兰古瓦此时的感受。在这以前他透过歌舞喧嚣的旋涡隐约看到的爱斯美拉达，现在终于向他展现真身了。

他越想越出神，两眼蒙眬跟着她转，自言自语道："这就是那个爱斯美拉达？下凡的天仙，街头的舞女！那么高贵，又是那么低贱。是她，今天上午，最后断送了我的圣迹剧；今天晚上救我一命的也是她。她是我的丧门星！又是我的守护天使！……千真万确是个漂亮妞！她必定爱我爱得发狂，才不顾一切救下我。"不过他的性格和他的哲学本以现实为基础，他又恢复了现实感，突然站起身说道："且慢，虽说我不知道是怎么一回事，反正我成了她的丈夫。"

他心怀此念，而且目光中流露此念，雄赳赳向姑娘那边走过去，有意大献殷勤，吓得她直往后退。

“您想干什么？”她说。

“这还用得着问吗？人见人怜的爱斯美拉达？”格兰古瓦答道。他的语调如此动情，连他自己听了都感到惊奇。

埃及女郎圆睁双目：“我不明白您的意思。”

“什么！”格兰古瓦的热情越烧越旺，又想到自己需要对付的不过是奇迹大院里的贞节女子而已，便接着说，“难道我不归你所有，可人儿！莫非你不属于我？”

说着，他一片天真，搂住她的腰肢。

吉卜赛女郎的无袖短衫如鳗鱼皮一样从他手下滑过。她纵身一跃，就蹦到小房间的另一端，弯下腰，又挺立身子，手里亮出一把匕首。格兰古瓦甚至来不及看清这匕首是从哪里来的。她动了怒，凛不可犯，嘴唇噘着，鼻孔张着，两颊红一块白一块如小苹果，眼珠射出电光；同时，那头白山羊在她面前拱卫，摆下交战的阵势，一对美丽、尖锐的描金犄角顶住格兰古瓦。这一切发生在转瞬之间。

蜻蜓化作黄蜂，只想蜇人。

我们的哲学家愣住了，他目光痴呆，在吉卜赛女郎和山羊之间来回移动。

“圣母啊！”惊魂甫定，他终于能说话了，“这两个泼妇！”

吉卜赛女郎也打破沉默。

“您这人胆子贼大！”

“请原谅，小姐，”格兰古瓦笑道，“可是您为什么认我做丈夫呢？”

“难道就应该看着你吊死？”

“如此说来，”诗人本来自作多情，此时有点失望，“您愿意嫁给我，除了为把我从绞架上救下来，没有别的想法。”

“你要我还有什么别的想法？”

格兰古瓦咬咬嘴唇。“好吧，”他说，“我在情场并非自以为那样得意。不过，既然如此，砸碎这可怜的瓦罐又有什么用呢？”

他俩交谈的工夫，爱斯美拉达的匕首和山羊的犄角始终处于戒备状态。

“爱斯美拉达小姐，”诗人说，“咱们讲和吧。可我不是大堡的录事，虽然您无视京兆尹大人的明令禁止，公然在巴黎带刀佩剑，我不会因此挑您的错。您想必知道，一星期以前，诺埃尔·雷克里凡先生因为携带短剑，被判罚款十个巴黎苏。不过这与我无关，还是言归正传吧。我用自己在天堂的位置做担保向您起誓，没有您的允许我决不靠近您。可是您最好给我开一顿晚饭。”

其实格兰古瓦与德普瑞欧先生一样“不恋女色”，他不是那种奇袭猛攻少女的骑士和火枪手。对待爱情和对其他任何事情一样，他宁可等待时机，采取折中手段。尤其在他饥肠辘辘的时候，进一顿美餐，有佳人做伴，他认为这是艳遇的序幕和结局之间的绝妙过场。

埃及女神不答话。她又高傲地噘一下嘴，小鸟似的昂起头，然后放声大笑。那把小巧玲珑的匕首来无影去无踪，不容格兰古瓦看清蜜蜂怎样把刺藏起来。

过一会儿，桌上摆出一块黑面包，一小片猪油，几个干瘪的苹果，一碗大麦酒。格兰古瓦开始狼吞虎咽，铁叉子碰撞陶盘响个不停，好像他的全部恋情都化作了食欲。

姑娘坐在他对面，默默看他吃饭。她显然别有所思，想到美处不时嫣然一笑，同时她的纤手轻轻抚弄那善解人意的山羊。加利的脑袋依偎在她两膝之间。

一支黄蜡烛照亮这幅饕餮暨遐思图。

格兰古瓦胃部的第一阵骚动平息之后，盘子里只剩下一只苹果。他有点不好意思，其实大可不必。“您不吃一点，爱斯美拉达小姐？”

她摇摇头，把出神的目光移向小房间的穹顶。

“她到底在想什么？”格兰古瓦心想，同时顺着她的视线望去，“使她全神贯注的，不可能是拱心石上雕刻的那个侏儒的丑脸。活见鬼！我的长相比它不差！”

他放大嗓门：“小姐！”

她好像没有听见。

他又升高调门：“爱斯美拉达小姐！”

还是白费力气。姑娘心不在焉，格兰古瓦的声音没有力量把她召回来。幸亏山羊插进来，它轻轻拽拉女主人的袖子。埃及姑娘像是惊醒过来，赶紧问：“你要什么，加利？”

“它饿了。”格兰古瓦说。他十分高兴能搭话。

爱斯美拉达掰碎面包。加利就着她的手心舔吃，姿态雍容。

格兰古瓦不容她重新陷入遐想。他壮着胆提出一个尴尬的问题：

“您真的不要我做您的丈夫？”

姑娘审视他，说道：“不要。”

“做您的情人呢？”格兰古瓦又问。

她噘嘴，答道：“不要。”

“做您的朋友呢？”格兰古瓦追问下去。

她又审视他，思忖片刻，说道：“也许。”

哲学家们向来喜欢“也许”这个词，格兰古瓦当下更壮了胆。

“您知道什么是友谊吗？”他问。

“是的，”埃及姑娘答道，“就是成为兄妹，两个灵魂相接而不相融，好比同一只手上的两根手指。”

“那么什么是爱情？”格兰古瓦又问。

“啊！爱情！”说着，她的声音发颤，眼睛发亮，“这是两个人合成一个人，一个男人和一个女人融合成一个天使。这是天堂。”

这名街头舞女说这番话时，变得格外艳丽，大大打动了格兰古瓦。在他眼中，这艳色与她几乎是东方式的、一往情深的措辞极为相称。纯洁的朱唇间浮现一丝微笑；由于思虑，她宁静的前额不时变得暗浊，像是镜面哈上水汽；从低垂的又长又黑的睫毛底下漏出一种难以形容的神光，更使她的面容娟秀静美，臻于理想。后来拉斐尔画圣母像，找到处女的贞洁、母亲的慈爱和天神的灵秀的神秘交汇点，重现这一境界。

格兰古瓦打破砂锅问到底。

“什么样的人才能讨您喜欢呢？”

“必须是个男子汉。”

“那我呢，我又算什么人呢？”

“男子汉头戴盔，手执剑，靴跟上有镀金的马刺。”

“得，”格兰古瓦说，“不骑马就不算男子汉——您是否爱着谁？”

“男女之间的情爱？”

“男女之间的情爱。”

她凝思片刻，随后带着古怪的表情说道：“我不久就会知道了。”

“为什么不是今晚呢？”诗人柔声问道，“为什么不是我呢？”

她对他投去严厉的一瞥。

“我只能爱有能力保护我的男子。”

格兰古瓦脸红了，自愧弗如。显然，姑娘指的是两个钟头前她处于危急关头，他未能伸手救援。这一晚上奇遇接踵而来，使他忘了此事，这才回想起来。他拍了拍脑门。

“顺便说，小姐，其实我本应该打这儿开头的。请原谅我颠三倒四问了好多废话，您是怎样逃脱卡西莫多的爪子的？”

这一问不要紧，吉卜赛女郎却打了个寒噤。

“呀，可怕的驼背！”她双手捂住脸，全身颤抖如有奇寒袭来。

“确实可怕！”格兰古瓦说。他不罢休，继续追问：“可您又是怎样逃脱的？”

爱斯美拉达微笑，叹口气，保持沉默。

“您知道他为什么跟踪您？”格兰古瓦拐个弯也要回到老问题上。

“我不知道。”姑娘说。她又接一句，语带嗔怒：“可您也跟踪我来着，您为什么要跟踪？”

“实话相告，”格兰古瓦答道，“我也不知道。”

双方都不说话了。格兰古瓦用餐刀在桌子上乱刻乱划。姑娘面带笑容，像是透过墙壁望着什么东西。忽然她唱起歌来，吐字含糊不清：

> 五色斑斓的小鸟
> 沉默了，而大地……①

她突然打住，伸出手去爱抚加利。

“您这头羊很可爱。”格兰古瓦说。

“它是我的姊妹。”她答道。

“为什么人家叫您爱斯美拉达？”诗人问。

“我不知道。”

“总有点讲究吧！”

她从胸前掏出一个长方形小香囊，那是放着用印度万香树的果实串成的项链，挂在她脖子上。这个香囊散发出刺鼻的樟脑味。它用绿绸做面子，中央缀着一颗仿翡翠的大玻璃珠子。

“也许是这个缘故。”②她说。

格兰古瓦想把香囊拿过来。她后退一步：“别碰它，这是个护身符；不是你损坏它的法力，就是它加害于你。”

诗人的好奇心越发强烈。

“谁给您的？”

她竖起一指搁在嘴上，随后把护身符放回胸前。他又试着提别的

---

① 原文是西班牙文。

② “爱斯美拉达”这个名字是翡翠“爱美洛德”的讹音。

问题，可她爱理不理。

“爱斯美拉达这个词是什么意思？”

“我不知道。”她说。

“这个词属于哪种语言？”

“我想是埃及话。”

“我猜也是，”格兰古瓦说，“您不是法国人吧！”

“我不知道。”

“您有父母吧？”

她唱起一首古老的民谣：

我父亲是雄鸟，
我母亲是雌鸟。
我过河不用舟，
我过河不用船。
我母亲是雌鸟，
我父亲是雄鸟。

“唱得好，”格兰古瓦说，“您几岁来法国的？”

“很小的时候。”

“来巴黎呢？”

“是去年。我们从教皇门进城时，我看到大苇莺飞过；那会儿是八月底，我就说，冬天会很冷的。”

“果不其然，”格兰古瓦十分高兴能与她搭上话了，“去年整个冬天，我都往指头上哈气。这么说，您有本事未卜先知了？”

她又不爱搭理了。

“不。”

“你们叫他埃及公爵的那个人，是你们部落的首领？”

“是的。”

“可是，是他把我们结为夫妻的。”诗人怯生生地提醒她。

她又噘嘴，做惯常的娇态。“可我还不知道您的姓名。”

“我的姓名？您若愿意听，我这就道来：在下彼埃尔·格兰古瓦。”

“我知道有个名字更漂亮。”她说。

“您可真坏！”诗人说下去，“不管怎么着，我不会生您的气。也罢，哪天您对我了解深了，您也许会爱我的。还有，蒙您十分信任我，把您的身世都告诉我了，我理应多少谈谈我的情况。您知道，我叫彼埃尔·格兰古瓦。我再告诉您，我是贡乃斯公证事务所承包人的儿子。二十年前，巴黎围城期间，我父亲被勃艮第人吊死，母亲被皮卡第人开膛破肚。我六岁就成了孤儿，巴黎街面上的石块便是我的鞋底。六岁到十六岁这一段时间，我也不清楚是怎么熬过来的。这里一位摆水果摊的给我一颗李子，那里一位开糕饼铺的扔下一块面包皮；到夜里，总有巡夜的把我送进监狱，好歹有一捆麦秆好让我睡觉。这一切并不妨碍我长大成人，而且越长越瘦，就像您现在看到的样子。冬天，每当我待在桑斯公馆的门廊下晒太阳，总觉得圣约翰节的篝火要等到大热天才烧起来，岂不可笑。十六岁时，我想找一门职业，各种行当我都试过。我当过兵，可是不够勇敢。我又当修士，可是不够虔诚，再说我的酒量也太差。走投无路，我就投奔粗木作行会当学徒，可是我的力气太小。我的禀性更适合当教师；我那会儿确实一字不识，可是这并不碍事。又过了一段时间，我发现自己不论干什么都缺根筋。既然我什么都干不了，我就心甘情愿去当诗人，胡乱诌它几句韵文。只要是无业游民，随时可以干这行当，总比偷盗要强一些。我有几位当强盗的年轻朋友，还真劝我去偷去抢呢。有一天，我有幸遇到堂·克洛德·弗洛罗，圣母院大堂可敬的副主教。蒙他不弃，多加关照，我今天才能成为货真价实的文人，通晓拉丁文，从西塞罗的《论职务》到则肋司定会神父的超度亡灵经，我背得烂熟；对于经院哲学、诗学、诗律，甚至对集一切学问之大成的炼金术，我也在行。今天上午在司法宫大厅上演的圣迹剧，盛况空前，人山人海，在下就是该剧的作者。我还写过一本书，印出来足有六百页，那是关于一四六五年那颗大彗星的，有一个人为此发了疯。我还有别的成就。我多少懂点造大炮的木工活，参与制造约翰·莫格的那座大炮。您知道，在沙朗东桥上试炮那一天，那家伙当场爆炸，炸死了二十四个看热闹的。您看，我当个配偶还是不错的。我还会许多有趣的招数，可以教给您的山羊。比如说，我教它模仿巴黎主教，这该死的伪君子的腔调；他在磨坊桥设下那么多水磨，谁打那儿过都溅一身水。还有我那出圣迹剧，假如领到报酬，可是一大笔现钱。最后一条，我完全归您调遣，我本人，我的才智，我的学问和我的文采；我但求与您共同生活，小姐，而且遵从您的意愿，或者快乐恩爱做夫妻，假如您觉得这样合适，或者纯洁无邪做兄妹，假如您觉得这更合适。”

格兰古瓦就此打住，他期待着这篇演说能打动姑娘。她的目光盯着地面。

“腓比斯，”她低声说，然后转身面向诗人，“‘腓比斯’是什么意思？”

格兰古瓦不太明白他的演说和这个问题之间有什么联系，不过他还是很高兴有机会卖弄学问。他神气活现答道：“这是个拉丁词，意思是‘太阳’。”

“太阳！”她复述一遍。

“这是一个英俊的弓箭手，一个天神的名字。”格兰古瓦补充说。

“天神！”埃及姑娘重复一声，语气透着一往情深。恰在此时，她的一个手镯松开了，掉在地上。格兰古瓦赶紧弯腰去捡。等他挺起身子，少女和山羊都不见了。他听到上锁的响声，那是一扇小门，大概通向邻室。他被反锁在屋子里了。

“她至少得给我留一张床吧！”我们的哲学家说。

他巡视这间小屋，也没找到适合睡觉的家具，除了一只相当长的木箱。可是这木箱盖子上雕着花，格兰古瓦躺下去后，脖子底下坑坑洼洼，硌得很不是滋味。假如大人国来客舒展手脚躺在阿尔卑斯峰顶上，那感觉大概差不多。

“算了吧，”他尽量凑合着睡舒服一点，“总得认命。不过，这个新婚之夜实在古怪。真遗憾！摔罐成亲倒是很对我的胃口，大有上古浑厚淳朴之风。”

第三卷

一　圣母院

巴黎圣母院今天无疑仍是一座雄伟壮丽的建筑。不过，虽然它阅尽岁月后风华不减，看到时间和人类都藐视奠定第一块基石的查理曼和砌下最后一块石料的菲力浦·奥古斯丁，同时又给这可敬的丰碑带来无数毁损和残害，我们很难不喟然长叹，义愤填膺。

所有主教座堂中，这座教堂犹如我国年迈的王后。在她脸上，每一道皱纹边上必有一道伤痕，正好应上一句拉丁文，我不妨译作："时间盲目，人类愚蠢。"①

假如我们有闲暇与读者一起，逐一审视这座古老的教堂遭受的破坏的痕迹，我们会发现时间犯下的过失较小，最恶劣的是人为的破坏，尤其是"才艺之士"的破坏。我必须说是"才艺之士"，因为过去二百年间取得建筑师资格的大有人在。

我们只举几个最重要的例子。首先要提到教堂的正面，建筑史上肯定没有更辉煌的篇章。既是同时，又是依次呈现在我们眼前的是三

---

① 见奥维德《变形记》，直译为"时间吞噬，人尤为烈"。

座尖顶拱门；门顶上二十八座列王神龛一字排开，组成精工细雕的束带层；再往上，巨大的中央玫瑰花窗左右各有一扇侧窗，如祭司两侧的助祭和副助祭；更上一层，是高耸的、单薄的三叶草图案的拱廊，细巧的柱子支撑着笨重的平台；最后是两座黑沉沉的有石板前檐的伟岸塔楼：上下叠成壮观的五层，每层各为一个宏伟整体的和谐组成部分。这整体在我们眼前展开，浩浩荡荡，有条不紊；牢牢依附其上的众多雕像、雕刻、镂刻及其无数细部适增其伟大与镇定。不妨说这是石头的交响乐，是一个人和一个民族的宏篇巨构，既一体浑成又繁复丛杂，如同与它为姊妹行的《伊利亚特》和《罗曼采罗》，它也是同一个时代的所有力量齐心合作的神奇产品，每一块石头都花样百出，体现听命于艺术家的天才的工匠的奇想。总而言之，这是人的创造，却与神的创造同样强大，同样富饶，似将神的创造的双重性据为己有，既千姿百态，又亘古如一。

我们在这里对教堂正面所做的描述，同样适用于整个教堂；我们对巴黎这座主教座堂所做的描述，同样适用于中世纪所有的基督教堂。在这来源于自身的艺术中，一切相辅相成，比例匀称，合乎逻辑。量了足趾，也就量了巨人的身高。话题回到巴黎圣母院的正面。今天我们满怀虔诚前去赞赏这座庄严雄伟的主教座堂时，看到它的正面依旧令人生畏，按照它的编年史家的说法是“厥状钜宏，见者怀惧[①]”。

这个正面上，今天却少了三件重要东西。首先是从前把它高高抬出地面之上的十一级台阶；其次是供在三座大门的神龛里的一列雕像，位于现存的列王像之下；再次是位于其上，占据二层走廊的二十八个年代更早的先王雕像，从希德贝直到手握象征帝国版图的圆球的菲力浦·奥古斯丁。

是时间使石阶消失的，因为旧城的地面不可阻挡地缓缓上升。不

---

① 原文是拉丁文。

过，虽然巴黎街面在上升过程中逐一吞没了使这座建筑愈显巍峨的十一级台阶，时间还给教堂的，可能比它夺走的更多：它使教堂正面蒙上数百年积淀的灰暗色泽，而建筑成为文物，唯其古老，才愈显美丽。

可是，是谁拆除了那两行雕像？是谁让神龛空空如也的？是谁在中央拱门的正中心凿出那个崭新的、不伦不类的尖拱？是谁竟敢为中央拱门镶上那扇雕刻路易十五式图案的笨重、毫无生气的木门，让它与毕斯高奈特的藤蔓花纹为邻？是人；是当代的建筑师和艺术家。

假如我们走进教堂内部去看看，是谁推倒了巨大无比的圣克利斯朵夫雕像？这座雕像本来有口皆碑，它傲视所有其他雕像犹如司法宫大厅大于其他厅堂，斯特拉斯堡的尖塔高于其他钟楼。从前堂到后堂的各根圆柱之间林林总总的雕像，或跪或站，或骑马，有男有女有童孺，有国王，有主教，有近卫骑士，有普通石头的，有大理石的，有银的，有铜的，甚至有蜡制的。是谁把这些雕像扫荡一空？不是时间。

原来金碧辉煌、堆满圣骸盒和圣物盒的古老的哥特式大祭台，是谁用这口雕刻着天使头像和云雾的笨重大理石棺来取代它的？这口石棺像是取自圣恩谷教堂或者荣军院的不成套的样品！是谁硬把它嵌入与之风格迥异的埃尔冈杜斯修筑的卡洛林王朝石头地面，难道不是路易十四为实现路易十三的遗愿干下这桩傻事？

又是谁用凄凉的白玻璃取代“色彩鲜艳”的拼花玻璃窗？当年我们祖辈惊喜的目光曾在这上面流连再三，迟迟下不了决心移往大门顶上的玫瑰花窗或者后堂的尖拱窗。当今一帮大主教专以破坏文物为能事，若让十六世纪的一名唱经班歌手看到他们抹在大教堂上的黄色涂料，又该做何感想？他会记起，这是刽子手刷在“逆臣”住所上的颜色；他会想到，波旁大统领叛国后，他居住的小波旁府也被涂上黄色。此事有索瓦尔的文章为证：“其色经久不褪，大可推广，一个世纪之后依然完好如初。”他定会认为这片圣地已变成罪恶渊薮，吓得拔腿就逃。

假若我们暂时不顾这各式各样、成百上千的野蛮行为，一口气爬到大教堂顶上，我们会问，那可爱的小钟楼哪里去了？它以交叉甬道的相交点为支撑，其纤弱与大胆丝毫不让毗邻的圣教堂的尖塔（也被拆毁了），苗条、锐利、玲珑剔透的身影直刺蓝天深处，令所有其他高塔都自愧弗如，遑论它从云霄洒下的美妙钟声。一名自诩趣味高雅的建筑师（一七八七年）截去它的顶部，而且认为用一大块铅铸的膏药糊住伤口如锅盖盖住锅子，便万事大吉了。[①]

在任何国家，尤其在法国，中世纪奇妙的艺术就这样横遭厄运。人们可以在它的废墟上辨别出三种在不同深度损害它的创伤：首先是时间在不知不觉中东啃一角，西挖一块，锈蚀它的整个表面；其次是政治和宗教变革，这类事件凭其盲目的、怒气冲冲的本性，蜂拥而至扑向中世纪艺术，撕裂它华美的纹石雕刻与金银雕镂的外衣，捣毁它的玫瑰花窗，砸烂它用带图案的小雕像编成的项链，不是因为看不上主教冠就是由于厌恶王冠而推翻雕像；最后是时尚，越来越愚蠢、荒唐的时尚，从“文艺复兴”时期辉煌但杂乱无章的偏向开始，一浪接一浪，把建筑艺术引向必然的衰落。各种时尚干下的坏事多于革命，它们把利刃捅进活生生的肌体，攻击艺术的骨架，切割，分解，杀死建筑，使它的形式与象征，逻辑与美感一并荡然无存。然后，它们重起炉灶：无论是时间还是革命都没有这般狂妄，它们根据所谓“高雅趣味”，肆无忌惮地在哥特式建筑的伤口上增添寒碜的短命的小玩意儿、大理石的饰带、金属的小球：诸般卵形、螺旋形、环形装饰，帐幔，花叶边饰，流苏，石质的火焰，青铜的云雾，肥胖的爱神，臃肿的小天使，犹如真正的大麻风，最初在凯特琳·德·美第奇的小礼拜堂里吞噬艺术的脸面，两个世纪以后终于在杜巴利的小客厅里使艺术在受尽折磨之后含冤而死。

---

① 此一尖塔建于1220—1230年。后来由名建筑师维奥莱-勒-杜克于1859—1860年按原样修复。

总结上面的叙述，哥特式建筑今天遭到三种破坏。表面上的皱纹和疣子，是时间留下的印记；暴力损害，伤筋动骨的硬伤，是从马丁·路德直到米拉波的各次革命的作品；切割、截肢、肢解脉络、“修复”，这是维持吕弗和维臬尔一派的教授们根据希腊、罗马、蛮族风格动的手术。旺达尔人创造的这一华丽的艺术，就此毁在学院派的手里。时光和革命在进行破坏时至少不偏不倚，而且不乏气魄，跟在它们后面来了一群嗡嗡营营的学院出身、领有执照、宣过誓的建筑师，他们施展身手时却根据自己的恶俗趣味有所区别、选择，用路易十五的菊苣取代哥特式花边以便愈显帕特农神殿的尊荣。这好比是驴子向濒死的雄狮猛踢一脚，又好比老橡树接受杯形整枝，更有甚者，是被毛虫螯咬、啃噬。

当年罗伯尔·塞那利斯拿巴黎圣母院和埃菲斯有名的狄安娜神庙相比，后者“为古代异教徒众口交誉”，埃罗斯特拉脱放一把火把它烧掉，就使自己青史留名。塞那利斯认为高卢大教堂比希腊神庙“更长，更宽，更高，结构更佳”[①]。那个时代，离今天委实太远了。

再说巴黎圣母院并非完整、定型、业已归类的那种纪念性建筑。它已不是罗马式教堂，可还不是哥特式教堂。这座建筑不属于任何类型。巴黎圣母院不同于图努斯修道院，没有以半圆拱为准则的建筑物共有的那种见方见棱的稳重厚实感，宽大的圆顶，冰凉的裸露的质感以及雄浑的气势。它也不同于布尔日大教堂，不是那种以尖拱为旨归的华美、细巧、多姿多态、密匝匝、挤攒攒、花团锦簇的产品，既不可能把它归入阴暗、神秘、低矮、像被半圆拱压垮了的古代教堂的家族（这类教堂除了天花板，几乎完全是埃及式的，它们的寓意难以理解，富有僧侣气息和象征意义；它们的装饰图案中菱形和曲折的图形多于花卉，花卉多于动物，动物多于人；它们更多是主教的，而不是建筑师的作品；它们是艺术最初阶段的变化，带着神权和军事纪律的

① 《高卢史》，第二卷，第三章。——原注

深刻印记，肇始于后期罗马帝国，到征服者威廉时代告终），也不能把我们这座大教堂归入另一个家族（这类教堂高耸入云，装饰着无数玻璃窗和雕像；它们有尖削的外形，大胆的气派，在政治上象征公社和市镇；作为艺术品它们自由、任性、放荡不羁；它们属于建筑艺术第二阶段的变化，不再具有难解的寓意，一成不变，充溢僧侣气息，而是具备艺术家的气质，循序渐进，富有民间性）。这一变化始于十字军东征归来，止于路易十一时代。巴黎圣母院既不属于第一类纯罗马式教堂，也不属于后一类纯阿拉伯风格教堂。

它是转型期的建筑物。正当撒克逊建筑师竖起大殿的第一批柱子之际，十字军带来的尖圆拱便大模大样坐到本来准备接待半圆拱的宽广的罗马柱头上去。尖圆拱从此成为主人，占领教堂的其余部分。然而它一开始缺乏经验，还有点怯意，不由得在向外展开、拓宽时有所克制，不敢像它后来在众多瑰奇的教堂中所表现的那样，如箭矢或柳叶刀直指蓝天，好像它对近在咫尺的笨重的罗马式立柱还有所忌惮似的。

再说这类标志从罗马式向哥特式过渡的建筑的研究价值，不亚于风格纯粹的建筑，它们表达艺术的一种细微差异；缺了它们，这种差异就无从寻觅了，它们是嫁接在半圆拱上的尖圆拱。

巴黎圣母院尤其是这一变种的奇特样品。这座可敬的建筑的每一立面，每一块石头，不仅是本国历史的，而且是科学史和艺术史的一页。仅就其主要细部而言，小红门几乎达到十五世纪哥特式建筑细巧风格的极致，而大堂的柱子以其体积与稳重，直逼建于卡洛林王朝时代的草场圣日耳曼修道院。这道门与这些柱子之间，好像相隔六百年。至于大门上的装饰，炼金师能从中读出象征意义，满意地认为这些象征概括了他们的玄妙学问。而肉铺圣雅克教堂则是完整体现了这门学问。故此，罗马式修道院、哲学教派、哥特式艺术、撒克逊艺术，令人想起乔治七世时代笨重的圆柱，尼古拉·弗拉美借以为路德开路的神秘象征主义，教皇集权论，分裂主义，草场圣日耳曼修道院，肉铺圣雅克教堂，一切都融化、组合、混杂在巴黎圣母院中。这座占据中心地位，繁衍子孙的大教堂在巴黎的古老教堂中是头怪物：它长着甲的脑袋，乙的四肢，丙的臀部，兼有各家之长。

我们重申，这类杂交建筑对于艺术家、考古学家和历史学家颇具价值。通过它们展示的东西——这同样也是蛮石建筑、埃及金字塔、巨大的印度宝塔所展示的——让人感到建筑术的原始性，看到最大的建筑物与其说是个人的作品，不如说是社会的产物；毋宁是整个民族的创作，而不是天才的神来之笔；是一个民族的遗物，世代的积累，人类社会迭次蒸发后的沉淀物；一言以蔽之，它们好比地质层系，每个时代的洪流都把自己的冲积层叠加上去，每个种族都在建筑物上留下自己的层次，每个人添加一块石头。海狸、蜜蜂与人的行为同出一辙。巴别塔，建筑术的巨大象征，就是一个蜂房。

大建筑与大山一样，是若干世纪的作品。往往艺术发生变化，而建筑尚未完工："未竣之工悬而待决[①]"；于是人们就按照变化了的艺术法则不慌不忙地继续施工。新艺术就地抓住建筑物，把自己镶嵌上去，吸收它，按照自己的喜好发展它，可能的话就完成它。就这样，遵循平静的自然法则，大功告成，没有骚乱，无须努力，也不引起反应。接穗长妥了，树汁在流通，植被重又欣欣向荣。若干种艺术在同一建筑物的不同高度依次相互衔接，这个现象诚然提供了撰写几本厚书，乃至一部人类通史的材料。人类，艺术家，个人在这些没有作者署名的庞然大物之上退隐；人类的智慧在其中概括、总结。时间便是建筑师，人民是石匠。

此处我们仅考察欧洲基督教建筑术，它在时间上晚于东方的大型砖石工程，呈现为由三个界限分明、逐一重叠的层次组成的巨大地质

① 原文是拉丁文。见维吉尔的《埃涅阿斯纪》。

层系：罗马层[①]、哥特层与文艺复兴层，后者我们更愿意称之为希腊—罗马层。半圆拱占据最古老、最深厚的罗马层，到文艺复兴时代，它由希腊式立柱托起，在这个位置最高的现代层次再次出现。尖圆拱则位于两者之间。专属这三个层次中的一个的建筑物皆具完整性与统一性，一眼就能辨认。朱密也格修道院、兰斯大教堂、奥尔良圣十字大堂，便是佳例。然而，如同光谱的颜色，这三个层次的边缘相互掺杂、混合，于是就有复杂的建筑物，体现差异与过渡的结构。某一建筑的足部是罗马式，中部是哥特式，头顶是希腊—罗马式，这是因为人们花了六百年才把它建成。这类变体甚为罕见，埃当普城堡的主塔是其一例。不过兼容两个层次的建筑物较为常见。巴黎圣母院属于这一类。它以尖圆拱为主体，但是它最初的立柱陷入罗马层，如同圣德尼大教堂的大门和草场圣日耳曼教堂的大堂。波什维尔修道院可爱的半哥特式教务会议厅也属这一类，它仅在腰部以下体现罗马风格，而卢昂大教堂，若不是它的中央尖塔的顶端沾上文艺复兴风格，本可视作纯哥特式建筑。[②]

话说回来，所有这些差异和不同仅涉及表面。脱胎换骨的是艺术。基督教堂的结构本身未见触动。内部的架构，各部分合乎逻辑的排列，始终未变。不管一座大教堂的外壳如何精雕细琢，在这外壳底下人们总能找到罗马大教堂，至少是其萌芽状态或雏形。罗马大教堂遵照同一法则，在土地上屹立，永恒地展现自身，不受任何干扰。永远是两个主堂成十字相交，十字的顶端拓为圆形，即是后堂，为祭台所在。回廊始终存在，供内部游行，也供设置小礼拜堂。它们好比是两侧的室内散步场，凡是主堂容纳不下的都通过两柱之间的空间涌向

① 该一层次的名称，视不同地点、气候与种类而异，也叫伦巴第层、撒克逊层、拜占庭层。这是四种平行的姊妹建筑风格，各有其特色，但源自同一准则：半圆拱。

“面目虽各有异，

其实相差不大似……” ——原注

② 尖塔的这一部分由构架支撑，1823年毁于雷火。——原注

这两边。这一原则确认之后，小礼拜堂、门户、钟楼、尖塔的数目不妨根据时代、民族、艺术的喜好做无穷变化。供奉天主的设施一旦具备并得到保障，建筑术便可随意行事了。雕像、拼花玻璃窗、玫瑰花窗、阿拉伯图案、齿形雕刻、柱头、浮雕等等，建筑师只凭自己的喜好组合这些想象物，于是内部深处统一有序的建筑外部就变出无数美不胜收的花样。树干不变，攀缘其上的植物千姿百态。

二　巴黎鸟瞰

我们在上文试图为读者修复这座令人叹为观止的巴黎圣母院大教堂。我们简略指出它在十五世纪曾有过，而今天不复存在的大部分壮丽瑰奇之处；不过我们遗漏了最主要的，即从圣母院的塔顶看到的巴黎景色。

一道陡峭的楼梯盘旋而上，贯穿钟楼厚厚的墙壁。人们在黑暗中摸索而上，历时良久，终于踏上两个塔顶平台中的一个。那上面阳光普照，和风吹拂，于是一幅壮观的图画从四面八方，同时奔凑到你的眼底下。读者中若有幸见过一座完整的、统一的哥特式城市——此类城市今天还剩下几座，如巴伐利亚的纽伦堡，西班牙的维托里亚——即便他只见过更小的样品，只要这些样品保存完好，如布列塔尼的维特雷，普鲁士的北豪森，便不难想象这一自在圆满的景色。

三百五十年前的巴黎，十五世纪的巴黎已是一个大都会。我们这些巴黎人一般以为巴黎的范围从那个时期起扩大了许多，殊不知从路易十一时代起，巴黎不过扩大了三分之一略多一些，而且它增加的面积抵不上它损失的美丽景色。

众所周知，巴黎诞生于古老的、状如摇篮的城岛。岛的沙岸便是它最初的城墙，塞纳河成了它最早的城壕。若干世纪内，巴黎始终维持一岛的局面。有两座桥，一南一北。桥头有堡，既是大门，也是堡垒：右岸的大堡和左岸的小堡。然后，从出现了最早的国王那时候起，巴黎在这个岛上觉得局促不堪，就过了河，从此再也不能回去了。那个时代，在大小堡的外侧，一道附有塔楼的城墙开始侵蚀塞纳河两岸的乡野。这道古老的城垣，到上世纪还有遗址可寻，今天只剩下回忆，以及这里那里保存的地名传说，如博岱门又名博杜瓦耶门或巴戈达门。房屋的洪流从城市的心脏不断向外涌出，蔓延开来，逐渐越过这道城墙，侵蚀它，磨损它，最终使它消失。威严的菲利浦筑起新的堤坝阻挡洪流。他把巴黎城圈在一道由高大、坚固的塔楼组成的环状锁链中。一百多年间，房屋相挤相轧，相叠相加，如水库里的水提高水位一样提高自身。它们变得幽深，不断增加楼层。一座更比一座高；它们如任何受压制的汁液一样向高处喷发，争着把脑袋探到邻居的头顶之上以便透气。街道愈益低洼、逼仄；广场盖满房舍，就此消失。最终，房舍跳出威严的菲利浦的城墙，像逃出牢笼的囚犯，兴高采烈地在平原上乱糟糟散开，根本不成格局。它们于是伸拳踢腿，夺走田野建造花园，得其所哉。一三六七年起，城市占尽了关厢的地面，以至于必须修筑一道新的城墙，尤其在塞纳河右岸。查理五世办了这件事。不过巴黎这样的城市始终在扩张，只有这类城市才能成为首都。它们是漏斗，一个国家所有的地理、政治、道德、知识斜面，一个民族所有的自然坡度，都在这里汇总。不妨说它们是文明的深井，也可比作阴沟。商业、工业、知识、民众，举凡一个民族中，一切是汁液，是生命，是灵魂的东西，一滴又一滴，一代又一代，统统不断地渗透、汇聚其中。查理五世的城墙于是遭到与威严的菲利浦的城墙相同的命运。十五世纪末期起，它也被跨越，超过；关厢跑到更远的地方去了。到十六世纪，查理五世的城墙看起来似乎日益后退，越来越深地陷入旧城区，因为新城区已在它外面蓬勃发展。所以，早在十五世纪——我们姑且说到这个时代为止——巴黎已经磨损了三道呈同心圆分布的城墙，而这三道城墙，可以说从叛教者茹连时代起，在大小堡已初露端倪。强大的城市依次涨裂它的四道城墙，犹如发育期的孩子撑破他去年的衣服。在路易十一时代人们能看到，在这片房屋的汪洋大海中，这里那里冒出旧城墙的几组倾圮的炮楼，犹如水淹的大地上冒出几个山尖，犹如被新巴黎淹没的旧巴黎的露出水面的孤岛。

从那个时候起，巴黎仍有改变，不幸的是越变越丑。不过它只越过一圈城墙，即路易十五时代用泥巴拌唾沫修建的那一圈，这道可怜的城墙倒与修造它的那个国王相称，也配得上歌唱它的那位诗人：

巴黎围上墙垣，使全城喊喊喳喳。

十五世纪，巴黎仍分成三个界线分明、相互隔离的城市，每个城市有自己的面貌、专长、风俗习惯、特权和历史。这是旧城、大学城和新城。旧城历史最久，面积最小，是其余两个城市的生身之母。它夹在后两者中间，打个不庄重的比方，好似一个小老太挤在两名高大健壮的美女中间。大学城拥有塞纳河左岸从图奈尔方塔到奈勒塔之间的土地，这两个地点相当于今天巴黎的酒类批发市场和铸币所。它的城墙向当年茹连建造温泉浴场的田野突出，圈进一大块。圣热纳维也芙山也被围在里面。这道弧形城墙的最高点是教皇门，大致相当于今天先贤祠的位置。新城是巴黎三部分中最大的一部分，位于右岸，沿着塞纳河，从比利塔到树林塔，即从今天大盈仓所在地到居勒里宫所在地，筑有连成一气、时有间断的堤岸。塞纳河与首都城墙相交的四点：左岸的图奈尔方塔和奈勒塔，右岸的比利塔和树林塔，被叫作“巴黎四高塔”真是再恰当不过了。新城比大学城更深入乡野。新城城墙（沙尔五世的城墙）的最高点为圣德尼门和圣马丁门，其位置至今没变。

如上所述，巴黎的三大部分每一部分都是一个城市，不过是一个太专门化的城市，因而不完整，离不开其他两个城市。也就是说三部分各司其职。旧城教堂林立；新城多的是宫殿府邸；大学城里遍布学院。假如我们避而不谈古代巴黎的次要特色以及随意设置的路政捐征关卡，对于各自治单位交叉混乱的行政管辖权只视其整体和总量，那么不妨说，一般而言，旧城属于主教，右岸属于商务督办，左岸归大学校长管辖。巴黎府尹是皇家大员而不是市政官吏，他统辖一切。旧城上有圣母院，新城有卢浮宫和市政厅，大学城有索尔邦。新城有批发市场，旧城有主宫医院，大学城有生员草地。学生在左岸的生员草地上犯下罪，就在旧城的司法宫里审判，然后在右岸的隼山受刑。除非大学校长感到其时国王软弱，大学强大，因而出面干涉；原来学生本有特权只在自己人中间被绞死。

（顺便说明，大部分特权，其中有的比上述特权有用得多，都是通过造反、暴动从国王手里夺下来的。此事由来已久，难溯其源，只有人民起来强夺，国王才肯松手。关于民众对皇室的忠诚，有件古老的文书说得很天真："庶民之于国王也，偶有犯上作乱之事，然终以其一贯忠诚赢得众多特权[①]。"）

十五世纪时，塞纳河在巴黎城内的水域中有五个岛：卢维埃岛，当年颇有树林，现在只剩枯木残枝了；母牛岛和圣母岛，两者皆无人踪，唯有一所棚屋，两者都是主教领地（到十七世纪，人们把两座岛连成一座，大兴土木，即今天的圣路易岛）；还有城岛，该岛顶端的牛渡洲后来沉到新桥的土堤底下去了。城岛当时有五座桥；右岸三座：圣母院桥和汇兑桥是石桥，磨坊桥是木桥；左岸两座：小桥是石桥，圣米歇尔桥是木桥；各座桥上都满满当当盖着房子。大学城有六座城门，是威严的菲利浦下令建造的；从图奈尔方塔起，依次为圣维克多门、包戴尔门、教皇门、圣雅克门、圣米歇尔门、圣日耳曼门。新城有六座沙尔五世建造的城门；从比利塔起，依次为圣昂图纳门、庙门、圣马丁门、圣德尼门、蒙马特尔门、圣奥诺雷门。这些城门既

① 原文是拉丁文。

固若金汤，又精美雅致，精美不碍其坚固。巴黎城墙脚下围绕一道又宽又深的壕沟，冬天涨水期有急流通过；水源来自塞纳河。天黑以后关闭城门，还用粗大的铁链拦住河水流经城市的两端；巴黎就可以高枕无忧了。

从空中鸟瞰，这三座城，旧城、大学城和新城，每座城中的街道都纠缠不清似一团乱麻。然而，头一眼就能认出，这三片城区是连成一气的。人们随即看到两条平行、不间断、不受干扰、接近笔直的长街从一端到另一端，从南到北，沿着与塞纳河垂直的方向贯穿三座城，把它们连接、混合起来，不断把一个城的民众的洪流输送、倾泻到另一个城的围墙之内，把三座城变成一座。这两条大街的第一条从圣雅克门通向圣马丁门；它在大学城叫圣雅克街，在旧城叫犹太街，在新城叫圣马丁街；它两次渡过塞纳河时，名叫小桥和圣母桥。第二条大街在左岸叫竖琴街，在城岛上叫木桶街，在右岸叫圣德尼街。在塞纳河的一条河汊上叫圣米歇尔桥，在另一条河汊上叫汇兑桥，从大学城的圣米歇尔门直通新城的圣德尼门。名称变来变去，实际上还是这两条街，不过是两条母亲街，繁殖子孙的街，是巴黎的两条动脉。这个三重城的其他街道都是静脉，不是从它们那里补充血液，就是泻入其中。

这两条街在宽度方向横贯巴黎，为首都共有。独立于这两条通衢，新城和大学城各有与塞纳河平行，在长度方向贯穿自身的主街，它们与两条“主动脉”成直角相交。在新城，从圣昂图纳门到圣奥诺雷门的大街便是一条直线；在大学城，从圣维克多门到圣日耳曼门亦然。这两条大街与前两条相交，组成巴黎街道网络的底布，朝各个方向相互扭结、彼此挤压的大街小巷无不以此为依托。此外，在这个理不出头绪的网络中，如果细加辨认，能看到像是两束展开的鲜花，一个在大学城，另一个在新城。这是两组街道，从桥梁到城门越变越宽。

今天还能找到这个几何图形的某些遗迹。一四八二年从圣母院钟楼顶上所见到的这个整体又该是何种面貌？这正是我们要在下文尽力交代的。

对于那位气喘吁吁爬到钟楼顶上的观赏者，首先令他目眩的是无数屋顶、烟囱、街道、桥梁、广场、塔尖、钟楼。所有一切同时扑入你的眼帘：石砌的山墙、坡度陡峭的房顶、高悬半空的墙角塔，十一世纪的石头金字塔，十五世纪的板岩方尖碑，城堡不加修饰的圆塔，教堂装饰繁复的方塔，大的，小的，厚实的，空灵的。这个迷宫的任何一个层面都足以使你的目光久久迷失，这里的一切各有其特色、理由、才情、美貌，从最小的有雕刻彩绘的门面，梁柱外露、门户低矮、高层比低层更加外突的房子，直到国王居住的、当时有一大群塔楼的卢浮宫，一切都是艺术的产品，不过，一旦眼睛习惯了这林林总总的建筑，它就能辨认以下几个大的组合。

首先是旧城。索瓦尔行文杂乱无章，偶尔也有神来之笔："整个城岛像一艘陷入淤泥、顺着水势滑向塞纳河中流后稳住不动的大船。"我们已在上文说明，十五世纪时这艘船由五座桥拴定在塞纳河两岸。这个船的形象也打动了纹章设计家，因为，根据法维恩和帕斯基埃的说法，巴黎古老的城徽上的那艘船来源于此，而不是来自诺曼底人围城之役。对于行家里手，纹章是一种代数学，一种语言，中世纪后半期的全部历史都写在纹章里，犹如它的前期历史写在罗马式教堂的象征语言里。纹章是继神权象形文字后出现的封建象形文字。故此，城岛首先像一艘头朝西尾朝东的大船映入眼中。面朝船头，你会看到连成一片的无数旧屋顶，圣教堂后部的铅质圆顶像大象的臀部高踞其上，托起它的塔楼。不过，这座塔楼似镂空花边的锥体能透进天光，它是同类尖塔中最大胆、最精工细雕、最玲珑剔透的一座。贴近圣母院正面，三条街通向大门口的空地，那是一座美丽的广场，四周围绕着老房子。广场南侧，主宫医院探出身子，皱巴巴的脸上一副不乐意的神情，它的屋顶更像长满了脓疱和疣子。然后，在它的左面、右面、东方、西方，在城岛如此逼仄的城墙内耸立起二十一座教堂的钟楼，建造年代不同，形式不同，大小不同，从圣德尼杜帕教堂低矮、虫蛀的罗马式透光钟楼，这个“海神之狱”，直到牛倌圣彼得教堂和圣朗德里教堂细巧的尖塔。圣母院后身，在北面，隐修院展开它的哥特式走廊；在南面，是主教的半罗马式宫殿；在东面，是人踪罕到的岛尖，名为“滩地”。在这重重叠叠的屋宇中，肉眼还能辨认沙尔六世时代由巴黎市赠送给维纳·德·乌尔森①的公馆，这座建筑最高一层的窗户戴着高出屋顶的、镂空的石头主教帽；再往远一点，是帕吕斯市场涂着柏油的棚屋；另一处是旧圣日耳曼教堂新落成的半圆形后堂，一四五八年扩建这一部分时，把豌豆街的一截也囊括进去了。然后，这里那里，你能见到一个熙来攘往的十字路口，矗立街角的一个耻辱柱，威严的菲利浦时代一段漂亮的铺石路面——那是大道中间专供驰马用的凿出槽纹的石板，到十六世纪被号称“同盟石块”的寒碜的碎石路面取代——以及一个罕见人影的后院，带有那种外形似半透明的小塔的楼梯。十五世纪的人喜爱建造这种楼梯，今天在布尔道奈街还能看到。最后，在圣教堂右边，西面，司法宫的一排塔楼稳坐河滨。皇家花园的树林覆盖城岛的西端，挡住视线，因此看不见牛渡洲。至于河水，从圣母院塔顶只能在城岛两侧看见它的踪影。塞纳河消失在桥梁下面，桥梁消失在房屋下面。

桥上房舍的屋顶由于水汽熏蒸，提前发霉变绿。若把目光离开桥梁，投向左岸的大学城，首先引起注意的是一个宽大但不高的塔群。那是小堡，它的大门敞开，一口吞下小桥②的桥堍。然后，假如你的目光从东移向西，从图奈尔方塔移向奈勒塔，你看到一长串有雕花小梁、彩色玻璃窗、一层比一层突出的楼宇，它们高踞弯弯曲曲的铺石小巷两侧民居的山墙之上。小巷常被一条街的出口切断，或者被一座宏伟的石头府邸的正面或肘部阻断。这类府邸雄踞一方，前有院子后

---

① 此人1388年任巴黎商务督办。

② “小桥”是桥名。

有花园，有主楼还有两个侧翼，处在拥挤湫隘的民居中间犹如大贵人在乡巴佬中间。五六个府邸建在河边，其中有洛林府，它与圣贝尔拿丹学院共用毗邻图奈尔方塔的大院墙，也有奈勒府，它的主塔建在巴黎边缘，每年有三个月，它的黑三角形尖屋顶挡住血红的夕阳，好像挖掉一个口子。

塞纳河这一侧的市面比较萧条，学生们在这里发出的喧闹声超过工匠。严格说只有从圣米歇尔桥到奈勒塔才有码头，河滨的其余地段不是光秃秃的沙滩，如贝尔拿丹学院以远那一段，就是层层叠叠、下部泡在水里的房舍，如两座桥中间那一段。只有洗衣妇的喧哗声震天价响，她们从早到晚在河边叫喊，交谈，唱歌，使劲捶打衣服被单，这景色与今天毫无二致。说起巴黎生活的乐趣，这是其中一大节目。

大学城看起来连成一片，从一端到另一端，它形成统一、紧密的整体。成千上万个密密麻麻、棱角分明、彼此紧贴的屋顶几乎由同一几何图形组成，从高处看来像是同一物质的结晶体。街巷七拐八弯如沟壑，却没有把这大片房屋切割成大小悬殊的碎块。四十二所学校分布得相当均匀，各处都有；这些美丽建筑的多彩多姿、赏心悦目的屋顶与它们俯视的平常人家的屋顶是同一种艺术的产品，归根结底不过是同一几何图形的平方乃至立方。所以它们给整体带来变化而不打乱它，补足它而不是增加它的负担。几何学是一种和声学。也有几所美丽的府邸这里那里突现在左岸可以入画的房屋顶楼之上，如纳维尔府、罗马府、兰斯府，它们后来都消失了。唯有克吕尼府保存至今，堪为艺术家带来安慰。可是几年前有人拆下了它的塔楼的顶部，真是愚不可及。邻近克吕尼府这座以漂亮的半圆拱为主体的罗马式宫殿，是茹连的温泉浴场。此外还有许多修道院，比起府邸，它们的美丽多一层虔敬，它们的伟大多一分庄重，可是它们的美丽与伟大绝不逊色。首先引人注目的，是贝尔拿丹学院的三座钟楼；圣热纳维也芙修道院的方塔今天犹存，因而更令人怀念其消失的其余部分；索尔邦学院一半是学校，一半是修道院，至今犹存令人赞叹不已的教堂主殿和优雅的四边形的马杜林教派隐修院；圣贝诺阿隐修院与之毗邻，在本书第七版问世，将出第八版的这一段时间内，人们居然来得及在它的围墙内盖了一座剧院；方济各会修院有三堵巨大的并列的山墙；奥古斯丁修院优美的尖塔是巴黎这一地段，从西面算起继奈勒塔之后的第二个齿形雕刻。学院确实是修道院与尘世的中间环节，在文物建筑的行列中它们位于府邸与修道院之间，它们严峻但充满高雅，其雕刻的精细程度不如府邸，建筑风格又比修道院活泼，哥特式艺术在它们身上以极大的精确性做到使厉行节约的部分与显示财富的部分相得益彰。可惜这些文物建筑到今天几乎荡然无存了。大学城还有许多教堂体现不同时代的风格，从圣茹连堂的半圆拱直到圣塞弗林堂的尖圆拱。教堂不仅凌驾其他建筑之上，而且它们好像为这和谐的整体增添一笔和谐，每时每刻都以其开槽的尖顶、镂空的钟楼、纤细的塔尖刺破山墙重复的轮廓线。这些尖顶、钟楼、塔尖的线条无非是锐角屋顶的华丽夸大。

大学城的地面多起伏，圣热纳维也芙山在东南角形成一个大鼓包。从圣母院顶上朝这个方向望去，能见到一大景观：无数狭窄、弯曲的街巷（今天的拉丁区）相互穿插，成串累累赘赘的房屋从各个方向从小山顶上往下垂，乱糟糟地，几乎垂直地沿着山坡滚下来，直到河边。其中有的像在滑坡，有的像在爬坡，然而彼此勾连，抱成一团。街面上有上万个相互交叉的小黑点在不断蠕动，使得眼前的景色整个儿活动起来：这是从远处、高处看到的人群。

这无数屋顶、尖顶以及古怪建筑以奇特的方式折叠、扭曲大学城的边线，使之呈锯齿形。在它们留出的空隙中间，人们不时能看到一堵长着霉苔的墙垣，一座肥厚的圆塔，一道有雉堞的城门：这是威严的菲利浦的城墙。城墙外侧是葱翠的草地，各条大道夺城门而出。沿着大道散布几座城郊的房屋，离城墙越远，房屋越稀少。这些城郊小镇中有的颇具规模。以图奈尔方塔为起点，首先是圣维克多镇。镇里有一座横跨比埃弗尔河的单拱桥，一座修道院，里面保存着胖路易的铭文，还有一座教堂，它的八角形尖塔四周围着四座十一世纪的小钟楼（同样的小钟楼在埃当普也有一座，未被拆毁）。然后是圣马索镇，它有三座教堂，一座女修道院。接着，越过左首的戈伯兰磨坊和它的四堵白墙，便是圣雅克镇，它的四岔路口矗立着一座雕刻精美的十字架。镇内有座隘口圣雅克堂，那个时代它还是哥特式建筑，造型尖削，甚是妩媚；有圣马格洛阿堂，它秀美的主殿建于十四世纪，曾被拿破仑当粮仓使用；还有田野圣母堂，里面有拜占庭式的镶嵌画。然后是农田环绕的查尔特勒修道院，这座富丽的建筑与司法宫建于同一时代，有若干分隔的小花园，名声不佳的伏凡尔废墟也属于它的地盘。再把目光往西移，就能看到草场圣日耳曼修道院的三座罗马式尖塔。圣日耳曼镇当时已经人口众多，在修道院背后排开十五到二十条街道。圣絮尔比斯教堂的尖顶钟楼高耸在镇的一隅。紧挨着它，可以看到圣日耳曼市场的四边形围墙，就是今天的集市所在地。然后是修道院院长设置的耻辱柱，一座漂亮的冠以圆锥形铅顶的小圆塔。再往远，是瓦窑，通向民窑的窑场街，小山上的磨坊，麻风病院。后者是一座孤立的小房子，名声不好。不过，最能吸引目光、使之久久不能离去的，是修道院本身。这家修道院无论作为教堂还是贵族府第，都气势不凡；历任巴黎主教皆视能在这所宫殿里住一夜为一大幸事；建筑师赋予它的食堂以大教堂的格局和美丽，并且配上光辉夺目的玫瑰花窗；还要提到它优雅的圣处女礼拜堂，宏伟的宿舍，广阔的花园，狼牙闸门，吊桥，带雉堞的围墙——在观赏者的眼中，它似尖刀割破四周绿色草地；还有各个院落，武士的兵器和教士的绣金披风在其中闪闪发光。这一切统统集结在稳踞哥特式后堂顶上的三座高耸入云的半圆拱尖塔周围，在地平线上蔚为壮观。

饱览大学城的景色之后，最终你把目光转向右岸的新城，气象顿时一变。外城比大学城大得多，也不那么统一。第一眼你就看到它分成若干界线特别分明的群体。首先，在东方，即当年卡穆洛仁尼使恺撒的人马陷入泥淖，今天还叫沼泽的那一部分地区，是一组宫殿。这组建筑一直伸展到河边。四座几乎紧挨着的府邸：茹依府、桑斯府、巴博府和王后宫，在塞纳河水中映出穿插着苗条小塔的石板瓦顶楼。这四座建筑全部占据了从诺南第埃尔街到则肋司定修道院的空间，那家修道院优雅的尖塔给山墙和雉堞组成的轮廓线带来一点变化。河岸上虽有几所惨绿色的破房子，它们并不挡住视线，不妨碍观赏这几座豪华府邸，诸如正立面的优美角度，宽大的四方形石框窗户，饰有繁复的雕刻的尖圆拱大门，坡顶呈锐角的围墙，以及建筑艺术兴之所至时留下的所有神来之笔。全靠它们，哥特式艺术好像在建造每座传世之作时都在翻新花样。在这些宫殿后面，是神奇的圣保尔府无穷无尽、多姿多态的围墙，它朝各个方向伸展，有的部分带有内隔墙，围以栅栏，加修雉堞如一个碉堡，有的部分被树木荫蔽如查尔特勒修道院。法国国王在圣保尔府里宽绰有余地安顿上二十二名地位与王太子和勃艮第公爵相等的王子，外加他们的仆人和随从，还不算其他大贵人，到巴黎来访问的神圣罗马帝国皇帝，以及诸多狮子——它们在国王的别馆里有专用的住所。需要说明，当时供王子居住的套房至少拥有十一个房间，从客厅到祈祷室应有尽有，走廊、浴室、蒸汽浴室及其他“多余场所”还不计在内；此外还有国王的每位客人的专用花园，还有众多厨房、食物贮藏室、配餐室和公用餐厅；还有若干家禽饲养场，内设二十二个作坊，研究从烧烤到配兑酒水的各种技艺；还有各种各样的游戏场所：槌球、网球、指环戏等等；还有若干鸟栏、鱼池、动物园、马厩、牛棚；许多图书馆、军械库和冶炼场。当时的国王宫殿，如卢浮宫，如圣保尔府，就是这副派头，是城中之城。

从我们所在的塔顶望去，圣保尔府几乎被上文说到的四座府邸遮住一半，不过还是占地广袤，气象万千。由沙尔五世并入这座宫殿的三个府邸，虽然用带有玻璃窗和小柱子的长廊与主体建筑巧妙地连接起来，仍然可以辨认：小穆斯府的屋顶边缘镶着一道优美的花边栏杆；圣莫尔修道院院长公馆外形如碉堡，有一粗壮的塔楼，若干堞眼、枪炮眼、铁麻雀[1]。在宽阔的撒克逊式大门上方，吊桥的两个槽口之间，刻着修道院院长的纹章。埃当普伯爵府，它的圆柱形主塔上部已倾圮，参差不齐如鸡冠。这里那里，三四棵老橡树纠结在一起，枝叶繁茂如巨大的菜花；波光闪烁的池塘里天鹅在嬉水；目光所及，还能看到许多风景如画的溪流。狮子馆低矮的尖圆拱由不高的撒克逊柱子托起，它有铁制的狼牙闸门，内部一天到晚吼声不断。万福马利亚女修院彩色剥落的尖塔凌驾这一切之上。左侧是巴黎府尹的公馆，四角各有一座玲珑剔透的小塔。正中，深处，才是面面可观的圣保尔府的主体建筑。从沙尔五世以来，建筑师踵事增华，在两个世纪中为它添加无数累累赘赘的风格混杂的装饰，这还不算它的若干小礼拜堂的半圆形后堂，众多走廊的外墙，成千个风信鸡，以及两座毗邻的高塔，其圆锥形顶部在锥底处围着一圈雉堞，看来像是卷檐的尖顶帽。

这组宫殿在远方逐级上升，像是一个半圆形的阶梯剧场。接下去，我们的目光越过一道在新城的屋顶之间挖出的深沟，那是圣昂图纳街。然后——我们只举出主要的建筑——我们看到昂古莱姆府。这是经历几个朝代的宏大建筑，其中有的部分新落成，洁白无瑕，与整体很不协调，犹如蓝色紧身衣上打了一个红补丁。然而这所现代宫殿的屋顶特别高，坡度特别陡峭，布满雕镂精细的天沟，铅皮上镶嵌镀金铜丝，形成了千奇百怪、闪闪发光的图案。这座镶嵌屋顶姿态优雅地从旧建筑的褐色废墟中崛起，而旧建筑古老、肥大的塔楼因年深月久，中部膨胀如酒桶，从顶到底自行开裂，好似未扣上扣子的裤子底下露出的胖肚子。在它后面，小塔宫林立的尖塔群直指蓝天。这组建筑之空灵、神奇、迷人为全世界之冠，你无论在尚博尔还是在阿尔罕伯拉都无法一饱同样的眼福，但见尖塔、小钟楼、烟囱、风标、螺旋梯、好像由打洞钳打穿的镂空灯楼、纺锤形的塔楼，高下错落，形状各异，姿态不同，简直就像摆在一个巨大的棋盘上的全副石头棋子。

---

① 城墙外部的突角，能阻挡敌人爬墙。

小塔宫是一组巨大、墨黑色、相互交错的建筑，围绕它的壕沟好比一条带子把它们束在一起。塔群右侧那个漂亮的、凿有许多枪眼和窗户的圆塔，那座始终悬起的吊桥，那道永远垂下的狼牙闸门，便是巴士底狱。从远处看像是黑色的鸟嘴伸出雉堞之间的东西，便是大炮。

在这座巨大建筑的脚下，位于炮弹射程之内，是埋在两座高塔之间的圣昂图纳门。

从小塔宫外侧直到沙尔五世的城墙，农田和皇家花园宛如一条天鹅绒地毯铺开，中间点缀若干鲜美的绿茵与缤纷的花坛。皇家花园中心，林木蓊郁、小径盘曲如迷宫的地方，是路易十一赐给古瓦克吉埃的有名的代达罗斯花园。观象台如一根擎天柱巍然独立于这座迷宫之上。占星师在柱顶的小屋子里施行他可怕的法术。

此地便是今天的皇家广场。

如同我们在上文已经说过的，我们努力使读者对这个宫殿区有个初步印象，但我们仅列举其最高大的建筑。这个宫殿区填满沙尔五世城墙在东方与塞纳河相交的角落。新城的中心被无数民居占据，城岛右岸的三座桥的出口开在这里。桥下先出现民居，然后才是宫殿，密密麻麻的市民住宅排列如蜂窝，也自有其美感。一个首都的楼宇的屋顶如同大海的波涛，是一种壮观，首先是交叉或相互纠缠的街巷在大片屋宇中画出数以百计的有趣图案。在中央菜场周围，街巷的网络像一颗星射出千道光芒。圣德尼街和圣马丁街及其无数支巷像两棵枝丫相接的大树，爬坡而上。然后，石膏窑街、玻璃作坊街、织匠街等七弯八拐的小街又如游蛇穿行其间。也有美丽的建筑劈开由一堵又一堵山墙凝成的石头波浪，汇兑桥首的小堡便是一例，在桥背后可以看到塞纳河水在磨坊桥的水轮下溅出泡沫。那个时代所见的小堡已不是叛教者茹连时代的罗马式塔楼，而是十三世纪的封建塔楼，石质坚硬至极，用铁镐刨上三个小时也啃不下搁一个拳头的位置。又如肉铺圣雅克教堂华美的正方形钟楼，它的四角布满雕刻，因而变钝。十五世纪时这座钟楼尚未完工，但已经令人赞叹不已。今天高踞楼顶四隅的那四个怪兽，像是四个狮身人面像把老巴黎的哑谜留给新巴黎去猜，当时尚付阙如。雕刻家洛勒到一五二六年才把它们安放上去，他因此得到二十法郎的报酬。又如大门开向河滩广场的柱屋，我们已为读者描写过这幢建筑。又如圣日尔凡堂，后来换上“趣味高雅”的大门，弄得面目全非。又如圣梅利堂，它古老的尖圆拱与半圆拱的差别微乎其微。又如圣约翰堂，它的尖塔闻名遐迩。还有其他二十座建筑，它们也不惜把自己的精彩埋没在黑暗、湫隘的深巷小街里。还需要加上竖在交叉路口的比绞刑架更多的石雕十字架；无辜者公墓——从远处就能看到它高出屋顶的气势不凡的围墙；中央菜场的耻辱柱——可以看到它在高索纳里街的两个烟囱之间探出它的顶端；位于终日人群如蚁的交叉路口的特拉胡瓦十字架阶梯；小麦市场的圆形房屋；这里那里犹能辨认的威严的菲利浦的城墙的断垣残壁——它们湮没在民居中间，塔楼爬满常春藤，城门倾圮；滨河开设的成千上万家店铺和几家血淋淋的剥皮场；从干草码头到主教码头百舸争流的塞纳河。如此这般，你对一四八二年新城中央这个梯形地带就有个模糊的印象了。

除了府邸区和民居区，新城还有第三种面貌，即从东到西、沿着封闭巴黎的加固城墙的内侧伸展的修道院区。众多的修院和小礼拜堂好像形成第二道城墙。例如，紧挨着小塔公园，在圣昂图纳街和老庙堂街之间有圣凯特琳女修院，它的菜园占地辽阔，一直延伸到城墙脚下。又如新庙堂街和老庙堂街之间的庙堂修道院，它那外表凄惨的高塔孤立在用带雉堞的围墙圈起来的大块园地之中。在新庙堂街和圣马丁街之间，圣马丁修道院位于大片花园的中心。这是一座堡垒式的教堂，它那一圈塔楼，三重钟楼，给人的光辉和力量的印象不亚于草场圣日耳曼修道院。在圣马丁街和圣德尼街之间的是三一修道院的地盘。最后，在圣德尼街和蒙道戈依街之间，是天主之女修道院，在这家修道院一侧可以辨认奇迹大院周遭东倒西塌的房屋的破烂屋顶。在这条由虔敬天主的修道院组成的锁链中，这是唯一的不敬神的环节。

右岸鳞次栉比的屋顶中，还能划出自成一区的第四个区域。它占据城墙西角和河水下游，是紧贴卢浮宫脚下的一组新的相连相接的宫殿和府邸。威严的菲利浦建造的古老的卢浮宫是个庞然大物，它的主塔周围集结二十三座塔楼，众多小塔还不算在内。从远处看，它像是镶嵌在阿朗松府和小波旁宫的哥特式顶楼中间。这条怪蛇，这个巴黎城的守卫巨人，竖起二十四个脑袋，挺起包铅的或铺石板的吓人的臀部，浑身射出金属的光泽，出乎意料地在西方收拢巴黎的轮廓线。

设想一片望不到头的、罗马人称之为“岛屿”的民居，其左右两侧各有一组宫殿，分别以小塔宫和卢浮宫为标志，其北侧是一连串修道院和带围墙的园地。这一切在目光中混合、融化成一个整体；这千万座建筑的瓦顶和石板顶高下错落有致，形成无数条奇怪的锁链，凌驾它们之上的是右岸四十四所教堂刺花文身、轧出凹凸花纹或格状花纹的钟楼；无数街巷穿行其间；作为边界，一边是矗立若干方塔的高大城墙（大学城的城塔呈圆柱形），另一边是被桥梁切割、船只穿梭往来的塞纳河。这就是十五世纪的巴黎新城。

城墙外侧，紧贴城门有若干关厢小镇，不过比大学城外侧的小镇数目要少，而且更加分散。巴士底堡背后，围绕福班十字架村的奇特雕刻和田野圣昂图纳修道院的飞扶壁，二十来座陋屋缩成一团；然后是淹没在麦田里的波班古尔村；然后是古蒂尔，开设几家小酒馆的快乐村庄；圣洛朗镇教堂的钟楼从远处望去好像与圣马丁门的两座尖塔鼎足而三；圣德尼镇里有占地广阔的圣拉德尔围场；蒙马特尔门外是用白色墙垣围起来的水运谷仓。谷仓背后，当时蒙马特尔山的石膏质山坡上教堂的数目几乎与磨坊一样多，后来只剩下磨坊，因为而今的社会只需要滋养身体的面包。最后，在卢浮宫后侧，你能看到圣奥诺雷镇向远处延伸，它在当时已经颇具规模。还有小布列塔尼的一片苍翠，还有猪市，后者中央有个圆形的大灶，伪币制造者就在这里被投入开水锅，活活烫死。在古蒂尔与圣洛朗之间，你的目光已经落到一座小丘蹲踞在大片无人居住的平地之上，丘顶的建筑物从远处看来像屹立在裸露的基础上的一圈倾圮的柱子。这既不是万神庙，也不是奥林匹斯山的朱庇特庙，它是隼山绞架。

尽管我们力求简短，我们已列举了这么多建筑物。如果我们在帮助读者用想象建造旧巴黎的整体形象的同时，没有因此使它支离破碎，那么，我们愿意用几句话来概括它。城岛位于中央，状如巨龟，盖满房屋的桥梁则像乌龟从灰色屋顶组成的硬壳伸出的爪子；左岸是梯形的大学城，似由整块巨石凿出，坚硬，茂密，紧凑，高塔林立；右岸，是新城巨大的半圆形，其中点缀更多的花园和宏伟建筑。这三部分——旧城、大学城和新城，都有无数街巷如大理石上的花纹贯穿其间。塞纳河，或如杜勃雷尔神父所说的“乳娘河”，横贯这三个部分。河中挤着许多岛屿、桥梁和船舶。城区四周是无垠的原野，种着不同作物的农田像打上去的补丁，若干美丽的村庄散处各方。左边是伊丝、旺弗、伏吉拉尔、蒙鲁日、让蒂依等等，后者有一座圆塔、一座方塔；右边是另外二十座村庄，从贡弗朗直到主教城。地平线上隆起一圈小山，如盆子的边沿。最后，东方远处，是樊尚城堡的七座四角方塔；南方是比塞特尔的锐顶塔群；北方是圣德尼大教堂及其尖塔；西方是圣克鲁堡及其圆塔。这就是一四八二年的乌鸦从圣母院钟楼顶上看到的巴黎全貌。

然而，正是这座城市，伏尔泰却说，它在路易十四之前只有四座美丽的建筑：索尔邦的圆顶、天恩谷教堂、近代的卢浮宫，还有第四座我记不清名字了，可能是卢森堡宫。幸亏伏尔泰还是写了《老实人》，幸亏他尽管如此，在人类的漫长系列中还是最擅长发出魔鬼般笑声的那个人。这一点顺便也证明了：一个人可以是超群的天才，却对他不在行的艺术一窍不通。莫里哀称拉斐尔和米开朗琪罗为“他们那个时代的小名家”时，还以为着实褒奖了他们呢。

回过头来再说十五世纪的巴黎。

当时的巴黎不仅是一座美丽的城市，它还是一座和谐的城市，是中世纪的历史和建筑的产品，是石头的编年史。这座城市仅由两个层次组成：罗马层次和哥特层次，因为罗马层次早就消失殆尽，唯一的遗址是茹连的温泉浴场，在这个地点它穿透厚厚的中世纪覆盖物露出头角。至于凯尔特层次，就是挖几口深井也找不到它的踪影。

五十年后，文艺复兴为这个如此严格却又如此丰富多样的整体添上属于它的东西。凭其令人眼花缭乱的奇思异想和各种建筑体系，它带来无数罗马式半圆拱、希腊式立柱和哥特式扁圆拱，柔情万种的臻于理想境界的雕刻，对阿拉伯风格的装饰图案和叶板的偏好，以及与路德同时代的异教建筑情调。巴黎可能因此变得更美，虽然对于目光和思想来说变得不那么和谐了。不过这一辉煌的时刻转瞬即逝，文艺复兴并非无所偏袒；它不满足于建设，它也拆毁。当然它需要空间，所以哥特式的巴黎仅在一个瞬间是完整的。肉铺圣雅克教堂刚完工，人们就开始推倒旧卢浮宫了。

从此以后，伟大城市的容貌毁损一天甚于一天，哥特式巴黎抹掉了罗马式巴黎，后来它自己也被抹掉。那么，是什么样的巴黎取代了它呢？

有凯特琳·德·美第奇的巴黎，在居勒里宫①；有亨利二世的巴黎，在市政厅。这两座建筑还说得上趣味高雅。有亨利四世的巴黎，在皇家广场，是砖砌立面、石砌墙角和石板屋顶组成的三色房屋。有路易十三的巴黎，在天恩谷，这座敦敦实实的建筑，像被什么重物压

---

① 我们怀着痛苦和愤怒的心情看到，人们意想扩大、重建、改造，也就是说摧毁这座令人赞赏不已的宫殿。当代的建筑师们下手太重，不宜触动文艺复兴时代这类精致的作品。我们始终希望他们没有这个胆量。再说，真要拆毁居勒里宫的话，这将不仅是喝醉了酒的旺达尔人也会为之脸红的暴行，而且将是一种背叛行为。居勒里宫不仅是16世纪的艺术杰作而已，它也是19世纪历史的一页。这座宫殿不属于国王，而是属于人民。让它保全现在的样子吧。我们的革命已经两次击中它的前额。它有两个立面，一个受到8月10日的炮击，另一个有7月29日的弹痕。它是圣洁的。

巴黎，1831年4月7日

（雨果为第五版加的注）

扁了似的，它的拱顶状如篮子的提手，柱子若患鼓胀病，圆顶像罗锅。有路易十四的巴黎，在荣军院，伟大、富丽、冷漠，圆顶和塔尖镀着黄金。有路易十五的巴黎，在圣絮尔比斯教堂，上下密布石头的螺纹、绸结、云彩、面条和菊苣。有路易十六的巴黎，在先贤祠，这是罗马圣彼得大堂的拙劣的翻版（该建筑不该蜷缩起来，破坏了原型的线条）。有共和国的巴黎，在医学院，它那种可怜的希腊与罗马风格与罗马竞技场或万神庙相比，犹如共和三年的宪法与米诺斯法规相比，建筑师的行话称之为"获月风格"。有拿破仑的巴黎，在旺多姆广场，这个巴黎超伦轶群，它是用大炮熔铸而成的青铜巨柱。有复辟王朝的巴黎，在交易所，是一组极白的柱子托起一道极其光滑的檐壁，整个造型四四方方，造价两千万。

上述代表性建筑中的每一个，在各个街区都有一定数量风格、建筑方式与神态相类似的房屋作为附庸，行家一眼就能辨认，并断定其年代。只要善于观察，人们甚至能在门槌上找到一个时代的精神和一个国王的容貌。

因此今天的巴黎没有普遍的面貌。它是各个世纪的样品的汇集，而其中最美的样品已经消失。首都的成长无非是指增添了房屋而言，可这是什么样的房屋呀！巴黎照今天这个样子成长的话，它每五十年就要改换一次容颜。所以它的建筑的历史意义每天都在减损。文物性建筑变得越来越少，人们好像眼看着它们逐渐被普通房屋淹没。我们的祖辈有一个石头的巴黎，我们的子孙将有石膏的巴黎。

至于新巴黎的现代建筑，我们宁可不去谈论它们，这倒不是因为我们不认为它们亦有令人赞叹之处。苏弗洛先生的圣热纳维也芙山肯定是人类用石头制作的最美观的萨窝亚蛋糕。荣誉团宫也是一块极其出色的糕点。小麦市场的圆顶好比英国骑师鸭舌帽扣在一部大楼梯上。圣絮尔比斯的两座塔楼像两支单簧管，这种形状不见得不如别的形状；在这两座塔楼顶上，歪斜的信号杆伸出胳膊不时做鬼脸，倒也惹人喜欢。[①]圣罗克堂华美的大门堪与阿庚的圣托马斯堂相比，它的地下室里也有一个圆雕的耶稣受难十字像，一轮木质镀金的太阳。这类东西委实妙不可言。植物园迷宫的灯楼也颇见巧思。至于交易所，它的柱廊是希腊式，门窗的半圆拱是罗马式，扁圆的大拱顶是文艺复兴式：毋庸置疑，这是一座中规中矩的、纯正的文物建筑。证据是它的屋顶层，在雅典也看不到这种样子的。这个屋顶层呈现优美的直线，这里那里被火炉烟囱恰到好处地切断。还要补充说，如果我们确认如下规则：一座建筑的构造与其功用相适应的程度应该能使人一眼就认出其功用，那么，对于一座在同等程度上既可充当皇宫、议院、市政厅、书院，又可用作驯马场、科学院、仓库、法庭、博物馆、兵营、坟墓、神庙、剧场的建筑，我们只有佩服得五体投地了。在没有改做上述用途之前，它是交易所。此外，一座传之后世的建筑还应该与当地的气候相适应，这座建筑显然是专为我们寒冷、多雨的天气建造的。它的屋顶像东方建筑一样，一平如砥，所以冬天下雪时，人们可以清扫屋顶，而屋顶本来就是供人清扫用的。至于我们刚才说的那项功用，它完成得再好不过了；它在法国是交易所犹如它在希腊可以当神庙。那座大钟的钟面本来可能破坏该建筑立面的美丽线条的纯净性，建筑师煞费苦心把它藏起来了。另一方面，他围绕建筑安排了一个柱廊，以便人们每逢如宗教节日一般隆重的日子，能在廊下庄严地发表股票经纪人和商业掮客的理论。

所有这些，无疑都是极其出色的建筑。此外还有许多美丽、有趣、变化多端的街道，如里伏里街。所以我相信，有一天从气球上鸟瞰巴黎，它也会展示丰富的线条，繁复的细节，千姿百态的面貌，以及某种寓于简单之中的伟大，某种出人意料之美，如棋盘给人的印象。

然而，不管今天的巴黎多么令人赞赏，还是请你用思想重建十五

---

① 此种信号杆以可屈伸的胳膊的不同位置传递信号。

世纪的巴黎，先看天光透过这道令人惊奇的尖塔、塔楼、钟楼的藩篱徐徐降临，然后你把目光转向塞纳河黄中间绿、色彩变幻胜过蛇皮的汤汤流水，看它在辽阔市区的中心舒展，在岛屿的尖端被撕裂，在桥拱下形成褶皱；你再在蔚蓝色的地平线上清晰地辨认古老巴黎的身影，观赏它的轮廓在烟囱上方久久不散的冬天的薄雾中浮动。然后，请把这个哥特式巴黎扔进黑夜，观看光明和幽暗如何在迷宫般的建筑中互为消长；再加进一道月光，以便描出它模糊的形象，让塔楼从雾霭中探出它们硕大的脑袋。或者请你重新想象它黑色的身影，给尖塔和山墙的成千上万个锐角抹上一层阴影，让它们如一排比鲨鱼下颚更尖锐的牙齿突出在西方古铜色的天空之上——然后，请你比较。

假如你想从古城得到现代城市再也不能给你的印象，那你最好挑一个重大节日的早晨，如复活节或圣灵降临节那天太阳初升时，登上某一俯瞰全城的制高点，旁观万钟齐醒的场面。你看到几千个教堂但等天空发出信号——是太阳发布的信号——便一齐颤动起来。首先是分散的轻响，从一座教堂到另一座教堂，好像演奏开始前乐师彼此打招呼。然后你突然看到——因为在某些瞬间耳朵也有视觉——看到从每一钟楼同时升起声响的巨柱和声的烟雾。起先，每口钟的振动声笔直上升，纯净无杂音，好像在辉煌的晨空中与其他钟声轩轾分明。然后，钟声越来越响亮，相互交融、混合，不分彼此，汇成壮丽的合奏。从无数钟楼源源不断升腾而起的，是同一个颤动的巨响，它在城市上空飘浮、波动、跳跃、旋转，而且把它震耳欲聋的声波圈送到地平线后很远的地方。然而这一片声音的海洋并非杂乱无序，不管它有多么深沉、洪亮，它的透明度丝毫未减。你能看到每一组音符自成体系，从这片声响中袅袅逸出；你能在其中跟踪木铎和铜钟的对话，时而低沉，时而尖厉；你看到八度音从一个钟楼向另一个钟楼跳跃；你望着它们从银钟上带着呼啸插翅飞翔，轻盈空灵，或者折翅断翼，瘸着腿从木钟上降落；你在这一片乐声中间赞赏圣欧斯塔什七个钟楼不间歇地上升下降的丰富音阶；你看到几个清亮快捷的音符东奔西突，挟带着光明左曲右拐之后便如闪电一般熄灭。那边是圣马丁修道院，它的歌声嘶哑辛酸；这里是巴士底不祥的、郁怒的嗓门；另一头，是卢浮宫巨塔的歌唱性男低音。皇宫的排钟朝各个方向不断发送辉煌的颤音；圣母院钟楼沉重的撞钟声每隔相等的时间降落在这片颤音之上，使它们如铁锤打击铁砧一样闪出火花。你还不时看到各种形式的声音来自草场圣日耳曼修道院的三口大钟。然后，这汇成一体的崇高的轰鸣敞开一道口子，给万福马利亚钟楼的密接和应让路。后者突然爆发，如一团星云闪烁不已。在这一切的底下，在合奏的最深处，你隐约辨认出教堂内部的歌声，它们透过拱顶颤动的细孔渗到外面——这部歌剧确实值得一听。通常，白天从巴黎升起的喧哗声，是城市在讲话；夜里则是城市在呼吸；此时，却是城市在唱歌。请你倾耳细听这万钟齐奏，再把五十万人的喃喃细语、河水永恒的呜咽、清风无穷尽的吹拂，还有如巨大的管风琴分布在天际，那山丘上的四座森林遥远、低沉的四重奏洒在这片声响之上。接着，如同用中间响度来冲淡那样，让钟声中太嘶哑、太尖厉的音响在这一片天籁中渐趋寂灭。然后，请告诉我，你在世上是否见过比万千钟铎齐奏共鸣，比这个音乐的熔炉，比这一万个在三百尺高的石头长笛中同展歌喉的青铜嗓子，比这座整个儿变成乐队的城市，比这部声如暴风骤雨的交响乐更丰富、更快乐、更金碧辉煌、更光彩夺目的东西。

第四卷

一　好心人

在本故事发生的时代之前十六年，复活节后的第一个星期日早晨，圣母院里做过弥撒之后，一个小生命被人放到嵌在广场左首，面对圣克利斯朵夫巨像的那块床板上。一四一三年起，昂图纳·戴萨尔骑士老爷的石像就跪在一侧不胜虔敬地瞻望圣像，直到人们决定把圣人和信徒一起推倒。当时的习俗是把捡来的弃婴放在这块床板上，以期引起公众的慈悲为善之心。谁想领养弃婴，就可以抱走。床板前有个铜盆，供收受布施之用。

吾主降生后一四六七年的复活节后第一个星期日躺在这块木板上的活物，似乎使围观者感到强烈的好奇。他们人数不少，大部分是妇女，尤其以老妇人居多。

第一排的四个老妪把身子俯得最低。从她们穿的罩住面部的灰色袍子，可以猜到她们属于某个修会的。我看不出为什么历史不必把这四位不引人注目的、可敬的妇女的名字传之后世。她们是阿涅斯·拉埃姆、若阿娜·德·拉塔姆、昂利叶特·拉戈吉埃尔、戈雪尔·拉维奥莱特，四位都是寡妇，其身份都是埃吉纳–欧德里礼拜堂的信女，蒙管事嬷嬷恩准离开礼拜堂前来听布道，而且此举符合彼埃尔·达依定下的章程。

不过，如果说这四位信女此时恪守彼埃尔·达依的章程，她们却兴高采烈地破坏了米歇尔·德·布拉什和比萨枢机主教的规矩，后两位不近人情地要求她们保持沉默。

“这是啥玩意儿呀，我的姊妹？”阿涅斯对戈雪尔说。她眼见这公开展览的小东西被众人的目光吓着了，在床板上又是尖叫又是扭动。

“这世道以后会变成啥样子，”若阿娜说，“假如现在生的孩子都是这副德行？”

“孩子的事我不懂，不过看到这样一个孩子，真是罪过。”阿涅斯接着说。

“这不是一个孩子，阿涅斯。”

“这是个不成形的猴子。”戈雪尔指出。

“这是个奇迹。”昂利叶特·拉戈吉埃尔说。

“这么说，”阿涅斯发表高见，“这是拉塔尔日[①]以来的第三个奇迹，因为那个嘲笑香客的人在奥伯维里埃圣母院遭受天谴的奇迹，发生至今不到一星期，而那是本月的第二个奇迹。”

“这个所谓的弃儿，不折不扣是令人恶心的妖魔。”若阿娜说。

“听他这般叫唤，能把歌手的耳朵也给震聋了。”戈雪尔说，“你给我闭嘴，吼个没完的小家伙！”

“莫不是兰斯先生把这个活宝送给巴黎先生的！”拉戈吉埃尔两掌合十，补充说。

“我以为，”阿涅斯说，“这是个畜生、动物，是犹太人和母猪交配生下来的，总之不是基督徒，应该把他淹死或者烧死才好。”

“我希望没有人来认领他。”拉戈吉埃尔又说。

“主啊，”阿涅斯叫喊起来，“河下游那条小街下首，主教大人隔

① 即卡西莫多日，复活节后的第一个星期日。

壁的育婴堂里的奶娘们太可怜了，敢情人们要把这小妖怪带给她们去喂奶！我宁可喂一个吸血鬼也不去碰他。”

“看她有多天真，这可怜的昂利叶特！”若阿娜说，“您没看出来，我的姊妹，这小妖怪至少有四岁，他馋的不是您的奶头，而是烤肉钎。”

这个“小妖怪”确实不是婴儿。（我们也很难找到别的说法来形容他。）这是一个多棱多角、动个不停的小肉团，裹在印有当时的巴黎主教纪尧姆·沙吉埃大人的姓氏图案的粗布口袋里，脑袋露在外面。这颗脑袋长得怪模怪样，但见密密麻麻的红头发底下有一只眼睛、一张嘴、几颗牙齿；眼睛在哭，嘴巴在喊，牙齿好像只想咬人。这一切在粗布口袋里挣扎，把越来越多、走了一批又来一批的围观者惊得目瞪口呆。

既富且贵的阿洛依丝·德·贡德洛里埃夫人，高帽子的金尖上挂着一幅长长的轻纱，手里搀着一个漂亮的六岁女孩，经过这床板前面，不由得也停住脚步。她把这晦气家伙端详了好一会儿，而她娇美的小女儿，穿一身绸缎和天鹅绒的百合花·德·贡德洛里埃小姐，则用稚嫩的手指指着那块常年挂在木床上的牌子，逐字拼音念道：弃儿。

“说真的，我本以为此地只放置儿童。”高贵的夫人感到一阵恶心，扭过头来。

她转过身，把一个弗洛林银币扔进敛钱的铜盆。那银币在铜币堆里一阵叮当响，引得埃吉纳-欧德里小礼拜堂那四位可怜的信女睁大眼睛细看。

不一会儿，道貌岸然、学识渊博的御前大法官罗倍尔·米斯特里高勒从此地经过。他一只胳膊底下夹着一本奇大无比的祈祷书，另一只胳膊挽着他的妻子（吉约梅特·拉梅莱斯夫人）。如此这般，他的精神生活和世俗生活的调节者便寸步不离他左右。

“弃儿！”他审视这个物件后说道，“必定是遗弃在弗雷盖托河[1]边

---

① 地狱里的河。

上的！”

“只看见他一只眼睛，”吉约梅特夫人说，“另一只眼睛上长了个瘤子。”

“这不是瘤子，”罗倍尔·米斯特里高勒老爷接着说，“这是个蛋，里面关着一个模样相同的魔鬼，那魔鬼身上长着另一个蛋，蛋里又有一个魔鬼，如此等等。”

“您怎么知道的？”吉约梅特·拉梅莱斯问道。

“我知道得一清二楚。”御前法官答道。

“御前法官先生，”戈雪尔问道，“您以为，这个所谓的弃儿的出现，是什么预兆？”

“大灾大难。”米斯特里高勒答道。

“啊！主啊！”听众中一位老妇人说道，“这可真是雪上加霜了，去年闹过一场大瘟疫，眼下又说英国人就要在哈弗娄登陆。”

“闹不好，王后九月份就不到巴黎来了，”另一位接过话头，“可现在生意已经那么难做！”

“依我之见，对巴黎百姓来说，最好让这小魔法师躺在柴火捆上，而不是木板上。”若阿娜·德·拉塔姆喊道。

“一捆烧得旺旺的柴火。”老妪又补了一句。

“这倒是审慎之举。”米斯特里高勒说。

一名年轻神父在一旁倾听欧德里会修女们的推理和御前法官的判决已有多时了。此人面容严肃，天庭开阔，目光深邃。他一声不响推开人群，端详“小魔法师”，然后伸过手去。此时不早不迟，因为这帮虔诚的信女听到“烧得旺旺的柴火”，已经跃跃欲试了。

“我领养这个孩子。”神父说。

他抱起孩子，掖进道袍，就此带走。全体在场者无不用恐惧的目光看他做这一切。不一会儿，他便消失在当时从教堂通向隐修院的红门背后。

起初的惊愕过去之后，若阿娜·德·拉塔姆附着拉戈吉埃尔的耳朵说道：

“我早就跟您说过，好姊妹，这位年轻教士克洛德·弗洛罗先生是个巫师。”

二　克洛德·弗洛罗

克洛德·弗洛罗确实不是常人。他出身的中等门第，借用上个世纪不适当的说法，既可以叫高等资产阶级，也可以叫小贵族。这个家族从帕克莱兄弟那里继承了归巴黎主教管辖的梯尔沙普领地，十三世纪为了争夺该领地上的二十一所房屋，不知打过多少官司。作为该领地的主人，克洛德是七乘二十加一名自称有权在巴黎及附郭城镇收取年贡的贵族之一；很长一段时期，人们可以看到他的姓名载入田野圣马丁教堂契据集中拥有此一身份者的名单。

克洛德·弗洛罗还在幼年，他的父母就决定培养他做教士。他学会读拉丁文，养成垂下目光和低声说话的习惯。小小年纪，他父亲就送他到大学城的托尔西学堂当寄宿生。他就是在那个地方，守着祈祷书和词典长大的。

他本是个郁郁寡欢、严肃、认真、热心好学，而且学得很快的孩子。课间休息时他不大声喧哗，干草街的狂欢胡闹他极少参加，不解何为“掌颊捋发”[①]，在一四六三年的暴动里也没有抛头露面——这次暴动，史官郑重其事称之为“大学城第六次动乱”。他很少嘲弄蒙塔古学院的学生穿他们由此得名的短斗篷，也不取笑道芒学院领助学金的学生剃光头，穿湖蓝、天蓝、绛紫三色——或如四王冠教堂的枢机主教颁发的证书上记载的，“蔚蓝间深褐”——拼成的粗呢大氅。

反之，他从不缺席圣约翰德博韦街上大小学堂的课程，圣彼埃尔

① 原文是拉丁文。

德瓦尔修道院院长在圣旺德勒日西尔学堂开讲教会法时，总看到克洛德·弗洛罗紧贴讲坛，背靠着一根柱子坐下。他随身带一个角制的墨水瓶，嘴里咬住羽毛笔，不时在磨光了的裤膝上记点什么，冬天则一股劲儿朝手指上哈热气。教规博士米尔斯·狄斯里埃先生每星期一早晨，在雪夫圣德尼学堂开门时看到气喘吁吁跑来的第一名学生，也是克洛德·弗洛罗。所以，这年轻神父十六岁时对奥秘神学的造诣足以与教会耆宿分庭抗礼，对法典神学的理解不让宗教评议会的顾问，对烦琐神学的知识比得上索尔邦的博士。

神学结业后，他又投入教规研究。学完《判例大全》，他去钻研《查里曼敕令集》。他的求知欲十分旺盛，一本接着一本吞下教规汇编。先是依斯帕尔主教戴奥道尔的教规集，然后是沃姆斯主教布沙尔的教规集，继之以沙特尔主教伊夫的教规集；然后是格拉吉安教规汇编取代了《查里曼敕令集》；下面是格里高利九世编的集子；接着是奥诺里乌斯三世的书信《论冥想》。中世纪自公元六一八年由戴奥道尔主教开始，到一二二七年由格里高利教皇结束的这一长段混乱时期，民法和教会法各争雄长，互不相让，他居然把这桩公案理得一清二楚，如数家珍。

消化了教规汇编之后，他转攻医学和自由技艺[①]。他提炼草药，配制油膏。他成为治疗热病、挫伤、骨折和脓疮的专家。雅克·戴斯帕尔必定会接纳他当内科医生，理查·埃兰会欢迎他当外科医生。他也取得了各门艺术的学士、硕士、博士学位。他研究语言，学通了拉丁文、希腊文和希伯来文，这三种文字当时好比三重圣殿，很少有人窥其堂奥。他掌握、积攒知识，可说到了狂热的地步。到十八岁，他已博通四大学问[②]。对这个年轻人，人生似乎只有一个目标：知识。

差不多这个时代，适逢一四六六年夏天奇热，导致一场大瘟疫，

---

① 当时指语法、伦理、修辞、算术、几何、音乐、天文。

② 四大学问：神学、文艺学、法学、医学。

在巴黎子爵领地即有四万多人丧生。据让·德·特洛阿记载，其中有“阿努大师，御前占星师，乃正人君子，聪明慧黠复善妙语”。大学城里传闻梯尔沙普街的疫情尤为猖獗。克洛德的父母正是住在这条街上自己的采邑里。这青年学子闻讯大惊，赶紧回家探视。待他进屋，他的双亲已于昨夜亡故。他那个还裹着襁褓的小兄弟，躺在摇篮里无人照应，正在哭闹。他就是克洛德唯一的亲人了。年轻人把孩子抱在怀中，心事重重地走出家门。这以前他一直以学问为生，从此他开始接触人生。

这场灾难不啻克洛德生命中的危机。他十九岁成了孤儿，作为长兄又要担当一家之主的责任，觉得自己终于从学生的梦幻里猛醒过来，回到尘世的现实。当下他大受感动，对这个孩子，自己的弟弟，产生一种激情，愿为他效力终生。这以前他只爱书本，人间的感情对于他是一种奇特、甜蜜的体验。

这个感情发展到奇怪的地步，对他这样一个从未涉足人世的人，这像是一次初恋。这可怜的学生自幼就与父母分开，对父母印象很浅。他把自己关在书本的围墙里，贪婪地学习、研究，迄今为止只关心自己的智慧如何借助科学而扩展，自己的想象力如何依赖文艺而成长，还没有工夫感到自己的心灵的位置。这个突然从天上掉到他怀里的小兄弟，这个无父无母的孩子，使他完全变了一个人。他发现世界上除了索尔邦学院的思辨和荷马的诗，还有别的东西；人需要感情；没有柔情和爱情的生活不过是一套干硬、嘈杂、伤人的齿轮。不过他以为骨肉之情是人间唯一必要的感情，有一个需要他去爱的小弟弟便足以填满全部人生。这也难怪，因为在他那个年龄，还只能用新的幻想取代旧的幻想。

于是他以一个深沉、热烈、专心致志的人的全部激情去爱他的小约翰。这个可怜、纤弱、模样俊俏、肤色嫩红、长着满头卷曲金发的小生命，这个除了另一个孤儿没有别的依靠的孤儿，感动了他的五脏六腑。他既然耽于严肃的思想，便怀着无边的恻隐之心思考起有关约翰的一切。他照料他如一件特别脆弱、受到特别嘱托的东西，对于这个孩子他不只是兄长，他变成了母亲。

小约翰失去母亲时还在哺乳期中，克洛德把他寄养在奶妈家里。除了梯尔沙普采邑，他还继承了父亲在让蒂依方塔一带的磨坊采邑。磨坊位于温舍斯特（比塞特尔）堡附近的一座小山上。磨坊女主人奶水很足，养着一个十分健壮的孩子。克洛德亲自把小约翰送到她家里。

从那个时候起，他觉得自己肩负重任，对待生活极为认真。他经常想到小兄弟，这不仅是他学习过程中的休息，也是他学习的目的。他决心把整个身心都奉献给小兄弟的未来，在天主面前为之担保；他还决定终身不娶不育，以兄弟的幸福和财富为自己的幸福和财富。他担当神职的志向因此更加坚定了。他的才能、学问和他直接隶属巴黎主教的身份，为他打通了在教会内晋升的所有途径。二十岁时，蒙教皇特许，他被授予神职，作为圣母院最年轻的小礼拜堂神父主持“懒人祭坛”——叫这个名称是因为那里做的弥撒比别的地方晚。

从此，他对书本更加亲近，只有为走一小时长路到磨坊采邑去，才舍得撇下书本。他的学识渊博与修行刻苦在他那个年龄实为罕见，很快就赢得隐修院上上下下的尊敬和钦佩。他的学者名声从隐修院传到民间，就悄悄走了样——这在当时也是常事——变成了巫师。

复活节后第一个星期天，他去懒人祭坛做弥撒。这个祭坛位于主祭坛通向大堂正门的右侧，紧挨着圣处女像。正是在他做完弥撒回去的路上，围着弃婴床高声议论的那几个老妇人唤起了他的注意力。

于是他走近那个如此招人憎恶、正受到严重威胁的不幸的小生命。他目睹这个被遗弃的畸形儿的凄惨遭遇，不由得想起自己的小兄弟，担心万一他死了，小约翰也可能被人扔到弃婴床上，同样孤苦伶仃。顿时他生了恻隐之心，把这孩子抱走。

他把这孩子拽出口袋后，发现他果真天生畸形，可怜这小鬼左眼长个肉瘤，脑袋陷入两肩之间，鸡胸驼背，外加罗圈腿。不过他显得精力充沛。虽然不可能知道他说的是什么话，他的叫喊显示了某种力量和健康。这孩子的丑陋更加激发了克洛德的怜悯心，他暗中起誓，为了对自己兄弟的爱，要抚养这孩子成人，以便小约翰将来不论犯下什么过失，都可以用为他做的这件善事来将功折过。这好比是用他弟弟的名义做慈善投资，他要事先为他攒下一笔义行善举，以供这淘气鬼万一缺少这种货币时拿去使用；天堂的入口处只认这种货币。

他给他的养子起名卡西莫多[①]，可能是为了纪念他遇到他的那个日子，也可能是他要用这个名字来表示，这可怜的小家伙仅是个不完整的毛坯。确实，卡西莫多独眼、驼背、罗圈腿，“差不多”是个人罢了。

三　放牧怪兽者其状益怪[②]

到一四八二年，卡西莫多已经长大成人。他当圣母院敲钟人也有好几年了，他得到这一职务全靠他的养父克洛德·弗洛罗，后者全靠他的主人路易·德·波蒙大人的提携，才当上若萨副主教。路易·德·波蒙本人依赖他的保护人，蒙天主洪恩充任御前理发师的奥利维·勒丹的照应，在纪尧姆·卡吉埃死后接替他的巴黎主教职务。

却说卡西莫多成了圣母院敲钟人。

随着时光的流逝，敲钟人和教堂之间建立起某种亲密的联系。这可怜人身世不明又天生畸形，从童年起即与尘世隔绝，习惯于对庇护

① 圣彼得在复活节第一个星期天发布的第一封书简以“卡西莫多”开端，所以这一天称作“卡西莫多”日。这个拉丁词有“差不多”的意思。

② 原文是拉丁文，是对维吉尔《牧歌集》中一句诗的戏仿。原诗：“放牧者比放牧的畜群更美。”

他的教堂围墙之外发生的一切不视不闻。在他成长的各个阶段，圣母院在他心目中先后是蛋壳、鸟窝、家屋、祖国和世界。

在这个人和这座建筑之间，肯定存在某种神秘的、先验的和谐。在他幼年，当他弯腰曲背跌跌撞撞在圣母院拱顶下的幽黑处学步时，凭他那副人模兽样，他就像是这潮湿、阴暗、满布罗马式柱头投下的奇形怪状的阴影的石板地上天造地设的爬行动物。

后来，当他第一次机械地抓住钟绳，悬在上面，敲响大钟时，他的养父克洛德·弗洛罗产生的印象是一个孩子舌头解开，牙牙学语了。

就这样，他总是顺着大教堂的禀性慢慢长大，生活在教堂里，睡在里面，几乎从不外出，在任何时候都受到教堂神秘的压力，终于变得与教堂相像，不妨说他把自己镶嵌进去，成了教堂的组成部分。打个比方，他的轮廓的突出部分与教堂的凹处正好契合，他不只是教堂的居民，而且是它的天然内容，甚至可以说，犹如蜗牛长成它的外壳的形状，他的外表也长得和教堂一样。教堂是他的住所、他的洞穴、他的外壳。他与这个古老的教堂出于本能地同声相应，同气相求，两者之间存在这么多的磁性亲和力、物质亲和力，以至于他好比乌龟与其甲壳粘在一起一样与教堂不可分离，粗糙突兀的教堂便是他的甲壳。

为了表达一个人与一座建筑之间这种奇特的、对称的、直接的、几乎是同质的结合，我们不得不在这里使用许多比喻。自然不必提醒读者不要死抠文字，同样也用不着说，经过如此长期的亲密同居，他对教堂各处极其熟悉，这座建筑是专门为他而造的。教堂里没有卡西莫多没有到过的深堂密室，也没有他未曾攀登过的高度，他有好多次只用雕像的凸起部位做支点，沿着某一立面爬到顶部。人们经常看到他在钟楼外墙如蜥蜴贴着峭壁爬行。这一对钟楼如此高大，如此森严逼人，他置身其上从不感到眩晕、恐惧、愣神。钟楼在他手下变得如此听话，如此易于攀登，简直就像被他驯服了似的。他在这个巨大教堂的千仞深渊之间长年累月跳跃、攀缘、嬉戏，好像变得与猿猴和羚羊一样轻捷，犹如卡拉布里亚的孩子，还不会走路就会游泳，从小就在海水中游戏。

何况，不仅他的身体，连他的精神似乎也按照教堂的样子塑造而成。很难说清这个灵魂在这个疙疙瘩瘩的外壳底下，在这种离群索居的生活中到底处于什么状态，养成什么习性。卡西莫多天生独眼、驼背、瘸腿。克洛德·弗洛罗费了好大心血，付出十分耐心，才教会他说话。可是命运专门跟这个可怜的弃儿作对，他十四岁当上圣母院的敲钟人之后，又添上一项新的残疾：钟声震裂了他的鼓膜，他变成了聋子。自然在他身上唯一敞开的通向世界的门户，突然永远关闭了。

这扇门一经关闭，还能渗入卡西莫多灵魂的一线光明和快乐就此挡住。他从此坠入黑夜。这个不幸者的忧伤与他的畸形一样，于是变得全面彻底，无法医治。还得补充说，因为耳聋，他在某一程度上也成为哑子。发现自己耳聋以后，为了不提供别人嘲笑自己的把柄，他决心不再说话，除非一人独处时自言自语。克洛德·弗洛罗费尽心机帮他解开的舌头，他又坚决为它打上一个结。正因如此，当他必须说话时，舌头显得蠢笨，转动不灵，好像铰链生锈的门扇。

如果我们现在尝试穿过这一既粗又硬的表皮进入卡西莫多的心灵，如果我们能够探测这个变形走样的躯体的内心深处，如果我们有办法点个火把看清这副不透明的脏腑的背后，探索这个光照不透的造物的幽暗内心及其黑暗的角落、荒诞的死胡同，突然用一道强光照亮禁锢在这个巢穴深处的灵魂，我们必定会发现这不幸的灵魂可怜兮兮缩成一团，干瘪枯萎，如威尼斯铅矿中的囚徒——铅矿对于他们如一个既太矮又太窄的石头匣子，逼着他们把身体折成两截挨到老死。

在不健全的躯体内，精神肯定也是残缺的。卡西莫多只是隐约感到身上有个形象与其身体相似的灵魂在活动，他对外界事物的感知在抵达他的思想之前无不经历严重的歪曲，他的头脑是个奇特的场所：一切想法穿过其中再出来，无不扭曲。这个歪曲的头脑所作的思考，必定是偏离正道的。

所以他产生许多错觉，有无数错误、荒谬的判断，而他的思想则在其中任意漂流，一会儿疯疯癫癫，一会儿愚不可及。

这一命定的生理构造的第一个后果，是他不能用清澈的目光视物。他几乎不能从事物得到任何直接感知。外部世界距离他比距离我们要远得多。

他的不幸的第二个后果，是他变得凶恶。

他确实凶恶，因为他孤僻；他孤僻是因为他丑陋。他的本性与我们的本性一样，也自有其逻辑。

他凶恶的另一个原因是他力大过人，霍布斯说过，“孩童强壮必凶恶”①。

可是也要为他说句公道话：他的凶恶可能不是天生的，他刚学会走路，便感到并且看到自己被人嘲弄、欺凌、厌恶。他听到的话语，总是讥讽或诅咒。他成长过程中，在周围遇到的只是仇恨，于是他也仇恨别人。他染上了普遍的凶恶。他只是把人家用来伤害他的武器捡起来归自己所用。

再说，他是老大不乐意才把自己的脸转向世人的。他有大教堂做伴就别无所求了。教堂里里外外满是国王、圣徒、主教的大理石雕像，至少这些雕像不冲着他大笑，对他只投出安详、和善的目光。至于妖魔鬼怪的雕像，它们对他也没有仇恨，他与它们太相像了，因此它们不可能恨他，它们宁可嘲弄其他人。圣徒是他的朋友，为他祝福；妖魔也是他的友人，庇护他，所以他常向它们倾吐衷肠，所以他有时会蹲在一尊雕像跟前，与它交谈几个小时，假如此时有人经过，他就像被人发现正在为心上人演奏小夜曲的情郎，突然逃跑。

大教堂对于他不仅是社会，而且是整个大自然。除了花开四季不谢的拼花玻璃窗，他不梦想别的贴墙成行的果树；除了在密密麻麻的

---

① 原文是拉丁文。

栖满鸟雀的撒克逊式的柱头间舒展的石头枝叶，他不梦想别的树荫；除了教堂的巨大塔楼，他不梦想别的山岳；除了在他脚下喧腾的巴黎，他不梦想别的海洋。

在这座犹如他生身之母的建筑中，他最爱的东西，能唤醒他的灵魂，使之展开一直不得伸张的翅膀的东西，能使他幸福的东西，莫过于大大小小的钟了。他喜欢这些钟，爱抚它们，跟它们说话，理解它们，从大堂与耳堂相交处顶上的尖塔里的编钟到大门上的巨钟，他对之无不一往情深。拱顶上的钟楼和两座大钟楼对于他好像是三个大鸟笼，他在其中喂养的鸟只为他一人唱歌。正是这些巨钟震聋了他的耳朵，不过母亲往往偏爱最让她们吃苦的那个孩子。

确实，钟声是他唯一还能听到的声音。最大的那口钟唯其声音最洪亮，便成了他的意中人。每逢节日，万钟齐鸣如一大群骚动、吵闹的姑娘，其中他最喜欢的是那口叫玛丽的大钟。它高悬在南边的塔楼里，与它做伴的只有它的姊妹雅克琳，后者身材小了一号，关闭它的笼子相应也小了一圈。雅克琳得名于约翰·德·蒙塔古的妻子雅克琳。蒙塔古徒然把这口钟捐给教堂，还是没有躲过在隼山枭首的命运。北边的塔楼里有六口钟，另有六口更小的钟住在大堂与耳堂相交处顶上的钟楼里，外加一口木钟，后者一年只敲一回，从圣周四晚饭后到复活节瞻礼前一日的早晨[1]。所以卡西莫多管辖十五口钟，不过胖玛丽最得宠。

人们难以想象他在撞响大钟之日感到的快乐。副主教放他出来，对他说“去吧！”，他三步两步就爬上钟楼的螺旋楼梯，别人下楼也没有他上楼那么快。他喘着气跨进四面通风的钟室，他凝神静气，怀着柔情端详大钟片刻，然后他柔声细语对它说话，用手抚摸它，好像它是一匹即将出发长征的骏马，他怜悯它将要历尽辛苦。如此这般爱抚它之后，他就大声命令钟楼下层的助手们开始动手。助手们使出浑身

---

① 从圣周四到周六不敲钟，除了木铎。

力气拽紧缆绳，绞车嘎嘎吱吱作响，那巨大的金属盖子就慢慢晃动起来。卡西莫多心跳加快，注视它的摆动。钟舌与青铜钟壁初次相撞，就使卡西莫多骑在上头的木架子颤动起来。他与大钟一起颤动。哇！他发出一阵狂笑，大钟的摆动越来越快。随着摆动幅度增大，卡西莫多的眼睛睁大，发红，射出绿色的幽光。大钟的摆动终于达到最大的幅度，整个钟楼，包括木架、铅顶、砌墙的石块、从地基的木桩到塔尖的三叶草饰，同时轰鸣。卡西莫多高兴得满口吐着白沫，他走来走去，他从头到脚与钟楼一起颤抖。大钟似挣脱锁链的猛兽，向钟楼的两壁交替展示它的青铜巨口，从这口中吐出的气息如雷霆暴雨，方圆四法里内都能听到；卡西莫多就待在这张大嘴面前，随着大钟的往返或起立，或下蹲，吞吸这无坚不摧的气息，轮流观看在他脚下二百尺处人头如蚁的广场和那条巨大无比、每隔一秒钟就在他耳际轰响的铜钟舌。这是他唯一能听到的言语，唯一能闯入对于他只是一片寂静的世界的声音；他陶醉在这声音中如小鸟沐浴在阳光中。突然，大钟的狂热感染了他，他的目光变得异乎寻常，他等待巨钟来到他跟前，如蜘蛛期待苍蝇，然后奋不顾身扑上去。于是他悬在空中，与势不可当的巨钟一起摆动。但见他两手抓住这青铜怪物的耳朵，两膝紧紧夹住它，拿脚后跟狠狠踢它，用他自身的重量和冲击加剧这疯狂的运动。此时整个钟楼在摇晃；他咬牙切齿，大声吼叫，他的红头发根根竖立，他的胸膛发出风箱一般的响声，眼睛射出火焰，而怪兽一般的巨钟则气喘吁吁，在他身下嘶叫。此时此刻，圣母院的大钟和卡西莫多都不复存在，有的只是一场梦、一阵旋风、一次暴雨。是眩晕骑在喧嚣之上，是一个精灵揪住飞翔的巨兽的臀部；是半人半钟合成的怪物；是可怕的阿斯托尔弗[①]被半马半鹰、铜筋铁骨的奇兽带入云端。

这个怪人的存在，使整个大教堂里流转某种生气，似乎从他身

---

① 意大利诗人阿里奥斯托（1474—1533）的《愤怒的罗兰》中，一匹飞马把阿斯托尔弗载上月亮。

上，至少根据老百姓越传越邪乎的迷信说法，散发出一种神秘的力量，使圣母院的全部石头都有了生命，使这个古老教堂深藏的内脏都开始搏动。人们只要知道有他在，便以为看到走廊和大门上的上万个雕像活起来，动起来了。事实上，教堂在他手底下已变成一个驯顺、听话的生灵；它期待他的意志以便发出巨响；它被卡西莫多占有、填满，如同有一个熟悉的精灵附在它身上。简直可以说，他使这巨大无边的建筑呼吸起来。他无处不在，他在建筑的所有部分现身。人们一会儿提心吊胆看到有个古怪的侏儒在一个塔顶攀缘、匍匐、爬行，探身向虚空下滑，从一个凸起部位跳到另一个凸起部位，在某个石雕魔头的肚腹中搜索什么东西：这是卡西莫多在掏老鸦窝。一会儿人们又在教堂某个黑暗角落撞上一个皱眉蹙额、蹲踞地上的怪物：这是卡西莫多在想心事。一会儿人们在钟楼下看到，一颗大脑袋和一堆长短不齐的四肢在绳端疯狂地摇摆：这是卡西莫多在敲晚祷钟或三下钟。夜里，人们经常看到一个可怕的影子在高踞塔顶和围绕后堂的、纤巧如镂空花边的栏杆上转悠：这还是圣母院的驼子。女邻居们说，这时候整座教堂便呈现某种神奇、超自然、可怖的面貌；这里那里大张着许多眼睛，许多嘴；人们听到伸长脖子、张着大嘴、夜以继日守卫在狰狞的教堂四周的石狗、石吞婴蛇和石龙吠叫起来。若逢圣诞之夜，正当大钟似在喘着气召唤信徒前来参加半夜烛光弥撒时，教堂幽暗的门面显出这样一种神情，好像大门把人群一口吞下，而玫瑰窗则在注视人群。这一切都是由于卡西莫多，埃及会把他当作这座庙宇的神祇，中世纪把他看作魔鬼；其实他是其灵魂。

卡西莫多的影响如此巨大，以至于对于所有知道他曾经存在过的人来说，圣母院今天是一片荒漠，毫无生气，已经死去。这个巨大的躯体已经空了；它空剩一副骨头架子，精神已离它而去，人们看到精神曾经占据的位置，如此而已。它好比一副头骨上有两个眼洞，但是不再有目光。

四　狗和它的主人

卡西莫多对所有人都怀着恶意和仇恨，只对一个人例外。他爱这个人的程度与他爱圣母院相等，可能还超过；此人是克洛德·弗洛罗。

事情很简单，克洛德·弗洛罗收留、收养了他，给他衣食，养他成人。他小时候，每当狗和孩子们在他后面追赶起哄，他总是到克洛德·弗洛罗的膝下寻求庇护。克洛德·弗洛罗教会他说话、读书、写字。后来是克洛德·弗洛罗让他当上敲钟人。把大钟嫁给卡西莫多，这等于把朱丽叶交给罗密欧。

所以卡西莫多的感激之情深厚、热烈、无边无际。虽然他的养父经常脸色阴沉，态度严厉，虽然他习惯说话简短、生硬、不容反驳，但这一感激之情从未减退。副主教在卡西莫多身上找到最听话的奴隶，最驯顺的仆人，最警惕的看家狗。可怜的敲钟人双耳失聪之后，在他与克洛德·弗洛罗之间建立起一种用手势表达的神秘语言，只有他俩才能理解，于是副主教成了卡西莫多唯一能与之沟通的人。在这世界上他仅与两件东西保持关系：圣母院和克洛德·弗洛罗。

副主教对敲钟人的权力之大和敲钟人对副主教的依恋之深，无与伦比，只要克洛德稍稍示意，卡西莫多为了博他高兴，可以从圣母院钟楼顶上往下跳。卡西莫多盲目提供自己身上超常发达的体力，为另一个人效劳。此事非同一般，其中当然有儿子的孝心，仆人的眷恋，也有一个人的心智面对另一个人的心智感到的眩惑。这是一个头脑笨拙、不灵便的可怜人面对玄妙高深的智慧低眉垂目，若有所祈求。最后，这尤其是感激之情，这一感激之情被推向极点，我们不知道该用什么来比喻。最能体现这一美德的实例，并不见于人类，所以我们姑且说，狗、马和象对于主人的爱，也不如卡西莫多对于副主教。

五　回头再说克洛德·弗洛罗

一四八二年，卡西莫多约有二十岁，克洛德·弗洛罗的年龄在三十上下。一个长大了，另一个衰老了。

克洛德·弗洛罗不再是托尔西学堂的一介学子，一个小男孩的保护人，知道许多事情同时又对许多其他事情一无所知的年轻的、耽于遐想的哲学家。他成了严肃、庄重、寡语少欢的神父，负责照料许多灵魂。他成了副主教德·若萨大人和主教的第二号助手，兼任蒙特莱里和沙朵福尔的首席神父并且管辖一百七十四个乡村教士。他面色阴沉，令人生畏，每当他从祭台高大的尖圆拱底下缓步走过时，穿白袍和短罩衫的唱诗班童子、歌者、圣奥古斯丁会的修士和圣母院照应早晨弥撒的神职人员，莫不打个哆嗦。此时他神态威严，两臂当胸合抱，沉思的脑袋低垂胸前，以至于人们看不到他的脸，只见他的秃脑门。

况且堂·克洛德·弗洛罗从未放弃研究学问和照料他弟弟的教育，这是他生命中的大事。不过随着时间的推移，这两件如此甜蜜的事情里也掺杂了苦涩。保尔·狄亚克尔有言，最好的猪油搁久了也会有哈喇味的。小约翰·弗洛罗因曾寄养在磨坊里，所以有“磨坊的约翰”的雅号，他没有循着克洛德希望的方向长大成人。兄长指望他当个虔诚、驯顺、规矩、受人尊敬的学生，而弟弟却像不顾园丁的努力，偏偏迎着空气和阳光的方向生长的树苗，只朝懒惰、愚昧和淫逸那一侧伸出繁密的、绿油油的漂亮枝条。他活脱是个魔头，放荡无度，使得堂·克洛德伤透脑筋。不过他又机智、逗趣，引得当兄长的不时微笑。克洛德送他进托尔西学堂念书，他本人就是在那里，在勤奋学习和静思默想中度过少年时代的。看到这个曾奉弗洛罗的姓氏为表率的圣殿今天反以同一个姓氏为耻辱，对他是极大的痛苦。他有时对约翰做长时间的、严厉的训斥，后者不动声色地领受。说到底，这个小无赖心地善良，如同所有喜剧里的同类角色。可是，听完训话，他又依然故我造反捣乱。一会儿他去戏弄“黄口小儿”（大学里这样称呼新生），以示欢迎；这个宝贵传统得到精心保存，一直延续至今。一会儿他发动一帮学生“似为号声所驱”[①]，去酒店好生大闹一场，抄起棍棒痛打老板，快快活活地洗劫店堂，直到把地窖里的酒桶个个推翻才算尽兴。要不然，就是托尔西学堂的副监督哭丧着脸给堂·克洛德送来一份漂亮的拉丁文报告，那上头有令人揪心的批注：“斗殴；其直接起因为纵酒。”最后，此一越轨行为发生在一个十六岁的孩子身上尤为骇人听闻：他是格拉蒂尼街的常客[②]。这一切伤透了克洛德的感情，他灰心之余，便以更大的冲动投入学问的怀抱。这个姐妹至少不会当面嘲弄你，只要你对她尽心，她总会有所回报，虽说她付的钱有时成色不足。所以他的学问变得越来越博大精深，同时，自然而然地，他作为神父变得越来越严峻，作为人变得越来越忧郁。对于我们每个人，在我们的智慧、习俗和性格之间存在某种平行关系，这种关系不断发展，只有遇到生活中的重大变故才告断裂。

由于克洛德·弗洛罗早在青年时代就几乎遍窥人类全部正面的、外部的、合法的知识，除非他止于“天涯海角”，他只能继续前进，为不知餍足的智力活动寻找别的养料。自噬其尾的蛇这一古代象征，用于学问再也恰当不过了。克洛德对此似有亲身体会。好几位不打诳语的人声称，他在穷尽允许人类知识探索的范围之后，敢于闯入禁区。据说，他遍尝知识树上的全部果实之后，或者仍未餍足，或者感到恶心，最终去吞禁果。读者诸君已看到，他依次参加索尔邦大学的神学讲座，信奉圣希莱尔的艺术家们的集会，崇敬圣马丁的教会法学家们的争论，以及圣母院圣水盆前的医生协会；这四家大厨房人称

① 这里有个文字游戏：“号声”与下文的“好生”谐音。

② 这条街是妓院区。

四大学问，它们所能为人类智慧烹调的所有被允许的和获得赞同的菜肴，他已全数吞下。可是他的肚子还未吃饱，已对它们生厌，于是他只有往前，往下挖掘，在全部已告完成的、物质的、有限的学问底下倒腾；他可能为此拿自己的灵魂去冒险，在洞穴中与炼金师、占星师、炼丹师们同坐一桌，这张神秘的桌子的一端，在中世纪坐过阿维洛埃斯、巴黎的纪尧姆和尼古拉·弗拉美；在东方，在七枝烛台的照耀下，它一直延伸到所罗门、毕塔高拉和查洛阿斯特身边。

不管对错，至少人们以为他是这样做了。

副主教肯定常去圣无辜者公墓，他的父母就是与一四六六年瘟疫的其他受害者一起葬在此地的；不过他对于竖在父母墓穴上的十字架的虔敬之心，似乎远远不及他对于毗邻的尼古拉·弗拉美和克洛德·佩尔奈勒墓上的奇特图案所表示的。

人们肯定看到他经常沿着伦巴第人街前行，然后悄悄走进作家街和马里伏街拐角的一所小房子。这是尼古拉·弗拉美建造的房子，他于一四一七年前后死在这里。这宅子从此以后一直无人居住，由于世界各国的炼金师和方士，即便只是为了在墙上刻下自己的姓名也纷纷前来，结果墙基摇动，房架开始倾塌。几个邻居声称，有一次透过气窗看到克洛德副主教在两个地窖里用小锹挖掘、翻动地面，正是这两个地窖的支柱上涂满了尼古拉·弗拉美本人留下的诗句和象形文字。人们以为弗拉美把点金石埋在地窖里，所以两个世纪以来，从马吉斯特里直到帕西非克神父，炼金师们不断折腾地窖的地坪，把整所房子翻了个个儿，搜了个遍，直到房子解体，在他们脚下散成尘灰，他们才肯歇手。

还可以肯定，副主教对于圣母院有象征意义的大门怀着奇特的激情。这座大门是巴黎的纪尧姆主教用石头写成的一页天书。教堂其他部分在永恒吟唱圣诗，这位主教为它添上如此邪恶的门楣，必定被罚入地狱。对圣克利斯朵夫巨像和当时矗立在广场入口处，百姓戏称为“灰先生”的瘦长的、谜一般的雕像，克洛德副主教据说也大有研究。不过，大家都能看到的，是他经常坐在广场的栏杆上，没完没了地观看教堂大门上的雕刻，时而端详倒提油灯的疯癫处女，时而审视正执油灯的端庄处女。有时候他在估量左门上的乌鸦的视线的角度，这乌鸦目光对准的教堂内部某一点，必定藏着点金石，假如它不在尼古拉·弗拉美的地窖里。顺便说一句，圣母院教堂在那个时代，在两个不同层次上受到克洛德和卡西莫多这两个天差地别的人如此虔诚的爱恋，真是一桩奇事。一个是全凭本能行事的、粗具人形的野人，他爱圣母院的瑰丽，它的雕刻，以及它宏伟的整体所表达的和谐。另一个满腹学问，满脑子想象力和激情，他爱教堂是爱它的含义，它的神话，它包含的意义，它正面的雕像底下隐藏的众多象征，犹如羊皮纸稿本上新字迹底下隐藏的被擦掉的旧字迹。总而言之，他爱圣母院是为了它给人类的智慧出了一道永恒的难题。

最后，肯定无疑的是副主教在两座钟楼中面向河滩广场的那一座里，紧贴着钟室为自己安排了一个小小的密室。那里谁也不让进去。据说主教本人没有他的许可也不得入内。这个小房间几乎位于钟楼顶上，与鸦巢为邻，是当年贝桑松的雨果主教[①]修建的，他曾在其中施行魔法。房间里到底藏着什么，谁也不知道。不过，这间屋子有扇气窗开在钟楼背后，河滩空地一带的居民深更半夜常能看到这个窗口里一点古怪的红光，间隔很短的、相等的时间出现，消失，又重新出现。它似乎追随着一个风箱气喘吁吁的节拍，源自一道火苗而不是一盏灯。在这么高的地方，在一片黑暗中闪烁的这点红光给人奇特的印象，街坊上老娘儿们爱说："准是副主教在拉风箱，那高头闪动的可是地狱里的亮光。"

说到底，这一切都不足以证明他在施行巫术，可是有了这么点烟雾，足够使人相信有地方着火了，因此副主教的名声相当骇人。我们应该说明，其实埃及的学问，招魂术、魔法，乃至最无害、最与人为

① 贝桑松的雨果二世，1326—1332年在位。——原注

善的魔法，在圣母院宗教裁判所诸公面前都不会遇到比副主教疾恶如仇的敌人，更无情的揭发者。不管这是真心厌恶还是贼喊捉贼，教务会议满腹经纶的成员们还是把副主教看作在地狱门厅徘徊的灵魂，认为他已陷入魔法的巢穴，在妖法邪术的黑暗世界里探索寻觅。老百姓也没有看错。任何人稍为有点头脑，都认定卡西莫多是魔鬼，克洛德·弗洛罗是巫师。显然敲钟人必须侍候副主教一段时期，一旦期满，他就能带走副主教的灵魂作为报酬。所以，副主教清心寡欲也是枉然，他在一帮善男信女心目中总是声名狼藉。再没有经验的信女的鼻子也能在他身上嗅出巫师的气味。

如果说，随着年龄的增长，他的学问变得深不可测，他的内心也变得同样深邃。至少，人们有理由认为，注视这张脸时只有透过一团浓云才能窥见他的灵魂闪光。他的秃脑门，总是低垂的头，总在叹息的胸膛，那又是怎么回事？正当他的双眉紧蹙似两头公牛欲相斗时，又是什么隐秘的念头使他的嘴角浮现苦笑？为什么他剩下的头发已呈灰色？究竟是什么内心之火偶尔在他的目光中闪亮，使他的眼睛宛如炉壁上捅开的一个窟窿？

凡此种种内心苦苦求索的表征，在我们这个故事发生的年代尤为明显、强烈。不止一次，唱诗班的童子在教堂里撞见他独自徘徊，当下被他咄咄逼人的奇特目光吓得拔腿狂奔。不止一次，神职人员在祭坛上诵经时，他的邻席听到他*以诸般声调*①在单旋圣歌《赞美雷霆万钧之力》中掺入莫名其妙的私语。不止一次，家住滩地、负责“浆洗教务会议”的洗衣妇在副主教德·若萨大人的白色法衣上发现指掐手抓的痕迹，着实受到惊吓。

此外，他变得加倍严厉，比过去任何时候都更加恪守清规。由于他的身份，也由于性格，他始终远离女色，他好像比过去任何时候都更加憎恨她们。只要听到绸裙的窸窣声，他就拉下风帽罩住眼

---

① 原文是拉丁文。

睛。在这方面他特别严格，毫不通融，乃至一四八一年十二月，国王的女儿博热夫人来参观圣母院的隐修院时，他郑重其事地反对她进门，为此提醒主教，一三三四年圣巴特勒米瞻礼日前夕发布的黑皮书明文规定，禁止任何妇女进入修道院，“不论其身份年龄，或老或少，或为贵妇或为侍女”。主教逼得没法，便引用教皇特使奥多的指令，道是某些贵妇名媛不在此例，“若拒之门外将引起议论纷纷”[①]。副主教当即反驳说，教皇特使的指令是一二〇七年发布的，早于黑皮书一百二十七年，因此它事实上已被后者取消。最后是他拒绝接待公主。

人们还注意到，一个时期以来，他对埃及女子和吉卜赛女子的厌恶变本加厉了。他请求主教明令禁止波希米亚女子在教堂大广场上击鼓跳舞。也是从那个时候起，他查阅宗教裁判所发霉的档案，以便搜集为与公山羊、母猪或母山羊同谋兴妖作法而被判火刑或绞刑的巫师巫女的实例。

六　不得人心

我们已经说过，副主教和敲钟人不为大教堂附近的贵贱居民所爱。克洛德和卡西莫多经常一起出行，每当两人结伴，仆人跟在主人后面，穿过圣母院一带阴凉、狭窄、幽暗的街道时，在他们经过之处总有不少人冲他们口出恶语，哼唱挖苦的小调，冷嘲热讽，除非克洛德——不过这种情况极为罕见——走道时昂首挺胸，对嘲讽者亮出他严厉的、几乎是威严的额头，吓得他们不敢动弹。

在街坊四邻中间，这两个人好似雷尼埃谈到的“诗人”。

① 原文是拉丁文。

诸色人等跟在诗人背后，
犹如燕雀叽叽喳喳尾随猫头鹰。

有时候，是个顽童为了得到把别针插进卡西莫多的驼背的无上乐趣，甘冒粉身碎骨的危险。有时候，是个乐呵呵的、举止轻浮的漂亮姑娘，故意擦拂神父的黑袍，紧挨着他唱起那首嘲弄的谣曲："壁龛，壁龛，关进魔鬼！"有时候，是一群高低错落、蹲在教堂大门台阶上阴暗角落的老妇人，当副主教和敲钟人走过时，先是叽里咕噜一番，然后老大不乐意地对他们表示欢迎。"哼！瞧这一位的灵魂长得和那一位的身子一样！"要不然，就是一帮正在玩造房子游戏的学生和丘八，见到他们便一齐起立，煞有介事地用拉丁文向他们喝倒彩："嘻嘻！克洛觉斯与其瘸子[①]！"

不过，最常见的情形是神父与敲钟人对辱骂充耳不闻。卡西莫多耳聋，克洛德专心想自己的事情，都听不见这些趣话。

---

① "克洛觉斯"是"克洛德"的拉丁文发音。"觉斯"与"瘸子"谐音。

第五卷

一　圣马丁修院长老[1]

堂·克洛德的名声传播遐迩。约在他拒绝会见博热夫人那个年月，有人慕名来访，令他久久难忘。

这是一天晚上，他诵完经便回到圣母院隐修院内自己的议事司铎寮房里。这间屋子里，除了几个放在一角、装满一种很像火药的可疑的粉末的玻璃瓶之外，说不上有什么奇特神秘之处。墙上，这里那里倒是写着几行文字，不过那不是记着科学定理，就是摘录正经作者劝人信教为善的名言。副主教刚去一个堆满手稿的柜子跟前，一盏有三个火苗的铜油灯光下落座。他一肘搁在打开的奥诺里乌斯·多敦的《论命定与自由意志》上，用另一手翻阅刚带回来的一册对开本书，陷入沉思。那册对开本书是屋子里唯一的印刷品。正当他出神之际，有人敲门。“谁呀?”学者大声喝问，其声调之动听如正在啃骨头的饿狗被人打扰。门外一个声音回答:“您的朋友，雅克·古瓦克吉埃。”于是他去开门。

---

① 原文是拉丁文。

果真是御医光临；此人约有五十来岁，面目不善，多亏一道狡黠的目光才削减几分凶相。另一男子与他做伴，两人都穿镶灰鼠皮的青灰色长袍，腰束皮带，头戴同样质地、同样颜色的软帽。他们双手缩进袖筒，长袍掩盖他们的脚面，软帽遮住他们的眼睛。

"天主保佑我，两位先生！"副主教把他们让进屋，说道，"我想不到，这么晚还有贵客驾到。"他一边客套，一边把不安的、追根究底的目光从医生移向他的伙伴。

"去拜访堂·克洛德·弗洛罗·德·梯尔沙普这样出众的学者从来不嫌太晚。"古瓦克吉埃大夫答道。他有弗朗什孔岱口音，每句话的结尾都拉长腔调，听起来庄重如拖着长后襟的礼服。

医生与副主教于是开始相互赞扬。那个时代的惯例，学者交谈必以相互称颂开始，这并不妨碍他们切切实实相互憎恨。话说回来，今天也一样，当一位学者出言赞美另一位学者时，他吐出的蜜汁里其实掺着胆汁。在克洛德·弗洛罗对雅克·古瓦克吉埃的颂扬中，特别提到御医在他令人称羡不止的生涯里，能从国王的每一场病得到众多物质上的好处。这也是一种更高明的炼金术，比追求点金石要可靠得多。

"说真的，古瓦克吉埃大夫，我很高兴获悉您的外甥，尊敬的彼埃尔·韦赛大人荣任主教。他不是亚眠的主教吗？"

"是的，副主教先生，这是慈悲的天主赐福。"

"您可知道，审计院院长先生，圣诞节那天，您率领您的部属出场露面时，好不气派？"

"鄙人不过是副院长，堂·克洛德，如此而已。"

"您在圣安德烈岱沙克街兴造的那座漂亮公馆，现在到什么阶段了？它堪与卢浮宫媲美，我特别喜欢雕在大门上的那棵杏树和那句双关妙语：阿伯里古吉埃[①]。"

---

① 法文"阿伯里古吉埃"意为"杏树"；"阿伯里"意为"寓庐"，"古吉埃"扣医生的姓。

“别提了！克洛德老师，似这般大兴土木开销太大。这边房子盖起来，那边我快倾家荡产了。”

“嚯！您不是还有来自司法宫和监狱的收入，还有克洛图尔区那么多房子、摊档、窝棚、店铺的房租？这可是挤着一头好奶牛。”

“我在普瓦西的领地今年毫无出息。”

“可您还有设在特里埃勒、圣詹姆斯、圣日耳曼昂莱的路卡，没少收买路钱。”

“一共二十六里弗尔，还不是巴黎的里弗尔①。”

“您还有御前顾问的职位，这是固定的薪俸。”

“是的，克洛德同行，不过我那倒霉的波里尼领地的出息，虽然被人说得很邪乎，好年成坏年成扯平了，也不到六十金埃居。”

堂·克洛德对雅克·古瓦克吉埃的颂扬带着一种尖酸刻薄的嘲弄语调和一丝残酷的苦笑。当一个才智超群然而不幸的人一时遣兴与一个富贵俗物周旋时，便会采用这种语调，发出这种苦笑，那一位却是浑然不觉。

“完全是心里话，”克洛德最后握住他的手说道，“我真高兴看到您身体那么健康。”

“谢谢，克洛德老师。”

“顺便问一句，”堂·克洛德大声说，“您那位贵为国王的病人近况如何？”

“他给医生的酬金总是不够数。”大夫答道，同时侧目看他的伙伴。

“您真觉得不够数？”他的伙伴说。

这句话出之以惊愕和责备的语气，顿时把副主教的注意力拉回到这陌生人身上。说实话，打从这陌生人跨进寮房门槛那一刻起，副主教的注意力就没有完全离开他。若不是他有一千条理由不开罪路易

---

① 当时通行巴黎和图尔铸造的里弗尔。前者的币值高于后者。

十一国王权势熏天的医生雅克·古瓦克吉埃，他根本不允许他带生人来访。所以，当雅克·古瓦克吉埃说下面这句话时，副主教的脸色并不好看。

“对了，堂·克洛德，我向您引见一位同行，他可是久仰您的大名。”

“先生您也做学问？”副主教问道。他目光炯炯盯住古瓦克吉埃的伙伴，遇到那陌生人报以同样咄咄逼人、同样富于挑战意味的目光。

微弱的油灯光下不可能看得很真切，但见这是一个六十岁左右的老者，中等身材，好像体弱有病。他的侧面轮廓线虽然颇具市民特点，却带有某种威严和权势，他的眼珠在深邃的眉弓下如火光在洞穴深处闪烁；在他那顶扣住鼻尖的软帽底下，可以感到一个才智横溢的宽脑门正在运转。

他自己回答副主教的问题，用低沉的嗓音开腔说道：

“尊敬的老师，您的名声如雷贯耳，因此我有意求教。我是个可怜的外省贵族，在跨进学者的寓所之前本应脱掉鞋子，您理应知道我的名字。我叫都尔佬。”

“一名贵族姓这个姓真叫奇怪！”副主教心想。不过他觉得自己正面临一个重大、严肃的事件。他的超等智慧使他本能地猜到，在都尔佬的皮软帽底下藏着一个同样超等的智慧。在他端详对方这张庄重的脸的同时，他为应付雅克·古瓦克吉埃而勉强露出的笑容逐渐消失，犹如暮色在黑夜降临时退隐。他重又坐进自己的大椅子，脸色阴沉，沉默不语，一肘搁在桌子上习惯于放的位置上，并用另一手托住前额。沉思片刻后，他示意两位来访者坐下，然后对都尔佬说：

“这位老师，您要垂询的，是哪门学问？”

“尊敬的大师，”都尔佬答道，“我有病，病得很重，听说您是神医转世，我特来请求医学上的忠告。”

“医学！”副主教摇了摇头说道，似乎思索片刻之后他接着说，“都尔佬，既然您是这样称呼的，请转过头来，您会看到我的答复就写在墙上。”

都尔佬遵命，他在头顶上读到刻在墙上的一句话：“医学乃幻想之女。——让伯里克[①]”

雅克·古瓦克吉埃听到他的伙伴提的问题，已经不快，堂·克洛德的回答愈加使他恼怒。他俯身贴近都尔佬的耳朵，为不让副主教听见，低声说道：“我有言在先，此人是个疯子，可您偏要见他！”

“不过，这个疯子很可能有他的道理！”都尔佬面带苦笑，同样低声答道。

“悉听尊便！”古瓦克吉埃没好气地接一句，然后对副主教说，“您倒是直截了当，堂·克洛德，您毫不看重希波克拉底[②]，如同猴子不把一颗胡桃当一回事。医学是梦幻！我怀疑，如果众位医师郎中在场，他们会克制自己不向您扔石头。这么说，您否认媚药对血液，油膏对肉体的作用！您否认由花卉和金属组成的、人们称之为世界的永恒药箱，而这个药箱之所以存在，是为了医治被叫作人的这个永恒的病人！”

“我既不否认药物，也不否认病人，”堂·克洛德冷冷地说，“我否认医生。”

“这么说，”古瓦克吉埃动了肝火，“风湿是内脏的皮疹，热敷烤熟的老鼠可以治疗枪炮伤，适当注射年轻人的血能使老人恢复青春，这一切都是荒诞不经，二加二等于四，角弓反张后必有前弓反张，也属无稽之谈！”

副主教不动声色地答道：“对某些事情，我持某种见解。”

古瓦克吉埃气得满脸通红。

---

① 让伯里克，希腊新柏拉图主义哲学家。

② 古希腊名医。

“算了，算了，我的好古瓦克吉埃，咱们别发火，”都尔佬说，“副主教先生是我们的朋友。”

古瓦克吉埃平静下来，口中兀自嘟囔：“说到底，此人是个疯子！”

“克洛德老师，”都尔佬沉默片刻后说道，“您可真叫我为难。我本有两件事向您求教，一件与我的健康有关，另一件有关我的命运之星。”

“先生，”副主教说，“如果您有此想法，您大可不必为找我而爬楼梯受累。我不相信医学，也不相信占星术。”

“当真！”都尔佬感到惊奇。

古瓦克吉埃在一旁干笑。

“这下您看清了，”他低声对都尔佬说，“他不相信占星术！”

“很难想象每道星光都是系在某人头上的一根线！”堂·克洛德接着说。

“那您又相信什么呢？”都尔佬喊道。

副主教迟疑片刻后作答，然而脸上浮现一丝阴沉的笑容，似在泄露他所言非实：

“信奉天主。”①

“吾人之主。”②都尔佬画个十字，补上一句。

“阿门。”古瓦克吉埃说。

“尊敬的大师，”都尔佬又说，“看到您如此虔诚，我从灵魂深处感到高兴。不过，您这么大一个学者，难道反而不再相信学问了？”

“不，”副主教一把揪住都尔佬的胳膊，同时他幽暗的眼珠里重又燃起热情的闪电，“不，我不否认学问。我在有无数分岔的洞穴里肚子贴地、手指抓着泥土爬行了那么久，并非没有看到远方，在黑暗的隧道尽头，有一道亮光，一丝火苗，某种东西，它大概就是那个光彩

---

① 原文是拉丁文。

② 同上。

夺目的中央实验室的反光，病人和智者曾在里头窥见天主。”

“归根结底，”都尔佬打断他，“您以为什么东西才是真的、确实的？”

“炼金术。”

古瓦克吉埃又喊起来：“没错，堂·克洛德，炼金术当然有其道理，可您为什么亵渎医学和占星术呢？”

“你们关于人的学问都是虚妄，关于天的学问也是虚妄！”副主教斩钉截铁地说。

“您这一下，可是把埃比多乌斯和迦勒底①一齐打发走了。”医生冷笑，反驳道。

“听着，雅克阁下，我是实话实说。我不是御医，国王陛下也没有赐给我代达罗斯花园供我观察天象——您别发火，听我讲下去——医学姑置不论，这门学问太不着边际。就说占星术吧，您能从中得出什么真理？请您指教，纵行双向书体②有何长处？泽鲁甫数字与泽非洛德数字③有何功用？”

“莫非您否认锁骨的亲和力和由此产生的通灵术？”

“大谬不然，雅克阁下！你们的任何符咒都不生实效，而炼金术却有其发现。你们能对下面这类结论持异议吗？——冰在地下埋藏千年后变成水晶。铅是一切金属之母。（因为黄金不是金属，黄金是光明。）——铅只要经历四个周期，每个周期历时二百年，就依次从铅的状态转化为雄黄状态，从雄黄变成锡，从锡变成银。这不是确凿不移的事实吗？至于相信锁骨、满线④和星辰，这和中国人相信黄鹂化为鼹鼠，麦粒变成鲫鱼同样可笑！”

---

① 埃比多乌斯，古希腊城市，有医神艾斯库拉皮乌斯的神庙，前往求医者甚多。迦勒底，古国名，在美索不达米亚平原，以天文学著称。

② 纵行双向书体，第一行从上读到下，第二行从下读到上，如此反复循环。

③ 泽鲁甫数字和泽非洛德数字都是古代的记数方法。

④ 满线，参照上文所说，每道星光都是系在某人头上的一根线。

“我也研究过炼金术，”古瓦克吉埃喊道，“我肯定说……”

副主教激昂异常，不容他说完。“可我研究过医学、占星术和炼金术，真理只在此地（说到这里，他从柜子上拿起装满上文说过的那种药粉的玻璃瓶），光明只在此地！希波克拉底，这是梦想；乌拉尼亚[①]，这是梦想；赫耳墨斯[②]，这才是思想。而黄金，这是太阳，制造黄金，这就是成为天主，这才是唯一的学问。告诉你们，我钻研过医学和占星术！皆是虚妄。人体是黑暗，星辰也是黑暗！”

然后他又坐进椅子，俨然得到灵感，又有强大的力量可资凭借。都尔佬默默观察他。古瓦克吉埃使劲冷笑，微微耸肩，低声反复说：“一个疯子！”

都尔佬突然开口：

“那么，您是否达到这个迷人的目标？您造出黄金来了？”

“假如我制造了黄金，”副主教慢慢吞吞，咬准了每一个音，如一个三思而后言的人那样说道，“法国国王就叫克洛德，不叫路易了。”

都尔佬皱眉蹙额。

“我刚才说什么来着？”克洛德带着轻蔑的微笑接着说，“一旦我能重建东方帝国，法国的王座对我又有什么意义？”

“此话不假！”都尔佬说。

“噢！可怜这个疯子！”古瓦克吉埃在一旁嘀咕。

副主教往下说，他似乎只在回答自己的想法：

“不，我仍在爬行；地下小径上的石子磨破了我的脸和膝盖。我隐约看到什么，我还看不清。我只会拼音，没有读懂！”

“到您读懂的时候，”都尔佬问道，“您就可以制造黄金了？”

“谁敢怀疑？”副主教说。

“既然如此，圣母知道我急等钱用，我很想学会读懂您的

---

① 乌拉尼亚，九个缪斯女神之一，司天文学和几何学。

② 这位希腊神话中的神使，也被认为是炼金术之祖。

书。告诉我，尊敬的大师，您的学问不与圣母敌对，或者不会令她不悦吧？”

对这个问题，堂·克洛德以居高临下的姿态，有恃无恐地答道：“我给谁当副主教呀？”

“说得在理，大师。那好！您乐意指点我入门吗？让我跟您一起拼读吧。”

克洛德端出撒母耳[①]那种庄重威严的架势。

“老人家，为了能在这些神秘的事物中间旅行，需要耗去比您剩下的日子更多的岁月。您已经满头秋霜了，人们走出洞穴时须发皆白，可是进入洞穴时必须两鬓乌黑。学问本身就能在人的脸上开出沟壑，使神色憔悴、皮肤干瘪；它用不着老年人给它带来皱纹密布的面孔。假如您在这么大的岁数真的一心向学，渴望辨认智者们可怕的字母表，那您就跟我来吧。我试试看。对您这位可怜的老人，我不叫您去参观先贤希罗多德提到的金字塔里的柩室，也不去探索巴比伦的砖塔和埃克林加巨大的印度教白大理石神殿。我和您一样，没见过根据西克拉的神圣格式建造的迦勒底石头建筑，已经倾圮的所罗门的庙宇，已经粉碎的以色列国王墓穴的石门。我们将满足于研究就在这里的赫耳墨斯之书的片段。我将对您解释圣克利斯朵夫雕像，播种者的象征，以及圣教堂大门上两个天使的象征。其中一个把手伸进水盆，另一个举手插入云端……”

雅克·古瓦克吉埃面对副主教狂热的反诘，早已丢盔卸甲，败下阵来。听到这里他又重整旗鼓，以一名学者指出另一名学者的错误时特有的得意扬扬的语调打断他：“*克洛德吾友错矣！*[②]象征不是数字。您把俄耳甫斯当作赫耳墨斯了。”

“错的是您，”副主教严词反驳，“代达罗斯，这是基础；俄耳甫

---

① 撒母耳，《旧约》中的先知、士师，以色列王国成立前的领袖。

② 原文是拉丁文。

斯，这是墙壁；赫耳墨斯，这是建筑，是一切。[①]”然后他转向都尔佬，说道："您哪天想来就过来，我给您看尼古拉·弗拉美的坩埚底残留的金屑，您可以拿它们和巴黎的纪尧姆的黄金做一比较，我将告诉您希腊词Peristera[②]的秘密魔力。不过，在这一切之前，我先教您逐一认识字母表上的大理石字母和书册里的花岗石书页。我们从纪尧姆主教大门和圣约翰勒隆堂出发前往圣教堂。然后去马里伏街的尼古拉·弗拉美故居，接着再去圣无辜者公墓里他的坟墓，和他在蒙摩朗西街的两座医院。我教给您辨认圣瑞尔韦医院的大门和铁器街那四根粗大的铁栅上刻满的象形文字。我们还将一起拼读圣古姆、圣热纳维也芙戴阿当，圣马丁和肉铺圣雅克教堂的门面……”

不管他的目光透着何等机智，都尔佬好像已有好大工夫听不懂堂·克洛德在说什么了。他打断他的话头：

“天晓得！您说的究竟是什么书？”

“这里就有一本。”副主教说。

他打开寮房的窗户，手指圣母院宏伟的黑暗身影。大教堂的两座钟楼，它的石头肋骨和它怪异的臀部突现在星空底下，似一个庞大的双头狮身人面兽蹲踞城市中心。

副主教默默谛视这巨大建筑，然后他叹一口气，把右手伸向摊在桌面上的书，左手伸向圣母院，以忧郁的目光从前者移向后者，说道：

“可惜啊！这个将要杀死那个。”

古瓦克吉埃赶紧凑到书本跟前，不由得喊出声来："咦！这有什么可怕的。《圣保罗书简集注》，纽伦堡，安东尼乌斯·科布尔格，印行，一四七四年。这并非新书，这是格言警句大师彼埃尔·隆巴尔的

---

① 代达罗斯是希腊传说中最优秀的建筑师，曾为克里特国王建迷宫。俄耳甫斯是希腊神话中的音乐家和智慧的化身，相传他创立了神秘的俄耳甫斯教，规定一套象征。克洛德的意思似乎是说，炼金术高于建筑术和象征，但是钻研炼金术必须从后两者开始。

② 此词有两个意义："鸽子”“马鞭草”。此一动物和此一植物皆被认为具有某种神秘性。

著作。莫非因为它是印刷品？”

“您说对了。”克洛德答道。他好像陷入沉思，站着不动，屈下食指顶住有名的纽伦堡印刷厂印制的对开本书。然后他又说了几句神秘的话：“惜乎！惜乎！小东西压垮大家伙，一颗牙齿啃掉大块食物。尼罗河的老鼠杀死箭鱼，箭鱼杀死鲸鱼，书籍将要杀死建筑！”

隐修院的熄灯钟敲响之时，雅克大夫正低声向他的伙伴重复他的老调：“此人是个疯子。”这次他的伙伴回答说：“我看也是。”

到这个时刻，任何外人都不能待在隐修院里了，两名来访者随即退出。都尔佬在向副主教告辞时说：“大师，我仰慕学者和有大智慧的人；我对您特别器重。请您明天到小塔宫来一趟，就说是求见都尔的圣马丁修院的长老。”

副主教惊愕万状退回自己的寓所，他终于明白这位都尔佬是何等人物，因为他记起都尔的圣马丁修院契据集里有这么一段文字：圣马丁修院长老，即法国国王，循例得为议事司铎，领受圣伏南小俸，并应居司库之席[①]。

人们声称，从这一时代起，每当路易十一到巴黎来，副主教必与陛下频频交谈，还说国王对堂·克洛德的信任引起奥利维·勒丹和雅克·古瓦克吉埃的嫉恨。后者照他的老办法，着实不给国王好脸色看。

二　这个将要杀死那个

“这个将要杀死那个，书籍将要杀死建筑。”诸位读者请原谅我们稍停片刻，以便探究副主教这两句玄妙的话底下藏着什么想法。

我们以为，这个想法有两方面。首先这是神父的想法，这是神职

① 原文是拉丁文。

人员面对一个新的媒体——印刷术——产生的恐惧。这是神殿里的人面对谷登堡光芒四射的印刷机产生的惊恐和眩惑。这是讲坛和手稿，口头语言和书面语言面对印刷语言而惊慌失措，好比麻雀骤见莱吉翁天使展开六百万对翅膀。这是先知听到被解放的人类在骚动、喧嚣，看到未来的岁月智慧将推翻信仰，独立的见解将打倒信念，尘世将动摇罗马，因而发出的惊呼。是哲学家看到人类的思想被印刷术催化成气态，正从科学的容器里逸出时下的断语，是士兵审视青铜撞锤，说道“堡垒将要倒塌”时产生的恐怖。这意味着一种力量将取代另一种力量，这等于说:“印刷机将要杀死教堂。”

这是第一个想法，无疑也是最简单的。可是在它底下，我们认为另有一个更新的想法，它伴随第一个想法，比较不易觉察，却更容易引起争议。这另一个看法也是哲学性的，但它不仅是神父的看法，也是学者和艺术家的看法。这是一种预感：人的思想在改变其形式时也将改变表达方式；从今以后，每一代人的重要思想将不再用同样材料，以同样方式书写：石头的书虽然坚固持久，将让位于更坚固持久的纸质的书。在这个层次上，副主教含糊的提法有另一个意义，它表示一种艺术将推翻另一种艺术，它意味着：印刷术将要杀死建筑术。

确实，自从世界起源直到基督纪元第十五世纪（包括该一世纪在内），建筑术是人类的大书，是人类的力量和智慧在其不同发展阶段的主要表达形式。

当先民感到自己的记忆已经超负荷，当人类的回忆变成如此沉重、如此杂乱的行李，以至于赤裸裸的、轻飘飘的语言有可能在旅途中丢失它们时，人们就以最显而易见的、最持久的，也是最自然的方式把它们转写在土地上，人们用纪念性建筑封固每一个传统。

最初的纪念性建筑是简单的大块岩石，它们如摩西说的，“未经铁器加工”。建筑术的发端与任何文字的发端并无二致，它首先是字母表。人们竖起一块石头，这就是一个字母，每个字母是一个象形文字，每个象形文字托起一组思想，如柱身托起柱头。世界各处的初民，在同一时间，都是这样做的。在亚洲的西伯利亚，在南美洲的草原，也能找到凯尔特人的“立石”。

然后人们构词。人们在石头上叠置石头，把花岗岩的音节连接起来，于是语言就尝试一些组合形式。凯尔特人的大扁石和大石台，伊特鲁里亚人的土冢，希伯来人的墓穴，都是单词。有些单词，尤其是土冢，是专有名词。有时候，当人们拥有许多石头和一片辽阔的海滩，人们甚至写出一个句子，卡纳克[①]巨大的石块堆积已构成一个完整的句型。

最终就写书了。传统产生象征，传统消失在象征之下如同树干匿身在密枝浓叶之下：所有这些为人类信仰的象征生长、繁殖、杂交，越变越复杂，以至于最初的纪念性建筑已容纳不下它们；它们从四面八方被象征淹没；它们勉为其难地表达原始的传统，后者与它们一样是简单的、赤裸裸的，平躺在地面上。于是建筑术随着人类的思想而发达；它变成千头千臂的巨人，用一种永恒的、可见的、可触摸的方式把飘浮不定的象征固定下来。当代达罗斯作为力量的化身专心衡量测定，俄耳甫斯作为智慧的化身放声歌唱时，柱子作为字母，柱廊作为音节，金字塔作为单词，便由几何法则和诗歌原理一起推动、组合、集合、混合起来，下沉、上升，在地面上层层相叠，在天空中节节登高，直至它们在一个时代的总观念的指引下写成这些奇妙的书，也是奇妙的建筑：如印度埃克林加的宝塔，埃及的拉美西斯二世陵墓，所罗门的神庙。

起始的观念，圣言，不仅存在于这些建筑的堂奥，而且体现为形式。例如所罗门的神庙不仅是圣书的装帧，它就是圣书本身。在这所庙宇的每一圈围墙上，祭司可以读到明白晓示的圣言，从一个殿堂到另一个殿堂，他们追随圣言的变化，直至在其最后的栖身之地，通过其最具体的形式予以把握！圣约柜仍是一种建筑，就这样圣言蕴藏在

① 古地名，在埃及南部。

建筑物中，不过它的形象刻画在建筑物的外壳上，如同死者的形象突现在木乃伊的石棺盖上。

不仅建筑物的形式，而且它们选定的地点也暗示它们所代表的思想，因为需要表达的象征或优雅，或阴郁。希腊人在山顶建造赏心悦目的庙宇，印度人却掘空山腹，在洞中雕琢由成行成列的花岗岩大象托起的奇形怪状的地下塔群。

故此，在世界的最初六千年，从印度斯坦远古的宝塔直到科隆大教堂，建筑术一直是人类的巨大笔迹。这一点确凿不移：不仅任何宗教象征，而且人类的任何一种思想在这本巨书里都有自己的一页，有相对应的丰碑。

任何一种文明都以神权开始，以民主告终。自由取代统一，这条法则也写在建筑术里。因为我们需要强调一点：不能认为建筑术的本领限于建造神庙，表达神话和宗教象征，把道的神秘法则用象形文字转写在石头书页上。如果事情果真如此，那么，由于任何人类社会都会出现这样一个时刻，神圣的象征在自由思想的冲击下消耗、磨损，人们摆脱神父的控制，各种哲学和体系如蓬勃萌生的赘疣，蛀蚀宗教的门面，到那时候建筑术就将不能复制人类精神的这一新状态，它正面写满文字的书页在反面将是一片空白，它的业绩将残缺不全，它的书将是不完整的。然而不然。

试以中世纪为例，因其距离我们较近，我们对这个时代看得比较清楚。中世纪初期，神权政治经略欧洲，梵蒂冈纠合并重新组合卡比托尔山周围的古罗马遗迹，以俾再造罗马。基督教在往昔文明的废墟里寻找各个社会层次，借以重建以僧侣为主心骨的新的等级世界。正是在这个时期，人们首先在这一片混沌中隐约听到，然后逐渐在基督教灵气的浸淫下，在蛮族人手中，看到业已死去的希腊和罗马建筑的残骸拔地而起。这便是那个神秘的罗马式建筑，埃及和印度为神道设教的建筑术的姊妹，纯粹基督教精神不可篡改的表征，教皇大一统权力不变的象形文字。这个时期的任何思想都用阴郁的罗马风格写成，人们到处感到权威、统一、高深莫测、绝对、格里高利七世；神父无处不在，从不见人；种姓制度无处不在，从不见人民。然而十字军东征时代来临了。这是一场伟大的群众运动；任何伟大的群众运动，不管它的原因和目的是什么，总要在其做最后冲刺时释放出自由精神，新事物即将问世。于是开始雅克团暴动、布拉格暴动和联盟运动的动乱时代。权威动摇，大一统的局面分崩离析。封建领主要求与神权统治平分秋色，然后是人民不可避免地登台出场，而且人民总会得到最大的份额，“皆因我名为狮子”①。于是贵族在僧侣笼罩下初显峥嵘，自治的村社又在贵族覆盖下露出头角。欧洲的面貌从此改观。这样一来，建筑术的面貌也相应改变，建筑术与文明一样翻过一页，准备在新时代精神的口授下做它的笔录。十字军在返程为建筑术带回尖圆拱，犹如为各民族带回自由。于是，随着罗马逐渐解体，罗马建筑术也奄奄一息。象形文字抛下主教座堂去装饰城堡的主塔，为封建领主光耀门庭。主教座堂，这个从前处处讲究中规中矩的建筑本身，从此也被资产者、村社和自由侵入，脱离神父的掌握，听凭艺术家摆布。艺术家随心所欲地建造主教座堂。不再有神秘、神话和法则，有的是奇思怪想和一时兴起。只要为神父安排了大堂和祭台，别的事他就管不着了。四壁是艺术家的天下。建筑这本大书不再属于僧侣、宗教、罗马；它属于想象、诗歌、人民。所以这个仅有三世纪历史的建筑术便产生无数的迅速变化，令人瞩目，而有六七个世纪历史的罗马建筑术却停滞不变。同时艺术阔步前进，民众的天才和独创性担当了以前主教们做的事情。每个种族在其经过时，无不在书上写下自己的一行文字；它涂改主教座堂扉页上古老的象形文字，以至于人们今天勉强才能在它留下的新的象征之下窥见旧的教条。民众的大袍几乎遮掩了宗教的骨头架子。当时的艺术家们甚至对教堂也随意处置，其放肆程度后人难以想象。他们在柱头上表现男女修士羞答答地交合，如巴黎

① 原文是拉丁文。“狮子的份额”即最大的份额。

司法宫壁炉厅里所见；又如布尔日教堂正门底下“纤毫毕现”雕出诺亚的奇遇；又如波什维尔修道院盥洗室里塑一酒醉的修士，他长一对招风耳，手执酒杯，笑傲全体僧众。那个时代写在石头上的思想享有的特权，完全可以与今天的出版自由相比拟。这是建筑术的自由。

这个自由畅行无阻。有时一座大门，一个立面，乃至整座教堂呈现与宗教信仰绝对无关，甚至敌对的象征意义。巴黎的纪尧姆早在十三世纪，尼古拉·弗拉美在十五世纪，就写下了这类叛乱篇章。肉铺圣雅克教堂整个儿是一座宣扬反对派思想的建筑。

思想在那个时代只能以这种方式取得自由，所以全部思想只能写在叫作建筑物的书本上。它若不托体建筑物，而是鲁莽地采取书本的形式，就会在广场上被刽子手付之一炬，而化为教堂大门的思想就会目睹栖身于书本的思想遭受酷刑。思想以建筑术为唯一出路，为了能一见天日，它便从四面八方向这条道上奔凑而来。于是就产生覆盖欧洲的无数主教座堂，其数量之多，即使我们今天经过核实，也难以相信。社会的全部物力和智力汇向同一点：就这样，以建造奉献给天主的教堂为借口，艺术得到辉煌的发展。

于是，任何生来是诗人的人都变成建筑师，散布民间的天才在封建制度下如在青铜盾牌的“龟壳”下到处受到挤压，只有在建筑术那一边找到出路，通过这门艺术发扬光大。它的《伊利亚特》就采用了主教座堂的形式。所有其他艺术也服从建筑术，归其驱使，它们无非是实现伟业宏图的工匠。建筑师便是诗人，便是大师。他身兼数职：既是雕刻家，精雕细刻建筑物的立面；又是画家，为大玻璃窗着彩绘色；也是乐师，撞响大钟并演奏管风琴。严格意义上的诗歌纵然顽固地写成手稿苟延残喘，也不得不以某种方式为建筑物包容，作为赞颂或“续唱”为之效力。说到底，诗歌扮演的角色与埃斯库罗斯的悲剧在希腊的宗教节日里，《创世记》在所罗门的神庙里起的作用毫无二致。

故此，直到谷登堡发明印刷术为止，建筑术是主要的、普遍的书面语言。这部花岗岩大书在东方开卷，古希腊和罗马接着写下去，由中世纪写完它的最后一页。而且，我们在中世纪观察到的民众建筑取代种姓等级建筑的现象，通过人类智慧类似的运动方式在历史的各个重大时代重现。需要写几本书才能讲透这条法则，我们在此只能举其概要。在古代东方，远古历史的摇篮，继印度建筑术后出现腓尼基建筑，后者又是阿拉伯建筑体质壮硕的生身之母；在古代，希腊建筑继埃及建筑而起：埃特鲁斯坎风格和巨石堆垒仅是埃及建筑的变体，而罗马风格不过是希腊建筑加上迦太基的圆顶而已；到了现代，则有哥特式建筑取代罗马式建筑。分解这三个系列，便能在其中三个长姐印度建筑、埃及建筑和罗马建筑身上找到同样的象征：神权、种姓等级、统一、教条、神话、上帝。而在三位幼妹腓尼基建筑、希腊建筑和哥特式建筑身上，无论它们为其本质所规定的形式如何变化多端，我们也能发现相同的含意：自由、人民、人。

在印度、埃及或罗马建筑中，人们总是感觉到，只能感觉到神父的存在，不管这个神父叫作婆罗门、麦琪，还是教皇。民众建筑的情况并非如此，它们更丰富多彩，少了一点神圣性质。人们在腓尼基建筑里感到商人；在希腊建筑里感到共和派；在哥特式建筑里感到市民。凡是神权建筑都有如下普遍特征：一成不变，惧怕进步，保持传统的线条，推崇原始的类型，人性和自然的所有表现形式始终屈服于象征的不可理喻的奇怪念头。这都是些晦涩的天书，唯有入教者才解其寓意。此外，神权建筑的任何形态，乃至任何变态畸形，都有一种意义，而且正是这一意义使它不可侵犯。不能要求印度、埃及、罗马建筑改变其图形或者其雕塑，任何趋向完善的努力对于神权建筑都是一种亵渎。在这类建筑里，似乎石头也染上了教条的僵硬性，犹如被再一次化为岩石——民众建筑则相反，以多样性、进步、独创性、丰盈壮硕和永恒的运动为其普遍特征。它们脱离宗教的程度已足以使它们想到自身的美化，修饰容貌，坚持不懈改进其雕塑或图案装饰。它们属于尘世，它们仍产生于神圣的象征之下，但是它们已具有某种人性的东西，并且把它与神圣的象征不断融合，由此产生一些为任何灵魂、任何人的智慧和想象都能领悟的建筑物。它们仍带象征性，但与自然一样易于理解。神权建筑与这类建筑之间的差别，正是神圣语言与世俗语言之间、象形文字与艺术之间、所罗门与菲迪亚斯之间的差别。

概括上文所述，忽略不计成千上万个证据以及成千上万个细节性的责难，我们就会得出这个结论：直到十五世纪为止，建筑术是人类的重要记载方式；在这段时期，世界上没有一种稍微复杂一些的思想未曾变成建筑物，民众的任何想法和任何宗教法则都有自己的纪念性建筑；人类凡有重大的思想，无不写在石头上。缘何如此？因为任何思想，不管是宗教的还是哲学的，都愿永存于天地之间；因为激动了一代人的想法还要激动后代，留下痕迹。然而手稿带来的不朽太不可靠了！一座建筑却是一本无比坚固、持久、抵抗能力特强的大书。只要点一把火或者有一个土耳其人便能销毁文字，毁灭化为建筑的文字却需要一次社会革命，一场尘世的大变革。蛮族曾经劫掠罗马竞技场，洪水可能曾经漫过金字塔。

到十五世纪，一切皆变。

人类发现有一种保存思想的方法不仅比建筑术更持久、更具抵抗力，而且更简单易行。建筑术被赶下皇座，谷登堡的铅字将要取代俄耳甫斯的石头字母。

书籍将要杀死建筑。

印刷术的发明是人类历史上最重大的事件，它是一切革命之母。发明了印刷术，人类的表达方式便彻底更新，人类的思想便脱弃一种形式，披上另一种形式；从亚当以来一直象征智慧的这条蛇彻头彻尾地蜕变，换了一身新皮。思想一旦取得印刷品的形式，就比任何时候更难毁灭；它四处扩散，不可捕捉，不能摧毁。它与空气融为一体。在建筑术时代它化为山岳，挟着强大的威力占据一个时代，一个地点。现在它化为鸟群，飞向四面八方，同时占领天空各处与空间各点。

我们再说一遍，谁还看不到：这样一来，思想就大大难以毁灭？它本是凝固的，现在变得活跃。它从持久转为不朽。人们可以摧毁一所庞大的建筑，可怎样才能根除无所不在之物呢？哪怕再来一场洪水，山岭早已消失在波涛之下，可鸟雀照旧飞翔：只要有一条方舟幸免于难，在水面上漂荡，鸟雀就会在这条船上歇脚，与它一起浮游，一起目睹洪水退却，而从这片混沌中诞生的新世界在醒来时将看到，被淹没的世界的思想生趣盎然，在它的上空展翅振翮。

这个表达方式不仅最具保存能力，而且最简单，最方便不过，人人都能应用；它不携带大堆行李，也不劳笨重的机械操作；思想若表现为建筑物必须调动四五种其他艺术，投入堆积如山的石块，竖起密如森林的木架，雇用无数工人，而它若变为书本，只需要几张纸，一点墨水，一支笔。只要我们想到这些，比较这两者，对于人的智慧为了印刷术而舍弃建筑术，我们怎么还会大惊小怪？试挖一道沟渠低于一条河的水平面，然后用它横截这条河原来的河床，河水必定改道。

所以我们看到，印刷术发明以后，建筑术就逐渐干涸、萎缩、贫乏。我们感到水位降低，汁液流失，各时代和各民族的思想纷纷离它而去。在十五世纪，这一冷落过程几乎没被觉察，当时印刷机处于雏形，最多只能从强大的建筑术那里悄悄抽走一点它过剩的生命力。可是，从十六世纪起，建筑术的病症就显而易见了；它不再是社会的根本表达方式，它可怜兮兮变成古典艺术；从高卢艺术、欧洲艺术、本地艺术，它变成希腊罗马艺术；从真实的、现代的，它变成伪古代。人们正是把这一衰落叫作复兴，然而这一衰落不失辉煌，因为古老的哥特天才，这轮在美因茨巨大的印刷机背后坠落的夕阳，在一段时期内仍以其余晖照耀拉丁式拱廊和科林斯柱廊的混杂堆砌。

正是这轮夕阳被人们认作曙光。

与此同时，既然建筑术已处于与其他艺术平等的地位，既然它不再是总体艺术，君主艺术，暴君艺术，它就不再有力量拘束其他艺术。其他艺术得到解放，砸碎建筑师为它们戴上的枷锁，从此各奔前程。与建筑术离婚，使每门艺术都获益匪浅。彼此隔绝后，正好发展壮大。雕刻小技发展为艺术，绘制图片发展为绘画，卡农发展为音乐。这就像亚历山大死后，帝国解体，各行省变成独立的王国。

由此产生拉斐尔，米开朗琪罗，若望·古戎，帕莱斯特里纳，绚烂的十六世纪的光辉。

与艺术的解放同时，思想也从各方面解放自身。中世纪异端教派的创始者已经大大损伤了天主教的皮肉。十六世纪打碎了宗教统一。发明印刷术之前，宗教改革只是教会内部的分裂行为；有了印刷术，它便成为革命。缺了印刷机，异端学说就软弱无力。或是命定，或系天意，谷登堡是路德的先驱。

当中世纪的太阳完全沉落，当哥特天才在艺术的地平线上永远熄灭，建筑术也愈益暗淡、失色、消隐。印刷的书籍是建筑物的蛀虫，吸吮汁液，蚕食它。建筑艺术蜕皮脱水，日见消瘦。它变得格调卑下，贫乏，微不足道。它不再表达任何内容，甚至不是对另一个时代的艺术的回忆。它孑然一身，因为被思想遗弃，也就被其他艺术遗弃，从此召唤不来艺术家，只能驱使壮工。平板玻璃窗取代了彩色拼花玻璃。石匠接替雕刻家。任何汁液，任何独创性，任何生命，任何才智，都一去不复返。建筑术沦为工场里愁容满面的乞丐，只解仿制前人的作品。米开朗琪罗早在十六世纪可能就感到建筑术正在死去，他在绝望之余，产生最后一个设想。这位艺术巨子把万神殿垒在帕特农神庙之上，罗马的圣彼得大堂就此诞生。这件伟大作品确实举世无双，它是建筑艺术创造性的最后体现，是石头巨册即将合上之际，一位巨人艺术家留在它下端的签名。米开朗琪罗死后，建筑艺术名存实亡，成为孤魂野鬼，它还能做些什么？它赖上了罗马圣彼得大教堂，模仿复制却又不得体。这样做成为一种癖好，委实令人可怜。每个时代有自己的罗马圣彼得大教堂：十七世纪有圣恩谷教堂，十八世纪有圣热纳维也芙教堂。每个国家也有其罗马圣彼得大教堂，伦敦有一座，彼得堡亦有。巴黎有两三座。这类建筑，无非是一门衰败破落、重返童稚的伟大艺术临死前留下的无聊的遗言，最后的絮叨。

假如我们不是考察如上文提到的那些具有代表性的建筑，而是审视十六至十八世纪艺术的普遍面貌，我们也会发现同样的退化和萎缩现象。从弗朗索瓦一世时代开始，建筑物的艺术形式日益让位于几何形式，后者突出其棱角如消瘦的病人显露嶙峋的骨架。艺术的优美线条为冷冰冰的、僵硬的几何线条所取代；一座建筑不再是建筑，它只是一个多面体。建筑艺术倒是绞尽脑汁来掩盖这种赤身裸体的状态。于是有了嵌在罗马式门楣里的希腊式门楣，或者相反。不过万变不离其宗，永远是在帕特农神庙里安置万神殿，是罗马圣彼得大教堂。于是便有了亨利四世的石头砌角的红砖房子，皇家广场，多菲纳广场。有了路易十三的教堂：笨重，横宽竖短，扁圆拱，紧抱成团，再扣上一个状如驼子罗锅的圆顶。有了马札林式建筑，拙劣模仿意大利风格的四民族学院。有了路易十四的宫殿，长长的供朝臣居住的营房，生硬，冰冷，令人厌烦。最后还有路易十五式建筑：菊苣和通心粉状的装饰，外加种种赘疣，更使这个老迈的、头童齿豁犹作媚态的建筑艺术面目全非。从弗朗索瓦一世到路易十五，病患以几何级数增长。艺术瘦到只剩皮包骨头，它气息奄奄，行将就木。

与此同时，印刷术又变成什么样子了？从建筑术那里流失的生命力都归它所有，随着建筑术的衰落，印刷术扩张、壮大。人类思想把以前用在建筑物上的力量，从此都用在书本上，所以早在十六世纪印刷术便与失势的建筑术分庭抗礼，与它搏斗，要了它的性命。到十七世纪，印刷术已称王道霸，它的胜利如此巩固，足以让世界欢庆一个伟大的文学时代的来临。到十八世纪，经过在路易十四朝廷的长期休养生息之后，它重新握住路德的旧剑，把它递给伏尔泰，然后杀声震天，冲上去攻击它已杀死其建筑表现形式的古老欧洲。十八世纪结束之时，它已荡平一切，到十九世纪它将重新建设。

现在我们要问，三个世纪以来，两者中哪一家艺术真正代表人类的思想？哪一家体现人类思想？哪一家不仅表达了人类思想在文学和经院哲学领域的怪癖，而且表达其广阔、深沉、普遍的运动？哪一家永不间断地、天衣无缝地与迈步前进的人类，这个长一千条腿的怪兽重合？是建筑术还是印刷术？

是印刷术。诸位切勿搞错，建筑术已经死去，无由复活。杀死它的是印本书籍。它被杀死，是因为它既不经久，又太昂贵。建造任何一座主教座堂都耗资亿万。请诸位想象，需要投入多少资金，才能重写托体于建筑的书籍，才能使大地上重现成千上万所建筑蜂拥蚁聚的局面，才能回到纪念性建筑物林立的时代？——据一名目击者的说法，那时候“犹如世界撼其身躯，脱卸其敝衣旧服，改披白色教堂织成之新袍”（格拉伯·拉杜甫斯）。

一本书却是立等可得，所费甚廉，而且不胫而走，无远不至。所以不必惊讶，人类的全部思想都顺着这个坡道流淌。这不是说从此以后人们不再在此地或彼地营造一座美丽的丰碑，一个孤立的杰作。在印刷术统治下，时不时还可能竖起一根圆柱——我设想是一支大军用缴获的大炮熔铸而成——就像在建筑术统治下曾经产生过《伊利亚特》、《罗曼采罗》、《摩诃婆罗多》和《尼伯龙根之歌》，那是整个民族世代吟唱的诗篇融合而成的巨著。到二十世纪，一位天才建筑师也可能留下大手笔，如同但丁在十三世纪一样。不过建筑术将不再是社会艺术，集体艺术，占统治地位的艺术。人类的伟大诗篇，伟大建筑和伟大事业将不再出自建筑师之手，而是印成书本。

从此以后，如果说建筑术偶尔还能振兴，它不再能主宰世界了。它将听凭文学的支配，而当初文学曾对它俯首帖耳。两种艺术的地位将颠倒过来。可以肯定的，是在建筑术时代，为数不多的诗篇与纪念性建筑物颇为相似。在印度，毗耶娑[①]芜杂、奇崛、密不透风如宝塔；在东方的埃及，诗和建筑一样，其线条宏伟、宁静；古代希腊的诗作

① 古印度隐者，传说他是许多宗教长诗的作者。

亦优美、清明、安详；基督教欧洲的诗作有天主教的庄严，民众的天真烂漫，一个万象更新时代的花团锦簇。《圣经》与金字塔相像，《伊利亚特》堪比帕特农神庙，荷马与菲迪亚斯相似，但丁是十三世纪最后的罗马式教堂，莎士比亚是十六世纪最后的哥特式大教堂。

概括上文必定不完备而且掐头去尾的叙述，不妨说人类有两本书，两种记忆册，两份遗嘱：建筑术和印刷术，石头的《圣经》和纸上的《圣经》。诚然，当人们瞻仰这两部面向漫长的世代摊开的《圣经》时，人们不由得惋惜花岗岩文字，对这些巨大的由柱廊、塔门、方尖碑组成的字母，这些从金字塔到教堂的钟楼，从凯奥普斯[①]到斯特拉斯堡覆盖世界和往昔岁月的人工大山显而易见的庄重威严，人们不胜缅怀。只有在石头的书页上才能重读过去的历史，应该反复不已地翻阅、赞赏这本由建筑术写成的书，但是不应该否认印刷术建造的巨厦的伟大恢宏。

这座巨厦奇大无比。某位统计专家计算过，若把自从谷登堡以来印制的全部书籍一本挨一本摞起来，其高度足以填平从地球到月亮的距离；不过我们要讲的是另一种性质的伟大。然而，我们若在脑子里想象印刷机迄今为止的全部产品的总貌，这个总貌对我们呈现的图像难道不是一座广袤无比的建筑？全世界支撑这座建筑，全人类孜孜不倦为它添砖加瓦，但见它探出怪异的脑袋伸进未来的浓雾。它是智慧的蚁穴，它是所有人的想象如金色的蜜蜂带着蜜汁奔赴而来的蜂房。这所建筑的楼层数以千计，科学的幽暗洞穴在其内部纵横交错，通向一座又一座楼梯；在其表面，艺术极尽赏心悦目之能事，蔓藤花纹、玫瑰花窗和各种小花饰到处争奇斗妍。每一个别作品看来乃任意为之，各不相干，其实在这所建筑里各得其所，各展其长。整体产生和谐。从莎士比亚这座主教堂直到拜伦这所清真寺，千百座钟楼在这个普遍思想的大都会里相互混杂，相挤相轧。在其基础上，人们重新写

① 古埃及国王，大金字塔的建造者。

下建筑术未能记载的人类几项古老的头衔。在入口左方，人们嵌入荷马的白色大理石古旧浮雕；而在右方，多种语言写成的《圣经》高扬它的七颗脑袋。稍远处，《罗曼采罗》这条七头蛇竖起身子，还有其他杂交怪物，如《吠陀》和《尼伯龙根之歌》。何况这奇异的建筑永远不会竣工，印刷机这台巨大的机器无休止地吸取社会的全部智力汁液，永不停歇地为营造自己的建筑吐出新的材料。全人类都在脚手架上忙碌。每个才智之士都充当瓦工石匠。最卑贱的人也为它堵上一个窟窿，砌上一块石头。雷蒂夫·德·拉勃勒东[1]背来一筐灰泥。每天都有一层新的砖石就位。除了每个作家各尽其才，标新立异，还有群策群力的集体。十八世纪产生了《百科全书》，大革命带来《导报》。当然，这也是一座无休止地扩展壮大、盘旋而上的建筑；这里同样语言混杂，活动永无宁日，劳作不知疲倦，全人类通力合作；这里为人类智慧躲避新的洪水、抵御蛮族的入侵提供了庇护。这是人类的第二座巴别塔。

---

① 雷蒂夫·德·拉勃勒东（1774—1806），法国作家，以多产闻名。

第六卷

一　公正一瞥古时如何审案

在吾主降生后一千四百八十二年，罗倍尔·戴斯图特维尔身为贵族、骑士、贝恩领主、马什省伊芙利和圣安德烈两地的男爵、御前顾问、侍卫、知巴黎府事，堪称福星高照。从彗星[①]经天的一四六五年十一月七日，他受封此一美官那年算起，已将近十七年了。这个官位虽有职守，更像获赐领地。约翰内斯·勒姆诺斯有个说法："任此职者得行使极大之治安权力，并享有多项特权[②]。"一位贵人远在路易十一国王的私生女与同为私生子的波旁先生缔姻那一年即膺此重任，到一四八二年依然圣眷渥厚，实属凤毛麟角。罗倍尔·戴斯图特维尔接替雅克·德·维里埃出任巴黎府尹那一天，约翰·多韦取代埃里尔·德·托莱特当上最高法院首席法官，约翰·茹夫奈尔·德·于森继彼埃尔·德·莫维里叶成为法兰西掌玺大臣，雷诺·德·道尔芒夺

① 这颗彗星出现时，博尔基亚的叔父加里斯都教皇曾下令祈祷消灾。1835年它再次出现。——原注

② 原文是拉丁文。

走彼埃尔·布依的御前常任诉状审查官职位。须知自从罗倍尔·戴斯图特维尔坐进府尹衙门以来，首席法官、掌玺大臣、常任诉状审查官不知换了多少茬！他的委任状里载明“俾其执掌”，而他也确实牢牢执掌。他紧抓不放此一职位，融入其中，与之合成一体，竟然躲过路易十一撤换官吏的疯魔劲头，须知这位国王生性多疑，喜欢捉弄人，勤政不倦，频频封官罢官，以示天威难测。更有甚者，这位出色的骑士已为他的儿子谋得继承父职的特许。两年前，巴黎府的日常文书上，候补骑士雅克·戴斯图特维尔的名字已列在他的大名下边。如此王恩浩荡，实属罕见。罗倍尔·戴斯图特维尔确实是个好军人，他曾高举义旗勤王，讨伐“公共福利同盟”；一四××年，王后进入巴黎城之日，他曾献上一头蜜饯全鹿，令人叹为观止。他与御营统领特里斯丹·莱尔密特交情甚笃。总之，罗倍尔大人的日子过得称心惬意。首先他官俸丰厚，还有多如挂在藤上的葡萄串的附加收入，如府尹衙门的民事和刑事诉讼登记费，大堡昂巴审判厅的民事和刑事诉讼费，以及芒特和高贝依桥的小额过路费，对柴行与盐行牙子征收的捐税。此外还要加上骑马出巡时炫耀自己的英姿的乐趣；市政官们和区长们穿红褐两色的袍子，更加衬托他的戎装和头盔威武非凡。诸位今天还能在诺曼底的瓦尔蒙修道院里他的坟上，看到他那顶轧满花纹的高头盔。这还没完。对管带十二名士兵的班长、大堡的司阍兼巡夜、大堡的两名承审帮办、十六个区的区长、大堡的狱吏、四名有采邑的都头、一百二十名骑马差官、一百二十名执棒差官、巡夜骑士及其统率的巡防队、巡防分队、巡防检查队、巡防后卫队发号施令，难道不是一大乐趣？行使高等和初等司法权、宣判车轮刑、绞刑、拖刑，并如文献所载，在光荣地管辖七个高贵的司法区的巴黎子爵领地内享有初审权，难道不也是一大乐趣？如罗倍尔·戴斯图特维尔大人那样，每天在大堡里威严的菲利浦建造的宽阔扁平的尖拱顶下升堂断案，每晚按照习惯回到王宫附近伽里略街上的漂亮住宅去休息，消除因把某个倒霉蛋打发入狱而生的疲劳，难道还能想象比这更甜美的事情？那所宅第，是他的妻子昂勃罗瓦丝·洛瑞夫人从娘家带来的。至于那个倒霉蛋要去过夜的场所，是“剥皮场街一间小屋，为巴黎府尹和市政官改作牢房之用，长十一尺，宽七尺四寸，高十一尺”①。

罗倍尔·戴斯图特维尔大人不仅拥有巴黎府尹和巴黎子爵的司法权，而且有权参与御前大审，出席并且出力。凡是高傲的头颅在落到刽子手刀下之前，无不先经过他的手。是他前往圣昂图纳的巴士底大狱把纳穆尔先生提出来，然后押到菜市场行刑，也是他把圣保尔大统领带到河滩上斩首。后者不肯就范，大喊大叫，引得府尹大人乐不可支，因为他俩本是对头。

如上所述，足以使他显赫、幸福，而且有朝一日名垂史册。巴黎府尹列传读来甚是有趣，我们从中获悉乌达尔·德·维勒讷夫在屠场街有所住宅，纪尧姆·德·汉格斯特买下了大小萨伏亚宫，纪尧姆·提布斯特把他在克洛潘街的房产捐赠圣热纳维也芙的修女，于格·奥勃里欧住在箭猪公馆，以及其他事关家宅的琐闻。

然而，尽管他有这么多理由潇洒而快乐地度日，罗倍尔·戴斯图特维尔大人一四八二年一月七日早晨醒来时却情绪郁怒，肝火旺盛。这等恶劣心情从何而来，连他自己也说不明白。莫非是天色阴沉？是他那根蒙莱里旧皮带的带扣没有系合适，把府尹老爷发福的肚子像当兵的那样勒得太紧了？是他看到窗外大街上走过一帮游民，四个人一行，穿着紧身上衣却没有衬衫，戴着帽子却没有帽顶，腰侧挂着钱袋，插着酒瓶，对他百般嘲弄？是他隐隐预感到，当今嗣君，未来的查理八世国王明年将把府尹的俸禄削减三百七十里弗尔十六苏八德尼埃？读者尽可选择；至于我们，我们宁可认为，他之所以心情不佳，无非因为他心情不佳。

何况昨天是节日，而节日的第二天对大家都是烦心的日子，对负责清除巴黎一个节日留下的垃圾的官员来说尤其烦心，具体的和抽象

---

① 见1387年的地籍册。——原注

的垃圾都须打扫干净。此外他还要在大堡开庭问案。我们已指出，法官们通常都把开庭的日期安排在他们心情不佳之日，以便找一个倒霉家伙，用国王、法律和正义的名义，在他身上好生发泄怨气。

此时，未等他驾临，法庭已开始问案。按照惯例，他的民事、刑事和特案帮办代行其职。从上午八点起，便有十几个男女市民挤在大堡的昂巴审判厅，一道粗大的橡木栅栏与墙壁围出的一个阴暗角落里，美美地旁听弗洛里昂·巴勃迪安大人升堂问案。这位老爷是府尹的帮办，大堡民事和刑事案件承审官。他断案糊里糊涂，没头没脑，听审便如观看花样翻新的演出，确实开心。

那座有拱顶的厅堂又矮又小，尽里头安着一张有百合花纹饰的公案，桌后一把橡木雕花大靠椅是府尹的座位，此时空着。椅子左侧一张凳子，是承审官弗洛里昂的位子。录事坐在下首，正在做记录。对面是民众的席位。门前和桌子前站着许多府尹衙门的衙役，身穿紫地白十字的粗呢短袄。市民接待厅的两名差役穿着万圣节的红蓝两色短衫，在桌子后面一道紧闭的低矮小门前站岗。透过厚厚的墙壁上唯一的尖拱小窗，一月份惨淡的日光照亮两副滑稽的面容，其一是作为悬饰雕在穹顶石上的古怪鬼脸，另一副便是厅堂尽里头，踞于百合花纹饰之上的法官的尊容。

诸位请想象府尹的公案后面，两摞卷宗之间坐着一人。他两肘支在桌面上，一脚踩住棕色粗呢袍子的下摆，整张脸缩在白羔皮袄里，两道眉毛也像煞羊毛；他红脸膛，糙脾气，不时眨巴眼睛，两颊的肥肉在下巴颏汇拢，倒也添了几分威严。这位就是大堡承审官弗洛里昂·巴勃迪安老爷。

承审官是个聋子。对于一位承审官，这个毛病无关紧要。弗洛里昂老爷并不因此不做终审判决，而且恰如其分。当一名法官，只要做出侧耳细听的样子就行了；这是良好的司法制度唯一至关重要的条件。我们这位可敬的法官尤其称职，因为他的注意力不受任何噪声的干扰。

何况在旁听者中间有人铁面无私地监督他的一举一动，此非别人，乃我们的朋友磨坊的弗洛罗，昨天那个学生娃。我们在巴黎各处总能遇上这个“浪荡公子”，唯独在教授的讲台前找不到他的踪影。他正在评论眼前发生的事情，对在一旁冷笑的伙伴罗班·普斯潘低声说道：

“瞧，这位是约翰娜东·杜·比松，新市场的懒汉院的花魁女！——岂有此理，老东西竟然处罚她！他除了耳聋，连眼也瞎了不成！只为戴了两串念珠，就罚她十五个巴黎苏四个德尼埃！太狠了一点。律令措辞务严[①]……这位又是谁？铠甲匠罗班·歇夫德维尔！——只为他技艺合格，取得这个行当的师傅资格？——是他该付的入行费——嗨！这帮贱民中间，还有两位贵人：爱格莱·德·苏恩，于丹·德·马依。两位候补骑士，基督之身[②]！啊！他俩掷骰子来着。什么时候我能在这里看到我们的校长向国王交纳一百巴黎里弗尔的罚金！巴勃迪安下手狠毒，不愧是个聋子！——假如这能让我戒赌，我倒真想去当我哥哥那个副主教。我可是没日没夜地赌钱，嗜赌若命，生死与共！赌输了衬衫还拿灵魂做赌注！——圣处女在上，那么多小妞！一个挨着一个，我的小绵羊！昂勃鲁瓦丝·莱居耶尔！伊萨博·拉佩奈特！贝拉德·吉隆南！没有我不认识的！罚款！罚款！得教训这帮浪货，胆敢僭用镀金腰带！十个巴黎苏！——噢！法官这副丑相，又聋又蠢！噢！笨蛋弗洛里昂！噢！傻瓜巴勃迪安！他上桌了！他吃打官司的人，他吃案子，他吃啊，嚼啊，塞啊，他吃撑了。罚款，没收无主物，税金，诉讼费，置产手续费，薪俸，赔偿及利息，用刑、蹲大狱住牢房戴镣铐还得收费，这一切对他都是圣诞点心，圣约翰节的杏仁饼！瞧这头蠢猪！——来吧！妙啊！又一个骚娘们儿！蒂博，蒂博家的，不折不扣就是她！——只为她走出格拉蒂尼

① 原文是拉丁文。

② 原文是拉丁文。指基督、天主起誓，为不敬。

衔了！——这小子又是谁？吉弗洛瓦·马波纳，弓弩手。他辱骂天主——罚款，蒂博家的！罚款，吉弗洛瓦！两人统统罚款！这个老聋子！他准是把两起案子弄混了！我跟你十比一打赌，他罚婊子辱骂天主的钱，罚那个大兵卖皮肉的钱！——注意，罗班·普斯潘！他们又要把谁带上来？这么多的衙役！朱庇特在上！猎犬倾巢出动，想必是碰上大家伙了。一头野猪——果然是大家伙，罗班！真是头野猪——长得多壮！——海格立斯！这是我们昨天的王子，胡闹王，我们的敲钟人，独眼龙，驼子，我们的大鬼脸！这是卡西莫多！”

说的一点不差。

正是卡西莫多。他被绳捆索绑，勒紧箍严，押上堂来。多名衙役把他团团围住，巡防骑士穿着前胸绣法兰西纹章、后背绣巴黎城徽的铠甲，亲临督队。然而卡西莫多除了天生畸形，他身上没有一丝一毫值得如这般兴师动众，剑戟火枪一齐上阵。他满脸浓云，镇定沉默，难得用独眼看一下身上的五花大绑，那目光阴郁、愠怒。

当他抬眼环顾四周时，他的目光却显得暗淡、失神，引得妇女们指指点点，觉得好笑。

此时，承审官弗洛里昂老爷正在仔细翻阅录事呈上的指控卡西莫多的案卷。阅毕之后，他似乎凝神熟思。每次开始审讯之前，他总要做这番准备工作，以便预先记住被告的姓名、身份、过失，想好如何驳斥预料中被告的回答。这样，不管审讯过程中有多少迂回曲折，他总能应付过去，不至于过分暴露自己耳聋。案卷对于他，犹如盲人的引路狗，万一有那么一言半语接不上茬，有某个提问不知所云，对于一些人来说，这显示着深奥，对于另一些人，这是愚笨。无论哪一种情况，法官的体面都得到保全，因为当法官的宁可被认为深奥莫测或愚不可及，也万万不能耳聋。所以他用尽心机不让任何人察觉他是聋子，而且通常掩饰得很成功，连他自己都信以为真了。做到此种自欺，其实比世人想象的要容易。所有的驼子都昂首阔步，所有的结巴都爱滔滔不绝，所有的聋子都细声低语，至于他，至多以为自己略微有点重听罢了。在这个问题上，这是他在真心诚意，反躬自省时，对公众舆论的唯一让步。

他把卡西莫多的案情记熟之后，便脑袋朝后一仰，半闭眼睛，以便加深给人的威严和廉明的印象。这样一来，他就变得既聋又瞎，符合当完美的法官的双重条件。端着这副威严的架势，他开始审讯。

"姓名？"

由一名聋子审问另一名聋子，这可是未曾"为法律所预见"的情况。

卡西莫多丝毫没有觉察法官的提问，继续死死地盯着他，不做回答。聋法官丝毫没有觉察被告耳聋，以为他与一般被告一样已经作答，自顾自刻板地、傻乎乎地问下去。

"知道了。你的年龄？"

卡西莫多仍旧不答话。法官以为已得到答复，接着问：

"现在，你的身份？"

对方沉默如故。此时旁听席上已开始嘁嘁喳喳、面面相觑了。法官不为所动，还以为被告已回答了他的第三个问题，接下去说：

"行了。本庭接到控告，你犯有：一、深夜闹事；二、以暴力相加一风骚女子，加害一荡娃[①]；三、对抗国王陛下的近卫弓箭手。以上各项，你必须交代明白——录事，被告迄今所言，是否已记录在案？"

听到这驴唇不对马嘴的问题，从录事桌到旁听席哄堂大笑。笑声如此强烈、疯狂、普遍、有传染性，连这两位聋子也不可能不发觉。卡西莫多耸起他的驼背，高傲地转过身子。弗洛里昂老爷与他一样吃惊；他从被告耸肩的动作猜测，必是他的回答出言不逊，才引得旁听者哄笑，于是就怒斥被告：

"混蛋，你胆敢如此答话，理当判处绞刑！你知道自己在跟谁

① 原文是拉丁文。

说话？”

这番训斥自然无助于制止全场的欢笑。众人觉得这话太离谱，太荒唐，乃至市民接待厅的差役，此辈本以愚钝为其通例的执矛跟班，也忍不住捧腹大笑。唯有卡西莫多保持严肃，只因为他一点也不明白周围发生的事情。法官怒不可遏，他以为必须以同样的语调说下去，才能慑服被告，使被告的畏惧影响到听众，让他们也恢复对法庭的敬重。

“你这怙恶不悛的歹徒，竟敢藐视本庭。本官乃大堡承审官，负责巴黎地方治安，受命惩治诸般罪恶及作奸犯科，纠察各行各业，禁止垄断，维修街道，制止倒卖家禽野味，监督丈量劈柴及其他木材，清除城内污泥及空气中传染疾病之物，夜以继日勤劳公务，不领薪水并且不指望其他俸禄。你可知道本官乃弗洛里昂·巴勃迪安，府尹大人的帮办，兼任专员、调查官、监督官和考试官，并在府尹辖区、隶属司法区、保管署和初等法院拥有同等权力！……”

一个聋子对另一个聋子说开了头，他就没有理由停下来。弗洛里昂老爷口若悬河滔滔不绝，若不是大堂尽里头的小门突然开启，府尹大人从中踱出，天晓得他到什么时候、什么地方才能打住。

弗洛里昂老爷见到府尹出场，并不惊慌失措，反倒转身面对府尹，把刚才以雷霆万钧之势训斥卡西莫多的演说词突然掉转方向，冲着他说道：“大人，此一被告公然、悍然藐视法庭，卑职求大人明断，予以严惩。”

说完，他气喘吁吁坐下来，擦拭从额头淌下来的大滴汗珠。那汗水如泪水浸湿了摊在他面前的羊皮纸文书。罗倍尔·戴斯图特维尔大人皱了皱眉头，对卡西莫多摆摆手，示意他注意。手势之威严，其含意之明确，使这个聋子也多少明白几分。

府尹于是声色俱厉地向他发话：

“你这无赖，犯下什么事由才被带到这里来的？”

可怜虫以为府尹问他的姓名，便打破惯常的沉默，用一副带浓重喉音的哑嗓子答道："卡西莫多。"

显然答非所问，全场重又大笑，以至于罗倍尔大人气得涨红了脸，喊道：

"混账行子，你胆敢连我也嘲笑起来了？"

"圣母院的敲钟人。"卡西莫多答道。他以为须要向法官解释自己的身份。

"敲钟人！"府尹往下说。上文表过，他早晨起床时本已心情恶劣，这古怪的回答更加激发他的怒火。"敲钟人！我罚你游街，受杖刑，让棍棒像敲钟一样落在你的脊背上。听明白了吗，无赖？"

"假如您要知道我的年龄，"卡西莫多又说，"我想我到圣马丁节就满二十岁了。"

这一下可谓火上浇油。府尹再也忍不住了。

"呔！大胆刁民，竟敢嘲弄本衙。诸位执棒都头，你们把这厮押到河滩广场的耻辱柱下，给我痛打一顿，再转上一小时。我不能轻饶了他，天主的脑袋在上！我命令，由四名宣过誓的号手陪同，在巴黎子爵的七个领地宣读此判决，以俾周知。"

录事立即动手缮写判决书。

"天主的肚子！瞧这案子断的有多利索！"学生娃磨坊的约翰·弗洛罗从他待的角落里大声说道。

府尹转过身子，又用一双冒着火星的眼睛盯住卡西莫多。"我好像听见这混蛋说了'天主的肚子'！录事，你再加上十二个巴黎德尼埃的渎神罚金，其中一半拨归圣欧斯塔什教堂的修缮费。我特别信奉圣欧斯塔什。"

三下五除二，判决书就写好了，其内容简洁明了。那个时代，巴黎府兼子爵领地的习惯法还没有经过蒂博·巴耶院长和御前律师罗杰·巴纳的加工。这两位法学家用密不透风的歪理诡辩、繁文缛节充塞其间，是十六世纪初的事。当初一切都清楚、明白、直截了当。人们直奔目的地，用不着走弯路，碰不到荆棘丛。在每条小道的尽头，人们立即看到是轮盘[1]、绞架还是耻辱柱。至少人们知道该到哪里去。

录事向府尹呈上判决书，府尹盖上大印，然后走出去视察其他审判庭。他那天的脾气足以使巴黎所有的监狱人满为患。约翰·弗洛罗和罗班·普斯潘在一旁窃笑。卡西莫多注视这一切，其神情在冷漠之中带有惊讶。

轮到弗洛里昂·巴勃迪安老爷过目判决书以便签署，录事对这可怜的犯人动了恻隐之心，希望能减轻他的刑罚。他尽可能凑近承审官的耳朵，指着卡西莫多对他说："此人是聋子。"

他本指望，由于同病相怜，弗洛里昂老爷会产生对犯人有利的想法。殊不知，首先，我们已指出，弗洛里昂不乐意别人看出他耳聋。其次，他的耳朵那么背，录事说的话连一个字也没有听到。但是他要做出听到的样子，便答道："好！好！这就不同了。我原来不知道。既然如此，加上一小时的耻辱柱示众。"

然后他在修改后的判决书上签字。

"干得不错。"罗班·普斯潘说，他对卡西莫多怀恨在心，"该着教训他，谁叫他那么凶。"

二　老鼠洞

读者请允许我们把他领回河滩广场，我们昨天为了盯爱斯美拉达的梢，与格兰古瓦一起离开了这个场所。

现在是上午十点，这里的一切都呈现节日过后的狼藉景象。石头地面上满是垃圾、缎带、破布片、羽冠上掉下的翎毛、凝固的蜡烛油滴、公众盛宴留下的剩菜残肴。许多市民在各处"闲逛"——这是借用我们今天的说法——用脚去拨动篝火的余烬，面对柱屋出神遐想。

---

① 一种酷刑：折断犯人的四肢后把他拴在一个巨大的轮盘上示众。

昨天那所房子上挂着豪华的帐幔，今天虽然只剩下钉子，仍使人余兴未尽。卖苹果酒和麦酒的小贩滚着酒桶，在人群中穿行。几个忙忙碌碌的行人匆匆往来。各家店铺门首，商人在交谈，相互招呼。人人都在谈论节日、使团、科伯诺尔、胡闹王，比赛谁说得最俏皮，笑得最欢。此时来了四名骑马差官，把住耻辱柱的四边。广场上一大部分闲人的注意力已被吸引过来。他们既无处可去，百般无聊，巴不得观看一次小小的行刑。

现在，假如读者观赏了在河滩广场各处上演的这个热闹、喧嚣的场面之后，把目光转向那座半哥特式、半罗马式的古屋，即码头西端的罗朗塔楼，他会在那房屋正面的墙角看到一本巨大的、用彩色字母和彩画装饰的公用祈祷书。书的上方有一道遮雨的披檐，前方有防盗的栅栏，但是不妨碍翻阅。祈祷书一侧，面向广场，有一扇狭窄的尖顶窗，被两根十字交叉的铁条挡死。这是老房子底层，在厚厚的墙壁里挖出的一间斗室的唯一开口。那间屋子没有门，全靠这个口子透气，周围广场上越是万头攒动，人声鼎沸，那间房子里的安宁越显得深沉，寂静越显得阴森。

这间斗室在巴黎出名已有三百年了。当年罗朗塔楼的罗朗德夫人为悼念在十字军中阵亡的父亲，命人在自家住宅的墙垣里凿出这个空间，然后把自己关进去，永远不出来。属于她的华丽府第，她只保留这间堵死了门、气窗冬夏敞开的陋室，把其余一切都捐赠给穷人和天主。肠断欲绝的贵妇在这座提前置办的坟墓里待死，整整二十年，她日夜为亡父的灵魂祈祷，在灰堆里坐卧，连一块当枕头用的石头也没有。她穿一个黑色口袋，以路过的善心人放在她的窗台上的面包和水为生，也就是说，施舍自己的财产之后，她便接受别人的布施。她在即将迁入另一个坟墓之前，遗嘱把这间屋子永远赠予伤心的妇女，不管是母亲、寡妇还是女儿，只要她们有许多愁恨需要为别人或为自己祈祷，愿意怀着巨大的痛苦或为忏悔重大的罪过而活埋自己。她那个时代的穷人用泪水和祝福为她举办了盛大的葬礼。不过，让他们十分遗憾的，是这个虔诚的女子因为没有靠山，未能列入圣品。穷人中那些多少为邪说所惑的人于是希望，在罗马办不到的事情在天堂里更容易办成；既然教皇不许，他们干脆为死者祈求天主的恩典。大多数人只是对罗朗德夫人保持圣洁的怀念，把她遗留的破烂当作圣物。巴黎城则为这位名门贵媛设置一部公共祈祷书，安放在她隐居的陋室的气窗旁边，以便来往行人偶尔驻足，哪怕只做一次祈祷也成，好让祈祷使人想到布施，从而使那些可怜的坐关女人，罗朗德夫人的洞穴的继承人，不至于饿死或被人遗忘。

何况此类坟墓在中世纪的城市里并非特别罕见。在最热闹的大街，在五光十色、噪声震耳的集市，就在人群中央，在马蹄和车轮底下，人们会遇上一个地洞，一口枯井，一座门窗砌死、挡上铁栅栏的小屋子。那里面有一个人抱着终天之恨，或为忏悔弥天大罪，自愿日夜祈祷。这个奇怪的景观，这间可怕的，如同住宅与坟墓，公墓与城市的中间环节的寮房，这个从此被视同死人的与世隔绝者，这盏在幽暗中消耗最后一滴油的油灯，这个在土坑中奄奄一息的生命，这个呼吸，这个声音，这个关在石头匣子里的永恒的祈祷，这张永远转向另一个世界的脸，这双已被另一个太阳照亮的眼睛，这只贴在墓壁上的耳朵，这个囚禁在肉体中的灵魂，这副禁锢在囚室中的皮囊，这个在皮肉和花岗岩双重外壳下受难的灵魂的呻吟：所有这一切，今天会在我们心中唤起种种思考，当时的人却绝对想不了那么多。那个时代的虔敬之心不喜欢推理，谈不上精微，人们不会在一个宗教举动里看到那么多的方方面面。人们笼统看待这件事情，推崇、敬仰此一献身行为，必要时也奉为神圣，但是不会去分析痛苦的原因，所生的恻隐之心也不过尔尔。他们不时给可怜的悔过者送去一点食物，透过窟窿看他是否还活着，不知道他的姓名，也不大清楚他在那里待死已有多少年了。遇到外乡人询问正在地窖里腐烂的这副活骷髅的情况，他们只是简单地回答“这是坐关修士”——如果穴中人是男性；或者“这是坐关修女”——如果是女性。

那个时候，人们就是这样看待一切的，不弄玄虚，不带夸张，不用显微镜，仅用肉眼。那个时候，无论用于观察物质事物还是精神事物的显微镜都还没有发明出来。

再说，虽然人们并不引此为天下奇观，城市内此类幽居确实很多，我们在上文已经表过。在巴黎就有相当数量的祈祷天主和思罪悔过的寮房，几乎都有人占据。教会当然不愿意它们闲着，因为这将意味着善男信女缺乏热情。实在找不到悔罪者，就把麻风病人塞进去充数。除了河滩广场的小屋，在隼山也有一处。另一间在无辜者坟场，还有一间我已记不清在什么地方，大概在克里雄公馆。此外还有许多，已找不到遗址，只凭父老传闻。大学城里也有一处。圣热纳维也芙山上，有个中世纪的雅伯在一个贮水池底部的粪堆上唱了整整三十年的圣诗。他每唱完一遍又重新开始，夜里唱得更响，高亢之声发自幽冥[①]。时至今日，住在附近的考古学家踏进"说话井"街，好像还听到他的声音。

就罗朗塔楼的石室而言，我们应该说，它从来不缺坐关修女。罗朗德夫人死后，难得有一年两年无人居住。许多妇女到这里来悲悼亲人、情人，或用泪水悔过，直到去世。生性狡黠的巴黎人什么事情都爱插手，连与他们最不相干的事情也要过问。他们硬说，难得有寡妇在这里住过。

按照当时的习俗，墙上刻着一行拉丁文铭文，把这间小屋子的虔诚用途告诉有学问的过路人。用写在门楣上的简洁铭文说明某一建筑的习惯，一直保持到十六世纪中叶。如今天在法国，我们还能在图维尔领主府的监狱边门上方读到"沉默与希望"[②]；在爱尔兰的福特斯居

---

① 原文是拉丁文。

② 同上。

城堡的大门顶上的盾状纹章下方，看到“强大之盾，佑我君侯”[①]；在英格兰的科柏伯爵好客的庄园的大门口，见到“宾至如归”[②]。这是因为，那个时代任何建筑都传达一个思想。

由于罗朗塔楼封死的石室没有门，人们就在窗户上方用粗大的罗马字体刻下两个词：

TU, ORA[③]

老百姓全凭常情常理猜度一切事情，琢磨不出那么多名堂，宁可把Ludovico Magno[④]读作“圣德尼门”。他们顺理成章把这个黑暗、阴森、潮湿的洞穴叫作“老鼠洞”[⑤]。此一解释可能不如原文高洁，但是更有味儿。

三　一块玉米发酵饼的故事

这个故事发生的年月，罗朗塔楼的石室有人居住。读者只消听三个妇女的交谈，便知此人是谁。在我们把读者的注意力引向老鼠洞之时，这三个妇女正沿着河岸，从大堡向河滩广场走去，与我们同一方向。

其中两位是一身巴黎女市民的装束，白细布胸衣，红蓝条纹相间的粗呢裙，边角绣花、紧裹腿部的白色针织线袜，方头黑底的褐色皮鞋，尤其是她们的帽子，显示她们属于富裕的商人阶级，介乎仆役们

① 原文是拉丁文。“强大之盾”（Fortescutum）与“福特斯居”谐音。

② 原文是拉丁文。

③ 拉丁文，意为“尔应祈祷”。

④ 拉丁文，意为“路易大王”。圣德尼门为路易十四所建之凯旋门。门上镌有“路易大王”字样。

⑤ “老鼠洞”（trou aux rats）的发音与拉丁文TU ORA相近。

称之为“妇人”和“夫人”的两种女人之间。那种尖顶帽子缀满金属片、缎带和花边，堪与俄国皇家近卫掷弹兵的帽子媲美，香巴涅省的妇女今天还戴在头上。她们不戴戒指和金十字架，而且一眼便知，这并非由于贫穷，纯然是怕罚款[①]。她们那位同伴的打扮大致相同，不过她的衣着和举止总是透着一股说不出的味道，叫人想起外省公证人的妻子。她把腰带系在腰部以上，从这一点就可以知道她刚到巴黎不久。她的胸衣打褶，鞋子上饰有缎带结，裙子的条纹呈纵向而不是横向，还有其他许多古怪之处，对高雅趣味都是莫大的顶撞。

前两位迈着巴黎女人特有的步子，正是这种步态使外省女人明白什么叫巴黎气派。那个外省女人手里搀着一个胖嘟嘟的男孩，男孩拿着一块糕饼。

很抱歉，需要说明，由于天气寒冷，那孩子正用舌头当手帕。

男孩被他母亲硬拽着才走，他如维吉尔所说的“步武不齐”[②]，每一步都磕磕绊绊，引得他母亲大声喊叫。原因是他老看着手中的饼，而不是脚下的石头路面。必定有某个重大的理由阻止他去咬那块饼，弄得他只能脉脉含情盯着它看。其实，本应该由当母亲的拿着糕点。让那个胖孩子充当坦塔罗斯[③]，未免太残忍了。

三位“太太”（“夫人”这个称谓当时只用于贵族妇女）一边走，一边抢着说话。三人中最年轻的，也是最富态的那一位，对外省女人说：

“咱们快走，玛耶特太太。我真怕赶不上趟。在大堡那边听人说，马上就要把他押赴耻辱柱了。”

“哪儿的话！乌达德·穆斯尼埃太太，您说得不对。”另一个巴黎女子接过话头，“他要在耻辱柱上绑两小时呢。我们有的是时间。我

---

① 中世纪禁止非贵族身份者佩戴黄金首饰。

② 原文是拉丁文。

③ 希腊神话中的国王，受罚永受饥渴之苦，看到水和食物却始终得不到。

亲爱的玛耶特，您见过耻辱柱吗？”

“见过的，”外省妇人说，“在兰斯。”

“敢情！你们兰斯的耻辱柱又算什么东西？一个破笼子，只管把乡下人转来转去[①]。没意思！”

“只转乡下人！”玛耶特不服，“在兰斯的呢绒市场，我们可是没少见长得有模有样的凶犯，杀的还是亲娘老子！乡下人！您真小瞧我们了，瑞韦丝！”

外省妇人为了维护故乡的耻辱柱的名声，眼看就要发火了。幸亏乌达德·穆斯尼埃太太为人慎重，及时岔开话题：

“顺便说，玛耶特太太，您对弗兰德使团有何印象？您在兰斯也见过这么漂亮的使臣？”

“我承认，”玛耶特答道，“只有在巴黎才能见到这样出色的弗兰德人。”

“使团中那个高个子的袜子商，您也看见了？”乌达德问。

“见了，”玛耶特说，“他像是农神下凡。”

“还有那个胖子，他那张脸像是光肚子露在外面。还有那个小个子，一双小细眼，四分五裂的红眼皮上栽满硬毛，像蓟草的刺球。您都见到了？”瑞韦丝又问。

“数他们骑的马最神气，全身上下都是他们那里的时髦披挂！”乌达德说。

外省女人玛耶特打断她。这回轮到她显示自己见多识广了。“嗨！亲爱的，假如您见过六一年在兰斯举行的加冕典礼，您又该说什么呢！那是十八年前了，一色儿的王公大臣和御林军的宝马！各种各样的马衣和马披：有大马士革呢和织金细呢镶黑貂皮的，有丝绒镶紫貂皮的，还有金鞍银辔，挂着金铃银铃的！好家伙，不知道花了多少钱！还有骑在马上的侍童，一个赛过一个俊俏！”

---

① 一种刑罚，详见下文。

乌达德太太冷冷反驳："不管怎么说，弗兰德人骑的马最神气。再说昨天在市政厅，商务督办招待他们晚宴，请他们品尝糖杏仁、肉桂酒、各种调味品，还有其他山珍海味。"

"您说到哪儿去了，我的好邻居？"瑞韦丝喊道，"弗兰德人是在小波旁宫，枢机主教大人府上吃的晚饭。"

"不对。是在市政厅！"

"才不呢。是在小波旁宫！"

乌达德太太语带讥刺反驳说："千真万确是在市政厅，斯古拉伯博士还用拉丁文发表演说，客人听得十分满意。是我当宣誓书商的丈夫亲口告诉我的。"

瑞韦丝太太针锋相对："千真万确是在小波旁宫，枢机主教大人的代表还向他们赠送厚礼：一打半升装的肉桂酒，白色、浅红色和深红色的；二十四盒双层里昂杏仁蛋黄饼；二十四支两斤重的大蜡烛；六瓶极品博恩葡萄酒，白色和浅红色的。我希望这一切可以做证。是我丈夫亲口告诉我的，他在市民接待厅当差，手下管着五十个人。今天早晨他拿弗兰德使节跟约翰神父[①]和特雷比宗德皇帝的使节相比，后一批人是先王在世时从美索不达米亚到巴黎来的，个个戴着耳环。"

乌达德太太不为这番炫耀所动，仍旧反驳："他们确实在市政厅吃晚饭，上的肉和糖果不计其数。"

"我告诉您，给他们上菜的勒塞克都头属于市政厅，地点却是小波旁宫。您把两件事情弄混了。"

"我跟您说，是市政厅！"

"是小波旁宫，亲爱的！这有证据：大门上特地用幻灯打出'希望'两个字。"

"在市政厅！市政厅！乌松·勒伏瓦还在那里吹笛子呢！"

"我说不是！"

---

① 传说中的埃塞俄比亚基督教君主。

“我说就是！”

“就不是！”

胖墩乌达德太太立即准备反驳，这场争吵可能会演变成互揪头发，若不是玛耶特突然喊叫：“快看桥那一头挤着那么多人！他们正围着什么东西瞧呢！”

“可不是，”瑞韦丝说，“我听到鼓声。准是小爱斯美拉达领着她的山羊又在耍把戏，快走，玛耶特！加快脚步，拽住您的孩子。您为了看稀奇事情才到巴黎来的。昨天您见到弗兰德人；今天该见识埃及女人了。”

“埃及女人！”玛耶特闻听此言突然转身，使劲拉着儿子往回走，“天主保佑我，别让埃及女人拐走我的孩子！——快跑，欧斯塔什！”

她沿着河滨朝河滩广场奔去，把那座桥甩在后头老远。可是她紧拽不放的孩子膝盖着地跌了一跤，她这才气喘吁吁停下来。乌达德和瑞韦丝也赶上来了。

“这个埃及女人会拐走您的孩子？”瑞韦丝问，“您这个想法有点古怪。”

玛耶特摇摇头，像是有心事。

乌达德说道：“古怪的是，麻袋女也担心埃及女人拐骗儿童。”

“麻袋女是什么人？”玛耶特问。

乌达德答道：“呃，就是古杜勒修女。”

玛耶特追问：“古杜勒修女又是什么人？”

“您当真是从兰斯来的，连这也不知道！”乌达德答道，“她就是老鼠洞的坐关修女。”

“什么！”玛耶特又问，“就是我们给她送糕饼去的那个可怜女人？”

乌达德点头称是。

“正是。待会儿您就要从开向河滩的小窗口看到她了。她跟您一样，总不放心这打鼓算命的埃及流浪人。她那么厌恶波希米亚人和埃及人，不知道什么原因。可是您，玛耶特，为什么您一见他们就逃跑?”

“噢!”玛耶特双手搂紧儿子圆鼓鼓的脑袋，说道，“我可不愿意遇到雏菊·香特弗娄梨那样的灾难。”

“啊！这里必定有个故事，您得讲给我们听，我的好玛耶特。”瑞韦丝握住她的胳膊说。

“我很愿意，”玛耶特答道，“不过也只有你们巴黎人，才连这桩事情也不知道！那我就讲给你们听——不过我们不妨边走边说。这是十八年前的事了。雏菊·香特弗娄梨是个十八岁的漂亮姑娘——那一年我也十八岁。她今天没跟我一样当一个三十六岁、富态、水灵的女人，有丈夫，有儿子，那全是她自己的错。再说，从十四岁那年起，她就走上邪路了！她是兰斯的船上歌手吉贝托的女儿。查理七世国王为举行加冕礼，从西勒里直到穆衣松沿着维勒河顺流而下——圣女贞德也在那条船上——这个吉贝托在国王面前献技呢。雏菊还在幼年，她的老父亲就去世了。于是她只剩下母亲。她母亲有个兄弟，叫马吉厄·帕拉东，在巴黎的巴林-加林街开铜铁炊具店，是去年故世的。你们看，她本是好人家出身。她苦命的母亲倒是个本分人，只教会她做点针线活和小玩具。光凭这点能耐，直到小姑娘长到又高又大，她家里却一贫如洗。母女俩住在兰斯城，河边上的风流苦街。请注意这个街名，我以为是它给雏菊带来不幸。且说六一年，天主保佑的吾王路易十一加冕那一年，雏菊出落得十分标致，又是整天乐呵呵的，到处人家都管她叫‘香特弗娄梨’[①]——唉，可怜的姑娘！——她长一副漂亮的牙齿，喜欢笑，好把牙齿露出来给人看。俗话说，姑娘爱笑，哭在后头；漂亮牙齿毁掉漂亮眼睛。香特弗娄梨就是这样的。她和母亲艰苦度日。打从乐师死后，家境一落千丈。做针线活的收入，一周不过六个德尼埃，还不到两枚鹰币。想当初吉贝托老爹在加冕礼上唱

① 意思是“歌声动听如鲜花开放”。

一首歌就挣下十二个巴黎苏，这好日子可是一去不复返了。有一年冬天——说的还是六一年——冷得出奇，母女俩没有劈柴，也没有柴火棍，冻得香特弗娄梨脸上像开了鲜花，惹得男人都叫她‘雏菊’，有几个干脆叫她‘雏菊花’！这一下就把她给毁了——欧斯塔什！你胆敢咬糕饼！——有个星期天，她脖子上挂着金十字架上教堂，我们当下就看出她被毁了——才十四岁，就干出来了！——第一个情人是年轻的科蒙特娄叶子爵，他的府第距离兰斯城四分之三法里；然后是亨利·德·特里昂古尔老爷，国王的骑师；再往后，又降了一等，近卫军小队长西亚尔·德·博里翁；然后，一个不如一个，是国王的切肉师盖里·奥贝戎，太子的理发师马赛·德·弗雷布斯，御厨师外号修士的特弗南；再往下，越跌越惨，她靠上琴师吉尧姆·拉辛，点街灯的梯也里·德·梅尔。可怜的香特弗娄梨落到这个地步，也就人尽可夫了。她那块金币已经用到最后一个苏了。两位太太，我还能跟你们说什么？六一年，加冕大典那一年，她竟然给民兵管带铺床了！——加冕那一年呀！”

玛耶特长叹一声，擦了擦滚到眼眶边上的泪水。

瑞韦丝却说：“这个故事未必出奇，我也看不出与埃及人和小孩子有什么相干的。”

“别着急！”玛耶特往下说，“小孩嘛，您马上就会看到一个——六六年的圣保罗日，雏菊生下一个小女孩，也就是说到今天眼看就满十六年了。这个不幸女人当下欣喜万分！她早就想要一个孩子。她的母亲，那个对她的荒唐行径从来都是睁一眼闭一眼的好女人，已经去世。雏菊在世界上无人可爱，也无人爱她。她堕落已有五年了，这可怜的香特弗娄梨，她在世上孤单一人，到处被人戳着脊梁骨，在街上遭嘘挨骂；当兵的打她，连穿一身破烂的小毛孩子也嘲弄她。后来，她满二十岁了。对于欢场女子，二十岁已是老年。凭风骚赚到的钱，不比当年做针线活的收入多；脸上每多一道皱纹，就少赚一个埃居；冬天又变得奇冷难熬，炉膛里又少见木柴，碗柜里也难得有面包。可是她再也不能做手工了，因为那种皮肉生涯使她变得懒惰，而且她比旁人更痛苦，因为懒惰又使她只想操皮肉生涯——这就是为什么这号女人老了以后比别的穷苦女人更受不了饥寒之苦，至少圣雷米的本堂神父是这样解释的。”

“说得对，”瑞韦丝发表意见，“可是埃及人又在哪里呢？”

“少安毋躁，瑞韦丝！”乌达德说道，她比较有耐心，“假如故事刚一开头便什么都说了，到结尾还能剩下什么呢？玛耶特，我请您说下去。这个可怜的香特弗娄梨！”

玛耶特往下说：

“总之她很伤心，很不幸，泪水淌得那么多，腮帮子也凹下去了。不过她虽然蒙受耻辱，索性轻狂，孤苦伶仃，总觉得如果这世界上有件东西，或者有个人能被她所爱，也能爱她，她就不至于那么耻辱、轻狂、孤单。这个人必须是个孩子，因为只有天真无邪的孩子才能爱她，也值得她去爱——她悟出这个道理，是在她试着去爱一个小偷之后。那小偷是唯一愿意要她的男人，可是过不了多久她就发现小偷也蔑视她——当妓女的都需要一个情人或者一个孩子充实自己的心灵，否则她们就太不幸了——她既然不可能有情人，便把全部希望寄托在生一个孩子上。她一直虔诚奉教，于是就日夜祷告好天主赐她一个孩子。好天主垂怜，终于给她一个孩子。她那份欣喜，就甭提了。她哭了个畅快，对孩子亲啊，抱啊，没个够。她自己奶孩子，用她床上仅剩的毛毯给孩子做襁褓，自己再也不觉得冷，也不感到饿。她又变得漂亮了。老姑娘当了母亲便青春焕发。一帮浮蜂浪蝶重返香特弗娄梨身边，她的货物又找到买主。她用这些造孽钱为孩子添置小衣服、小头巾、花边衬衣、缎子帽子什么的，就是想不到为自己重置一床被褥——欧斯塔什先生，我跟您说过，不要吃那块糕饼——小女孩叫安妮丝，是教名，没有姓，因为香特弗娄梨早已没有姓了。包裹那个小女孩的绸缎绫罗和绣品之多，肯定赛过正宗的公主！别的不说，单说她有一双缎子做的小鞋，路易十一国王想必拿不出一模一样的。这可是当母亲的亲手缝制、刺绣的，她施出当年做针线活的全部灵巧手段，还点缀许多装饰品，比圣处女穿的袍子上的也不次。这是世人所见的一双最可爱的粉红色小鞋，长不过我的拇指。要不是看到那孩子的小脚丫子从鞋子里抽出来，您不相信她伸得进去。她那双脚可真叫小，真惹人疼爱，那粉红色赛过做鞋面的粉红缎子！——乌达德，到您有孩子的时候，您就会知道，世上没有比这样的小手小脚更好看的。”

乌达德叹口气说："我倒是巴不得，可也得等安德烈·穆斯尼埃先生高兴才行。”

玛耶特接着说："再说，雏菊的孩子不光是一双脚长绝了。我在她四个月时见过她。真叫人见人爱！她一双眼睛比嘴巴还大，一头黑发秀美细密，天生卷曲。等她长到十六岁，必定是一个褐发美人！她母亲爱她爱得入魔，一天胜过一天。她爱抚她，吻她，胳肢她，给她洗澡，打扮她，只差把她吞下去！她喜欢得不知说什么才好，为了她而感谢天主。尤其是孩子那对粉红色的小脚丫，令她神魂颠倒，高兴得不知所措。她总把嘴唇贴上去，怎么也弄不明白为什么会有这样小巧玲珑的脚。她帮孩子把脚穿进小鞋，紧跟着又给她脱鞋，赞美这双脚，惊叹不已，观看日光怎样照透脚上的皮肉，又教她在床上学步，满心说不尽的怜惜。她心甘情愿终生跪着为她穿鞋脱鞋，像侍候圣婴耶稣一样。”

瑞韦丝小声说："故事倒是动听，可是跟埃及有什么相干？”

玛耶特答道："这就来了。有一天，兰斯城里来了一群奇怪的骑马人。他们是乞丐、无赖，由他们的公爵和伯爵领着到处游荡。个个肤色黝黑，头发卷曲，耳朵上套着银环。女的长得比男的更丑，脸更黑，从来不遮不盖；背后驮一个小杂种，肩上披一条旧的麻线毯子，头发扎成马尾巴。在她们脚跟打滚的儿童，连猴子见了也会害怕的。总之是一帮被逐出教门者。他们从下埃及经过波兰直接来到兰斯。据说教皇听过他们的忏悔，命令他们为赎罪补过在全世界流浪七年，不得在床上睡觉。所以他们自称悔罪者，浑身恶臭。好像他们早先是萨拉森人，所以信奉朱庇特，并且在所经之处，向所有执权杖、戴主教冠的大主教、主教和修道院院长索取十个图尔里弗尔。教皇有一道诏书授予他们这个权利，他们以阿尔及尔国王和德意志皇帝的名义到兰斯来看相算命。单凭这一条，就足以阻止他们入城了。那帮人也不见怪，便在勃莱恩门附近一座小山上宿营。山上有座磨坊，挨着废弃的采石场留下的深坑。兰斯城里的人抢着去看他们。他们给你看手相，预言前程，说得天花乱坠。他们有本事对犹大说他会当教皇。可是关于他们也有些恶毒的传闻，说他们拐卖儿童，偷钱包，吃人肉。老成持重的人劝冒失鬼们别去，自己却悄悄地去了。总之，大家都发痴入迷。事实是，他们的预言能让枢机主教听了也动心。埃及女人看了孩子的掌纹，说那上头用土耳其文和异教文字写着各种各样的奇迹，当母亲的便喜不自胜。这一家的孩子要当皇帝，那一家的少爷会当教皇，另一家要出统帅。可怜的香特弗娄梨也动了好奇心。她想知道自己命中有何好事，她的安妮丝有朝一日会不会当亚美尼亚皇后或别的什么，她就抱着孩子到埃及人那里。埃及女人们直夸这孩子长得好，抚摸她，用她们乌黑的嘴唇吻她，对她的小手更是赞不绝口。可怜那孩子的母亲听了，心中大喜。她们尤其夸奖孩子的脚丫子漂亮，鞋子也漂亮。孩子还不满周岁，正在牙牙学语，冲她母亲笑眯眯的样子特别淘气。她胖嘟嘟、圆鼓鼓的，会做各种小动作，像是个小天使。她见了埃及女人很害怕，当下就哭了。可她母亲使劲亲她，然后就抱着她回去了。算命女人关于安妮丝说的好话叫她满心受用：这孩子必定出落成天仙美人，端庄贤惠，会当王后。她回到风流苦街的破阁楼，为抱回一个王后而十分自豪。第二天，趁孩子在床上睡着了——她总是让孩子跟她一起睡的——她轻轻把门推开，没有关严，便跑到晒衣场街找一个女邻居聊天，说她的女儿安妮丝日后会大富大贵，英国国王和埃塞俄比亚大公爵会给她端酒上菜，还有其他许多意想不到的美事。等她回家，登楼梯时听不到孩子的哭声，心里就想：‘真好！孩子还睡着呢！’她发觉她留的门缝被人敞开了。可怜的母亲硬着头皮跨进屋子，直奔床前……孩子不在，位置空着。除了一只漂亮的缎子鞋，那孩子什么也没留下。她冲出房间，奔下楼梯，用头撞墙，连声喊叫：‘我的孩子！谁带着她呢？谁把我的孩子抱走了？’这条街上平时没有行人，她那所房子又是孤零零的；谁也不能告诉她什么。她走遍全城，搜索大街小巷，整整一天东跑西颠，发了疯，神志恍惚，形容可怕，像丢失了幼崽的野兽嗅闻各家的门窗。她跑得接不上气，披头散发，那模样可吓人呢。她眼睛里像点着火，烧干了她的泪水。她挡住行人，喊道：‘我的女儿！我的女儿！我那漂亮的小女儿！谁把我女儿还给我，我就给他当奴婢，给他的狗当奴婢；他可以吃掉我的五脏六腑，只要他愿意。’她遇到圣雷米的本堂神父，对他说：‘神父先生，我情愿用手指甲刨地，可您得还我孩子！’——乌达德，这惨状揪心裂肺；我知道一个铁石心肠的人，讼诉代理人蓬斯·拉卡勃尔先生，连他见了也掉泪——唉！可怜的母亲！——直到天黑，她才回到家里。她不在的时候，一个女邻居看见两个埃及女人挟着一个包裹偷偷登上她的阁楼，然后关好房门下楼，匆忙逃走。从她们走后，就听到雏菊家里传出像是孩子的哭声。这个母亲笑得乐开了花，长了翅膀似的飞上楼梯，如开炮一样冲开房门，扑进去……太可怕了，乌达德！不是她那可爱的小安妮丝，那个脸色鲜嫩红润的孩子，天主的馈赠，而是一个恶形恶状、瘸腿、独眼、畸形的小妖怪，在石板地上叫叫嚷嚷，爬来爬去。她吓得用手捂住眼睛，不由得喊出声来：‘天哪！难道巫婆把我女儿变成这个可怕的怪物了？’邻居赶忙把这个小瘸子抱走，否则他会把雏菊逼疯的。他必定是某个埃及女人为魔鬼生下的怪胎，看来有四岁，讲的不像是人话，发声吐字谁也听不懂——香特弗娄梨扑向那只小鞋，这是她爱过的一切留下的唯一纪念。她久久地呆若木鸡，默不作声，也不觉痛苦。人们以为她死了。突然她全身哆嗦，举着这圣物一阵狂吻，然后号啕大哭，好像她的心都碎了。我们在场的人跟着也哭了。她说：‘天哪！我的小闺女！我漂亮的小闺女！

你在哪儿?’她那样惨叫，谁听了也会断肠。现在我想到这里，还止不住要哭。我们的孩子，你们知道，是心肝宝贝——欧斯塔什我的小可怜！你呀，你长得那么帅！你们不知道他有多乖！昨天他跟我说：‘我长大了要当近卫骑兵。’哦，我的欧斯塔什！万一我把你给丢了，我也活不成了！——香特弗娄梨突然站起来，在兰斯城里四处奔跑，边走边喊：‘到埃及人的营地去！到埃及人的营地去！老总们快来烧死巫婆！’——埃及人已经撤走了——此时是深夜，漆黑一团。不可能追捕他们。第二天，在离兰斯城两法里的地方，葛欧和蒂约瓦之间的一个灌木林中，找到篝火的痕迹，几根属于雏菊的女儿的缎带，几处血斑，几粒山羊屎。那一夜正好是星期六。毫无疑问，埃及人在灌木林中举行群魔会，并且按照回教徒的习俗，和大魔头别西卜一起把孩子吃掉了。香特弗娄梨听到这可怕的消息后，反而不哭。她动了动嘴唇像要说话，却发不出声音。第二天，她的头发花白了。第三天，她消失了。”

乌达德说：“这故事确实恐怖，勃艮第人听了也会哭的！”

瑞韦丝补一句：“难怪只要提到埃及人，您就胆战心惊！”

乌达德接着说：“刚才您带着欧斯塔什赶紧走开，真是做对了。这帮埃及人是从波兰来的。”

瑞韦丝说：“不然。听说他们是从西班牙和卡塔卢尼亚来的。”

乌达德答道：“卡塔卢尼亚？这也可能。波兰、卡塔卢尼亚、瓦洛尼亚，我老把这三个省份给搞混了。总而言之他们是埃及人。”

瑞韦丝接茬说：“而且他们的牙齿特长，要吃小孩。别看爱斯美拉达老噘着小嘴，我对她也吃小孩不感到奇怪。她那头白山羊能玩那么多把戏，其中必有妖法。”

玛耶特默默走着。她想得出了神，这种冥想好比是一个悲惨故事的延续，只有把由此而起的战栗如水波一样传递到内心最深处，它才能停止。此时瑞韦丝却跟她说话：“香特弗娄梨后来下落如何？”玛耶特不作声。瑞韦丝摇撼她的胳臂，叫她的名字，又问一遍，玛耶特这才好像清醒过来。

她听到这问话，印象中还是首次入耳，不由得机械地重复一遍：“香特弗娄梨下落如何?”待她努力弄懂这话的意思之后，便赶忙说：“她呀，后来不知下落。”

稍停一会儿，她补充说：

“有人说看见她在黄昏时分从弗雷尚博门走出兰斯城；也有人说她在天亮时分走出老巴寨门。在当年举行集市，现在种庄稼的那块地里，有个石头十字架，一个穷汉发现她的金十字架挂在那上头。正是这件首饰在六一年毁了她，是她的第一个情人，一表人才的科蒙特娄叶子爵送她的礼物。雏菊在她最穷困的时候，也舍不得变卖它。她珍惜它如同生命。所以，看到这个十字架也被抛弃了，我们大家都想她已经死了。可是房特酒店那边的人却说见过她光着脚，踩着卵石，朝巴黎的方向走去。不过，事情真要是这样的话，她该从维勒门出城。总之众说不一。我倒是相信她真是从维勒门出城的——为了走出人世。”

“我不懂您的话。”瑞韦丝说。

“维勒，”玛耶特凄然一笑说，“是一条河。”

“可怜的香特弗娄梨淹死了!”乌达德打了个激灵。

“淹死了!”玛耶特接过话头，“那年月，好心的吉贝托老爹乘船顺流向下，唱着歌穿过丁葛桥，谁能相信他亲爱的小雏菊有一天也会从桥下经过，可是不唱歌，也不乘船?”

“那只小鞋呢?”瑞韦丝问。

“跟母亲一起失踪了。”玛耶特答道。

“可怜的小鞋!”乌达德说道。

胖女人乌达德多愁善感，她本来很乐意陪着玛耶特长吁短叹下去。可是瑞韦丝比较好奇，她的问题还没有提完。

“那个怪物呢?”她突然对玛耶特说。

“哪个怪物?”后者反问。

“巫婆们留在香特弗娄梨家里，拿来跟她女儿交换的那个埃及小怪物！你们怎么处置他的？我希望你们把他也淹死算了。”

“没有。”玛耶特答道。

“怎么，敢情是烧死了？话说回来，对付巫婆崽子，这样做更好！”

“没淹死，也没烧死，瑞韦丝。大主教大人关心这个埃及孩子，为他驱邪，给他祝福，小心翼翼，把附在他身上的魔鬼赶走，然后把他送到巴黎，当作弃婴放在圣母院门口的木床上。”

“这些个当主教的！”瑞韦丝嘀咕道，“他们只为有学问，行事就与众不同。我倒要向您请教，乌达德，把魔鬼当弃婴待人收养，这算什么事呀！这小怪物肯定是魔鬼——得了，玛耶特，他到了巴黎又如何结局？依我看，没有哪个善人会要他的。”

“我不知道，”兰斯女人答道，“恰好是在这个时期，我丈夫买下贝鲁的公证人职位，那地方离城两法里。打这以后，我们不再过问这件事情，何况塞尔奈的两座土山挡在贝鲁前面，我们连兰斯大教堂的钟楼也望不见。”

三位端庄的女市民边说边走，已抵达河滩广场。她们既有心事，走过罗朗塔楼的公共祈祷书前也没有停下来，径直机械地向耻辱柱方向走去。耻辱柱周围的人群越聚越密。若不是玛耶特搀在手里的欧斯塔什突然提醒她俩，此时万人瞩目的那个场面，没准会使她们完全忘记此行的目的本是那个老鼠洞。似有某种本能告诉那个六岁胖孩子，老鼠洞已经走过。他说：“妈妈，现在我可以吃糕饼了吗？”

假如欧斯塔什更加机灵，也就是说不那么馋嘴，他本应该多等一会儿，直至回到大学城里，瓦朗斯夫人街安德烈·穆斯尼埃师傅的住所，塞纳河的两股河汊和旧城的五座桥梁隔开老鼠洞和这块糕饼时，再怯生生地提出这个问题：“妈妈，现在我可以吃糕饼了吗？”

欧斯塔什此时发问实为冒失，正好给玛耶特提个醒。她叫道：

“糟了！我们把坐关修女给忘了！带我到老鼠洞去，好让我把糕饼送给她。”

“这就去，”乌达德说，“做好事嘛。”

这一来，欧斯塔什就占不上便宜了。

“哎呀，我的糕饼！”说着，他用耳朵交替着蹭自己的肩膀，这是他的不满达到极点的表现。

三个女人折回原路。走到罗朗塔楼跟前，乌达德对另外两位说：“不能三个人同时朝洞里看，可别吓着麻袋女。我先到窗口张望，你们两个假装翻祈祷书念经。麻袋女对我不太陌生。什么时候你们可以过来了，我就给你们打招呼。”

她一个人前往窗口。她刚看上一眼，心里就一阵难过，充分流露在脸上。原来快乐爽朗的面容顿时换了表情，变了颜色，好像从日光下转入月光下似的。她眼眶湿润，嘴角收缩，像要哭出声来。过了一会儿，她把食指竖在唇前，示意玛耶特过来看。

玛耶特激动万分，蹑手蹑脚走过来，像是走近垂危者的病床。

两个妇女一动不动，屏住气，透过老鼠洞的铁栅窗朝里看。眼前的景象惨不忍睹。

这间窄小的寮房的宽度超过其进深，房顶呈尖拱形，从外面看进去像是主教冠的衬里。一个角落里，光秃秃的石板地上坐着，或者不如说蹲着一个女人。她两手交叉抱住紧贴胸口的双膝，下巴也抵在膝盖上，整个身子缩成一团，裹在一条带宽大褶裥的褐色口袋里。灰白的长发从前额耷拉下来，沿着双腿一直搭到脚跟。粗一看，她只是突现在寮房幽暗底色之上的一个古怪轮廓，一个黑色的三角形；天光从窗外射来，把这个图形分割成截然不同的明暗色调。她像是人们在梦中，或在戈雅的奇特画作中所见的亮黑参半，苍白、静止、凄惨，蹲在墓上或背靠牢房铁窗的幽灵。她既不是女人，也不是男人，既非活人，也无定形；她是个图像，是个幻影，真实和狂想如同光和影交错其上。长发拖到地上，若隐若现让人觉察底下有个干瘦、严厉的身影；长袍下缘探出一只光脚尖，在冰凉、坚硬的石板上兀自抽搐。这身丧服下依稀可辨的人模鬼样，令人不寒而栗。

这个好似嵌死在石板上的形象似乎不会动弹，没有思想，也没有气息。大冬天她只裹一条薄麻袋，缺铺少垫半卧在不生火的牢房暗处的花岗石板上。透过铁窗的只有寒风，没有阳光。就这样，她好像不觉痛苦，甚至没有感觉，她仿佛已伴同这囚室化作石头，随同这季节变成冰块。看第一眼，你还以为这是个幽魂；看第二眼，会觉得是尊石像。

然而，她发青的嘴唇有间歇地微微张开，若在呼吸，然后如风中枯叶一般机械地颤动。

然而，从她凄惨的眼睛中逸出一道目光，一道莫可言状的目光，深沉、悲切、执着，死死盯住寮房里从外面看不到的一个角落。这道目光似乎把这个悲伤灵魂的所有阴郁念头都引向某一神秘的物件。

就是这个生灵，因其住处而被叫作“坐关修女”，因其穿着而被唤作“麻袋女”。

瑞韦丝此时已与玛耶特和乌达德会合。三个女人一起朝气窗里张望。尽管她们的脑袋挡住了囚室内微弱的光线，那可怜女子仍未注意她们。乌达德低声说：“别打搅她。她出了神，在做祷告。”

同时，玛耶特愈益不安地打量这个瘦成皮包骨头、形容憔悴、蓬首垢面的女人。她眼中满溢泪水，喃喃自语：“这可太蹊跷了。”

她把脑袋探进气窗铁栅，终于看清了那不幸女子的目光死死盯住的角落。

她把头缩回来时，已泪流满面。

“你们管这个女人叫什么？”她问乌达德。

乌达德回答：“我们叫她古杜勒修女。”

玛耶特接话：“我呀，我叫她雏菊·香特弗娄梨。”

乌达德闻言大惊。玛耶特便竖一根手指在唇前，叫她也把头伸进窗中去看。

乌达德照办。她在坐关修女阴森森地死死盯住的那个角落，见到一只满缀金银饰片的粉红色缎面小鞋。

瑞韦丝跟在乌达德后面也往里看。然后三个女人望着那不幸的母亲，一齐流泪了。

可是，她们的目光和眼泪都不能使坐关修女分神。她依旧两掌合十，双唇紧闭，目光呆滞。凡是了解她身世的人，见她这样望着这只小鞋，都会伤心断肠的。

三个妇女一言不发，她们甚至不敢说话。面对这个巨大的静默，这个巨大的痛苦，这个除了一件东西不知有其他一切的彻底遗忘，她们如在复活节或圣诞节面对主祭坛。她们默不作声，凝神屏息，差一点就要下跪了。她们仿佛是在受难周的主日走进教堂。

三个人中数瑞韦丝最好奇，因此比较不善感。她终于发话，试图引坐关修女开口："喂！嬷嬷！古杜勒嬷嬷！"

她喊了三遍，嗓门一次比一次高。坐关修女兀自不动，她不吐一字，不转头看一眼，不出气，浑似泥塑木雕。

于是轮到乌达德用更温柔、更动听的声音喊道："嬷嬷！圣古杜勒嬷嬷！"

对方依旧沉默，依旧不为所动。

"真是个怪女人！"瑞韦丝说，"拿大炮轰也轰不动！"

"她可能聋了。"乌达德叹口气说。

"也许瞎了。"瑞韦丝补一句。

"没准死了。"玛耶特接着说。

有一点肯定无疑：假如灵魂还没有离开这个麻木、沉睡、失去知觉的肉体，至少它已退缩、隐藏到这具躯壳的深处，外部器官的感知无从抵达了。

乌达德说："看来只有把糕饼撂在窗口了。可是会有野小子来拿走的。怎么才能叫醒她呢？"

再说欧斯塔什。有条大狗拖着一辆小车走过来，吸引了他的注意。等车过去，他才发现三个大人趴在窗口张望什么东西。他也起了好奇心，攀上一块界石，踮起脚尖，把一张绯红的胖脸贴在窗口，嚷道："妈妈，让我也瞧瞧！"

听到这清脆、鲜嫩、响亮的童声，坐关修女打了个激灵。她如被一根钢丝弹簧发动，猛然转过头来；一双干枯的手撩开额际的头发，然后用惊讶、苦涩、绝望的眼神盯住这孩子。不过这一眼倏忽如闪电。

"天主啊！"她突然把头埋入两膝之间，大喊一声。嘶哑的声音发自肺腑，似乎撕裂了她的胸腔。"至少，别让我看到别人的孩子呀！"

"您好，夫人。"那孩子一本正经地说。

可是，刚才这一震撼已把坐关修女唤醒。她从头到脚全身哆嗦，牙齿咯咯作响，半抬起头，两肘抵住腰部，同时，像是为了暖和下肢，把双脚握在手中。"哎哟！太冷了！"

"可怜的女人，"乌达德不胜怜悯，说道，"您要不要生点火？"

她摇头表示拒绝。

"好吧，"乌达德递给她一个小瓶子，接着说，"这是甜酒，喝了会暖和一些。喝吧。"

她再次摇头，呆呆地望着乌达德，答道："给点水。"

乌达德坚持己见。"不，嬷嬷，一月份喝水不管用。您应该喝点甜酒，吃下这块玉米发酵饼，是我们特地为您烤的。"

她推开玛耶特递过来的糕饼，说道："给点黑面包。"

瑞韦丝也起了善心，解开她的羊毛披风，说道："拿着吧，这件大氅比您那件暖和。披上它。"

她不接受甜酒和糕饼，也谢绝披风，答道："给条麻袋。"

好心的乌达德又说："可您总不至于觉察不到，昨天是节日。"

坐关修女说："我觉察到了。我的水罐里两天没有水了。"

沉默一会儿，她又说："过节，人家把我忘了，这也对。我不惦念人世，人世凭什么惦念我呢？常言道，炭熄灰凉。"

好像是说话累了，她又把脑袋垂下，靠在膝盖上。乌达德心地纯朴善良，听到最后这几句话，还以为她在抱怨太冷，于是一片天真地答道："这么说，您要生点火？"

"生火！"麻袋女拿着古怪的腔调说道，"我那可怜的小妞在地下已经十五年了。你们能给她生个火吗？"

她四肢哆嗦，嗓音颤动，双眼闪光，跪着挺起上身。突然她伸出苍白、瘦削的手，指着用惊奇目光朝她看的那个孩子，喊道："把这孩子带走！埃及女人要来了！"

然后她面朝地倒下来，前额叩击石板，发出石头碰撞石头的响声。三个女人以为她死了。殊不知，过一会儿，她又动弹了。她们看着她双肘双膝着地爬行，一直挪到小缎鞋所在的那个角落。于是她们不敢往下看了，也看不见她了，可是能听到一声接一声的亲吻和叹息，间以撕心裂肺的呼叫和重浊的、如以头碰墙的撞击声。然后传来一声尤为猛烈的撞击，惊得她们三个站不住脚跟。接着，什么也听不见了。

"莫非她自杀了？"瑞韦丝壮着胆把头伸进气窗，"嬷嬷！古杜勒嬷嬷！"

"古杜勒嬷嬷！"乌达德跟着说。

"哟，我的天主！她不动了！"瑞韦丝接着说，"她死了吗？——古杜勒！古杜勒！"

玛耶特一直憋着气，说不出话。她终于奋力喊出声来："等等。"然后她向窗口俯下身子，说道："雏菊！雏菊·香特弗娄梨！"

设想有一爆竹的药捻没有点着，一个儿童不识好歹，把它吹着了；爆竹炸开，伤了儿童的眼睛。玛耶特把这个名字突然扔进古杜勒嬷嬷的寮房，此举造成的惊心动魄的效果，胜过这个儿童的受惊程度。

坐关修女全身发抖，倏地站起身，光着脚跳到窗口，眼睛里射出火星，吓得玛耶特、乌达德、瑞韦丝和孩子忙不迭后退，直到河堤的栏杆前才收住脚步。

同时，坐关修女把瘆人的脸紧贴气窗铁栅，狞笑着喊道："噢！噢！埃及女人在唤我！"

此时，耻辱柱前出现一个场面，吸引住她慌乱的目光。她因厌恶而紧皱眉头，把一双枯骨似的手臂伸出小室，以临终喘息般的声音喊道："你又来唤我了，埃及娘儿们，偷孩子的女贼！你敢！你这该死的！该死！该死！该死！"

四　一滴眼泪回报一滴水

坐关修女这些话不妨说是两个场面的交汇点。在这以前，同一时间在各自的特殊场地平行展开两个场面。其中一个，诸位刚才读到，发生在老鼠洞。另一个，诸位即将读到，发生在耻辱柱的梯子上。只有三个女人目击第一个场面，读者已经认识她们了。第二个场面的观众，我们上文已做交代，是聚集在耻辱柱和绞刑架周围的公众。

四名衙役从上午九点起就在耻辱柱的四角站岗，人群因此巴望见到货真价实的行刑场面。当然不会是绞刑，可是至不济也是鞭刑、馘刑，总之值得一看。转瞬间，闲人越聚越多，逼近那四名衙役，迫使他们不得不挥舞大棒或用马臀去冲撞人群，用当时的说法叫"弹压"。

平民百姓等待观看行刑已练出耐性，倒也不特别烦躁。为解闷，他们便打量起耻辱柱来。这个建筑物其实再简单不过了，无非是石块砌成的空心立方体，高约十尺。一道陡峭的未经打磨的石头台阶，被恰如其分地叫作"梯子"，通向上层平台。平台上有一横置的实心橡木轮子。犯人跪着，反剪双臂，绑在轮子上。空心柱内有一绞盘带动传动装置，使轮子保持水平方向转动，以便广场各处轮流看清受刑者的面容。这就是所谓的"转动"犯人。

诸位已经看到，河滩广场的耻辱柱远不如菜市场的耻辱柱那样，能提供各种消遣。建筑无艺术性可言，也谈不上雄伟。没有带铁十字架的屋顶，没有八角灯，没有纤细的立柱升到屋檐下展开成莨菪叶饰和花饰柱头，没有做成恶兽怪物形状的水溜，没有精雕细凿的架构，没有深刻工整的石雕。可供观看的，只有四面粗糙的石墙和两块砂石挡板，外加旁边一副瘦骨伶仃、光秃秃、委实其貌不扬的石制绞架。

对于哥特式建筑爱好者来说，谈不上一饱眼福。话说回来，中世纪的游民闲汉对建筑的优雅或宏伟本来缺乏兴趣，自然不在乎一个耻辱柱美不美。

犯人被绑在一辆小车后部，终于押送到场了。当他爬上平台，被绳索和皮带捆定在耻辱柱的转盘上，从四面八方都能看清时，广场上顿时爆出雷鸣般的嘘声，混杂着笑声和喝彩声。人们认出卡西莫多了。

果真是他。似这般旧地重游，实在奇怪。昨天，在同一地点，他曾接受万众的欢呼致敬，在埃及公爵、丢纳国王和伽里略皇帝陪同下，被拥戴为胡闹王。肯定无疑，人群中没有一个人，包括他本人，昨天的凯旋英雄，今日的阶下囚在内，明确意识到此一反差。这个场面独缺格兰古瓦和他的哲学。

刚过一会儿，吾王陛下的宣誓号手米歇尔·诺阿莱便示意众人安静，然后遵奉府尹大人的钧旨，大声朗读判词。接着，他带领穿短袖风帽号衣的手下人退到小车后面。

卡西莫多神情冷漠，连眉头也不皱。他不可能做任何反抗，因为用当时的刑事判决术语来说，"捆绑至严至实"，就是说铁索和皮条想必勒进皮肉里去了。此一监狱和苦役船的传统至今余风犹存，我们这个温良谦和、讲究人道的文明民族还在使用手铐（且不说苦役场和断头机）便是明证。

卡西莫多听凭人家把他牵着、推着、扛着、抬着，绳捆加上索绑。他的面部表情隐约流露的只是野人或白痴的惊愕。大家知道他耳聋，现在他像是眼睛也瞎了。

当差的把他拽上转盘，让他跪下，他听任摆布。他们剥掉他的外衣和衬衣，露出他整个上身，他听之任之。他们换了一套皮带和环扣来捆绑他，他让人家系牢带子，套紧扣子。不过他不时大声喘气，犹如运往屠宰场的牛犊摇晃耷拉在车帮上的脑袋。

约翰·弗洛罗对他的朋友罗班·普斯潘说（两名学生自然跟着犯人来了）：“瞧这笨蛋啥也不懂，不比关在盒子里的金龟子高明！”

群众看到卡西莫多露出他的鸡胸驼背和硬皮上长满浓毛的两肩，笑得前仰后合。大家兴高采烈之际，一名穿城防营号衣的矮个子壮汉登上平台，在犯人身边站定，他的名字随即在观众中传开来。此乃彼埃拉·托尔特吕，大堡宣过誓的掌刑吏。

他先把一个黑色沙漏放在耻辱柱一角，让装满沙漏上部瓶子的红色细沙慢慢泻入下部容器。然后他脱掉双色对拼的大氅，众人见他右手吊着一根细长的鞭子。那是用白色长皮条编成的，闪闪发亮，疙疙瘩瘩，还嵌有金属蒺藜。他用左手漫不经心挽起右胳膊袖子，直到腋下。

这当口，约翰·弗洛罗高高探出他那颗金色鬈发的脑袋（为此他踩在罗班·普斯潘的肩膀上），喊道：“先生们，太太们，快来瞧啊！马上就要强制鞭打卡西莫多先生了！他是家兄若萨副主教大人的敲钟人，古里古怪的东方式建筑，背上驮个圆顶，两腿扭成麻花柱。”

观众又大笑不已，儿童和姑娘们笑得最开心。

掌刑吏终于跺一下脚。轮子开始转动。卡西莫多虽被紧紧绑住，仍不免摇晃起来。他畸形的脸上突然显露的惊惶，引得四周的观众笑得更加厉害。

正当转盘把卡西莫多的驼背送到彼埃拉先生眼下，他冷不防举起胳膊，细皮索便如一团毒蛇在空中呼啸，然后狠命落在那可怜人的肩头。

卡西莫多似猛然惊醒，往上一蹦。他这才明白是怎么一回事了。

他用力挣脱束缚，在惊愕和痛苦中抽搐，脸部的肌肉扭曲变形。不过他一声不吭，仅似被牛虻蜇痛腰侧的公牛晃动脑袋，先是后仰，然后右倾，左斜。

第二下鞭打紧随而来，然后第三下，又一下，连续不断。轮子转动不已，鞭子急下如雨点。很快他的血就冒出来了，但见驼子的黑皮肩膀上血流如注，千道万缕，而细长的皮鞭在空中盘旋后落下，把血滴溅起，洒在人群中间。

卡西莫多至少表面上又恢复无动于衷的表情。他最初试图挣断束缚，在暗中使劲，外表上没有明显的动作。众人看到他眼睛冒火，肌肉绷紧，四肢蓄势，皮索和铁链都被他撑直了。这番挣扎力大无比，几近神奇，却终归无效。府尹衙门的刑具不愧久经考验，只是轧轧响了一阵，未见松动。卡西莫多筋疲力尽，放弃努力。脸上换了表情，由惊愕变成苦涩和深沉的沮丧。他闭上那只独眼，脑袋倒垂在胸前，索性装死。

从此他不再动弹。任何刺激都不能引起他的反应。不断流淌的鲜血，以加倍的凶猛降落的皮鞭，因行刑而兴奋不已、自我陶醉的掌刑吏的狂怒，尖厉胜过毒蚊、伤人也赛过毒蚊的皮鞭的咝咝响声：对所有这些他概不在意。

大堡一名穿一身黑，骑一匹黑马的执达吏打一开始就守候在梯子边上。他终于伸出黑檀木短棒指向沙漏。掌刑吏停了下来，转盘也停了下来，卡西莫多的独眼慢慢睁开。

鞭刑结束了。宣过誓的掌刑吏的两名随从清洗犯人流血的肩膀，给他抹上某种油膏，伤口立即愈合。然后他们给他披一件类似无袖法衣的黄衫。与此同时，彼埃拉·托尔特吕抖动被鲜血浸透的皮鞭，让血滴洒落在地面上。

对卡西莫多来说，事情还没有完。他还得在耻辱柱上示众一小时，这是弗洛里昂·巴勃迪安老爷合理合法地在罗倍尔·戴斯图特维尔大人的判决词之外增添的刑罚。这样做，正好应了约翰·库梅因那句兼顾生理学和心理学的妙语："聋子行事荒谬[①]。"

有人把沙漏倒过来。驼子仍被绑在木头平台上，以示执法务严，一丝不苟。

民众，尤其是中世纪的民众，在社会内部的行为犹如儿童在家庭里。只要他们仍旧处在这种蒙昧状态，道德上和智力上均未成熟，对于民众可以像对于儿童一样有个说法：

"这个年龄不解同情心。"[②]

诸位已从上文看到，卡西莫多为众人憎恶，而且理由不止一端，皆可成立。人群中简直找不出一名观众没有，或者以为自己没有理由怨恨圣母院的驼背恶棍。看到他被押上耻辱柱，人人欢喜雀跃。他刚才受的酷刑以及刑后罚跪示众的可怜处境，非但没有引起群众的恻隐之心，反而为他们的仇恨增添几分欢乐，使他们变得更加恶毒。

故此，借用法律界今天还在使用的行话，所谓"公愤"一旦平息，就该轮到无数私人来泄恨出气了。在这里和在司法宫大厅里一样，妇女最为厉害。娘儿们无不与他结下宿怨，有的因为他使坏，有的因为他丑陋。后一类女人尤其凶狠。

"呸！这反基督的嘴脸！"一个妇女喊道。

"骑扫帚柄的恶魔！"另一个叫嚷。

"好一副哭丧相！换了昨天，单凭这个你就能当选胡闹王！"第三个吼道。

"敢情好，"一个老妇人接话，"这就叫耻辱柱上的鬼脸，啥时候该你扮演绞刑架上的恶相？"

"啥时候该你顶着大钟埋在地下一百尺，该死的敲钟人？"

"竟然让这个魔鬼敲晚祷钟！"

"呸！聋子！独眼！驼子！怪物！"

---

① 原文是拉丁文。后一词absurdus（荒谬）仅比前一词Surdus（聋子）多一前缀ab。

② 见拉封丹的寓言：《两只鸽子》。

“孕妇见了那张丑脸就得流产，什么医道药物都不如它灵验！”

那两名学生，磨坊的约翰和罗班·普斯潘，扯直嗓门唱起古老的民谣：

　　一条绳索
吊死呀绞刑犯！
　　一捆柴火
烧死呀丑坏蛋！

千咒万骂纷如雨下，嘘声、笑声、申斥声起自四面八方，这里那里还有人扔石头。

卡西莫多耳聋，但是眼睛很亮。公众的盛怒不仅表达为语言，同样强烈地形之于色。何况石头砸在他身上，足以解释这般哄笑冲谁而来。

起初他坚持不为所动。他在掌刑吏的鞭打下挺住了，但是无数虫豸的叮咬使他失去耐心，终于忍不住了。阿斯杜里亚的公牛不怎么在乎长矛手的攻击，对犬吠和短戟[①]的撩拨却大为恼火。

他先是用威胁的目光慢慢巡视人群。可是五花大绑使他动弹不得，单凭目光无力驱散搔咬他伤口的苍蝇。于是他奋力挣扎，拼命蹦蹿，直震得转盘的木轴咯咯作响。见他如此作为，观众的嘲讽和嘘声变本加厉。既然不能挣脱锁住猛兽一般禁锢他的桎梏，这可怜人重又安静下来，除了不时鼓动整个胸腔，挤出愤怒的叹息，他脸上毫无羞愧之色。这个人离文明社会太远，距自然状态太近，不解羞耻为何物。何况他畸形到这般地步，怎能感知耻辱？不过怒火、仇恨和绝望在这张狰狞的脸上缓缓堆起越来越浓的乌云，云中积聚的电荷越来越

---

① 用剑的斗牛士正式出场前，先由他的助手骑马使长矛诱击。然后另一批助手使短戟刺伤牛脊，使牛受伤、疲劳，便于斗牛士最后下手。

多，在他的独眼中射出千百道闪光。

然而，当一名神父骑在骡背上穿过人群时，这个乌云密布的天空有一会儿放晴。可怜的犯人从大老远瞥见这个神父和这头骡子，他的脸色就变得温柔。原先他怒不可遏，全身抽搐，此刻他面露奇怪的微笑，充满和蔼、宽容和一种难以名状的柔情。像是救星驾到，这个不幸的人在向他致敬。不过，正当骡子走近耻辱柱，骑骡人足以认出犯人时，那神父却垂下眼皮，突然拨转方向走回头路，催促坐骑疾步离开，仿佛他急于躲开会使他难堪的要求，避免一个处于如此境地的可怜虫把他认出，向他致敬。

这名神父是副主教堂·克洛德·弗洛罗。

更加浓密的乌云降落在卡西莫多额际。有一忽儿工夫，他脸上仍保留微笑，不过已掺着苦涩，显得沮丧，十分忧伤。

时间推移。他跪绑在那里至少已有一个半小时了，一直心如刀割，备受虐待、嘲弄，而且差点没被乱石砸死。

突然他重又在锁链下骚动起来，用劲之猛，不顾一切，使他身子下面的整个木架都随着晃动。迄今为止他顽固地闭口不语，此时他打破沉默，用嘶哑的嗓子怒吼一声，听来更像是犬吠而不是人声，压倒了全场的嘲骂声。他喊道："渴！"

这声惨叫非但没有打动观众的同情心，反而更加逗乐了梯子四周的巴黎平民。说句实话，巴黎的好百姓作为整体而言或聚集成群的时候，其残酷程度不亚于流氓无赖的可怕团伙。我们已经领读者见识过那个团伙了，他们无非是平民百姓的最底层。不幸的犯人周围没有人发话，除非是讥笑他居然还想喝水。也难怪，此刻他那副模样与其说可怜，不如说既滑稽又怕人：但见他憋得满脸通红，汗流如注，目光慌乱，嘴角因愤怒和痛苦而泛着泡沫，舌头拖出一半。还有必要实说，即便人群中有个把好心肠的男女市民想给这倒霉蛋端上一杯水，耻辱柱令人恶心的梯级周围弥漫的偏见如此强烈，任何人走近它都像沾上一分羞耻，足以使好心的撒玛利亚人[①]也望之却步。

几分钟后，卡西莫多又以绝望的目光环顾全场，用更加揪心裂肺的声音再次喊出："渴！"

众人报以哄笑。

"喝这个吧！"罗班·普斯潘劈面扔给他一块在沟水里浸泡过的抹布，叫道，"给，你这混蛋聋子！你可是欠了大爷我的情分。"

一个妇女朝他头上扔去一块石头："看你还敢不敢半夜里敲断命钟，吵得我们不能安睡！"

"好啊！坏小子，"一名瘫子用力伸出拐棍，想够着他，"你还敢从圣母院钟楼顶上使坏，咒我们倒霉？"

"给你一勺水喝！"一名男子对准他胸口扔过来一个破瓦罐，"都是你从我老婆面前走过，就使她生下长两个脑袋的怪胎！"

"还让我的猫生了六条腿的小猫！"一个老妇人尖声怪叫，抛出一块瓦片。

"渴！"卡西莫多快喘不过气来，第三次高喊。

就在这个时候，他看到人群两厢闪开，给一个穿奇装异服的姑娘让出通路。她手执一面巴斯克鼓，一头角尖描金的白山羊跟在她后面。

卡西莫多的独眼一亮。来者正是他昨夜企图绑架的波希米亚女郎。他隐约感到，自己正是为了这起争斗而受到惩罚。其实大谬不然，他受刑是因为他不幸是聋子，而且审判他的法官也是聋子。他不怀疑那姑娘也来报仇，会像其他人一样给他吃苦头。

果然，他见她三步并作两步登上梯子。愤怒和怨恨使他窒息，恨不得震塌耻辱柱才好。假如他的独眼的闪光有雷电的威力，埃及女郎未等踏上平台，早就被他殛为齑粉了。

她一言不发，走近犯人。后者为躲开她，徒然扭动身躯。她从腰

---

① 《圣经》中行善的好人。

带上解下一个水壶，温柔地送到不幸人枯焦的唇边。

于是，一颗硕大的泪珠在这只迄今为止完全干涸、似经火烧的独眼里滚动，顺着这张因绝望而久久抽搐的鬼脸缓缓淌落。可能这是那苦命人平生第一次流泪。

此时他竟忘了喝水。埃及女郎有点不耐烦，噘一下嘴，然后浅浅一笑，把壶嘴贴紧卡西莫多那张龇牙的大嘴。他大口大口地畅饮，早就渴得火烧火燎了。

不幸的人一喝完，便伸出乌黑的嘴唇，想要吻吻刚才给他救援的美丽纤手。可是那姑娘也许犹存戒心，想起昨夜的暴力企图，急忙把手缩回去。她的动作之惊慌，像儿童害怕被野兽咬伤。

可怜的聋子只得死死盯着她看，那目光中满含责怪和一种无从表达的忧伤。

一个如此鲜嫩、清纯、妩媚，同时又如此柔弱的美丽少女，似这般虔诚地救援集偌多不幸、畸形与凶恶于一身的怪物，这样的场面出现在任何地方都是动人的。出现在耻辱柱上，这场面更为壮丽。

连这帮民众也受到感动，鼓起掌来，齐声喝彩。

正是这个时候，坐关修女从地洞窗孔瞥见埃及女郎站在耻辱柱平台上，才向她念出连声毒咒："该死的埃及娘儿们！该死！该死！"

五　糕饼的故事的结局

爱斯美拉达变得脸色煞白，踉踉跄跄从耻辱柱平台上走下来。坐关修女的声音紧追她不舍："你下来呀！下来呀！埃及女贼，你总归还要上去的！"

"麻袋女又发神经了。"民众彼此嘀咕，不过也就仅此而已。这类女人令人畏惧，因此不容触犯。那年月，谁也不愿攻击日夜以祈祷为务的人。

临到把卡西莫多带走的时候了。有人给他松绑，群众也就散开了。

玛耶特和两个女伴一起往回走，走到大桥附近突然停下来。“想起来了！欧斯塔什，你那块糕饼呢？”

“妈妈，”孩子说，“您跟地洞里那位太太讲话的时候，来了一条大狗咬我的糕饼。后来我也吃起来了。”

“怎么着，先生，”玛耶特又说，“您全都吃了？”

“妈妈，是狗吃的。我叫它别吃，它不听。后来我也咬了，就这么着。”

“真是要命的孩子，”母亲又好气又好笑，说道，“您可知道，乌达德，我们家在夏勒朗日的园子里有棵樱桃树，他一个人把结的果子全给吃了。所以他爷爷说他长大了要当统帅——小心下次再敢，欧斯塔什先生——走吧，胖馋猫。”

第七卷

一　对山羊吐真情实在危险

转眼又是几个星期，时值初春三月上旬。虽然婉转说法的一代宗师杜巴塔尚未为太阳取名“蜡烛中的大公”，但是太阳倒不在乎这个，照样兴高采烈，大放光芒。这一天，巴黎如同往常一样，春风和煦，阳光明媚，各处广场和散步场所人群熙熙攘攘，像过节一样庆祝春天的美景。在阳光普照、温度回升、万里无云的日子里，有个时刻应该欣赏一下圣母院的倩影。当太阳西沉，将要下山，几乎照着大教堂正面的时候，光线越来越接近地平线，渐渐地从广场砌石地面上移开，沿着陡峭的门面往上爬，照亮千万个圆雕，而大教堂中央的圆花窗像独眼巨人的火眼喷射着火花，吐出炼铁炉般的火焰。

现在正是那一时刻。

在夕阳映红的巍峨的大教堂对面，在广场与前庭街的交角处，有一幢富丽堂皇的哥特式楼房。门廊顶上的石砌阳台上，几位年轻漂亮的姑娘在说笑。她们姿态轻盈，尽情打趣。珠宝环绕的尖帽顶上泻下袅袅轻纱，直奔脚踵；精工刺绣的衬衫遮着肩膀，袒露出美丽处女的酥胸上部，极合当时的时髦风尚；华丽的衬裙比罩裙（已是无与伦比的考究）更为珍贵；所有衣料都是绫罗绸缎及天鹅绒。尤其是白嫩的纤手证明她们是四体不勤、养尊处优之辈。显而易见，她们均出自豪门，是万贯家财的继承人。确实，这就是贡德洛里埃家的百合花小姐及女友狄安娜·德·克里斯德伊，阿穆洛特·德·蒙米歇尔，小白鸽加伊封丹，小姑娘香舍弗里埃。这些名门闺秀聚集在孀居的德·贡德洛里埃夫人家里，等待博热大人及夫人四月份来巴黎，为玛格丽特公主挑选迎亲女伴。中选者将去皮卡第，从弗兰德使臣那里迎回公主。为此，方圆百里的所有乡绅无不设法为自己的女儿争取这一殊荣，其中许多人已把女儿亲自带到巴黎或托人送来，交托给可敬可爱的前御林军弓箭手统领的遗孀阿洛依丝·德·贡德洛里埃夫人照料。德·贡德洛里埃夫人现在带着独生女儿隐居在巴黎，就住在圣母院广场自家的寓所里。

这几位姑娘所在的阳台里面是一个客厅，墙上挂着一块华丽浅黄色、烫金叶饰的弗兰德皮毯，屋顶的一根根平行小梁上，千奇百怪的雕刻金漆彩绘，赏心悦目。雕纹镂花的橱柜上，绚丽多彩的珐琅熠熠生辉。一只陶瓷野猪头搁在华丽的食柜上。食柜有两层，表明女主人是方旗骑士①的妻子或遗孀。客厅尽头，有一个从上到下雕满徽章纹饰的高大壁炉，旁边摆着一把铺着红丝绒的豪华安乐椅。德·贡德洛里埃夫人端坐其中。她那五十五岁年龄既显示在她的面孔上，也显示在她的衣着上。在她身旁站着一位青年，满脸傲气。虽然他的自负有些虚张声势，却不失为一表人才，足以使所有女人为之倾倒。然而，严肃且会看相的男士只会耸耸肩膀嗤之以鼻。这位年轻的骑兵身着御前弓箭手侍卫队队长的鲜艳制服，与朱庇特的服饰非常相似。在本书第一卷中，读者已经领略了其风采，在此就不再赘述了。

小姐们都坐着。有的坐在房间里，有的坐在阳台上，有的坐在绣

---

① 方旗骑士是可以举旗召集平民参战的骑士，后沿袭为一个封建等级。

有金角的乌德勒支[①]丝绒方垫上，有的坐在刻有花卉人物的橡木小凳上。她们在一起刺绣一幅偌大的壁毯，每人膝盖上摊着一个边角，还剩下好大一块拖在铺盖地板的席子上。

她们相互窃窃私语，欲笑还止。凡有一位男士在场时，女人莫不如此作为。至于这位男士，虽然他置身于绝色佳人之中，足以唤起女人们的虚荣心，竞相向他暗送秋波，他却显得满不在乎，似乎专心致志地用他那鹿皮手套擦拭腰带的环扣。

老太太不时轻声向他说点什么，他便竭尽全力彬彬有礼地回话，但不免显得笨拙而且勉强。阿洛依丝夫人跟卫队长说话时面带笑容，夹杂些小动作表示默契，并向女儿百合花不时瞟上一眼。不难看出，这里涉及一门已定的婚姻，某件将要操办的婚事——这当然是在这位青年和百合花之间无疑。而从军官的尴尬与冷淡，也不难看出，至少对他来说，已谈不上什么爱情。他的整个面容表明他很为难而且厌倦。遇上同种心情，如今的城防军官总会说："真他妈的活受罪！"

这位好心太太十分钟爱自己的女儿，这可怜的母亲哪能看出青年军官的冷淡，还在一个劲地叫他注意：百合花穿针走线有多么灵巧！

"您瞧，侄儿，"她拉拉他的衣袖，凑近他的耳旁说，"您瞧她那弯腰的样子！"

"是啊。"年轻人答道，接着又陷入心不在焉和冷冰冰的沉默之中。

稍过片刻，女儿又得俯身了，阿洛依丝夫人连忙对他说：

"您见过比您未婚妻更迷人、更活泼的姑娘吗？还有长得比她更白净、头发更金黄的姑娘吗？有她那样的巧手吗？还有她那脖子，难道不具有天鹅般的仪态，让人如痴如醉吗？连我有时也真羡慕您。您这小坏蛋，身为男儿真有福气！我的百合花不是美丽得叫人倾慕、令

① 乌德勒支为荷兰城市，以织造业著称。

您发狂吗？”

“那当然。”年轻人答道，心里正想着别的事情。

“那您去跟她说说话吧！”阿洛依丝夫人突然说道，一面推推他的肩膀，“去跟她说点什么。您胆子变得小了哩！”

我们可以向读者保证，胆小既不是这位卫队长的优点，也不是他的缺陷，不过他还是照着办了。

“亲爱的表妹，”他边说边朝着百合花走去，“您绣的这幅壁毯上是什么花样？”

“亲爱的表哥，”百合花答道，声调中带着怨气，“我都跟您说过三遍了，这是海神的洞府。”

显然，百合花比她母亲看得更清楚：卫队长态度冷漠，心不在焉。卫队长觉得该找点话题，便问：

“这些海王什么的，是给谁绣的呢？”

“是给田园圣安东尼修道院绣的。”百合花说，头也不抬一下。

卫队长捧起壁毯的一角问道：

“亲爱的表妹，这个鼓着腮帮吹喇叭的胖武士是什么人呀？”

“这是特里托[①]。”她回答道。

百合花简短的回话中总带几分嗔意。年轻小伙子立刻明白必须对她耳语点什么，一点废话，一点讨好的话，或随便什么。于是，他俯下身子，但在他的想象中再也找不出比下面更温柔、更知心的话儿来：“您母亲干吗老穿着刺绣纹章的长袍子呢？那是查理七世时代我们祖母辈穿的衣服。亲爱的表妹，请告诉她，现在已经不时兴了。什么铰链啦，桂枝啦，当作纹章绣在长袍上[②]，那岂不成了会走路的壁炉架子吗？实话跟您说吧，现在再也没有人坐在自家的旌旗上自鸣得意

① 特里托为海王之子，是人身鱼尾的神。

② 铰链（gond）和桂枝（laurier）中间加一个e，就成了贡德洛里埃（Gondelaurier），是该家族名称，同时铰链和桂枝也是代表该家族的两种徽记。

了。我向您发誓！”

百合花抬起那美丽的眼睛，责备地望着他低声说道：“您要向我发誓的就是这个吗？”

这时，好心的老太太阿洛依丝见他俩交头接耳，窃窃私语，乐得心花怒放。她摆弄着祈祷书上的搭扣说道：“多么动人的爱情画卷啊！”

卫队长感到越来越尴尬，便又捡起壁毯这个话题，称赞道：“这做工巧妙极了！”

另一位皮肤洁白的金发美女小白鸽加伊封丹，身穿低开领蓝色波纹缎裙。她听到这话，便怯生生开口说话。话虽是对百合花说的，她却希望英俊的卫队长搭腔。“亲爱的贡德洛里埃，您见过罗什-吉戎府邸的壁毯吗？”

“您说的是卢浮宫衣服女总管花园所在的府邸吗？”狄安娜·德·克里斯德伊笑着问道。她长着两排漂亮的牙齿，因此总是笑口常开。

“那里还有一座巴黎老城墙的大箭楼吧。”阿穆洛特·德·蒙米歇尔补充道。这是一位褐发美人，留着鬈发，楚楚动人。前一位爱笑，她总是叹气，也不知道为什么。

“亲爱的白鸽小姐，”阿洛依丝夫人接着说，“您能说说查理六世时巴克维尔大人的府邸吗？那里的竖纹壁毯才真是美不胜收哩！”

“查理六世！查理六世国王！”年轻的卫队长捻着小胡子嘀咕道，“我的上帝，老太太居然还记得那些陈年老账。”

贡德洛里埃夫人接着说：“那些壁毯的手工可谓十人十夸，世上罕见。”

这时，七岁的娇小姑娘贝朗热·德·香舍弗里埃正透过阳台上的三叶草花格向广场张望。她突然尖叫起来：“哎！亲爱的百合花教母，您来瞧！有个美丽姑娘正在石板地上跳舞、打鼓，四周围着一大群市民！”

果然，外面传来巴斯克手鼓的咚咚声。

“是个波希米亚的埃及女郎吧！”百合花说道，漫不经心地扭头向广场看去。

“去看看！去看看！”她的几位活泼的女伴叫着，一齐跑到阳台上。而百合花还想着她那表情冷漠的未婚夫，慢慢地跟在她们后面。她的未婚夫反倒松了口气，庆幸这一事件使他摆脱了尴尬的境地。他回到房间的另一头，活像一位下岗的士兵，非常满意。其实，给美丽的百合花小姐站岗是个愉快的美差，他以前的感觉就是这样。然而，现在卫队长渐渐厌倦了。眼看婚期逼近，他变得越发冷淡。此外，他这人没长性，不仅如此，而且趣味粗俗。尽管出身豪门贵族，但他在行伍生涯中沾满了兵痞习气。他喜欢酒店，以及酒店中的一切，只有在满嘴脏话、军人式的调情、轻易到手的美女以及毫不费劲的成功中间，他才如鱼得水。当然，他也从他的家庭接受到一点教育，知道一些礼节。不过他离家闯荡时还太年轻，进入军营时年纪很小，其绅士风度在戎马生涯中与日俱减。出于仅剩的一点人情世故，他不时还来探望百合花，但觉得在百合花家有双重尴尬。首先，由于他广施情爱，留给百合花的所剩无几；其次，他在这么多呆板、规矩和端庄的美丽女子中间，时时担心他那说脏话的嘴会关不住，漏出下等酒店的污言秽语来。那种场景让人多丢脸！

再说，这一切和他的自命高雅、衣冠楚楚及英俊脸庞掺和在一起，又会怎样呢？请诸位尽力调配。我仅仅是个做实录的史官。

于是，他好一阵靠在雕刻的壁炉边，似想非想，默默无语。突然，百合花转过脸来和他说话。毕竟，可怜的姑娘跟他赌气是违心的。

“亲爱的表哥，您不是曾经跟我说过，两个月前巡夜时，您从十几个强盗手中救出一位波希米亚小姑娘吗？”

“好像是的，亲爱的表妹。”卫队长说。

“那么，也许就是这位在广场上跳舞的波希米亚姑娘吧。”她接着说，“您来看看是不是她，亲爱的腓比斯表哥。”

他领悟到，表妹亲切地邀请他到她身边去，还特意叫他的名字，这一切意味着她想与他和好。卫队长腓比斯·德·沙朵佩（本卷开始后读者看到的就是他）慢步走向阳台。“瞧！”百合花将手轻轻搭在腓比斯的胳膊上说道，“您看看在人圈里跳舞的小姑娘，她是不是您救过的那个波希米亚姑娘？”

腓比斯看了看说：

“是她，从她的山羊可以看出是她。”

“啊！果然是只漂亮的小山羊！”阿穆洛特拍手称赞道。

“它的双角是真金的吗？”贝朗热问道。

阿洛依丝夫人没有离开座椅，她说：“去年从吉巴尔门来了一批波希米亚人，她是不是那一伙的？”

“母亲大人，”百合花轻声说道，“这个门现在叫地狱门了。”

贡德洛里埃小姐很清楚，母亲那过时的说话方式让卫队长如坐针毡。果然，卫队长开始讥笑了，从牙缝里挤出几个字来：“吉巴尔门！吉巴尔门！这是为迎接查理六世国王而建造的！”

“教母，”贝朗热双眼不断扫视，突然抬头望一眼圣母院钟楼顶，“那上面穿黑衣服的人是谁呀？”

所有的姑娘都抬头望去。果然，在面朝河滩广场的北钟楼顶上，一个男人倚栏而立。那是一位教士。下面人可以清楚地看到他的外衣。他双手托着下巴，一动不动，双眼死死盯着广场，活像一座雕塑。

这情景就像一只老鹰刚刚发现一个麻雀窝，紧盯着它不放。

“那是德·若萨副主教先生。”百合花说。

“您从这里就能认出来，您的眼睛真尖！”加伊封丹奉承道。

“瞧他正盯着跳舞的小姑娘呢！”狄安娜·德·克里斯德伊又说。

“那这埃及姑娘可得当心点！”百合花说，“他可不喜欢埃及。”

“这男人这么盯着她真是造孽，”阿穆洛特·德·蒙米歇尔说，“她跳得真棒！”

“亲爱的腓比斯表哥，”百合花突然说，“既然您认识这位波希米亚小姑娘，那就叫她上楼来吧，我们也好乐一乐。”

“可不是嘛！”所有姑娘都拍手嚷道。

“这不是胡闹吗？”腓比斯答道，“她大概早把我给忘了，我甚至连她叫什么都不知道。不过，既然小姐们愿意，那我就试试。”他从阳台栏杆上探出身子喊道，“小姑娘！”

正巧这时候小舞女没敲手鼓。她扭头循声望去，闪亮的目光盯住了腓比斯，舞也突然停下。

“小姑娘！”卫队长又喊了一声，并招手叫她上来。

小姑娘又看了他一下，忽然脸红了，好像有一团火烧到她的面颊。她将手鼓往腋下一夹，分开诧异的人群，朝着腓比斯喊她的那幢楼房的大门走来。她步履缓慢，踉踉跄跄，目光迷乱，犹如一只小鸟，被凶蛇的目光吓呆了。

过了一会，挂毯门帘掀起，波希米亚姑娘出现在房间门口。她满脸通红，气喘吁吁，手足无措，两只大眼睛看着地下，不敢向前再走一步。

贝朗热高兴得直拍手。

然而，小舞女却立在门槛外一动不动。她的到来在这群姑娘中产生了奇特的效果。毋庸置疑，姑娘们内心都激荡着一种取悦英俊军官的朦胧愿望。他那漂亮的军服是姑娘们卖弄风情的焦点。只要他在场，她们之间就会暗暗地争风吃醋。虽然她们自己都不愿承认，但时时表现在各自的行为和谈吐上。不过，她们个个姿色几乎相等，角逐时旗鼓相当，人人都有取胜的希望。波希米亚姑娘的到来突然打破了这一均势。她的美貌盖世无双，当她出现在房间门口，仿佛发出唯独她才有的一片光芒。在这间拥挤的房间里，在这阴黑的壁毯和护板的衬托下，她比在广场上时更加美丽万分，更加光彩耀人。她像一支火炬，突然从大天光中来到黑暗中，高贵的小姐们顿时黯然失色，似乎都感到自己的美貌受到损伤。因此，她们的战线——请允许我这样用词——立刻改变，谁也没有说一句话。她们默契，女人的本能相通，反应极快，比男人的聪慧高得多。她们面前来了一位劲敌：每个人都感觉到了，大家一齐联合起来了。一滴葡萄酒就可染红一杯水，而要让一群美丽姑娘感到不快，只需再来一位更漂亮的姑娘。尤其在只有一个男孩在场的情况下。

所以，波希米亚姑娘受到的接待冷若冰霜。她们上下打量着她，然后又相互看了看，一切都在无言之中。她们心照不宣。而这时，小姑娘正等着有人和她说话，激动万分，连眼皮都不敢抬。

卫队长第一个打破沉默。“我敢保证，这才是闭月羞花的美人哩！”语调中夹带着他那一贯的自负感，“亲爱的表妹，您说呢？”

这样的赞美，稍有头脑的人起码会压低声音说。这种赞美词，从本质上来讲，无助于驱散女人的嫉妒心。面对波希米亚姑娘，她们已个个醋意十足。

百合花用甜蜜温情但略含蔑视的语气回答道：“那自然不赖啦！”

其他姑娘们则交头接耳。

阿洛依丝夫人也起了醋意，为她女儿抱不平。她终于对小舞女说：“小姑娘，过来！”

“小姑娘，过来！”贝朗热学说一遍，摆出一副滑稽的庄严架势。其实，贝朗热刚够着她的腰。

埃及姑娘向这位贵妇走去。

“漂亮的孩子，”腓比斯向她靠拢几步，略带夸张地说，“不知我是否有被您认出来的殊荣……”

她抬头向他笑了笑，目光中充满无限温情，打断他的话说：“啊，是的。”

“记性真好。”百合花评论了一句。

“那么，”腓比斯又说，“那天晚上您逃得那么快，是我让您害怕了吗?”

“啊，不。”

在这一声“啊，是的”和“啊，不”中，包含着不可掩饰的情意，这使百合花非常伤心。

“我的美人,”卫队长接着说，他一与街头姑娘说话，舌头便轻松自如,“那天您留给我一个可恶的家伙，独眼加驼背，怪物一个。我看他就是主教的敲钟人吧！据说他是某副主教的私生子，天生一副怪样。他的名字倒挺有趣，叫什么‘四季’啦，‘复活节万花’啦，‘封斋前的星期二’啦，多得我也说不上来。总之，是某个要敲钟的节日的名字。他居然敢抢您，好像您是该给教堂执事们开心似的，真是岂有此理！哎，您说说，那只猫头鹰究竟想把您怎么样?”

“谁知道!”她回答说。

“说他无礼冲撞不为过吧！一个敲钟的，竟像一位子爵那样抢姑娘家，玩起上等人的把戏来，真是少见！不过，他也给教训得够呛。彼埃拉·托尔特吕是有名的蛮汉，他不会轻饶一个泼皮的。如果您听了高兴的话，那我告诉您，那敲钟人的皮已让他给干净利索地扒下来了。”

“可怜的人。”波希米亚姑娘说。队长这番话使她想起耻辱柱的场面。

卫队长突然哈哈大笑说:“牛角尖，对这号人发慈悲，等于把羽毛插在猪屁股上。我也愿意像教皇那样挺着个大肚子，假如……”

他猛然收住话头说:“对不起，太太们，我想我差点说出蠢话来。”

“呸！您打住吧!”加伊封丹小姐呵斥道。

“他用那贱丫头的语言和她说话。”百合花轻声补充道。她的醋意越来越浓。看到卫队长被波希米亚姑娘迷住，尤其是他那自鸣得意的样子，她的气恼更加有增无减。他旋转脚跟，以粗野的天真和大兵式的献殷勤不断喊叫:“说真的，确是一位美人。”

“穿得野味十足。”狄安娜·德·克里斯德伊说。她还是那样笑着，露出两排美丽的牙齿。

这一看法使各位小姐眼前一亮，它向她们揭示了埃及姑娘的可攻之隙。既然在容貌上无可挑剔，她们只好指责她的衣着。

“倒也是的，”蒙米歇尔说，“小疯子，你从哪里学会不穿胸衣、不系围巾在大街上乱跑的?”

“瞧她这裙子，短得让人见了发抖。”加伊封丹补充道。

“亲爱的，”百合花接过话茬尖刻地说，“你系着镀金腰带，小心巡防兵把你抓了去。”

“小姑娘，小姑娘，”德·克里斯德伊小姐露出毫无怜悯的讥笑说，“你要是规矩点，给裸露的胳膊套上袖子，不就少挨太阳晒了吗?”

这场面真值得让比腓比斯更聪明的人看看。这些美丽姑娘恼羞成怒，犹如毒蛇吐信，围着街头舞女盘绕、游动、扭曲身躯；她们既残酷无情又优雅大方。她们恶意地从她那身可怜又轻佻的缀着金属碎片的打扮上寻找笑料，搜罗话柄。全是无休止的取笑、挖苦和羞辱。冷嘲热讽、居高垂悯、恶毒的目光一齐向埃及姑娘袭来。这情景无异于罗马贵妇用金针扎进漂亮女奴的胸脯取乐。这又像体态优雅的猎犬张大鼻孔，两眼冒火，围着林中母鹿打转，可是主人的目光禁止它们吞食。

在这些大家闺秀眼里，一个下贱的街头舞女又算得了什么！她们似乎当她不在场，当着她的面议论她，大声地、毫无顾忌地对她评头品足，就像在评论某样相当不干净的、相当下流的但又相当漂亮的东西。

波希米亚姑娘面对这些刺耳的话并非麻木不仁。她的脸上不时浮现几朵羞涩的红晕，眼睛里射出仇恨的目光，一句句蔑视的话似乎到了嘴边。她藐视地做出一个读者们都熟悉的怪相，但她始终没说话。她一动不动地盯着腓比斯，目光中饱含着忍让、忧伤、温柔。这目光中也饱含着幸福与温存。她似乎在努力克制自己，以免被人赶出门去。

至于腓比斯，他一边笑着，一边袒护着波希米亚姑娘，怜悯中夹杂着无礼。

“小姑娘，让她们说去吧！”他不断重复着这句话，并把金马刺弄得直响，“也许你这身打扮有点出格和粗野，但是，对您这样一位迷人的姑娘来说，这又算得了什么?”

“我的上帝，”金发的加伊封丹小姐叫了起来，扬起她天鹅般的脖子，露出苦涩的一笑，“看得出，御前侍卫弓箭手们很容易为埃及姑娘的美丽眼睛所迷住。”

“有什么不妥吗?”腓比斯说。

卫队长不经意的回答，恰似一块石头不知扔向哪里。小白鸽闻言大笑起来，狄安娜、阿穆洛特和百合花也跟着笑起来。同时，百合花的眼睛里充满泪花。

波希米亚姑娘在小白鸽加伊封丹说话时一直低着头看着地上，这时她抬起头，眼神中洋溢着兴奋与骄傲。她重新看着腓比斯。此刻，她美丽极了。

老夫人目睹此景，感到受了侮辱，但又不知从何而来。

“圣处女呀，”她忽然叫了起来，“是什么东西在我腿边蹭来蹭去呀，哎呀！讨厌的畜生。”

原来是那只母山羊在找它的女主人。在跑向女主人时，它的角缠上了老夫人的衣裙。因为尊贵的夫人坐着，下垂的衣裙在脚边堆成小山。

趁着打岔的空儿，波希米亚姑娘一声不吭地走过去，将山羊解救了出来。

“哎！瞧这小山羊的脚蹄，还是金的呢！”贝朗热高兴地跳起来。

波希米亚姑娘跪下来，母山羊用脑袋跟她亲昵，她也将山羊的头贴在自己的脸上，似乎在向它道歉，不该把它置之不理。

这时候，狄安娜小姐俯下身子凑到小白鸽耳边说：

“唉，我的上帝，我怎么没有早点想到呢？她就是那位带山羊的波希米亚姑娘呀！听说她是个女巫，她的山羊能变许多种神奇的戏法。”

“那么，”小白鸽说，“该让山羊来个奇迹，让我们也开开眼界。”

狄安娜和小白鸽赶忙对埃及姑娘说：“小姑娘，让你的山羊来个奇迹吧！”

“我不知道你们想说什么。”小舞女回答说。

“玩个奇迹，变个魔术，就是巫术呀！”

“我不会。”说着，她开始抚摸漂亮的山羊，不断喊着，“加利！加利！”

这时，百合花发现母山羊脖子上挂着一个绣花皮袋，就问埃及姑娘：“这是啥玩意儿？”

埃及姑娘抬起双眼看着她，郑重其事地说：“这是我的秘密。”

“我们倒很想知道你的秘密是什么。”百合花心想。

这时，老太太板着面孔站起来说：“波希米亚姑娘，既然你和你的山羊没有什么可以跳给我们看的话，那又何必待在这里呢？”

波希米亚姑娘一言不发，缓缓地走向门口，但越是靠近门口，她的步子越是缓慢，仿佛有一块不可抗拒的磁石在吸引着她。突然，她停住脚步，那充满泪水的眼睛转向腓比斯。

卫队长喊道：“老天有眼，你不能就这么走了。快回来，好坏给我们跳点什么。先说说，我的小美人，您的芳名叫什么？”

“爱斯美拉达。”舞女回答道，眼睛一直看着卫队长。

听到这古怪的名字，姑娘们笑得前仰后合。

“瞧！一个姑娘家，起这么个可怕的名字。”狄安娜小姐说。

“就是嘛！这不是个女巫又是什么呢？”阿穆洛特接着说。

阿洛依丝夫人庄严地喊道：“亲爱的，您父母八成不是从洗礼圣水盆里给你钓出来这么个名字吧！”

在他们说话的当儿，已有好一会，贝朗热趁众人不注意，用一块杏仁饼把山羊引到房间的一角。不消一刻，她俩便成了好朋友。好奇的小姑娘将皮袋从山羊的脖子上解下来打开，把里面的东西倒在席子上。原来里面是一组字母，分别刻在一块块黄杨木小板上。这些个小玩意儿刚刚摊在席子上，小姑娘就惊奇地看到，小山羊用它那金色的蹄子从中抽出一些字母，然后把字母摆开，轻轻挪动，排成一种特殊的次序。这大概就是它的“奇迹”之一了吧。不一会儿，字母组成了一个词。山羊似乎事先受过训练，组起词来毫不费劲。贝朗热突然合手惊叹道：

“百合花教母，快来看看山羊都干了什么！”

百合花跑过去一看，顿时浑身发抖。原来，地板上的字母排成了一个词：

腓比斯

“这是山羊写的吗？”百合花嗓音嘶哑地问道。

“是的，教母。”贝朗热答道。

这一点不用怀疑，因为小姑娘还不会写字。

“原来这就是她的秘密。”百合花心想。

听到小女孩的惊叫声后，所有的人都围了上来：母亲、少女们、波希米亚姑娘及军官。

波希米亚姑娘看山羊干了傻事，脸上红一阵白一阵，如同做错了事的孩子，站在卫队长面前发抖。卫队长则冲着她微笑，既满意又惊奇。

“腓比斯，这不是卫队长的名字吗？”姑娘们惊愕地嘀咕道。

“你的记性真好！”百合花对呆若木鸡的波希米亚姑娘说，说完便抽泣起来。她用美丽的双手捂住脸，痛苦地讷讷而语：“啊，她是个女巫！”她同时还听到从她心底里发出的更苦涩的声音：“她更是个情敌。”

百合花当下昏了过去。

“我的女儿，我的心肝！”母亲吓坏了，吼道，“快滚，该下地狱的波希米亚婆子！”

爱斯美拉达立刻将那些倒霉的字母收起，向加利招招手，一起从一道门走了出去。同时，百合花被人从另一道门抬了出去。

腓比斯队长成了一人。他在两道门之间犹豫片刻，随后跟着波希米亚姑娘走了出去。

二　教士和哲学家区别分明

小姐们看到的那个教士就是副主教克洛德·弗洛罗。他站在俯临广场的北钟楼上专心观看波希米亚姑娘跳舞。

读者或许没有忘记，副主教在这座钟楼里给自己留有一间神秘的小屋。（顺便说一句，我不知道是不是今天还能看到的那一间。它位于托起钟楼的平台上，朝东有一个一人来高的方形天窗。那是一间陋室，外墙已是光秃秃的，里面空空如也，破烂不堪，内墙粉刷得很差，如今随意挂着几幅发黄的版画，表现几座大教堂的正面。我推测，这里是蝙蝠和蜘蛛争住的巢穴，倒霉的苍蝇在这里将陷入双重歼灭战中。）

每天日落前一小时，副主教登上钟楼的楼梯，把自己关进这间密室，有时整夜待在里面。这一天，他又来到小屋低矮的门前，从随身携带的腰包里掏出一把小小的极其复杂的钥匙，塞进锁孔正要开门，突然传来一阵手鼓和响板的声音。这声音来自圣母院广场。我们已经说过，小屋只有一个朝向大教堂屋脊的天窗。克洛德·弗洛罗急忙抽回钥匙。不一会，他登上了钟楼顶部。小姐们正好看到他那阴森沉思的样子。

他站在那里，神情严肃，呆若木鸡，全神贯注地看着，思考着。

整个巴黎在他脚下，千万座建筑的尖塔耸立，茫茫的山丘逶迤天际，塞纳河在众多桥梁下蜿蜒流淌，市民们在无数的大街小巷内波动。处处烟雾缭绕，房屋鳞次栉比，构成千万个环扣一齐挤向圣母院。但在整个城市中，副主教只看到一块砌石地面：圣母院广场；在整个人群中，他只看见一个身影：波希米亚姑娘。

很难说出这目光属于什么性质，目光中喷出的火焰又是从哪里来的。这目光凝滞不动，却充满着烦躁与骚动。他全身僵硬，只是偶尔机械地颤抖一下，就像一棵迎风而立的树；他的双肘比肋下的大理石栏杆还要僵硬；他那一丝微笑僵死在脸上，绷紧了肌肉。这一切足以让人认为，克洛德·弗洛罗全身只有两只眼睛还活着。

波希米亚姑娘正在跳舞。她跳着普罗旺斯的萨拉班德舞，让手鼓在指尖上旋转，不时把它抛向空中。她跳得步履矫捷，轻盈快乐，丝毫感觉不到头顶上那可怕的目光直落而下的分量。

人群在她周围攒动。不时，有个身着红黄相间短袖衫的男人出来拦出一个人圈，然后回到离舞女几步远的椅子上坐下，捧起山羊的头放到双膝间。克洛德·弗洛罗站在高处，看不清他的面孔。

当副主教发现了这个陌生人以后，他的注意力似乎平分在舞女和这个男人身上了。他的脸越来越阴沉。突然，他直起身子，周身一阵颤抖，从牙缝里挤出两句话来："这男人是谁？我一直见她是单独一人的呀！"

于是，他重新钻进螺旋式楼梯的拱顶之下，匆匆下楼。当他经过敲钟房时，从半掩着的门里看见一件事，令他吃惊不小。原来卡西莫多趴在形似叶形窗的石板屋檐的开口处，也朝着广场张望。他看得如痴如醉，竟没有注意到养父从这里经过。他那野性未净的眼睛中有一种异样的表情，这是一种着迷的、含情脉脉的目光。克洛德嗫嚅道："瞧他这么看有多怪，难道他也在看那位埃及姑娘吗？"他继续下楼。几分钟后，满腹狐疑的副主教从钟楼底部的小门走出，来到了广场上。

“波希米亚姑娘上哪里去了？”他挤进人群，向被手鼓引来的人群问道。

“不知道，”旁边一个人回答道，“她刚才还在呢。八成是到对面房子里跳芳丹舞去了，刚刚有人喊她去来着。”

刚才，埃及姑娘还在地毯上翩翩起舞，她那优美的舞姿使地毯上的花纹黯然失色。现在，就在这块地毯上，副主教只看见那个穿半红半黄衣裳的男人。为了也挣几个小钱，这男人走着圆场，双肘护着腰部，头向后仰，满脸通红，挺着脖子，牙齿咬住一把椅子，椅子上拴着从女观众那里借来的一只猫。猫吓得直叫唤。

这位街头艺人汗如雨下，顶着椅子和猫垒成的金字塔，正好经过副主教的面前，副主教惊叫了起来：“圣母呀！彼埃尔·格兰古瓦先生在干什么呀？”

副主教严厉的声音，使这个可怜家伙大吃了一惊，顿时手忙脚乱。他那椅子和猫垒成的建筑便稀里哗啦倒了下来，砸在围观的观众们头上，激起一片叫骂声，久久不能平息。

如果不是副主教示意他跟着走，趁着混乱躲进教堂的话，猫的女主人和脸被划破、擦伤的观众也许会找彼埃尔·格兰古瓦先生（因为这人就是他）算账，有他好看的。

这时大教堂里已经光线暗弱，空无一人。正堂四周的回廊里一片昏暗，几个小礼拜堂中像星星似的亮起了点点灯光，拱顶已是漆黑一团。只有大教堂正面的大圆窗，在夕阳的水平光线照射下，在阴影中犹如一堆钻石闪闪发光，千万种颜色的光线一直投射到正堂的另一头，形成霞光万道，令人目眩。

他们刚走了几步，克洛德教士往柱子上一靠，两眼狠狠盯着格兰古瓦。这种目光，格兰古瓦倒不害怕，他只觉得惭愧，被这样一位严肃又博学的人撞见自己身着小丑服装该有多丢脸。教士的目光倒没有丝毫嘲弄和讽刺的意思，而是严峻、冷静和锐利的。副主教首先打破沉默。

“过来，彼埃尔先生，您得向我解释许多事情。首先，差不多有两个月没有看见您，这是怎么回事？而现在却见您在大街上，奇装异服的，难道不奇怪吗？一半红，一半黄，活脱一个科德拜克苹果似的。”

格兰古瓦可怜兮兮地说：“先生，服装确实有些古怪，您看我这么个打扮，羞煞人了，比一只猫顶着个葫芦还难看。我也觉得这个样子不好，简直就像一位毕达哥拉斯派哲学家，衣服底下骨头发痒，存心等着巡捕们来棒打。可是，尊敬的老师，您叫我怎么办呢？这要怪我那件紧身外套，冬天一开始，它就怕事，把我给抛了。还借口说它已经成了碎片，该到收破烂的大筐里休息去了。怎么办呢？文明还没有发达到像老学究第欧根尼[①]所倡导的那样，可以赤裸着身子行走。况且，现在寒风刺骨，人类要想迈出这新的一步，并且获得成功，总不能在一月份开始吧！这件短袖外套自己送上门来，我就拿了，这才丢了那件又旧又破的黑罩衫。那件破罩衫对我这个严密的人来说，已经远远不能严密遮体了。所以，我只好像圣热内斯特那样，穿上小丑的服装了。您说我该怎么办？这叫书生落难。阿波罗还给阿德迈泰斯喂过猪呢[②]！”

“您干的真是个好行当啊！”副主教又说。

“老师，我也同意，最好是搞搞哲学，写写诗，对着火炉吹吹火，或从天上接受火焰，总比整天侍候猫儿要强得多。所以，您刚才突然喊我，我就像被拉到烤肉叉前的驴子，顿时愣了。可您叫我怎么办呢，先生？是人就得每天过日子。最美的亚历山大诗句嚼起来也不如一块勃里干酪过瘾。这不，我给弗兰德的玛格丽特公主写过一部挺有名的贺婚剧，这事您也知道，可市府却分文不给，说我写得不怎么

---

① 第欧根尼为古希腊哲学家。他认为，人必须除尽各种欲望，包括穿衣服。

② 阿德迈泰斯是费勒斯王，曾招待过太阳神阿波罗。这里说的给阿德迈泰斯喂猪，可能是彼埃尔想当然的胡诌。

样，似乎索福克勒斯的一部悲剧只值四埃居。这么着，我都快饿死了。幸亏我发现我的下巴骨倒还结实，于是，我就对下颌说：‘去要把戏，玩玩平衡之类的戏法，养活你自己吧。自食其力[①]。’一帮乞丐成了我的好朋友，他们教了我二十来套大力士戏法。现在，我白天累得满头大汗，让我的牙齿去挣点儿面包，晚上给它们自己享用。话得说回来，鄙人承认[②]，这样使用我的才智完全是大材小用，而作为男人，不是天生就敲敲手鼓、咬咬椅子打发日子的。可是，尊敬的前辈，光打发日子是不够的，得挣钱糊口。”

克洛德教士默默地听着。猛然，他那深陷的眼睛露出敏锐、犀利的目光，格兰古瓦觉得这目光简直看透了他的灵魂深处。

“很好，彼埃尔先生。不过，你现在跟这个跳舞的埃及姑娘搞在一起，这是怎么回事？”

格兰古瓦说：“怎么回事？因为她是我的妻子，我是她的丈夫。”

教士那阴森森的眼睛燃起了火焰。

“混账东西！你干出了这种事！”他愤怒地一把抓住格兰古瓦的胳膊叫道，“你被上帝遗弃到这步田地，竟然去碰这个姑娘。”

格兰古瓦浑身上下都在发抖，战战兢兢地说：“大人，凭我进天堂的分儿，我向您发誓，我从来没有碰过她，如果您担心的是这个的话。”

“那么你说什么丈夫妻子的？”教士说。

格兰古瓦急忙三言两语将读者已知的事情，即奇迹大院的奇遇、摔罐成亲等一五一十地说了一遍。看得出，这场婚姻还没有任何结果。每天晚上，波希米亚姑娘像第一天一样，把新婚之夜赖了过去。他最后说：“真是苦不堪言，只怪我运气不好，娶了个处女。”

“你这话是什么意思？”副主教问道。他听了这番叙述后，心里平静多了。

---

① 原文是拉丁文。

② 同上。

“一言难尽啊，”这位诗人回答说，“这是一种迷信。听一个被他们称作埃及公爵的老偷儿说，我的妻子是个弃儿或丢失的孩子，反正一回事。她脖子上挂着一个护身符，据说日后可以使她与父母重逢。但是，如果这姑娘失去贞操，护身符就失去灵性。因此，我们两人都洁身自爱。”

克洛德眉宇间越来越舒展了，说道：“彼埃尔先生，那么你认为这小东西还没有和任何男人亲近过，是吗？”

“克洛德大人，您说说，在迷信面前男人还能做什么？她对此深信不疑。我觉得在这些水性杨花的放荡姑娘中间，她能坚守修女般的贞操确实少见。不过，她有三样护身的东西：一是埃及公爵，他充当她的保护人，也许正打算把她卖给某个荒唐的修士呢；二是她的整个部落，所有成员都格外地尊敬她，简直把她当作圣母；三是一把挺可爱的小匕首，这位泼辣姑娘不顾府尹大人的禁令，总是把它藏在身上什么地方，只要谁一搂她的腰，小匕首就会从她的手里冒出来。这是只惹不得的马蜂，别想打她的什么主意！”

副主教接二连三地向格兰古瓦发问。

在格兰古瓦看来，爱斯美拉达是一位温顺、迷人、漂亮的姑娘，就是她那特有的噘嘴方式有点怪；她天真、热情，什么也不懂，对什么都很热心；她还不知道男女之间有什么区别，连在梦里也不例外；她天生如此，特别喜欢跳舞，喜欢热闹和露天生活；她是蜜蜂式的女人，脚上长着看不见的翅膀，生活在不停的飞旋之中。她的这种性格是在流浪生活中养成的。格兰古瓦得知，她很小的时候就走遍了西班牙、卡塔卢尼亚，一直到了西西里岛；他甚至相信，她所在的那个吉卜赛人车队曾经把她带到了阿尔及尔王国，这个王国位于阿卡雅境内。阿卡雅一边与小小的阿尔巴尼亚和希腊毗邻，另一边濒临西西里海，是去君士坦丁堡的必经之路[①]。格兰古瓦说，阿尔及尔国王作为白

---

① 这一段全是格兰古瓦不熟悉地理的表现。

摩尔族人的首领，这些流浪者是他的臣民。有一点毫无疑问，即爱斯美拉达在很小的时候转道匈牙利来到法国。这姑娘从这些国家带来了古怪的方言、歌曲和奇特的思想，使她说起话来古里古怪；她的衣服也一样，一半巴黎式，一半非洲式，妖里妖气的。不过，她常去的那些街区的居民倒挺喜欢她。他们喜欢她的活泼善良、她的快乐身影、她唱的歌和跳的舞。她自己认为，在全城只有两个人恨她，每每谈到此事她便胆战心惊。一个是罗朗塔的麻袋女，这个坐关的老婆子也不知怎么的，特别恨埃及女人，可怜的舞女每次经过她的天窗前时，准挨她骂。另一个是位教士，每次碰见她，总是向她投出恶狠狠的目光，咒骂她几句，这使她非常害怕。后面这一点使副主教十分难堪，只是格兰古瓦没怎么注意。这位无忧无虑的诗人很健忘，事隔才两个月，他把那天夜里碰见埃及姑娘被抢时的事情忘得一干二净，也记不起副主教当时也在场。不过，跳舞姑娘也不过分害怕，因为她不给人算命，那些经常状告波希米亚女人装神弄鬼的官司，从来也牵连不到她。再说，格兰古瓦虽然谈不上是她的丈夫，倒也算得上一位兄长。不说别的，这位哲学家颇能耐心忍受这种柏拉图式的婚姻。她那里总算有住处，还有面包。每天早晨，他从乞丐窝出去，通常是跟埃及姑娘一起走。他帮她在大街小巷卖艺，收取小钱和小银币。每天晚上，他又和她一道回到同一个住处，听任她把自己锁在她那间小屋里，然后去睡他的安稳觉。他说，总的来说，这生活挺甜蜜的，很适合思考问题；再说，从他的灵魂深处来说，这位哲学家不是很肯定自己已经发狂地爱上了波希米亚姑娘。他爱母山羊也到了同等程度。这只山羊漂亮、温顺、聪慧、精明、善解人意。这些叫人惊叹不已、有学问的动物，常使其驯化者遭受火刑；它们在中世纪屡见不鲜。其实，这只金蹄山羊的妖术是些无害的把戏。格兰古瓦向副主教解释这些小花招，后者似乎对此很感兴趣。一般只要把手鼓递到山羊的面前，以某种方式翻动，就可以叫它变出所需要的戏法来。是波希米亚姑娘把它驯化成这样的，这姑娘搞这些巧妙戏法的本领也是世上少有，她只花了两个月，就教会山羊用活动字母拼出Phoebus[1]这个词。

“Phoebus！”教士喊道，“为什么是Phoebus？”

“我也不知道，”格兰古瓦回答说，“也许是她认为具有某种魔力的咒语吧。当她认为只有自己一个人的时候，她就常常轻声念诵这个字。”

克洛德目光咄咄逼人：“你能肯定这是咒语，而不是一个人的名字吗？”

“谁的名字呀？”诗人问。

“我怎么知道！”教士说。

“老师，我是这么想的。也许这些流浪者有点信奉拜火教，他们崇拜太阳，所以有了Phoebus这个词儿。”

“在我看来倒不像您那么清楚，彼埃尔先生。”

“可这又碍着我什么，随她去念她的腓比斯吧。肯定无疑的是，加利爱我差不多同爱她一样。”

“加利是谁？”

“是母山羊。”

副主教手托下巴，似乎沉思了一会。突然，他猛转身子向着格兰古瓦。

“你能向我发誓从来没有碰过她？”

“碰过谁？母山羊？”格兰古瓦说。

“不是，我说的是那个女人。”

“碰我妻子！我向您发誓没有碰过。”

“你经常跟她单独在一起吗？”

“是的，每天晚上，大约一个来小时。”

克洛德大人皱起眉头。

---

① Phoebus的本义是太阳神。

“唉！唉！男女单独相处，是不会想到念祈祷词的[①]。”

“凭我的灵魂发誓，即使我大念主祷词和圣母颂，也念我相信天主，万能之父[②]，她也不会注意我，决不会比一只母鸡注意教堂更多些。”

副主教恶狠狠地说：“拿你母亲的肚子发誓，你连手指尖也没碰过那女人。”

“我也以我父亲的脑袋发誓，因为这两者之间不无关系。不过，我尊敬的老师，请允许我也提一个问题。”

“您说吧，先生。”

“这些事跟您有什么关系呢？”

副主教苍白的脸涨红得像大姑娘的面颊，好一会也没有回答，然后显然很尴尬地说：

“听着，彼埃尔·格兰古瓦先生，据我所知，您还没有注定被打入地狱，所以我才关心您，我这是为您好。您只要稍一接触这个埃及妖女，您就会变成撒旦的奴隶。您知道，往往总是肉体毁灭灵魂，您只要接近那个女人，您就会遭殃！事情就是这样。”

格兰古瓦搔着耳朵说：“我试过一回。那是新婚的第一个晚上，可我碰了钉子。”

“彼埃尔先生，您居然有过这般不轨行为？”

教士的脸变得铁青。

“还有一次，”诗人笑眯眯地说，“我临睡前从锁孔往里看了一下，恰逢一位举世无双的绝色女子，只穿着内衣，光脚丫踩在帆布床上竟无半点响声。”

“给我滚到魔鬼那里去吧！”教士大叫一声，露出凶恶的目光。他一把揪住还在得意扬扬的格兰古瓦的肩膀，将他推到一边，随后大步

① 原文是拉丁文。

② 同上。

钻进了大教堂那最阴暗的拱顶之下。

三 钟

从他受刑那个早晨起，圣母院的邻居们似乎觉得，卡西莫多敲钟的热情大大减退。在这以前，钟声随时回荡，经久不息的晨钟从初课一直持续到终课。有时为大弥撒，有时为婚礼或洗礼而钟乐轰鸣，丰富的乐符在钟群间来回奔走。这些钟声交织在空中，犹如一幅千万个迷人音符织成的云锦。古老的大教堂在颤抖，在轰鸣，沉浸在经久不息的快乐钟声中。人们时时感到有一个喧闹的、随心所欲的精灵存在，并通过这些铜铸的嘴巴引吭高歌。可是现在，这个灵魂似乎消失了，大教堂显得死气沉沉，甘愿保持沉默。节日和葬礼的钟声简简单单，干巴巴，光秃秃，无非是应付礼仪，仅此而已。通常一个教堂有两种声音，里面有管风琴声，外面有钟声，现在圣母院只剩下管风琴声了，似乎钟楼里再也没有了钟乐师。其实，卡西莫多一直都在。那么他究竟怎么了？莫非是他对在耻辱柱上所感受的羞辱和绝望仍耿耿于怀，或是行刑吏那无休止的鞭笞仍然在他心灵深处回响，抑或是这种遭遇引起的忧伤熄灭了他身上的一切，甚至包括对钟的热爱？或者是大钟玛丽在圣母院敲钟人的心中遇上一个情敌，他为了某个更可爱、更美丽的人儿而冷淡了大钟和她的十四个妹妹？

在那美妙的一四八二年，天使报喜节恰逢三月二十五日星期二。这一天，空气清新，微风习习，卡西莫多觉得对他那些钟的爱多少恢复了点。于是他爬上北钟楼。同时，教堂执事在下面把教堂所有的门都敞开。那时候，圣母院的门都是用非常结实的木料做成的，皮革贴面，四周镶着镀金的铁钉，外围还镶嵌着“巧夺天工的”雕刻。

来到顶楼的钟屋之后，卡西莫多注视那六口钟片刻，忧伤地摇摇头，似乎为某个陌生的东西而呻吟，而这东西在他心中已将他和钟隔离开来。然而，当他把钟都摇晃起来时，当他感到这六口铜钟在他手下摆动时，当他看到（因为他听不见）跳动着的八度音符在音乐的阶梯上忽上忽下，恰似小鸟在树枝间跳来跳去时，当音乐之魔——这摇晃着金光闪闪的宝匣，释放出密接的和音、颤音、琶音的精灵——抓住可怜的聋子时，他又变得快活起来。他忘记了一切，他又心花怒放，红光满面了。

他走来走去，拍着手，从一根绳子跑向另一根绳子，用声音和手势为六位歌手加油，就像一位乐队指挥在鼓励技艺高超的乐师。

他喊着："干呀，加布里埃，快干呀！把你的全部声音都泻向广场！今天过节呀！""蒂博，别偷懒！你慢多了。快！加油！你生锈了吗？懒蛋！""好，就这样。快干！快得让人看不到钟舌。把人们的耳朵都震聋，跟我一样听不见。就这么干，蒂博，干得好！""吉约姆！吉约姆！你是最大的，而巴斯吉埃是最小的，巴斯吉埃倒比你的响。我敢说能听得见的人肯定先听见它，而听不到你。""好！好！我的加布里埃，响点！再响点！""嘿！你们两只麻雀在上面搞什么名堂？我看不出你们有半点声息。""怎么回事？你们的铜嘴不是在唱歌，倒像是在打哈欠。行了，你们干呀！今天是天使报喜节。瞧，多好的太阳！得有好听的钟乐才配呢！""可怜的吉约姆，瞧你，气都喘不过来了，我的胖伙计！"

他为激励他的那些钟而忙得不亦乐乎，那六口钟争先恐后地跳跃，摆动着它们油光光的臀部，犹如一组吵闹的西班牙骡子，不时被骡夫的吆喝声驱赶着。

忽然，在钟楼陡峭的高墙某处，透过护墙的宽大的石板瓦瓦缝，他的目光投落在广场上，只见一个衣着古怪的姑娘在那里，把一块地毯铺在地上。一只小山羊过来站在上面，一群观众在她四周围成一圈。卡西莫多见状，立刻改变了主意，对音乐的热情突然凝固，就像一阵风吹凝了熔化的松脂。他停住敲钟，转身背对着钟，在石板遮檐后面蹲下，双眼凝视着跳舞姑娘，目光中显出沉思、温柔、含情脉脉。这神情已经有一次使副主教吃惊不小。这时，被遗忘的那几口钟突然同时息声，使得爱听钟声的人大失所望。这些人常在钱币兑换桥上潜心倾听钟乐，现在只好悻悻离去，就像一条狗，人家用骨头引它来，然后又向它砸了一块石头。

四　'ANÁΓKH

凑巧，就在这个三月里的某个美丽的早晨，我想就是圣欧斯塔什节日吧。那是二十九日星期六，我们的朋友、青年学生磨坊的约翰·弗洛罗起床穿衣时，发现平时装钱包的那条短裤没有半点金属响声。他一边从裤袋里掏出钱包，一边嘟囔着："可怜的钱包，怎么！一个子儿也没有了！瞧这骰子、啤酒、维纳斯有多残忍，把你的五脏六腑都掏空了！瞧你现在干瘪瘪的，皱巴巴的，软绵绵的，跟泼妇的胸脯没有两样！西塞罗老先生和塞内加老先生，我见你们包着硬封皮的书扔得满地都是，那么敢问二位，即使我比钱币总管或钱币兑换桥上的犹太人更精通钱币，知道一枚王冠金埃居值三十五个昂仁，一个昂仁值二十五个巴黎苏又八个德尼埃；一枚新月埃居值三十六昂仁，每枚昂仁值二十六个图尔苏又六个德尼埃，但我连去碰碰双六运气所需的一枚可怜的黑铜板都没有，知道这些又有什么用呢？啊！执政官西塞罗！这场灾难不是凭几个代用语，凭什么'犹如'，'事实上'①就能摆脱得了的！"

他伤心地穿着衣服。在他系鞋带的时候，一下想起了一个主意。他起先还想打消这个念头，然而这念头又回来了，结果他把背心穿反了，这说明他经过了激烈的内心斗争。最后，他粗暴地将帽子往地下一扔，叫了起来："管它呢，该怎么样就怎么样，我到我哥哥那里去。

① 原文是拉丁文。

虽然少不了受一顿训斥，但是我会得到一个埃居的。”

于是，他急急忙忙披上毛皮镶边的宽袖上衣，捡起帽子戴上，抱着破罐破摔的态度出了门。他顺着竖琴街走向旧城。在经过小箱街的时候，那不停地转动着的烤肉叉散发出阵阵诱人的香气，逗得他那嗅觉器官直痒痒，他恋恋不舍地看了一眼这个独眼巨人般的烤肉店。就是这个店，曾使结绳派成员卡拉塔吉隆发出悲怆的欢呼：确实，这烤肉店可真了不起！但是约翰没钱买午餐。他深深地叹了口气，便钻进了小堡的拱门。小堡是排列成双三叶草花形的数座巨型塔楼建筑，扼守在旧城入口处。

他甚至没按当时的习俗，在走过佩里奈·勒克莱尔那糟糕的石像前时，捡一块石头砸上去。此公曾在查理六世时将巴黎出卖给英国人。为此罪行，他那张石脸被石块砸得稀烂，被污泥溅得污秽不堪。这石像在竖琴街和比西街交角处赎罪已有三百多年了，似乎被钉在了永久的耻辱柱上。

穿过小桥，走完新热纳维也芙街，磨坊的约翰来到圣母院前。这时他又犹豫起来，围着勒格利先生的雕像转悠了一会，惴惴不安地念叨道：“训斥肯定跑不掉，埃居未必要得到！”

他拦住一位从教堂后院出来的教堂执事问道：“若萨副主教先生在哪里？”

教堂执事回答说：“我想他大概在钟楼上他那间密室里，我奉劝您别去打扰他。如果您是教皇或国王派来的使臣那就另当别论。”

约翰高兴得拍起手来。“神了，今天可碰上了好机会，我可以看到那间有名的巫术室了。”

想到这里，他也就横下一条心，果断地钻进了一道小黑门，开始攀登那通向钟楼顶层的圣吉勒式螺旋楼梯。他一边走一边自言自语地说：“我马上就要看到了！凭圣母的大乌鸦发誓！我那尊敬的哥哥把那间小屋像家珍一样地藏起来，其中必有蹊跷。据说，他在里面烹饪地狱的饭菜，用大火烧制点金石。天主！点金石对我来说不过是石头一块，有什么稀罕的，我倒希望在他的炉子上看到一盘复活节的猪油煎鸡蛋，而不是世界上最大的点金石！”

爬到小圆柱走廊后，他喘息片刻，骂了不知几百万句“他娘的”，诅咒这走不到尽头的楼梯。然后他又穿过北钟楼那扇狭窄的小门继续往上爬，现在这北钟楼已不再向游人开放。走过钟屋后不一会儿，前面出现一个砌在侧面的小平台，小拱顶之下有扇低矮的尖顶小门，对面圆形的楼梯壁上有一个箭眼，从那里可以窥看到巨大的门锁和结实的铁框架。今天好奇的人们谁想看看这道门，还能在发黑的墙上看到一排白色的刻字：“我爱科拉丽。一八二九年。签字：雨仁。”“签字”二字原文里就有。

“嗨！大概就是这里了。”约翰说。

钥匙还插在锁孔里。门就在身边。约翰轻轻推开门，脑袋从门缝里探了进去。

想必读者已经翻阅过伦勃朗的美妙画册，他是位作画的莎士比亚。在那么多美妙的作品中，尤其有一幅铜板腐蚀画，据说是描绘浮士德博士的，谁看了都会叹服。那画上画的是一间阴暗的小屋，小屋中央放着一张桌子，桌上摆满了丑恶的东西：骷髅头呀，地球仪呀，蒸馏瓶呀，圆规呀，象形文字羊皮书呀，等等。博士站在桌前，身穿他那件肥大的宽袖长袍，戴着压到眉毛的皮帽，只能看见他的半个身子。他正从巨大的椅子上站起，两只紧握着的拳头撑在桌上，好奇而又恐惧地注视着一个巨大的光环。那光环就在对面墙上，由许多神奇的字母组成，在黑暗的房间中像太阳光谱在闪烁。这魔法般的太阳似乎在发抖，用神秘的光辉照耀着这间灰暗的小屋。这情景令人毛骨悚然，但又非常美丽。

约翰壮着胆子把脑袋伸进那半掩着的小门，眼前出现了与浮士德小屋非常相似的一方天地。这也是一间阴暗的、几乎没有光亮的小屋。里面也有一把大椅子和一张大桌子，桌上摆着圆规和蒸馏瓶，天花板上吊着一些动物骨架，地上有个地球仪在旋转，还有一些马头瓶和短颈大口瓶混杂在一起，瓶里的金色叶子兀自抖动，若干个骷髅头搁在涂满图形和文字的皮纸上，一大摞巨卷手稿完全摊开，毫不在乎羊皮纸的边角容易破裂。总之，全是一些科学垃圾，而且在这一大堆破烂上积满了灰尘和蜘蛛网，只是缺了那道字母组成的光环，也没有一位出神入化的博士像老鹰注视太阳那样在静观烈火熊熊的幻景。

不过，小屋里并非空无一人。有一个男人坐在椅子上，伏在桌子上。他背朝着门，约翰只能看到他的双肩和后脑勺。然而约翰还是毫不费劲地认出了这个秃头。大自然给这个人已做了永恒的剃度，似乎故意用一种外部象征揭示副主教那不可抗拒的教会天职。

约翰就凭这个认出了哥哥。但他推门很轻，丝毫没有惊动克洛德，克洛德也不知道弟弟来了。好奇的学生趁机把小屋打量了一番。在天窗下面，椅子的左边，有一个偌大的炉灶，这是他最初没有发现的。光线从窗子里照进来，先通过一个圆形的蜘蛛网，这网像个精致的花瓣格子圆窗，巧妙地镶嵌在尖顶的天窗窗孔中。在网的中央坚守着那位昆虫建筑师，一动不动，就像这花边轮盘的轴心。炉灶上横七竖八堆积着各种各样的器皿、小陶罐、曲颈瓶、装木炭的长颈瓶等。约翰发现这里一口饭锅也没有，便叹了口气，心想："这些炊具也真够新的！"

况且，炉灶里根本没生火，看上去已经好久没有举火做饭。约翰还发现，在这些炼金工具中有个玻璃面罩，大概是副主教在冶炼某些危险物质时用来保护脸部的。现在，这个面罩被扔在一个角落里，上面积满灰尘，似乎已被忘却。旁边躺着一只风箱，同样积满灰尘，箱盖上有句黄铜字母组成的铭文：呼吸即存希望[①]。

还有许多铭文，按照炼金术士的习俗，大都刻写在墙上。有用墨水写的，也有用金属利器刮的。另外，哥特体文字、希伯来文、希腊

① 原文是拉丁文。

文和拉丁文混在一起。这些杂乱无章的铭文相互穿插，后写的盖掉先刻的，彼此纠缠不清，就像灌木丛中的乱枝，或是混战中的戈矛长缨。确实，这是所有哲学、所有幻想、所有人类智慧的混战。偶见一段文字比其他的更为醒目，好似千戈万戟中的一面旗帜。这些文字大部分都是中世纪喜闻乐见的简短格言，有希腊文，也有拉丁文。如：从何时？从哪时？——人对人是魔鬼——星星，营盘，名称，神意[①]——大书即大恶[②]——敢于求知。愿在何处，即在何处显现[③]。有时候只有一个词，表面上毫无意义：竞技者训练制度[④]，这也许是暗示修道院里痛苦的制度；有时候是一句教士戒规，用严格的六韵步诗句表达：天主管天，领主辖地[⑤]。还有希伯来文巫术书的只字片言，约翰连希腊文都认不了几个，这就更是天书了。这些字句都任意标上星号、人形、动物形象、交叉的三角等，使得小屋那面涂满字迹的墙壁更像一张纸，被猴子握着一支蘸满墨水的笔胡画了一气。

此外，整间小屋都显得无人料理，破旧不堪。从用具的破烂状况可以推测，小屋主人正忙碌于别的事情，已经好久无心炼金了。

然而这时，小屋主人正伏在一本绘有古怪插图的厚厚的手稿上，显得非常痛苦，似乎有个念头在不停地打扰他思考问题。至少约翰的判断是这样，因为约翰能听到他断断续续地发出叫喊，像是做白日梦时的呓语，却又意义深奥。

“是啊，马努就这么说过，琐罗亚斯德也这么训导过：日生于火，月生于日；火乃万物之本；它的基本原子川流不息，无穷无尽地向世界扩散。当这些原子流在空中交叉时，便有了光；当它们交会于地

① 原文是拉丁文。
② 原文是希腊文。
③ 原文是拉丁文。
④ 原文是希腊文。
⑤ 原文是拉丁文。

时，便生出了金……金与光实为一物，乃火之具体态……所以异者，一为可见，一为可触，实乃同一物之流态与固态，如水汽之于冰，岂有他哉！……这可不是梦幻……而是自然的普遍规律……那么，怎样才能从科学中筛滤出这一普遍规律的奥秘呢？可不，沐浴着我的手的这光，它是金子！同是这些原子，按照某种规律膨胀就是光，按照另一种规律凝聚就成了金！……用什么办法呢？有人想象把太阳光埋藏在地下……阿维罗埃斯……对，是阿维罗埃斯……阿维罗埃斯在科尔图大清真寺古兰圣殿左边的第一根柱子下面埋藏了一道太阳光，但是，必须等到八千年后才能打开地窖，看实验是否成功。"

约翰心想："真见鬼！等一个埃居真让人望眼欲穿。"

"还有人认为，"副主教继续遐想，"不如用天狼星的光线做实验。但是要得到纯净的天狼星光线很不容易，因为同时还有其他星星的光线混杂进来。弗拉美认为使用地上的光更为简便。弗拉美！真是老天注定的好名字，这就是火焰[①]！……对，就是火，千真万确……黑碳里出钻石，火光里出金子……但是，怎样才能把它提炼出来呢？……马吉斯特利曾断言，有些女人的名字具有甜蜜神秘的魔力，只需在实验时说出她们的名字就行。……看看马努是怎么说的吧：'女人受敬之处，乃神灵大悦之地；女人遭辱之邦，祈祷上帝也是枉然。女性的嘴唇时常纯净；它是一股甘泉，是一缕阳光。……女人的名字应该听起来悦耳，想起来甜蜜，令人神往；女人的名字应该以长长的元音结束，与祝福词相似。'……不错，这位贤人言之有理；确实，像玛丽亚，索菲亚，爱斯美拉达……该下地狱！我怎么老想这个！"

他使劲把书一合。

他用手捋捋前额，似乎想驱赶掉萦绕他的杂念。然后他从桌上拿起一枚铁钉和一把锤子，锤把上写着奇怪的符咒似的文字。

他苦笑着说："这一阵以来，我的实验总是失败！那个缠人的杂念

---

① 原文是拉丁文。

总来纠缠，像三叶草花烙铁似的烙我的脑子。我甚至连卡席奥多鲁斯的秘密也没能找着，就是那个点灯不用油和灯芯的秘密，这可是顶顶简单的事情。”

“什么话！”约翰嘀咕道。

教士继续说：“看来，只需一个邪念就使一个男人软弱，发疯。啊！克洛德·佩耐尔该笑话我了，她没能使尼古拉·弗拉美分散一点精力，中断他那伟大的事业。什么！我手里拿着泽希埃雷的魔锤！这位令人生畏的犹太法学博士只需待在他的小屋里，每当他用锤子敲打一下那枚钉子，被他诅咒的敌人，即使远隔万里之遥，也会陷地三尺，被大地吞噬。就是法国国王本人，有一天晚上不小心冲撞了这位法师的大门，也曾在巴黎的砌石路上陷至膝盖……这事离现在还不到三个世纪……瞧！我现在也有锤子和钉子，可我手里这些工具还不如打刀匠手里的锉刀灵呢！……然而，问题在于找到泽希埃雷敲打钉子时所念的咒语。”

“废话！”约翰心里想。

“来，让我们试试。”副主教急切地说，“假如我成功了，我就会看到钉子头上喷出蓝色火花……埃门—埃坦！埃门—埃坦[①]！不是这样！……西热阿尼！西热阿尼[②]！……愿这钉子把任何名叫腓比斯的人送进坟墓！”

“该死！总是这个念头！还是这个念头！永远是这个念头！”

于是，他气愤地扔掉锤子，然后瘫倒在椅子上，伏到桌子上。高大的椅子靠背挡住视线，使得约翰看不见他。好几分钟，只能见到他的一只痉挛的拳头搁在紧握着的一本厚书上。突然，克洛德先生站起身来，拿起一把圆规，默默地在墙上刻了一个大写的希腊词：

① 均为作法时用的咒语。

② 同上。

'ANÁΓKH

约翰自言自语地说："我哥哥发疯了，写Fatum[①]不是更简单吗？不是所有的人都必须懂得希腊文的。"

副主教又回到椅子边坐下，双手捧着像病人那样发烫的沉重的额头。

学生观察着他的哥哥，惊讶不已。他并不知道哥哥的心事。弟弟一向性情开朗，对于人世从来只看到善良的自然法则，对于内心的激情一贯听由自然发泄。在他的身上，强大激情的湖泊始终是干涸着的，因为他每天早晨都要充分开挖新的沟渠。他这样的人当然不能理解，人们心中情欲波动的海洋，如果不给予出路，就会汹涌澎湃。它会集积，会膨胀，会溢流，会磨穿心灵，会激发出内心的抽泣，无言的痉挛，最终会冲垮堤防，一泻千里。克洛德·弗洛罗那冰冷严肃的外壳，表面上的道貌岸然和冷若冰霜，一直蒙骗着约翰。乐天派的学生从未想到，他哥哥就像那埃特纳火山，在冰雪覆盖之下，积聚着沸腾不息、性情狂暴、力量深沉的岩浆。

他是否突然明白了这些，我们不得而知，但不管他有多么浅薄，他还是明白了一点，他看了他不应该看的东西，他偶然撞见了哥哥灵魂深处最秘密的东西，因此，不应该让克洛德发现这一点。他见副主教又回到最初沉思时的不动状态时，便把头悄悄地缩了回来，在门外弄出点脚步声，似乎他是刚刚到来，以此向他哥哥通报。

"进来！"副主教从小屋里面喊道，"我在等您呢。我特意把钥匙留在门上。进来吧，雅克先生！"

学生壮着胆子走了进来。在这样的地方接待这位客人，副主教感到很尴尬。他在椅子上哆嗦了一下说："怎么，是您，约翰！"

---

① 拉丁文"命运"。

"反正我的名字也是J开头的。"学生天生红着脸，厚着脸皮，兴高采烈地说。

克洛德先生的脸又恢复了严肃的神情。

"您来这里干什么？"

"哥哥，"学生回答说，竭力摆出规矩的、可怜的、谦逊的样子。他以天真无邪的神态摆弄着帽子，"我来向您要……"

"要什么？"

"要一点我很需要的教诲。"约翰没敢加上"和一点我更需要的钱"，这后一句没能说出来。

副主教冷冰冰地说："先生，我很不满意您。"

"唉！"学生叹了口气。

克洛德先生把椅子转了小半圈，两眼盯着约翰说："见到您我很愉快。"

这是一句可怕的开场白，约翰准备被他臭骂一顿。

"约翰，天天都有人来告您的状。那次斗殴，您用棍棒把一个名叫阿尔贝·德·拉蒙香的小子爵打得鼻青脸肿，是怎么回事？"

约翰回答说："噢，没什么。是个坏蛋侍从寻衅闹事，他驱马从泥里面跑过，溅了我们学生一身泥浆。"

副主教又说："那么，您把那个马耶·法热尔的袍子撕破，又是怎么回事？袍子被撕破[①]，诉状上是这么说的。"

"啊，呸！不过是蒙泰居的破旧小斗篷。"

"诉状上说的是袍子[②]，不是小斗篷[③]，您懂拉丁文吗？"

约翰不回答。

教士摇了摇头，又说："现在的人学习和文化水平就这样，拉丁

---

① 原文是拉丁文。

② 同上。

③ 同上。

语几乎听不见，古叙利亚语没人能懂，希腊语也糟透了，甚至最博学的人也会跳过一个希腊字不读，还不觉得无知。居然说什么此乃希腊文，*无法辨认*[①]。”

学生坚定地抬起头来，说：“兄长在上，我能用最纯正的法语向您解释写在墙上的那个希腊词的意思吗？”

“什么词？”

“'ANÁΓKH。”

副主教那蜡黄的面颊上泛出了一丝红晕，犹如一座火山口上的烟雾，向外界预示着内部隐藏的汹涌岩流。不过学生倒没怎么留意。

哥哥费了很大劲才说出话来：“那好，约翰，您说这是什么意思？”

“*命运*。”

克洛德脸色惨白，而学生还是漫不经心地继续说：

“还有下面这个希腊词，是同一个人刻的，竞枝者训练制度[②]，是‘不洁’的意思。您瞧，我的希腊语还可以吧。”

副主教默默不语。这堂希腊语课使他陷入沉思。小约翰熟谙被宠爱的孩子的种种撒娇手段，他认为现在是提出特殊要求的最好时机。于是，他用极其温和的语调开了口：

“亲爱的哥哥，您果真那么恨我吗？犯不着因我打一两次小架而生气，我也只是玩儿来着，有时也不知道打了哪个小孩子，哪个小崽子，*何家顽童*[③]。亲爱的哥哥，您瞧，我的拉丁语也不错吧。”

然而，这些虚假的甜言蜜语在严肃的大哥身上并没有起到往常的作用，刻柏鲁斯不咬蜜糕[④]，副主教的额头不见舒展。

---

① 原文是拉丁文。

② 这里是约翰看错了，其实是“竞技者训练制度”。两词写法相似。

③ 原文是拉丁文。

④ 刻柏鲁斯为看守地狱大门的百头犬，特洛伊的英雄艾内亚斯扔以蜜糕，它吃了即被麻醉，艾内亚斯这才进得去。

“您究竟想干什么？”他干巴巴地问道。

“这么说吧，事实上，干脆实说了吧，我需要钱。”约翰壮着胆子说。

听了这不知羞耻的要求后，副主教的面孔顿时变得和颜悦色，一副师长和慈父的架势。

“约翰先生，您知道，我们家的梯尔沙普采邑，连年贡和二十一幢房子的租金全算在一起，也就是三十九里弗尔十一苏六德尼埃巴黎币。这虽然比帕克莱兄弟时多一半多，但还是不算多。”

“我需要钱。”约翰泰然地说。

“您知道，教会法庭已经裁定，我们的二十一幢房产归属主教的正式采邑，要赎回这一隶属关系，就必须向尊敬的主教支付两个镀金的银马克，价值六个巴黎里弗尔。可是，这两个马克我还没有凑齐。这您知道。”

“我只知道我需要钱。”约翰第三次说。

“您要钱干什么？”

听到这个问题，约翰的眼睛里闪出了希望的光芒。他又装出温顺和甜蜜的样子。

“亲爱的哥哥克洛德，您瞧，我跟您说话决不存坏心眼，我决不和那些巡防兵去泡酒店，也不会骑着骏马，披金挂彩，带着仆人，携带仆从[①]到巴黎街头耍威风。不是的，哥哥，我是为了做一件好事。”

克洛德感到有些意外，便问：“什么好事？”

“我有两个朋友，他们想给一个修行的寡妇的孩子买件小衣服。这是行善事，需要三个弗洛林，我也想凑上一份。”

“您这两个朋友叫什么？”

“屠夫彼埃尔和嚼鹅汉[②]巴蒂斯特。”

---

① 原文是拉丁文。

② 嚼鹅汉是“赌徒”的意思。

“哼！这两个名字可真适合行善，就像石炮适合主祭坛一样。”副主教说。

无疑，约翰给他这两个朋友胡诌的名字很不合适，他也感觉到了，但已经迟了一点。

敏锐的克洛德接着说：“什么样的小衣服要值三个弗洛林？而且是送给一个修女的孩子。从什么时候起，寡妇修女有需要穿小衣服的孩子的？”

约翰再次打破僵局。

“得，干脆说了吧，我需要钱，今晚我得去爱情谷看看伊莎波·梯也里。”

“真是个不洁之徒！”副主教喊了起来。

“就像底下那个希腊词。”约翰道。

约翰也许是故意要手段，他借用了小屋墙上的这个希腊词，这一招对教士的作用还真灵。他紧咬嘴唇，愤怒顿息，变得面红耳赤。

于是，他就对约翰说：“您走吧，我马上有客人来。”

学生再做一次努力。“克洛德哥哥，请您至少给我一个小钱吃饭吧！”

“格拉田的手谕录您学得怎么样？”克洛德教士问。

“我的作业本丢了。”

“拉丁文明史您学到哪里了？”

“贺拉斯的书被人偷了。”

“亚里士多德学得怎么样？”

“天哪！哥哥，有个神父曾说过，在任何时代，异端邪说都是以亚里士多德的形而上学为罪孽根源的。去它的亚里士多德！我才不想为他的形而上学而毁坏我的宗教呢。”

副主教又说：“年轻人，上次国王进城时，有个侍从贵族叫菲力浦·科敏，他的鞍披上绣着家训，我劝您好好想想：不劳动者不得食[①]。”

学生半晌没说话，用手指挖挖耳朵，眼睛盯着地面，满脸怒气。突然，他转向克洛德，敏捷得像只白鸰。

“哥哥，这么说，您是不肯给我一个巴黎苏，好让我去面包店买一块面包吃了？”

“不劳动者不得食。”

副主教寸步不让，仍旧如此回答。约翰双手捂住脸，像女人哭泣似的，用绝望的腔调喊道：“哈！哈！咿！哟！哟！”

克洛德听到这么个怪声很吃惊，便问：“先生，这是什么意思？”

“啊，什么？”学生说，他厚着脸皮抬眼看看克洛德。其实，他刚刚用拳头偷偷揉过眼睛，使眼睛显得流泪发红。“这是希腊话呀！是埃斯库罗斯写的抑抑扬格诗句，是完美地表达痛苦的诗句。”

说到这里，他突然哈哈大笑起来，笑得如此滑稽又那么放肆，副主教也给逗笑了。其实要怪克洛德自己，谁让他过分宠爱这孩子呢？

约翰见哥哥被逗乐了，胆子也大了，接着说：“啊！克洛德好哥哥，我的靴子底都已经吐出了舌头，世上难道有比这更悲惨的悲剧演员鞋吗？”

副主教突然又恢复了原先的严肃面孔。“我让人给您送新鞋去好了，要钱没有。”

约翰央求道：“哥，就一个小小的巴黎币还不行吗？我保证把格拉田背熟，我还保证相信天主，我要在科学和品行方面做一个真正的毕达哥拉斯！可是，行行好，给我一文小钱吧！难道您真愿意饥饿张着大嘴把我吃掉？饥饿可不就在那儿，在我面前，大张着口，黑洞洞的，臭气熏天，深不可测，赛过鞑靼人或修士的鼻子。”

克洛德摇了摇那满是皱纹的脑袋，还是说：“不劳动者……”

① 原文是拉丁文。

约翰不等他说完就叫了起来："算了，见鬼去吧！快乐万岁！我去下酒店，我去打架，去砸罐子，还去玩姑娘！"

说着，他把帽子往墙上一扔，手指当响板打得啪啪响。

副主教阴沉沉地看着他。

"约翰，您没有灵魂。"

"这么说，按照伊壁鸠鲁的说法，我缺少一个由不知其名的某种东西构成的玩意。"

"约翰，您应该认真考虑悔过自新。"

"这个嘛，"学生叫道，看看哥哥，又看看炉灶上的蒸馏瓶，"这儿的一切都稀奇古怪，思想和瓶子都不例外。"

"约翰，您正处在一个很滑的山坡上。您知道您滑向哪里吗？"

"滑向酒店。"约翰说。

"酒店通向耻辱柱。"

"不过是个很一般的灯笼罢了，打着这个灯笼，第欧根尼也许就能找到他要找的人了[①]。"

"耻辱柱通向绞刑架。"

"绞刑架是一架天平，一头是人，另一头是整个世界。做人真是太美了。"

"绞刑架通向地狱。"

"地狱是一团大火。"

"约翰呀，约翰，您这样不会有好下场的！"

"只要开场好就行。"

这时，楼梯上响起了脚步声。

"别出声！"副主教将一个手指放在嘴上，说道，"是雅克先生来了！听我说，约翰，"他又低声说，"您在这儿看到和听到的，永远也别说出去。您快躲进这个炉灶里去，千万别出声。"

---

① 犬儒派哲学家第欧根尼蔑视人类，曾在大白天打着灯笼，在雅典大街上寻找"人"。

学生钻进了炉灶，在里面忽然想起了一个好主意。

“顺便说一句，克洛德哥哥，给一个弗洛林，我就不出声。”

“别说话，我答应就是。”

“现在就得给我。”

“好，拿去吧！”副主教气愤地把钱包扔给了他。约翰钻进炉灶下面后，房门正好打开。

五　两个黑衣人

来人身穿一件黑袍，脸色阴沉。我们的朋友约翰躲在那个角落里，正如所料，他设法让自己能够随心所欲地听到和看到一切。他第一眼就感到这位来客的衣着和面孔表现出极度的忧伤。不过，在他脸上也有几分温和，但这种温和像是狡黠的猫或法官的温和，令人肉麻。他头发灰白，满脸皱纹，大约六十岁，眨巴着眼睛；他眉毛雪白，嘴唇肥厚，两只大手。约翰见来的是这么个人，也就是说，来的大概是个医生或法官什么的，而且这人的鼻子和嘴巴相距遥远，一副蠢相，便缩回到他那藏身的角落里。心想，在这么个鬼地方陪这么个鸟人，也不知要到什么时候，倒霉透了。

客人进来，副主教并没有起身迎接。他招呼客人在门边的一个小凳上坐下，接着又沉默了半晌，似乎还在继续刚才的思考，然后他略带居高临下的语气说：“请坐，雅克先生！”

“您好，先生！”黑衣人回答道。

从两人说话方式中可以看出区别，一个淡淡地称呼“雅克先生”，另一个则恭恭敬敬地喊“先生”，这是大人与普通人、主子与奴才的关系。显然，这是博士和弟子之间在打招呼。

又是一阵沉默，雅克先生也不敢开口。“怎么样？您成功了吗？”副主教问。

"唉，我的老师，"对方苦笑着说，"我一直在鼓风，灰烬倒是不少，可就是见不着一点金子屑。"

克洛德先生不耐烦地摆摆手。"我跟您说的不是这个，雅克·沙莫吕先生，而是您承办的那位巫师的官司。您叫他马克·瑟南是吧，就是审计院的那个膳食总管，对吧？他承认行妖作法了吗？您的官司胜诉了吗？"

"唉，还没有呢，"雅克还是苦笑，"哪有这般省心啊。这家伙是块石头，硬着呢。我们就是把他送到猪市上煮了[1]，他也未必肯招认什么。但是我们将不惜一切手段弄清真相。他现在已经散了架，我们给他尝过各种滋味，正如喜剧大师普劳图斯说的：

> 动用皮鞭，烙铁，绞架，双重铁圈；
> 绳索，锁链，监狱，镣铐，桎梏。[2]

但结果还是一无所获。这人太可怕了，即使把我的拉丁语用尽也不顶用。"

"在他屋里没有找到新的证据吗？"

"有的，"雅克先生说着，掏掏自己的腰包，"喏，就是这张羊皮纸。上面写着一些字，但是我们看不懂。刑事律师菲力普·勒里埃先生倒是懂点希伯来文，他是在布鲁塞尔市康特斯坦街的犹太人那起案子中学的。"

雅克先生一边说，一边打开一个羊皮纸卷。副主教说："给我。"看了看文卷后又说："雅克先生，这是十足的妖术。艾芒—埃坦！这可是狗头吃人怪到达群魔会的叫声。通过自身，与自身，在自身[3]！这

---

① 这是中世纪的一种酷刑，将犯人放在大锅里煮死。

② 原文是拉丁文。

③ 同上。

是将魔鬼重新锁进地狱的命令。阿克斯，帕克斯，玛克斯[①]！这是医学术语，是治疗疯狗咬伤的药方。雅克先生，您在教会法庭是国王的代诉人，这卷羊皮书该下地狱！”

“我们将再次审问那家伙。还有这个，是从马克·瑟南家里搜来的。”雅克先生又掏了一次腰包后说。

这是一个罐子，与克洛德先生炉灶上的瓶瓶罐罐同属一个家族。“好呀，这是炼金用的熔锅！”

雅克先生面带羞涩笑了笑，不好意思地说：“我向您坦白，我在我的炉灶上也试了试，但并不比我的灵验，也是不成功。”

副主教开始察看那个罐子。“他的熔锅上刻的是什么字？噢唏！噢唏！这准是驱赶跳蚤的咒语。这个马克·瑟南真是无知透顶！我完全相信，您用这玩意不会造出金子的。夏天放在您的床上还有点用，仅此而已。”

国王代诉人说：“既然我们都会弄错，那么，我刚才上来之前，我先研究了一下下面的大门。尊敬的阁下，您能肯定雕刻在门上的物理学著作是向着主宫医院翻开的吗？还有，在圣母脚下的那七个裸体雕像中，那个脚上有翅膀的就是墨丘利吗？”

“当然，”教士答道，“是奥古斯丁·尼福写的。这位意大利博士有一个大胡子魔鬼，什么都能教给他。再说，我们得下去了，我当场指着文字给您讲解。”

“谢谢老师。”沙莫吕深深地鞠了一躬，“顺便问一句，我差点忘了，您什么时候吩咐我把那小妖女抓起来？”

“哪个小妖女？”

“您知道的，就是那个波希米亚姑娘。她藐视教会法庭的禁令，每天都来圣母院前跳舞。她有一头妖魔附身的山羊，头上长着魔鬼的

① 原文是拉丁文，为无意义的象声词。

犄角，能读会写，算术比得上皮卡特里克斯[①]。单凭这一点，就该把所有的波希米亚人都绞死。审讯已经准备就绪，说办就办。凭良心说，这姑娘长得可真漂亮！那双美丽的黑眼睛，胜过埃及的深红宝石。我们什么时候动手？”

副主教脸色变得煞白。

“我会吩咐您的，”他含含糊糊地嘟囔着，然后，强作振奋地说，“您还是管好马克·瑟南一案吧。”

沙莫吕笑着说：“这您就放心好了。回头我就把他绑在皮床上。不过，这家伙是个魔鬼。彼埃拉·托尔特吕的手比我的还大，可也打得筋疲力尽了。正如那位普劳图斯说的：

> 把您赤身捆绑倒悬，也足有两百斤。[②]

绞盘审讯！这是我们最厉害的手段。叫他尝尝这个滋味。”

克洛德教士似乎沉浸在忧郁的遐想中。他转身对沙莫吕说：

“彼埃拉先生……雅克先生，要我说，您还是管好马克·瑟南一案吧。”

“当然，当然，克洛德先生。可怜的家伙，他就要像墨莫勒那样吃尽苦头了。亏他想得出，去参加什么群魔会。一个审计院的膳食总管，他应该知道查理曼大帝怎么说那些人的，*若非巫师，必为吸血妖狗*[③]！至于那个小姑娘，他们称作爱斯美拉达的，我等候您的命令……对了，待会经过门道的时候，您也给我讲讲教堂入口处见到的平面画上的园丁是什么意思。是不是播种者[④]？哎，老师，您在想什么呢？”

---

① 13世纪的阿拉伯占星师。

② 原文是拉丁文。

③ 同上。

④ 播种者即上帝。基督教认为上帝创造一切生命，犹如播种人。

克洛德教士内心受了刺激，不再听他说话。沙莫吕顺着他的视线望去，见他愣愣地看着挂在天窗口的大蜘蛛网。这时候，一只莽撞的苍蝇寻找三月的阳光，一头撞在蜘蛛网上被粘住了。那只大蜘蛛感到网在振动，突然跳出它的中央居室，一跃扑向苍蝇，用它的触角将苍蝇折为两段，同时将那可恶的管器刺进它的脑袋。教会法庭的国王代诉人说："可怜的苍蝇！"抬手想去救它。副主教如梦方醒，不由自主地猛然抓住他的胳膊，叫道：

"雅克先生，让命运自行其是吧！"

代诉人转过身来，惊恐不已。他似乎感到有把铁钳夹住了他的胳膊。教士的眼睛一动不动，充满恐慌，目光似火，紧盯着苍蝇和蜘蛛那恐怖的组合。

"啊！是啊！这就是一切的象征。"教士以牵动五脏六腑的声音吼叫道，"苍蝇在飞舞，兴高采烈，它刚刚降生；它在寻觅春天、新鲜空气和自由；啊！是呀，可是它撞上了不祥的圆窗户，蜘蛛爬出来，可恶的蜘蛛！可怜的舞女！可怜的命中注定要倒霉的苍蝇！雅克先生，随它去吧，这是命运！唉，克洛德，你是蜘蛛。克洛德，你也是苍蝇！你飞向科学，飞向光明，飞向太阳，你只想到达新鲜空气中，到达永恒真理的青天白日中。但是，当你冲向窗外的光明世界、智慧世界、科学世界时，当你扑向这扇耀眼的天窗时，盲目的苍蝇啊！没头脑的博士，你难道没看见命运布下这张微妙的蜘蛛网，正横拦在你和光明之间吗？不幸的狂人，刚才你奋不顾身地扑上去，现在却在挣扎，头被扎破，翅膀折断，全是那命运的铁钳所为！雅克先生！雅克先生！让蜘蛛干下去吧！"

沙莫吕不知道其中原委，只是看着他说："我向您保证，决不去碰它。您快松开手，老师，求求您。您的手跟铁钳一样紧。"

副主教没有听到他的话，眼睛仍然盯着天窗说："啊！你真不知天高地厚！即使你能凭着苍蝇的小翅膀挣脱这可怕的罗网，你就以为可以到达光明了吗？算了吧！那更远一点的窗玻璃，那透明的障碍，那水晶似的墙壁，比青铜还硬，横挡在所有哲学和真理之间，你又怎能过得去呢？啊！科学的虚妄！曾有多少能人志士远道而来，像苍蝇一样飞舞着，结果碰得头破血流；又有多少体系一窝蜂撞上这永恒的玻璃！”

副主教倏然住口。后面这些想法使他不知不觉地又回到了科学上，似乎使他恢复了平静。雅克·沙莫吕向他问了一个问题，使他完全回到了现实中：“那么，先生，您什么时候来帮我造金子？我都快等不及了。”

副主教苦笑着摇摇头说：“雅克先生，去读读米歇尔·普塞鲁斯的书吧！能量对话与魔鬼法术[1]。我们眼下做的事并非清白无罪。”

“老师，小点声！我也是这么想的，”沙莫吕说，“但是我不过是个教会法庭的国王代诉人，每年只挣三十个图尔埃居，不搞点炼金行当怎么行呢？不过，我们必须小心说话才是。”

正在这时，从炉灶底下传来磨牙咀嚼的声音，引起了有疑心病的沙莫吕的注意，便问道：

“这是什么声音？”

原来是约翰躲在那里觉得烦闷，很不舒服，竟然找到一块干面包和一块发了霉的三角形奶酪，便毫不客气吃了起来，既作为安慰，又能当午餐。因为他饿极了，吃起来声音特别响，而且每一口都咬得很起劲，这就引起国王代诉人的警觉和警惕。

副主教连忙解释：“那是我的一只猫，正在嚼老鼠什么的。”

这一解释令沙莫吕感到满意。

他很有礼貌地笑了笑说：“倒也是，所有伟大的哲学家都有他们的宠物。您知道，塞尔维乌斯[2]也说过：守护神无所不在[3]。”

---

① 原文是拉丁文。

② 塞尔维乌斯是传说中的罗马国王。

③ 原文是拉丁文。

然而，克洛德先生担心约翰再弄出什么声响来，提醒他的得意门生说，还得去一起研究大门上的几个雕像呢。于是两人走出小屋。约翰深深喘了口气，他正非常担心，下巴骨在膝盖上快要压出印记来了。

六　当街骂七声，后果难预测

“我等赞美主！”[①]约翰从灶洞里爬出来，叫道，“两只夜猫子总算走了。噢唏！噢唏！阿克斯！帕克斯！玛克斯！跳蚤！疯狗！魔鬼！这种闲聊我听腻了！我脑子嗡嗡响，像被敲响的钟似的。还吃了发霉的奶酪！甭提了！赶紧下去，带上大哥的钱包，把里面的钱统统买酒喝！”

他向宝贝钱包投上温情而赞赏的一眼，整了整衣服，擦擦皮靴，把沾满炉灰的可怜袖子拍拍干净，打个呼哨，蹦起来一个原地转身，看看小屋里还有什么好拿的，从炉灶上顺手牵羊拿了个彩色玻璃护身符，好当作礼物，送给伊莎波·梯也里。他哥哥出于宽容到底，让房门开着，而他也调皮到底，推开门后仍让它敞着，然后像只小鸟，蹦蹦跳跳下了旋转式楼梯。

在昏暗的楼梯中，他和什么东西擦肩而过。那东西往后缩了一步，发出一阵哼哼声。他猜想大概是卡西莫多，感到非常滑稽，便一直笑到楼下，一直到广场上时还在笑。

到达地面时，他跺了跺脚说：“巴黎的石砌路面令人可敬可爱！可恶的旋转楼梯，就是雅各的天使也会爬得气喘吁吁的。我怎么想得出来，竟然钻进这个刺破蓝天的石头螺丝钻里面，难道是为了吃那块长胡须的奶酪吗！或是为了从一个天窗口看巴黎的所有钟楼吗！”

他走了几步，瞥见那两只夜猫子，即克洛德教士和雅克·沙莫吕

---

① 原文是拉丁文。

先生。他们正在赏析大门上的一尊雕像。他蹑手蹑脚地靠近他们，听到副主教轻声对沙莫吕说："是巴黎的纪尧姆叫人把约伯雕在这块边缘镶金的碧玉色石头上的。有约伯形象的这块点金石，也必须经受考验，做出牺牲，才能成正果，正如雷蒙·鲁勒所说：灵魂保存其特殊形式方能得救[①]。"

约翰说："这对我来说反正都一样，钱包在我手里。"

正在这时，传来一个粗大响亮的嗓门，在他身后骂骂咧咧。"天主的血！天主的肚子！天主个尿！天主的身子！别西卜的肚脐眼！教皇的名字！兽角雷电！"

约翰叫道："凭我的灵魂！这只能是我的朋友腓比斯队长。"

腓比斯这名字传到副主教的耳朵里时，他正在向国王代诉人讲解，说那条龙将尾巴藏在浴池里，从浴池里冒出青烟，露出一个国王的脑袋。他听到腓比斯这个名字，全身哆嗦了一下，不再说话，令沙莫吕惊愕不已。他转过身，见弟弟约翰站在贡德洛里埃家门口，正跟一个大个子军官说话。

这个军官确实就是卫队长腓比斯·德·沙朵佩先生。他靠在未婚妻家的墙角边，像异教徒那样破口大骂。

约翰拉着他的手说："哎呀，是腓比斯队长呀！您这股敬神的激情真令人赞叹！"

"兽角雷电！"卫队长回答道。

"您才兽角雷电呢！"学生回敬道，"哎，我说，文质彬彬的卫队长，这些美丽辞藻是从哪里冒出来的呢？"

"对不起，好哥们约翰，"腓比斯摇晃着他的手喊道，"奔跑着的马哪能突然停住呢？我还要野马奔腾般地大喊大骂。我刚刚从一帮假正经女人那里出来。每次从那里出来，我喉咙里就堵满了骂人的话，我得把它吐出来，要不我会憋死的。肚子和雷电！"

---

① 原文是拉丁文。

“去喝一杯，行吗？”学生问道。

卫队长听到这个建议，便安静了下来。

“我当然愿意，可身上没有钱。”

“我有哇！”

“是吗？快瞧瞧！”

约翰摆出庄严又简朴的架势，把钱包摊在卫队长的眼前。这时，副主教已经丢开了惊愕不已的沙莫吕，向他们走来，在离他们数步远的地方停住，盯着他俩。他俩正全神贯注地观看那个钱包，压根儿没注意到副主教到来。

腓比斯叫道：“约翰，钱包在您的口袋里，就像水桶里的月亮。看得见，摸不着，只有月亮的影子。老天有眼，我们打赌，里面装的是石子！”

约翰冷冷地回答道：“那好，我钱袋里装的全是石头！”

然后，二话不说，把钱袋里的钱币全部倒在附近的一块界石上，那股神气劲就像一个拯救祖国的罗马公民。

腓比斯惊叫道：“天哪，这是真的！瞧，全是盾币，大银币，小银币，图尔铜币，巴黎德尼埃，真正的鹰头里亚！我眼睛都看花了！”

约翰保持着尊严和冷漠。有几个里亚滚到了烂泥里，卫队长欣喜若狂，俯下身去捡。约翰把他拉住：“由它去，卫队长腓比斯·德·沙朵佩！”

腓比斯数了数钱，转身对约翰庄严地宣告：“约翰，您知道吗？一共是二十三个巴黎苏！昨晚您在割脸街打劫了谁呀？”

约翰将满头卷曲的金发向后一甩，眯着眼睛，不屑一顾地说：“人家有一个当副主教的傻瓜哥哥呢！”

“天主的角！”腓比斯叫道，“那么可敬的人啊！”

“去喝上两杯吧！”约翰说。

“到哪里去呢？”腓比斯说，“到‘夏娃的苹果’酒店去？”

“不，卫队长。就到‘老科学’酒店吧！‘老太太锯壶把’[1]，这是个连音字谜，我喜欢这名字。”

“去他妈的连音字谜吧，约翰！‘夏娃的苹果’里面酒好。再说，门口还有一棵向阳的葡萄，我在那里喝酒特别惬意。”

“那好，就去看夏娃和她的苹果吧！”学生说着，挽起腓比斯的胳膊，“顺便问一句，亲爱的卫队长，您刚才提到‘割脸街’是吧。这话太粗鲁。现在的人已经不那么野蛮了，管它叫‘割喉街’。”

两位朋友开始向“夏娃的苹果”酒店走去。不用说，他们先收拾起钱，而副主教则跟在他们后面。

副主教尾随他们，面色阴沉，惊恐不安。难道他就是腓比斯？自从和格兰古瓦谈话后，这该死的名字一直纠缠着他的每一个念头。他还不知道是不是他，但这毕竟是个腓比斯，这个充满魔力的名字就足以使副主教怀疑。于是他便悄悄地跟在这两个粗心朋友后面，怀着急切的焦虑，偷听他们说话，观察他们的一举一动。况且，要听清他们所说的一切也再容易不过了，他们说话声音那么高，一点也不怕过往行人大体知道他们的秘密话。他们谈论决斗、姑娘、酒壶、胡闹等等。

在一条街的拐角处，从附近的十字路口传来一阵巴斯克手鼓的声音。克洛德教士听见军官对学生说：

“雷电！快走！”

“怎么啦，腓比斯？”

“我怕让波希米亚姑娘看到。”

“哪个波希米亚姑娘？”

“就是有只山羊的小姑娘。”

“是爱斯美拉达？”

---

① 在法语里，“老”的阴性形式又意老太太，“科学”的读音拆成两段，意为锯壶把，连起来就成了“老太太锯壶把”。

“正是她，约翰。我总是记不住她那鬼名字。快走！她会认出我的。我不想让这姑娘在大街上跟我搭讪。”

“腓比斯，您认识她吗？”

说到这里，副主教见腓比斯冷笑了下，俯身凑近约翰的耳边，轻轻嘀咕了几句。接着，腓比斯哈哈大笑起来，晃着脑袋，显出得意的样子。

“此话当真？”约翰问。

“凭我的灵魂发誓！”腓比斯说。

“今天晚上？”

“今天晚上。”

“您能肯定她会来吗？”

“难道您疯了吗，约翰？这种事情还有什么可怀疑的？”

“腓比斯队长，您这位骑兵可真有福气！”

副主教听到了他们的全部谈话。他把牙齿咬得咯咯响。可以看出他浑身一阵哆嗦。他停了一会儿，靠在一块界石上，像喝醉了酒似的，然后又重新跟上那两个乐颠颠的混账小子。

当他追上他们两人时，他们已经改变了话题。他听到他们使劲高唱一首古老的歌谣：

小方块街的傻孩子，
被当作小牛犊绞死。

七 妖 僧

闻名的酒店“夏娃的苹果”坐落在大学城内，在圆盾街和首席律师街交角处。这是一个相当宽敞的大厅，位于一楼，非常低矮，上面有个拱顶，中央拱顶石由漆成黄色的粗大木头顶着；到处都是桌子，墙上挂着闪亮的锡制酒壶，酒客总是满座，挤满姑娘；临街一排玻璃橱窗，门口长着一棵葡萄，门上方钉着一块铁皮，哐当哐当直响；铁皮上画着一个苹果和一个女人。这块招牌历经风吹雨淋，已经锈蚀不堪，似风信鸡在一根铁钎上旋转，扫视着砌石街面。

夜幕降临，街口一片漆黑。酒店里点满蜡烛，远远看去灯火通明，犹如黑夜里的一座炼铁炉。从打破的窗玻璃后面传出碰杯声、吃喝声、咒骂声和吵闹声。大厅里热气腾腾，透过门面玻璃上的水汽，百来张模糊的面孔在蠕动，不时爆发出阵阵笑声。去办事的行人路过这喧闹的玻璃窗前，匆匆而过，不屑一顾。偶尔有那么个衣衫褴褛的小男孩踮着脚尖，趴在橱窗上，向酒店里叫喊，唱着当时嘲笑醉鬼的古老歌谣："酒鬼，酒鬼，酒鬼，去见鬼！"

然而，这时有一个人却不动声色，在吵闹的酒店门前徘徊，不断向里面张望，就像一个哨兵，一刻也不离开他的岗亭。此人穿着一件披风，遮到鼻子。这件披风，是他刚刚从"夏娃的苹果"酒店相邻的一家旧衣店里买来的，大概是为了抵御三月夜晚的风寒，但也许是为了遮住他的教士外套。他不时地停在镶有铅丝网的混浊玻璃窗前听听，看看，跺跺脚取暖。

终于，酒店门开了，这大概是他要等待的。两位酒客从里面走出来。从门缝里漏出的光线一时间映红了他们的快乐面孔。穿披风的男人立刻闪进街对面一个门洞里，观察动静。

"兽角和雷电！"两位酒客中有一人说，"马上就是七点，我约会的时间到了。"

他的伙伴操着不灵活的舌头，接过话头："我告诉您，我不住在坏话街，以恶言为家者可耻[1]。我的住所在约翰面包卷街约翰内斯面包卷

① 原文是拉丁文。

巷[①]。您要是说反了，那您就比尖角帽还尖角。谁都知道，骑过狗熊的人天不怕地不怕，而您的鼻子却歪向糖果，跟市立医院的圣雅克雕像一样。”

“约翰，我的好朋友，您喝醉了。”另一位说。

这一位摇摇晃晃地说：“您爱怎么说就怎么说，腓比斯，但是有人证实，柏拉图的侧影像条猎狗。”

读者无疑已经认出我们的两位好朋友，卫队长和学生。那位在黑暗中盯梢的男人似乎也认出他们，因为他在不紧不慢地跟着，学生走起路来东倒西歪，把腓比斯也弄得踉踉跄跄。不过卫队长酒量更大，脑子仍然非常清醒。穿披风的男人注意细听，把他们的谈话听得一字不落。

“您他妈的走直一点好不好，学士先生。您知道我该走了，到七点钟了，我要跟一个女人去幽会。”

“那您就丢下我好了，我看到了星星和火舌。您就像丹马丁城堡似的，都笑开花了。”

“约翰，我以奶奶的疣子发誓，您这样就太没道理。我问您，约翰，您的钱还有吗？”

“校长先生，没有错误，小肉店，小屠场[②]。”

“约翰，好朋友约翰！您知道我约了那个小妞，要在圣米歇尔桥头相会，而且我只能把她带到桥边的法卢代家，我得付那老婆子房钱。那个长白胡子的老婆娘不会给我赊账的。约翰，开开恩吧！难道我们把神父的钱包喝空了吗？您一个巴黎币也不剩了？”

“自信未虚度其他时光，这就是餐桌上最佳的最够味的调料。”[③]

“什么乌七八糟的东西，别胡扯！魔鬼约翰，告诉我，还剩一点

---

① 原文是拉丁文。

② 同上。

③ 典故，出自蒙田《随笔集》第三部。

零钱吗？看在天主的分上，给我一点！要不我就搜您的身，哪怕您像约伯是个麻风病，或像恺撒那样长一身癣我也敢动手。”

“先生，加利亚希街一头通向玻璃厂街，另一头通向织布街。”

“您说得对，我的好朋友约翰，我可怜的伙伴，加利亚希街，很好，太好了。但是，看在老天的分上，您醒醒。我只需要一个巴黎苏，这就能睡七个小时。”

“停下您的轮回曲，听我给您唱一段：

老鼠把猫都吃光，
阿拉城主换吾王；
大海无边又无际，
圣约翰日全冻上；
君不见那浮冰上，
阿拉百姓离故乡。”

“好了好了，反基督的学生，你会让你妈妈的肠子给绞死的！”腓比斯叫着，狠狠地推了一下醉了的学生。约翰顺着墙壁滑了下去，软绵绵地摔倒在威严的菲力浦·奥古斯丁铺设的砌石路面上。出于酒鬼们多少保留的兄弟般的同情心，腓比斯用脚翻动约翰，把他滚到一个穷人的枕头上。这是天意安排，在巴黎每块界石底下弃置的杂物，富人们轻蔑地称之为垃圾堆。卫队长将约翰的头枕在一个菜根堆成的斜坡上，顿时约翰就以美妙的男低音打起呼噜来。不过，卫队长内心的仇恨并未消除，就对睡熟的文人诅咒道：“如果魔鬼的车子从这里经过，把你捡去，那就活该！”说完径自走了。

穿披风的人一直跟着他。这时，他走到卧睡的学生面前停住，似乎有些犹豫不决，然后深深地叹了口气，离开学生跟上了卫队长。

约翰在仁慈的星光照看下睡大觉，这且搁下不说，请读者和我们一起跟在他们后面吧。

走进圣安德烈拱廊街时，卫队长腓比斯发现有人在跟踪他。他不时地回头张望，看见一个黑影在他后面贴着墙壁前行。他停，黑影也停。他走，黑影也走。但这倒不太令他担心。他自言自语说："管他呢，反正我没钱。"

来到奥坦学院前面时，他停了下来。就是在这所学院里他开始了他所谓的学业。他曾经是位调皮的学生，就是到了现在还保留了一种习惯，即每当他从学院门口经过时，大门右边那位红衣主教彼埃尔·贝特朗的雕像总要受点侮辱，也就是贺拉斯讽刺诗里普里亚普斯曾痛苦地抱怨过的侮辱：余曾为无花果树干[①]。他每次踢得都很起劲，雕像下的铭文中的高卢人主教[②]差不多被他擦掉了。这次他照例在雕像前停下。街上空无一人。当他迎风而立，漫不经心地重系他的鞋带时，发现那黑影正缓步向他走来，走得很慢，使他完全有时间看清楚，那人身穿风衣，戴着帽子。来到他身边后，那黑影站立不动，胜过红衣主教贝特朗的雕像。然而，这个黑影的两只眼睛死死盯着腓比斯，闪烁着猫的瞳孔夜间发出的光芒。

卫队长生性勇敢，本不在乎个把手握长剑的蟊贼，但这尊行走的石像，这个石化的人令他毛骨悚然。当时盛传妖僧的故事，说是有个妖僧夜间在巴黎街头游荡。腓比斯模模糊糊地想起此事，不由得惊呆了一会儿。最后他终于强装镇静，笑着开了口：

"先生，如果您如我所料，是个强盗的话，您抢劫我就如鹭鸶啄核桃，一无所得。尊敬的先生，我是破落户子弟。您还是到别处发财去吧！就在这座木结构学院的小教堂里，有一个货真价实的十字架，全用银子做成。"

黑影从他的披风下面伸出一只手，猛然抓住腓比斯的胳膊，犹如

---

① 原文是拉丁文。

② 同上。

鹰爪攫物。同时，黑影开口说话："腓比斯·德·沙朵佩队长!"

"见鬼！您知道我的名字?"腓比斯说。

"我不光知道您的名字，"穿披风的人说，声音好像来自坟墓，"我还知道您今晚有个约会。"

"对呀。"腓比斯回答，惊讶不已。

"是七点钟。"

"一刻钟以后。"

"在法卢代老婆子家。"

"千真万确。"

"是那个在圣米歇尔桥边开客店的。"

"照经文上说，是大天使圣米歇尔。"

"色鬼!"黑影低声咒骂，"跟一个女人约会。"

"余承认。"①

"她叫……"

"爱斯美拉达。"腓比斯轻飘飘地说。他的戒心逐渐消除。

听到这个名字，黑影的鹰爪使劲摇晃腓比斯的胳膊。

"腓比斯·德·沙朵佩队长，你撒谎!"

此时，卫队长满脸涨红，猛地向后一跳，挣脱了握住他的铁钳般的手，傲慢地伸手握住剑把。面对这般怒气，穿披风的人却纹丝不动，一身阴气。谁见了这般情景都会吓破胆的，仿佛是唐璜与情敌石像间的一场搏斗。

卫队长叫道："基督和撒旦！这种诽谤的话我沙朵佩耳朵里还没怎么听到过！你敢再说一遍!"

"你撒谎!"黑影冷冷地说。

卫队长牙齿咬得咯咯响。什么妖僧，什么幽灵，什么迷信，这时都一起抛在了脑后。他眼里只有一个人和一次侮辱。

---

① 原文是拉丁文。

“嘿！好极了。”他气愤得嗓音哽塞，说话结结巴巴，因为人在生气时和害怕时一样会发抖。他拔剑出鞘，颤抖着说：“就在这里，马上出剑！快！出剑！出剑！血洒街面！”

然而，对方却一动不动。当他看到对手摆开架势，准备自卫时，他说：“腓比斯队长，您忘记约会了。”声调中带着无限的痛苦。

腓比斯这样的人发脾气就像烧开的奶油羹，一滴凉水就能把它压下去。就这么一句简简单单的话，使他放下了寒光闪闪的剑。

那人接着说：“卫队长，明天，后天，一个月后，十年以后，只要您给我碰上，我就割断您的喉管！不过现在您先去赴约吧。”

“这倒也是，”腓比斯说，似乎在给自己找台阶下，“在一次约会中既碰到剑，又有姑娘，可谓好事成双；没有道理为了一个而丢弃另一个，何不两者兼得？”

他把剑重新插入剑鞘。

“快去赴您的约会吧！”陌生人又说。

“先生，您那么彬彬有礼，非常感谢。”腓比斯的回答不免有点尴尬，“确实，放到明天也不迟，到时咱俩再厮杀，把亚当老爹给我们的这身皮戳它个千疮百孔。我感谢您允许我再过上快活的一刻钟。我真想立刻把您捅倒在水沟里，而且还赶得上与美人作乐，尤其因为在幽会时让女人等一等更显风度。不过，我看您也是一条好汉，把这场比武留到明天更为保险，这您也清楚。”说到这里，腓比斯挠挠耳朵，“哎呀，糟糕！我身上一个子儿也没有，付不了那破屋子的租金，那死老婆子又要人先付钱。她对我不太信任。”

“喏，拿去付房钱吧！”

腓比斯感到陌生人那冰冷的手往他手里塞了一枚大钱币，他不由自主地接住钱，并握了握这只手。

他叫道：“今天真走运！您真是个好孩子！”

那人说：“只有一个条件，就是您必须证明我错了，而您说得对。请您把我藏在一个角落，让我看看那个女人是不是您说出名字的那一位。”

腓比斯回答说：“哎，我无所谓。我们借用挂着圣玛特像的那个房间，您可以待在旁边的狗窝里，想怎么看就怎么看。”

“那么走吧！”黑影说。

“为您效劳。”卫队长说，“我不知道您是否就是魔鬼的化身。但今晚先让我们做好朋友吧！明天，我将还清一切债务，钱和剑一起还。”

他们重新快步行走。过了几分钟，河水声告知他们已经到了圣米歇尔桥上，当时桥上房屋很多。腓比斯对他的伙伴说：“我先带您进去，然后去找我的美人，她应该在小城堡附近等我。”

那个伙伴没有答话。自从他们并肩而行后，他就一直没开口。腓比斯来到一扇矮门前停下，使劲敲门。一丝光亮从门缝里透出来。

“谁呀？”一个牙齿漏风的声音问道。

“天主的身子！天主的头！天主的肚子！”卫队长回答道。

门立即开了，来人看到门里站着一个老太婆，手里一盏老油灯，这两个老家伙都在发抖。老太婆弯腰曲背，衣衫褴褛，脑袋左右晃动，一双细眼深深凹陷，头上扎着一块破布，手上、脸上、脖子上尽是皱纹；她的嘴唇退缩在牙龈上，嘴巴四周长着一撮撮白毛，看上去一副假装慈悲的猫面孔。房屋里面跟她本人一样破烂。白垩的墙壁，顶棚上的檩条黑乎乎的，一个散了架的壁炉，所有角落都布满蜘蛛网。破屋中央有一堆摇晃的桌子和缺腿的凳子，一个肮脏的小孩在灰堆里玩；最里边有一个楼梯，实际上是一架木头梯子，通向顶棚上的一个盖板洞。在进入这个猪窝似的场所时，腓比斯的那位神秘的伙伴就把风衣拉到眼睛边。尽管如此，卫队长一边破口大骂，一边赶忙“让一个埃居阳光灿烂”，正如令人敬佩的雷尼埃所形容的那样。

“圣玛特房间。”他说。

老太婆把他当作老爷侍候，随即把那枚埃居塞进抽屉。这枚金币就是穿黑披风的男人给腓比斯的那一枚。她刚转过身，那个披头散发、破衣烂衫、在灰里玩耍的小男孩机警地靠近抽屉。他从抽屉里偷出那个埃居，又从柴火棍上扯下一片干树叶放了进去。

老太婆称他们两位为老爷，向他们招手，示意跟她走。她自己先上梯子，爬到上面一层，把油灯放在一只木箱上。腓比斯是常客，便走过去打开一扇门，露出一间黑漆漆的破房间，然后对他的伙伴说："亲爱的伙计，请进去吧！"穿披风的男人也不答话，顺从地钻了进去。门随即关上。他听见腓比斯在外面插好门闩，过了一会便和老太婆一道下了梯子。灯光一下消失了。

八　临河窗子的用途

想必读者比腓比斯聪明，早看出在这场奇遇中的克洛德·弗洛罗副主教就是妖僧。克洛德·弗洛罗在被卫队长反锁的黑暗小屋中摸索了一会。这是建筑师时常在屋顶和承重墙的交接处留下的那种角落。它的纵剖面好似一个三角形，腓比斯把它称为狗窝倒也恰如其分。另外，小屋里既无窗户也无天窗，倾斜的屋顶使人无法站立。克洛德只好蹲在灰尘和剥落的石灰里，他一踩，这些东西便压得粉碎。他的头发烫，他在身边摸索到一块碎玻璃，便把它贴到额头上，一丝凉气使他稍微舒服了些。

这时副主教幽暗的心灵中究竟发生了些什么？只有天主和他自己方能知晓。

在副主教的脑子里，是按照什么样的次序来摆正下面这些人和物的关系的呢？爱斯美拉达，腓比斯，雅克·沙莫吕，被他抛弃在污泥里的心爱的弟弟，副主教的法衣，也许还有在法卢代家败坏的名声，对这所有形象，这一切遭遇，他是怎么想的呢？我可无法说清。但有一点可以肯定，这些想法在他灵魂深处搅成了可怕的一团。

他等了一刻钟，但觉得似乎过了一个世纪。突然，他听到木头梯子嘎吱作响，有人上来了。楼梯盖板给掀开，又出现了灯光。在小屋那虫蛀的门上有一道很宽的缝隙，他把脸贴了上去。这样，他就可以看清楚隔壁房间里发生的一切。猫脸老太婆首先从盖板洞口钻出来，手里掌着灯；紧跟其后的是腓比斯，边走边捻着胡子；第三个出来的正是爱斯美拉达那美丽优雅的面孔。教士见她从地下出来，犹如光彩夺目的仙女。克洛德浑身一抖，眼前出现了一片云雾，周身血管在蹦跳，只觉得天旋地转，一片轰鸣。他两眼一黑，便什么也听不见了。

当他苏醒过来时，看见房间里只有腓比斯和爱斯美拉达两人。他俩坐在大木箱上，旁边放着一盏灯。灯光下，副主教看见两张年轻的面孔，在破屋的另一端摆着一张简陋的床。

床的旁边有一扇窗，上面的玻璃像张被雨打破的蜘蛛网，残缺不全。透过那破损的网孔，可以看到一角天空，远方一轮落月横卧在软如丝绒的云彩上。

年轻姑娘满脸通红，手足无措，呼吸急促。长长的睫毛下垂，在紫红的脸颊上投下阴影。她不敢抬眼去看容光焕发的军官，而是机械地以笨拙中不乏优美的动作，伸出手指，在凳子上画着不成形的线条，双眼一直盯着手指。她的脚无法看到，因为小山羊坐在上面。

卫队长打扮得仪表堂堂，他的领子和袖口上挂着金银穗束，这在当时最合时髦。

克洛德教士热血奔腾，太阳穴跳得轰轰作响，费很大劲才能听清他们在说些什么。

（其实，他们所谈的无非是平庸的卿卿我我，反复念叨着的我爱你之类的话，要是不配上点“装饰音”，在不相干的旁人听来，这种乐句非常单调，平淡无味。然而克洛德可不是无关的旁听者。）

“啊，”姑娘说，眼睛仍没有抬起，“腓比斯老爷，请别看不起我。我知道我做的事不好。”

“看不起您，美丽的小宝贝！”军官回答说，摆出温文尔雅和敬重女性的神态，“看不起您，天主的脑袋！为什么？”

“因为我一直缠着您。”

“要说这个嘛，我的美人，我跟您想得并不一样。我不应该看不起您，应该恨您。”

姑娘惊愕地看着他。“恨我！我做错什么了吗？”

“您让我央求得好苦啊！”

她叹道：“这是因为我要违背所许的愿，将找不到我的父母，护身符会失灵。不过这又算得了什么呢？我现在还需要父母干吗？”

她这么说着，看着卫队长，一双黑黑的大眼睛充满了快乐与温馨的泪水。

“我要是知道您心里是怎么想的，真成了妖魔了。”腓比斯叫道。

爱斯美拉达歇了一会没说话，然后眼睛里滚出泪花，嘴里叹着气说：“啊，老爷，我爱您。”

姑娘周身散发着一种纯洁的芳香，显出童贞的魅力，使得腓比斯在他身边觉得不太自在。但听了这句表露爱情的话后，胆子便大了起来。“您爱我！”他欣喜若狂地说，立即伸出胳膊搂住埃及姑娘的腰。他等待的就是这个机会。

教士看到这里，用手指尖试了试掖在胸口的匕首锋刃。

波希米亚姑娘轻轻挣脱卫队长紧箍她腰带的双手，说道：“您人好，豪爽又英俊。我不过是个流落在波希米亚的可怜孩子，您却挺身救了我。很久以前我就梦见过一位军官救了我的命。我的腓比斯，在没有认识您之前我就梦见了您。我梦中的人跟您一样，整齐的军服，相貌英俊，身挂长剑。您叫腓比斯，多好听的名字！我喜欢您的名字，喜欢您的长剑。腓比斯，把剑拔出来，让我看看。”

“真是个孩子！”卫队长笑着抽出长剑。埃及姑娘看看剑把、剑身，露出可爱的好奇心。她仔细查看护手上的编号，吻了吻剑对他说：“这是一位勇士的佩剑。我爱我的卫队长。”

腓比斯再次趁机在她低垂的颈项上吻了一下，姑娘猛地伸直身子，脸红得像熟透的樱桃。教士见状在黑暗中咬牙切齿。

埃及姑娘接着说："腓比斯，您听我说。您走几步，让我看看您的全身，听听您的马刺声响。瞧您多么英俊！"

卫队长站起身来向她讨好，面带得意的笑容责备道："您真是个孩子！顺便问一下，美人儿，您见过我穿庆典礼服的样子吗？"

"可惜还没有。"她回答道。

"那才叫漂亮呢！"

腓比斯回来坐到她身边，比刚才挨得更近了。

"听我说，亲爱的……"

埃及姑娘用美丽的手轻轻拍打他的嘴，像淘气的孩子兴奋不已，充满着欢乐和娇柔。"不，不，我不要听您说。您爱我吗？我要您告诉我您是否爱我。"

"还用得着说吗，我终身的天使！"卫队长喊着半跪了下来，"我的肉体，我的血液，我的灵魂，一切都是您的，一切都为了您。我爱您，从来只爱您。"

卫队长曾在类似的场合多次说过这样的话，所以便一口气背了出来，没有丝毫差错。听到这样的表白，埃及姑娘抬眼望着肮脏的屋顶，仿佛那就是苍天，目光中洋溢着天使般的幸福。她喃喃地说："啊，要是这时候死去该多好！"卫队长觉得"这时候"正好可以再偷一个吻。可怜的副主教在那角落里又要如煎似熬了。

情欲冲动的卫队长喊道："死去！美丽的天使，您都说些什么呀？这正是该活着的时候，否则朱庇特只是个顽童。美事儿才刚刚开始就死去，牛角！开什么玩笑！不是这样。听我说，亲爱的西米拉……爱斯墨娜达……对不起，您这个名字太像萨拉森人，我怎么也念不出来。就像一个刺丛，把我缠得不能动弹。"

"我的天主，"可怜的姑娘说，"我还以为这个别致的名字很好听呢！既然您不喜欢，您就叫我戈通好了。"

"嗳，我的美人，别为这点小事伤心了。这个名字，我得慢慢习惯，仅此而已。等我记住后也就顺口了。听着，亲爱的西米拉，我爱您入迷。我真正地爱您，这事可真神了。我知道有个小妞会气得发疯的。”

姑娘嫉妒起来，打断他的话说：“她是谁？”

腓比斯说：“这关我们什么事？您爱我吗？”

“噢！……”她说。

“那好，这就够了。您会看到我是多么爱您。我如果不能使您成为世界上最幸福的人，那就让大海鬼奈普图鲁斯把我叉死。我们将在某个地方建立一个漂亮温馨的小家。我要让我的弓箭手们在您的窗下列队而过。他们都骑着高头大马，活活气死米尼翁队长的部下。我们还有尖枪手、短铳手、长铳手。我会带您去吕利谷仓看巴黎人的那些大鬼怪，好看极了。那里有八万只头盔，三万副银白色马具、战衣或胸甲，六十七面各行各业的旗帜，还有大理寺、审计院、包税人金库、铸币助理等处的旗帜；总之，是魔鬼的全套行头！我还要带您去看国王行宫的狮子，全都是猛兽。所有女人都喜欢这个。”

已有好一阵，姑娘沉浸在令人陶醉的想象中，只听他的嗓音，而不去管他言语的意思。

“啊！您会多么幸福啊！”卫队长继续说，同时，他轻轻解开埃及姑娘的腰带。

“您这是干什么？”她急切地说。这种“动手动脚”使她从幻想中清醒过来。

腓比斯说：“没什么。我只是说以后我们在一起的时候，您应该把这身街头卖艺的轻佻服装脱掉。”

“当我和你在一起的时候，我的腓比斯！”姑娘温柔地说。她又变得默默无语、神游天外了。

卫队长见她这般温顺，胆子更大了。他一把搂住她的腰，见她没有反抗，便动手解开可怜姑娘胸衣上的带子，弄出轻微的声响，然后猛力拉开姑娘的抹胸。教士屏住呼吸，看到从白纱罗下露出波希米亚姑娘那浑圆而微褐的肩膀，酷似一轮满月从天边雾霭中升起。

姑娘任凭腓比斯动手动脚，她似乎并未觉察。得意忘形的卫队长眼睛里直冒欲火。

突然，姑娘转向他，怀着无限深情说道："腓比斯，教我加入你的宗教吧。"

卫队长听了哈哈大笑说："我的宗教！我，让我带您进我的宗教！兽角雷电！您为什么要进我的宗教？"

"为了能和你结婚。"她回答说。

卫队长的脸上露出复杂的表情，他既惊讶，又蔑视，既不在乎，又淫心大发。他说："是吗，还要结婚？"

波希米亚姑娘的脸变得煞白，把头垂在胸前，神情无比忧伤。

腓比斯温柔地对她说："我心爱的美人，别犯傻劲，结婚有什么了不起！没到教士店铺里去吐几个拉丁字，难道我们就不相爱了吗？"

他一边说着甜言蜜语，一边故意靠近埃及姑娘的身边，两只温存的手又放回原位，搂着纤细而灵巧的腰身，眼里的欲火越来越旺。一切预示着腓比斯先生显然到了那一时刻，连朱庇特自己也会干下许多傻事的那一刻，迫使好心的荷马唤来云彩给他遮丑。

然而，克洛德教士目睹了这一切。门是用已经腐烂的桶板做的，板与板之间缝隙很大，教士那老鹰般的目光正好从中穿过。这位皮肤褐色、肩膀宽大的教士，至此一直过着修道院中清苦的禁欲生活，面对着眼前这男欢女爱的销魂良夜，不由得全身发抖，内心若焚。那年轻美丽的姑娘解衣敞怀，委身于这位欲火旺盛的年轻男人，他见了顿觉血管中流动着熔化的铅水。他体内爆发着异常的冲动。他的眼光投向一根根被解下的别针，充满淫欲和嫉妒。此时，谁若见了这位不幸者贴在腐烂门板上的面孔，准会以为是一只老虎被关在笼子里，眼巴巴看着豺狼吞食羚羊。他的眼珠喷出火光，如同门缝里面有支蜡烛在燃烧。

突然，腓比斯手脚敏捷地拉下埃及姑娘的抹胸。可怜的孩子，刚才还在幻想，这时脸色苍白，一下惊醒过来。她突然推开胆大妄为的军官，看了一下自己袒露的前胸和肩膀，满脸通红，不知所措，羞愧得不敢说话。她将两只美丽的胳膊交叉在胸前遮住双乳。如果不是她脸上泛着红光，她这样默默不语，一动不动，人家会以为是一尊处女含羞雕像呢！她的眼睛仍然看着地上。

然而，卫队长那一扯，露出了她戴在脖子上的神秘的护身符。“这是什么东西？”他抓住这个借口，向刚刚被他吓跑的美丽姑娘凑了过去。

姑娘急忙回答：“别碰它！这是我的守护神。如果我守身如玉，它就会帮我找到亲人。啊！请放开我，队长先生！我的母亲！我可怜的母亲！我的妈妈！你在哪里？救救我！求求您了，腓比斯先生！把抹胸还给我！”

腓比斯向后退了一步冷冷地说：“嘿，小姐！我看您并不爱我！”

“我不爱你！”可怜又不幸的孩子叫道。同时，她让卫队长坐在她的身旁，搂住他的脖子说：“我不爱你，我的腓比斯！你真坏，你都说了些什么呀，想把我的心撕裂吗？啊！行了！把我拿去，一切都拿去！你爱拿我怎样就怎样吧。我是属于你的。护身符算什么！妈妈又算什么！既然我爱你，你就是我的妈妈。腓比斯，我心爱的腓比斯，你看到我了吗？是我，你看看我。我就是那个你不嫌弃的小姑娘，她来了，她自己找你来了。我的灵魂，我的生命，我的肉体，我的整个人，这一切东西都属于你，我的卫队长。那好，既然你讨厌，我们就不结婚。再说，我是什么样的人？一个沦落街头的不幸姑娘。而你，我的腓比斯，你是贵族。真是做美梦！一个街头舞女要嫁给一个军官！我八成是疯了。不，腓比斯，不，我就做你的情妇，你的玩物，供你取乐，什么时候都行。我是属于你的一个姑娘，我命该如此，受侮辱，遭蔑视，坏掉名声，但这算什么？只要被你爱就行。我将是最自豪、最快乐的女人。哪一天我老了，变丑了，腓比斯，当我已经不配爱您的时候，老爷，请您还让我伺候您。让其他女人给您刺绣肩带，而我这个女仆就给她们当下手。让我给您擦马刺，刷衣服，掸掉马靴上的灰尘。我的腓比斯，您会有这样的怜悯心的，是吧！在这以前，你拿我去吧！来，腓比斯，这一切都属于你，只要你爱我就行了。我们埃及女人，我们只要这个，只要空气和爱情！”

她这样一边说，一边用双臂搂住军官的脖子。她以乞求的眼神仰视他，挂满泪珠的脸上露出嫣然笑容。她那纤嫩丰满的胸脯在军官的粗呢上衣和粗硬刺绣上摩擦。她在他腿上扭动着半裸的身体。卫队长已经如痴如醉，将滚烫的嘴唇贴在她那微黑的美丽肩膀上。姑娘的眼睛凝视屋顶，身子向后仰去，被吻得抖抖瑟瑟，胸口突突直跳。

突然，在腓比斯的头顶上，她看到另一个人的脑袋，一张苍白的、泛绿的、痉挛的脸，一道魔鬼似的目光。就在这张脸的旁边，有一只紧握匕首的手。这就是教士的脸和手。他破门而出，现在就在这里。腓比斯无法看见他。姑娘吓得呆了，浑身冰冷，在这魔影之下叫不出声来，就像一只鸽子刚抬头，猛见一只老雕用那圆圆的眼睛盯着它的巢穴。

她甚至喊一声也做不到。她看着匕首刺向腓比斯，拔出来时血沫四溅。“该死！”卫队长喊了一声便倒在血泊中。

埃及姑娘昏迷了过去。

在她即将闭上眼睛、神志已经变得模糊不清时，她似乎觉得嘴唇被火灼了一下，那是一个滚烫的吻，比刽子手的烙铁还要烫人。

待她恢复知觉，她看到四周全是巡防士兵，正把倒在血泊中的卫队长抬出去。教士已经不见踪影，房间尽头朝河的窗子大开着，有人捡到一件披风，以为是军官的。她听见周围的人在说：“这是个女巫，是她刺杀了卫队长。”

第八卷

一　埃居变成枯叶

格兰古瓦和整个奇迹大院整日提心吊胆。足足一个月来，他们不知道爱斯美拉达遇到了什么事情。这事使埃及公爵和他的无赖汉朋友们感到非常忧伤。小山羊也没有了下落，使得格兰古瓦痛苦倍增。一天晚上，埃及姑娘失踪了，从那时起，再也不知道她是死是活。四处寻找都没有结果。几个街头痞子告诉格兰古瓦，那天晚上他们在圣米歇尔桥附近见到她正和一个军官在一起。但是这位接受波希米亚式婚姻的丈夫是个不轻信的哲学家，况且，他比任何人都清楚他的妻子守贞节到了何等地步。他也曾经领教，由护身符和埃及姑娘合成的双重贞节，其结果就是守身如玉，坚不可摧。他曾经用数学计算过这种贞操产生的抗拒力的二次幂。在这一方面，他是一百个放心。

因此，他无法解释这次失踪。这件事成了他的心病。若不是他已经骨瘦如柴，他还会继续消瘦下去。为此，他把一切都忘了，连他的文学爱好，他的伟大作品《论规则与非规则修辞》[1]也忘了。他曾计

① 原文是拉丁文。

划，一旦有了钱就将这部巨著付印。自从见了雨格·德·圣维克多的《论学识》[①]用著名的斯比尔字体出版后，他一直念叨着要如法炮制。

一天，他满脸忧愁经过刑事庭门口，瞥见司法宫的一个门前挤满了人群。

“出了什么事?”他向一个从里面走出来的年轻人问道。

年轻人回答说:“先生，我不知道。听说是审讯一个女人，她杀了一名近卫骑兵。这里面好像有什么巫术，所以主教和宗教法庭审判官都插手了此案。家兄是若萨副主教，他一辈子管此类案子。我来找他说话，可人太多，没能找到他。我着急死了，因为我需要钱。”

格兰古瓦说:“唉，先生，我倒是很愿意借钱给您，只不过，假如短裤捅了窟窿，那绝对不是埃居戳破的。”

他没敢告诉年轻人自己认识他的副主教哥哥。自从上次教堂里见面后，他再也没去找他，此种疏漏令他难堪。

学生径自走了。格兰古瓦跟着人群登上楼梯，走向大厅。他认为，没有什么比刑事审讯更能消忧解愁的了。因为法官们通常愚蠢得让人发笑。他混杂在人群中，人们来来往往，摩肩接踵，悄然无声。一条阴暗的长廊在司法宫里盘旋，犹如这古老建筑的肠道。他往前挤，经过漫长而无味的一大段路后，终于来到一扇矮门前，里面是一个大厅。仗着个头高，他得以从滚滚波动的人头顶上往里看。

大厅很宽敞，但非常阴暗，这使它显得更宽敞。天色将晚，从长长的尖拱窗子里透进的微弱光亮，在到达大厅拱顶前就消失了。拱顶上雕花的横梁构成巨大方格，上面的千万尊雕像似在黑暗中隐约蠕动。已经点亮几支蜡烛，放在桌子上，照亮了那埋在纸堆中的录事们的脑袋。大厅的前半部被听众占据，左右两边的桌前坐着穿法官服的人。尽头处是审讯台，坐着几排审判官，最后面几排隐没在黑暗中。

① 原文是拉丁文。

他们个个绷着脸，阴森可怕。墙上绘着无数的百合花。法官们头顶上有幅巨大的基督像隐约可见，到处都是手持长矛的士兵，烛光照着，戟端矛尖闪烁朵朵火花。

格兰古瓦向旁边一个人问道："先生，这么多人坐在那里，跟开主教会议似的，发生了什么事？"

那人答道："先生，右边是大法庭评议官，左边是审讯评议官，教士老爷穿黑袍，法官大人穿红袍。"

格兰古瓦又问："在他们上边，那个满头大汗的红袍胖子是谁？"

"那是庭长先生。"

"他后面这群绵羊，又是什么人？"格兰古瓦继续问道。我们已经说过，格兰古瓦先生不喜欢法官。原因也许是上次在司法宫里，他的悲剧惨遭冷遇，对此他仍耿耿于怀。

"他们是御前审议官老爷。"

"他前面这头野猪是谁？"

"高等法院的录事先生。"

"右边这条鳄鱼呢？"

"菲力普·勒里埃先生，是国王的特别监诉官。"

"左边那只黑猫，肥肥的，是谁？"

"雅克·沙莫吕先生，教会法庭的国王代诉人，还有宗教法庭的老爷们。"

"噢，是吗？"格兰古瓦说，"这么多活宝在这里干吗？"

"他们在审理案子。"

"在审谁呢？我没看到被告。"

"被告是个女人，先生。您看不到她的。她背冲着我们，而且被人群挡住了。您瞧！她就在那一堆长槊里面。"

格兰古瓦又问："这妇人什么来历？您知道她的名字吗？"

"不知道，先生，我也是刚刚到的。我只是猜测案情与巫术有关，因为宗教法庭也参加审判。"

我们的哲学家说："好！我们又可以看到这帮袍子先生吃人肉了。这场戏跟以往的没有两样。"

那人评论说："您不觉得沙莫吕先生看上去很和善吗？"

格兰古瓦答道："哼！我才不信那尖鼻子、薄嘴唇的和善呢！"

说到这里，旁边的人责令这两位停止闲聊。法庭正在听取一份重要证词。

"各位大人，"大厅中央有位老太太在说话，她的脸埋在衣服里，整个人看来好像一堆活动的破布，"各位大人，这事全是真的，就像我是法卢代老婆子一样千真万确。我在圣米歇尔桥开店已有四十个年头，规规矩矩上缴房租税、土地税和年贡。我家的门正对着塔散·卡雅尔的房屋，就是那个洗染匠，他住在河的上游……我现在是个可怜的老太婆，但从前也是位漂亮姑娘，各位大人！这几天有人对我说：'法卢代老太太，晚上纺线别纺得太迟，魔鬼喜欢用它的犄角来梳老太婆的纺锤。可以肯定，去年在寺院一带横行的妖僧，现在又来到旧城游荡。法卢代老太太，当心它来敲您的门……'那天晚上，我正在纺线，果真有人来敲门。我问是谁，外面就骂开了。我打开门，两个男人走了进来。一位穿黑衣的和一位漂亮的军官。那穿黑衣的只露出两只眼睛，红红的像两只火球。其余地方，都被披风和帽子挡得严严实实。他们对我说：'圣玛特房间。'这是指我楼上那间客房，各位大人，那是我店里最干净的房间。他们给了我一个埃居。我把这枚埃居放在抽屉里，心里还盘算着：明天我可以带上它到凉亭边的剥皮场买点牛羊下水吃。然后我们就上了楼。来到楼上房间后，我刚一转身，那个黑衣人就不见了，当时真把我吓了一跳。军官倒是一表人才，像位大贵人，他跟我一起下了楼，然后走了出去。约莫纺了一小支线的工夫，军官又折了回来，这回带来一位漂亮姑娘，简直像是个娃娃，要是梳洗整齐，准会像太阳那样光彩夺目。那姑娘带来一只公羊，一只大公羊，是黑是白我记不清了。我当时就犯疑。姑娘嘛，这倒没什么，可那公羊！……我不喜欢这类牲口。它们长着胡子和角，样子像男人。再说，这玩意带着一股妖气。不过我还是没说什么。人家付了钱。这挺公道是不是，法官先生？我把卫队长和姑娘带到楼上房间，就让他俩单独留下，也就是说，公羊也留在那里。我下了楼，又重新纺起线来。我得说明一下，我的房子有上下两层，房子后面是河，这跟桥上的其他房子一样，一楼的窗户和二楼的窗户都对着河面……我纺着纺着，也不知怎么的，那公羊老让我想起可怕的妖僧，还有，那姑娘的打扮也真有点妖气十足。突然，我听到楼上一声惨叫，有样东西倒在方砖地上，同时听见开窗的声音。我赶紧跑到我楼下的窗户跟前，只见一个黑乎乎的东西从我眼前一晃而过，掉进水中。那是一个身穿教士外衣的鬼魂。那天有月亮，我看得清清楚楚。它正向旧城方向游去。那时，我吓得浑身发抖，赶紧叫来巡防队。那些个巡防兵进来后，起初没有弄清楚怎么回事，又正在兴头上，便把我打了一顿。等我向他们解释清楚后，我们一起上了楼。楼上的景象惨不忍睹，我那可怜的房间到处是血，卫队长直挺挺躺在地上，脖子后面插着一把匕首，姑娘在装死，那头公羊吓得什么似的。我心想，这下完了。我得花上半个多月来擦洗地板。那得慢慢擦刮，累死人了！……军官被抬了出去，可怜的年轻人！姑娘上身一丝不挂，也被抬走了……还有，请等一等。最糟糕的是第二天，我想起拿那枚埃居去买下水，发现抽屉里是一片枯树叶。”

老太婆打住话头。听众席传来一阵阵恐怖的低语声。格兰古瓦身边的一个人说：“这鬼魂和这公羊，一切都有股妖术的味道。”另一个人则说：“还有那片枯树叶！”第一个人接着说：“毫无疑问，这是个女巫，她跟妖僧串通一气，专门抢劫军官们的财物。”格兰古瓦本人也觉得，整个事件八成是真的，多可怕呀！

这时，庭长庄严地问道：“法卢代老太太，您还有什么要向本庭陈述的吗？”

老太婆回答说：“大人，其他没有了。就是起诉书上说，我的客店东倒西歪，臭气扑鼻，这说得太过分了。桥上的房子大都不太雅观，因为人太多。不过，连卖肉的都肯住在那里，他们可是些有钱人，还讨了漂亮干净的女人做老婆呢。”

被格兰古瓦看成为鳄鱼的法官站起身来说：“肃静！我请各位大人不要忘记，在被告身上搜出了一把匕首。法卢代老太太，您是否把那片枯叶带来了？就是魔鬼给您的埃居变成的枯叶？”

“是的，大人，”她回答说，“我找到了，在这里。”

一名执达吏把枯叶递给鳄鱼，鳄鱼阴森森地点点头，把它呈交给庭长，庭长又把它交给宗教法庭国王代诉人。枯叶就这样在大厅里转了一圈。雅克·沙莫吕先生说：“这是一片白桦树叶，是妖术的又一证据。”

一名评议官发言说：“证人，两个男人同时去了您家。一个是黑衣人，起先您发现他消失了，后来又看见他穿着教士衣服在塞纳河里泅水；另一个是军官。那么是谁给了您埃居的？”

老太婆想了一会说：“是军官给的。”人群中一阵骚动。

格兰古瓦想：“瞧！这下我的判断也被动摇了。”

然而，国王特别监诉官菲力普·勒里埃再次发言。“我提醒各位先生注意，被害军官在床前笔录证词中说：那位黑衣人和他搭话时，他就隐约感到，此人很可能就是妖僧。他还说，这个鬼魂竭力催促他去和被告约会。卫队长表示他身上没有钱时，鬼魂就给了他一个埃居，军官就是用这枚埃居付给法卢代房钱的。因此，这枚埃居是冥币。”

这一结论性陈述，似乎打消了格兰古瓦的一切怀疑。其他持怀疑态度的听众也深信不疑了。

国王特别监诉官坐下来补充道：“诸位手上都有证据卷宗，可以核对腓比斯·德·沙朵佩的证词。”

听到这个名字，被告站立身子，她的头高过了人群。格兰古瓦这才惊奇地发现，她就是爱斯美拉达。

她脸色苍白。她的头发以前编着整齐的辫子，戴着金属饰物，现在则散乱地披着。她的嘴唇发青，眼睛凹得吓人。真惨哪！

“腓比斯！”她茫然叫道，“他在哪里？啊，诸位大人，在处死我之前，行行好，请告诉我他是不是还活着！”

庭长回答说：“住口，女人！这不关我们的事。”

“啊！可怜可怜我吧，告诉我他是不是还活着！”她合起那双消瘦了的纤手接着说，只听到顺着裙子挂下来的锁链锒铛作响。

国王监诉官淡淡地说：“那好吧！他就要死了。您很高兴吧？”

不幸的姑娘跌坐在小凳上，没有声音，没有眼泪，惨白的脸像尊蜡像。

庭长俯身转向脚下一个人。这人头戴金帽，身穿黑袍，脖子上挂着一条铁链，手里拿着一根棍棒。他说：“执达吏，传第二名被告。”

所有的眼睛都转向一个小门。门开了，格兰古瓦的心剧烈跳动。进来一只犄角和四蹄描金的漂亮母山羊。这只高雅的牲畜在门口停留片刻，伸长脖子，犹如站在一块岩石顶上，眺望着眼前无边无尽的天际。突然，它发现了波希米亚姑娘，立即从一个执达吏的桌子和脑袋上跳了过去，只两下就蹦到了女主人的膝边。然后，它以优雅的姿态蜷缩在她脚上，向她请求一个词或一点抚慰。但是被告丝毫不动，可怜的加利，主人甚至没看它一眼。

“这不……就是那只讨厌的畜生。”法卢代老婆子说，“她们两个就是烧成灰我也认得！”

雅克·沙莫吕起来发言。“诸位大人如果愿意，我们现在就审问母山羊。”

它确实成了第二被告。审讯一只动物如何施行巫术在当时屡见不鲜。举一例，在一四六六年的府尹衙门账目中可以看到一笔非常有趣的开支，那是为审讯吉埃-苏拉尔和他的母猪所花的费用。这一人一畜在科贝伊“以亵渎神灵罪被处决”。账目笔笔无误：挖坑放养母猪的费用，从莫桑港运来的五百捆柴火，三品脱的红酒和面包，这是犯人临刑前的最后一顿饭，并且与刽子手兄弟般地一起分享。账目中还记载着看管和喂养母猪十一天的费用，每天八个巴黎德尼埃。有时不仅仅惩罚牲口。查理曼大帝和忠厚路易下过诏书，对敢于在空中显形的喷火鬼魂将予以严惩。

这时，教会法庭国王代诉人叫了起来："如果附在山羊身上的魔鬼继续抗拒一切驱邪咒令，坚持行妖作祟，如果它以此恐吓法庭，我们警告它，我们就不得不对它处以绞刑或火刑。"

格兰古瓦一身冷汗。沙莫吕从桌上拿起波希米亚姑娘的巴斯克手鼓，以某种方式递到母山羊跟前，然后对它说："现在几点钟？"

母山羊以聪慧的眼光看着他，然后抬起金色的脚蹄敲了七下。这时果然是七点。人群中一阵惊恐。

格兰古瓦再也按捺不住了，高声喊了出来：

"它在自己害自己，你们看得出来，它根本不懂自己在干什么。"

执达吏厉声喝道："后面的市民不得喧哗！"

雅克·沙莫吕以同样的方式摆弄着手鼓，又让山羊变了几套戏法，如说出日期啦，月份啦，等等。这些戏法读者们都已经见过。同样是那些听众，在街上也许不止一次地为加利无害的把戏鼓掌叫好，但在司法宫的拱顶之下，由于法庭辩论特有的幻觉效应，他们就惊恐万状，也认为山羊肯定就是魔鬼。

尤其糟糕的是，当国王代诉人从山羊脖子上摘下那只皮袋，将里面的活动字母全都倒在地上时，只见山羊加利用蹄子从散乱的字母中抽出一部分，拼写出"腓比斯"这个致命的名字。至此，要了卫队长性命的巫术便铁证如山！而波希米亚姑娘，这位美丽迷人的舞女，昔日曾以优美的舞姿让行人饱尝眼福，现在则成了可怕的妖婆。

何况，她看上去跟死人一般。无论是加利的优美表演，还是检察官的威胁，或是听众中低低的咒骂声，她都毫无感觉。

为了使她清醒过来，一位差役走上前去，毫不客气地推搡她，庭长也庄严地提高了嗓门：

“丫头，您原是波希米亚人，专门玩弄妖术。您和本案中这只魔鬼缠身的山羊共同作案，于三月二十九日夜间，与黑暗魔力相勾结，使用迷人术和妖术，谋害并用匕首刺杀了一位国王近卫弓箭手队长，腓比斯·德·沙朵佩。您还继续否认吗？”

姑娘用双手捂住脸，喊道：“真可怕！我的腓比斯！啊！这里是地狱！”

庭长又冷冷地问了一遍：“您还继续否认吗？”

“当然否认！”她以可怕的声调回答说，并且站了起来，眼睛里射出怒火。

庭长单刀直入地追问道：“那您怎么解释控告您的事实？”

她声音断断续续地回答道：

“我已经说了，我不知道。那是一个教士，一个我不认识的教士。一个始终跟踪我的魔鬼教士！”

“对了，”法官接过话头说，“是那个妖僧。”

“啊，各位大人，可怜可怜我吧！我只是个可怜的姑娘……”

“埃及姑娘！”法官脱口而出。

雅克·沙莫吕先生和颜悦色地开了口：“鉴于被告顽固不化，我请求动用刑具审问。”

“准其所请。”庭长说。

不幸的姑娘浑身直哆嗦。不过，听到兵士的命令后，她还是站了起来，步子也很坚定，在两排长戟之间，她跟着沙莫吕和宗教法庭的教士们往外走。一扇便门突然打开，待她走进去后，便立刻合上。悲伤的格兰古瓦似乎看到，一张可怕的血盆大口刚刚把她吞了进去。

在姑娘消失以后，就听到一阵哀怨的叫声。原来是小山羊在哭泣。

审讯暂时休庭。一位评议官提醒庭长，说各位大人都累了，要等到刑讯结束恐怕还有很长时间。庭长则回答说，作为一名法官应该懂得自我牺牲，忠于职守。

一位年老的法官说："可恶可恨的贱人，偏偏在人家没有吃饭时受刑讯。"

二 埃居变成枯叶（续）

走廊里一片黑暗，即使大白天也点着灯，爱斯美拉达仍然由那支送葬似的队伍包围着，上上下下爬了好几层，最后被司法宫的差役推进一间阴森可怕的屋子。这是一个圆形的房间，占据一座巨大塔楼的整个底部。司法宫有数座这种塔楼，即使到了本世纪，新兴的巴黎以现代建筑群覆盖了昔日的巴黎，这些塔楼仍然高耸可见。这间地下室没有窗户，除了那个低矮的入口，那道巨大的铁门外，没有任何其他出口。不过，里面倒是很亮堂。厚厚的墙壁里砌了一个火炉，燃烧着熊熊大火，把地下室照得通红，墙角里一支可怜的蜡烛变得黯然无光。用来关闭炉门的铁栅此刻已经提起。在黑墙壁上红彤彤的炉口，只能看到铁栅的下端，恰似一排锋利稀疏的黑牙，使得火炉很像传说中喷射火焰的巨龙之口。在火炉光亮的映照下，女囚看见房间四周有许多可怕的工具，不知道是干什么用的。房间中央摆着一张皮革床垫，几乎贴着地面，上面吊着一根有环扣的皮带，皮带另一头拴在一个铜环上，而铜环由雕刻在拱顶石上的一头扁鼻子怪兽咬着。火炉中塞满了各种钳子，夹子，宽大的犁铧，被炉火烧得一片通红。火炉喷出血红的火光，照亮着整个房间里一堆堆令人毛骨悚然的刑具。

这个野蛮的所在被淡淡地称为"刑讯室"。

在那张床上，宣过誓的掌刑吏彼埃拉·托尔特吕懒洋洋地坐着。他的两名助手像方脸精怪，腰系皮革围裙，腿穿灯笼裤，正在翻动炭火上的铁器。

可怜的姑娘鼓足勇气，但不济事。她一钻进这屋子，就吓得要命。

司法宫守备的差役排列在一侧，宗教法庭的教士们排列在另一侧。角落里一位录事官坐在桌前，桌上摆着文具盒。雅克·沙莫吕先生和颜悦色，微笑着走近埃及姑娘说："亲爱的孩子，您还拒不承认吗？"

"是的。"她回答说，声音小得几乎听不见。

沙莫吕接着说："既然这样，我们很难过，只好用大刑，我们本不愿意这样做。劳驾您坐到这张床上来。彼埃拉先生，给这位小姐让位，去把门关上。"

彼埃拉嘟囔着站了起来，喃喃地说："关上门火会熄灭的。"

沙莫吕又说："那好，亲爱的，就让它开着吧。"

然而，爱斯美拉达仍然站着。在这张床上，曾经有多少不幸的人遭受折磨，她见了吓得魂飞魄散。恐惧使她的骨髓都冻结了起来。她站在那里，不知所措，一副呆相。沙莫吕一挥手，两名助手揪住她，把她按坐在床上。他们并没有弄痛她，但是当这两人的手碰到她的身体时，当她接触到皮床时，她感到周身的血涌向心脏。她目光迷乱地环视了一下房间，似乎看到所有那些奇形怪状的刑具从四面八方向她移来，向她扑来，爬上她的身体，咬她，夹她。这些刑具对于她迄今为止见过的工具而言，犹如蝙蝠、蜈蚣和蜘蛛对于昆虫和鸟类。

"医生在哪里？"沙莫吕问道。

"在这里。"一个穿黑袍的人回答。她刚才还没有看见这个人。

她不禁打了个寒战。

"小姐，"宗教法庭国王代诉人以甜蜜的口气又问了一遍，"您还拒不承认指控您的事实吗？"

这一次，她仅仅摇了摇头，嗓子已经说不出话来。

沙莫吕又说："您继续否认？那么我很失望，但是我不得不例行公事。"

彼埃拉突然问："国王代诉人先生，我们从哪里开始？"

沙莫吕犹豫片刻，露出一副怪相，好像一位诗人在寻找韵脚。

"先用铁靴。"他终于说。

倒霉的姑娘感到自己已经彻底被天主和众人抛弃，她的头垂倒在胸前，像个失去自身支撑力的惰性物体。

掌刑吏和医生一起向她走来，同时，两位助手也在他们那可恶的武器库里搜索。

听到这些狰狞的铁器叮当作响，不幸的孩子像只通上电的死青蛙，吓得直抖。她低声喊着，低得没人听得见："啊！我的腓比斯呀！"随后她又像石头那样一动不动，无声无息。此情此景，谁见了都会心肺俱裂，只有法官们是铁石心肠。这情景也像一个罪孽深重的灵魂，在地狱那火红的铁栅里受撒旦严刑拷打。而这一大堆可怕的锯子、碾子、架子将要扣住的可怜的肉体，这些刽子手粗暴的手和铁钳粗糙的牙齿将要蹂躏的生灵，却是一位温顺、白净和脆弱的姑娘。可怜的谷粒！人间司法将用毒刑的磨盘把它碾为粉末。

这时，彼埃拉·托尔特吕的助手已经用长满厚茧的手，粗暴地拉下她的长袜，裸露出那双迷人的腿，漂亮的小脚。在巴黎街头，这双腿和脚以其优雅和美丽曾经多少次使过往行人陶醉。

"真可惜！"行刑官看着如此优美又如此纤弱的形体，嘟囔着说。倘若副主教在此，这时肯定会回忆起他那个蜘蛛和苍蝇的象征。不一会，不幸的姑娘透过笼罩在眼前的雾气，看到铁靴向她逼来，再过了一会儿，又见她的脚被铁片夹住，消失在那可怕的刑具下。恐惧使她获得了力量，便拼命地喊叫着："快把它脱掉！"她披头散发坐起来，高喊："饶了我吧！"

她从床上跳起来，想跪到国王代诉人面前去，无奈双腿被那沉重的橡木铁靴锁死，动弹不得。她瘫倒在铁靴上，那惨相胜过翅膀上压着铅块的蜜蜂。

沙莫吕一挥手，他们又把她按定在床上，两只大手将拱顶上挂下来的皮带系在了她那纤细的腰间。

"我再问您最后一次，您承认所犯罪行吗？"沙莫吕问道，他的善意丝毫不减。

“我是冤枉的。”

“那么小姐，您怎么解释对您的指控呢？”

“哎呀，大人哪！我不知道。”

“那么您否认喽？”

“完全否认。”

“上刑。”沙莫吕对彼埃拉说。

彼埃拉摇动起重杆，铁靴立刻上紧，可怜的姑娘惨叫一声，人类语言中没有词汇可以形容。

“停！”沙莫吕对彼埃拉说，然后转向埃及姑娘，“您招供吗？”

不幸的姑娘喊道：“我招！我招，全招！饶了我吧！”

可怜的孩子在用刑之前并没有估计到自己的忍耐力，在此之前，她一直过着快乐、甜美、温暖的生活，第一阵痛楚便征服了她。

国王代诉人指出：“出于人道，我必须告诉您，招了供，您等待的就是死亡。”

“我宁可死掉。”她说完，便瘫倒在皮床上，身子折为两截，奄奄一息，任凭拴在胸部的皮带吊着。

彼埃拉先生一边扶着她一边说：“来，我的美人，再坚持一下。您真像挂在勃艮第公爵脖子上的那只金绵羊。”

雅克·沙莫吕提高了嗓门说：

“录事官，请记录。流浪姑娘，您是否承认经常和恶鬼、假面人、吸血鬼等一起，参加地狱的宴会、群魔会并兴妖作法？请回答。”

“是的。”她的话音很低，几乎被呼吸声盖住。

“您承认见过别西卜那头公羊吗？那是别西卜为召集群魔会放在云端上的，只有巫师才能看得见，是吗？”

“是的。”

“您忏悔，您曾经崇拜过令人唾弃的圣殿骑士[①]偶像博福迈的脑袋吗？”

“是的。”

“还和形为平常山羊、正在当庭同审的魔鬼经常合谋作恶？”

“是的。”

“最后，您承认并忏悔，在三月二十九日夜间，伙同魔鬼和俗称为妖僧的鬼魂，谋害并杀死了一位名叫腓比斯·德·沙朵佩的卫队长？”

她抬起双眼望着法官，似乎在机械地答话，既无肌肉抽动，也无震惊：“是的。”显而易见，她的精神已经彻底崩溃。

“录事，快记下来，”沙莫吕说。然后又对掌刑者说：“把女犯解下来带回法庭。”

女犯被“脱去鞋”后，宗教法庭国王代诉人察看一下她那只因疼痛而僵硬的脚，说道：“行了，这还不算太厉害。您喊得及时。美人儿，您还可以跳舞！”

然后，他转向宗教法庭的同僚们说：“正义终于得到伸张，真是大快人心啊，先生们！这位小姐可以做证，我们刚才尽量做到从轻用刑。”

三　埃居变成枯叶（续完）

埃及姑娘满脸惨白、一瘸一拐回到审讯大厅时，迎接她的是一片欣喜的低语声。在听众方面，他们的焦虑等待终于得到满足，犹如喜剧的最后一次幕间休息已经结束，幕布重新拉起，结局就要开始。就法官方面而言，他们看到了即将吃饭的希望。小山羊也高兴得直叫

① 圣殿骑士是十字军中最凶狠的武装僧侣，他们炮制出一个魔鬼博福迈，借以进行宗教迫害。

唤。它想跑到女主人身边去，无奈被拴牢在凳子上。

夜幕已经完全降临。厅里的蜡烛并没有增加数量，微弱的亮光下，看不见大厅的墙壁。黑暗给所有物品蒙上一层雾气。几位法官那无精打采的面孔勉强可见。在他们对面，即长方形大厅的另一端，昏暗的背景中有个模模糊糊的白点，那便是女被告。

她拖着身子来到位子上。沙莫吕威严地回到自己的座位上，先坐下，然后站起身来，按捺住成功带来的沾沾自喜说道："被告已经全部招认。"

庭长接着说："流浪姑娘，您承认您犯的一切罪行，即行妖作法，卖淫，杀害腓比斯·德·沙朵佩吗？"

她的心一阵紧缩。只听见她在黑暗中抽泣。她有气无力地回答道："你们要我承认什么我就承认什么，只求你们快点把我处死！"

庭长说："宗教法庭国王代诉人先生，本庭现在听取您的公诉要求。"

沙莫吕先生搬出一个吓人的厚本子，用诉讼中夸张的语调和拉丁语手舞足蹈地念了起来。诉案的证据全用西塞罗式的纡说法排列，还不时引用着他钟爱的喜剧作家普劳图斯的话。很遗憾，我们无法向读者奉献这段妙文。演讲人滔滔不绝，绘声绘色。但引言还没有念完，他的额角就渗出汗珠，眼睛也鼓凸出来。突然，他在一个长句中间停下来，平时很温和但也很笨拙的目光变得杀气腾腾。这次他用法语说话，因为本子里没有。"先生们，撒旦已经介入本案，而且就在我们这里听审，嘲弄庄严的法庭。请看！"

说着，他用手指着小山羊。而山羊见沙莫吕做手势，还以为让它学样，便坐起身子，用它那双前腿和长着胡须的脑袋，竭力模仿宗教法庭国王代诉人充满激情的姿态动作。如果人们还记得，这是山羊最讨人喜欢的才能之一。这件事情便成了最后的证据，并产生巨大的效果。山羊的脚蹄被捆了起来。国王代诉人重新滔滔不绝地往下说。

话说得很长，但结束部分颇为精彩。下面就是那最后一段话，请读者自己加上沙莫吕先生嘶哑的声音和断断续续的手势吧：

> 故此，诸位大人，巫术业已证实，罪行昭著，意图确凿，谨以在此白璧无瑕之城岛上拥有大小各种司法权的圣殿巴黎圣母院之名义，要求依法判决如下：一、课该犯以相当数额之罚款；二、令其在主教堂圣母院大门前谢罪；三、判处该巫女及其母山羊死刑，得在俗称河滩广场之地，或在塞纳河中城岛尖角、毗邻皇家花园处执行之。[①]

他重新戴上帽子，回到座位上。

格兰古瓦不敢恭维地叹口气说："蹩脚拉丁话[②]！"

被告身旁另一位穿黑衣的男人站了起来。他是被告的辩护律师。法官们饥肠辘辘，开始嘀咕起来。

庭长说："律师先生，请长话短说。"

辩护律师说："庭长先生，既然被告已经认罪，我只有一句话向各位大人说明。这是撒拉法的一个条款：'若有一女妖吃掉一男子，且她供认不讳，得处以八千德尼埃之罚款，即二百金苏。'请法庭判处我的当事人罚款。"

国王特别监诉官说："该条款已经废除。"

"余否认[③]。"辩护律师反驳说。

一位评议官说："表决吧！罪行已经确凿，再说时候不早了。"

表决就在当庭进行。法官们以脱帽方式表达意见，他们都急着要走。听到庭长轻声向他们发问时，黑暗中见他们一个接一个地摘下帽子。可怜的女被告似乎在看他们表决，但她那模糊的眼睛什么也看

① 原文是拉丁文。
② 同上。
③ 同上。

不见。

接着，录事开始登录，完毕后将一长卷羊皮纸交给庭长。

这时，不幸的姑娘听到人群骚动声，戈矛碰撞声，一个冰冷的声音对她说：

“流浪姑娘，国王陛下将指定一个日期。是日正午时分，你将只穿内衣，赤脚，脖子上套着绳索，由一辆囚车押往圣母院大门前，手持两斤重的大蜡烛去谢罪，然后送往河滩广场，吊在本城绞架上至死；你这只山羊也一同正法。你还要向教会法庭交纳三枚金狮币，赔偿你所犯的并且业已承认的行妖作法、卖淫、杀害腓比斯·德·沙朵佩先生等罪行。愿上帝收留你的灵魂！”

“啊！真是一场噩梦！”她喃喃地说，同时感到几只粗暴的大手把她拖了出去。

四 “进此门者，放弃一切希望”①

在中世纪，当一座建筑竣工后，地上部分地下部分几乎同样大小。除了圣母院这种建在桩基上的建筑外，其他的宫殿、堡垒、教堂等都有双层地基。在主教堂里，可以说还有个地下主教堂，它低矮、黑暗、神秘，既瞎又聋，位于地面中堂之下。中堂里则光线充足，昼夜回荡着管风琴声和钟声；地下一层有时也做坟墓。在宫殿和城堡里，这地下部分就用作监狱，有时也用作坟墓，有时兼做两者。这些厚实的建筑，我们在其他章节中已经解释过其形成和“生长”方式，它们不仅具有双层地基，而且可以说还生了许多根，向地下分岔，构成房间、走廊、楼梯等，和地面建筑一样。就这样，教堂、宫殿、城堡都是半掩在土里的。一座建筑的地窖就是另一建筑，进去时得下楼

① 原文是意大利语。刻在地狱门上，见但丁《神曲》。

梯而不是上楼梯；地下楼层紧接在外部建筑楼层之下，宛如湖边的森林与山峰倒映在平静似镜的湖面上。

在圣安东尼城堡，在巴黎司法宫，在卢浮宫，这些建筑的地下部分充作监狱。监狱的楼层越往下走就越狭小，越黑暗。这些楼层的恐怖逐级递增。但丁能够在这里为他的地狱找到最好的景物。排列成漏斗形的牢房最底层通常是个地穴，形似盆底。但丁把撒旦放在那里，而社会则把死囚关在这里。一旦哪位不幸的人儿进入这地方，那他就告别了天日、空气、生活，放弃希望[①]。他从这里出去只是走向绞刑架或火刑柴堆。有时，他就在里边腐烂。人类司法把这种情况称为“遗忘”。在人类和囚犯之间，他感觉到的是压在头顶上的大堆石块和狱卒，而那整座监狱，那庞大的城堡就是一把复杂的巨锁，将他锁住，与活人世界隔绝。

就在这样一个盆底，在圣路易开挖的遗忘角，在小塔的安息之处[②]关押着被判绞刑的爱斯美拉达，大概是怕她越狱。她头上顶着整座司法宫。可怜的苍蝇，其实她连这个庞然大物的一颗小石子也搬动不了。

诚然，天意和社会都是那么不公道，要摧残这样一个脆弱的生灵，何须那么多不幸，又何须那么多折磨呢！

她在那里，消失在黑暗中，被埋葬，被湮没，四面是墙。曾经见过她在阳光下欢笑、跳舞的人此刻若看到这番情景，定会不寒而栗。黑夜般的寒冷，死亡般的寒冷，发际不再有一丝清风吹拂，耳边不再有一点人声，眼睛里不再有天光反射，身躯被折为两截，被铁链压垮；她蹲在几捆麦秸上，旁边摆着一个水罐和一点面包，牢房里的渗水在她身下形成一个水坑；她一动不动，几乎气息全无，甚至感觉不到在受痛苦。腓比斯，太阳，中午，户外生活，巴黎的街道，掌声

---

① 原文是拉丁文。

② 同上。

中的舞蹈，和那个军官的卿卿我我，然后是教士，老婆子，匕首，鲜血，酷刑，绞刑架，等等，这一切还在她脑海中一一闪过，记忆犹新，一会儿是金色的欢歌笑语的幻觉，一会儿是奇形怪状的噩梦；然而这不过是一场可怕的虚无缥缈的挣扎，渐渐消失在黑暗之中，又像是一支遥远的乐曲，在高不可攀的地面上演奏，而不幸的姑娘落在万丈深渊里，再也不能听到。

自从来到这里，她一直非醒非睡。在这场不幸中，在这间牢房里，她已经无法分清白昼与黑夜，更无法区分清醒与睡眠，梦幻与现实。这一切都已混杂、挤碎、漂浮，在她的脑海中散乱成模糊的一片。她已经感觉不到什么，不知道什么，也不想什么。充其量，只能说她还在做梦。从来没有活着的生灵陷入如此深沉的虚无。

她全身僵硬，冰冷，变成化石。她几乎注意不到，曾经有两三次，她上面某个地方的盖板被掀开，发出一点声响，但是没让进来一点光明，只有一只手从那开口处扔进一块黑面包。这是她与人类尚存的唯一联系，即狱卒定时来送饭。

她耳边机械地能听到的唯一东西，就是头顶上的渗水，透过拱顶上长霉的石块，以均匀的间隔滴落下来。她呆呆地听着这滴水掉入身旁水坑中的声音。

这滴水掉入这个水坑，那是她周围唯一的动静，唯一标志时间的时钟，地面上所有声音中能够到达她那里的唯一声音。

另外，在这黑暗的烂泥水坑里，她还时常觉得有个凉凉的东西在她脚上和胳膊上爬来爬去，吓得她直发抖。

她关在那里有多长时间了，她也不知道。她只记得在某个地方宣布对某个人判处死刑，然后她自己被人拖到这里，她在黑夜中醒来，四周万籁俱寂，她自己全身冰凉。她曾经用手爬行，于是，她的脚踝被铁环划破，铁链锒铛作响。她发觉四周全是墙壁。她身下是一块潮湿的石板和一小束麦秸。但是没有灯，也没有通风孔。于是她就坐在麦秸上，有时为了换个姿势，就坐到牢房中石阶的最低一级上。有一阵子，她试图用滴水间隔来计算这黑暗中的时间，但不一会，这个病弱脑子勉力从事的可悲劳动自动中断，她的脑袋又陷入麻木之中。

终于有一天或一个夜晚，因为子夜和中午在这个墓穴里是同样的颜色，她听到头顶上一阵响声，比平时狱卒给她送面包和送水的声音响得多。她抬起头，看到一束微红的光线从门缝里，或者说是从死牢拱顶上活动盖板缝里照进来。同时，沉重的铁锁轧轧作响，盖板锈蚀的铰链吱吱咯咯转动起来，她看见一盏灯笼，一只手和两个男人的下半截身子，门太低，她无法看到他们的头部。光线刺痛了她的眼睛，她只得闭上双眼。

当她重新睁开眼睛时，门又关上了，灯笼放在一级阶梯上，只有一个男人站在她面前。一件黑风衣拖到他的脚面，黑风帽遮着他的脸。看不见他是什么模样，连脸和手都看不见。真像一块又黑又长的裹尸布直立在那里，能感到有样东西在底下活动。她两眼紧盯这个幽灵看了几分钟。然而，她和他都没有说话，就像两尊雕像对峙着。地穴里似乎只有两样东西还活着：灯笼的灯芯因空气潮湿噼噼啪啪直响，拱顶的水滴以它单调的滴答声，打断灯芯那不规则的噼啪声；同时，水滴还使水坑里的反射灯光抖动，在油渍斑斑的水面上投下同心圆形波纹。

终于，女囚打破了沉默。“您是谁?”

“一个教士。”

他的话、声调、嗓音都使她发抖。

教士瓮声瓮气接着说：“您准备好了吗?”

“准备好什么?”

“准备好去死。”

“啊！马上就去?”她说。

“明天。”

她的头刚刚才高兴地抬起来，一下又倒在了胸前。她喃喃地说：“还要等那么久！今天对他们有什么不便呢?”

教士沉默了一会后问道："您感到很不幸，是吗？"

"我冷极了。"她回答说。

她用双手握住双脚，这是不幸的人们寒冷时的习惯动作，我们曾经见过罗朗塔楼的坐关修女这么做过。她的牙齿在咯咯响。

教士似乎用眼睛从风帽底下扫视牢房。

"没有亮光！没有火取暖！浸在水里！实在可怕！"

"是的。"她以惊惶的表情回答说，不幸已经使她习惯了这种表情，"大家都有白天，为什么只给我黑夜？"

教士又沉默了一会，然后说："您知道您为什么待在这里吗？"

"我想我曾经知道过，可现在又不知道了。"说着，她用那双消瘦的手捋捋眉毛，似乎在帮助回忆。

突然，她像孩子似的哭了起来。"先生，我要离开这里。我冷，我怕，还有虫子往我身上爬。"

"那好，跟我走吧！"

说着这话，教士伸手抓住她的胳膊。不幸的姑娘本来就已经冷得好像五脏六腑都结了冰，可是这只手给她的印象还要冷。

"啊！这是死神冰冷的手。"她自言自语说，然后问道，"您究竟是谁？"

教士掀起他的风帽。她一看，竟是长期以来跟踪她的那张阴险的脸，就是在法卢代家从她心爱的腓比斯头顶上冒出来的那个魔鬼的脑袋，就是那双她最后一次在匕首边看到的露出凶光的眼睛。

这个魔鬼，对她来说总是一个克星，使她接二连三遭受灾难，甚至把她推向死刑，他的再次出现使她从麻木中惊醒过来。她似乎觉得罩在她的记忆上的日益增厚的纱幕开始撕裂。所有悲惨的细节，从法卢代家那天夜晚的情景直到小塔法庭中被判处死刑，全都回到她的脑海中，这时再也不是模糊不清，而是历历在目，暴露无遗，清清楚楚，心惊肉跳，极其恐怖。那些大半被抹掉的记忆，那些几乎被过度痛苦淹没了的回忆，面前这张阴沉的脸使她都回想了起来，犹如用隐形墨水写在白纸上的不可见的字迹，在火上一烤就全部清晰如新。她觉得所有的心灵创伤又被重新揭开，一齐向外流血。

“哎哟！”她失声叫了起来，双手捂住眼睛，全身不由自主地颤抖着，“是那个教士！”

然后，她失望地垂下双臂，坐在地上再也起不来，耷拉着脑袋，眼睛盯着地面，默默无语，继续颤抖。

教士看着她，目光像老鹰，它在高高的天空中已经盘旋很久，紧紧盯着麦地里一只蜷缩成一团的可怜的百灵鸟，它不声不响逐渐缩小可怕的飞旋圈子，突然，它像闪电一样扑向猎物，用利爪死死抓住正在抽搐的百灵鸟。

她开始低声对自己说：“结果我吧！结果我吧！给我那最后一击吧！”说完把头缩进脖子里，就像母羊等着屠夫的大棒打下。

“这么说，我让您受惊了？”他终于说。

她并不回答。

“我让您害怕了？”他又说。

她的嘴唇抽搐了一下，似乎在苦笑。她说：“是的，这是刽子手在捉弄死刑犯。这些个月来，他一直在追踪我，威胁我，恫吓我！要不是他，我的天主，我是多么幸福！是他把我送进了这个深渊！啊，天哪！是他杀死了……是他杀了他，杀了我的腓比斯！”

说到这里，她抽泣起来，抬眼望着教士。“啊！恶棍！您是谁？我碍着您什么了？您干吗那么恨我？唉，您跟我有什么仇？”

“我爱你！”教士喊道。

她的眼泪突然止住，傻愣愣地看着他。他跪了下来，盯着她，眼睛里冒着火花。

“你听见了吗？我爱你。”教士又叫道。

“哪门子爱呀！”不幸的姑娘颤抖着说。

他接着说：“一个该下地狱的人的爱。”

双方都被各自的激情压碎了，屏住好一会没说话。他是疯狂至极，而她则是麻木痴呆。

“听我说，”教士终于开了口，他再次恢复了异常的平静，“你将知道一切。我马上就告诉你。当夜深人静，黑暗一片，天主似乎也看不见我们时，我私下扪心自问，甚至不敢对自己说的事情，我要对你说。听着，姑娘，在遇到你之前，我很幸福……”

“那我呢！”她有气有无力地叹道。

“别打断我。是的，那时我很幸福，至少我相信如此。我那时很单纯，我的灵魂清澈透明。谁也没有我那般昂首挺胸、容光焕发的傲劲。教士们向我请教有关贞操德行的事，博士们向我请教教义学说。是的，那时候对我来说，科学就是一切。它是一个姊妹，有这个姊妹我就够了。这并不是说，随着年龄的增长没有产生其他想法。不止一次，当我看到一个女人走过时，我的肉体就蠢蠢欲动。这种性欲的力量，男人热血的力量，在发狂的少年时代，我以为已被终身扼杀，可它仍然不止一次地发作。我曾立下誓言，把自己牢牢锁在祭坛的石头上，可这股力量却掀动这锁链，把我这个苦命人折腾得死去活来。然而，修道院的斋戒、祈祷、学习和苦行，使我的灵魂重新成了肉体的主宰。此外，我避免与女人接触。况且，只要我打开一本书，我脑子里的一切乌烟瘴气就会在光彩夺目的科学面前烟消云散。只需几分钟，我会感到尘世浊物已逃遁至千里之外，我又能恢复平静，在永恒真理的安谧光芒面前着迷、安宁。只要魔鬼遣来进攻我的是女人模糊的影子，在教堂里，在大街上，在草地上，从我眼前零零散散掠过，而且几乎不闯入我的梦境，我会轻而易举地战胜它。唉！如果说我没能始终保持胜利，那是天主的过错，他没有让人和魔鬼势均力敌。听我说。有一天……”

说到这里，教士停了停，女囚听到从他的胸腔里发出一种嘶哑的叹息声，一种揪心的吼声。

他接着说：

“……有一天，我正靠在我那间小屋窗台上……我当时在看什么书呢？啊！这一切在我脑子里已搅成了一团……我正在看书。窗子对着一个广场。我听到一阵手鼓声和音乐声。我很生气有人干扰了我的冥思神游，于是就向广场上看去。我看到的景象，其他许多人也都看到了，但这景象绝不是给凡胎肉眼看的。在那里，在广场中央，那时正好中午，丽日当空，有个女人在跳舞。她是那么美丽，连天主也会觉得她超过圣母，会选她做自己的母亲。当他投胎凡世时，如果她已经在人间，他必定会希望由她生下！她的眼睛乌黑闪亮，她那乌黑的头发中央，几绺秀丝在阳光照耀下，宛如缕缕金丝。她的脚飞快跳动，几乎看不见，就像飞速旋转的轮辐。她的发辫盘绕在脑袋周围，无数金属饰片在阳光下熠熠闪亮，在她的额头上形成一顶万星闪烁的王冠。她那布满亮片的衣裙闪烁着蓝光，繁星点点，恰似夏夜的星空。她那灵活的棕色胳膊，围绕她的腰际盘绕，展开，好似两条丝巾。她的身段美丽惊人。啊！那光辉形象，即使在阳光下也耀眼醒目，光芒四射！唉！这姑娘，她就是你呀……我感到惊奇，陶醉，着魔，情不自禁地盯着你看。看着看着，我突然感到一阵恐惧，全身发抖，我感到命运之手抓住了我。”

教士感到窒息，又停了一会儿，然后继续说：

“似痴若迷之时，我试图抓住点什么，想不再堕落下去。我想起，撒旦曾经给我设下过圈套。眼前这女人的美貌非人间所有，她若不是来自天上，那就是来自地狱。她不是用尘世泥土造就的普通女人，照亮她内心的也绝不是女人灵魂那可怜的、动摇不定的光芒。她是个天使！然而，她是一个黑暗的天使，火焰的天使，而不是光明的天使。当我想起这些的时候，我看见你身边有只母山羊，一只群魔会上的牲口，它正冲着我发笑。中午的太阳使它的角喷出火焰。那时我已经隐约看到魔鬼的陷阱，我毫不怀疑，你肯定来自地狱，你来就是为了毁掉我。我已经相信这一点。”

说到这里，教士看了看面前的女囚，然后冷冷地说：

“我现在还相信这一点。但是，魔力渐渐生效，你的舞蹈在我头脑中飞旋，我感到，那神秘的妖术正在我身上发生作用，我的灵魂中本该清醒的东西正在睡去，我就像在雪地里死去的人那样，满怀喜悦地期待这一睡眠的到来。突然，你又唱起歌来。你叫我这可怜的人怎么办呢？你的歌声比舞蹈更具有魔力。我想逃避，但做不到。我呆呆地站着，脚下像生了根。我似乎感到大理石板已经淹没到我的膝盖。我不得不待下去，听到底。我的双脚冰凉，头脑嗡嗡作响。终于，你也许可怜我了，才停止歌唱，然后离去。耀眼的幻影在反光，迷人心窍的音乐在回荡，在我眼前，在我耳际，渐渐消去。于是，我倒在窗边的墙角里，比一尊离座的雕像还要僵硬，还要虚弱。晚祷的钟声惊醒了我，我这才站起身来，逃离这地方，可是已经迟了！我身上有什么东西已经倒下，再也站不起来了，有件事已经发生了，想躲也躲不掉了。”

他又停顿一下，然后继续说：

“是的，打那一天起，我身上出现了一个我不认识的我。我想试用一切疗法，修道院、圣坛、工作、读书。痴心妄想！啊！一颗充满情欲的脑袋在绝望中求助于科学，这时候科学显得多么空洞无力！姑娘，你知道从此以后，我在书本和我之间总是看到什么吗？那就是你，你的影子，你的形象，某一日在我面前翩若惊鸿的光辉形象。但是，这个形象已经不再有同样的色彩，它变得灰暗、阴森、漆黑，就像冒失鬼盯着太阳看过之后，有个黑圈在视觉中久久不能散去。

“既然摆脱不了纠缠，既然总是听到你的歌声在我脑际回荡，总是看到你的脚在我的祈祷书上跳舞，夜间睡梦中总是感到你的形体在我肉体上滑动，我就想再看到你，抚摸你，了解你是什么人，看看当我再见到你时，你与我脑中留下的你的理想形象是否一致，现实也许会打破我的幻想。总之，我希望用一个新的印象来抹去第一印象，这第一印象已经使我度日如年。我在找你，我果真见到了你，真是不幸呀！我见过你两次后，就想见你一千次，想永远看到你。那么，怎样才能在滑向地狱的斜坡上刹住车呢？这时我已经不能自制。魔鬼把长线的一端系在我的翅膀上，另一端则捆在你的脚上。我变得神情恍惚，和你一样到处流浪。我在人家门洞里等你，在街角偷看你，在我那钟楼上窥视你。每天晚上，当我反省时，我发觉我陷得更深，更加绝望，更加走火入魔，更加无可救药！

“我知道你是谁了，你是埃及姑娘，波希米亚姑娘，茨冈姑娘，茨冈姑娘[①]，还用怀疑你会巫术吗？听着，我希望有一场审判使我摆脱妖法的控制。曾经有个女巫蛊惑了阿斯特的布鲁诺，他用火刑把她烧死，后来就治愈了。我知道这方法，想试试这种疗法。我首先设法禁止你来圣母院广场，希望如果你不来就能把你忘掉。但你竟然不理睬，还是来了。然后，我想到把你抢走。有一天夜里，我做了尝试。我们有两个人。我们已经抓着你了，不料半路上杀出那个可恶的军官，他解救了你。他就这样开始了你的不幸，我的不幸，还有他自己的不幸。最后，我简直不知道怎么办才好，也不知道自己会怎么样，就向宗教法庭告发了你。我想自己也会痊愈，像阿斯特的布鲁诺那样。我也模模糊糊地想，一场审判也许会把你交给我。在监狱里，我就能掌握你，能得到你，在那里，你就逃不出我的手掌心，你已经占有我很长时间，这回该我占有你了。既然做坏事，那就做到底。既干坏事又半路撒手，那岂不太荒唐！罪恶的顶峰令人快乐无比。一名教士和一个女巫可以在牢房的麦秸堆上融为一体，共享极乐！

“所以我才告发了你。从那时起，我们每次见面，才使你害怕。我策划阴谋陷害你，我在你头上聚集暴风雨，所有威胁和闪电，都是从我这里一一发出。不过，我还在犹豫。我的计划中有些方面太可怕，连我自己也望而却步。

“我也许会放弃，也许那险恶用心会在脑子里枯萎，不得结果。我原来以为，这场审判是审是停皆由我说了算。但是，任何邪恶思想都是无法化解的，都想成为现实的。不过，凡是我自以为能唤风咒雨

① 原文是意大利语。

的地方，命运比我更强大。罢了！罢了！是命运在捉弄你，是命运把你送进我偷偷建造的那台可怕机器的齿轮里！听着，我快说完了。

“有一天，又是阳光灿烂的日子。我看见一个男人从我前面走过，他说出你的名字，而且哈哈大笑，眼睛里充满了淫欲。该死的！我就跟上了他。下面的事你也知道了。”

他停下不说了。姑娘只能说出一句话：

“我的腓比斯呀！”

“别说这个名字！”教士猛力抓住她的胳膊说，“不许说出这个名字！啊！我们这些苦命人啊，就是这个名字毁了我们！或者说得更恰当些，是我们都受不可解释的命运的捉弄，相互毁了对方！……你受苦了，是不是？你很冷，黑夜使你盲目，牢房把你紧紧包住，不过，也许在你的内心深处尚剩一线光明，哪怕是你对那个玩弄你感情的负心男人的幼稚的爱！而我呢，我的牢房在心里，我内心里是冬天，冰雪和绝望，我的灵魂中是长夜。你知道我所受的痛苦吗？我参加了对你的审判。我那时坐在宗教法庭席上。是的，就在那些教士风帽下面，有一个该下地狱的教士在痉挛。你被带上法庭时，我在那里；你受审问时，我在那里。那是豺狼之窟呀！那是我的罪恶，我的绞刑架，我却看见从你的额头上缓缓升起。传讯每位证人，出示每件证据，提出每项指控，我都在那里；我可以数出你经过的痛苦道路上的每一个脚印；我还在那里，当那头凶猛的野兽……啊！我没预料到会动刑！听我说，我跟着你到了那间痛苦的房间。我看着你被脱掉衣服，半裸身子，任凭掌刑吏那污秽的手肆意蹂躏。我看到了你的脚，这双脚，我只要能吻上一下，就是赔上一个帝国也在所不惜，搭上小命也值；在这双脚下即使碰个头破血流，我也觉得其乐无穷；我眼看它被夹在可怕的铁靴里，这种铁靴会使一个生灵的肢体变成血浆肉泥。啊！可怜的人儿！当我目睹这一切，我就用藏在衣服内的匕首割划胸口。听到你那声惨叫，我就将刀刺进肉里，听见你第二声惨叫，刀刺进了心脏！你看，我想伤口还在流血。”

他掀开教士袍。果然，他的胸膛像是被虎爪抓过似的，而且侧肋还有一个比较大的伤口，至今没有愈合。

女囚吓得倒退了几步。

教士说："姑娘，可怜可怜我吧！你以为就你不幸，唉！唉！你并不知道什么叫不幸。啊！爱一个女人！身为教士！被人憎恨！以他整个灵魂的疯狂去爱她，感到只要能博她一笑，就不惜奉献出他的鲜血，他的五脏六腑，他的名誉，他的幸福，长生不老与永恒，今生和来世；后悔自己不是国王，天才，皇帝，大天使，神，不能作为更大的奴隶拜倒在她脚下，用他的梦和想象日夜紧紧地拥抱她；然而她竟爱上士兵的戎装，而他只能献上一件肮脏的教士袍，让她见了就害怕和恶心！就在眼皮底下，满怀嫉妒和愤怒，看着她将爱情珍宝和绝色容貌献给一个既愚蠢又卑鄙的牛皮大王！看着这线条能让人欲火顿生的玉体，这无比温柔的酥胸，这肉体在别人的热吻下颤动，白里透红！老天哪！爱她的脚，她的胳膊，她的肩膀，想她那蓝色血脉，她那棕色皮肤，想得我整夜整夜在那间小屋的石板地上蜷缩成一团，却见到梦想献给她的所有爱抚反使她遭受酷刑！只做到把她按倒在受刑的皮床上！啊！这些才是真正的铁钳，被地狱之火炼红的铁钳！啊！即使在夹板中被人锯裂，或被四马分尸，也比这强！……你知道这种折磨是什么滋味吗？在那漫漫长夜里，血管在沸腾，心儿在破碎，脑袋在开裂，牙齿在咬手，就像穷凶极恶的掌刑吏永无休止地把你放在火红的铁板上转来转去，领受爱欲、嫉妒和绝望的煎熬！姑娘，开开恩吧！让我喘口气吧！朝火上撒把灰吧！我恳求你，给我擦去前额上如注的大汗吧！孩子！请你用一只手折磨我，但用另一只手安抚我吧！可怜可怜吧，姑娘！可怜可怜我吧！"

教士滚倒在石板地上的水坑中，将脑袋捣蒜似的撞在石阶角上。姑娘一直听着，看着。当教士说累了，喘气了，不吭声了，她还是低声重复着："我的腓比斯呀！"

教士双膝跪着向她爬去。

他喊道："我求求你，你如果有心有肺的话，就不要拒绝我！啊！我爱你！我是个不幸的人！可怜的姑娘，你口吐这个名字，就像你用牙齿嚼碎我心脏的全部纤维！开开恩吧！如果你来自地狱，我就跟你去。为此我已经竭尽全力。你所在的地狱，就是我的天堂，你的目光比天主更诱人！啊！说话呀！那你是不要我了？一个女人拒绝这般爱情之日，我想山峦也会走动的。啊！只要你愿意！啊！我们将会多么快活！我们一起逃跑，我帮你逃跑，我们去某个地方，我们寻找一个世界上阳光最灿烂、树木最茂密、天空最晴朗的地方。我们相爱，我们将两个灵魂融合在一起，我们将相互渴求，永不厌倦，一同痛饮这杯永不干涸的爱情之酒，永无休止！"

她突然一阵狂笑，打断了他的话。"神父，快看！您的指甲在流血！"

教士呆立了一会，如同石头，眼睛紧盯着手。

最终他以异常温柔的声调说："啊，是的。羞辱我吧，嘲笑我吧，压垮我吧！你来呀，来呀！抓紧时间。我告诉你，刑期就在明天。河滩广场上的绞刑架，你知道吗？它一直在恭候你去。多可怕呀！看着你被囚车带走！啊！可怜我吧！我从来也没有像现在这样感到我是多么爱你。啊！跟我走吧。等我救出你之后，你再慢慢爱我也不迟。你愿恨我多久就恨多久。但是，你得来呀。明天！明天！绞刑架！处决！哎哟！救救我吧！饶了我吧！"

他一把抓住她的胳膊，他已经神志迷乱，他想把她拉走。

她直瞪着眼看看他，说：

"我的腓比斯怎么样了？"

教士松开她的胳膊。"唉！您太冷酷无情了！"

她又冷冷地问道："腓比斯怎么样了？"

"他死了！"教士喊道。

她始终冷若冰霜，一动不动，说："死了！那你还跟我谈要活下去，有什么用？"

他并不听她说话，他似乎在对自己说:“啊！是的，他肯定是死了。刀尖插进去很深。我想刀尖刺到了他的心脏。啊！当时我把全部力量用在刀尖上！”

姑娘像发怒的猛虎向他扑过去，以超凡的力量把他推倒在楼梯石阶上。“你这个魔鬼，快滚！凶手，快滚！让我去死！让我们两人的血在你额头上留下一块永久的污斑！跟你？跟个教士？做梦！休想！我死也不跟你结合，就是进了地狱也不！滚吧，丧门星！永远也别想！”

教士一个趔趄跌倒在楼梯上。他默默地将脚从他的黑袍底下解脱出来，提起灯笼，开始慢慢登上通向门口的石阶；他打开门，走了出去。

突然，姑娘看见他又探出脑袋，满脸杀气，以狂怒和绝望的声音吼叫着:“我告诉你他死了！”

她扑倒在地，脸冲着地面。牢房里再也听不到别的声音，只有水珠在黑暗中叹息，滴落，搅动那个水坑。

五　母　　亲

我觉得对于一位母亲来说，世上没有任何东西比她孩子的小鞋更能令她心花怒放的。如果这只鞋是节日穿的，星期天穿的，洗礼时穿的，花一直绣到鞋底，若孩子穿着它还不曾走路，那就更是如此。这只鞋是那么精致纤秀，小巧玲珑，孩子穿着根本无法走路，而对母亲来说，看到它就像看到了孩子一样。她对它微笑，吻它，跟它说话。她自问，是否当真有这么小的脚呢。即使孩子不在跟前，有这只美丽的小鞋在，那娇柔细嫩的小家伙仿佛就在眼前。她觉得看见了她，她果真看见了她，完完全全，蹦蹦跳跳，高高兴兴，那嫩嫩的小手，圆圆的脑袋，纯洁的嘴唇，亮亮的眼睛，蓝蓝的眼白。倘若在冬天，她在那里，在地毯上乱爬，使劲往凳子上爬，母亲吓得发抖，生怕她挨近火。若在夏天，她就在院子里、花园里乱爬，拔石板缝里的草，傻乎乎地看着大狗、大马，毫不害怕，玩着贝壳，玩着花朵，把沙弄到花坛里，把泥土撒在小径上，引得园丁一阵训斥。她周围的一切跟她一样，在微笑，在闪亮，在嬉戏，就连风儿和阳光也在她那蓬乱的头发卷里争相跳跃。那只小鞋能给母亲展示这一切，能融化她的心，就像火能熔化蜡烛一样。然而，在孩子丢失以后，这只小鞋给予的千万个欢乐的形象，迷人的形象，温柔的形象便变成千万个可怕的东西。那漂亮的绣花鞋就是一件刑具，永远刺痛着母亲的心。还是那根心弦，那根最深藏的、最敏感的心弦在颤抖，但已经不是天使在弹奏，而是魔鬼在捻掐。

一天早晨，五月的太阳升起在蔚蓝的天空中，加卢法罗[①]就喜欢以这样的天空作为基督走下十字架的背景。这时，罗朗塔楼的坐关修女听见一阵车轮、马蹄和铁器声在河滩广场那边响起。她没怎么留意，只把头发系在耳边，不去听它，又跪下来凝视那个十五年来她一直狂爱着的物件。

我们已经说过，这只小鞋对她来说就是整个宇宙。她的全部思想已经禁锢在里面，只有到死亡时才能出来。为了这迷人的粉红色缎子玩具，她曾望着天空恶意地诅咒，动情地申诉，虔诚地祈祷，悲痛地哭泣，其中原委只有那昏暗的罗朗塔楼地窖才能知道。从未有过更可爱、更优美的物件曾引起更大的绝望。

这天早上，似乎她的痛苦比往常发作得更厉害，从外面就能听到她在哭泣，声音高亢而单调，摧人心肝。

她哭诉道：“我的女儿呀！我的女儿！我可怜的亲爱小宝贝！我再也看不到你了。就这么完了！我总觉得这事就发生在昨天！上帝呀天主，既然这么快就把她收去，当初何必赐给我呢？您难道不知

① 加卢法罗（1481—1559），意大利画家。

道，我们的孩子是十月怀胎生下的，哪位母亲失去了孩子，她会不信天主的。啊！那天我出去真是该死呀！主啊！主啊！您就这样把她夺走，您可曾见过我是怎么疼她的吗？我快快乐乐地让她烤火，她边吃奶边看着我笑，我让她的小脚蹬上我的胸口，一直蹬到嘴唇边。我的上帝，假如您看见过这情景，您就会怜悯我的快乐，就不会夺去留在我心头的唯一的爱！主啊，难道我就那么可恶，您惩罚我时连看我一眼也不愿意？唉！唉！鞋就在这里；那脚呢，脚哪儿去了？身子在哪儿？孩子在哪儿？我的女儿，我的女儿呀，他们把你怎样了？主啊，把她还给我吧。我求了您十五年，膝盖磨脱了皮，我的天主，这还不够吗？请把她还给我，哪怕是一天，一个小时，一分钟，一分钟也行啊，我的主！然后您再把我永远扔给魔鬼！啊！我要是知道您的袍角拖在什么地方，我就会双手钩住它，您若不还我孩子我决不松手！她那只小鞋多漂亮，主啊，您一点怜悯心也没有吗？您能用十五年的折磨来惩罚一位可怜的母亲吗？仁慈的圣母！天上仁慈的圣母！我自己的小耶稣，他们把她弄走了，把她偷走了，在灌木丛里把她吃掉了，他们喝了她的血，啃了她的骨头！仁慈的圣母！可怜可怜我吧！我的女儿！我要我的女儿！她就是在天堂里，这对我又有什么意义呢？我不要你们的天使，我只要我的孩子！我是一头母狮，我只要我的小狮崽。啊！您要是不还我孩子，我就在地下打滚撒泼，用额头撞碎石块，我甘愿下地狱，我要诅咒您，主啊！您看到我的胳膊已经咬烂了，主啊！仁慈的天主难道没有怜悯心吗？啊！只要有我的女儿，只要她像太阳一样温暖着我，您只赐我盐巴和黑面包也无妨！唉！天主我的主啊！我只是个卑贱的女罪人，但我的女儿会让我变得虔诚。那时候，出于对她的爱，我笃信宗教，她的微笑就像通天的窗口，我从那里见到您。啊！哪怕就一次，再有一次，仅有的一次，让我给她那只美丽粉红的小脚穿上这只鞋，仁慈的圣母，那我就是死了也会向您祝福！啊！十五年！她现在该长高了！不幸的孩子！什么！这么说是真的了，我再也见不到她了，甚至天堂里也见不到，因为我去不成。

啊！多大的苦难，虽说她的鞋在这里，可看不见人！”

不幸的女人扑倒在小鞋上，伏在这多年来给她以安慰但也令她绝望的鞋上，她仍像第一天那样哭得肝胆俱裂。因为对一位失去孩子的母亲来说，每天都是第一天。这种痛苦是不会消减的。丧服尽管穿旧，发白，内心仍然悲痛欲绝，一片漆黑。

正在这时，几个孩子带着清新的欢声笑语从小屋前走过。每当她看到或听到孩子们喧闹，她就会扑向这座坟墓的最阴暗的角落，似乎想把头尽量钻进石头缝里，免得听到他们的声音。这次却相反，她突然站起来，贪婪地听着。一个小男孩刚才说：“今天要吊死一个埃及姑娘。”

我们前面已经见过，当蜘蛛感到罗网抖动时，就会猛地跳出来扑向苍蝇。她听到这话，也跑向天窗口。我们知道，这窗口正对着河滩广场。果然，一直立在那里的绞架边靠着一架梯子，刽子手的助手正忙着调整被雨水淋锈了的铁链。四周聚着一些人。

那帮说笑的孩子已经走远。麻袋女四下张望，想找个过路人问一问。她发现紧挨她的小屋，一位教士正在装模作样地阅读公众祈祷书。其实他关心更多的是绞架，而不是“铁花栅栏后的圣书”，不时向绞架投去阴森而凶狠的一瞥。她认出是若萨副主教，一位圣洁的人。

她问道：“神父先生，那儿要吊什么人呀？”

教士看了她一眼没有回答；她又问一遍。于是，他回答说：“我不知道。”

坐关修女接着说：“听几个小孩说，那是个埃及姑娘。”

“我想是吧。”教士说。

于是雏菊·香特弗娄梨幸灾乐祸地大笑起来。

副主教说：“嬷嬷，这么说您非常痛恨埃及女人喽？”

坐关修女喊道：“痛恨她们？这还用说！她们都是妖女，偷孩子的女贼！她们吃了我的小女儿，我的孩子，我的独生女！我的心没了，也被她们吃掉了。”

她的面容非常可怕。教士冷冷地看着她。

她接着说："其中一个尤其可恨，我已经诅咒过她，就是那个年轻的。若不是她娘吃了我的女儿，我女儿也有她这么大了。每当这条小毒蛇打我的小屋前走过，我全身血液就像开了锅！”

“那好，嬷嬷，这下您可以开心了，正是这个女人，您马上就可以看到她被吊死。”教士说着，他像坟上的雕像一样冷冰冰。

他的脑袋垂在胸前，慢慢走开了。

坐关修女高兴得直拧胳膊。她喊道："我早就对她有言在先，她要上绞刑架的！谢谢，神父！”

她立刻迈开大步，披头散发，在窗栅栏前踱来踱去，眼睛冒着火花，用肩膀撞着墙，活像一只关在笼子里的母狼。它已经饿了很久，现在感到喂食的时间临近了。

六　三个男人心不同

其实，腓比斯并没有死。这种男人福大命大。当国王监诉官菲力普·勒里埃对爱斯美拉达说“他就要死了”时，这兴许是口误，或想开个玩笑。而当副主教对女囚重复“他已经死了”时，事实是他对此一无所知。他相信他死了，也指望他死掉，他不愿怀疑，他非常希望他已经死去。他无法忍受将情敌的好消息告诉自己心爱的女人。任何男人在这种情况下都会这样做的。

这倒并不是说腓比斯的伤势不重，而是并不像副主教期望的那么重。巡防士兵最初把他送到外科医生家里，外科医生断定他活不了一个星期，甚至用拉丁语告诉了他。不过，青春还是占了上风；事情经常会这样，不管医生如何诊断，人体的本性却和医生开了个玩笑，让病人死里逃生。就在他躺在外科医生的手术床上时，菲力普·勒里埃和宗教法庭的调查官对他细加盘查，使他非常厌烦。于是，一天早晨，他觉得好多了，就留下金马刺作为医药费，不辞而别了。再说，这并没有对案情的审理造成任何麻烦。当时的司法机构不大在乎刑事审判的严丝合缝。只要把被告绞死，那就是做了该做的事。况且，法官们已经有了控告爱斯美拉达的足够的证据。既然他们认为腓比斯已经死了，那么事情就已成定局。

至于腓比斯，他并没有逃到天边。他只是回到了他的兵营里，就在距巴黎几站路的勃里尾巴军营，仍在法兰西岛[①]内。

毕竟，亲自出庭做证对他来说并不是件光彩的事。他模模糊糊感到，站在法庭上会有多么尴尬。说到底，对整个案件该如何看待，他自己也不大清楚。他和其他士兵一样也是一介武夫，虽不信天主，但免不掉有点迷信，当他自问这段奇遇的原委时，自己也有些迷惑不解。那只山羊，与爱斯美拉达奇特的相遇，她向他暗示爱情的奇怪手段，还有她那埃及姑娘的身份，最后是妖僧，这一切令人费解。在这段艳情中，他隐约觉得魔法多于爱情，她可能就是女巫，也许就是魔鬼；说到底，这也许是出喜剧，用当时的话来说，是出很倒胃口的圣迹剧，而他在里面扮演了一个蹩脚的角色，一个挨刀子、受嘲弄的角色。想到这些，卫队长觉得无地自容。正像拉封丹高度概括的那样：

> 羞愧得就如被母鸡逮住的狐狸。

此外，他希望这事不要弄得满城风雨，因他缺席而尽可能少提他的名字，最好不要传出小塔法庭的范围。在这一点上他绝对没错。当时还没《法庭公报》，而且，几乎每周在巴黎某个“伸张正义”处都有伪币制造者被煮死，或是女巫被绞死，或是一个异教徒被烧死。在

① 法国旧行省名，现为巴黎及周围地区。

所有街口，封建的泰米斯老太[①]光着膀子，双袖高卷，正在绞架、梯子和耻辱柱边忙碌，百姓们习以为常，对这类事情也就不太注意了。当时的上流社会几乎不知道从街角边走过去受刑的犯人姓甚名谁，至多只有老百姓去享用这盘粗俗的菜肴。行刑是公共场所的例行公事，跟烤肉店的烤炉和剥皮场的屠宰坊没有两样。刽子手不过是一种更为凶狠的屠夫罢了。

于是，腓比斯内心很快就安宁下来，管他什么女巫爱斯美拉达，或是像他说的西米拉，不必弄清是波希米亚姑娘还是妖僧捅了他一匕首，更不在乎审判结果如何。但当他的心在这方面赋闲时，百合花的形象又出现了。腓比斯队长的心灵和当时的物理学一样，最害怕真空。

再说，在勃里尾巴的日子特别无聊，村上有几个马蹄匠，几个满手裂缝的牧牛女，半法里长的大路两边一长串杂乱无章的棚屋茅舍；总之，像条“尾巴”。

百合花是他上一次钟情的对象，姑娘很漂亮，嫁妆也很诱人；所以，那天一大早，这位多情郎君感到伤口已经痊愈，估计波希米亚姑娘事件经过两个月，风头已经过去，案子已经了结，于是骑马来到贡德洛里埃家住所前。

他没有理会圣母院大门前的广场上聚着大堆人。他记得这天正是五月，大概是什么迎圣游行，什么圣灵降临节，某个庆典活动什么的。他把马拴在门旁一个铁环上，兴高采烈上楼找他美丽的未婚妻。

她单独和她母亲在一起。

百合花心里还记恨那女巫来的情景，她的山羊，该死的字母片，还有腓比斯老不露面。然而，见到她的卫队长满面春风，穿着崭新的军服，身披闪亮的绶带，精神抖擞走进来时，她高兴得满脸绯红。这位高贵的小姐本人也比以往任何时候更加迷人。她那头金黄的秀发编

---

① 希腊神话中的司法女神。

成发辫，优美动人；她身着天蓝色服装，与白净肌肤尤其相宜，这是小白鸽教她的扮俏方法；那双眼睛温情脉脉，又增添几分妩媚。

腓比斯在勃里尾巴所见无非是丑陋的村妇，与这般美色已经久违，简直给百合花迷住了。这位军官显得急不可待，表现得分外殷勤，于是两人立即和解。贡德洛里埃夫人仍然慈祥地端坐在大椅子上，不忍心去责备他。至于百合花的责怪，顷刻消解在温柔的呢哝声中。

姑娘靠窗坐着，还在绣着那幅海神的洞府。卫队长倚靠在她椅子背上，姑娘低声而又情意绵绵地数落他。

“您真坏！这两个多月都跑哪儿去了？”

腓比斯听到这个问题，很不自在，回答说：“我向您发誓，您这么漂亮，连大主教也会想入非非的。”

她不由得莞尔一笑。

“够了，先生，够了。先不谈我美不美，您先回答我的问题。漂亮倒是不假！”

“那好！亲爱的表妹，我被召回军营驻防去了。”

“请问在什么地方？为什么不来告别一下？”

“在勃里尾巴。”

腓比斯庆幸第一个问题让他免答第二个问题。

“但是那里很近啊，先生，怎么会一次都不来看我呢？”

说到这里，腓比斯倒真给问住了。“因为……军务……再说，迷人的表妹，我病了。”

“病了！”她吓了一跳。

“是……受了伤。”

“受伤！”

可怜的孩子听了这话，顿时六神无主。

腓比斯毫不在乎地说：“别大惊小怪的，小事一桩。吵了一架，动了下刀剑；这碍得了您什么？”

“碍我什么？”百合花抬起充满泪水的眼睛喊道，“啊，您这话肯定不是心里想说的吧。动刀子是怎么回事？我想知道一切。”

“那好吧！亲爱的美人，我跟马埃·费迪干了一架，您知道的，就是圣日耳曼-昂-莱伊的那个副官，我们俩动了手，双方都破一点皮。就是这些。”

说谎成性的卫队长十分清楚，为荣誉而决斗总能使男人在妇人心目中的地位升高。事实如此，百合花愣愣地看着他，既激动，又后怕，既高兴，又欣赏。不过，她还是有几分担心，她说：

“只要您痊愈了就好，我的腓比斯！我不认识您的什么马埃·费迪，但他肯定是个无赖。你们是怎么吵起来的？”

腓比斯的想象力平平常常，这一问使他没了招儿，不知怎么说清他那子虚乌有的肇事原因。

“啊，我哪儿知道……为一点小事，一匹马，一句话吧！”他搪塞着，想转换话题，“美丽的表妹，前庭广场上吵吵嚷嚷的，是怎么回事啊？”

他走到窗前。“啊！我的上帝，美丽的表妹，圣母院广场上人可真多！”

百合花说：“我不知道，好像是一个女巫，今天上午她得来教堂前请罪，然后将被绞死。”

卫队长深信爱斯美拉达一案早已结束，因此对百合花的话并不在意。但他还是问了她一两个问题。

“这个女巫叫什么名字？”

“我不知道。”她回答说。

“那她都干了些什么呀？”

百合花又耸了耸她那白嫩的肩膀，说：“我不知道。”

她母亲插上来说：“啊！我的天主耶稣！这年头巫师可真多，该把他们全都烧死，我想不必知道他们姓甚名谁。知道天上每块云彩的名字又有什么意义呢？总之，除掉他们世道就太平。仁慈的天主掌管着生死簿。”说到这里，可敬的夫人站起身来，走到窗前，说：“主啊！腓比斯，您说得不错。果然有一大堆贱民在那里。赞美天主！连房顶上也站满了人……您知道吗，腓比斯？这让我想起从前的美好时光。国王查理七世入城时，也有这么多人。我记不清是哪一年了。我跟您说这些，您会觉得都是些陈年老账是不是？可对我来说，这还是很近的事情。啊！那天的人要比今天多得多。连圣安东尼门的垛口里也钻满了人。国王骑马，后面载着王后，圣驾之后是所有贵族老爷以及坐在他们身后的朝廷命妇。我记得那天人们哈哈大笑，因为在身材矮小的阿马尼翁·德·加朗德身旁，有一位马特费隆老爷，他是个巨无霸，曾经杀死过成堆的英国佬。当时真是太美了。法国所有的侍从贵族都在行列中，他们打的小红旗红成一片，映入眼帘。有打三角旗的，也有打战旗的。我也说不清了，加朗爵士打着三角旗，让·夏多莫朗打着战旗；古锡爵士也打着战旗，他的战旗比谁的都要华丽，仅次于波旁公爵。……唉！想起当年的这一切，现在已荡然无存，怎不令人心酸！”

一对情侣并没听可敬寡妇的唠叨。腓比斯又回来，把胳膊枕在未婚妻的椅子背上。这是个迷人的位置，他那好色的眼睛能钻进百合花衣领处的所有开口。她那抹胸恰好张着，让他看到不少美妙的东西，又让他猜想许多未见之物。腓比斯被这缎子般闪光的皮肤惊呆了，便自言自语地说：“除了白嫩的姑娘之外，还能爱谁呢？”两人一时相对无话。姑娘不时抬眼望他，眼神里充满欣喜和温柔，他们的头发在春天的阳光下交织在一起。

突然，百合花低声说：“腓比斯，三个月后，我们就要结婚了。您要向我发誓，除我之外，您从来没有爱过别的女人。”

“我向您发誓，美丽的天使！”腓比斯回答说，那深情的眼神与诚实的语调相互呼应，使百合花深信不疑。大概这时连他自己也信以为真了。

这时，好心妈妈见两人如此亲热，心里像喝了蜜，借故走出房间，料理什么家务去了。发现就他们两人在一起，这位喜欢冒险的卫队长胆子壮了起来，脑子里便异想天开，怪念丛生。既然百合花爱他，他是她的未婚夫，现在又单独和他在一起，不免旧情又起，虽说不如当初那么新鲜，但激烈似乎不减；况且，吃一点属于自己的麦子，虽说还没有长熟，也算不上什么罪过；谁知道他脑子里是不是这么想，但是有一点可以肯定，百合花突然被他的眼神吓了一跳。她向周围一看，母亲不在了。

她满脸涨得通红，心慌意乱地说："我的天主！真热呀！"

腓比斯回答说："是有点热，我想是快到中午了。太阳晒得难受，放下窗帘就好了。"

"不行，不行！"可怜的小姑娘喊道，"相反，我需要空气。"

她像一头嗅到了猎犬气息的母鹿，猛地站起身来，跑到窗前，打开落地窗，冲到了阳台上。

腓比斯跟上阳台，心中好生不快。

阳台正对着圣母院广场，这一点读者已经知道。此刻，广场上呈现一派奇特可怕的景象，顿使害羞的百合花的恐惧倍增，起因却大不相同。

广场上人山人海，四周围得水泄不通，相邻的街道也挤满了人。若不是二百二十名把总和火铳手组成人墙，手持火铳保护，单凭周围齐腰高的矮墙，很难说不被人群冲开。幸亏长枪短剑林立，广场方能空出来。入口处由一队佩戴大主教纹章的戟兵把守。主教堂的几道大门关得严严实实，与广场周围的无数窗户形成鲜明的对比。这些窗户全部开着，甚至连山墙上的小窗也不例外，窗口挤着成千上万个脑袋，恰似炮兵仓库里的一堆堆炮弹。

人海中灰黑的人头上下浮动，肮脏而混浊。人群在等待的，无疑是那些能触发和唤起民众心中最肮脏东西的景象。任何丑恶，也比不上千万顶黄帽和污秽头发攒动所发出的声音。人群中笑闹声盖过喊叫声，女人多于男人。

不时，一声刺耳的尖叫回荡不息，划破人群的嘈杂声。

……

“喂！马耶·巴利弗尔！就在这里吊她吗？”

“蠢货，在这儿是请罪，只穿内衣哪！仁慈的天主将把拉丁话吐在她的脸上！这种事一向在这里进行，正午时分。你如果想看绞刑，就滚河滩那边去。”

“这儿完了就去。”

……

“哎，布康勃利太太，她真的拒绝了听忏悔神父？”

“好像是的，贝歇尼太太。”

“您看，这就叫异教徒！”

……

“先生，这是惯例。司法宫判决死刑后，如果是俗人，司法宫大法官就把他交给巴黎府尹，如果是教士，就由主教区的宗教法庭处决。”

“谢谢您，先生。”

……

百合花见状后说：“啊！我的天主！多可怜的人儿！”

她这么想着，扫视人群的眼睛里充满着痛苦。卫队长心里想的是她，哪管下面那帮破衣烂衫的人群。他从背后情意绵绵地磨蹭她的腰肢。她回过头笑着乞求道：“行行好，放开我，腓比斯！万一我母亲走进来，会看见您的手的。”

这时，圣母院的大钟缓缓敲响中午十二点。人群中响起一阵满意的低语声。第十二下钟声的余音刚刚消失，所有脑袋犹如风推波浪一般翻动起来，街道上，窗子上，屋顶上发出一片叫喊声：“她来了！她来了！”

百合花用手捂住眼睛，不敢去看。

腓比斯对她说：“美人，您想进屋去吗？”

“不。”她回答说，刚才这双因害怕而闭上的眼睛，出于好奇又睁开了。

一辆囚车由一匹肥壮的诺曼底马拉着，由身穿绣着白十字紫色号衣的骑兵簇拥，从牛倌圣彼埃尔街驶入广场。巡防队的官兵们抡起皮鞭，在人群中使劲开道。囚车旁有几个司法和治安军官骑马偕行，从他们的黑色制服和骑马的笨拙模样一眼便可认出。雅克·沙莫吕先生耀武扬威走在前面。

在死囚车里坐着一个姑娘，反剪着双手，身旁没有神父。她只穿着衬衣，长长的黑发纷披在胸前和半裸的肩膀上。当时的习俗是到了绞刑架下才剪去头发。

透过那头比乌鸦羽毛还亮的波浪式秀发，可见一根灰色粗绳紧紧缠绕在她身上，勒进她脆弱的锁骨之间，盘绕在可怜姑娘迷人的脖子上，犹如一条蚯蚓缠住一朵花。绳索下闪烁着一个镶着绿玻璃的小小护身符。对即将去死的人大概不好拒绝什么，所以他们让她留着。站在窗边的观众能够看到，在囚车底部，似乎是出于女性最后的本能，女囚竭力将她光着的腿藏到身下。她脚下有只五花大绑的小山羊。女囚用牙齿咬住没扣严的衬衣，仿佛在她的不幸里，她为在众目睽睽之下衣不遮体而倍感痛苦。唉！处女的羞涩怎经得住这般寒碜。

“耶稣啊！”百合花急不可耐地对卫队长说，“亲爱的表哥，快看呀！就是那领着山羊的波希米亚坏女人！”

她这么说着，同时转过身来看腓比斯，只见他双眼紧盯囚车，脸色煞白。

“什么领着山羊的波希米亚坏女人？”他讷讷地说。

百合花接着说：“怎么？您不记得了？”

腓比斯打断她说：“我不明白您想说什么。”

他退了一步想回房间。但是百合花前不久被这位埃及姑娘扰得妒火万丈，此时嫉妒心再次萌发，便向他投去既犀利又疑虑的眼光。她还模模糊糊想起，曾经听说有一位卫队长卷入这名女巫的案子里。

她问腓比斯："您怎么啦？这女人好像让您丢了魂似的。"

腓比斯竭力讪笑着说：

"我！压根儿没的事！嘿，得了吧！"

"那好，您给我留下，咱们一直看到结束。"她强迫命令道。

倒霉的卫队长不得不留下来。使他稍微放心的是，女囚的眼睛始终看着囚车的底板。千真万确，她就是爱斯美拉达。到了耻辱与不幸的极限时，她还是那么漂亮。那双大大的黑眼睛在消瘦的面颊上显得更大，苍白的面容变得更加纯洁高雅。她还是原来的那副模样，就像马扎奇奥画的圣母和拉斐尔画的圣母一样：只是比以前更加虚弱，更加纤细，更加消瘦。

此外，她内心没有一样东西不在摇晃，除了羞耻心之外，她已经麻木不仁，一切听其自然，陷入了深深的绝望之中。她的身体随囚车颠簸而跳动，像个死人或摔碎的物件。她的眼神忧伤而迷乱。眼眶里只有一滴眼泪，但已静止不动，可以说已结了冰。

同时，那送葬一般的骑兵队伍在欢呼声中，在两边的奇态怪姿中，穿过人群。不过，为尊重史实，我们必须指出，见她这么美丽，又被折磨成这样，许多人起了怜悯心，甚至不少铁石心肠的人也被感动了。囚车最后来到了广场。

囚车在中央正门前停住。押送队呈作战队形分列两侧。人群中鸦雀无声，在这充满肃穆与焦虑的寂静中，教堂大门的两扇门扉仿佛自动打开，门铰链嘎嘎吱吱，声似短笛。教堂的整个长度和深度都呈现在众人眼前，里面阴森森的，一派治丧气氛，仅仅在主祭坛上远远有几支蜡烛在闪烁。在广场上耀眼的阳光下，这敞开的门洞犹如深不可测的洞穴出口。在教堂深处半圆室的阴影下，隐约可见一个巨大的银制十字架，张挂在从拱顶直落地面的黑色幕布上。整个中堂空无一人。不过在远处唱经班席位上，模模糊糊有几个教士的脑袋在晃荡。就在大门打开的同时，教堂里溢出一阵阵庄严、响亮和单调的歌声，好像一口一口地向女囚头上呕吐丧礼赞歌的片段。

……我不怕周围成千上万的人，起来，主啊！救救我吧，天主。[1]

……救救我吧，天主！因为水已进来，淹没我的灵魂。[2]

……我已跌向深渊，脚下没有实地。[3]

同时，另一个独立于唱经班的声音在主祭坛那边唱起忧伤的献祭歌：

谁听见我的话，相信派我来的主，将得到永生；他不是来受审，而是从死亡走向永生。[4]

几位老人隐没在阴暗中，从远处为这个充满青春活力的生灵歌唱。纵然她春风拂面，阳光浴体，他们为她唱的却是亡灵安息弥撒曲。

人群肃静地听着。

不幸的姑娘吓得魂飞魄散，视力与思想似乎消失在教堂黑暗的深处。她惨白的嘴唇在嚅动，仿佛在祈祷。当刽子手的助手过去扶她下囚车时，只听见她低声重复着这个词：腓比斯。

她双手松了绑，被人从车子上带下来。小山羊陪着她，它也松了绑，感到自由后便高兴得咩咩直叫。她被押着，光着脚在坚硬的石块路面上行走，直到教堂大门前的台阶下。拴在她脖子上的绳索拖在身后，犹如一条长蛇跟在后面爬行。

此刻，教堂里的歌声已经停止。黑暗中一个巨大的金十字架和一排蜡烛开始移动，又听到服饰斑驳的瑞士卫兵的兵器作响。过了一

① 原文是拉丁文。
② 同上。
③ 同上。
④ 同上。

会，一长列身穿无袖祭衣的教士和穿法衣的助祭唱着赞美诗庄严地向女囚走来，在她眼前和观众面前一字儿排开。可是她的眼光停在队伍最前列、紧跟在扛十字架的人后面的那位教士。她抖颤着低声说："啊！又是他，是那个教士！"

果真是副主教。他左边是副领唱，右边是手执指挥棒的领唱。副主教头向后仰，双眼瞪着前方，边走边以洪亮的声音唱着：

余自地狱深处呼唤，汝闻余之呼声。
汝投余海洋深处，波涛翻滚吞没余身。①

当他身披绣着黑十字的银色长披肩，从高大的尖拱门里走到光天化日之下时，脸色显得如此苍白，人群中不少人以为，他是那些大理石雕的主教之一，原来跪在唱诗班墓石上，现在站了起来，到坟墓门口迎接即将死去的女人。

她也和他一样，脸无血色，形如石雕，人家把一根点着的黄色大蜡烛塞到她的手里，她也似乎没有觉察；她也听不到录事尖声宣读的悔过书的致命内容。人家叫她回答"阿门"时，她就回答"阿门"。当她看到教士示意让看守走开，并单独向她走来时，这才有所醒悟，恢复了一点气力。

她顿时觉得血液在脑袋里翻腾，已经麻木冰凉的心灵中仅剩的一点愤恨重新点燃起来。

副主教慢慢向她靠近。即使在这绝境之中，她仍能看到副主教那双闪烁着淫荡、嫉妒、贪婪的眼睛在她赤裸的身上扫视。然后他高声对她说："姑娘，您请求上帝宽恕您的过失了吗？"他俯到她的耳边，观众们以为他在听取姑娘最后的忏悔，他说："你要我吗？我还可以救你！"

---

① 原文是拉丁文。

她眼睛盯着他说："魔鬼，快滚开！不然我就告发你。"

他露出狞笑。"人家不会相信的，你这样做无非是罪上加罪。快回答！你要不要我？"

"你把我的腓比斯怎样了？"

"他死了。"教士说。

正在这时，可恶的副主教机械地抬起头，目光射向广场另一头贡德洛里埃家阳台上，发现卫队长正站在百合花的身边看热闹。他的身子晃动了一下，几乎跌倒，用手揉了揉眼睛，又仔细看了一次，低声咒骂着，面部所有肌肉都猛烈地抽搐起来。

他从牙缝里挤出几个字来："那好！你去死吧！谁也得不到你。"

于是，他把手举过埃及姑娘的头顶，用哭丧的声调喊道：

"速行，彷徨之灵魂，愿天主怜悯你。"①

这是习惯上用于结束这种阴森仪式的可怕套语，是教士与刽子手约定的暗号。

观众们跪了下来。

"天主怜悯我等！"②站在尖拱门廊下的教士们齐声说。

"天主怜悯我等！"观众们也附和着，嗡嗡声越过人头，犹如汹涌的海浪在拍击。

"阿门。"副主教说。

他转过身去，背朝着女囚，头垂在胸前，双手交叉，回到教士的行列。过了一会，他和十字架、蜡烛、披肩一起消失在主教堂雾蒙蒙的拱门中；他那洪亮的声音唱着绝望的诗句，融合在合唱中，渐渐消去：

"主啊，汝以漩涡波涛卷没余身。"③

---

① 原文是拉丁文。

② 同上。

③ 同上。

同时，瑞士卫兵的兵器不时发出撞击声，在中堂石柱间渐渐消失，仿佛是丧钟的钟锤为女囚敲响了最后一刻。

然而，圣母院的大门依然敞开着，只见里面空空荡荡，凄凄惨惨，烛灭声寂，一派丧悼景象。

女囚站在原地一动不动，等待处置。需要一位执棒差人禀告沙莫吕大人下令。而这位先生在整个谢罪过程中，却潜心研究起大门上的浮雕。门上的浮雕，有人认为是表现亚伯拉罕献祭，也有人认为是点金术图解，以天使表示太阳，以柴薪表示火焰，亚伯拉罕表示术士。

使他从凝思中清醒过来殊非易事，不过他终究还是回过头来。他一挥手，两个身穿黄衣的人和刽子手的助手走近埃及姑娘，把她的手重新捆上。

可怜的姑娘在重新登上囚车向最后一站驶去时，似乎为留恋生命而十分痛苦。她抬起红肿干涩的眼睛，望着天空，望着太阳，望着被切割成碎片的银白色云彩的梯形或三角形空隙中露出的蓝天。然后，她低头环视四周，看看土地、人群、房屋……突然，当黄衣人绑缚她的胳膊时，她喊出惊人的一声，快乐的一声。就在广场角落那边的阳台上，她看见了他，她的朋友，她的主人，腓比斯，她生命中的另一个幻影！法官撒了谎！教士也撒了谎！这就是他，她没法怀疑，他就在那里，俊模样，活生生，穿着鲜艳的制服，头上插着羽毛，腰间佩着长剑！

她叫了起来："腓比斯！我的腓比斯！"

她的双臂因爱情和狂喜而颤抖，她想把双臂伸向腓比斯，可是她被绑着不能动。

这时，她看见卫队长皱起眉头，一位漂亮姑娘靠在他身上，噘着蔑视的嘴唇，用生气的眼光看着他。然后腓比斯说了几句什么，但爱斯美拉达却听不见，只见他们两人急忙走进阳台的玻璃窗后，随即关上了窗子。

她拼命叫喊："腓比斯！你相信这些吗？"

这时她才想起一件可怕的事。她记起自己因谋杀腓比斯·德·沙朵佩而被判处死刑。

她至此忍受了一切。但是这最后一次打击太残忍了。她一下瘫倒在地，不能动弹。

沙莫吕说："快，把她架上囚车，赶快了结！"

这时谁也没有发现，就在尖拱正门上方的历代国王雕像廊里，有一位古怪的观众自始至终观看着这一切。他显得无动于衷，脖子伸得老长，面孔奇丑，若不是他穿着半红半紫的服装，真会被人当作主教堂上那些六百年来伸出滴水檐外、口吐雨水的石雕怪兽之一。这位观众目睹了中午以来圣母院前发生的一切。打一开始，他就把一根打好结的粗绳牢牢系在了走廊的一根柱子上，绳子的另一头拖到下面的石阶上，谁也没有想到去注意他。做好这事后，他便安安心心地观看，碰上飞过一只喜鹊，他还吹吹口哨。突然，当刽子手的助手正要执行沙莫吕那冷酷的命令时，他一下跨出走廊栏杆，用双手、双膝和双脚钩住绳索，只见他像一滴雨水滑下玻璃窗那样，从教堂正面滑下，像从屋顶跳下的猫儿一样冲向两个刽子手，挥起一双大拳将他们击倒，然后像小孩子抓布娃娃那样，一只手夹起埃及姑娘，一个箭步蹿进了教堂。他把姑娘举过头顶，声若洪钟喊道："避难！"

这一切进行得如此迅速，犹如夜间闪电一亮时所能看到的景象。

"避难！避难！"人群也跟着高呼，成千上万双手鼓起掌来，使得卡西莫多的独眼闪出兴奋和自豪的目光。

这阵震天响声使女囚苏醒过来。她抬起眼皮，看见卡西莫多，然后立刻闭上眼睛，似乎害怕这位救命恩人。

沙莫吕、刽子手及押解官兵个个惊恐万状。因为在圣母院的墙垣之内，女囚是不可侵犯的。主教堂是个避难所，任何人间司法权到达它的门槛就无效。

卡西莫多在教堂大门下停住。一双大脚站在教堂地面上，稳如粗大的罗马式门柱。披头散发的巨大头颅缩在肩膀里，犹如长满鬣毛但同样没有脖颈的雄狮头。他那满是老茧的手举着姑娘，姑娘气喘吁吁悬在空中，恰似飘荡着的洁白纱巾；但是他那小心翼翼的神情，像是生怕把她打碎或弄皱似的。他似乎觉得，这是一件脆弱、精美、珍贵的物品，别人的手可以拿，而他的手却配不上。有时，他似乎连碰也不敢碰她，吹口气也不敢。随后，他突然把她紧紧抱住，搂在疙疙瘩瘩的怀里，仿佛是他的东西，他的宝贝，仿佛母亲搂抱孩子；那只地鬼似的眼睛朝下看着她，给她温柔，诉说痛苦和怜悯，突然又抬起来，射出闪电般的光芒。于是，妇女们笑的笑，哭的哭，群情振奋，因为这时才显出卡西莫多真正的美。他真美，他，这个孤儿，这个捡来的孩子，这个被嫌弃者，此时倍感威武与强大。面对这个排斥自己的社会，他竟然能威力无比地进行干预，他能藐视人间的司法，从它的巨口中抢走猎物，迫使这些虎豹无肉可嚼；这些警吏，这些法官，这些刽子手，国王的所有威力，被他这个残疾人凭借天主的力量打得粉碎。

此外，一个畸形人保护一个不幸的人，卡西莫多搭救了一位被判处死刑的女囚，这本身就是一件感人肺腑的壮举，这是自然与社会造成的两个极端的不幸在此相遇相助。

不过，卡西莫多站立片刻显示他的胜利后，带着他的负荷一下钻进了教堂。热爱英勇行为的民众眨巴着眼睛，在昏暗的中堂里搜寻他的身影，惋惜他这么快就跑掉，不容他们尽兴喝彩。突然，只见他又出现在法兰西历代国王雕像长廊的一端，双手举着他的战利品，发疯似的从这一端跑向那一端，边跑边喊："避难！"人群中再次爆发出雷鸣般的掌声。跑完长廊后，他又钻进教堂里面。不一会，他又出现在上一层的平台上，始终举着埃及姑娘，始终狂奔着，始终喊叫着："避难！"人群再次为他鼓掌。最终，他第三次出现在大钟楼的顶端；从那里，他似乎自豪地向整个城市炫耀被他救下的姑娘，声如巨雷——这声音，人们很少听到，他自己则永远听不到——他疯狂地连吼三声："避难！避难！避难！"声音响彻云霄。

"啊！啊！"人群齐声响应，这阵震天动地的欢呼声传到对岸，令河滩广场上的人群惊诧不已，那位双眼紧盯绞架、一直等待行刑的坐关修女也十分惊讶。

第九卷

一　昏　热

不幸的副主教用命运之结捆住埃及姑娘，把自己也捆在一起。当他的养子猛然割断这个绳结时，他已经不在圣母院里。回到圣器室，他立刻脱掉罩袍、披肩和修士服，一齐扔给目瞪口呆的教堂执事，然后从修道院便门溜了出去，吩咐滩地的一个船家渡他到塞纳河的左岸，一头钻进大学城里崎岖的街道，不知道该上哪里去。他每走一步，就会遇见一队队兴高采烈的男男女女，他们匆匆向圣米歇尔桥赶去，指望“还赶得上”观看绞死女巫。副主教脸色苍白，神色慌张，像一只大白天放出的夜鸟，被一群孩子追逐着，甚至比这鸟儿更加昏乱和盲目，更加胆怯。他不知道自己在什么地方，在想什么，这一切是否在做梦。他向前走着，有时慢走，有时快跑，见街就钻，慌不择路，总觉得河滩广场在催促他往前赶，他隐约感到那可怕的河滩广场就在背后。

就这样，他沿着圣热纳维也芙山向前走，终于从圣维克多门出了城。只要当他回头仍能看到大学城的塔楼城垣和关厢的零星房屋时，他又继续奔逃。终于，一面斜坡挡住了他的视线，可恶的巴黎完全不见了。当他自以为已在千里之外，在田野里，在荒漠里，这才停住脚步，好像才能够呼吸。

这时，各种可怕的念头一齐涌进他的脑海。他清楚地看到了自己的灵魂，不禁一阵哆嗦。他想到那位不幸的姑娘，她毁了他，他也把她毁了。他惊恐不安地回顾他们两人走过的道路，这两条路弯弯曲曲各自向前伸展，直到交会处；最终无情的命运让它们相互撞击，碰得粉碎。他想到，永恒的誓言是何等疯狂，洁身守节又是多么虚妄，科学、宗教、德行等是多么空洞，天主又是多么无用。他沉湎在邪念中，不胜喜悦，他陷进去越深，越感到内心深处的撒旦在狞笑。

他这般深挖自己的灵魂，发现大自然原来给人的激情预备了多么宽广的天地，于是，他笑得更加苦涩。他搅动着内心的一切仇恨和狠毒，像医生用冷静的眼光检查病人一样，发现这种仇恨和狠毒不过是变恶的爱情；他还发现，爱情本是男子美德的源泉，在一位教士的心灵里却会化作可怕的东西，像他这种性格的人，成为教士就等于成为魔鬼。于是他的苦笑化作狞笑，突然，他的脸又变得煞白，因为他看到了他那命定激情的最阴森的一面，看到了他的爱情腐蚀心灵，充满毒液，无比仇恨，残酷无情，结果把其中一个人送上绞架，把另一个送进地狱：她被判处死刑，而他被打入地狱。

接着，他又笑了起来。他想到腓比斯还活着，不管怎样，卫队长还活着，而且活得轻松愉快，军装比以往更加漂亮，还带着新欢去看旧情妇被绞死。当他想到，在所有他欲置于死地的人中，只有埃及姑娘一人是他不憎恨的，但是唯独她没能逃出他的手掌，他冷笑得更加厉害。

从卫队长，他又想起那些看客，产生了一种闻所未闻的嫉妒感。他想到那些民众，全体民众，居然也看到他心爱的女人穿着内衣，几乎赤身裸体。想到这女人，如果能在黑暗中独自看见她影影绰绰的身段，那将是他莫大的幸福。可是现在，她穿着为销魂之夜准备的衣着，被迫在中午，在光天化日之下，暴露在民众面前，他几乎捶胸顿足。他为爱情的秘密被亵渎、玷污、撕去面纱、永远枯萎而失声痛哭。想到有那么多肮脏的眼睛看着她那件没有扣好的衬衣，占尽便宜；想到这位美丽的姑娘，这朵圣洁的百合花，这杯娇羞与快乐的美酒，他也只敢颤抖着沾沾嘴唇，而今却被当作一个公共食盆，甚至连巴黎最卑鄙的贱民、窃贼、乞丐、家丁等都前来共享，得到一种这般无耻的、污秽的、堕落的乐趣，他不由得号啕大哭。

当他试图想象一下，假设她不是波希米亚姑娘，他自己也不是教士，腓比斯也不存在，她也爱他，那么他在这世界上该是多么幸福；当他想象一下，他本来可以享受安谧的、充满爱情的生活；就在此刻，世界上随处都是幸福的夫妇，在橘子树下，在小河边，在夕阳的余晖中，在满天星空的夜晚，他们情话绵绵，流连忘返；假如天主愿意，他完全可以和她结为美满夫妻。想到这里，他心里一阵甜蜜，同时又万分失望。

啊！她！是她！是这个挥之不去的思绪在折磨他，蚕食他的脑海，撕裂他的五脏六腑。他并不后悔，并不内疚；他所做的一切，他随时准备再做一次；他宁愿她落在刽子手的手里，也不愿看到她投入卫队长的怀抱；不过他很难过，有时痛苦难当，便扯下一把把头发，看看白了没有。

有那么一阵子，他脑子里想到，也许正是此刻，他早上见到的那根可恶的铁链在收紧活结，勒在那脆弱而又优美的颈项上。想到这里，他不由得冒出一身冷汗。

又有一阵子，他一边恶魔般地取笑自己，一边想着第一天所见到的爱斯美拉达，她是那么生性活泼，无忧无虑，快快乐乐，打扮得漂漂亮亮，舞姿翩翩，如双肋生翼，动作多么协调；而最后一天见到的爱斯美拉达只穿着衬衣，脖子上套着绳子，光着脚丫，缓缓登上绞架硌脚的梯子。他脑海中这两幅画面反差如此之大，以至于他发出一声可怕的号叫。

当这绝望的风暴扰乱、折断、拔拽、压弯、连根拔起他心灵中的一切时，他看了看四周的自然景物。在他脚下，几只母鸡在灌木丛中啄食，金龟子在阳光下快速爬行，在他头顶上，几朵灰斑色的云彩在蓝天上逃遁，天边遥见圣维克多教堂的石板方尖塔耸立如巨碑，刺破了山丘起伏的曲线，科波墩上的磨坊主吹着口哨，看着风磨的扇叶在不停地旋转。生活到处都是生气勃勃、秩序井然、安详恬静，以千姿百态呈现在他周围，但这一切使他难受。他又向前跑去。

他就这样，在旷野里一直跑到天色将晚。整整一天，他都在逃避大自然，逃避生活，逃避他自己，逃避人类，逃避天主，逃避一切。有时候，他面孔朝下趴在地上，用手指拔麦苗。有时候，他在某个村庄杳无人迹的街道上停住，实在受不了种种念头的折磨，便用双手捧着脑袋，恨不得将它从肩头上拔下来，在地上摔个粉碎。

太阳即将归西的时候，他又反省自身，觉得自己几乎疯了。自从他失去挽救埃及姑娘的信心和意志后，他的内心一直经历着狂风骤雨，搅得他意识中不剩任何合理的念头，也没有一个想法站得住脚。他的理性已经横卧在地，几乎被彻底摧毁。他的理智中只剩下两个清晰的形象：爱斯美拉达和绞架。其余是一片黑暗。这两个形象拼凑在一起，形成可怕的组合，他越是凝聚剩下的注意力和思考力，越能看到这两个形象以梦幻般的速度不断扩大，一个变得越来越优雅，迷人，美丽，光彩照人，另一个变得越发恐怖；最后，爱斯美拉达像灿烂的明星出现在他的眼前，而绞架则像一只骨瘦如柴的巨臂。

值得注意的是，在遭受这一折磨的整个过程中，他从来没有认真地想到过自杀。这个可悲的人生性如此，他贪生怕死。也许他真的看到，他死后就是地狱。

然而，天色继续暗下来，内心尚存的生命本能使他模糊地想起该回家了。他以为离巴黎已经很远；但一辨方向却发现，他只是绕大学城的墙垣转了一圈。圣絮尔比斯教堂的尖塔和草场圣日耳曼教堂的三个塔尖在他右边的地平线上突起。他朝着这个方向走去。走到圣日耳曼修道院围绕垛口的护壕边时，他听到住持护卫喝问口令，便绕了过去，踏上一条小径，从修道院的磨坊和小镇麻风病院之间穿过去。不一会，他来到生员草地的边缘。这片草地由于僧侣学生日夜发生冲突而小有名气；这是圣日耳曼可怜僧众的“九头蛇怪”，该地对于圣日耳曼众僧不啻九头蛇怪，因众学僧唯以在此挑起争端为务[1]。副主教害怕碰到那里的人；害怕见任何人的面孔；他避开大学城，避开圣日耳曼小镇，想尽量迟一些回到街上。他沿着生员草地向前走，取道分割草地与新天主教堂的僻静小径，最后来到河边。在那里，克洛德教士找到一个船家，花了几个巴黎德尼埃，乘船逆流而上，来到城岛岬角处。他在这块荒凉的沙嘴处下船，此地正是上文说过的，即格兰古瓦大发遐想的地方，这块沙嘴越过国王花园，与渡牛洲平行。

小船单调地摇晃着，水声哗哗作响，使不幸的克洛德几乎昏昏欲睡。船家渐渐远去，他呆呆地站在河滩上，眼睛望着前方，所见之物都在摇摆，膨胀，一切变得如鬼影憧憧的虚境。这种由于痛苦而疲劳、而生幻觉的情况并不少见。

太阳已经坠落在奈勒塔后面。这时正是黄昏。天空泛白，河水也映成白色。在水天双白之间，他双眼紧盯塞纳河，左岸投射出庞大的灰影，越向远方延伸，越是变得细薄，最后像一支黑箭，钻入天际那蒙蒙雾霭中。岸上建满房屋，只能见到它们幽暗的侧影，在水天淡淡的底色上突出成黑黑的一片。窗户开始零星地发出亮光，像一个个炉门。这个庞大的方形尖碑的灰黑身影夹在天空与河流的白幕之间，在此显得特别宽阔，给克洛德教士以奇特的印象，好比一个人仰卧在斯特拉斯堡钟楼脚下，仰望他头顶上那巨大的尖塔高耸入云，在黄昏的暮色中若隐若现。只是在这里，克洛德是站着的，而巨型方碑反而躺着；正因为河流反射着天空，他脚下的深渊就更显深邃，巨大的岬角

① 原文是拉丁文。

就更像一切主教堂的尖塔，胆大包天地刺入太空；两者给人的印象是同样的。可是克洛德的印象有其奇特与深刻之处：他所见的确是斯特拉斯堡钟楼，不过是高达两法里的斯特拉斯堡钟楼，是闻所未闻、雄伟壮丽和无法估量的东西，是凡胎肉眼从未见过的建筑，一个巴别塔。房顶上的烟囱，城垣的雉堞，屋顶斜切的山墙，奥古斯坦修道院的钟楼尖塔，奈勒塔，等等，所有这些突出部分戳破了那方形尖塔的侧影，以繁复而荒诞的雕刻别出心裁地增加视觉幻景。克洛德处于幻觉中，似乎亲眼看到了地狱；千万盏灯火在恐怖的整个塔身上闪烁，犹如那巨大的地狱火炉的一个个炉门；从里面传出的人声和喧闹声，全是惨叫和呻吟。于是他害怕了，用手捂住耳朵不去听它，掉转身子不去看它，大步流星躲离这可怕的幻觉。

然而，这幻觉就在他内心深处。

当他回到街道上时，行人在店铺门面的灯光下与他擦肩而过，他们仿佛是永远在他周围来来往往的幽灵。一阵奇怪的噼里啪啦声在他耳朵里响起。异常的幻觉侵扰着他的心灵。他已看不清房屋、街道、车辆，分不清男人和女人，眼前是些捉摸不定的物件，其边缘相互交融在一起，形成一片混沌。在木桶街的转角处，有一家杂货铺，根据老习惯，门上披檐四周有许多白铁环，上面挂着一圈木制的蜡烛。风吹过，发出啪嗒啪嗒的碰撞声，犹如在打着响板。听到这声音，他觉得是隼山上的大串骸骨在黑暗中相互撞击。

他喃喃地说："啊！夜晚的风驱使它们相互碰撞，使铁链的声音和骨头的声音混杂在一起！她或许也在那里，在它们中间！"

他已经晕头转向，不知往哪里去。走了几步之后，他发现来到了圣米歇尔桥。有幢房屋的一楼窗户透出亮光。他走了过去。透过破裂的窗玻璃，只看到一间肮脏的厅堂，这勾起他心中一个模糊的记忆。在这间房暗淡的灯光下，只见一位春风得意的金发青年，满脸喜悦，哈哈大笑，与一个打扮十分妖艳的姑娘亲昵。油灯边，有个老太婆在纺线，颤着嗓子唱歌。那青年笑笑停停，老太婆的歌声得以断断续续飞进教士的耳朵。这歌声辨不清字眼，调子也很可怕。

河滩，吠叫吧，河滩，蠢动吧！
纺啊，纺啊，我的纺锤把，
给刽子手纺出绞索，
他在庭院里吹口哨。
河滩，吠叫吧，河滩，蠢动吧！

漂亮的大麻绞绳！
从伊西直到旺伏，
只种亚麻不种麦。
盗贼没有偷去卖，
漂亮的大麻绞绳！

河滩，蠢动吧！河滩，吠叫吧！
要看那风骚姑娘
吊在烂眼绞架上，
处处窗户是眼睛。
河滩，蠢动吧！河滩，吠叫吧！

老太婆唱到这里，青年又笑了起来，用手抚摸着姑娘。这老太婆就是法卢代，姑娘是个妓女，青年就是克洛德的弟弟约翰。

他继续看着。这个景象也看，那个景象也看。

他看到约翰走到房间顶头的窗前，打开窗子，向河岸边瞧了一眼，远处千万个窗户闪出亮光。他关上窗说："我的天哪！外面已经黑了，市民们点亮了蜡烛，仁慈的天主点亮了星星。"

然后，约翰又回到那个荡娃身旁，把桌上一个瓶子敲碎，喊道：

"牛的角，已经空了！我也没有钱了！伊莎博，亲爱的，我对朱庇特很不满意，他应该把您两个白奶头变成两只黑酒瓶，好让我日夜吮吸博纳葡萄酒。"

这玩笑开得漂亮，那姑娘笑了起来，然后，约翰走了出去。

克洛德教士急忙趴在地上，以免被人看到，他怕被弟弟撞个正着认出来。幸好街上很黑，而且学生也醉了。不过他还是看到副主教躺在街上的烂泥里。他说：

"哈哈，这家伙今天过得够开心的。"

他用脚踢踢克洛德教士，克洛德大气不敢出一声。

约翰又说："醉死鬼。瞧，他灌饱了。真是酒桶里掉出来的蚂蟥。"他弯下腰看了看，又补充道："还是个秃驴呢，一个老头！福星高照之老人[1]。"

然后，克洛德教士听他说着走远了。"反正是一回事，理性是个好东西，我那当副主教的哥哥既理智又有钱，真乃三生有幸。"

副主教爬起来，一口气跑向圣母院。黑暗中，他已经看到那高大的钟楼矗立在房屋之上。

当他气喘吁吁来到圣母院广场时，不由得后退了一步，不敢抬眼去看这座置人于死地的建筑。他低声说："啊！这难道是真的吗？今天，就在今天上午，在这里发生了那样的事！"

然后，他壮着胆子看看教堂。门面一片阴森。后面的天空中闪着星星。一弯月亮刚从地平线上升起，正挂在右边钟楼的尖顶上，犹如一只发光的鸟，栖息在形似黑色三叶草花的栏杆边。

修道院的门紧闭着。不过教士总带着钟楼的钥匙，他的实验室就在上面。他用钥匙打开门，走进教堂。

教堂里面一片漆黑，静得像地穴。看到从四面挂下的大块黑影，他才知道，为上午的仪式而悬挂的布幔还没有拆除。那个巨大的银十

---

① 原文是拉丁文。

字架在黑暗中闪光，点点闪光时隐时现，恰似坟墓般夜空中的银河。唱经班后面那几扇长窗，其尖拱窗顶显露在黑色布幕的顶端。一丝月光透过彩色玻璃，使它们呈现夜间暧昧的颜色，一种紫色、白色和蓝色的混合色，这种色彩只有死人脸上才有。副主教看到唱经班周围这些发白的尖拱顶点，似乎看到了被判入地狱的主教们的法冠。他闭上眼睛，等他重新睁开眼睛时，又似乎看到一圈惨白的面孔在看着他。

他赶紧跑步穿过教堂。这时，他感到教堂也在颤抖，移动，它动了起来，活了起来，每根大柱就是一只巨爪，用它那扁平的足趾拍击地面。庞大的主教堂仿佛就是一头怪诞的巨象，呼哧呼哧地喘着粗气，以柱子做腿行走着；两座钟楼是大象的鼻子，巨大的黑色布幔就是鞍衣。

他的昏热或是疯狂已经到了极点，在这位不幸的人看来，外部世界就是一个可见、可摸、令人毛骨悚然的末日世界。

有那么一阵，他略感轻松。在转向侧厅时，他瞥见一排柱子后面有一红红的火光。他像追逐星星一样跑了过去。那是圣母院日夜照亮公用祈祷书的可怜小灯。他贪婪地扑向铁栅栏里面的圣书，指望找到一丝安慰或一丝鼓励。圣书正好翻在约伯这一段上，他目不转睛地读了一遍：

“有一灵魂从我面前走过，我听到轻轻的喘息声，于是我身上毫毛直立。”

读了这段治丧般的词句，他觉得自己像一个瞎子，想捡起棍子当拐杖使，结果却被棍子戳破了手。他双腿一软，跌倒在地，想着白天被处死的那个姑娘。他觉得脑子里漂过、塞满一团团魔鬼般的黑烟，他的脑袋仿佛成了地狱的烟囱。

他似乎就这样待着过了好久，什么也不想，落在恶魔的手心里，无能为力。最后，他恢复了一点气力，便想回到钟楼里去，躲到他忠实的卡西莫多身边。他站起身来，心里很害怕，便拿起祈祷书上的小灯给自己照明。这是一种亵渎行为；但是，他已经顾不上小节了。

他缓缓登上钟楼的石阶，心里充满无名的恐惧。那盏灯的神秘的亮光，深更半夜沿着一个个箭眼徐徐而上，直到钟楼顶部，想必使广场上少有的过客也不寒而栗。

突然，他感到脸上一丝清凉，发觉自己来到了最高一层长廊的门口。晚风凛冽。在空中飘浮着几朵云彩，宽大的云片彼此交错在一起，边角挤得支离破碎，犹如冬天里解冻的河流。那弯月亮搁浅在浮云之间，恰似一叶扁舟，封冻在上空的冰块之中。

他低头下望，穿过两座钟楼间的小圆柱栏杆，向远方眺望片刻，只见云雾缭绕，烟气腾腾，巴黎的千万个屋顶万般寂静，尖顶朝天，数不胜数，相互拥挤着，犹如夏夜中平静海面上的细微波纹。

月亮投下一丝儿微弱的光亮，使天空和大地呈现一片灰烬色。

正在这时，铜钟发出尖细而又断续的声音。午夜敲响。而教士想起了今天中午。也是一个十二点。他自言自语地说："啊！她现在大概全身冰凉了！"

突然，一阵风吹灭了他手上的灯，几乎就在同时，他看见钟楼对面拐角处出现一个影子，一团白影，一个形体，一个女人。他浑身一抖。在这个女人的身旁有一只小山羊，它的咩咩声和最后的钟声混为一体。

他壮着胆子去看她。果然是她。

她面色惨白，阴森森的。头发像上午一样披在肩上，但是，脖子上已经没有绳索，双手也解开了。她自由了，她已经死了。

她穿着一身白衣，头上裹着白纱巾。

她向他走来，步履缓慢，两眼望着天空。那超凡的山羊跟在她身后。他只觉得自己像一块石头，重得迈不开步子逃走。她向前走一步，他就向后退一步，仅此而已。就这样，他退回到楼梯内黑暗的拱顶之下。他吓得浑身冰凉，以为她也会走进来；如果她真的走进来，准会把他吓死。

果然，她走到了楼梯门口，在那里停了一会，紧盯着黑暗中看了看，但似乎没有发现教士，便独自走了过去。在他眼中，她显得比活着时身材高大；他透过她那白色的裙子看见了月亮；他听到了她的呼吸声。

等她走过去以后，他才缓缓走下楼梯，步子慢得就像刚才见到的幽灵那样。他觉得自己也成了幽灵，失魂落魄的，毛发倒竖，手里还端着那盏吹灭了的灯；他一边下着螺旋形的楼梯，一边清晰地听到他的耳朵里有个声音在狞笑，在念叨：

“有一灵魂从我面前走过，我听到轻轻的喘息声，于是我身上毫毛直立。”

二 驼背，独眼，瘸腿

中世纪的任何城市，直至路易十二时代法国的任何城市，都有它的避难所。这些避难所，在淹没城邦的洪水般的刑法和野蛮的审讯权中间，像一些小岛屹立在人间司法之上。任何罪犯一旦躲进那里便能得救。在郊区，避难所的数量几乎和绞刑架一样多。这是滥用免刑和滥用刑罚并驾齐驱，两件坏事企图相互矫正。国王的宫殿，王公的府第，特别是教堂都有提供避难的权力。有时为了增加某个城市的人口，便把整个城市暂做避难地。国王路易十一曾经在一四六七年将整个巴黎辟为避难地。

一旦步入避难所，罪犯就不受法律追究；但他必须注意，决不能走出避难所。他若走出圣殿一步，便重新加入受罚的人流。碾车、绞架、吊杆等就在避难所附近虎视眈眈，犹如在船只周围游弋的鲨鱼，时时刻刻觊觎着它的猎物。常常有些死刑犯人就这样在修道院里，在宫殿的楼梯上，在寺院的庄园里，在教堂的拱门下躲到白发苍苍；这样看来，避难所和监狱一样，没有什么区别。有时候，高等法院会做出庄严的判决，践踏避难权，将死囚重新交给刽子手发落；不过，这种情况比较少见。高等法院法官害怕主教，当红黑二袍发生摩擦时，法袍硬不过教袍。然而有时候，例如巴黎的刽子手小约翰被杀一案，又如谋杀约翰·瓦尔雷的凶手艾姆利·卢梭一案，司法部门越过教会，自管执行自己的判决；但是，除非有高等法院的判决，否则任何持械闯入避难所的人都会倒霉！法兰西元帅罗伯特·德·克莱蒙是怎么死的，香槟省元帅约翰·德·夏龙为何丢了小命，大家都知道；其实，事情只涉及一个叫佩兰·马克的卑贱的凶手，他是一个钱币兑换商的小厮；但是两位元帅砸了圣梅里教堂的门，这就成了滔天大罪。

当时的人对避难所非常敬畏。据父老们说，有时动物也可享受避难权。埃莫安说过一个故事：说有一只鹿被达戈贝追杀，便躲进了圣德尼坟墓附近，猎狗群顿时停住，狂吠着干着急。

教堂内通常都有一间小屋，随时接纳请求避难者。一四〇七年，尼古拉·弗拉美差人在肉铺圣雅克教堂里为他们建了一间房，花去四里弗尔六苏十六德尼埃巴黎币。

在圣母院里，这间小屋就建在扶壁拱顶下的侧面阁楼上，正对着修道院，恰好在现今钟楼看守人的妻子开辟花园的地方。这花园有点像巴比伦的空中花园，具体而微，好比莴苣有点像棕榈树，女守门人有点像塞米腊密斯[①]。

卡西莫多在钟楼和长廊里胜利般地狂奔疾走之后，便把爱斯美拉达安顿在这里。在奔跑过程中，姑娘一直没有恢复知觉，半昏迷半清醒，她只觉得自己升上天空，在飘荡，在飞翔，什么东西把她托起在地面上，此外什么感觉也没有。她的耳边不时响起卡西莫多响亮的笑声和叫嚷声；她微睁眼睛，模模糊糊看到，脚下是巴黎的千万个石板屋顶和瓦屋顶，好似红蓝相间的拼花图案，头上是卡西莫多那令人害怕但又笑容绽开的面孔。于是，她又合上眼皮；她以为一切都结束了，自己在昏迷中已被处决，那个一直主宰着她命运的畸形幽灵抓住

① 塞米腊密斯，《圣经》中传说的古巴比伦女王。

了她，正把她带走。她不敢看它，任凭它摆弄。然而，当披头散发、气喘吁吁的敲钟人把她放进避难所的小屋时，当她感到那双粗大的手轻柔地为她解开紧勒她胳膊的绳索时，她才感到一阵震惊，犹如一艘船在黑夜里撞到岸边，把乘客从睡梦中惊醒过来。她的思绪也惊醒了，并且一一连贯起来。她眼见自己在圣母院里，她回想起自己被人从刽子手的手里夺了出来，腓比斯仍然活着，但是已经不再爱她；两个念头同时出现在女囚的脑海里，其中一个使另一个变得无比辛酸；她转过身面向卡西莫多，卡西莫多站在她面前，仍然让她害怕。她问他："您为什么救我？"

他焦虑地看着她，似乎在努力猜测她说的是什么话。她又问了一遍。于是，他十分忧伤地望她一眼，跑开了。

她站在那里，十分诧异。

过了一会，他折了回来，拿来一个包裹扔在她脚下。里面是些衣服，是几个乐善好施的妇女送到教堂门口给她穿的。她这才低头看看自己，见自己几乎赤身裸体，不由得涨红了脸。生命又回到她的身上。

卡西莫多似乎感觉到了她的羞赧。他用大手挡住眼睛，又一次走开了，但是步子很慢。

她急忙穿上衣服。这是一件带白色面纱的白大褂，是主宫医院见习护士的服装。

她刚穿好衣服，就看见卡西莫多回来了。他一只手提着个篮子，另一只胳膊夹着个床垫。篮子里有一瓶水、几块面包和一些食物。他把篮子放在地上说："吃吧。"又把床垫放在石板地上说："睡吧。"敲钟人拿来的是他自己吃的饭，自己睡的床。

埃及姑娘抬起头来向他表示感谢，却说不出一句话来。可怜的卡西莫多长相确实可怕极了。她吓得一阵哆嗦，低下头去。

这时，卡西莫多对她说："我吓着您了吧。我很丑，是不是？那就别看我，听我说话就行了。白天，您就待在这里；晚上，可以在教堂里到处走走。不过无论白天还是夜晚，您都不要走出教堂。不然您会送命的。他们会杀死您，那我也活不了。”

她听了很激动，抬起头来想回话。可是他已经不见了。她单独一人，便回想着这个近乎妖怪的人的奇特话语，很惊讶他那嘶哑的声音竟会这般温柔。

接着，她又把小屋打量了一番。这是个大约六尺见方的房间，小天窗和门外是微微倾斜的片石屋顶平面。几个兽面滴水檐似乎向她凑过脸来，伸长着脖子从天窗里窥视她。屋顶的边缘之上，可见千万个烟囱顶梢在她眼前冒着青烟。全巴黎家家户户点燃了炉火。这对可怜的埃及姑娘来说是个悲惨的景象，因为她是个弃婴、死囚，没有祖国，没有家园，没有亲人，是个不幸的姑娘。

正当她觉得这念头比以往任何时候更刺痛心头之时，忽然感到有个毛茸茸的、长着胡须的脑袋滑进她手里，挤到她的双膝间。她一阵哆嗦（现在什么都能吓她一跳），定睛一看，原来是她那只可怜的山羊。机灵的加利，趁着卡西莫多驱散沙莫吕的押送队伍之时，也跟着主人逃了出来，它偎依在主人脚边将近一个钟头了，却没能得到主人一顾。埃及姑娘抱起它，吻了又吻。她说：“啊！加利，我真把你忘了！你还一直想着我！啊！你不是忘恩负义的东西！”说着，似乎有只无形的手卸去了长期以来压在她心头、阻止眼泪外流的负担，她便痛哭起来；随着眼泪往外流淌，她觉得心中最辛酸、最苦涩的痛苦也随之而去。

夜幕降临，她觉得夜晚是那么美好，月亮是那么温柔，便信步来到环绕教堂的长廊上走走。从这般高度往下看，大地显得异常宁静，她的心头这才稍稍轻松了一些。

三　聋　子

第二天早晨，爱斯美拉达醒来时发现自己睡了一觉。这件不寻常的事令她吃惊不小。很久以来，她已经没有睡觉的习惯。朝阳升起，欢乐的光芒从天窗里射进屋来，照在她的脸上。在见到阳光的同时，她也从天窗里见到一个吓人的东西，那就是卡西莫多的丑脸。她不由自主地闭上眼睛，但无济于事。她觉得，透过自己粉红的眼皮，总能看见那张只有一只眼睛、缺牙豁齿、魔鬼面具般的脸。于是，她仍然双眼紧闭，只听到一个粗嗓音十分温柔地说："别害怕，我是您的朋友。我是来看您睡觉的。我来看您睡觉，不会伤害您吧？您闭着眼睛时我在这里待着，没有什么关系吧？现在我走了。瞧，我站到墙后面去。您可以睁开眼睛了。"

还有比这些话更哀怨的东西，那就是说话的声调。埃及姑娘深受感动，便睁开眼睛。果然，他已经不在天窗孔前。她走到窗前，见可怜的驼子蜷缩在一个墙角里，神情十分痛苦，但非常顺从。她竭力克制住对他的厌恶感，温和地对他说："过来吧。"从埃及姑娘嘴唇上的动作看去，卡西莫多以为她要赶他走，于是站了起来，一瘸一拐地往外走，步子缓慢，耷拉着脑袋，眼神里充满了失望，甚至不敢抬眼看姑娘一下。"过来呀！"她又喊了一声。但他还是继续往外走。于是，她冲出小屋向他跑去，一把抓住他的胳膊。当感到姑娘碰到他时，卡西莫多四肢发抖。他又抬起哀求的目光，只见姑娘把他拉到身边，这时，他的脸上放出欢乐而又深情的光芒。她想让他进她的小屋，但他坚持站在门口，连声说："不行，不行，猫头鹰怎能进云雀的窝。"

于是，她斜倚在床垫上，姿势十分优美，山羊睡在她的脚边。两人待了好一会没说话，默默对视着，他看到的是婀娜多姿，而她看到的是丑陋万状。每看一次，就发现卡西莫多身上多出一个畸形之处。她的目光从他的罗圈腿移向驼背，又从驼背移向那只独眼。她真弄不懂，世上竟有长得如此不成形的生灵。然而，却有无限忧伤和无比温柔笼罩在这一切之上，她也开始习惯了。

卡西莫多首先打破沉默。"您刚才是叫我回来吗？"

她点一点头说："是的。"

他看懂了点头的意思。“唉!”他说，犹豫着不想说完，“只是……我是聋子。”

“多可怜的人儿!”波希米亚姑娘叫了一声，露出慈祥和怜悯的表情。

他苦笑一声。“您觉得我只缺这一样残疾了，是吗?不缺，我连耳朵也聋了。我生来就是这样。这很可怕，不是吗?而您，您是那么漂亮!”

在这位不幸的人的语调中，流露出他对自身苦难的深切感受，姑娘听了一句话也说不出来。再说，他也听不见她说话。他继续往下说：

“我从来也没有像现在这样知道自己丑。当我把自己跟您相比时，我就很可怜我自己，可怜我这个既晦气又不幸的怪物!您说说，我在您眼里是不是像头牲口。您，您是阳光，您是雨露，您是小鸟的歌声!而我呢，我是个可怕的东西，非人非兽，是一个比石子更硬、更遭人践踏、更不成形的说不出名字的玩意!”

说到这里，他笑了起来，这笑声是世上最摧人心肝的声音。他接着说：

“不错，我是聋子。但是，您可以用动作和手势跟我说话。我有个主人，他就是这样跟我说话的。此外，看到您的嘴唇动作和您的眼神，我会立刻明白您的意愿。”

她微笑着接过话头：“我说，能告诉我为什么救我吗?”

她说话时，他紧盯着她看。

“我懂了，”他回答说，“您是问我为什么要救您，是吧?您忘了，有一天夜里，有个坏蛋想把您抢走，而当第二天这个坏蛋被绑在令人恶心的耻辱柱上，您却救助了他。哪怕是一滴水，一丝怜悯，我以生命相报也不够。您已经忘了这个坏蛋；而他，他还记得。”

她听他说着，非常感动。敲钟人的眼角滚出了一颗泪珠，然而，泪珠并不落下来。他似乎觉得，能否强忍眼泪关系到荣誉问题。

当他不再担心眼泪会落下来时，他又说："听着，我们这里有高高的钟楼，一个人从上面掉下去，不到地面他就死了。如果您要我掉下去，您不用说话，使个眼色就行。"

于是，他站了起来。尽管波希米亚姑娘觉得自己很不幸，但这个奇怪的生灵还是引起了她的同情。她招呼他别走。

他说："不了，不了，我不应该待得太久。您这么看着我，我很不自在。您只是出于怜悯才不转过眼去。我去找个地方，让我能看到您，而您却看不到我。这样更好些。"

他从衣袋里掏出一个金属哨子，说："拿着，您啥时需要我，想要我来，当您不怎么怕见到我的时候，您就吹吹这个。我能听到这个声音。"

他把哨子放在地上，跑开了。

四　粗陶与水晶

日子一天天过去。

爱斯美拉达内心渐渐恢复平静。过度的痛苦，就像过度的欢乐那样，虽然十分剧烈，却难以持久。人的心不能长期处于某种极端之中。波希米亚姑娘已经历尽苦难，以至于内心只剩下惊讶而已。

有了安全感，就重新恢复了希望。她身处社会之外，生活之外，但是，她模模糊糊地感到，重返社会、重返生活也许不是不可能的。她就像一个已经死了的人，但还揣着坟墓的钥匙。

她觉得，那些长期以来萦绕她的恐怖形象正在渐渐离去。所有可恶的幽灵，如彼埃拉·托尔特吕、雅克·沙莫吕等，所有的人，也包括那个教士，渐渐在她心目中淡化。

此外，腓比斯还活着，这一点她可以肯定，她亲眼看见了他。腓比斯的生命便是她的一切。经历了一系列致命的打击后，她心灵中的一切都崩塌了，在她心里能站得住脚的只有一样东西，一个感情，那就是对卫队长的爱情。因为爱情就像一棵树，它能自动成长，将它的根系扎入我们的整个生命，甚至在心灵的废墟上继续抽枝展叶。

尤其无法解释的是，这种激情越是盲目，也就越顽强。当它自身最无理性之时，也就是它坚不可摧之日。

毫无疑问，爱斯美拉达想起卫队长未免有些心酸。但可怕的也许是，腓比斯也受了欺骗，他相信了绝不可能的事，认为那个宁愿为他舍弃千万次生命的姑娘会在背后捅他一刀。不过，说到底，这也不能全怪他：她自己不也承认了“罪行”吗？她一个弱女子，不也在酷刑下屈打成招了吗？一切都是她的过错。宁愿让人拔掉她的指甲，也不应该说出那句话。总之，只要她还能见一次腓比斯，哪怕一分钟，只要一句话，一个眼神，就能使他疑团顿消，重新回到她的身边。她对这一点毫不怀疑。她对许多奇怪的事情也疑惑不解，如谢罪那天腓比斯恰巧在场，和他在一起的那个姑娘是谁。想必是他的妹妹。这种解释很不合情理，但她对此感到满意，因为她必须相信这一点，即腓比斯一直爱着她，并且只爱她一人。他不是向她发过誓吗？她既天真又轻信，难道还要别的什么吗？再说，在这个案件中，各种表面现象不是都对她不利，而为他开脱吗？于是她等待着，期望着。

况且，那座宏伟的教堂从四周包围着她，保护着她，救助着她，它本身就是一副最强大的镇静剂。这座建筑上的神圣线条，姑娘四周所有物品的宗教意味，可以这么说，每块石头的毛孔里散发出来的虔诚的、平静的思想，都在不知不觉地作用于她。这座建筑还发出祝福和庄严的声音，安抚着心灵的创伤。主祭们单调的歌声，教民对教士时而断断续续、时而声若雷鸣的回响，彩色玻璃窗和谐的共振，像百余只小号共奏的管风琴，如数巢巨蜂轰鸣的三口大钟，在这整个乐队里，有一个巨大的音符上下跳动，不断在人群和钟楼间来回奔跑，这乐队麻木着她的记忆，她的想象，她的痛苦。这些巨大的乐器喷涌出音乐的洪流，像强大的磁场向她奔腾而来。

因此，每次朝阳升起，她的内心更加平静，呼吸更加舒畅，脸色更加红润。随着心灵创伤的愈合，她的优雅和美貌重新在脸上如鲜花开放，但比以前更加深沉，更加安谧。她先前的性格多少也恢复了些，如快活的脾气，娇媚的噘嘴，对山羊的宠爱，唱歌的爱好，处女的羞涩，等等。早晨起来穿衣服，她还小心地躲在小屋的墙角里，生怕在附近的阁楼里某个邻居透过她的天窗看见她。

埃及姑娘在思念腓比斯之余，有时也想到卡西莫多。这是她与人类、与活着的人之间仅剩的唯一联系，唯一关系，唯一交往。不幸的姑娘！她比卡西莫多更与世隔绝！她对这位邂逅相遇的古怪朋友一无所知。她常常责备自己，做不到因感激而视而不见，可她怎么也习惯不了这个可怜的敲钟人。他长得太丑了。

他留给她的那个哨子还在地上，她没有理会。不过，卡西莫多在最初几天还是常常来看看。她尽量克制住厌恶感，当他提着食物篮子或水罐来的时候，强忍着不转过头去，但他总能发现她流露这种心情的细微动作，于是闷闷不乐地走开了。

有一次，当他突然出现时，她正在抚摸加利。他待了好一会，在山羊和埃及姑娘这一对优美的生灵前沉思许久。最后，他摇着那沉重而又畸形的头说：

“我的不幸在于，我还是太像人。我宁愿完完全全是个动物，跟这山羊一样。”

她抬起头来，诧异地看着他。

他回答这种目光说：“啊！我完全知道为什么。”说完就走了。

又有一次，当他来到小屋门口时（他从来不进屋内），爱斯美拉达唱着一首古老的西班牙民谣。她并不懂歌词的意思，但一直记得，因为在很小的时候，波希米亚妇女唱着这首歌哄她睡觉。正当她唱着歌时，一下看到这张丑陋的脸突然出现，姑娘停住唱歌，不由自主地做出一个恐惧的动作。不幸的敲钟人跪倒在门槛上，合起那双畸形的大手，一副乞求相。他痛苦地说：“啊！我求求您，唱下去，别赶我走。”她不愿意让他痛苦，便抖抖索索地重新唱起这首歌谣。不过，她的恐惧感渐渐消去，整个身心随着忧伤而缠绵的曲调悠悠飘荡。他仍然跪在那里，双手合掌，仿佛在祈祷；他全神贯注，几乎没有呼吸，目光紧盯着波希米亚姑娘那双水灵灵的眸子。可以说，他通过她的眼睛听她唱歌。

还有一次，他羞涩而又笨拙地来到她跟前，费了好大劲才说：“您听着，我有件事要告诉您。”她点头表示在听他说话。于是他开始喘大气，张开嘴唇，一时好像正要说出话来，然后他又看看她，摇了摇头，慢慢走了出去，一只手捂住脸，弄得埃及姑娘不知所措。

在墙上雕刻的怪诞人物中，有一个是他特别喜欢的，似乎常常与之交换兄弟般的目光。埃及姑娘曾有一次听到他说：“啊！我怎么不像你一样是石头做的呢！”

终于有一天早晨，爱斯美拉达走近屋顶边缘，越过圆头圣约翰教堂的尖顶向广场眺望。卡西莫多也在，就站在她身后。他总是知趣地站在一边，尽量不使姑娘因看到他而产生不快。突然，波希米亚姑娘浑身发抖，一颗泪珠和一丝欢乐同时在她眼睛里闪出。她跪在屋顶边缘，焦急地伸开双臂向广场呼喊：“腓比斯！来呀！快来呀！跟我说句话，看在老天的分上，就说一句话！腓比斯！腓比斯！”她的声音，她的表情，她的动作，整个人显出一副撕心裂肺的神情，犹如一位沉船后的落水者见到远方地平线上，在阳光下欢快地航行的船只，向它发出求救的信号。

卡西莫多俯身向广场看去，发现这番柔肠寸断的祈祷是针对一位年轻男子而发。他是卫队长，一位身佩武器、装束鲜艳、满面春风的骑兵，他跃马穿过广场的另一端，举起羽冠向站在阳台上的一位满脸微笑的漂亮小姐致敬。况且，军官听不到这位不幸的姑娘在喊他。他离得太远了。

然而，这个可怜的聋子倒“听”到了。他深深叹息一声，胸部起伏。他转过脸去，心里贮满着强咽的泪水；那双痉挛的拳头敲打在头顶，当他抽回双手时，每只手里都捏着一把红褐色头发。

埃及姑娘丝毫没有注意他。他咬牙切齿地低声骂道："老天没眼！是人就该这般模样！只需外表好看就成！"

这时，她仍然跪着，异常激动地呼喊着："啊！瞧他下马了！他就要走进这幢房子！腓比斯！他听不见我的喊声！腓比斯！这个女人真坏，她与我抢着跟他说话！腓比斯！腓比斯！"

聋子看着她。他明白这幕哑剧的意思。可怜的敲钟人眼睛里充满泪水，却不让流下一滴。突然，他抓住她的袖口轻轻拽拉。她转过身来。他表现得很平静。他问她："要不要我去把他找来？"

她高兴得叫了起来："啊！去！快去！跑步去！快点！这个卫队长！就是这个卫队长！给我把他带来！我会喜欢你的！"她抱住他的膝盖。他情不自禁地摇摇头，痛苦极了。他有气无力地说："我去把他给您叫来。"然后，他转过脸去，大步流星冲向楼梯，哽噎得说不出话来。

当他来到广场时，人已经不在了，只有那匹骏马还拴在贡德洛里埃公馆的门口。卫队长刚刚走了进去。

他举目往教堂屋顶上看去，爱斯美拉达还待在原地，还是那个姿势。他忧伤地对她摇摇头，然后靠在贡德洛里埃家门口的一块界碑上，决心等候卫队长出来。

在贡德洛里埃公馆里，这天正是婚礼前大宴宾客的一个日子。卡西莫多看见许多人进去，但没有一个人出来。他不时地看看屋顶，埃及姑娘和他一样，一动不动。一个马夫过来解开缰绳，把马牵进了公馆的马厩。

整个白天就这么过去了，卡西莫多靠在界碑上，爱斯美拉达待在屋顶上，腓比斯或许跪在百合花的脚边。

夜幕终于降临；一个没有月色的夜晚，一个黑漆漆的夜晚。卡西莫多竭尽眼力注视着爱斯美拉达，但无济于事。不一会，暮色苍茫中只剩下一个白点；然后什么也看不到。一切消失了，只有黑暗一片。

卡西莫多看到贡德洛里埃公馆正面的窗户自上而下亮出了灯光。他看到广场四周的其他窗户也一个个亮了起来；他也看着这些灯一盏盏熄灭，直到最后一盏。因为他整个晚上都在坚守岗位。可军官还是不出来。当最后的行人都已回家，当其他房屋的窗户不再有灯光，卡西莫多完全成了孤独一人，完全处在黑暗中。当时，圣母院广场上没有照明灯。

然而，子夜过后，贡德洛里埃公馆的窗户仍然亮着。卡西莫多一动不动，全神贯注，看到五彩缤纷的窗玻璃上映出一群起舞的人影。倘若他不是聋子，随着沉睡的巴黎的嘈杂声渐渐消隐，他可以越来越清晰地听到贡德洛里埃公馆里面的欢笑、乐声和喜庆场面的各种响声。

凌晨一点左右，宾客开始离去。卡西莫多躲在黑暗中，看着他们一个个从火炬照亮的门洞下走过。但就是没有卫队长。

他满脑子都是忧伤的想法。不时抬眼望天，就像那些感到厌烦的人那样。大块的乌云紧压头顶，支离破碎，道道裂缝，像罗纱吊床悬挂在布满星星的天顶，仿佛就是苍穹上垂下的蜘蛛网。

就在这样的时刻，他突然看到阳台上的落地窗神秘地打开了，石栏的剪影恰好照在他的头顶上。从脆弱的玻璃门里走出两个人来，接着，门在他们身后轻轻地关上。出来的是一男一女。卡西莫多费了好大劲才认出，那男人就是英俊的卫队长，那女人则是他上午见到的年轻小姐，她就站在这个阳台上挥手欢迎军官。广场上一片漆黑。当门关上时，深红的双层窗帘立刻放了下来，房间里的光线一点也照不到阳台上。

聋子听不到他们的一句话，仅凭他的判断，年轻男人和这位姑娘似乎沉迷在甜蜜的卿卿我我之中。姑娘似乎允许军官搂着她的腰身，但仍然轻微地抗拒着他的吻。

卡西莫多在下面目睹了这一幕，这场面唯其不愿让人见到而显得更加优美。他注视着这幸福美满的场面，好不心酸。毕竟，这可怜的丑鬼的生理本能并没有泯灭，他的脊梁骨虽然扭曲畸形，但仍像别人那样会发抖。他想到天命给他安排的那可怜的份额，想到女人、爱情、肉体的快慰永远从他眼前飘过，想到他永远只能看着别人美满幸福。然而，在这一场面中最令他心碎的，使气恼与愤慨交织在一起的，是想到假如埃及姑娘也见到了，会有多么痛苦。确实，夜晚很黑，就是爱斯美拉达还在那里（他对此毫不怀疑），那也相当远，而他自己仅能分辨出阳台上有对情侣而已。这使他略感安慰。

然而，他们的谈话越来越热烈。姑娘似乎在乞求军官别要求过分。在这一切中，卡西莫多只能分辨出合着的美丽小手，含着热泪的微笑，姑娘仰望天空的目光，卫队长那双看着她的充满欲火的眼睛。

正当姑娘开始半推半就的时候，幸好阳台门突然开了，出来一位老太太。美丽姑娘似乎很羞愧，军官则满脸懊恼。接着，三人一道进屋去了。

过了一会，一匹马在门洞下尥蹶子，英俊的军官裹着夜间大衣急速从卡西莫多面前走过。

敲钟人让他拐过街角，然后猴跃般地从后面追上去，边跑边喊："喂！卫队长！"

卫队长勒住马。

"这无赖叫我干什么？"他说着，发现黑暗中有个不成形状的丑物正一瘸一拐地朝他跑来。

卡西莫多这时已经跑到他跟前，猛一下抓住马的缰绳说："卫队长，请跟我来，这儿有个人要见您。"

腓比斯吼道："混蛋！哪来的蓬头丑鸟，我好像在哪儿见过。喂！你这家伙，放开我的马缰绳好吗？"

聋子说："卫队长，您不想问问是谁要见您吗？"

腓比斯不耐烦地说："我叫你放开我的马。这家伙吊在我的战马头甲上想干什么？你是不是想把我的马当绞架？"

卡西莫多非但不松缰绳，反而想让战马往后倒走。他无法解释卫队长为什么抗拒，便急忙对他说："快来呀，卫队长，是个女人在等您。"他又使劲加了一句："是个爱您的女人。"

"少见的混账！"卫队长说，"竟以为只要是爱我的女人，或自称爱我的女人，我就得去她那里！假如她正好和你一样，长着一副夜猫子脸呢？告诉那个派你来的女人，说我马上就要结婚了，叫她见鬼去吧！"

"请听我说，"卡西莫多喊叫着，以为说出一句话就可打消他的犹豫，"来吧，老爷！是您认识的那个埃及姑娘。"

这句话果然给腓比斯很深的印象，但并不是聋子所期待的。诸位还记得，这位风流军官是和百合花一起回屋去的，就在卡西莫多从沙莫吕手里救出女囚之前不久。从那时起，每次来到贡德洛里埃家时，他尽量避免重提这个女人，每次想到她心里就难受；从百合花那边来说，她觉得告诉他埃及姑娘还活着不是好策略。于是，腓比斯以为那可怜的西米拉已经死了，这事也过去一两个月了。再说，卫队长这一阵已经意识到，这时已是深更半夜，古怪的牵线人是那么丑陋，声音又像是坟墓里出来的，子夜已过，街上空无一人，跟碰上妖僧的那天晚上一样，而且他的马看着卡西莫多直喘粗气。

"埃及姑娘！"他几乎吓蒙了，说，"怎么，你是阴间来的吗？"

他急忙用手握住刀把。

"快点！快点！"聋子说着，想牵着马走，"朝这边走！"

腓比斯对准他的胸口狠狠踢了一脚。

卡西莫多目露凶光。他一个箭步扑向卫队长。接着，他克制住自己，说："啊，有个人爱您，您是多么幸福！"

他把"有个人"说得很重，然后松开缰绳说："您走吧！"

腓比斯双脚一踢马肚，骂骂咧咧策马而去。卡西莫多看着他钻进街上的雾气之中。可怜的聋子低声说："啊！竟然拒绝这种好事！"

他回到圣母院内，点亮一盏灯，爬上钟楼。正像他所想的那样，波希米亚姑娘还待在原地。老远看见他，她就跑上前来。"就你一个人！”她喊道，痛苦地合上那双美丽的手。

卡西莫多冷冷地说：“我没能找到他。”

她激动地说：“那就该等他一整夜！”

他看见她的生气动作，知道在责备他，便低着头说：“我下次好好盯住他就是。”

“你滚！”她对他说。

他离她而去。她对他很不满意。他宁愿被她虐待，也不忍让她痛苦。他把一切痛苦都留给了自己。

从那一天起，埃及姑娘再也见不着他。他不再到她的小屋来。至多有时候，她能见到敲钟人的面孔在远远的塔尖上忧伤地注视着她。每当她瞥见他，他就躲开。

必须指出，她对可怜的驼背主动不来并不感到难受。在她内心深处，她感激他不再露面。况且，卡西莫多也没有非分之想。

她虽然见不着他，可时刻感到有个善良的精灵守在她周围。在她睡着时，有只无形的手为她更换食物。一天早晨，她发现窗台上多了个鸟笼。小屋的上方有个石雕使她害怕，她曾多次在卡西莫多面前表示过。一天早晨（因为所有这一切都是在夜里做的），那石雕不见了。有人把它砸碎了。爬到那么高的石雕上去是要冒着生命危险的。

有几个晚上，她能听到一个声音躲在钟楼遮檐下唱着一支忧伤的奇怪歌曲，似乎在给她催眠。那是一些没有韵律的诗句，正像一个聋子所能编的那样。

别看面孔，
姑娘，要看心灵。
英俊少年常常心术不正。
有许多心不能留住爱情。

姑娘，松柏虽不迷人，

没有杨树那般挺拔，
但它冬天仍保翠绿。

唉！说这些有什么用？
不漂亮的就不该生；
美丽只爱美丽，
四月不睬一月。

美丽就是完美，
美丽无所不能，
美丽是唯一不容有缺陷的东西。

乌鸦只在白天飞，
猫头鹰只在夜里飞，
天鹅白天夜里都能飞。

一天早晨，当她醒来时，看到窗台上摆着两个插满花枝的花瓶。一只是水晶的，非常漂亮、耀眼，但有裂缝。浇进去的水全漏光了，里面的花已经枯萎。另一只是粗糙的、普通的陶质花瓶，但能保住所有水分。里面的花开得娇艳欲滴，妩媚动人。

不知道这是不是有意的，但爱斯美拉达却摘下那束枯萎的花，把它戴在胸前一整天。

这一天，她没有听到钟楼里的声音唱歌。

她也不怎么在意。她把每天的时间用来抚摸加利，盯着贡德洛里埃公馆的大门，轻声念叨着腓比斯，掰着面包喂燕子。

此外，她完全见不着卡西莫多，也听不见他的声音。可怜的敲钟人似乎已从教堂里消失。然而，有一天夜里，当她辗转反侧，想念她那位英俊的卫队长时，她听到有人在小屋附近叹息。她吃了一惊，便爬了起来。借着月光，看到一堆不成形的东西横躺在门口。原来卡西莫多就睡在门口的石板地上。

五　红门的钥匙

在此期间，副主教从街谈巷议中得知，埃及姑娘如何奇迹般地被人救走。当他得到这个消息后，说不出是什么样的感觉。他原来只当爱斯美拉达已经死了。这样，他的心里就会安宁些，他已经达到了痛苦的极限。人的内心（克洛德教士曾经思考过这类问题）仅能容纳一定分量的绝望感。海绵吸满水之后，纵然海水从上面流过，再也不能渗进一星半滴。

既然爱斯美拉达已死，海绵也就吸满，克洛德教士与尘世的瓜葛也就了结。但感到她还活着，腓比斯也活着，对他的折磨就重新开始，随之而来的是心灵震荡，是喜忧交替，是尘世生活。而克洛德对这一切已经厌倦。

当他得知这一消息，便把自己关在隐修院的那间小屋里，既不参加教士会议，也不参加日常圣事。他闭门谢客，甚至连主教来也不例外。接连几个星期，他就这样自我禁闭。大家以为他病了，他也确实病了。

他把自己这样关着干什么呢？这倒霉汉在同什么思想做斗争呢？是否还要与可怕的激情做最后的较量呢？是否还在策划最终的阴谋，置姑娘于死地，也毁灭他自己呢？

他亲爱的弟弟，他所溺爱的孩子约翰，有一次来到门口，敲门，骂人，恳求，说了十多次自己是谁。可克洛德就是不开门。

他每天从早到晚把脸贴在窗玻璃上。从修道院的这处窗口，他可以看爱斯美拉达的小屋，看到她经常和山羊、有时也和卡西莫多在一起。他看出，可恶的聋子对埃及姑娘体贴入微，唯命是从。他突然想起什么，因为他的记忆力特好，而记忆恰恰是嫉妒者的断肠刀。他想起有一天晚上，敲钟人看着跳舞姑娘，那眼神好怪。他不禁自问，是什么动机促使卡西莫多去救她的？他亲眼看见波希米亚姑娘和聋子之间的一幕幕小哑剧，从远处看来并由他的激情加以评论，无一不显得温情脉脉。他不相信女人有什么特别之处。于是，他内心模模糊糊泛起一股嫉妒感，令他始料不及，这种嫉妒使他羞愧，愤怒，满脸通红。“卫队长嘛倒也罢了，可他是什么东西！”这个想法使他心烦意乱。

每个夜晚都非常可怕。从他得知埃及姑娘还活着时起，曾有整整一天纠缠他不放的、令他毛骨悚然的关于幽灵和坟墓的念头已经烟消云散，肉欲重新刺激着他。他感到那棕色皮肤的姑娘近在咫尺，难受得在床上打滚。

每天夜里，他全力想象着爱斯美拉达的各种姿势，都是最使他热血奔腾的景象。他看见她横躺在被刺了一刀的卫队长身上，双眼紧闭，美丽的胸脯裸露着，上面溅满了腓比斯的鲜血；当副主教亲吻那苍白的嘴唇时，那是多么幸福的时刻。不幸的姑娘虽然半死不活，但仍能感觉到那滚烫的一吻。他看到掌刑吏用那双野蛮的手剥去她的衣服，她的鞋袜被脱光，她的小脚，细而圆的小腿，柔软洁白的膝盖，被塞进拧上铁螺丝的铁靴。他还看到，只有她那美如象牙的膝盖还留在托尔特吕那个可怕的刑具外面。他最后还看到，姑娘穿着衬衣，脖子上拖着绳子，露着肩膀，光着脚丫，几乎全裸，就像他最后一天见到她的情景一样。这些肉感的画面使他攥紧拳头，一阵颤抖穿透他的脊梁。

特别是有一天夜里，这些景象残酷地将他血管里的童身教士的血液烧得滚热。他禁不住乱啃枕头，又从床上跳下来，在衬衣上面套了一件罩衫，走出他的小屋，手里拿着一盏灯，半裸身子，失魂落魄，眼睛冒着火。

他知道在哪里能找到红门的钥匙。通过红门，可以从隐修院到达教堂，而且大家都知道，他总是把钟楼楼梯的钥匙带在身边。

六　红门的钥匙（续）

这天夜里，爱斯美拉达在小屋里睡得正香。她忘记了一切，心中充满希望和甜美的思念。睡着后不多一会，她像往常一样梦到腓比斯。就在这时，她似乎听到周围有什么声音。她向来睡得不沉，像雀鸟那般提心吊胆。只要有一点响动就能把她惊醒。她睁开眼睛，夜色漆黑。不过，她看见天窗口有个脸在朝她张望。有一盏灯照亮了此人的身影。当这个人影发现已被爱斯美拉达看到时，便吹灭了灯。尽管如此，姑娘还是来得及看清他是谁。她吓得闭上眼睛，用微弱的声音说："啊！教士！"

以往的所有不幸闪电般地回想起来。她瘫倒在床上，浑身冰凉。

过了一会，她感到整个身体被人抱住，使她浑身发抖。她猛地坐了起来，此时已完全清醒，怒火顿起。

教士刚刚溜到她身边，用两只胳膊把她抱住。

她想喊叫，但叫不出声。

愤怒与恐惧使她声音颤抖，她低声说道："给我滚开，魔鬼！快滚，刽子手！"

"行行好！开开恩吧！"教士嗫嚅着，将嘴唇贴上她的肩头。

她双手揪住那秃头上仅剩的几根头发，使劲推开他的热吻，如躲避蛇虫叮咬。

不幸的教士又说："开开恩吧！你不知道，我是多么爱你啊！这爱像火，像熔化的铅水，像千万把尖刀插在心头！"

他的双臂仍以超人的力气紧搂着她。她气极了，对他说："放开我！不然我就啐你的脸！"

他松开手说："你就糟蹋我吧，打我吧，对我使坏吧！你爱怎么样就怎么样！但行行好！爱我吧！”

于是，她像孩子发疯似的打他。她绷紧那双美丽的手去拧他的脸，说：“妖怪，快滚！”

“爱我吧！爱我吧！行行好！”可怜的教士在她身上乱滚，用抚摸回报她的厮打。

她突然感到他比她力气更大。他咬牙切齿地说：“该了结了！”

她已经被制服，喘着大气，全身瘫软，被他搂在怀里，任他摆弄。她感到一只淫荡的手在她身上乱摸。她做出最后的挣扎，放声大叫：“救命啊！来人哪！有吸血鬼！吸血鬼！”

没有人来。只有加利被惊醒，急得咩咩直叫。

“别乱喊！”教士气喘吁吁地说。

埃及姑娘奋力挣扎，在地上爬行，她的手突然碰到一样冰凉的东西，是件铁器。原来是卡西莫多的哨子。她怀着希望猛一使劲，一把抓住哨子，送到嘴边，使出仅剩的力气吹起来。这哨子发出清脆、尖锐、刺耳的声音。

“这是什么东西？”教士问。

几乎就在同时，他感到有只强壮的手把他提了起来；小屋里很黑，他看不清楚是谁揪住了他；但他听到那人愤怒地把牙齿咬得咯咯响，黑暗中有一丝散光，正好能看到他头顶上一把大刀的利刃闪着寒光。

教士似乎看出了卡西莫多的身影。他猜测这人只能是他。他突然想起进屋时，曾经碰到一个包裹样的东西横躺在门口。然而，这后来者一句话也没说，他就无法确认。他向那举着刀的胳膊猛扑过去，喊道：“卡西莫多！”在这绝望的时刻，他忘了卡西莫多是个聋子。

一眨眼工夫，教士就被摔倒在地，只觉得一只灌铅似的膝盖抵着他的胸口。从这多棱多角的挤压感可以得知，他就是卡西莫多。可怎么办呢？怎样才能使对方认出自己呢？夜晚使聋子变成了瞎子。

他这下可完了。埃及姑娘像头被激怒的母老虎，毫无怜悯之心，无意插手救他。眼看那刀正向他头上砍来，真是千钧一发之际。突然，对手显得有些犹豫，以沉闷的声音说："不能把污血溅到她身上。"

果然是卡西莫多的声音。

这时，教士感到那只巨手抓住他的脚，把他拖到小屋外面。他该死在外面。算他走运，这时月亮已经出来好一会了。

当他俩跨出小屋门槛时，灰白的月光照在他的脸上。卡西莫多正面看着他，顿时浑身一抖，放开了教士，向后退去。

埃及姑娘跟到小屋门口，见状后非常吃惊，两个人的地位突然颠倒过来。现在是教士气势汹汹，卡西莫多央告求饶。

教士连说带比画，怒骂聋子一顿，使劲挥手叫他滚开。

聋子低下头，然后来到埃及姑娘的门前跪下。他用庄重和驯顺的声音说："老爷，您先把我杀了吧，然后您想怎么干都行。"

他这么说着，把刀递给教士。教士怒不可遏，冲上去接刀，然而姑娘的反应比他还快。她一把从卡西莫多手中夺过刀子，狂笑着对教士说："你过来！"

她把刀举得高高的。教士显得犹豫不决。她肯定会砍下来的。她对着教士喊道："你不敢过来啦，胆小鬼！"接着，她又非常绝情地补上一句，明知这等于是向教士的心上再插上千万根烧红的铁钎："哈哈，我知道腓比斯没有死。"

教士一脚把卡西莫多踢翻在地，全身颤抖着，气冲冲钻进了楼梯的拱顶之下。

教士走后，卡西莫多捡起那个刚刚救了埃及姑娘的哨子。"它已经生锈了。"他一边还给她一边说。然后他走了，留下她一个人。

埃及姑娘被这一暴力情景扰得心慌意乱，筋疲力尽地躺倒在床上，然后痛哭起来。她又觉得天昏地暗了。

至于教士，他摸黑回到自己的小屋。

事情最终如此，克洛德教士嫉妒卡西莫多！

他面带沉思，反复念叨那句致命的话："谁也别想得到她！"

第十卷

一　贝尔纳丹街上格兰古瓦妙策接二连三

自从彼埃尔·格兰古瓦看出情况不妙，看出这台戏的主角不是被勒死，就是被绞死，或遭遇此类不愉快的事，就不再想引火烧身。而他混迹其中的无赖汉们就不同了。不管怎么说，埃及姑娘仍不失为他们在巴黎最要好的伙伴，所以还一直惦记着她。这也不奇怪，这些家伙的前途大不了像她那样，早晚也得去领教沙莫吕和托尔特吕的厉害，他可不一样，他是坐在天马佩加苏斯[①]双翼间在想象王国驰骋的人。从他们的谈话中得知，他那位摔罐成亲的夫人已经在圣母院里避难，心里也就坦然了。不过，他连去那里看她一眼的欲望都没有。有时，他倒会想念小山羊，仅此而已。况且，他白天要卖苦力糊口，晚上还要挑灯夜战，草拟控告巴黎大主教的诉状。他记得主教的水磨轮曾把他浇了个透，因而一直怀恨在心。他还在评论诺瓦戎和图尔奈大主教博德里·勒·鲁日的佳作《论石刻》[②]，这使他对建筑产生了浓厚

---

① 缪斯的坐骑。

② 原文是拉丁文。

的兴趣；这一爱好在他内心里已经代替了炼金术，况且这是炼金术的自然结果，因为在炼金术和建筑艺术之间有一种密切的联系。格兰古瓦从钟情于一种思想转变成钟情于这一思想的形式。

有一天，他停留在圣日耳曼奥克塞尔教堂附近，站在名叫“主教讲坛”的房屋拐角处，就在另一幢叫作“国王讲坛”的房屋对面。“主教讲坛”内有一个十四世纪的精致的小教堂，祭坛部分正好临街。格兰古瓦虔诚地察看着外部雕刻。这时他处在一种自私的、排他的、无上的享受中。艺术家在此情此景中，只从艺术角度看世界，觉得世上无一不是艺术。突然，他觉得有只沉重的大手落在他的肩上。回头一看，原来是他的老朋友和老师副主教先生。

他一下愣住了。他已经很久没有见到副主教，克洛德先生是一位庄重而又充满激情的人，见了他，任何一位怀疑派哲学家都会如坐针毡。

副主教许久未开口，格兰古瓦趁机把他打量一番。他发现克洛德先生变了很多，脸色苍白得像冬天的早晨，两眼凹陷，头发几乎全白。最后还是教士先开口，语气平和，但冷若冰霜：“彼埃尔先生，别来无恙？”

“我的身体？”格兰古瓦回答说，“嘿，嘿！可说好也可说不好。总的来说还行。我不太烦神。老师，您知道吗？据希波克拉底说，‘健康的秘诀，乃在饮、食、眠、爱皆有节制[①]。’”

“难道您就没有烦恼吗，彼埃尔先生？”副主教紧盯着格兰古瓦又问。

“确实没有。”

“那您现在在干什么？”

“老师，您这不是看到了吗！我在察看这些石块的削切法，以及这个浮雕的雕刻法。”

---

① 原文是拉丁文。

副主教笑了笑，这是一种苦笑，仅仅是一边嘴角微微一动。“您觉得挺有意思吗？”

“就如在天堂里一般！”格兰古瓦叫道。他俯身细看石雕，像一位生命现象的演示者，喜笑颜开地说：“难道您不觉得，比方说，这种浅浮雕的变形刻得极其灵巧，玲珑可爱，耐心细致吗？请看这根小圆柱。您在哪里见过这样的柱头？这叶饰上的刀法有多柔和，有多细腻。瞧，这是让·马伊文的三个圆浮雕。这还不是这位伟大天才的最佳作品。尽管如此，人脸上表情纯真，温文尔雅，人体神态和衣饰线条流畅，这种无以言表的乐趣与其缺陷浑然一体，使得这些人像神情欢畅，纤毫毕露，甚至有点过头。您不觉得这很有意思吗？”

“这倒也是。”教士说。

“您要是到小教堂里面去看看，那才叫美呢！”诗人饶舌的劲头又上来了，“到处都是雕塑，多得像白菜心一般！圣坛厅庄严肃穆，装饰别致，我在别处从来也没见过！”

克洛德先生打断他说：“这么说，您很幸福喽。”

格兰古瓦激动地回答道：

“当然幸福啦！我起先喜欢女人，然后喜欢牲口。现在我喜欢的是石头。石头跟动物和女人一样有趣，而且不那么薄情。”

教士把一只手放在前额上。这是他的习惯动作。“一点不假！”

格兰古瓦说：“瞧！享受还是有的！”他拉起教士的手，把他拽进“主教讲坛”的楼梯小塔下面，教士任其摆布。“瞧这座楼梯，每当我看到它就十分高兴。这是巴黎最朴实、最稀有的楼梯。每一石阶下面都凿成薄片。它的美丽和淳朴在于：石级宽度均在一尺左右，它们互相扭结、嵌合、镶套、串联、交切在一起，咬合得天衣无缝，美观大方！”

“您没有任何其他欲望吗？”

“没有。”

“您不惋惜什么吗？”

“既无惋惜也无欲望。我的生活已安排停当。”

克洛德说：“人安排的东西，世事会打乱它的。”

格兰古瓦回答说：“我是皮浪派哲学家，要使一切保持平衡。”

“那您靠什么挣钱糊口呢？”

“我不时写点史诗和悲剧；但最挣钱的还是先生您知道的那个手艺：用牙齿咬着椅子搭金字塔。”

“这行当对一位哲学家来说未免太低下了吧。”

“这又是平衡问题，”格兰古瓦说，“有了一种思想，就会在任何东西中看到这种思想。”

“这我知道。”副主教回答说。

沉默片刻后，教士又说：“不过，您还是挺清贫的吧？”

“清贫倒是的，但并不痛苦。”

正在这时，传来一阵马蹄声，这两位谈话者看到，从街道另一头过来一队御前侍卫弓箭手，戈矛高举，一位军官走在前头。骑兵队威风凛凛，踩得路面噔噔直响。

“您盯着这位军官看什么？”格兰古瓦问副主教。

“我好像认识他。”

“您能叫出他的名字吗？”

克洛德说：“我想，他叫腓比斯·德·沙朵佩。”

“腓比斯！这名字好怪！我知道一个腓比斯，他是福瓦伯爵。我记得我还认识一位姑娘，她总是以腓比斯的名字发誓。”

教士说：“请您过来一下，我有话对您说。”

这队人马经过之后，副主教冷若冰霜的外表下显露出几分激动。他迈开步子向前走去。格兰古瓦紧跟其后，他一向服从副主教，就像所有接近副主教的东西一样，后者很善于支配一切。他俩默默来到贝尔纳丹街，这时街上空无一人。克洛德教士停了下来。

“老师，您要对我说什么呢？”格兰古瓦问道。

副主教显出沉思的样子答道：“您不觉得，刚才过去的那队骑兵的衣服比您我的都要漂亮吗?”

格兰古瓦摇了摇头:“说真的，我更喜欢我这半黄半红的短外衣，不喜欢那些铁鳞甲。走起路来实在可笑，跟破铜烂铁街闹地震一般!”

“格兰古瓦，那么您从来没有羡慕过这些身着战袍的小伙子?”

“副主教先生，我羡慕他们什么?他们的力气，他们的盔甲，还是他们的纪律?我虽穿着破衣烂衫，但能搞点哲学，而且自由自在，不是挺好的吗!我宁做苍蝇头，不做狮子尾。”

“这也真怪，”教士说，“漂亮的军服总归还是漂亮的。”

格兰古瓦见他在想着什么，就走开了，独自去观赏附近一幢房屋的门廊。他一边拍手一边往回走。“副主教先生，您若能少想一点那些武士的漂亮服装的话，那么我就请您去看看那道门。我一直说，奥布雷先生的房屋有个世界上最漂亮的大门。”

副主教说:“彼埃尔·格兰古瓦，您把您那位埃及小舞女怎样了?”

“您是说爱斯美拉达?您怎么突然提起她呢?”

“她原来不是您的妻子吗?”

“那是，我们是摔罐成亲的。我们要做四年夫妻。这么说，”格兰古瓦不太高兴地看着副主教说，“您还一直想着这件事?”

“那您呢?难道您不再想了吗?”

“很少想到。我要做的事太多了!……我的天主，那小山羊可真漂亮!”

“那个波希米亚姑娘不是救了您一命吗?”

“这倒一点不假。”

“那么，她现在怎么样了?您把她弄哪儿去了?”

“我说不清楚。大概被他们绞死了。”

“您当真了?”

“我不能肯定。当我看到他们想绞死人的时候，我总躲得远远的。”

“您就知道这些?”

“请等一等，听说她躲进了圣母院，说在那里很安全，我很高兴，但我不知道那只山羊是不是跟她一起逃脱了。我知道的就是这些。"

"让我来多告诉您一点情况吧。"克洛德先生喊了起来。他刚才的声音一直是低低的，缓慢的，几乎听不到，这时变得如雷霆轰鸣。"她现在确实在圣母院里避难。但三天以后，司法机构将再次把她绳之以法，并在河滩广场上把她绞死。高等法院已经做了判决。"

"真糟糕。"格兰古瓦说。

转眼工夫，教士又恢复了冷淡与平静。

诗人又说："是哪个恶魔把这当儿戏，去请求做出引渡判决的？就不能让法院安静一会儿吗！一个可怜的姑娘躲在圣母院的飞扶壁下，和燕子做伴，这又碍着谁了呢？"

"这世上撒旦还是有的。"副主教回答说。

"出鬼了，这事怎么那么不巧。"格兰古瓦评论道。

副主教沉默片刻后又说："她不是救过您的命吗？"

"那是在我的好朋友无赖汉们那里。我那时或多或少已经被吊了起来。要真把我吊死了，现在他们会内疚的。"

"您不想为她做点什么吗？"

"那我巴不得呢，克洛德先生。但要是把什么麻烦引上身怎么办？"

"那有什么关系？"

"那好，没关系！老师，您真好！我的两部巨著刚开了个头。"

教士拍拍脑门。尽管他强作镇静，但不时做出猛烈的动作，显露出他内心局促不安。"怎么救她呢？"

格兰古瓦对他说："老师，我的回答是：Il padelt，这在土耳其语中的意思是：'天主是我们的希望。'"

"怎样救她呢？"克洛德沉思着重复了一遍。

格兰古瓦这次也拍着脑门。

"老师，您听我说。我的想象力不错，我来给您出谋划策。向国王请求特赦怎么样？"

"向路易十一国王？请求特赦？"

“干吗不试试呢？”

“还不如到老虎嘴里去抢骨头。”

格兰古瓦又开始想新的办法。

“有了，这么着！我去向接生婆申请检查，就说这个姑娘怀孕了！”

教士一听这话，凹陷的眼睛里冒出了火星。

“怀孕！蠢货！你是不是知道些什么？”

格兰古瓦被他那副凶相吓了一跳，赶紧解释说：“噢，我没干这事！我们的婚姻是名副其实的‘门外婚姻’[①]。我没进过她的房间。但这样可以获得缓刑。”

“你有毛病！可耻！住口！”

“您生气是没道理的，”格兰古瓦嘟囔着说，“这样能得到缓刑，对谁都没坏处，这也可以使接生婆挣四十个巴黎德尼埃，她们也是些可怜女人。”

教士不听他说话，自顾自低声说：“不过得让她脱险。判决在三天内就要执行！另外，要不是那个卡西莫多，就不会有这个判决！女人的口味真怪！”他提高嗓门又说：“彼埃尔先生，我仔细考虑了一下，只有一个办法能救她。”

“什么办法？我可看不出来。”

“您听我说，彼埃尔先生，要记住，是她救了您的命。我把我的想法坦率地告诉您。教堂日夜有人监视。他们只让看着进去的人出来。所以您可以进去。您去后，我带您去她那里。您和她调换衣服。她穿您的外衣，您穿她的裙子。”

哲学家评论道：“这倒还行。然后呢？”

“然后？然后她穿着您的衣服出来；您就穿着她的衣服待在那里。您也许被吊死，可她得救了。”

格兰古瓦搔搔耳朵，神情严肃。

---

① 原文是拉丁文。格兰古瓦俏皮地解释成“门外婚姻”。

“瞧！”他说，“我自己是绝对想不出这个主意的。”

听了克洛德教士这出乎意料的建议后，诗人的脸色顿时大变，原来开朗高兴的面容顿时阴了下来，犹如灿烂的意大利风景，突然刮起一阵不合时的狂风，将一朵乌云撕碎在太阳上。

“您说，格兰古瓦！这办法怎么样？”

“老师，依我看，不绞死我只是可能的，绞死我却是非常肯定的。”

“这与我们不相干。”

“鬼话！”格兰古瓦说。

“她救过您的命。这笔人情债您得还。”

“我没还的债还多着呢！”

“彼埃尔先生，这笔债您非还不可。”

副主教的语调专横。

“克洛德先生，您听着，”诗人尴尬地答道，“您要是坚持这个想法，那就大错特错了。我看不出为什么要替别人去死。”

“那生活中有些什么可让您留恋的？”

“啊！有千千万万。”

“您说说，有哪些呢？”

“有哪些？空气，天空，早晨，晚上，月光，无赖汉朋友，同老媒婆闲聊，巴黎尚待研究的美丽建筑，三部要写的巨著，其中一篇是控告大主教及其水磨的。其他的我就说不清了。安纳克萨哥腊斯说，他活在世上是为了欣赏太阳。再说，我从早到晚和一个才华横溢的人一起度过，太幸福了，这个人就是我自己。”

“你这个脑袋只能当铃铛使！”副主教低声骂道，“喂！你说说，你说的这般美好的生活，是谁给你的？你在呼吸空气，欣赏天空，能够胡思乱想，快乐逍遥，应该归功于谁？没有她，你会在哪里？正是由于她你还在活着，你却要她死？让她去死？她是那么美丽、温柔，那么可爱，缺了她将日月无光，她比天主更加圣洁！而你呢？半疯半傻的，是个不成器的废物坯子，是株自以为能走路、会思想的草木。你从她那里窃取了生命，继续活着，还不是大白天点灯白费蜡？算了，行行好吧，格兰古瓦！你也该大方一点才是。是她先慷慨大度的。”

教士一番慷慨陈词，格兰古瓦起先心不在焉地听着，后来开始受感动，最后做了个悲惨的鬼脸，面部活像新生儿肠绞痛时的模样。

“您真能打动人心。”他擦着眼泪说，“好吧，我得想一想。您这主意可真怪。”他沉默了一会后又说，“不过，谁知道呢？也许他们不会吊死我。订了婚不见得都得结婚。当他们看到我在这小屋里，衣着离奇，穿着裙子，戴着女帽，也许会哄堂大笑。再说，如果他们要绞死我，那就来吧，绞索！这种死法与其他死法一样，或更确切地说，这种死法与其他死法没有两样。这种死，是一个终身动摇不定的智者值得一试的，这种死既非肉又非鱼，就像一个怀疑论者真正的灵魂。这种死充满着皮浪主义[①]和犹豫心态，处在天地之间，让人空悬着。这是哲学家的死法，也许是我命中注定的。人死时也像生时那样，是可歌可泣的。”

教士打断他的话说：“您同意了？”

格兰古瓦继续兴致不减地说着：“死到底是什么？不好的一刹那，一道关卡，从些许到乌有的过渡。有人问梅加洛波斯的刻尔吉达斯，问他是否愿意死，他回答说：‘何乐而不为呢？因为我死后可以见到那些伟人，哲学家中有毕达哥拉斯，历史学家中有赫克泰伊俄斯，诗人中有荷马，音乐家中有奥林普斯。’”

副主教向他伸过手去：“那么说定了？您明天来。”

这个动作使格兰古瓦清醒过来。

“啊！这绝对不行！”他如梦方醒地说，“被人绞死！这太荒唐。我不愿意。”

---

① 皮浪（公元前约365—约前275），希腊怀疑派哲学家。他否认人能寻得真理，一切都是不定的。

"那么再见吧！"副主教咬牙切齿地说，"我会再来找您的！"

"我不想让这个鸟人再找我。"格兰古瓦心想，于是就追了过去。"瞧，副主教先生，老朋友之间闹什么别扭嘛！您关心这个姑娘，我是说我的妻子，这很好。您也想出了把她从圣母院里安全搭救出来的办法，可您这个办法对我格兰古瓦来说太恶心了嘛。我要是有个良策就好了。我告诉您，我刚刚闪过一条妙计。我如果能想出一条妙计，既能救姑娘，又不会让任何活结扣我的脖子，您说怎么样？对您来说这还不够吗？是不是非要把我绞死您才称心呢？"

教士不耐烦地扯着衣服扣子说："废话少说！您的办法是什么？"

"好，"格兰古瓦用食指捅捅鼻尖，似乎在思索，自言自语地说，"是这样！无赖汉们个个都讲义气。埃及部落也喜欢她。一句话就能呼之即来，这再容易不过了。来一个奇袭，趁着混乱把她抢救出来，不费吹灰之力。明天晚上开始。他们正求之不得呢！"

"那办法呢，你说呀！"教士推搡着他问。

格兰古瓦庄严地转过身来，对他说："请放开我！您不是看到我正在谋划吗！"他又考虑片刻。然后为他的主意拍手叫好。"妙极了！一定成功！"

"办法！"克洛德教士又生气地说。

格兰古瓦喜笑颜开。

"您过来，我悄悄跟您说。这叫将计就计，棒极了，使我们大家都平安。老天有眼，应该说，我不是个笨蛋。"

他突然停住："唉，那小山羊是不是和姑娘在一起？"

"是的。让魔鬼去收拾你吧！"

"他们也想把小山羊绞死，是吗？"

"这跟我有什么关系？"

"是的，他们会把它绞死的，上个月就绞死过一头母猪。刽子手喜欢这么干。事后他们可以吃到肉。要吊死我那漂亮的加利！多可怜的小羊羔啊！"

克洛德教士喊了起来："你才是刽子手！蠢货，你究竟找到了什么营救办法？要不要助产钳帮你生出主意来？"

"妙极了，老师！您听着。"

格兰古瓦凑近副主教的耳朵，轻轻地对他说着，不时用不安的眼光向街上张望，其实街上没有一个行人。当他说完后，克洛德教士拉住他的手冷冷地说："那好。明天见。"

"明天见。"格兰古瓦回敬了一声。而当副主教向一边走开时，他就向另一边走去，自言自语地说："彼埃尔·格兰古瓦先生，这可是件令人骄傲的事业啊。没关系。谁也没有说小人物就该畏惧大事业。比通[①]曾肩扛大公牛；鹡鸰、黄莺和岩雀也能飞越海洋。"

二　您就当无赖汉吧

副主教回到隐修院时，一眼看见弟弟磨坊的约翰坐在他的小屋门口等他。刚才他等得实在无聊时，便捡起一块木炭，在墙上画起哥哥的肖像来，并加上一个超尺寸的鼻子。

克洛德教士几乎没看弟弟一眼。他正想着别的事。这张快乐的调皮鬼面孔容光焕发，曾经多少次化解了教士脸上的阴沉，现在却已无能为力。教士那业已腐朽、散发臭气、凝滞不动的灵魂上浓雾与日俱增，再也无法驱散。

"哥哥，"约翰胆怯地喊了一声，"我来看望您。"

副主教连眼皮也不朝他抬一下。

"还有呢？"

"哥哥，"撒谎的弟弟又说，"您对我那么好，给我那么好的教诲，我得常来常往才是。"

---

① 公元前3世纪的希腊数学家。

“还有呢？”

“唉！哥哥，您说得真是对极了。您曾对我说：约翰呀约翰，‘为人师者治学不严，为学生者纪律松弛’[①]。约翰，要听话，约翰，要好好学习，约翰，没有正当理由、没有老师的许可不得擅自离校。不要打皮卡第人。‘约翰，勿攻击皮卡第人。’[②]不要做不识字的笨驴子，‘勿为目不识丁之笨驴’[③]烂倒在学校的草料堆上。约翰，您得听任老师的处罚。约翰，每天晚上都要去小教堂，唱一支圣歌，连诗文加祈祷，献给光荣的圣母马利亚。唉！这都是金玉良言呀！”

“然后呢？”

“哥哥，在您面前有个罪人、罪犯、可怜虫、浪荡公子、大混蛋！亲爱的哥哥，约翰把您的金玉良言当作干草和鸟粪踩在脚下。我得到了应有的惩罚，仁慈的天主非常公正。只要我有了钱，我就大吃大喝，寻欢作乐。啊！从前面看，放荡是那么迷人，而从背后看，它是那么丑陋，令人厌恶！现在我又一个子儿没有了，桌布、衬衣、毛巾都卖掉了，快乐的生活已不复存在！美丽的蜡烛已经熄灭，只剩下肮脏的线捻往我鼻子里灌烟。姑娘们取笑我。我只好喝凉水度日。悔恨和债主还是紧追不舍。”

“还有呢？”副主教说。

“唉！亲亲热热的哥哥，我很想让自己过上美好的生活。所以我来找您，内心充满悔恨。我是个忏悔者，我来向您忏悔。我狠狠地捶击我的胸脯。您确实很有道理，希望我有朝一日成为学士，做托尔西中学的副训导。现在我觉得，我在这方面有很好的天赋。但我连墨水都没有了，得重新买；笔也没了，我也得重新买；纸也没了，书也没了，都得重买。为此，我非常需要一点钱财。所以我来找您，哥哥，

---

① 原文是拉丁文。

② 同上。

③ 同上。

我心里充满悔过的心情。”

“您说完了吗？”

“是的，我要点钱。”学生说。

“我没有钱。”

这时学生变得严肃而又坚决，说道：“那好，哥哥，我很不情愿告诉您，别人可向我做了很好的建议和提议。您不愿给我钱，是吗？这样的话，我就去当无赖汉。”

当他吐出这个可怕的词时，便学做阿雅克斯[①]的表情，等待五雷轰顶。

然而副主教只冷冷地说：“那您就去当无赖汉吧！”

约翰向他深深地鞠了一躬，吹着口哨走下楼去。

当他来到隐修院院子里，正从哥哥的窗前经过的时候，听到窗子打开的声音。他抬起头，看到副主教那严肃的面孔从窗口伸出来。克洛德教士说：“见你的鬼去吧！这是最后一次给你钱，下次别指望我。”

同时，教士扔给约翰一个钱袋，把学生的前额砸起了一个大包。约翰走时既生气又高兴，就像被肉骨头打中的一条狗。

三　欢乐万岁！

读者也许还没有忘记，奇迹大院的一部分是被旧城墙围着的。许多箭楼从那时起就开始倒塌了。其中一座箭楼现已改成无赖汉寻欢作乐的地方。底层大厅里有个酒店，楼上各层是活动场所。这座箭楼是无赖汉帮会中最活跃因而也是最肮脏的窝点。它像个马蜂窝，日夜嗡嗡作响。深夜，当丐帮的其他成员已经入睡，当广场四周满是污泥

① 阿雅克斯，希腊神话中的英雄。亚契力斯死后，他本以为自己能得到死者遗留的武器，结果未能如愿。

的前墙上不再有窗户亮着，当这无数的房屋里一窝窝窃贼、娼妓、偷来的孩子、私生子不再发出叫声，人们从它发出的喧闹声和猩红的灯光，就能认出那座快乐的箭楼，那灯光从通气孔、从窗户、从龟裂的墙缝，总之从它所有的毛孔里往外透。

地窖就是酒店。要进去，得穿过一道矮门，走下一道跟亚力山大体诗一般僵硬的楼梯。门上有幅绝妙的粗画权当招牌，上面画着数枚新铸的苏币和宰杀的鸡，下面写着一句谐音双关语："为死者敲钟的人"。[①]

一天夜里，当巴黎大小钟楼敲响宵禁钟声时，巡防队长若是进入这可怕的奇迹大院，准会发现，酒店里无赖汉们的喧闹声比平常还要大，喝的酒还要多，叫骂得更加尖刻。在外面广场上，人们三个一群，五个一伙，悄悄议论着，似乎在筹划什么重大阴谋，随处都可看到无赖汉蹲在石街上，磨着寒气逼人的钢刀。

然而，在酒店里面，喝酒的打牌的兴致极高，对今晚的主要事件并未注意，光听酒客们的谈话是很难知道为了什么事。只是他们比平常更加高兴，可以看到每个人的两腿间有样东西在闪光：那是割草刀、板斧、双刃大砍刀，或是旧火铳枪托。

大厅呈圆形，非常宽敞。但是，桌子挨桌子，酒客无数，使得酒店里的男男女女、板凳、酒罐、喝酒的、睡觉的、赌钱的、身强力壮的、瘸腿的都乱成一团，其秩序与和谐不亚于一堆杂乱无章的牡蛎壳。几张桌上点着蜡烛，但地窖里的光源，酒店里充当歌剧院大吊灯的照明灯，就是炉火。地窖非常潮湿，所以炉火从不熄灭，连夏天也是如此；有一个带雕刻框架的巨大壁炉，笨重的铁架和炊具摆在四周，里面是木头和泥炭燃起的熊熊大火。这种炉火在夜里，在村庄的街道上，常常把对面的墙壁映得通红，并投上炉门铁栅的魔影。一条大狗庄严地坐在灰堆上，在炭火前转动着一根穿满烤肉的铁叉。

---

① 在法语中，"为死者敲钟的人"和"新铸的苏币，死了的鸡"谐音。

尽管里面很乱，但稍稍看一下以后，就可以从这群人中区分出三个主要的团伙，他们正围着三个主要人物，读者已经知道。其中一个身穿镶着东方金饰的奇装怪服，那是埃及和波希米亚公爵玛提亚斯·亨加第·斯皮卡利。这家伙坐在一张桌子上，两腿交叉，一个手指对着空中，高声传授他的黑白魔法，周围几个人张着大嘴听着。另一帮人则围着我们的老朋友，勇敢的丢纳国王，他已经武装到牙齿。克洛班·特鲁叶福神情严肃，低声号令，监督武器的分发。他面前放着一只大桶，里面装满了武器，从劈开的大口倒出来一大堆斧头、佩剑、火叉、铠甲、短刀、矛头、箭尖、弩弓和箭，犹如丰收角[①]里不断流出的苹果葡萄。众人随意领取，有的拿头盔，有的捡长剑，有的抄起十字把短刀。孩子们自己武装自己，就连没腿的残废人也披甲戴盔，像大甲虫一样在酒客们的大腿间爬来爬去。

最后是第三堆听众，这里人最多，最热闹，也最嘈杂，把桌子板凳挤得满满的。中间一个人从头盔到马刺全副武装，从那沉重的盔甲下发出一个尖细的声音，一边演讲，一边咒骂。这家伙全身披挂，整个身体消失在戎装之下，只能看到他的一只通红的、向上翻的、厚颜无耻的鼻子，一圈金色的头发，一张淡红的嘴，一双胆大包天的眼睛。他的腰带上插满短刀和匕首，腰间挂着一把佩剑，左侧一把生了锈的大弓，面前摆着一个大酒壶，还不算右侧那个胖乎乎的泼妇。他周围的每张嘴都在笑着、骂着、喝着。

此外还有二十来个次要的人堆，还有捧着酒罐来回奔跑的侍男侍女，还有蹲着赌博的人：玩弹子的，下三子棋的，掷骰子的，玩小母牛的，还有热闹的投圈游戏，还有这边墙角吵架的，那边墙角亲嘴的。在这个整体之上，那熊熊火焰在摇曳，似千万个硕大古怪的阴影在酒店墙壁上乱舞。

还有那声音，简直使人如置身于一口正在狂敲的大钟里一般。

---

① 丰收角是一只牛角，里面放着庄稼果实，是丰收的象征。

一口大煎锅油花四溅，啪啪直响，大厅里此起彼伏的谈话声稍有空隙，这油炸声便填补上去。

在这一片嘈杂声中，在酒店尽头，壁炉内侧的凳子上坐着一位哲学家，他双脚埋在灰堆里，眼睛盯着炉火，正在冥思苦想。他就是彼埃尔·格兰古瓦。

“来呀，快一点！加快速度，快武装起来！一个钟头后就行动！”克洛班·特鲁叶福对丐帮弟子们说。

有个姑娘哼起曲子：

爸爸妈妈，晚安！
最后走的熄灯灭火。

两个玩牌的吵了起来。其中一个面红耳赤，向对方晃着拳头骂道：“狗奴才，我来给你烙个梅花印，让你代替米斯第格里①参加国王大人的牌局！”

“哎哟！这里挤得跟加佑维尔的圣徒一般！”一个诺曼底人叫道，一听他那瓮声瓮气的口音便知是哪里人。

埃及公爵扯着假嗓子对他的听众说：“孩子们，法国的女巫去赴群魔会不带扫帚，不涂油，不骑马，只念几句咒语。意大利的女巫总是有只公羊等在门口。她们都必须从烟囱里出去。”

那位滑稽的少年从头到脚全副武装，他的声音盖过了所有的喧哗声。他喊道：“妙啊！妙啊！我今天第一次武装！无赖汉！我是无赖汉，基督的肚子！倒酒给我喝呀！朋友们，我叫磨坊的约翰·弗洛罗，我是个绅士。我认为，假如天主不是警察，他肯定当强盗。弟兄们，我们来一次远征。我们都是勇士。围攻教堂，砸破大门，救出姑娘，把她从法官手中救出来，从教士手中救出来，砸烂隐修院，把主

---

① 米斯第格里，扑克牌中梅花的俗称。

教烧死在主教府内，我们一会儿就可办妥这件事，用不了镇长喝一勺汤的时间。我们的事业是正义的，我们去洗劫圣母院，一切会明白的。我们将逮住卡西莫多。小姐们，你们认识卡西莫多吗？在伟大的圣灵降临周的一天，你们见过他气喘吁吁地被吊在大钟上吗？妈的！真漂亮！简直就像魔鬼骑在兽嘴上。朋友们，听我说，我打心眼里就是无赖汉，我从灵魂里就是讲黑话的，我生来就是小偷。我原来很有钱，我把财产吃光了。我母亲想让我当军官，我父亲要我当副助祭，姑妈要我当审讯评议官，奶奶要我当国王的大法官，姑奶奶要我当短袍司库。我自己却当了无赖汉。我把这事告诉了父亲，他把我臭骂一顿；告诉了母亲，这个老太婆号啕大哭一场，一把眼泪一把鼻涕，就像这炉架上的柴火。快乐万岁！我是个真正的比塞特！亲爱的老板娘，再来点酒！我还有钱付账。我不要絮莱纳酒了，这酒烧喉咙。混蛋！还不如吞只篮子润润喉咙呢！”

嘈杂的人群哈哈大笑，拍手叫好，学生见四周的吵闹声甚嚣尘上，便大声喊叫起来："嗨！多美的吵闹声！‘众人疯狂吵闹’！[1]”于是，他唱起歌来，眼睛闪出陶醉的目光，调子跟教士念晚祷一般。“美哉圣歌！美哉乐器！美哉歌声！此处乐音不绝，管风琴声其甜如蜜，旋律优雅只应天上有，颂歌中最雄伟高华者[2]！”他突然话头一转，“鬼老板娘，快拿饭来给我吃。”

有那么一会儿乎鸦雀无声，这时突然响起埃及公爵那干涩的声音，他正在教化他的波希米亚臣民："……黄鼠狼名叫阿杜伊纳，狐狸叫蓝脚或叫森林跑步家，狼叫灰脚或叫金脚，狗熊叫老头或叫老爹。地鬼的帽子可以隐身，能让人看到看不见的东西。每只受过洗礼的癞蛤蟆应该穿上红色或黑色丝绒衣，脖子上挂只铃铛，脚上也挂只铃铛。教父捧着脑袋，教母托着屁股。只有魔鬼德腊加素姆有魔力让姑

① 原文是拉丁文。

② 同上。

娘们裸体跳舞。”

约翰插话说："凭弥撒的名义，我真想当魔鬼德腊加素姆。"

这当儿，无赖汉们在酒店的另一头低声策划，继续武装自己。

有个波希米亚人说："爱斯美拉达真可怜！她是我们的姊妹，得把她救出来。"

"那么她还在圣母院里吗？"一个假冒破产商说。此人一副犹太人面相。

"当然在了！"

"那好，弟兄们，快去圣母院！"破产商人喊道，"特别是在圣费雷奥和圣费吕雄小教堂里有两尊塑像，一个是圣巴蒂斯特，另一个圣安东尼，都是金子做的，总重量有十七金马克[①]五盎司十五艾斯特兰，两个镀金的银座重十七马克五盎司。这我清楚，我是金银匠。"

这边，有人给约翰端来了晚饭。约翰躺在身边一个姑娘的胸脯上大叫道："我以圣孚德路加的名义保证，也就是平民叫着圣高格吕的，我非常幸福。我面前站着一个蠢货，直瞅着我看，面孔光溜溜的像个大公。还有左边这个家伙，一副牙齿长得挡住了下巴。此外，我真像吉埃元帅进攻蓬都瓦兹时那样，右边靠在一只乳头上。穆罕默德的肚子！老兄！你的样子像个网球贩子，怎么能坐在我身边！朋友，我是个贵族。商贾与贵族水火不相容。快给我滚开！哎呀呀！瞧你们这些个！别打了！怎么回事，巴蒂斯特嚼小鸟的，瞧你那鼻子多俊，要是被那蠢货的拳头砸着真可惜！傻瓜蛋！'并非人人皆有鼻。'[②]雅克琳啃耳朵的，你真是圣洁无瑕！可惜你没有头发。喂！我叫约翰·弗洛罗，我哥哥是副主教。让他见鬼去吧！我跟你们讲的句句是真。我哥哥答应将天堂里那幢房子分我一半，而我当了无赖汉，心甘情愿地放

① 金马克，贵重金属的重量单位。每马克为八盎司。

② 原文是拉丁文。

弃了这一权利。'天堂所居之半。'[①]我引述的是原文。我在梯尔沙普有一块封地，所有的女人都爱上我，这是千真万确的，正如圣艾洛瓦是优秀的金银匠，巴黎这座名城有五大行业：鞣革、轻革矾鞣、皮带、皮头饰件和油鞣，圣洛朗是被鸡蛋壳烧死的一样。弟兄们，我向你们保证。

如果我说了谎！
就喝一年辣汤！

我的美人儿，月亮出来了，你从窗孔往外看吧，风儿在撕开云彩！所以我该撕开你的抹胸。姑娘们！给孩子们擤擤鼻涕，给蜡烛剪剪烛花。基督和穆罕默德！朱庇特！我吃的都是什么呀！嗨，老婆子，你这里的骚娘们头上没有头发，却跑到我的炒鸡蛋里来了。老婆子，我喜欢不长头发的炒鸡蛋。让鬼把你变个塌鼻子吧！真像别西卜开的酒家那样，骚娘儿们用叉子梳头！”

说完后，他把盘子摔碎在石块地上，高声唱了起来：

凭天主的血！
我没有信仰，
也不守法律，
无家也无乡，
不信天主，
不信国王！

与此同时，克洛班·特鲁叶福已经将武器分发完毕，并向格兰古瓦走来。格兰古瓦双脚架在炉架上，似乎陷入深思。“彼埃尔朋友，

① 原文是拉丁文。

你在想哪个魔鬼啊？”丢纳王问道。

格兰古瓦回过头来，苦笑着对他说：“亲爱的老爷，我喜欢火。这倒不是因为火能暖脚、能煮汤等平庸的原因，而是因为火中有火星。我有时能花几个钟头观察火星。从这些黑漆漆炉膛中闪耀着的火星里，我发现了无数的东西。一个火星便是一个世界。”

“我要是懂得你的意思，就让雷劈了我！”无赖汉说，“你知道现在几点了？”

“我不知道。”格兰古瓦回答说。

于是，克洛班向埃及公爵走去。

“玛提亚斯伙计，这个时机不太好。听说国王路易十一在巴黎。”

“这就更应该把我们的姊妹从魔爪下救出来。”老波希米亚人说。

“你说这话真像个男子汉，玛提亚斯，”丢纳王说，“再说，我们会速战速决的。用不着担心教堂里有什么抵抗。教士都是些胆小鬼，而我们人多势众。高等法院的人明天来提她，可就上了大当！教皇的肚肠！我不想让人把这位美丽的姑娘吊死。”

克洛班走出了酒店。

与此同时，约翰大声怪叫起来：

“我喝酒，我吃饭，我醉了，我是朱庇特！嗨！屠夫彼埃尔，你要是再这么看着我，我就要用手指弹掉你鼻子上的灰。”

格兰古瓦待在一边，沉思已经被打断。他开始观察四周混乱喧叫的场面，从牙缝里喃喃地说：“‘酒与酒后喧闹皆诲淫[①]。’唉！我不喝酒是多么明智，圣伯诺瓦说得好：‘酒能使贤人叛教[②]。’”

正在这时，克洛班走了进来，高声喊道：“午夜到了！”

听到这句话，就像停止前进的军队听到“上马”的口令，所有无赖汉、男人、女人、孩子，成群结队地冲出酒店，武器与钢铁响声

① 原文是拉丁文。

② 同上。

大作。

月亮藏到了云后。

奇迹大院一片漆黑。没有一丝亮光。然而，里面的人还有不少。隐约可以看到一大堆男男女女在低声交谈。只听那声音嗡嗡作响，只见各种武器在黑暗中闪闪发光。克洛班爬上一块石头，喊道:“好汉帮，列队！埃及帮，列队！伽里略帮，列队！”黑暗中一阵急速运动。大队人马似乎在排列成纵队。不一会儿，丢纳王又提高了嗓门:“现在，悄悄穿过巴黎！口令是‘小刀闲游’！到达圣母院后才准点火！出发！”

十分钟后，一支长长的队伍，黑压压，静悄悄，朝着钱币汇兑桥进发，穿过菜市场街区一条条纵横交错的曲折小巷，吓得巡防兵抱头鼠窜。

四　好心帮倒忙

这天夜里，卡西莫多没有睡觉。他刚刚在教堂里做了最后一次巡视。当他关上教堂各道门时，并没有发觉副主教从他身边经过。副主教见他仔细闩上各道门，大铁门锁得严严实实，固若金汤，心中十分恼火。克洛德教士的神情比往常更加忧心忡忡。此外，自从那天夜间在小屋里发生险情后，他经常虐待卡西莫多；但尽管遇到粗暴的对待，有时甚至挨打，忠实的敲钟人的顺从、耐心和逆来顺受的态度丝毫不变。他忍受着副主教的一切折磨：辱骂、威胁、拳打脚踢，却从不责难，毫无怨言。至多是在克洛德教士走上钟楼楼梯时，他用担忧的眼睛一直盯着。然而副主教本人已经不想再次在埃及姑娘眼前露面。

却说那天夜里，卡西莫多看了看那些被他遗弃的大钟：雅克琳、玛丽、蒂博，然后登上北钟楼的顶端，把密不透风的马灯放在屋檐上，开始审视巴黎。前面说过，夜晚漆黑一片。当时的巴黎可以说没有照明，眼前是一团团黑乎乎的东西，被塞纳河那发白的河湾切割成东一块，西一块。卡西莫多没有见到任何亮光，只有远处的一幢建筑中有扇窗户还亮着灯。那幢楼地处圣昂图纳门方向，模糊而昏暗的侧影在屋顶之上隐约可见。那里也有人没有入睡。

敲钟人用那只独眼扫视着夜雾弥漫的天际，内心顿生一种无以言表的担忧。好几天来他一直这样警戒着。他不断看到主教堂周围有人在转悠，那些可怕的面孔上一双双眼睛从不离开姑娘的避难所。他猜想，也许正在酝酿一个对可怜姑娘不利的阴谋。他认为，民众憎恨姑娘，正像憎恨他一样，也许马上就会发生什么事情。于是，他就站在钟楼上，时刻警惕，正如拉伯雷所说的："在梦境中梦想。"那只独眼时而看看小屋，时而看看巴黎，以防万一，就像一只灵敏的狗，心里充满怀疑。

上苍似乎做了某种补偿。那只独眼具有极其敏锐的视力，足以替代卡西莫多缺乏的其他器官。当他用这只眼睛注视全城时，突然发现老皮坊河岸的倒影有点异样，那里似乎有什么东西在蠕动，河边护墙的黑色轮廓在白色水面上的剪影似乎不太直，不像其他河岸那般安静。相反，看上去就像河里的波浪在滚动，又像一支队伍在前进时脑袋在晃动。

他觉得很奇怪，便加强了警惕。那运动似乎朝着旧城而来，但没有一点火光。它先在河岸边持续了一会，然后似乎缓缓流入城岛内，然后完全停止，这时，河岸又变成直线，一动不动了。

正当卡西莫多智穷力竭、弄不清情况之时，他似乎看到那运动在前庭街边重新出现，这是城岛上的一条街，与圣母院正好垂直。尽管夜色深沉，他终于看到纵队的前列从这条街进入广场，不一会，一大群人便挤满广场。但除了知道这是一群人以外，在黑暗中什么也看不清。

这一场景令人害怕。或许，这支奇怪的队伍似乎故意躲在黑暗中，尽量保持长久的安静。但它总会发出点什么声音来，哪怕是踩着脚跟的声音。不过，这点声音到不了聋子的耳朵边就消失了。面对这一大堆人群，既看不到什么，又听不到什么，然而又近在咫尺，还来回走动，给他的感觉就像一大堆死鬼：不说话，摸不着，融化在烟雾中。他似乎看到人影憧憧的一团迷雾。看到黑暗中有阴影在蠕动。

于是，卡西莫多的种种害怕重新袭来。脑子里又出现了有人谋害埃及姑娘的念头。他模糊地感到，他已面临紧急的形势。在这严峻的时刻，他就自行谋划对付办法，推理正确而且敏捷，就他这个不健全的脑袋而言，完全出乎常人的意料。要不要叫醒埃及姑娘？让她逃走吗？从哪里走？街上都被占了，教堂处于背水绝境。没有船！也没有出路！……只有一个办法，拼死守住圣母院大门，至少可以抵抗到援兵到来，也许会有援兵的，而且不能打扰爱斯美拉达的睡眠。可怜的姑娘如果要死的话，总会来得及醒来的。一旦下了这个决心，他就开始沉着安定地观察起“敌情”来。

圣母院广场上人群似乎越来越多。他只能推断他们尽量不弄出声音。因为街道上和广场四周的窗户仍然关着。突然，一个亮光起处，七八支火把已经点燃，在人头上晃动，在黑暗中飘动着一支支火苗。这时，卡西莫多清楚地看到圣母院广场上的可怕情景：一群群衣衫褴褛的男男女女，手持割草刀、长矛、钩镰枪，千万支刀剑在闪闪发光。随处可以看到黑色钢叉，宛似那些丑脸上长的角。他模模糊糊记得这帮人，似乎认出了所有的面孔。几个月前，这些人曾拥戴他当了胡闹王。有个人一手举着火把，一手拿着短棍爬上界石，好像在讲话。同时，这支奇怪的军队做了几次调动，似乎沿教堂四周摆下阵势。卡西莫多拿起马灯，下到两个钟楼的平台上，以便更近一些观察，并考虑防御方法。

克洛班·特鲁叶福早已将队伍部署成战斗队形，这时来到圣母院高大的正门前。虽然他预计不会有抵抗，不过他是谨慎的人，他想保持秩序，以便在需要时抵挡巡防队或骑兵队的进攻。他把部队排成梯队阵势，从高处和远处看，真以为是艾克诺马战役中的罗马三角阵，亚历山大大帝的猪头阵，或古斯塔夫-阿道尔夫著名的楔形阵。三角阵的底座是广场的边缘，把前庭街挡住；有一边对着主宫医院，另一边对着牛倌圣彼埃尔街。克洛班·特鲁叶福、埃及公爵、我们的朋友约翰和几个勇敢的进攻手站在三角阵的顶点。

在中世纪的城市里，像此时无赖汉试图攻打圣母院的事件并不罕见。我们今天的“治安”那时还不存在。在人口多的城市里，特别是在首都，没有一个起控制作用的中央政权。封建制度以奇怪的方式建成了这些庞大的市镇。一个城邦是由千百个封建领主组成的，他们把它分成大小不一、形状各异的地域。于是出现了千百种互相矛盾的治安形式，也可以说根本没有治安。例如在巴黎，除了一百四十一个领主声称要收年贡，还有二十五个领主声称既有司法权也有年贡权。从拥有五百条街道的巴黎大主教，到只有四条街道的田园圣母修道院院长都有。所有这些封建司法者只是在名义上承认国王的宗主权。他们都有权征收道路税，在自己的领地内说了算。路易十一不知疲倦，广泛开始了拆除封建建筑的工作，黎塞留和路易十四继承这项工作，加强了王权，最后在米拉波手里竣工，以有利于人民。路易十一想方设法打破遍布巴黎的领主网，连发两三道圣旨，用激烈措施废除一切，推行统一的治安。于是，在一四六五年，命令居民天黑后必须点蜡烛照亮窗户，把狗关起来，违者处以绞刑；同年，命令晚上用铁链将街道封锁起来，晚上禁止携带短刀或其他进攻性武器上街。但没过多久，所有这些市政立法的尝试都不了了之。市民们让窗口的风把蜡烛吹灭，让狗四处乱跑；铁链只在戒严时拉起；禁止携带武器法令只改了一条街的名字，把割舌街改成割喉街，这已经是个明显的进步。古老的封建司法框架依然屹立着；各种司法制度和领主制度相互堆积，在城市中相互交叉，相互妨碍，相互纠缠，相互交织，相互重叠；各种巡防队、巡防分队、巡防检查队形同虚设。持械抢劫者有之，入舍盗窃者有之，兴兵作乱者有之。在混乱的治安中，即使在繁华地段，部分民众进攻某座宫殿、府堂、房屋，并不是什么耸人听闻的事。在多数情况下，若抢劫不殃及自己家，邻居是不去过问的。他们充耳不闻火枪声，关严窗户，堵紧大门，听任争端自行过去，管他有没有巡防兵干预。而第二天，巴黎就有了传闻："昨天夜里，埃田·巴贝尔家被抢""克莱蒙元帅被人绑架了"等等。因此，不仅是皇家住宅、卢浮宫、王宫、巴士底狱、图奈尔宫，而且一般的领主官邸、小波旁宫、桑斯府、昂古莱姆府等，墙上都有箭眼，大门上有突堞。教堂有圣神保护。然而有些教堂是设了防御工事的，圣母院不在此列。草场圣日耳曼修道院武装得像个男爵府，在那里，火炮用去的铜比铸钟花的铜要多得多。一六一〇年还能看到那座堡垒。如今，这座修道院只剩下一座教堂。

现在再说圣母院。

应该说无赖汉的纪律是值得称赞的，一切都按克洛班的命令默默执行，而且丝毫不差。当初步部署已经就绪后，这位深孚众望的丐帮头子爬上圣母院广场的护墙，面对圣母院站着，挥舞着火把。那火焰被风吹得晃来晃去，不时被自己的烟雾蒙住，使得被火映红的主教堂正面时隐时现。克洛班扯着那嘶哑而粗犷的嗓门喊道：

"路易·德·波蒙，巴黎大主教，高等法院顾问，我是克洛班·特鲁叶福，丢纳王，龙头大哥，黑话帮首领，胡闹汉的主教，我对你说：我们的妹子遭受冤枉，被以妖术罪名判处死刑，她正在你的教堂里避难；你应该给她提供避难和保护；而高等法院要把她拘捕出来，你居然也同意；要不是有天主和无赖汉还在的话，她明天就要在河滩广场上被人吊死。所以我们来找你，主教。如果说你们的教堂是神圣的，我们的妹子也是神圣的；如果我们的妹子不神圣，你的教堂也就不神圣。因此，如果你想保住教堂的话，你就得把姑娘还给我们，否则我们就要抢走姑娘，洗劫教堂。这样就好了。为此，我在此插上战旗，让天主保护你吧，巴黎大主教！"

不幸的是卡西莫多没能听到这些话，而说话的神态是那么阴郁粗犷，庄严悲壮。一个无赖汉将战旗交给克洛班，他把战旗庄重地插在两块石板之间。那是一把钢叉，齿上叉着一块流着血的腐肉。

插好后，丢纳王转过身来，双眼扫视着他的军队，凶恶的人群中愤怒的目光犹如枪尖上的寒光。稍稍停顿后，他高喊道：“弟子们，向前冲啊！撬锁行家们，快干吧！”

三十来个身强力壮、虎背熊腰的汉子从队列中走出来，一副撬锁专家的长相，肩上扛着锤子、钳子和铁条。他们向教堂主大门跑去，爬上台阶。不一会，全都在尖拱那里蹲下，用钳子和撬杠撬起门来。一群无赖汉跟在后面，有的帮忙，有的围观。正门前十一级台阶被挤得水泄不通。

然而，大门岿然不动。一个人说：“见鬼！这门又结实又顽固！”另一个人说：“它上了年纪，骨头硬了。”克洛班又说：“伙计们，加油呀！我敢用头赌一只拖鞋，你们打开大门后，抢走姑娘，剥光主祭坛，那时还没有一个教堂执事醒来呢！瞧！我看锁已经松动了。”

这时，他身后一声巨响，打断了他的话。他赶紧回头，只见一根巨大的横梁从天而降，把教堂前台阶上十几个无赖汉砸了个稀巴烂，又从石板地上弹起来，如炮弹轰鸣，一路砸断了几个乞丐的腿。人群惊叫着四处奔逃。一眨眼工夫，广场围栏中已空无一人。撬锁贼虽然有深深的门拱保护着，也逃离了大门。克洛班本人也向后撤退，保持着敬而远之的距离。

约翰喊道：“我差点儿送了命！牛的头！我感到有风刮来。可是屠夫彼埃尔被砸扁了！”

这根大梁落在强盗中间，使他们惊恐之余不胜后怕，真是无法形容。许久，他们呆呆地站在那里，眼睛望着天空，这根木头引起的惊恐不亚于两万名国王弓箭手。埃及公爵吼道：“撒旦！这里面有妖术！”红脸安德烈说：“八成是月亮给我们扔下的柴火。”弗朗索瓦·唱曲李子接着说：“这么看来，月亮是圣母的朋友喽！”克洛班喊道：“一千个教皇！你们都是些草包！”但他也不知道大梁从何而来。

然而，教堂正面什么也看不见，火把的光亮照不到教堂顶部。那根沉重的大梁横卧在广场中央，只听到被它首先砸中的几个倒霉鬼在呻吟，他们的腹部被石阶的棱角切为两截。

丢纳王一阵惊恐之后，终于找到一种说法，同伴听了觉得很有道理。“天主的狗脸！教士们是不是在抵抗？那就洗劫！快洗劫！”

“去洗劫！”人群疯狂地喊叫着。一阵箭弩、火铳向教堂正面齐射过去。

这阵轰隆轰隆声，惊醒了周围房屋中安睡的居民，有几个窗户已经打开，露出戴着睡帽的头和拿着蜡烛的手。“向窗户开火！”克洛班喊道。窗户又立即关上了。这些可怜的市民，还没来得及偷看一下这片火光和喧闹的场面，赶紧回到娇妻身旁，吓得直冒冷汗，心想，圣母院广场是不是在举行群魔会，或是像六四年那样，勃艮第人又来进攻了。于是丈夫们担心被抢劫，女人们担心被强奸，所有的人都在发抖。

“快去抢啊！”丐帮弟子喊叫着，但谁也不敢靠近。他们看看教堂，又看看大梁。大梁躺着一动不动。教堂还是那般安静，空无一人，但有样东西让无赖汉们不寒而栗。

“快干呀，撬锁行家们！把门撬开。”特鲁叶福喊道。

谁也没敢向前挪一步。

“胡子和肚子！”克洛班说，“瞧你们这帮废物，连根椽子也害怕。”

一个年长的撬锁贼对他说：

“统帅，倒不是这根椽子碍事，而是那大门上的铁条焊得太结实。钳子根本不顶用。”

“那么要用什么才能砸开这道门呢？”克洛班问。

“这个嘛，非要攻城槌不可。”

丢纳王勇敢地跑向笨重的大梁，用脚踩着喊道：“这不就是攻城槌吗！是那些教士送给你们的。”他向教堂那边滑稽地行了个礼，说：“教士们，多谢了！”

他的勇敢行动鼓舞了大家，大梁的魔力也破了。无赖汉们恢复了士气；不一会，那根沉重的横梁被二百条强壮胳膊轻如鹅毛地托起，对着大门猛烈撞去。刚才他们想打开大门却未能如愿。无赖汉们为数不多的火把照得广场忽明忽暗，一大群人抬着这根长梁跑着向教堂冲去，此情此景，真像一只千足怪兽低着头向石头巨人猛扑过去。

在大梁的撞击下，半金属的大门像面巨鼓震耳欲聋。大门纹丝不动，整个教堂却在颤抖，可以听到建筑中深深的空穴隆隆作响。与此同时，数不清的大石头从正面高处雨点般落下，向进攻者砸来。约翰喊道："见鬼！钟楼上的石栏是不是震塌了，石块直往我们头上掉？"但这时士气高涨，丢纳王身先士卒。毫无疑问，肯定是大主教在抵抗。因此，尽管落石随处砸得头颅开花，但他们撞击大门的狂劲不减。

耐人寻味的是，这些石头一块一块往下落，而且一块接着一块。丐帮弟子们总是能同时领教到两块石头，一块砸在腿上，另一块砸在头上。没有挨砸的人很少，地上已经躺着一大片死尸和伤员，流着血，喘着气，还被仍在进攻的人踩来踩去。长梁继续有节奏地撞击着大门，犹如钟舌撞击大钟。石块依然往下落，大门依然在怒吼。

不用猜测，读者无疑已经知道，这一突如其来的抵抗来自卡西莫多，这一抵抗使无赖汉们愤怒不已。

不幸得很，巧合使得老实的聋子占了上风。

当他下到两个钟楼间的平台上时，他脑子里还是乱哄哄的没有主意。他沿着石栏跑了几个来回，好一阵像个疯子。他从上面看到，下面密密麻麻的无赖汉正向教堂冲过来。他请求魔鬼或天主救救埃及姑娘。他曾想爬到南钟楼去敲警钟；但也许还不等他敲响大钟，玛丽还没能发出一声钟响时，教堂的门就被人攻破十次了。这时，正好那些撬锁贼带着器具向大门走来。怎么办？

突然，他记得泥瓦匠白天干了一整天活，修理南钟楼的墙壁、木架和屋顶。这下他可开了窍：墙是石头垒的，屋顶是铅皮的，木架是木头的。这里木架如此之多，简直可以称之为“森林”。

卡西莫多跑向那座钟楼。确实，下面房间里面堆满了材料。成堆的料石、成卷的铅皮、成捆的木板、已经锯好的粗椽子，还有一堆堆灰渣。完全是个品种齐全的军火库。

时间非常紧迫。下面的钳子和锤子已经干了起来。危险感使他力气倍增，他举起一根最重也最长的横梁，从天窗里扔出来，然后又从钟楼外面接住，把它拖到环绕平台的石栏边，从石栏角上往下滑，最后松手让它坠向深渊。这根巨大的横梁坠落一百六十尺，刮坏了墙壁，砸碎了雕塑，像风磨的一翼在空中翻了几个身，然后自由坠落。最后，它撞到地面，传出了可怕的叫声。黑色的横梁在地上弹跳，活像一条飞舞的巨蟒。

卡西莫多看到横梁坠落处，无赖汉东逃西窜，就像小孩吹灰似的。当无赖汉们惊魂未定，以迷信的眼光盯着这根从天而降的大棒，用箭和枪弹摧毁大门上的圣徒塑像时，卡西莫多趁机悄悄地在投下横梁的栏杆边垒起一堆堆灰渣、石块、料石，还有泥瓦匠装满工具的口袋。

因此，当他们再次撞击大门时，石头开始像冰雹般落下，教堂似乎自行崩塌，砸在他们头上。

这时谁要是看到卡西莫多准会被吓坏。除了在栏杆边堆积了大量投掷物以外，在钟楼平台上也堆起了一堆石头。堆在外边的石头一旦用完，他就到这边石堆上取。只见他不停地弯腰、直立、再弯腰、再直立，活跃得令人难以置信。他那地鬼似的大脑袋往石栏外一伸，就有一块巨石落下，然后又是一块，然后又是一块。有时他眼看着一块石头落下，而当石头砸个正着时，他便得意地叫着：“嗬！”

然而，乞丐们并不气馁。百来人用尽气力，抬着沉重的橡木槌全力以赴地撞击大门，那厚厚的大门已经摇晃了二十余次。门板轧轧作响，雕刻四下飞溅，每撞击一下，铰链就在搭扣上跳动一次，门板开始破裂，铁筋之间的木块被撞成粉末掉下来。对卡西莫多来说，幸好大门上铁料比木料多。

不过，他觉得大门已经摇摇欲坠了。他虽然听不见，但木槌每一次撞击，都会同时在教堂内穴和他的胸腔中回荡。他从高处看到，无赖汉们充满胜利和狂怒，向黑漆漆的教堂正面挥舞着拳头。他真希望自己和埃及姑娘能像头顶上飞过去的猫头鹰那样，肋下生翅远走高飞。

他的石头雨还是不能击退进攻。

在这万分焦急的时刻，他发现石栏下面不远处有两根长长的滴水槽，正好在大门之上，是他砸死丐帮弟子的地方。滴水槽的内管通向平台的石板地。他突然计上心来，急忙从敲钟人住处找来一捆柴火，又架上大量木条，上面放上铅皮卷，这是他尚未动用的军需品。待他把柴垛堆好在滴水槽洞口前，便用马灯把它点着。

这时，石头不再落下，无赖汉们也不再往空中张望。强盗们喘着大气，像一群猎犬向野猪窝步步逼近，在大门前乱挤成一团。大门虽然被木槌撞得面目全非，但还巍然挺立。他们怀着战栗等着那最后一击。当大门被攻破时，谁站在最前面，就能第一个冲进这富饶的教堂，那是聚集了长达三个世纪财富的巨大宝库。他们高兴地叫着，贪婪地喊着，相互提醒里面有精美的银十字架，有漂亮的织锦教士服，有美丽的镀金坟墓，还有唱经班的华美装饰。他们还回想起节日中耀眼的用品：火炬飞舞的圣诞节，阳光灿烂的复活节，所有这些辉煌庄严的典礼上见到的圣骨盒、烛台、圣体盒、圣体柜、圣骨箱等，包着黄金，镶着钻石，堆积在圣坛上。当然，在这美好的时刻，盗贼和假残者，地痞和无赖都没怎么想到营救埃及姑娘，而是盘算着怎样洗劫圣母院。更有甚者，对他们中的许多人来说，营救爱斯美拉达不过是个借口。强盗有时也需要借口。

无赖汉们集结起来，围着木槌做最后努力，每个人都憋足气，绷紧肌肉，以便使上全部力气，撞上决定性的一下。正在这时，忽然听到人群中一声惨叫，这叫声比横梁砸开脑袋、送却性命时的叫声更加凄惨。没有喊叫的、还活着的呆呆看着。两股熔化的铅水从教堂高处泻下，浇在人群最密集的地方。人海在沸腾的金属下向后退去。铅汁落地处，在人群中烫出两个冒烟的黑洞，犹如沸水浇在雪地里一般。只见那些临死者大半被铅凝固住，痛苦地吼叫着。在这两股主流周围，可怕的铅雨四处飞溅，滴落在进攻者头上，像火焰钻子钻进他们的脑袋。这是重逾千钧之火，像千万颗雹粒洒在这些可怜人身上。

喊叫声撕人心肝。无论是最胆大的还是最胆小的，全都把大梁扔在尸体上，各自逃命。圣母院广场再次空无一人。

所有人都抬头往教堂顶上看去。他们见到的景象非同小可。在最高层走道顶上，在中央花格圆窗的上面，两个钟楼之间燃烧着一堆大火，火焰卷着火星狂飞乱舞，有时一阵风吹来，将火苗化作浓烟。烈火下，石栏处映出三叶草形火焰。再往下看，只见两个魔舌般的滴水槽不断吐出火红的雨水，银色雨点飞溅，落向教堂正面下层的黑暗中。越接近地面，两股铅流就越向四周扩散，有草捆那么粗，犹如水从喷壶的千万个孔里向外洒一样。在火焰之上，两个巨大的钟楼呈现出各自粗犷和清晰的轮廓：一个完全漆黑，另一个红光一片。它们的巨大身影刺向夜空，在黑影衬托下，钟楼本身似乎更加巍峨雄壮。上面无数个魔鬼和巨龙雕塑面目狰狞，在摇曳的火光下，看上去似乎在活动。那些半狮半鹰怪在狞笑，滴水檐似乎在吠叫，蝾螈在吹火，塔拉斯贡怪兽在火中打喷嚏。由于火光，这些怪兽从石头般的沉睡中惊醒。在这人声鼎沸中，有一个怪物在走动。只见它不时掠过柴堆的火焰前，犹如一只蝙蝠从蜡烛前飞过。

这座奇怪的灯塔，大概会惊醒远方比塞特山丘上的樵夫，他们将惊恐地看到圣母院巨大的阴影在灌木林上摇晃。

无赖汉们吓得大气不出一声。这时可以听到关在隐修院里的教士们的惊叫声，比失火的马厩中的马匹还要惊慌。附近的窗户迅速打开，又迅速关上，声音轻得几乎听不见；四周房屋和主宫医院里一片混乱。火焰中风在怒号，垂死者在做最后喘息，铅雨不断地落在石板地上，发出噼噼啪啪的声音。

这时，无赖汉的头头们已经撤到贡德洛里埃寓所的门廊下商量对策。埃及公爵坐在一块界石上，带着对宗教的恐惧，凝视着空中二百尺高处冒着火光的神奇柴堆。克洛班·特鲁叶福发疯似的咬着自己的拳头。他咬牙切齿地嘟囔道："看来没法进去！"

"这是个兴妖作怪的老教堂！"老波希米亚人玛提亚斯·亨加第·斯皮卡利低声抱怨说。

"教皇的胡子！"一个花白头的老丘八接着说，"瞧这些滴水槽喷铅水，确实比莱克图的突堞厉害多了。"

"你们看见那个魔鬼了吗？它在火边走来走去。"埃及公爵说。

克洛班说："他娘的！是那个该死的敲钟人卡西莫多。"

老波希米亚人摇摇头："要我说呀，那是撒纳克幽灵，大侯爵，主司城防的恶魔，他的身体像武装的兵士，却长着狮子脑袋。他有时骑一匹丑陋的马，把人变成石头，并用来建造箭楼。他统帅五十个军团。就是他，我认出是他。他有时穿一件漂亮的绣金长袍，花纹是土耳其式的。"

"葡萄星君哪里去了？"克洛班问。

"他已经死了。"一个女无赖回答道。

红脸安德烈傻乎乎地笑着说："圣母院在给主宫医院找活儿干哩。"

"这么说，就没有办法冲开这道门了？"丢纳王跺着脚喊道。

埃及公爵伤心地指指那两道铅水柱，沸腾的铅水还在教堂正面的黑暗中往下流，就像两个纺锤拉出长长的硫黄线。他叹口气说："从前倒是见过，有的教堂就是这样防御的。四十年前，君士坦丁堡的圣索菲亚教堂，曾经接连三次摇晃它的圆顶，也就是它的头，把穆罕默德的新月旗摔在地上。那座教堂是巴黎的吉约姆建造的，他是个魔术师。"

克洛班说："难道咱们就像大路上的奴仆那样，垂头丧气地溜了不成？让咱们的妹子困在里面，让那些披着人皮的豺狼明天把她绞死？”

“还有圣器室里的几车黄金呢！”一个无赖汉补充说，可惜我们不知道他的名字。

“穆罕默德的胡子！”特鲁叶福叫道。

“我们再试一次吧！”那个无赖汉接着说。

玛提亚斯·亨加第摇摇头说：“从门里是进不去的。得找找老圣母那副铠甲的漏洞。或许有个洞，有个暗道，有个接头什么的。”

克洛班问：“那谁去找？还是我去转一圈吧。哎，那个叫约翰的小个子学生娃上哪儿去了？刚刚还见他全身披铜挂铁的呢。”

“大概死了吧，听不到他笑了。”有人回答说。

丢纳王皱起了眉头。

“那就算了。不过铁甲里面的那颗心倒是挺勇敢的。还有，彼埃尔·格兰古瓦先生在哪里？”

红脸安德烈回答说：“克洛班统帅，我们走到钱币汇兑桥时他就溜了。”

克洛班跺着脚骂道：“天主的臭嘴！是他把我们卷进来的，事情干了一半就把我们给甩了！多嘴的胆小鬼，脚底抹了油！”

“克洛班统帅，”红脸安德烈看着前庭街喊道，“这不，小个子学生来了。”

克洛班说：“多谢冥王开恩！但他后面拖着个什么鬼东西呀？”

不错，来的正是约翰，他一身流浪武士的披挂，在地上顽强地拖着一架长梯，跑得气喘吁吁，就像一只蚂蚁拉着比它长二十倍的草叶。

“胜利万岁！主恩浩荡！”学生喊道，“这是圣朗德里港码头工的梯子。”

克洛班向他走去。

“孩子！天主的角！你要这梯子干什么？”

约翰喘着气说：“我把它弄来了。我知道它放在哪里。就在副长官公馆的仓库里。我认识那里一个女孩，她觉得我和小爱神一般英俊。我通过她搞梯子，这下我搞来了。帕斯克-穆罕默德！可怜的女孩开门时只穿着衬衣。”

克洛班说：“行啊，可拿梯子干什么？”

约翰看着他，摆出精明能干的样子，手指弹得像响板。这时他得意扬扬。他头戴十五世纪沉重的头盔，光是顶部奇形怪状的装饰就足以吓坏敌人。头盔上竖着十个铁尖嘴，使约翰完全可与奈斯托船上的“十冲角”相媲美。

“我拿它干什么用？威武的丢纳王，您看见三个大门上这排愚蠢的雕像了吗？”

“是的，那又怎样呢？”

“这是法国历代国王长廊。”

“这跟我有什么关系？”克洛班说。

“您听我说！在这长廊的尽头有道门，从来只是用门闩插上的。我用这架梯子爬上去，不就进了教堂了吗？”

“孩子，让我先上。”

“不，不，伙计，梯子是我的。来吧，您第二个上来。”

“让别西卜把你掐死！我决不落在任何人后面！”克洛班火气十足地说。

“那好，克洛班，您就另找一架梯子吧！”

约翰拖着梯子跑过广场，喊叫道：“弟兄们，跟我上！”

不一会，梯子架好了，靠在下层过道的栏杆上，就在边门之上。无赖汉们大声欢呼，一齐拥到梯子下，想往上爬。然而约翰坚守自己的权利，第一个把脚踏上梯子。须要爬好一会。法国历代国王长廊如今距离石板地面六十来尺高。十一级台阶更增加了高度。约翰缓缓往上爬，一手抓着梯级，一手拿着弓箭，沉重的盔甲使他放慢速度。当他爬到梯子中间时，回头伤感地看了一眼，只见台阶上可怜的丐帮弟子陈尸遍地。他感叹道：“唉！这样一大堆尸体，真值得给《伊利亚特》续上第五部！”然后继续往上爬。无赖汉们紧跟其后。每级梯子上都有一个人。看着这甲胄构成的线条弯曲着往上延伸，真像一条长着铁甲的长蛇站立在圣母院前。约翰走在头里，吹着口哨，更增强了这种幻觉。

终于，学生够到了长廊的阳台，在所有无赖汉的喝彩声中，他非常敏捷地跨了上去。他俨然成了教堂的主人，高兴得欢呼起来。突然，他停了下来，呆若木鸡。他刚刚发现，在一座国王雕像的后面，卡西莫多正藏在黑暗中，那只独眼直冒火星。

还没等后面的进攻者跨上长廊，那可怕的驼子一个箭步冲到梯子跟前，也不搭话，一双力大无比的手抓住梯子上端，拎起来，推离墙面，在一片焦急的呼喊声中，他把这架长梯连同从上到下的无赖汉空晃了一下，突然，他使出超人的力量，把这串人扔向广场。有那么一瞬间，即使最刚毅的人也会心惊肉跳。梯子被扔出后向后倒去，有一会儿直立着，似乎在犹豫，然后晃了晃，最后突然倒下，画出半径达八十尺的可怕的圆弧，满载着强盗向石板地面砸下来，比断了铁链的吊桥下落还要迅猛。先是一片喧闹的叫骂声，然后，声音戛然而止，几个摔断肢体的可怜人从死人堆里爬了出来。

围攻者痛苦的愤怒声，代替了最初的胜利欢呼声。卡西莫多置若罔闻，双肘伏在石栏上观看，俨然一位披头散发的国王站在窗前。

约翰·弗洛罗处境危急。他在长廊中与那个恐怖的敲钟人对峙着，孤身一人，与他的同伴们隔着一道垂直八十尺的高墙。当卡西莫多玩弄梯子的时候，他急速向暗道跑去，以为暗道门是开着的。可是门关着。聋子进来时在身后把它关上了。于是约翰便躲在一尊石雕国王后面，大气不敢出一声，两眼紧盯着驼背怪物，面如土色，就像那个追求动物园看门人老婆的男人，有天晚上去和她幽会，结果爬错了墙，突然与一只白熊撞个满怀。

起初，聋子没有注意到他；后来终于扭过头，突然直立起来。他这下发现了学生。

约翰准备接受他的严酷打击，可是聋子站着一动不动；他只是扭头盯着学生看。

约翰说："喂！喂！干吗用你这只独眼盯着我，怪让人伤心的。"

趁说话之际，小混蛋暗暗地准备弓箭。

他喊道："卡西莫多，我给你改个绰号。你就叫瞎子吧。"

说话间箭已离弦。箭羽呼啸而过，正中驼子的左臂。卡西莫多岿然不动，似乎跟射在法拉蒙德王石像上一般。他抓住箭杆，把它从左臂上拔出来，不慌不忙地在那粗壮的膝盖上磕成两截。断箭从他手中滑下，他顾不上把它扔在地上。约翰没有时间射第二箭。折箭以后，卡西莫多喘了一口粗气，像蚂蚱似的一蹦，猛扑到学生身上。约翰的甲胄撞在墙上，压得扁平。

火把摇曳不定，在这若明若暗的光亮中，恐怖的情景出现了。

卡西莫多左手一把抓住约翰的双臂，约翰顿时天旋地转，无力挣扎。聋子又用右手拆卸他的甲胄，一声不响地干着，节奏阴森可怕；佩剑、匕首、头盔、铠甲、护臂被一一剥离，犹如猴子在剥核桃。卡西莫多把学生的铁壳一块一块地扔在他的脚下。

学生见自己手无寸铁，披挂皆尽，全身赤裸，毫无气力地落在这双可怕的巨掌之中，也就不向聋子求饶。他厚着脸皮冲聋子直笑，并以他二八少年无忧无虑的神情，唱起了当时的流行民谣：

康布莱名城，
穿戴齐又整。
马拉番剥个光[1]……

没等他唱完，只见卡西莫多站在长廊扶手之上，一只手抓住学生的双脚，让他在空中旋转，像一把弹弓一样。接着听到一声闷响，似乎有

---

① 一四七七年，马拉番治理康布莱城，横征暴敛。

个天灵盖撞在墙上炸裂开。只见有样东西飘落而下，钩挂在建筑物高度三分之一处的突角上。那是一具死尸挂在那里，腰肢摔断，折成两截，脑浆迸裂。

无赖汉中响起一阵阵恐怖的喊叫声。克洛班喊道："报仇！"人群呼应："抢啊！冲啊！冲啊！"接着是一阵狂呼怒吼，各种语言、方言、口音混成一片。可怜的学生死去了，激起人群的万丈怒火。他们感到耻辱、愤怒，一个驼子，竟让他们在教堂前屡遭失败。狂怒的人群找来许多梯子，点起了成倍的火把。不一会，卡西莫多看到这可怕的人群，像蚂蚁般从四面八方向圣母院围攻上来。没有梯子的就用打结的绳子，没有绳子的就攀着雕塑的突出处往上爬。他们相互拽着破衣烂衫，可怕的脸潮水般向上涌来，其势锐不可当。怒火在他们野蛮的脸上燃烧；满是泥污的前额上汗如雨注；眼睛射出光芒。所有这些鬼脸、这些丑态向卡西莫多袭来。似乎某个教堂派来许多果贡妖女、猛犬、山妖、魔鬼、最怪异的雕像来攻打圣母院。仿佛在教堂正面石雕的怪物上又增加了一层活动着的鬼怪。

这时，广场上千百支火把如繁星点点。刚才还被夜幕笼罩的混乱场面，突然之间大白于火光之下。圣母院广场亮如白昼，光芒直照夜空。钟楼平台上的柴堆仍然在燃烧，远远照亮着城市。两座钟楼的巨大侧影远远投射在巴黎的屋顶上，在这一片亮光中撕开一条宽大阴暗的缺口。城市似乎也在激动。远处的警钟在哀鸣。无赖汉们在呐喊，喘息，咒骂，攀登；面对这么多敌人，卡西莫多已无力抵抗，直打哆嗦，他为埃及姑娘担心。眼看那些愤怒的面孔离长廊越来越近，他只有绝望地扭曲胳膊，祈求上苍降临奇迹。

五　法兰西的路易阁下的诵经室

读者或许还记得，就在卡西莫多发现无赖汉夜行队伍以前，他从钟楼顶巡视巴黎，看到只有一处亮光。那亮光照着一块窗玻璃，像颗星星挂在一座高大黑暗的建筑物顶层，远在圣昂图纳门附近。这个建筑就是巴士底狱。这颗星星就是路易十一的烛光。

事实上，国王路易十一驾临巴黎已经两天了。他决定三天后重返蒙蒂莱图城堡。在他可爱的巴黎城内，他总是难得露面，来去匆匆。他总觉得周围的陷阱、绞架和苏格兰弓箭手还不够多。

这天，他来到巴士底狱过夜。他在卢浮宫里有间十米见方的大卧室，巨大的壁炉上雕刻着十二个巨兽和十三个先知像，还有一张十二尺长、十一尺宽的大床，这些都令他很不舒服。置身于这些大体积的陈设中，他会晕头转向。这位市民气十足的可爱国王更喜欢巴士底狱，那里有个小房间和一张小床。再说，巴士底狱比卢浮宫要坚固得多。

国王在著名的国家监狱为自己留了个“小房间”。其实这房间相当宽敞，占据了城堡中一个小塔的顶层。这是一间圆形小屋，四壁挂着闪光的麦秸席，天花板的横梁上装饰着镀金锡质百合花，小梁间彩绘五颜六色，华丽的板壁上点缀着白锡玫瑰，并用靛青和纯油涂成漂亮明快的绿色。

墙上只有一个窗户，为尖拱形长窗，网着铜锌合金丝，镶着铁条。此外，那美丽的彩色玻璃窗上都是国王与王后的纹章，每块玻璃值二十二苏。这使房间里光线很暗淡。

那房间只有一个入口，是一道现代式的门。门拱低矮，门里有一张挂毯，门外为木制爱尔兰式门廊。这种精雕细刻的木质结构，在一百五十年前的老式房屋中还是随处可见的。索瓦尔无可奈何地说：“虽然这些东西有损雅观，碍手碍脚，但我们的老祖宗不愿意毁掉，不顾一切地保留了下来。”

在这个房间里，没有普通房间里常用的家具。没有凳子，没有桌子，没有软椅，没有箱子状的普通凳子，没有每条腿和横档价值四苏的漂亮圆凳。只有一把带扶手的折叠椅，十分华丽：木头漆成红底玫瑰图案，椅座为朱红色羊皮面，坠着长长的丝绸流苏，钉着数不清的金扣。这把椅子独占房间，表明这里只有一个人有权坐着。椅子边紧挨窗户的地方有张桌子，上面铺着飞鸟图案的桌布。桌上有个沾满墨迹的墨水瓶，几张羊皮纸，几支鹅毛笔，一只有花纹的银杯。接下来是个炭盆，一个猩红色丝绒的祈祷跪凳，钉着小金扣。房间尽头有一张简朴的床，上铺红黄双色锦缎，既没金属饰片，也没金银丝绣；流苏随便坠挂。就是这张床曾经给路易十一温馨的睡眠或不眠之夜，因此闻名遐迩。两百年前，我们还可以在一位枢密官的家里观赏到它。那位在《西鲁斯》中以“阿丽西德”和“道德化身”的名字著称的皮卢老太太就曾在那里亲眼看见。

所谓“法兰西的路易阁下的诵经室”，便是这个样子。

当我们把读者带进这间小屋时，里面非常黑暗。宵禁钟声已经敲过一个钟头。天色已晚，只有一支火苗摇曳的蜡烛放在桌上，照着室内五个人，分散为几组。

烛光照亮的第一个人是位衣着华丽的老爷，下身穿着紧身裤，上身穿着银色条纹的猩红半长上衣，外罩黑花纹金线呢的半截袖外套。这华丽的衣服在摇曳的烛光中，每道褶子都反射着火焰。穿这套服装的老爷胸襟上绣着他的纹章，色彩鲜艳：上面绣着一座小山，有只黄鹿在奔跑。盾牌的右侧有根橄榄枝，左侧是只鹿角。他的腰间挂着一把华丽的短刀，镀金的刀柄刻成盔顶形状，柄端是个伯爵环。他似乎在发脾气，神情傲慢，趾高气扬。第一眼看去，他的脸上显得目中无人；第二眼看，一副奸诈模样。

他没有戴帽子，手中拿着一长卷文书，站在扶手椅后面。椅子上坐着一个人，衣冠不整，身子歪斜着，高跷二郎腿，一只胳膊搭在桌上，极不雅观。读者不妨想象一下：在那华丽的羊皮椅上，两只膝盖弯曲着，一双瘦小的大腿穿着寒酸的黑色毛线裤，上身裹着丝绒大衣，外边套着皮衣，皮衣上皮多毛少。最后，他还戴着一顶油乎乎的黑色旧帽，质地粗劣，帽檐四周围着一圈铅制人物，肮脏的帽衬几乎不让一根头发露出。这便是那个坐着的人的全貌。他的头垂在胸前，脸部一片阴影，什么也看不到；只有那鼻尖正好有一丝光照着，看出是个长鼻子。从那满是皱纹和消瘦的手来看，可以猜出他是个老头。这就是路易十一。

在他们后面不远处，有两个人在低声交谈。他们穿着弗兰德式服装。阴影没怎么挡住他们。看过格兰古瓦圣迹剧演出的人定会认出，那是弗兰德使团的主要成员：一个是诡计多端的威廉·里姆，他是根特的享俸禄者；另一个是雅克·科伯诺尔，他是民众拥护的袜商。人们都记得，这两个人参与了路易十一的秘密政治活动。

最后，在最黑暗的深处，站着一个力气过人、四肢粗壮的人。他像石头一般一动不动，身穿军服，外套绣有纹章的外套；此人四方脸孔，鼓出两只眼泡，咧开一张大嘴，没有额头，平直的头发盖下来，像挡风盖一样遮掩着双耳，模样像条狗，又像一只虎。

除国王以外，全都脱帽而立。

国王身边那位老爷正在给他念一份长篇备忘录之类的东西，陛下似乎在专心倾听。两个弗兰德人窃窃私语。

科伯诺尔嘟囔着说："天主的十字架！我站累了。这里就没有椅子吗？"

里姆微微一笑，摇摇头表示回答。

"天主的十字架！"科伯诺尔只得压低声音，满腹委屈地说，"我真想坐在地下，像袜商那样交叉着腿。我在店里就是这样坐的。"

"您可别那样，雅克先生！"

"好吧！威廉先生！在这里就只能站着吗？"

"跪着也行啊。"里姆说。

这时，国王提高了嗓音。这两人中断了交谈。

"奴仆做件衣服五十苏，王室的教士做件外套十二个里弗尔！是这样吧！成吨的金子往外倒！奥利维，您是不是疯了？"

说这话时，老头抬起了头。只见他颈项间圣米歇尔项链上的金贝壳在闪光，烛光充分照亮他那瘦削阴郁的侧影。他一把夺过那人手里的羊皮纸。

他那深凹的双眼在簿子上浏览了一下，叫道："你要我倾家荡产吧！这都是些什么？我们哪用得着这么豪华的别墅呢？两个祈祷神父，每人每月十里弗尔，一名小教堂僧侣，一百苏！一个宫内侍从要九十里弗尔一年！四名御厨，每人每年一百二十里弗尔！烧烤师一名，汤羹师一名，腊肠师一名，烩制师一名，卸甲师两名，其助手两名，他们都是每人每月十里弗尔！两名转叉师，每人八里弗尔！看马师一名，外加两名助手，每人每月二十四里弗尔！搬运工一名，糕点师一名，面包师一名，熟肉师两名，每人每年六十里弗尔！马掌师一百二十里弗尔！总账房先生一千二百里弗尔，账房审核五百……说都说不清。真是发疯了！王室的用人领工钱，真要把法国抢劫一空！卢浮宫的所有财物，也经不起这把开销的大火呀！我们只好变卖餐具！来年，如果天主和圣母（说到这里，他举了举帽子）还让我们活着的话，我们也只好用锡罐子喝药汤了！"

说到这里，他向桌上闪闪发光的银杯瞥了一眼，咳嗽一声后又说：

"奥利维先生，统治广大疆土的君王，如国王和皇帝，是不能听任华丽奢侈在自己家里滋长的；因为这种火会向外省蔓延。所以，奥利维先生，牢牢记住，别把它当作儿戏。我们的开支逐年增加。我不喜欢这种事。你看，帕斯克-天主！直到七九年，开支从没超过三万六千里弗尔。八〇年，开支达到四万三千六百一十九里弗尔；八一年，我脑子里还记着数字呢，是六万六千六百八十里弗尔；今年呢，我的乖乖！将达到八万里弗尔！四年中翻了一番！太可怕啦！"

他喘着大气，便停了停，然后又激动地说："在我周围，我只看到吃瘦了我的王国、养肥了自己的人！你们从我的每一个毛孔里吮吸埃居。"

所有的人都不敢作声。这种火气，只有让它发泄出来。他继续说：

"正像法国贵族的拉丁文奏折所述，我们必须重新拟订他们所说的王室的沉重负担！确实是负担！压死人的负担！啊！先生们！你们说我不像个国王，'既无司肉官，又无司酒官'[①]。我要让你们看看，帕斯克-天主！看我是不是个国王！"

这时，他感觉到了自己的权威，会心地笑了，火气稍稍消了些，便向弗兰德人说：

"您知道吗，威廉伙计？面包总管、司酒、司寝、总管等，全都顶不上一个奴仆。科伯诺尔伙计，请记住这一点，他们一点用也没有。他们围着君王毫无用处，我觉得就像四福音圣徒围着王宫大钟的钟面一样，而菲力浦·勃里叶刚把时钟拨到九点。他们全身镀金，但并不指时；时针完全可以不要他们。"

他思考了一会，摇着衰老的头补充道："唉！唉！圣母啊，我还不如菲力浦·勃里叶呢，我不能给奴仆们再镀一次金。我和爱德华的看法一样；杀死老爷，拯救民众。奥利维，接着念吧。"

国王指名的这个人又拿起簿子，高声朗读起来：

"……给巴黎府尹衙门执印官亚当·特农十二巴黎里弗尔。此款用于镌刻新图章，因原来的印玺已破旧缺损，不能正常使用，故须新刻。

"给吉约墨老哥总计四里弗尔四苏巴黎币。他在今年一月、二月、三月间喂养了图奈尔宫两座鸽舍的鸽子，并提供鸽食。因此，要为他的辛勤劳动支付工钱。另外，还要为鸽食支付七塞斯提[②]大麦。

"给一位结绳派教士四巴黎苏，因其为一名罪犯做了忏悔。"

国王静静地听着。时而咳嗽几声，把银杯端到嘴边，呷一口，做个鬼脸。

---

① 原文是拉丁文。

② 谷物计量单位，约为六十公斤。

“今年奉司法官之命，在巴黎大街街口吹喇叭，通令晓谕，共五十六次，尚等结算。

“在巴黎及其他地方据传埋藏着财物，为此进行了挖掘和搜寻，但一无所获；花去四十五巴黎苏。”

“为挖到一个苏，先埋进去一个埃居！”国王说。

“在图奈尔宫的铁笼子之处，为陛下安装六块白玻璃，十三苏。奉旨为陛下制作四枚王徽，四周装饰玫瑰花冠，于鬼怪日交货，花去六里弗尔。给王上的旧上衣换两只新袖子，二十苏。给国王的皮靴上油，购鞋油一盒，十五德尼埃。为国王的黑猪新建猪舍一座，三十巴黎里弗尔。在圣保尔府附近圈养狮子，建造隔间若干间，安装地板和盖板，二十二里弗尔。”

路易十一说：“这些动物可真费钱。没关系！这是国王应有的气派。有一头红褐色的大狮子，我就喜欢它那乖巧脾气。您见过吗，威廉先生？帝王之尊必须有这类奇妙的动物。我们作为国王，狗应该就是狮子，猫就应该是老虎。帝王应该有威严。在朱庇特异教时代，当民众献给教堂一百头牛、一百头羊时，皇帝就赏给教堂一百头狮子和一百只老鹰。这当然很野蛮，但非常壮丽。法国君王宝座周围一直有这种吼叫声。不过，后世自会公正地评说我的功过，会说我在动物上花的钱比他们花得少，我对狮、熊、豹的开销还比较节省。继续念吧，奥利维先生，我只是想说给我们的弗兰德朋友听听。”

威廉·里姆深鞠一躬，而科伯诺尔脸色阴沉，就像国王刚才说到的熊一样。国王并没在意。他刚刚用嘴唇沾了一下银酒杯，把喝到嘴里的酒又吐了出来，说：“呸！这药水真要命！”念文书的人继续念着：

“一个拦路抢劫的贱民在剥皮场监狱关押已逾六个月，静候处置。其饮食费用为六里弗尔四苏。”

国王打断他的话说：“这是怎么回事？还给该吊死的人供饭！帕斯克-天主！我再也不出一分钱供他饭。奥利维，和戴斯图特维尔先生商量一下，从今晚起，给那个风流鬼与绞架准备婚礼。接着念吧。”

奥利维用大拇指在“拦路抢劫犯”条目下做了个记号，再去念别的。

“给巴黎司法刽子手首脑昂里埃·库赞六十巴黎苏。这是奉巴黎府尹大人之命，支付奉该大人之命购置一把阔叶大刀之费用。如有违法者被司法判处死刑，将用这把刀去斩首。该刀配有刀鞘及其附件，同时将修复并磨利那把破旧的剑，就是处决路易·德·卢森堡的那一把，今后可能更加表明……”

国王打断他的话说：“行了，我愿意批准这笔钱。这种开支看都不用看。花这种钱我从不含糊。继续念吧！”

“还新做了一个大笼子……”

“啊！”国王双手抓着他的椅子扶手说，“我就知道到巴士底狱来不会白来。你等等，奥利维先生，我要亲自看看这个笼子。我一边看笼子，您一边给我念开支。弗兰德先生们，你们也来看看这玩意。很有意思的。”

于是他站起身来，靠在奥利维的胳膊上向站在门边的那个哑巴似的人挥挥手，示意他带路，叫两位弗兰德人跟着，一起走出了房间。

在小屋门口，随驾队伍中又增加了重负铁甲的卫士和举着火把的瘦小侍童。他们穿过厚墙内开凿的楼梯和过道，在昏暗的城堡内走了一阵。巴士底狱典狱长走在头里，给国王打开一个个小洞门。年老多病的国王弓着腰，一边走一边咳嗽。

每到一个门洞，所有的人都不得不低头，只有那个被年龄压弯了腰的老头例外。他已经没有牙齿，从牙龈缝里说道：“嘿！我们已准备就绪，随时跨越坟墓之门。过矮门，就得弯腰低头。”

最后一道门洞上铁锁重重，花了一刻钟才把它打开。进门以后，他们来到一个高大的拱形大厅。大厅中央，在火把的照耀下，可见一个巨大笨重的箱子，是石块和铁木结构。箱子里面是空的。这是专门关押国家要犯的笼子，他们被叫作“国王的小姑娘”。笼壁上开了两三个窗子，上面装着粗壮的铁条，因而看不到玻璃。门是一块平滑的石板，就像墓门一样。开启这种门，从来只是让人进去而不出来。只是，里面的死者还是个活人。

国王绕着这个小小建筑缓步而行，开始细细察看起来，而奥利维先生仍跟在后面高声地念着账本：

“为做一个新的大木笼，木料选用小梁、肋材、桁木，大小为长九尺宽八尺，上下两板之间高七尺，用榫头连接，并以大铁螺栓固定。该笼子放在一个房间中，就在圣昂图纳巴士底狱箭楼中。在该笼中，将按国王陛下旨意，囚禁一名罪犯。原先的笼子已经破旧损坏。上述新笼子用去九十六根横梁，五十二根柱子，十根桁木，长六米；十九名木工在巴士底狱院内断料、切削、打制上述木料，总共干了二十天。”

“呱呱叫的橡木心。”国王用拳头敲着木架说。

另一位继续念着：“这个笼子用了二百二十根八九尺长的大铁螺栓，余下的为中等长度。还有固定螺栓的板条、螺帽和衬板；各种铁制品总重为三千七百三十五斤；外加八根大铁铆钉固定笼子，再加抓钉和铁钉，共计二百一十八斤。这还不算放置木笼的房间窗上的铁条和房间门上的铁条等其他东西……”

国王说：“货真价实的铁家伙，可以压压轻举妄动的念头。”

“总计花去三百一十七里弗尔五苏七德尼埃。”

“帕斯克-天主！”国王喊叫道。

这是路易的口头禅。这粗话刚一出口，似乎惊醒了笼子里面一个人。可以听到铁链刮着底板的声音，接着一个微弱的声音似乎从坟墓里传出来：“陛下！陛下！开恩啊！”只听到声音，看不到是谁在说话。

“三百一十七里弗尔五苏七德尼埃！”路易十一重复道。

笼子里发出的哀号使在场的人目瞪口呆，连奥利维先生也不例外。似乎只有国王一人没有听到这个声音。在他的命令下，奥利维先生重新读了起来，王上继续无动于衷地察看笼子。

“……除此之外，一个泥瓦工给置放笼子的房间窗户打洞，安装铁栅，加固房间的地板，因为地板已经不能承受笼子的重量。支出工资二十七里弗尔十四苏巴黎币。”

那声音重新呻吟起来：

“陛下！开恩啊！我发誓，是昂热的红衣主教先生叛国，不是我呀！”

国王说：“这个泥瓦工要价够狠的！奥利维，你继续念。”

奥利维接着念下去：

“……木工安装窗户、床榻、便桶等，二十里弗尔二苏巴黎币……”

那声音继续喊着：

“哎哟，陛下！您听不到我的话吗？我向您投诉，给圭亚那大人写那东西的不是我，而是巴吕红衣主教先生！”

“木工可真贵！”国王评论道，“就这些吗？”

“不，陛下。玻璃匠给上述房间安装玻璃，四十六苏八德尼埃巴黎币。”

“开恩啊，陛下！我的财物都给了审判法官，餐具给了托尔西先生，藏书给了彼埃尔·多里奥勒先生，壁毯给了鲁西荣的总督，这还不够吗？我是冤枉的。转眼我在这冰冷的铁笼里关了十四年了。开开恩，陛下！您会在天堂里得到报答的。”

国王说：“奥利维先生，总计是多少？”

“三百六十七里弗尔八苏三德尼埃巴黎币。”

国王叫道：“圣母啊！这笼子叫人倾家荡产！”

他从奥利维手中夺过账本，扳着手指自己数了起来，一边看账本，一边察看笼子。这时可听到囚犯在哭泣，在昏暗中显得特别恐怖。众人面面相觑，脸色发白。

“十四年啊，陛下！转眼十四年了！从一四六九年四月开始。看在纯洁的圣母的分上，陛下！听我说呀！在这段时间里，您享受着太阳的温暖。而我体弱多病，就永远不见天日了吗？开恩吧，陛下！发发慈悲吧。宽宏大量是君王的美德，它会让怒气顿消。难道王上认为，在他临终时，想到他对任何冒犯从不放过就是最大的快乐吗？再说，陛下，我绝没有背叛王上，而是昂热的红衣主教先生。我脚下有一条沉重的铁链，末端还系着个大铁球，重得不近情理呀。唉！陛下！可怜可怜我吧！”

“奥利维，”国王摇着头说，“我发现每缪伊石灰开价二十苏，实际上只值十二苏。你得把这笔账重算一遍。”

他在笼子边转过身去，开始向大厅外走。可怜的囚徒见火把和声音远去，知道国王要走了。“陛下！陛下！”他绝望地叫喊着。大门又关上了。他再也看不见什么，只听到狱卒嘶哑的声音唱着歌，传到他的耳边：

让·巴吕先生
已经看不见
他的主教区；
凡尔登先生
也一个没剩；
两人全完蛋。

国王默默地走回诵经室，随行人员跟在他后面，被囚犯的呻吟声弄得胆战心惊。突然，王上转身问巴士底狱典狱长：“顺便问一下，刚才笼子里有个人吗？”

“千真万确，陛下！”典狱长回答说。这个问题令他惊愕不已。

“那是谁呀？”

“凡尔登的主教先生。”

国王比谁都清楚这件事。但这是他的怪癖。

“噢！”他说，一副天真的模样，似乎第一次想起这件事，“吉约姆·德·阿朗古，那是巴吕红衣主教的朋友。是个好样的主教！”

过了一会儿后，密室的门再次打开，本章开头读者见过的那五个人进去之后，门又关上。他们各自恢复原来的位置和姿势，继续小声交谈起来。

国王不在时，手下人在他桌上放了几封信件。他亲自拆封，然后一封封快速地阅读着。他向奥利维先生招了招手，这位先生似乎在国王面前执掌文书。国王叫他拿起笔，也不告诉他信的内容，开始轻声口述回信。奥利维很不自在地跪在桌子前，迅速地做着记录。

威廉·里姆在观察。

国王说得很低，弗兰德朋友听不清他在口述什么。只是断断续续地听到只言片语，难以理解。诸如：“以商业维持富庶地区，以手工业维持贫瘠地区……让英国老爷们看看我们的四门大炮：伦敦号、布拉邦号、布莱斯镇号、圣奥迈号……大炮使得如今的战争更为合理……致我们的朋友布莱绪尔……没有纳贡，军队就无法维持等等。”

有一次，他提高了嗓音：“帕斯克-天主！西西里国王阁下竟用黄蜡来封信，就跟法国国王一样。也许我们不应该允许他们这么做。我那勃艮第表兄的纹章也不用红底。皇家的威严要靠完整的法规来保证。奥利维伙计，记下这一点。”

又有一次，他说：“嘿！嘿！多了不起的信！瞧我那位皇帝兄弟向我要些什么？”他一边扫视着信函，一边不断地发感叹：“当然啦！德意志伟大强盛，简直无法相信。但我们也不会忘记这句老谚语：最美丽的伯爵封地是弗兰德，最美丽的公国是米兰；最美丽的王国是法兰西。对不对，两位弗兰德先生？”

这一次，科伯诺尔和威廉·里姆一齐鞠了躬。袜商的爱国心受到触动。

最后一封信使路易十一紧锁眉头。他喊道：“这是什么？状告我们在皮卡第的驻军！还要请愿！奥利维，火速回信给卢奥都督。就说军纪太松懈。近卫士兵、封地贵族、自由弓箭手、瑞士兵，他们对百姓无恶不作。军人在庄户人家抢劫还不满足，还用棍棒、鞭子逼迫佃户进城乞讨酒、鱼、香料及其他过分的东西。就说国王知道这一切。朕要保护老百姓，让他们过太平日子，不受偷盗和抢劫。朕以圣母的名义保证，这就是朕的意志！另外，朕也讨厌任何乐师、理发师或武士仆从像亲王那样，穿天鹅绒、绫罗绸缎，披金挂环。这种虚荣是天主所憎恨的。就说，朕虽为绅士，但有十六苏一码（巴黎尺码）的呢子上衣也就知足了。那些个随军仆役也该好好降降格了。你就这样下诏。此致我们的朋友卢奥先生。钦此。”

他高声口授着这封信，语气坚定，抑扬顿挫。他刚要结束讲话时，门突然开了，跑进来一个人。那人慌慌张张、跌跌撞撞地跑进房间喊道：“陛下！陛下！大事不好！巴黎发生了叛乱！”

路易十一的脸一阵抽搐；但那种表现出来的激动只是一瞬间，如电光一闪而过。他强作镇静，平静而又严肃地说：“雅克伙计，你进来得太唐突了。”

“陛下！陛下！发生了暴乱。”雅克伙计喘着气又说。

国王站了起来，抓住他的胳膊，凑在他的耳边说话，只让他一人听着。他压抑着怒火，眼睛斜瞟一下弗兰德使臣：“小点声！要不，你就给我闭嘴！”

新来的人明白过来，便轻轻地向国王做了一番令人惊骇的描述。国王静静地听着，而威廉·里姆示意科伯诺尔注意来人的面孔和衣着：皮风帽，短披风，黑色天鹅绒袍子，这身穿着暗示他是审计院的院长。

这人刚对国王解说了几句，路易十一便大笑起来，叫道：“真的！大点声说，古瓦克吉埃伙计！干吗这么小声说呢？圣母知道，我们没有什么东西要对弗兰德的好朋友隐瞒的。”

“可是，王上……”

“大声说呀！”

古瓦克吉埃伙计愣住了，不敢作声。

国王接着说:“您倒是说呀，先生！我们这座城里有百姓在造反?”

“是的，陛下。”

“您说这是针对司法宫守备的?”

“看样子是的。”“伙计”结结巴巴地回答说。国王脑子里的变化很突然，也无法解释，这使他摸不着头脑。

路易十一又说:“巡防队在哪里碰上暴乱分子的?”

“从大无赖汉场到钱币汇兑桥的中途。在我奉旨来见驾的半路上，我亲眼见到了。我听到他们中间有人喊:‘打倒司法宫守备!’”

“那么他们对司法宫守备有什么不满呢?”

雅克伙计说:“啊，因为他是他们的老爷。”

“真的吗?”

“当然，陛下。他们是奇迹大院的贱民，归守备管辖，很久以来就对他不满了。他们不愿意承认他有司法权和道路征税权。”

“是吗!”国王接着说，感到很满意，情不自禁地笑了。

雅克伙计又说:“他们向高等法院提交的诉状中都说，他们只承认两个主人，陛下和他们的天主，我想，他们的天主八成是魔鬼。”

“嘿!嘿!”国王说。

他搓着手，内心窃笑，喜上眉梢。虽然有时他尽量镇静些，但无法掩饰内心的喜悦。谁也弄不清为什么，连“奥利维先生”也不例外。他沉默了一会，若有所思，但显得很开心。

“他们力量很强吗?”国王突然问道。

“那当然喽，陛下!”雅克伙计回答说。

“多少人?”

“至少六千人。”

国王情不自禁地说:“好!”接着又问:“他们有武器吗?”

“他们有砍刀、长矛、火枪、十字镐。都是些很厉害的武器。”

国王似乎对这些武器并不担忧。雅克伙计觉得应该补充一下:“如果王上不立即派兵增援，守备可就完了。”

国王假装严肃地说："要派的。这很好。我们肯定要派的。守备先生是我们的朋友。六千人！这都是些亡命之徒。他们胆大包天，我们也很恼火。但今晚我身边人手不多。明天早上再派也不迟。"

雅克伙计叫了起来："陛下！得马上派兵。否则，整个司法区将被洗劫二十次，领主封地早被践踏，守备早给吊死了。看在天主的分上，陛下！明天早晨前发兵吧！"

国王正面看着他说："我告诉你要明天早上。"

这种眼神是没有商量余地的。

沉默一会后，路易十一提高了嗓门说："雅克伙计，你应该知道这个。守备的……"他接着说："守备的管辖范围有多大？"

"陛下，司法宫守备现在管辖压布厂街，一直到草市街，圣米歇尔广场，田园圣母院（说到这里，路易十一抬了抬帽檐）附近俗称缪罗的地方，那里的府宅有十三座，外加奇迹大院，再加称作郊区的麻风病院，然后是起始于麻风病院终止于圣雅克门的整个大道。在这些地方他都是路税官，高级、中级和初级司法官，为全权领主。"

"嘿！"国王用右手搔着左耳说，"这占了我城市的好大一片呀！啊！原来守备先生曾是这么多山头的草头王啊?!"

这次，他再也不改口了。他继续说着，若有所思，似乎在对自己说："好嘛，守备先生！你牙齿里咬着我的巴黎好大一块地盘！"

忽然，他暴跳如雷："帕斯克-天主！这些人在我家里自称路税官、司法官、老爷和主子，都是些什么东西！他们到处收路税，在朕的子民中随意施行司法权，在每个街口都有刽子手！以至于像希腊人那样，有多少眼泉就有多少个神；像波斯人那样，有多少星星，就有多少神；对法国人来说，能见到多少绞架就有多少国王！天哪！这种事太可恶，混乱让我难受。我真想知道这是不是天主的恩赐，在巴黎除了国王外还有什么路税官，除了我们的高等法院之外还有另一套司法，除我之外，这个帝国中还有别的皇帝！凭我灵魂的信仰！必须有朝一日，在法国只有一个国王，一个老爷，一个法官，一个法场，就像天堂里只有一个天主一样！”

国王又掀了掀帽子，继续沉思着，神情与语气像猎人引逗、放出他的猎犬。他说：“好啊！我的子民！干得好！砸烂这些假老爷！好好干！上！上！把他们抢光，吊死他们！洗劫他们！……啊！你们想当国王，老爷们？上啊！百姓们！上啊！”

说到这里，他突然停下，咬着嘴唇，似乎想抓住逃逸到半道的念头，犀利的目光挨个扫视着周围的五个人。突然，他双手抓住帽子，眼睛盯着它对它说：“嗨！你要是知道我脑子里想什么，我就把你烧掉！”

然后，就像狡黠的狐狸回到洞穴后那样，目光炯炯、重新不安地扫视着他的四周：“不管他！我们还是要救援守备先生的。很不巧，我们手头部队很少，对付不了那么多贱民。必须等到明天。届时将在城岛恢复秩序，所有被捕者一律吊死。”

古瓦克吉埃伙计说：“顺便说一句，陛下！我一阵慌乱竟把这事给忘了，巡防队逮住那伙人中两个掉队的。倘若王上想见这两个人，他们就在外边。”

国王喊叫着说：“问我想不想见！怎么！帕斯克-天主！你竟会忘掉这等大事！奥利维，你快去！把那两人带上来！”

奥利维先生走了出去。不一会又回来，带进两个犯人，由近卫弓箭手押解着。前面一个长着一张大脸盘，一副愚笨痴呆、酒气熏天、战战兢兢的模样。他穿着破衣烂衫，走路弯着膝盖，拖着脚步。第二个像个白面书生，微笑着，读者已经认识他了。

国王打量了他们一会，没有作声，然后突然问第一个人：

“你叫什么名字？”

“吉夫罗瓦·潘斯布德。”

“你的职业？”

“无赖汉。”

“你在这场该死的暴乱中想干什么？”

无赖汉看看国王，两只胳膊迟钝地摇晃着。那是一个散了架的脑袋，智慧在里面不能动弹，犹如压上熄火罩的灯光。

他回答说："我不知道，人家去，我也去呗。"

"你们不是悍然发起进攻，攻打并抢劫你们的领主司法宫守备吗？"

"我只知道，大家要到一个地方去拿样东西。就这些。"

一个士兵向国王展示一把砍刀，那是从无赖汉身上搜出来的。

"你认出这件武器了吗？"国王问道。

"是的，这是我的砍刀。我是种葡萄的。"

"你承认这个人是你的同伙吗？"路易十一指着另一个囚犯补充道。

"不，我一点也不认识他。"

"行了。"国王说。他向站在门边那个既不说话也不动弹的家伙招招手，我们已经向读者说明过这个人了。

"特里斯丹伙计，这个人交给你了。"

特里斯丹·莱尔密特点点头。他低声给两个弓箭手下了命令，可怜的无赖汉被带了出去。

这时，国王来到第二个囚犯面前，只见他汗如雨下。"你的名字？"

"陛下，我叫彼埃尔·格兰古瓦。"

"你的职业？"

"哲学家，陛下。"

"混账！你竟然参加围攻朕的朋友司法宫守备大人，对这次民众暴动你有什么要说的？"

"陛下，我没参加。"

"是吗！淫棍！巡防队不是在这伙坏蛋中间抓到你的吗？"

"不是的，陛下，这是个误会。是我命该倒霉。我是写悲剧的。陛下，我恳求王上听我陈述。我是个诗人。干我这种职业的人大都有忧郁情绪，喜欢夜晚去街上溜溜。今晚我从那里经过，纯属偶然。我被错抓了。我跟这场民众暴乱毫无关系。王上您也看到，那个无赖汉并不认识我。我恳求陛下……”

“住口！”国王呷了口药水后说，“你把朕的脑袋都吵炸了！”

特里斯丹·莱尔密特走上前来，指着格兰古瓦说：“陛下，把这个也吊死吗？”

这是他说出的第一句话。

国王不以为然地说：“也罢！我看不出有什么不行。”

“我呀，我看很不行！”格兰古瓦说。

我们的哲学家这时的脸色比橄榄还绿。他见国王那冷若冰霜的面孔无动于衷，发现只有悲腔苦调才能带给他一丝生机，便一头扑倒在路易十一的脚下，绝望地喊叫着，舞动着手臂：

“陛下！请王上听我说。陛下！别为我这条小虫发雷霆之怒。天主的雷电不打一棵莴苣。陛下，您是威武强大的明君圣主，请可怜可怜一个微不足道的老实小民吧！我这样的人煽动叛乱，真比让冰块发出火花还难！万分仁慈的陛下，宽宏大量是狮子和君王的美德。呜呼！严厉只能令人生畏，朔风劲吹并不能使行人脱去外套；而太阳以它的光芒，渐渐温暖人的身心，使他只穿衬衣。陛下，您就是太阳。我至高无上的主人，伟大的君王，我向您发誓，我不是无赖汉的同伙，不是强盗，不是浪荡公子。叛乱和抢劫不是阿波罗的随从。我决不会投入乌云，加入招摇过市的叛逆队伍。我是王上的忠实顺民。丈夫为保持妻子的贞节而生嫉妒，儿子为热爱父亲而动感情，一个好的臣民应为君王的光荣而具备一切。他必须热衷于王家事业，为王室利益赴汤蹈火也在所不辞。若有其他任何热情激励他的话，那只能是疯狂。陛下。这就是我最高的座右铭。因此，不能因为我的衣服肘部破了，就认定我是叛逆者和抢劫犯。如蒙陛下宽赦，我就是磨破裤子膝部，也要早晚为陛下向天主祈祷！啊！我是不太富有，这是实情。我甚至还比较穷。但我并不因此而人穷志短。贫穷并不是我的过错。大家知道，巨额钱财并不出自学问，读破万卷书的人冬天未必总有一盆火。律师的手腕能将所有的粮食据为己有，只把谷草留给其他学术行业。有关哲学家的破衣烂衫，有四十多句谚语来形容。啊，陛下！宽宏大量是唯一能照亮伟大灵魂的光芒。宽宏大量，是胜过其他美德的高举着的火炬。没有它，世人就是摸索着寻找天主的盲人。慈悲与宽大是一样的东西，它能获得万民的爱戴，这是君王本人最有力的防身武器。在陛下的荣耀前，多少名人不敢抬头，世上再多我一个可怜的小民，这对陛下又有何妨呢？一个可怜的无辜的哲学家，在灾难的黑暗中求索，而他囊空如洗，饥肠辘辘。况且，陛下，我是个文人。伟大的国王总是把保护文化作为他们王冠上的一颗珍珠。赫拉克勒斯并不轻视缪斯的引路人这个称号。玛蒂亚·科尔文宠爱让·德·蒙罗瓦亚这颗数学明珠。因此，吊死文人是保护文化的坏方法。倘若亚历山大把亚里士多德吊死，那将是一个多大的污点！这个污点绝不可能是颗美人痣，使他的美名更加美丽，而是一个恶性肿瘤，毁坏他的名誉。陛下，我曾经写过一部非常得体的婚礼赞歌，献给弗兰德公主和威武的太子殿下。这可不是叛乱的点火棒呀。王上明鉴，我不是个蹩脚的作家，我出自科班，成绩优秀，有相当好的天赋口才。宽赦我吧，陛下。您这样做，便是与圣母结缘。我向您发誓，一想到被人吊死，就令我胆战心惊。”

痛心疾首的格兰古瓦一边说，一边吻着国王的拖鞋。威廉·里姆悄悄对科伯诺尔说：“他在地上爬倒是上策。国王就像克里特岛上的朱庇特，只在脚下长耳朵。”袜商也不管什么克里特的朱庇特，只管傻笑，眼睛盯着格兰古瓦：“啊！确实如此！我似乎听到雨果奈大臣向我求饶。”

当格兰古瓦气喘吁吁，最终停下来的时候，他颤抖着抬起头看看国王，国王此刻正用指甲刮着短裤膝盖部的一个污点。然后王上开始喝银杯里的药水。何况陛下一言不发，这种沉默折磨着格兰古瓦。国王终于看了看他。“真是个烦人的啰唆鬼！”他说。然后转向特里斯丹·莱尔密特说:“嗨!放了他吧!”

格兰古瓦一屁股坐在地上,高兴得不知所措。

特里斯丹嘟囔着说:“把他放了!王上要不要把他放在笼子里关一关?”

路易十一又说了:“伙计,你以为我们花三百六十七里弗尔八苏三德尼埃制成的笼子,是为了关这种鸟人的吗?立刻给我放掉这个淫棍(路易十一喜欢这个词,这个词和‘帕斯克-天主’一起,为他心情愉快时所惯用),用拳头把他轰出去!”

“哎哟!真是一代明君啊!”格兰古瓦喊道。

接着,唯恐国王反悔,格兰古瓦赶紧跑向门口,特里斯丹不太情愿地给他开门。士兵也跟了出去,一边推搡着他,一边拳打脚踢。格兰古瓦以他斯多葛派哲学家的悟性忍受着这一切。

自从听到反抗守备的暴动后,国王情绪极佳,内心喜悦溢于言表。这异乎寻常的宽大,绝不是个微不足道的迹象。特里斯丹·莱尔密特待在一边,拉长着脸,像一条狗看到了猎物而没有得到一样难受。

然而,国王兴致勃勃地用手指敲着椅子扶手,和着奥德迈桥进行曲的节拍。这是一位善于掩饰的君王,但他掩饰痛苦的本领比掩饰喜悦要强得多。他在听到好消息后,外露的喜悦有时会很出格;因此,在得知莽汉沙尔的死讯时,他甚至许愿给图尔的圣马丁教堂,赏赐几条银栏杆;在他登基时,甚至忘记传旨安葬父王。

雅克·古瓦克吉埃突然叫了起来:“哎!陛下!陛下的病情怎么样?我是奉旨来给陛下诊断的。”

国王说:“啊,对!我确实痛苦万分,伙计。我的耳朵直响,胸腔里像火烧一般难受。”

古瓦克吉埃捧起国王的手,开始给他号脉,一副行家的模样。

里姆轻轻说:“科伯诺尔,您看。他一边是古瓦克吉埃,一边是特里斯丹,这就是他的整个朝廷。一个医生给自己,一个刽子手给别人。”

古瓦克吉埃一边摸着国王的脉搏，一边显得越来越惊慌。路易十一焦急地看着他，眼看着古瓦克吉埃的脸色阴沉下来。国王欠安的龙体是这家伙的租耕地，必须竭尽全力耕种。

他终于喃喃地说：“唉！唉！这确实很严重。”

“很严重吗？”国王着急地问道。

“脉速，气促，声响，节律失调。”[①]医生接着说。

“帕斯克-天主！”

“三天之内会让人送命的。”

国王喊了起来：“圣母呀！伙计，有药可治吗？”

“我正在考虑，陛下。”

他让路易十一伸出舌头，看后摇了摇头，做了个怪相，装模作样好一阵，突然说：“天哪，陛下，我必须禀告王上，有一个主教收益权空缺，我有一个侄子。”

国王回答说：“雅克伙计，我把这份权益赐予你侄子，但你得把我胸腔中的火除掉。”

医生接着说：“既然王上如此仁厚，想必不会拒绝帮我一把，在圣安德烈拱廊街建座房屋。”

“嘿！”国王哼了一声。

医生继续说：“小人已经财力拮据，寒舍若是没有房顶，那将是多么遗憾呀。这倒不是为了我那房子。我的房子很普通，市民式。主要是为了美化墙板上的那些约翰·富博的画。那上面画着在空中飞行的狄安娜，她是那么婀娜，那么水灵，那么温柔，动作天真无邪，头发梳得雪亮，还戴着一个月牙，肌肤那么白净，好奇的人见了准挡不住诱惑。还画了一个刻瑞斯[②]像。那也是一个非常迷人的女神。她坐

① 原文是拉丁文。

② 罗马神话中的收获女神。

在几捆麦子上，头戴美丽的麦穗及花环。她的双眼含情脉脉，玉腿圆润，神态高雅，裙带飘拂，没有什么东西可以与之媲美。这是历来画笔下画出的最无邪、最完美的绝色佳人之一。”

路易十一吼叫道：“要命的！你想干什么？”

“陛下，这些画上必须要个屋顶。虽然花不了多少钱，但我已经没钱了。”

“你这个屋顶要花多少钱？”

“这个……镂花镀金的铜顶，最多也就两千里弗尔。”

国王叫了起来：“啊！你这杀人不见血的。就拔我的牙吧，颗颗都是钻石呢！”

“我能得到这个屋顶吗？”

“行！让魔鬼收拾你吧，但要治好我的病。”

雅克·古瓦克吉埃深深鞠了一躬说：“陛下，服用消散剂就能治好您的病。我们给您腰部敷上用蜡膏、氨胶、蛋清、油和醋做成的大福膏。陛下应继续服用汤药。我们保证陛下安然无恙。”

一支亮着的蜡烛不会只引来一只蚊蝇。奥利维先生见国王如此大方，认为机不可失，也凑上来说：“陛下……”

“又有什么事？”路易十一问。

“陛下，王上可知西蒙·拉丹先生业已亡故？”

“那又怎样？”

“他生前是专管财务司法的御前枢密。”

“那又怎样？”

“陛下，他的职位空缺着呢。”

说到这里，奥利维先生脸上一向高傲的神情换成奴颜婢膝。朝臣的嘴脸非此即彼。国王直瞪着眼睛看着他，干巴巴地说：“我明白了。”

国王接着又说：

“奥利维先生，布西戈都督常说：‘赏赐皆来自国王，打鱼只能在海里。’我知道，你和布西戈先生想的一样。现在你听好。我记性很好。在六八年，我让你当了内侍；六九年，圣克卢桥山庄守卫，薪俸为一百里弗尔图尔币（你想要巴黎币）；七三年十一月，我降诏给热若尔，提拔你为樊尚森林的总管，代替吉贝·阿克勒马厩总管；七五年，你是圣克卢鲁弗莱森林的护林官，代替了雅克·勒迈尔；七八年，我慷慨地赐予你绿火漆双封御书一封，授权你和你妻子到圣日耳曼学校附近的商人广场去收取十里弗尔的年利；七九年，我让你当了瑟纳尔森林的护林官，接替了那位可怜的约翰·戴兹；然后又是洛希城堡队长；然后是圣冈丹总管；然后是墨朗桥的队长，你还让人叫你这座桥的伯爵。每个理发师在节日违令给人刮胡子都被罚款，在五苏罚金中，你留三苏，我只得两苏。我真想给你改掉'坏蛋'的雅号，它跟你的脸很相像。七四年，我不顾全体贵族的不满，恩准你使用五颜六色的纹章，让你胸前来个孔雀开屏。帕斯克-天主！你还没喝足吗？鱼打得不是挺丰盛，像奇迹一般吗？你不怕再多捞一条棱鱼，会把你的船压沉吗？伙计，骄傲会毁掉你的。骄傲总是伴随着毁灭和羞辱。好好想想，免开尊口吧！"

一席话说得声色俱厉，奥利维先生的面部又变得傲慢起来。他几乎高声地嘟囔着："好吧。看得出，今天王上御体欠安。他把什么都给医生。"

路易十一对这种无礼之举并不气恼，反而和颜悦色地说："瞧，我忘了，还让你出使过根特，陪随玛丽夫人。是的，先生们。"国王转身对着弗兰德人说，"这人做过我的大使。"他又对奥利维先生说，"瞧，伙计，别生气，我们是老朋友了。天色不早了，活儿也干完了。给我刮胡子吧。"

读者或许不用等到现在就已经认识了奥利维先生。他就是被叫作"天命"的伟大剧作家，以其高超艺术引入路易十一漫长而血腥的人生喜剧的那个可怕的费加罗[①]。我们不想在此详述这个离奇

---

① 博马舍的名剧《费加罗的婚礼》的主人公是个理发师。

的角色。这位国王的理发师有三个名字。在宫里，人们礼貌地称他为奥利维·勒丹；在民众中叫作魔鬼奥利维；他自己则自称坏蛋奥利维。

坏蛋奥利维呆立着。他与国王赌气，斜视着雅克·古瓦克吉埃，咬牙切齿嘀咕道："是啊，是啊！医生万能！"

"那是！"路易十一接过话头，脾气好得出奇，"医生比你更可信。这很简单。他掌握着我们的整个身体，而你只托着我的下巴。去吧，我可怜的理发师，机会有的是。我要是像希尔佩里克国王那样，整天价用手捋着胡子，那还有你混的吗？那时你还有什么说的呢？好啦，伙计，干你的正事，给我刮胡子。去拿你的工具吧。"

奥利维见国王决意要笑，再没有办法使他生气，便嘟囔着出去执行命令。

国王站起身来，走近窗户，突然异常激动地打开窗户："哎！是真的！"他一边喊一边拍手。"瞧，城岛上空一片红光，是守备府在燃烧。只能是这样。啊！我的好臣民！你们终于来帮我一把，去捣毁领主制度！"

这时，他转身对弗兰德人说："先生们，到这儿来看看。难道不是熊熊大火吗？"

两个根特人走了过来。

"是一起大火。"威廉·里姆说。

"可不是吗！"科伯诺尔说，两眼突然闪着亮光，"这让我想起烧毁安伯库府邸的那场大火。那边准是发生了大叛乱。"

"科伯诺尔先生，您这么想？"路易十一与袜商几乎一样喜上眉梢，"要抵抗住是很困难的，不是吗？"

"天主的十字架！陛下！王上派兵去的话，怕是要损失好几个大队吧！"

"哼！我嘛！那就不一样了，"国王回答说，"只要我愿意……"

袜商斗胆回答说：

“倘若这次叛乱像我想象的那样，陛下，您就是派兵也无济于事。”

路易十一说：“伙计，只要我派去两个大队，放一通蛇形炮，那帮贱民准会屁滚尿流。”

尽管威廉·里姆一个劲地使眼色，袜商似乎决心和国王抬杠到底。

“陛下，瑞士人也是贱民。勃艮第公爵大人是位大贵人，他瞧不起这帮贱货。可在格朗松战役中，陛下，他高喊：‘炮手们，对着这些痞子开炮呀！’还以圣乔治的名义咒骂着。然而，司法官夏纳希塔尔手执大棒，带领他的民众冲向英俊的公爵。农民的皮肤厚如水牛皮，那耀武扬威的勃艮第军队撞上去就像玻璃被石块砸得粉碎。那时有许多骑士被贱民杀死；其中就有夏多-吉戎先生，即勃艮第最伟大的领主。他和他那匹高头大灰马一起，死在一片沼泽地里。”

国王又说：“朋友，您说的是一次战役。而这里是一次民变。只要我高兴，眨眨眼睛就把他们收拾了。”

那一位不以为然地反驳说：

“也许吧，陛下。果真如此，那就是人民的时刻还没到来。”

威廉·里姆觉得应该干预一下。“科伯诺尔先生，您在跟一位强大的君主说话哩。”

“这我知道。”袜商严肃地说。

国王说：“我的朋友里姆先生，让他说嘛。我喜欢这种炮筒子。先王沙尔七世常说，真话生了病，我哪，我想它已经死了，连忏悔神父都找不着。科伯诺尔先生让我清醒。”

“雅克先生，您刚才在说……”

“陛下，我是说，您也许说得对，在您家里，人民的时刻尚未到来。”

路易十一盯着他，目光似刀。

“那么这个时刻何时到来，先生？”

“您会听到这个时刻敲响的。”

“请问在哪个时钟上？”

科伯诺尔神情土里土气，但镇定自若，他把国王叫到窗前。“陛下，请听！这里有一座箭楼、一座钟楼、数门大炮、市民和士兵。当钟声敲响，炮声隆隆，箭楼哗啦啦倒下；当市民和士兵齐声呐喊，相互残杀，那一时刻就到了。”路易的脸沉了下来，陷入深思。他缄默良久，然后像抚摸战马那样，用手轻拍箭楼厚厚的墙壁，说道：“啊！不会吧！我亲爱的巴士底狱，你不会轻易倒塌，对吧？”

他突然转过身来，对那位不知天高地厚的弗兰德人说：

“雅克先生，您见过叛乱吗？”

“我还制造过呢！”袜商说。

国王问：“您是怎么制造叛乱的呢？”

科伯诺尔回答说：“这个嘛，倒也不难。有上百种办法。首先，需要城里人心怀不满。这种情况并不少见。其次是市民的性格，根特人就很容易叛乱。他们总是喜欢君王的儿子，从来不喜欢君王本人。这么说吧！假定有一天早晨，有人走进我的小店，对我说，科伯诺尔老爹，如此这般地说一通。比如说，弗兰德公主想保住她的大臣，大法官要加倍征税，诸如此类。怎么说都行。那我就丢下活儿，走出袜店，走上大街，大声喊起来：‘造反呀！有的是破桶。’我就爬上去，我就大声地喊话，想到什么说什么，都是我心里的话；而作为民众的一员，陛下，心里总是积压着什么。于是，人群就集结起来，大声喊叫，敲响警钟。人们会解除士兵的武装，武装平民。集市上的人也会参加进来，一起进发！今后事情也会这样。只要领地里有领主，市镇里有市民，乡村里有农民，就会这样。”

“那么你们造反反对谁呢？”国王问道，“反对你们的法官？反对你们的领主？”

“有时是这样。要看情况。有时也反对大公。”

路易十一走过去坐下，然后微笑着说：“嘿！在这里，他们尚处于反对法官的阶段。”

这时，奥利维·勒丹走了进来。他后面跟着两个侍童，捧着国王的梳洗用品；但令路易十一奇怪的是，他后面还跟着巴黎府尹和一个巡防骑士，这两人都显得神色慌张。牢骚满腹的理发师也显得烦躁不安，但心中窃喜。他首先开了口：“陛下，恳请恕罪，我给王上带来了坏消息。”

国王急忙转过身来，椅子脚碾破了地板上的草席。“你说什么？”

奥利维·勒丹气急败坏，但庆幸能给国王一次沉重的打击。“陛下，民众叛乱并非针对司法宫守备而来。”

“那又针对谁呢？”

“是冲您来的，陛下。”

年老的国王一跃而起，挺直身体，俨然像个年轻人。“奥利维，你说清楚！你说清楚！小心你的脑袋，伙计，我以圣洁的十字架发誓，如果你现在说半句假话，砍断卢森堡脖子的那把刀，还没坏到砍不动你的脖子的地步！”

这一誓言非同小可。路易十一以圣洁的十字架发誓，平生只有两次。

奥利维张口准备回话。“陛下……”

“跪下！”国王粗暴地打断他的话，“特里斯丹，给我看着这个家伙！”

奥利维跪下，冷冷地说：“陛下，有个女巫被王上的高等法院判处死刑。她躲进了圣母院避难。民众想用武力把她抢走。府尹大人和骑士先生刚从骚乱地点而来，如果我有半句假话，他俩可以当面对质。民众正在围攻圣母院。”

“哎呀！圣母院！”国王低声道，脸色煞白，气得直哆嗦，“他们在圣母院主教堂围攻我们仁慈的圣母！快起来，奥利维。你没说错。我把西蒙·拉丹的职务赏给你。你说得对，他们在向我进攻。女巫在主教堂的庇护下，而主教堂是在我的保护下。我还以为是反对司法宫守备呢！这是在反对我！”

就这样，愤怒使他变得年轻起来。他跨着大步走来走去，脸上笑容顿收，露出凶相，踱来踱去，狐狸变成了豺狼。他似乎气得七窍生烟，嘴唇嚅动着，一句话也说不出来，消瘦的拳头在抽搐。突然，他抬起头来，凹陷的眼睛似乎充满光芒，嗓音像军号般吹响。“结果他们，特里斯丹！结果这帮刁民！快去，我的朋友特里斯丹；杀呀！杀！”

发作之后，他走过去重又坐下，冷冷地压住火气，说道：

“来，特里斯丹！在我们身边，巴士底狱，有吉夫子爵的五十名炮兵，这就是三百匹战马，你带去。还有沙朵佩先生的近卫弓箭手大队，你也带去。你是王宫骑警管带，把你手下的人马，全都带上。在圣保尔府，有太子殿下的新侍卫弓箭手四十名，你把他们召集起来带上。你率领这些人马，火速赶往圣母院。嘿！巴黎的刁民先生们，你们居然与法兰西王室对抗，与圣洁的圣母为敌，破坏全体臣民的安宁！赶尽杀绝，特里斯丹！片甲不留！逮住的统统送往隼山处决。”

特里斯丹俯身应诺：“是，陛下！”

沉默片刻后，他又说：“那女巫如何处置？”

这下把国王给问住了。他想了想说：

“噢！那个女巫嘛！戴斯图特维尔先生，民众想怎样处置那女巫呢？”

巴黎府尹回话说：“陛下，我想，既然民众想把她从圣母院避难所抢出来，必定是对她不受惩办不满，他们想绞死她。”

国王似乎沉思了一会，然后对特里斯丹·莱尔密特说：“那好，伙计！杀光刁民，绞死女巫。”

里姆低声对科伯诺尔说：“正是这样，惩罚表达意愿的民众，又按民众的意愿行事。”

特里斯丹应声道：“小的明白，陛下！不过，要是那女巫还在圣母院里，要不要违反避难权，进去抓她呢？”

国王搔着耳根说：“帕斯克-天主！该死的避难权！可这女人必须

绞死。”

说到这里，他灵机一动，主意顿生。他一下跪倒在椅子跟前，摘下帽子，把它放在座位上，虔诚地望着帽上一个铅制护身符，合掌祈祷：“啊！巴黎的圣母呀，我仁慈的女主人，宽恕我吧。我就冒犯这一回。我必须惩办这个女犯呀。圣母呀，我仁慈的女主人，我向您保证，那是一个女巫，她不配享受您的保护。圣母呀，您知道，许多十分虔诚的君王，为了天主的荣誉和国家的需要，曾经侵犯过教堂的特权。英国大主教圣雨格曾允许爱德华国王进入教堂，去抓一个魔法师。我的祖上圣路易为了同样目的，也冒犯过圣保罗先生的教堂。还有耶路撒冷国王的太子阿尔封斯亲王，他还侵犯过圣墓教堂。巴黎的圣母，请饶恕我这一次吧。下不为例。我将给您塑一个漂亮的银身，就跟去年送给艾库伊圣母院的那尊一样。阿门！”

他画了一个十字，然后站起来，戴上帽子，对特里斯丹说：“火速前往，伙计。您带上沙朵佩先生。您去敲警钟，您去镇压刁民，您去绞死女巫。就这么办。我要求，追捕行刑等事由您亲自办理。您办完后要向我报告——奥利维，今晚我不睡觉了。给我刮脸。”

特里斯丹·莱尔密特躬身退出。这时国王挥手让里姆和科伯诺尔退去。“天主保佑你们，我的弗兰德好朋友。去休息一下吧。夜已经很深，现在已不是夜里，快到早晨了。”

两人双双退去，由巴士底狱典狱长带到各自的卧室。科伯诺尔对里姆说：“哼！这国王咳嗽个不停，我受够了！我曾见过勃艮第的沙尔喝醉酒的模样，但还不至于像生病的路易十一这么坏。”

里姆回答说：“雅克先生，那是因为国王们的酒没有他们的药厉害。”

六　小刀闲游

格兰古瓦走出巴士底狱，像脱缰的野马奔向圣昂图纳街。他来到博杜瓦耶门，径直走向广场中央的石头十字架。他似乎看见黑暗中一个人的面孔，那人身穿黑衣、头戴黑风帽，坐在十字架下的台阶上。格兰古瓦问道：“老师，是您吗？”

黑衣人站起来。“该死的，真急人！格兰古瓦，您让我受尽煎熬。圣热维塔上刚呼报过凌晨一点半。”

格兰古瓦接过话头说：“啊！这不是我的过错，全要怪巡防兵和国王。我刚才差点儿丢了小命！这是我命中注定，总是差一点就被吊死。”

那个人说：“你什么都差一点。且不说这个，快走吧。你有口令吗？”

“老师，您没想到吧，我见到了国王。我刚从他那里来。他穿着丝绒短裤。真是一次奇遇。”

“喂！少说废话！你的奇遇跟我有什么关系？你有无赖汉的口令吗？”

“有。您放心好了。是‘小刀闲游’。”

“那好。否则，我们就进不了主教堂。无赖汉们把街道都封锁了。幸好，他们似乎遇到了抵抗。我们也许还来得及。”

“是的，老师。但是，我们怎么进圣母院呢？”

“我有钟楼的钥匙。”

“那又怎么出来呢？”

“隐修院后面有道小门，正对着河滩，下面就是河水。我弄到了那道门的钥匙，今天早上还在那里拴了一条船。”

“我险些没被吊死！”格兰古瓦又说。

“快点！走吧！”那人说。

两人大步流星向城岛走去。

七　沙朵佩赶来救援

读者大概记得，我们离开卡西莫多的时候，他正处在万分危险的境地。这个勇敢的聋子四面被围，虽然没有丧失全部勇气，至少已不抱任何希望得救了。他倒不是为自己着想，而是为了埃及姑娘。他在长廊里狂奔乱跑。圣母院即将被无赖汉们攻破。突然，一阵马蹄奔跑的声音响彻附近的大街小巷，一条长龙般的火把由远而近，一支浩浩荡荡的骑兵队伍策马横戈，这一片狂涛般的声音汇集到广场，犹如狂风骤雨：法兰西！法兰西！斩杀刁民！沙朵佩赶来救援！骑警管带！骑警！

无赖汉们猝不及防，纷纷转身。

卡西莫多虽然听不见，但看到出鞘的刀剑，冲天的火把，闪光的戈矛，那是一队骑兵。领头的，他认出是腓比斯队长；他还看到无赖汉们乱作一团，有的吓得魂不附体，胆大的也慌张不已。卡西莫多见救兵到来，喜出望外，顿时力量倍增，将最先跨进长廊的进攻者扔出了教堂。

确实，这是国王的队伍从天而降。

无赖汉的队伍顽强不屈，奋勇抵抗。他们的侧翼在牛倌圣彼得街，后部在前庭街，皆受攻击。他们被逼到圣母院前，可还在攻打主教堂，卡西莫多也在坚守。他们既在进攻，又被围歼，腹背受敌。这一特殊状况与后来围攻都灵的著名战斗极其相似。一六四〇年，亨利·达库尔伯爵围攻萨伏瓦的托马斯亲王，但又被勒加奈侯爵截断退路。正如他在信中所说，围攻都灵同时复遭围攻[①]。

这是一场混乱的鏖战。正如马太神父所说，狼狗互咬，各不相让。在国王的骑兵中，腓比斯·德·沙朵佩勇猛杀敌，毫不手软。无赖汉们逃过枪尖躲不了剑刃，他们武器简陋，连喊带骂，乱啃乱咬。男女老少蹿上马背，抱住马脖子，像猫那样，牙齿和爪子并用，揪住战马不放。还有的用火把乱戳弓箭手的脸。还有的将铁钩扎进骑兵的脖子，把他们拉下马来。掉下来的被撕成碎片。

---

① 原文是拉丁文。

只见一人手持明晃晃的宽大镰刀，一直在砍马腿。这人杀气腾腾，一边以浓重鼻音唱着歌，一边不停地挥舞着他的镰刀。刀锋所到之处，周围就丢下一圈砍断的马腿。就这样，他向骑兵队最密集的地方砍去，一路上不慌不忙，像一位割麦者进入麦地里一般，摇晃脑袋，调匀呼吸。他就是克洛班·特鲁叶福。然而，一阵弓箭把他射倒在地。

这时，四周的窗户都已打开。街坊四邻听见国王兵士的喊杀声，也纷纷投入战斗。楼房各层上弹如雨下，一齐射向无赖汉。广场上烟雾重重，火铳划出一道道火光。圣母院正面已模糊不清，破烂的主宫医院里，几个脸色惨白的病人站在顶层，透过屋顶的天窗向外张望。

终于，无赖汉们向后败退。他们已精疲力竭，又缺乏精良武器，加之突然袭击造成的恐慌，还有窗户上射来的枪弹，国王兵士的勇猛砍杀，这一切把他们打垮了。他们冲破包围圈，开始四下奔逃，在圣母院广场上留下一大堆尸体。

卡西莫多一刻也没有停止战斗。当他看到无赖汉败下阵去，便双膝跪地，双臂举向天空；然后，他欣喜若狂，像鸟儿一般飞速奔跑，冲向那间他英勇保卫过并禁止他人进犯的小屋。他现在只有一个念头，就是跪倒在姑娘的面前。他刚刚再次救了她的命。

当他走进小屋时，里面竟空无一人。

第十一卷

一 小 鞋

无赖汉们围攻主教堂时候，爱斯美拉达正在睡觉。

不一会，主教堂四周的喧闹声越来越大，山羊在她之前被吵醒，急得咩咩直叫。这一切把她从睡梦中惊醒。她骨碌一下爬起来坐定，仔细听听，四处张望，火光和声音把她吓坏了。她冲出小屋，看看出了什么事。但见广场上鬼影憧憧，夜袭造成一片混乱，人群上蹿下跳；那可怕的人群像一大群青蛙，在黑暗中时隐时现，嘶哑的叫声响成一片；几个通红的火把穿梭般游动，在黑暗中，像几束鬼火在沼泽地上的雾气中晃悠。面对这一情景，她似乎在目睹群魔会的幽灵和主教堂的石怪作战。从孩提时起，她就在波希米亚部落里受迷信的熏陶，所以她首先想到的是她不走运，正好撞见仅在夜间活动的奇怪生灵。于是，她跑回自己的小屋，吓得魂不附体，蜷成一团，祈求那张小床别给她带来更可怕的噩梦。

然而，最初的恐惧疑云渐渐消散；听着那不断增大的声音，看到几个确凿的迹象，她慢慢觉得围攻她的不是幽灵，而是血肉之躯的人。于是，她的恐惧虽然没有增大，但性质完全变了。她想，大概是民众暴乱，要把她从避难所里抓出去。想到她将再次失去生命、希望、可望而不可即的腓比斯，她顿时觉得软弱无力，走投无路，举目无亲，孤苦伶仃。这些想法以及其他千头万绪一齐向她袭来。她跪倒在地，头伏在床上，双手合掌放在前额上，焦急万分，全身哆嗦；她虽然是个埃及姑娘、崇拜偶像者和异教徒，但还是哭诉着向基督教的仁慈天主祈求恩典，还向保护她的圣母祈祷。因为，一个人即使不信教，但在人生的某一时刻，也会归属近在身边的那座神庙的。

她就这样长久跪拜着。其实，她祈祷时一直在发抖。听着狂怒的喊声越来越近，她不知所措，弄不清这场风暴的由来，也不知在策划什么阴谋，外面在干什么，他们想干什么。但她预感到可怕的结局。

正在万分焦急之际，她忽然听到身后有脚步声。她扭头一看，发现两个男人刚刚走进小屋。其中一个拎着灯笼。她有气无力地叫了一声。

“别害怕，是我。”这声音听起来并不陌生。

“您？您是谁？”她问。

“彼埃尔·格兰古瓦。”

听到这个名字，她放下心来。她抬起头来一看，果然是诗人。但他身后还有一个黑面孔，从头到脚裹得严严实实，一言不发，这使她好生惊讶。

格兰古瓦略带责备的口吻说：“啊！您没认出来？加利早就认出是我！”

确实，小山羊没等格兰古瓦自报姓名就认出了他。他刚一进门，小山羊就跑过去，亲热地擦摩着诗人的膝盖，它蹭来蹭去，弄得诗人一腿白毛，因为山羊正在换毛。格兰古瓦也亲热地抚摸着它。

“您后面那人是谁？”埃及姑娘轻声问道。

格兰古瓦回答说：“放心好了，是我的一个朋友。”

这时，哲学家把灯笼放下，蹲在石板地上，把加利抱在怀里，激动地喊道：“啊！多迷人的小山羊！它虽然个儿不大，但洁白干净；它还很聪明伶俐，还识字，像个语法家！瞧，我的加利，你那几套绝妙的戏法还记得吗？雅克·沙莫吕是个什么样子？……”

黑衣人没让他说完。他靠近格兰古瓦，用肩膀狠狠地顶他一下。格兰古瓦站起来，说：“这倒也是，我忘了我们时间很紧。不过老师，您也犯不着对我这么粗暴呀……我亲爱的美丽的孩子，您有生命危险，加利也是。他们要再次绞死你们。我们是您的朋友，我们来救您。跟我们走吧。”

“这是真的？”她心慌意乱问道。

“当然是真的。快走！”

她喃喃地说：“我听您的。可您那位朋友为什么不说话？”

格兰古瓦说：“嗅！这个嘛，他父母亲脾气古怪，也养成了他沉默寡言的性格。”

她也只能满足于这一解释。格兰古瓦拉着她的手，他的同伴拿起灯笼走在前面。恐惧使姑娘分不清方向，任他们拽着走。小山羊一蹦一跳地跟在他们后面。它见到格兰古瓦十分高兴，不时地把两只角钻到他的胯下，弄得格兰古瓦踉踉跄跄。“这就是生活，”哲学家每次差点儿跌跤时就这么说，“常常是我们最好的朋友让我们栽跟头！”

他们迅速走下钟楼楼梯，穿过漆黑一片的教堂。教堂里空无一人，但回荡着喧闹声，形成一种可怕的对比。他们走出红门，来到隐修院。院里的人已经跑光，司铎们都跑到主教府做集体祷告去了；空空荡荡的院子里，只有几个吓破了胆的奴仆蜷缩在阴暗的角落里。他们走向院子通向滩地的小门。黑衣人用他随身携带的钥匙打开门。读者知道，那块狭长的滩地在城岛一侧有墙围着，属于圣母院教士们的领地，在教堂后面构成城岛的东端。只见那地方空无一人。在那里，空中的喧闹声已经小多了。无赖汉们的进攻声传到这里，变得混杂一片，已不太刺耳。新鲜空气掠着水面吹来，摇动着滩地尽头唯一一棵树的叶子，传来清晰的沙沙声。不过，他们距离危险还相当近。离他们最近的建筑是主教府和主教堂。显然，主教府里乱成一锅粥。它那黑暗的身躯上到处闪着火光，从一个窗户跳到另一个窗户，就像刚刚烧过的纸，留下一堆黑乎乎的纸灰，余烬的火星东蹿西跳，千姿百态。旁边是圣母院的两个巨大钟楼，从后面看去，漆黑的身影矗立在长形的中堂之上，在圣母院广场冲天红光的映照下，如同巨人火炉里的两个庞大的柴架。

从四面八方看巴黎，一切都在眼前摇曳，昏暗与光亮混为一体。伦勃朗的绘画背景就是这样的。

提灯笼的男人径直向滩地尖角走去。那里，紧靠水边有一排钉着木条的木桩，早已被虫蛀垮，上面低低地爬着几根细长的葡萄藤，像一只手展开的手指。后面，在葡萄架阴影下，藏着一条小船。那男人招招手，示意格兰古瓦和他的女伴上船。山羊也跟他们上了船。那男人最后一个上来。然后，他砍断缆绳，用长竿一撑，船便离了岸；他随即抓起一副木桨，坐到船头，使劲向河心划去。塞纳河此处水流湍急，他费了好大劲才离开滩地尖角。

上船以后，格兰古瓦第一件事就是把山羊抱在膝盖上，坐在后面。姑娘觉得陌生人身上有种说不出的东西，令人害怕，于是就过去紧挨着诗人坐下。

当我们的哲学家感到船已开动，就拍起手来，对着加利的两角间亲了一下，说道："啊！我们四个终于得救啦。"接着，他以一副深刻思想家的神情补充道："伟大事业的完美结局，有时是靠机遇，有时得靠计谋。"

小船慢慢朝右岸划去。姑娘打量着陌生人，心里暗自害怕。那人细心地将灯笼的亮光挡严。在黑暗中，他坐在船头，看上去像个幽灵。风帽始终盖在脸上，像个面具；每当他张开双臂划船时，胳膊上拖下宽大的黑袖子，真像蝙蝠的两只翅膀。此外，他还没有说过一句话，发出过一点声息。船上没有任何其他声音，只有双桨来回划的响声，伴随着层层水波拍击船身的汩汩声。

格兰古瓦突然喊叫起来："凭我的灵魂！我们轻轻松松，快活得像猫头鹰崽子！我们像毕达哥拉斯的门徒一样保持沉默，或像鱼一样一声不吭！帕斯克-天主！朋友们，我真想有人跟我说说话。在人的耳朵里，人的声音就是音乐。这话并不是我发明的，而是亚历山大城的狄迪姆斯说的，都是圣贤名言。当然，亚历山大城的狄迪姆斯不是个普通的哲学家。说句话吧，我美丽的孩子，说呀，我求您了，说句话吧。顺便说一句，您那小嘴一噘，很别致，真有意思；您现在还噘嘴吗？亲爱的，您知道吗？高等法院对各处避难所有完全的司法权，您在圣母院的小屋里仍然很危险。唉！那是小鳄鸟在鳄鱼嘴里筑巢啊。老师，这不，月亮出来了。但愿不要给人看见！我们救出小姐理应拍手称快，但如果被人抓住，就会以国王的名义把我们绞死。唉！人类的行为喜欢走两个极端。我身上被人唾弃的东西，在你身上就得到赞扬。崇拜恺撒的人必定斥责卡蒂利纳。不是吗，老师？您说这套哲学怎么样？我嘛，我凭本能和天性掌握哲学，如蜜蜂之于几何学[①]。算了！没人搭理我。你们两人心情都很坏！那我就跟自个儿说吧。这在悲剧中叫作独白。帕斯克-天主！我跟你们说，我刚刚见过国王路易十一，我从他那里学来了这句粗话。真是帕斯克-天主！他们还在城岛穷喊。那是个又丑又恶的老国王。他全身裹着皮裘。他欠我的贺婚诗稿费至今未给。今晚他没把我绞死，算是抬举我了，这是存心不让我开口讨债嘛。他对有功劳的人是那么吝啬。他该好好读读科隆的萨耳维安那四本书《驳吝啬》。事实上，这位国王对待文人心胸太狭窄，干的事既野蛮又残酷。他是爬在民众头上吮吸血汗钱的海绵。他的银库是个不断肿大的脾脏，以其余肢体的消瘦养肥自己。因此，抱怨时世艰难变成了反对君王的牢骚。在这位和善虔诚的国王的统治下，绞刑架上吊满绞刑犯，断头台下血流成河，监狱里人满为患，像吃得太饱的肚皮即将炸开。这位国王一手搜刮，一手屠杀。他是盐税夫人和绞架大人的检察官。显贵被剥夺荣誉，小民时刻遭受新的压榨。这是

① 原文是拉丁文。

个超级魔王。我不喜欢这个君王。您呢，老师？”

黑衣人任凭唠叨的诗人喋喋不休。他继续与湍急的逆流搏斗。在狭窄的水流中，他们船头朝着城岛，船尾对着圣母岛，后一个岛如今叫作圣路易岛。

“我说，老师！”格兰古瓦突然说，“当我们到达圣母院广场，穿过发疯似的无赖汉人群时，尊驾是否看见那个可怜的小家伙？您那个聋子正把他的脑袋往国王长廊的石栏上撞。我眼睛不好使，没能认出他。您也许知道他是谁？”

陌生人一句话也不回答。但他突然停住划船，他的双臂像断了一般，脑袋垂在胸前，爱斯美拉达听到他痉挛地叹息着。她不觉一怔，她以前听到过这种叹息声。

无人驾驭的小船一时随波逐流。但黑衣人终于振作起来，重新抓住双桨，又顶着水流划起来。他绕过圣母岛尖角，驶向草料港码头。

格兰古瓦说：“啊！那边就到巴尔博府邸了。瞧，老师，您看，这批黑色房顶的角度多怪！喏，那边，就在那支离破碎的低云下面；这团云也肮脏透顶，月亮也被压碎，真像打破壳的鸡蛋，蛋黄淌了出来。这是一幢漂亮的府宅。里面有个小教堂，小拱顶上的雕刻丰富极了。小教堂顶上还有一座构造精致的小钟楼。还有个景色宜人的花园，里面有个小池塘，一个鸟棚，一处回音廊，一个木槌球场，一个迷宫，一座猛兽房，还有许多令爱神非常愉快的幽径。还有一棵坏蛋树，人称‘色鬼’，因为它曾为一位著名公主和一个风流才子，法兰西提督寻欢作乐提供过方便。唉！像我们这些寒酸的哲学家，若跟法国提督相比，真如同一畦白菜萝卜跟卢浮宫的花园相比。不过，说穿了又有什么呢？伟人的人生和我们的一样，也是好坏掺杂的。痛苦总是伴随着欢乐，扬扬格诗紧挨扬抑抑格诗[①]。老师，我得跟您说说巴尔

① 希腊、拉丁诗格律。扬扬格为两长音节一韵步，扬抑抑格为一长两短一韵步。两种格交替使用，类似于汉诗中的平仄。

博府邸的故事。其结局很悲惨。那是一三一九年，菲力浦五世统治时期，他是法国国王中在位年代最长的。这个故事的寓意是，肉欲是有害的，危险的。不管邻居的老婆有多漂亮，把我们的五官逗得按捺不住，也不要老盯着她看。私通是一种很淫荡的想法。通奸是对别人肉欲的好奇……哎！那边的吵闹声越来越大了！”

确实，圣母院周围的喧闹声越来越大。他们侧耳听着。那边清楚的传来胜利的欢呼声。突然，上百个火把蹿上主教堂的各个楼层，爬上钟楼，冲向长廊，钻进拱顶，武士的头盔闪闪发光。这些火把似乎在寻找什么东西。不一会，这些远处的喊声清楚地传到逃亡者的耳边：“埃及姑娘！女巫！处死埃及姑娘！”

不幸的姑娘低下头，手捂着脸，陌生人开始使劲向岸上划去。这时，我们的哲学家在思考。他把山羊紧紧地搂在怀里，轻轻离开波希米亚姑娘。然而她越发挨紧他，似乎这是她仅剩的唯一避难所。

毫无疑问，格兰古瓦心情非常复杂。他想，根据现行法律，山羊若是被逮住，也会被绞死，那就太遗憾了，可怜的加利！两名女犯都依靠着他，这太多了；还有，那位同伴巴不得让他自己照看埃及姑娘。这些想法在他脑海中激烈战斗着。战斗中，他像《伊利亚特》中的朱庇特一样，翻来覆去地掂量着埃及姑娘和山羊；他一会看看这个，一会看看那个，两眼充满泪水，在牙缝里说：“可我没法一下救你们两个呀。”

小船摇晃了一下，终于告诉他们到岸了。旧城那边还是充满着恐怖的喧闹声。陌生人站起来，走近埃及姑娘，想抓住她的胳膊扶她下船。她推开他，拽住格兰古瓦的衣袖；格兰古瓦正忙着照看山羊，几乎把她推开。于是，她就自己跳下船。她心慌意乱，不知道自己在做什么，往哪里去。她就这样愣愣地站了一会，看着河水流淌。当她有点醒悟过来时，码头上只剩下她和陌生人两个人。格兰古瓦似乎趁她下船之际溜走了，带着山羊躲进了水上谷仓街的大片房屋里。

可怜的埃及姑娘见自己单独和这个男人在一起，不由得全身哆嗦起来。她想说话，喊叫，呼叫格兰古瓦，但舌头不听使唤，嘴唇间发不出任何声音。忽然，她感到陌生人抓住她的手。那是一只冰冷的手，但很有劲。她的牙齿直打架，脸色变得煞白，比照在她身上的月光还要苍白。那人一句话也不说。他拽着她的手，开始大步向河滩广场走去。就在这时，她隐约感到，命运是一个不可抗拒的力量。她已无力反抗，任人拖着走。他在走，而她在跑。这里的河岸有点上坡。但她却觉得是在下坡。

她向四周张望。没有一个行人。河堤上空无一人。只听到旧城那边喊声震天，只感到那边的人在火光中蠕动，她与那里仅有塞纳河河汊的一水之隔；从那边传来她的名字，混杂在处死她的呼喊中。她的目光所及，巴黎其余地方都是大团大团的黑影。

这时，陌生人仍然拽着她，还是沉默不语，走得还是那么快。她走着走着，脑子里一点记不清这些都是什么地方。经过一扇亮着灯光的窗户时，她突然一挺身子，使劲喊了起来："救命啊！"

那个窗户里的市民打开窗户，穿着衬衣，拿着油灯走近窗前，痴痴地看着河堤，说了几句什么，但她没听到。那人重新关上窗户。这最后一线希望之光也熄灭了。

黑衣人一字不吐，紧紧拉着她，走得更快了。她不再反抗，跟在后面，已经彻底垮了。

不时，当她恢复一丝气力后，便问："您是谁？您是谁？"由于路面崎岖，加之跑得气喘吁吁，她的声音时断时续。但那人不回答。

他们一直沿着河岸跑着，来到一个较大的广场上。那时有一点月光。这就是河滩广场。只见广场中央矗立着一个黑十字架，那是绞架。她认出了这些，知道自己在什么地方。那个男人停了下来，转身对着她，掀起风帽。"哎呀！"她一下目瞪口呆，结结巴巴地说，"我早知道又是他！"

他就是教士。他的模样像个鬼魂。这是月色照射的结果。在这种光线下，似乎只能看到万物的幽灵。

"听着。"他对她说，而她听到这催命的声音，不由得浑身发抖。她已经好久没听见这声音。他继续说着，声音急促，断断续续，显示出他内心深处异常激动。"听着。我们在这里。我要跟你说话。这里是河滩广场。这里是个端点。命运将我们拧合到一起。我将决定你的生命；你呢，将决定我的灵魂。这里只有广场和夜色，除此之外什么也看不见。那你就听我说。我跟你说……首先，别跟我提起你那腓比斯。（说到这里，他走来走去，像个不能停在原地的人一样，然后把她拉到身边。）别跟我提他。知道吗？你要是说出这个名字，我不知道我会怎样做，但反正是很可怕的。"

说罢，犹如一个物体找到了重心，他又变得纹丝不动。但他的话语还是充满激动，声音越来越低沉。

"别把头转过去。听我说。这是严肃的事情。首先，事情的经过是这样的。这一切并不可笑，我向你保证。我刚才说什么来着？提醒我一下！哦！高等法院做出判决，要送你上断头台。我刚刚把你从他们手中营救出来，但他们又来追捕你。看吧。"

他用胳膊指指城岛。确实，搜捕似乎还在进行。叫喊声越来越近。河滩广场对面的副将署箭楼里人声鼎沸，灯火通明，可看到士兵们在对面河岸上奔跑，手中拿着火把，高喊："埃及姑娘！埃及姑娘在哪里？绞死她！绞死她！"

"看到了吧，他们在追捕你，我没撒谎吧。我……我爱你。别开口，如果是要对我说你恨我，最好别说话。我下了决心不再听这话。我刚刚救了你的命。先让我说完。我完全可以救你。一切都准备就绪，就看你愿意不愿意。只要你愿意，我就能办到。"

他猛然停住。"不，我要说的不是这个。"

他跑着，也拉着她跑，因为他不放开她，径直向绞架走去。他指着绞架，冷冷地说："在它和我之间选择吧。"

她挣脱他的手，扑倒在绞刑架下，吻着不祥的石基。然后，她半转她那美丽的头，从肩膀上面看教士，那神情真像圣处女蹲在十字架下。教士待在那里一动不动，手指还指着绞架，像一尊雕像保持其姿势。

终于，埃及姑娘对他说："它还没有您可怕。"

于是，他放开她的手，非常沮丧地看着石板地。他喃喃地说："假如这些石头能说话，肯定会说，这个男人真不幸。"

他继续说着。姑娘跪在绞架前，长长的头发披在身上，任他说，不打断他。现在他的声调既委屈又温柔，与他脸上高傲严酷的表情形成痛苦的对照。

"我……我爱您。啊！这可是真的。我的内心在燃烧，只是没让它露出来！唉！姑娘啊！我日日夜夜，是的，日日夜夜，这难道不值得一点怜悯吗？啊！我太痛苦了，我可怜的孩子！这是值得同情的事，我向您保证。您看到了，我和您说话很温柔。我很希望您不再讨厌我。说到底，一个男人爱上一个女人，这不是他的过错！啊！我的天主！怎么？您永远也不会原谅我？您一直恨我！这就完了！就是这个让我变坏的，您知道，我自己都讨厌自己！您就是不看我一眼，是吧！当我站着和您说话，在我们两人的永生的边缘颤抖时，您也许在想别的事！尤其别提那个军官！什么！我真想扑倒在您脚下，不是吗！我真想亲吻您的……不是您的脚，您不愿意，我想亲吻您脚下站过的那块土地，不是吗！我要像一个孩子那样哭泣，我要从我的胸腔里掏出……不是话，而是我的心和五脏六腑，为了向您表明我爱您。可这些又有什么用，一切都没用！然而，您的心灵里只有温柔和宽容，您焕发出最美丽的柔情，您完完全全甜蜜可爱，心地善良，慈悲为怀，楚楚动人。啊！您只对我一个人坏！唉！命运在捉弄啊！"

他用手捂住脸。姑娘听他哭泣，这还是第一次。他那样站着，一声声抽泣使他颤抖，比跪着时更加可怜，恳求更强烈。他就这样哭了好一会。

这第一阵眼泪过后，他接着说："算了！我找不到话说了。不过我倒是好好想过该对您说什么。现在我在发抖，在战栗，我在关键时刻垮下。正当我感到有样崇高的东西包容着我们，我却说话结结巴巴。啊！如果您不可怜我，也不可怜您自己，我立即就会跌倒在这石板地上。别把我们两人都给毁了。您要知道，我是多么爱您！我有怎样一颗心呀！啊！我已没有任何美德！我已彻底自暴自弃！作为博士，我践踏了学问；作为绅士，我毁了我的姓氏；作为教士，我把弥撒书当作淫荡的枕头，我向天主脸上吐痰！妖女啊，这些都是因为你！我想更加配得上你的地狱！而你却不要我这罪人！唉！让我把一切都告诉你吧！这又是，又是一样更可怕的事，啊！更可怕呀！……”

说这最后一番话时，他的神情变得完全麻木。他沉默了一会，接着又说，似乎在对自己说，但声音很高："该隐，你把弟弟怎样了？"①

又沉默了一会，他继续说："我把他怎样了，主啊？我收养了他，我把他带大，给他吃的，给了他爱，把他当成偶像，可我把他杀了！是的，主啊，刚刚在我面前，就在您的房子的石头上，人家摔碎了他的脑袋，都是因为我呀，因为这个女人，因为她……"

他的眼色惶恐不安，声音越来越低，他机械地重复了好几遍，间隔很长，仿佛一口钟在延绵着最后的颤动。"因为她……因为她……"然后，他的舌头再也组合不出任何声音，不过嘴唇还在不停地嚅动。突然，他双腿一软，像件东西一样倒在地上一动不动，头埋在两膝之间。

姑娘把脚从他身下抽出来，这一摩擦使他清醒过来。他慢慢地用手摸摸自己凹陷的脸庞，惊愕地盯着他的手指看了一会，发现手指湿了，喃喃地说："什么！我哭了！"

他突然转向埃及姑娘，焦虑的神情无法形容。

"唉！您就这样冷冰冰地看着我哭！孩子，你知道眼泪就是熔岩吗？难道不是吗？你恨的人身上任何东西也打动不了你。你看着我死去，却在笑。啊！我可不愿看着你死去！说一句话！就一句原谅的

---

① 《圣经》典故：该隐杀死了弟弟亚伯。后人以此暗喻兄弟反目。

话！你不用说你爱我，只要说你愿意爱我，这就够了，那我就马上搭救你。否则……唉！时间不等人，我以一切神圣事物的名义恳求你，别等我再次变成石头，就像这要你性命的石头绞架一样！想想吧，我手里掌握着我们两人的命运，我可以听任一切毁灭，这很可怕，在我们下面有个无底深渊，不幸的姑娘，我会跟着你一起掉下，永劫不返！说句善意的话吧！说一句吧！只要说一句！”

她张口回他的话。他急忙跪在她面前，准备以崇敬之心接受她的话，也许是动情的话，这话将从她嘴里出来。她对他说：“您是个凶手！”

教士发狂地把她搂在怀里，开始狞笑起来。他说：“这个，是呀！我一定要得到你。你不愿意我做你的奴仆，那就让我做你的主人。我会得到你的！我有一个窝，我要把你拖去。你要么跟我走，你必须跟我走，要么我把你交出去！美人儿，你要么去死，要么归我！你属于教士，属于叛教者，属于凶手！从今晚起，你听到了吗？来！开开心！来！吻我呀，疯姑娘！坟墓和我的床由你挑！”

他的眼睛中闪烁着龌龊而又疯狂的火花。他那淫秽的嘴唇吻红了姑娘的脖子。她在他怀里挣扎。他把她身上吻得尽是唾沫。

她喊道：“别咬我，魔鬼！啊！可憎的恶心的教士！我要把你肮脏的灰头发拔光，一把一把扔在你脸上！”

他脸上红一阵白一阵，然后放开姑娘，神情阴沉地看着她。她自以为得胜，继续说：“我告诉你，我属于腓比斯，我爱的是腓比斯，只有腓比斯才英俊！你，教士，你是个老头！你丑极了！滚开！”

他猛叫一声，就像一个不幸者受了炮烙那样。“去死吧！”他咬牙切齿地说。她看到他那恐怖的目光，想逃走。他一把揪住她，使劲摇晃着，把她摔倒在地，拽着她美丽的手，在石板地上拖着，快步朝罗朗塔楼拐角处走去。

到了那里，他回过头来问她说：“最后一次问你，愿意属于我吗？”

她斩钉截铁地说：“不。”

于是，他高声喊道："古杜勒！古杜勒！埃及姑娘在这里！报仇吧！"

姑娘感到胳膊突然被人抓住。她一看，原来有只骨瘦如柴的胳膊从墙上的窗洞里伸出来，像一把铁钳夹住了她。

教士说："抓紧点！她是在逃的埃及女人。别放开她。我去叫巡防队长。你会看到她被绞死的。"

从墙内传出一阵发自喉咙底的笑声，回答了这血腥般的话语。"哈！哈！哈！"埃及姑娘看见教士离开，朝圣母桥方向跑去。那边传来笃笃的马蹄声。

姑娘认出是那个凶恶的坐关婆子。她吓得喘不过气，想挣脱开来。她奋力挣扎，拼命蹦跳，但另一位紧紧抓着她，力大无比。骨瘦如柴的手指紧紧卡着，陷进她的肉里，渐渐合围。这只手似乎已经铆在她的胳膊上。这比铁链、枷锁、铁箍更厉害，这是一把从墙里伸出来的铁钳，而且有生命和智力。

她已筋疲力尽，跌靠在墙上。这时，她感到死的恐惧。她想到生活的美好，想到青春，想看见天空和自然景色，想到爱情，想到腓比斯，想到一切消逝的东西，想到一切来临的东西，想到告发她的教士，想到即将到来的刽子手，想着竖立在那里的绞架。她感到恐惧爬到她的身上，一直钻到头发根里；她听到坐关婆阴险的笑声，还轻轻对她说："哈！哈！哈！你就要被绞死了！"

她如死人一般，转身朝窗子看去。透过窗栅，她看见麻袋女凶恶的面孔。"我什么事得罪您了？"她几乎毫无表情地问道。

坐关婆没有回答，开始嘀嘀咕咕起来，声调像歌，像发怒，像嘲笑。"埃及的女儿！埃及的女儿！埃及的女儿！"

不幸的爱斯美拉达低下头，头发盖住脸面。她知道，她惹上的并非血肉之躯的凡人。

突然，坐关婆叫了起来，仿佛埃及姑娘的问题需要这么长时间才能到达她的大脑似的："你是说，你得罪我什么？噢！你怎么得罪了我，埃及女人！那好，你听着。我，我也有一个孩子！你明白了吗？

我有一个孩子！一个孩子，我跟你说！一个漂亮的小女孩！我的安妮丝。”她茫然说着，并在黑暗中亲吻一样东西。“唉！你明白吗，埃及的女儿？有人把我的孩子抱走了，把我的孩子偷走了，把我的孩子吃掉了。这都是你干的。”

姑娘像小羊似的回答说：“唉！我那时也许还没出生呢！”

坐关婆抢口说：“不！不对！你肯定已经出生了。你那时就在那里。我女儿也是你这个岁数！就是这样！我在这里已经十五年，十五年痛苦，十五年祈祷，十五年我用头撞四面墙。我告诉你，是埃及女人把她偷走的，你听到了没有？她们用獠牙把她吃了。你有心肝吗？你想想，一个活蹦乱跳的孩子，一个吃奶的孩子，一个睡觉的孩子，她会是什么样。她是那么天真无邪！嗳！就是这个，人家抱走的、杀死的就是这个。仁慈的天主知道得清清楚楚！今天，该轮到我了，我要吃掉埃及女人。啊！要不是铁栅挡着，我真想把你咬个粉碎。我的头太大，伸不出去！可怜的孩子！她那时还在睡觉！即使她们抱她时把她弄醒了，她哭叫也是白搭，因为我不在家！啊，埃及母亲们，你们吃了我的孩子！现在来看你们的孩子的下场吧。”

说着，她笑了起来，抑或说她咬牙切齿。在这张狂怒的脸上，这两件事情完全相似。东方开始破晓。青灰色的微光照着这一场景，广场上的绞架越来越清晰可见。另一边，在圣母桥附近，可怜的女犯似乎听到马蹄声越来越近。

“夫人，”她双手合掌，双膝跪下，披头散发，吓破了胆，“夫人！饶了我吧。他们来了。我没做一点对不起您的事。您愿意亲眼看着我就这样惨死吗？您是有恻隐之心的人，我肯定。这太可怕了。让我逃走吧。放开我！行行好！我不想这样死去！”

“还我孩子！”坐关婆说。

“开恩啊！开开恩吧！”

“还我的孩子！”

“看在老天的分上，放开我吧！”

“还我孩子！”

姑娘再次跌倒。她筋疲力尽，全身散了架，眼光像墓穴里的死人那样白乎乎的。她哽噎着说：“唉！您在找您的孩子。我呢，我在找我的父母。”

古杜勒继续说：“把我的小安妮丝还给我！你不知道她在哪里？那好，去死吧！……我告诉你。我那时是个妓女，我有一个孩子，我的孩子被人拐走了。都是埃及女人干的。你很清楚你必须死。你的埃及母亲向我来要人时，我会告诉她，当娘的，瞧那个绞架！要不，还我孩子。你知道她在哪里，我的小女儿？瞧，我拿给你看。这是她的鞋子，是她唯一留下的东西。你知道另一只在哪里吗？要是知道，就告诉我，哪怕远在天边，我也要跪着爬到那里寻找。”

她这样说着，另一只手从窗子里伸出来，拿着一只绣花小鞋给埃及姑娘看。天已经亮了，完全可以看清形状和颜色。

埃及姑娘颤抖着说：“把这只小鞋给我看看。天主啊！天主！”同时，她用那只还能动的手，急忙打开挂在脖子上、镶着绿玻璃的小荷包。

古杜勒吼叫道：“去！去！翻你那魔鬼的护身符吧！”突然，她停止说话，浑身发抖，从她的肺腑深处发出一个声音：“我的女儿！”

埃及姑娘刚刚从小荷包里拿出一只小鞋，与另一只完全一样。在这只小鞋上系着一张羊皮纸，上面写着两句话：

同样小鞋一朝找到，
母亲向你敞开怀抱。

坐关婆的动作比闪电还快，早将两只鞋做了比较，看清了羊皮纸上的文字。她把脸贴在窗栅上，陡然容光焕发如身登天堂。她喊道：“我的女儿！我的女儿！”

“我的母亲！”埃及姑娘也叫了一声。

此情此景，我们就不详述了。

墙和铁栅把她俩隔开。坐关婆喊道："啊！这墙！啊！我看得见她，却不能拥抱！你的手！你的手！"姑娘把胳膊伸进窗户，坐关婆扑上去，贴上嘴唇，久久不动；除了抽泣使她的腰部不时向上抽动，她没有任何其他活着的迹象。其实她在黑暗中无声地哭着，泪水滚滚而下，像夜间下雨一般。可怜的母亲把她那黑洞洞的、深不见底的泪井之水倾倒在她所钟爱的这只手上，那是她内心深处的痛苦历经十五年，一滴一滴渗透积累而成的。

突然她站起来，把额头上的灰白头发拨开，一言不发，开始用两手摇晃小屋的窗栅，比母狮子还要凶猛。但窗栅纹丝不动。于是，她跑到小屋的一角，找来一块当枕头用的大石板，使劲向窗栅砸去。其中一根被砸断，迸出千万个火星。又是一下，挡住窗洞的古老的铁十字架完全垮塌。接着，她用双手把生锈的铁棍扳断，清走。有时候，女人的手会有超人的力量。

不到一分钟，通道就打开了。她拦腰抱起女儿，把她拖进小屋。她喃喃地说："来！让我把你救出深渊！"

女儿进入小屋后，她轻轻把她放在地上，然后又把她抱起，搂在怀里，似乎她还是那个小安妮丝。她在狭窄的小屋里走来走去，她陶醉，她狂热，她高兴，她喜悦，她歌唱，一会儿吻吻女儿，一会儿对她说话，一会儿开怀大笑，一会儿号啕大哭，这一切都同时进行，也同样疯狂。

她说："我的女儿！我的女儿！我有我的女儿啦！她就在这里。仁慈的天主把她还给了我。喂！你们！大家都来看呀！有没有人看到我找到了我的女儿？我主耶稣啊，她是那么美丽！仁慈的天主，您让我等了十五年啊，但这是为了还给我一个漂亮女儿。埃及婆子们当真没把她吃掉！谁这么说过的？我的小女儿！我的小女儿！亲亲我。这些埃及女人真好！我喜欢埃及女人。这就是你。怪不得你每次经过时，我的心就跳得厉害。我竟把这当作了仇恨！原谅我吧，我的安妮丝，原谅我吧。你觉得我很坏，是不是？我爱你。你脖子上的胎记，它还在吗？我来看看。它还在。啊！你真美！是我给了你这双大眼睛，小姐。亲亲我。我爱你。别的母亲有孩子，我才不稀罕呢，我现在压根儿就瞧不上她们。要不服就来看看。这是我的女儿。瞧！她的脖子，她的眼睛，她的头发，她的手。你们能找到这等漂亮的人吗！啊！我敢说，她呀，爱她的男人将来有的是！我哭了十五年。我的美貌消失了，全都到了她身上。亲亲我吧！”

她还对她说了其他许多荒唐话，但是声调动听。她乱扯着可怜女儿的衣服，羞得她臊红了脸；她用手捋着她丝线般的秀发，吻她的脚、膝盖、额头、眼睛，一切都令她陶醉。姑娘任她这样做，不时轻轻念叨着，声音无限温柔："我的母亲！"

"你看，我的小女儿，"坐关婆每说一句，就吻她一下，"你看，我会好好爱你。我们要离开这里。我们会很幸福的。我在我们家乡兰斯继承了一点家业。你知道兰斯吗？噢！不！你不知道这个，你，你那时还太小！你要知道，你才四个月大时有多么可爱！你那双小脚多好看，连七法里外的艾佩奈镇也有好奇的人赶来看！我们将有一块土地，一幢房子。我要让你睡在我的床上。我的天主！我的天主！谁会相信这个呢？我有了我的女儿！"

"啊，我的母亲！"姑娘终于有了说话的力气，非常激动地说，"埃及女人就跟我说过。我们那里有个好心的埃及女人，她去年死了。她一直像乳娘那样照看我。是她把这个荷包挂在我脖子上的。她一直对我说：'小乖乖，保存好这个爱物儿。这是件宝贝。它会让你找到你母亲的。你脖子上挂的是你母亲啊。'埃及女人早就预料到了！"

麻袋女再次把女儿紧紧搂在怀里。"来，让我亲亲你！你说得多好！等我们回到家乡，我们把这双小鞋送给圣婴耶稣穿。这一切都应归功于圣处女。我的天主！你的声音真美！你刚才跟我说话，简直跟音乐一样。啊！我在天上的主！我找到了我的孩子！但这件事是真的吗？人是不会无缘无故死掉的，因为我并没有高兴得死了。"

接着，她又拍着手，笑着，叫着："我们要幸福喽！"

就在这时，小屋里回荡起武器的撞击声和马蹄奔跑声，这声音似乎来自圣母院桥，在河岸上越来越近了。埃及姑娘焦急万分，扑到麻袋女怀里。

"救救我呀！救救我呀！他们来了！"

麻袋女脸色变得刷白。

"啊，老天爷！你在说什么？我倒忘了！人家正在追捕你！你到底干了什么？"

不幸的孩子回答说："我不知道，可是我被判了死刑。"

"死刑！"古杜勒如五雷轰顶，摇摇晃晃地说。"死刑！"她慢慢重复了一遍，眼睛盯着女儿看。

"是的，母亲，"姑娘心神不定地说，"他们想杀死我。瞧，他们抓我来了。那个绞架是绞我的！救救我呀！救救我呀！救救我呀！他们来了！救救我呀！"

坐关婆好一阵一动不动，像石头一般，然后摇摇头表示怀疑，接着大笑起来，她那可怕的笑声又出现了："唉！唉！不！你跟我说的是一场梦吧。啊！是的！我本来是把她丢了，而且丢了十五年，然后我又找到了她，找到后却只能过一分钟！他们要把她重新抓走！她现在刚刚才美丽，刚刚才长大，刚刚跟我说话，刚刚爱我，偏偏就在这时，他们要当着我这个母亲的面把她吃掉！啊，不！这绝不可能。仁慈的天主不会允许这么做。"

她说到这儿，骑兵队似乎停了下来，远处传来一个声音说："在这边，特里斯丹大人！教士说，我们在耗子洞那里能找到她。"马蹄声又响了起来。

坐关婆站起来，绝望地喊了一声："快逃，我的孩子！我都想起来了。你说得对。要处死你了！真可怕！该死！快逃！"

她把头探向窗口，又很快缩了回来。

"你待在这里。"她低声说，声音短促而阴沉，同时痉挛地抓住埃及姑娘的手。埃及姑娘此时形同死人，没有一点生气。“就待在这里！别出声！到处都有士兵。你出不去。天太亮了。”

她那干涸的眼睛冒着火焰。她停了一会没说话，只是在小屋里大步走着，有时停下来，一把把揪下她那灰白的头发，然后用牙齿撕扯。

她突然说：“他们来了。我去跟他们说话。你躲到那个角落里去。他们看不到你的。我告诉他们你已经逃跑了，说我松了手，就这样！”

她把姑娘放下，因为她还一直抱着她，把她放在从外面看不到的地方。她让她蹲下，细心地安置好，使她的脚和手都不露出阴暗处，解开她的黑头发，让头发披在白裙上，把她遮挡起来，又把她的水罐和石板放在姑娘前面。这是她仅有的家具，只指望这水罐和石板能把她藏住。当她做完这些事后，心里平静多了，便跪下来祈祷。天才刚刚亮起来，耗子洞里仍然很黑。

正在这时，教士的声音，那地狱里的声音在小屋附近响起。他喊道：“腓比斯·德·沙朵佩队长，往这边来！”

爱斯美拉达蜷缩在墙角里。听到这个名字，听到这个声音，她动了一下。“别动！”古杜勒说。

她刚说完，一片嘈杂的人声、刀剑声和马蹄声在小屋周围停下来。母亲赶紧爬起来，跑到窗前，堵住窗口。她看到河滩广场上排列着一大队武装士兵，有步兵，也有骑兵。统帅士兵的那个人跳下马，向她走来。这人一副狰狞面目，对她说：“老婆子，我们在找一个女巫，要绞死她。人家告诉我们，说你逮住了她。”

可怜的母亲尽量装作若无其事的样子，回答说：“我不知道您想说什么。”

那人又说：“天主的头！那个丢了魂的副主教胡说些什么？他在哪里？”

一个士兵说：“大人，他不见了。”

“哎，我说疯老婆子，”带兵的又说，“可别撒谎。有人把一个女巫交给你看管，你把她弄哪儿去了？”

坐关婆不想全赖掉，这会引起别人的怀疑。于是，她用诚实而又粗暴的声调回答说：“如果您说的，是刚才人家塞到我手里的那个高个子姑娘，那我告诉您，她咬了我一口，我就松了手。就这样。让我歇着吧。”

兵头做了个失望的鬼脸。

他又说：“你别跟我撒谎，老精怪，我叫特里斯丹·莱尔密特，是国王的伙伴。特里斯丹·莱尔密特，你听到没有？”他朝河滩广场环视一下后说：“这名字在这里威震一方。”

“就算您是撒旦派来的密探，”古杜勒回敬他一句，此时她开始有了希望，“我也没什么要对您说的，我也不怕您。”

特里斯丹说：“天主的头！瞧这个泼妇！啊！女巫跑啦！她往哪里跑的？”

古杜勒满不在乎似的说：

“我想，是往羊肉街那边跑了。”

特里斯丹回过来，向他的队伍打个手势，准备出发追击。坐关婆松了口气。

突然，一名弓箭手说：“大人，那您问问老妖婆，她窗子上的铁条怎么坏成这个样子？”

这个问题使可怜的母亲又心焦起来。不过，她还没有完全失去理智。她结结巴巴地说：“一直就是这个样子。”

“呸！”弓箭手又说，“昨天还有个漂亮的黑十字架，看上去挺虔诚的。”

特里斯丹斜视坐关婆一眼。

“依我看，老泼妇心里有鬼！”

背运的女人感到，一切都取决于她能否镇定自若。心里虽然吓得要死，她还冷笑着。当母亲的都有这种力量。她说：“呸！有个醉鬼，赶着辆满载石头的马车，后身撞在我的窗上，把铁栅给撞折了，这都一年多了。我现在还咒骂这个车夫呢！”

另一名弓箭手说：“确有其事，我当时也在场。”

哪里都有这样的人，他们什么事都亲眼看见。弓箭手出乎意料的证词使坐关婆又振作起来，因为这场盘问对她而言，就像站在刀口上过万丈深渊一般。

但是，她注定要受希望和惊险的交替折磨。

先头那个士兵说：“如果是车子撞的，铁条的断头应该朝里倒，可这偏偏往外斜。”

特里斯丹对士兵说：“嘿！嘿！你的鼻子真灵，能当大堡的承审官。老婆子，快回答他的问题！”

“我的天主！”她已经处于绝境，声音中不由自主地充满着泪水，喊道，“大人，我向您发誓，是一辆马车撞坏铁条的。您听到这个人说了，他亲眼看见的。再说，这跟您那个埃及姑娘有什么关系？”

“嗯！”特里斯丹嘟囔一声。

“见鬼！”受队长表扬的那个士兵又说，“铁栅的断口还很新呢！”

特里斯丹摇摇头。她脸色刷白。“您说，这马车，到底有多长时间了？”

“一个月，也许半个月吧，大人。我也不知道多长时间了。”

“她开头说一年多。”那个士兵指出。

“这就蹊跷了！”管带说。

“大人，”她喊道，发抖的身子一直贴在窗子上，生怕他们起疑，把头伸进来看她的小屋，“大人，我向您发誓，是一辆马车撞坏这些铁条的。我以天堂里圣天使的名义向您发誓。如果不是马车撞的，我愿永远下地狱，我就是背弃天主！”

“您发这个誓费劲不小啊！”特里斯丹说着，目光咄咄逼人。

可怜的女人感到，她越来越没把握了。她已经语无伦次，她惊恐地发现，她没有说出该说的话。

此刻，另一名士兵跑上来喊道：“禀大人，老妖婆在撒谎。女巫没有从羊肉街逃跑。街上的铁链整夜都是拉着的，铁链看守人没见任何人过去。”

特里斯丹的脸色越来越阴森可怕。他向坐关婆喝道：“这你怎么解释呢？”她还试图顶住这一新的变故：“我不知道，大人，我可能弄错了。我想，她准是逃过河去了。”

管带说：“那就是对岸。不过，似乎看不出她会重新回到城岛去，那里早就在搜捕她。老婆子，你在撒谎！”

“再说，”那第一个士兵说，“河的这边和对岸都没有船。”

“她可以游过去嘛。”坐关婆寸步不让地自卫着。

“女人会游水吗？”士兵问。

“天主的头！老婆子！你撒谎！你撒谎！”特里斯丹发起火来，“我真想撇下那个女巫，先把你逮起来，你！只需一刻钟刑讯，就会把你喉咙里的实话掏出来。走！跟我们走。”

她正求之不得，立刻抓住这句话。“大人，随您的便。来呀。来呀。刑讯，我愿领教。把我带走。快点，快点，马上走。”她心里想：“趁这个时间，我女儿就可以逃跑了。”

管带说：“天杀的！居然对拷问架垂涎三尺！我实在闹不清这疯婆子是怎么回事。”

一个头发灰白的巡防把总走出队列，对管带说：“大人，她确实疯疯癫癫的！要说她放走了埃及女人，这也不能全怪她，因为她是不喜欢埃及女人的。我干巡防已经十五年，每天夜里都听到她咒骂波希米亚女人，一直骂个不停。我想，如果我们追捕的女人就是那个带山羊的小舞女，那是她最恨的一个了。”

古杜勒使劲说：“我特别恨那一个。”

巡防队员一致做证，向管带证实了老把总的话。特里斯丹·莱尔密特从坐关婆那里一无所获，不胜失望，便转过身去。她看着管带缓缓向他的马走去，焦躁不安的心情无以言表。管带从牙缝里说：“走，出发，继续搜寻。不把埃及女人吊死，我决不睡觉。”

不过，他在上马前还是犹豫了片刻。看着他那张不安的脸环顾广场四周，古杜勒紧张得差点没有死过去。他像条猎狗一样，嗅到了猎物的藏身之处，实在不愿离去。终于，他摇了摇头，跳上马背。古杜勒紧紧绷着的一颗心放了下来，她偷偷看了女儿一眼，轻声说："得救了！"自从巡防队来后，她还没敢看上女儿一眼。

在这段时间里，可怜的孩子一直待在墙角里，不敢出气，不敢动弹，时刻想着死亡就在眼前。古杜勒和特里斯丹之间的情景她看得一清二楚，母亲每一次的焦虑都在她心中激起回响。她听到把她吊在深渊之上的线绳一次接一次地轧轧直响，她似乎几十次看到它断了下来；她终于开始呼吸，觉得脚踏在硬地上了。就在这时候，她听到一个声音对王宫骑警管带说：

"牛的角！管带先生，我是军人，绞死女巫可不是咱干的差事。民众暴乱已经平息。我让您自行方便吧。您肯定认为我还是回到部队为好，免得他们没有卫队长。"这声音，就是腓比斯·德·沙朵佩的声音。此时她的心情无法形容。他就在这里，她的朋友，她的保护人，她的支柱，她的避难所，她的腓比斯！她站起身来，母亲还没来得及阻拦，她就冲向窗口，高喊道："腓比斯！救救我，我的腓比斯！"

腓比斯已经不在那里。他骑马刚刚跑过刀具厂街的街角。然而，特里斯丹还没有走。

坐关婆吼叫着向女儿扑过去。她猛地把她往后一拉，指甲陷进女儿的脖子。即使一只母老虎也没看得这么紧。可是已经太迟。特里斯丹已经看见了。

"哈哈！"他笑着喊了起来，露出了所有的牙齿，使他那副尊容活像一头饿狼的嘴脸，"老鼠洞里有两只老鼠！"

那个士兵说："我早料到了。"

特里斯丹拍拍他的肩膀说："你是一只好猫！走。"他又问："亨利叶·库赞在哪里？"

有个人从队列中走出来，服装和面孔都不像军人。他穿着一件半灰半棕的外套，留着平头，戴着皮袖，一只大手中拿着一包绳子。这个人总是跟着特里斯丹，而特里斯丹总是陪着路易十一。

“朋友，”特里斯丹·莱尔密特说，“我猜想，这就是我们要搜捕的女巫。你去给我把她绞死。你带梯子了吗？”

“在柱屋的棚子里有一架，”那人回答说，“我们是不是在那个正义台上干活呀？”那人指了指石砌绞刑架说。

“没错。”

“哈！嘿！”那人大笑起来，那笑声比管带的笑声还要凶狠，“那就用不着多走路了。”

特里斯丹说：“快点！完事后你再笑。”

不过，自从特里斯丹发现了她的女儿，使她失去了任何希望，坐关婆还没有说一句话。她把半死不活的埃及姑娘扔到洞穴的角落，重新站到窗前，两只手像鹰爪一样撑在窗台两角上。她以这种姿势，用大无畏的目光扫视所有士兵，那目光变得像从前那样凶狠、疯狂。当亨利叶·库赞走近小屋时，她的脸是那般狰狞，吓得他直往后退。

“大人，”他折回来问管带道，“要抓哪一个？”

“抓年轻的。”

“太好了。这老婆子好像不好对付。”

“可怜的带山羊的小舞女！”老年巡防把总叹道。

亨利叶·库赞再次靠近窗口。母亲的目光瞪得他不敢抬眼。他怯生生地说：“夫人……”

她打断他的话，声音低沉而凶狠：“你要干什么？”

他说：“不是找您，是找那一位。”

“什么那一位？”

“那个年轻的。”

她开始摇着头喊道：“没有人！没有人！没有人！”

刽子手说：“不！您很清楚。让我把那年轻的带走。我并不想伤害您。”

她怪声怪气地说道："啊！您不想伤害我，不伤害我！"

"夫人，把那个人交给我；这是管带的意思。"

她发疯似的重复着："没有人！"

刽子手反驳道："我跟您说有人！我们都看见你们是两人。"

坐关婆冷笑着说："那你就看吧！把头伸进来看看。"

刽子手看看那母亲的指甲，不敢上前。

"快上！"特里斯丹喊道，他刚刚部署好部队，把老鼠洞围了起来，骑着马站在绞架附近。

亨利叶再次来到管带身边，显得狼狈不堪。他把绳子放在地上，双手笨拙地转动着帽子。他问："大人，从哪里进去？"

"从门里进。"

"没有门。"

"从窗户进。"

"窗户太小。"

特里斯丹生气地说："开大些。你没有十字镐吗？"

母亲在她的洞穴里惊呆了，一动不动地注视着。她已不抱任何希望，她已不知道该怎么办，可有一条，就是不想让人把她女儿抓走。

亨利叶·库赞去柱屋棚子里找刽子手的工具箱。他还从那里拖来一架双层梯子，当场把它靠在绞架上。五六名兵丁拿起尖镐和撬杠，特里斯丹和他们一齐向小屋走来。

管带厉声说道："老婆子，老老实实把那姑娘交出来。"

她看看他，好像听不懂他的话。

"混蛋！"特里斯丹接着说，"你干吗不让我们绞死这个女巫？这可是国王的旨意。"

可怜的老婆子像往常那样狂笑起来。

"我干吗？她是我女儿。"

她说这话时的语气，就连亨利叶·库赞听了也不寒而栗。

管带又说："抱歉得很。这可是国王的圣意。"

她笑得更加厉害，更加可怕，喊道：“你的国王跟我有什么相干？我告诉你，她是我的女儿！”

“把墙砸开！”特里斯丹说。

要在墙上开出一个足够大的洞，只需在窗户下面掀掉一层石头即可。当母亲听到尖镐和撬杠在破坏她的堡垒时，便发出惊天动地的吼声，然后在她那小屋里快速地兜着圈子，就像猛兽关在笼子里养成的习惯那样。她再也不说什么，但她的眼睛在冒火。士兵们感到一阵冰凉，直透心底。

突然，她搬起她那块石板，狂笑着，双手举着向拆墙的人砸过去。石板砸得不准，因为她的手在颤抖，所以没有碰着任何人，一直滚到特里斯丹的马腿边方才停住。她把牙齿咬得咯咯响。

这时，太阳虽然还没升起，但天已经大亮，美丽的朝霞映红了柱屋那几根破旧崩塌的烟囱。正是这个时候，在这座大城市中，房顶上最早起床的人的窗户开始欢乐地打开。几个村民，几个卖水果的骑着毛驴上菜市，正从河滩广场上穿过。见这队士兵围住老鼠洞，他们便停住，惊奇地看了一会，然后只顾赶路。

坐关婆走到女儿身边坐下，用自己的身体从前面遮住女儿，目光盯着窗口，看着可怜的孩子一动不动，只是轻轻地念叨着：“腓比斯！腓比斯！”随着拆墙人工作的进展，母亲机械地向后退，渐渐把姑娘贴墙压紧。忽然，坐关婆看到石头（因为她一直在盯着，视线从来没离开过那块石头）松动了，还听到特里斯丹在给拆墙的人加油。她已经好一会软弱无力，这时又精神起来，大声喊着。她那声音有时像锯子一般刺耳，有时嗫嗫嚅嚅，仿佛所有的咒骂一齐涌到嘴边，要一下子爆发。“哎！哎！哎！这有多可怕！你们这些强盗！你们真要抢走我的女儿吗？我告诉你们，她是我的女儿！哎！胆小鬼！哎！刽子手奴才！可恶的卑鄙的凶手！救命呀！救命呀！失火啦！他们怎么能这样抢走我的女儿？那么，所谓仁慈的天主又在哪里呢？”

接着，她转向特里斯丹，口吐白沫，眼神恐慌，像一头豹子那样四爪着地，毛发直立。她说：

“你过来一点，来抓我的女儿！难道你听不懂我这个女人跟你说的？她是我的女儿。你知道有个孩子是什么意思吗？嘿！你这豺狼，你从来也没和你的母狼睡过吗？你从来就没有过狼崽子吗？如果你有小崽子，当它们嗥叫的时候，你肚子里就一点不搅动吗？”

特里斯丹说：“把石头撬下来，它已经松动。”

几根撬杠把那层沉重的石头掀了起来。我们说过，这是母亲的最后堡垒。她扑了上去，想把它抓住，用手抓抠着石头。但那块石头太大，又有六个男人撬动着，终于挣脱了她的手，沿着铁撬杠轻轻滑到地上。

母亲见入口已经打开，就倒下横躺在洞口，用身体挡住缺口，扭曲着双臂，头撞着石板地，声音嘶哑地喊着：“救命呀！失火啦！失火啦！”由于精疲力竭，声音几乎听不到。

特里斯丹还是无动于衷，说道：“现在把姑娘带走。”

母亲虎视眈眈瞪着士兵，吓得他们直往后缩，不敢向前。

管带又说：“给我上呀。亨利叶·库赞，你上！”

谁也没动一步。

管带骂道：“基督的头！我的武士！居然怕一个女人！”

亨利叶说：“大人，您把这叫作女人？”

“她长了一圈狮子般的鬃毛！”另一位说。

管带又说：“上呀！洞口够大的。三个人一道进，像钻蓬托瓦兹的缺口那样干。快干快干，死他娘的穆罕默德！谁先后退，我就把他砍成两段！”

士兵们夹在管带和母亲之间，两边都是咄咄逼人。他们迟疑片刻，然后下定决心，向老鼠洞前进。

坐关婆见状，突然挺立上身把脸上的头发分开，然后让两只瘦削开裂的手垂在大腿边。她眼睛里滚出一颗颗泪珠，沿着面颊上的皱纹往下淌，好像一条溪流顺着自己冲刷成的河床奔腾而下。同时，她开始说话，但声音是那么哀婉，那么轻柔，那么温顺，那么感人，说得特里斯丹身边好几个能吃人肉的老听差也在抹眼泪。

“各位老爷！各位老总，听我说句话！这件事我必须对你们说。她是我女儿，知道吗？是我丢失的亲爱的女儿！你们听着。这里有个故事。你们想想，我和各位总爷都很熟。从前我生活放荡，孩子们向我扔石头，他们还待我一直很好。你们知道吗？当你们知道后，就会给我留下我的女儿！我是个可怜的妓女。是波希米亚女人把她偷走的。我甚至把她的小鞋保存了十五年。瞧，这就是！她那时脚才这么大。那是在兰斯！香特弗娄梨！在风流苦街！你们也许知道那里。那就是我。那时你们还年轻，是美好的时光。日子过得很愉快。你们会可怜我的，是吧，各位大人？埃及女人把我的孩子偷走，把她藏了十五年。我以为她已经死了。我在这里过了十五年，在这个地窖里，冬天没有火。这是很苦的。可怜的亲爱的小鞋！我呼天叫地，天主都听到了。今天夜里，他把女儿还给了我。这是仁慈天主的奇迹。她没有死。我肯定，你们不会把她抓走的。再说，如果是要抓我自己，我二话不说，但她还是个十六岁的孩子！让她有点时间见见阳光！她哪一点得罪了你们？一点也没有。我也没有。你们原来不知道，我只有她，我已经老了，这是圣处女给我赐福。再说，你们大家都那么好心眼！你们本不知道她是我的女儿，现在你们知道了。啊！我是多么爱她！大管带先生，我情愿在我的五脏六腑上戳一个洞，也不愿她手指上有一道口子！看您样子就是个仁慈的老爷！我跟您说得够清楚的，不是吗？啊！如果您母亲还在的话，大人！您是管带，把我的孩子留下吧！您想想，我在跪着求您，就像向耶稣基督祈祷一样！我并不向谁祈求什么，我是兰斯人，各位大人，我有舅舅玛耶·普拉东给的一小块地。我不是一个乞丐。我只要我的孩子，其他什么也不要！啊！我要留下我的孩子！我的主，仁慈的天主，他不是无缘无故把孩子还给我的！国王！你们说国王！把我的女儿杀了，又能给他增添多大的快乐呢！再说，国王也是仁慈的！这是我的女儿！是我的女儿，是我的！她不是国王的！她也不是你们的！我想走！我们想走！说到底，两个女人想走，一个是母亲，另一个是女儿。让她们走吧！我们是兰斯人。啊！你们都是好人，各位总爷，我爱你们大家。你们不会抓走我亲爱的小乖乖，不会的！绝对不可能，不是吗？我的孩子！我的孩子！”

她的手势，她的声调，她说话时强咽泪水，双手合掌搓捻，令人心酸的苦笑，充满泪水的目光，呻吟，叹息，语无伦次中混杂的悲惨而揪心的叫声，这一切，我们不想再加评说。当她停下来后，特里斯丹·莱尔密特皱了皱眉头，那是为了隐藏他那双老虎眼睛里滚动着的一颗泪珠。不过，他克服了这种软弱，简促地说：“圣意如此。”

然后，他俯身贴着亨利叶·库赞的耳边，低声说：“赶紧干完！”或许这令人畏惧的管带也觉得，就连他的心也软了。

刽子手和兵丁钻进小屋。母亲没有做任何抵抗，只是向女儿爬过去，奋不顾身地扑到她身上。埃及姑娘看着士兵们过来，死亡的恐惧使她振作起来。她喊道：“母亲！”绝望的声音无法形容。“母亲！他们来了！保护我呀！”“是的，我的心肝，我在保护你！”母亲回答说，声音小得听不见。她把女儿紧紧抱在怀里，一个劲地吻着她。她们两人都躺在地上，母亲遮在女儿上面，此情此景令人怜悯不已。

亨利叶·库赞从姑娘美丽的肩膀下将她拦腰抱起。当她感觉到这只手时，便叫了一声“哎哟！”，随即昏迷过去。刽子手也禁不住心酸，眼泪一滴一滴地落在她的身上。他想把姑娘抱走，试着掰开母亲的手，可是母亲的双手紧紧拴在女儿的腰部。她把她的孩子死死地抱着，怎么也拉不开。于是，亨利叶·库赞把姑娘拖出小屋，连着把吊在女儿身后的母亲也拖了出来。母亲也双目紧闭。

这时太阳正在升起。广场上已经聚集了一大堆人，远远观看在绞架地面上拖着的东西。因为这是特里斯丹管带行刑的方式。他有一种癖好，就是不准好奇的人靠近。

各家的窗户上也没有人。只有在远处，在那俯瞰河滩广场的圣母院钟楼顶上的窗户里，天空中明朗的朝晖映托出两个黑的人影，似乎在向这边眺望。

亨利叶·库赞拖着那东西，在致人死命的梯子脚边停下，心里不胜怜悯，气也喘不过来。他用绞绳套住姑娘那可爱的脖子。不幸的孩子感到麻绳可怕的接触。她睁开眼皮，看到头顶上那石头绞架的消瘦的长臂。于是，她乱蹬乱晃，大声喊着，声音撕心裂肝："不！不！我不要！"母亲把脑袋埋在女儿的衣服里，一言不发；只看到她的身体在发抖，只听到她使劲亲吻着她的孩子。刽子手趁机把她紧抱女囚的胳膊用力掰开。也许她已精疲力竭，也许她已经绝望，便由着他做了。于是，刽子手把姑娘扛在肩上，这迷人的女子在他宽大的头顶上折为两截，优美地垂落下来。然后，他的脚跨上梯子，向上面爬去。

这时，母亲蜷缩在地上，突然睁开双眼。她没叫一声，忽然一跃而起，表情恐怖，像一头食肉猛兽扑向刽子手，一口咬住他的手。这一切疾如闪电。刽子手痛得直叫。

助手们跑上来，好不容易才把他那鲜血淋淋的手从母亲的牙齿间抽出来。她始终保持沉默。人家粗暴地把她推开，只见她的头沉重地摔在石板地上。别人把她扶起来，她又重新跌倒在地。她已经死了。

刽子手并没有松开姑娘，又重新沿着梯子向上爬。

二　美丽的白衣女郎[①]

卡西莫多看到小屋空空如也，埃及姑娘已不在那里。在他保护她的时候，有人把她劫走了。他双手揪住头发，惊讶和痛苦使他直跺脚。然后，他在教堂各处跑来跑去，寻找波希米亚姑娘，向所有墙角狂呼乱叫，把他那红色的头发抛撒在石板地上。这时正好是国王的弓

---

① 原文是意大利文，引自但丁的《神曲》。

箭手胜利进入圣母院的时候，他们也在寻找埃及姑娘。卡西莫多帮着他们，对于他们要置人于死地的意图，可怜的聋子丝毫不知；他以为埃及姑娘的敌人就是无赖汉。他亲自把特里斯丹·莱尔密特带到各个可能的藏身之处，给他打开所有暗门，打开祭坛的夹层和圣器室的内壁。倘若不幸的姑娘还在那里的话，那就是他把她出卖掉的。

特里斯丹是不轻易灰心的人，这时由于一无所获，而且疲惫不堪，也有点丧气了。卡西莫多就独自继续寻找。他在教堂里转上二十次，上百次，从左到右，从上到下，爬上，爬下，跑着，叫着，喊着，嗅着，搜索，翻找，把脑袋伸进所有洞穴，用火把照亮所有拱顶，绝望无比，疯狂至极。即使是失去了母兽的公兽，也不会像他那样咆哮如雷，野性十足。终于，他明白，她已经不在里面，这是既成事实，她已经被人劫走。这时，他又缓缓登上钟楼的楼梯。那天他救出她时兴奋不已，凯旋时爬的就是这个楼梯。这时他又经过同一地点，耷拉着脑袋，一声不响，流着眼泪，几乎没有气息。教堂里再次空无人迹，陷入寂静之中。弓箭手们离他而去，前往城岛捕捉女巫。圣母院刚才还受到猛烈攻击，人声嘈杂，这时只剩下卡西莫多独自留在那里。埃及姑娘在他的保护下，曾在小屋里睡了好多天。于是，他再次踏上去小屋的路。靠近小屋时，他想象着，他也许还能在那里见到她。当他走到对着偏堂屋顶的长廊拐角处时，便能瞥见那间狭窄的小屋、屋上的小窗和小门。它蜷缩在一道大扶拱下，犹如挂在树枝上的一个鸟窝。可怜的人见了，心脏似乎停止跳动，他靠在一根柱子上，才没有倒下。他想象，她也许已经回到那里，或许有个好天使把她送了回来。这间小屋那么安静，那么可靠，那么迷人，她怎么会不待在里面呢？他再也不敢向前迈一步，生怕打破他的幻想。他自言自语地说："是的，她也许在睡觉，或是在祷告。不要去打搅她。"

终于，他鼓足勇气，踮着脚尖向前走，看了看，走了进去。空的！小屋里还是空的。不幸的聋子在屋里慢慢地转圈，掀起床垫看看下面，仿佛她会藏在石板和床垫之间，然后摇摇头，呆呆地站着。突然，他愤怒地一脚踩灭火把，一句话不说，一声气不叹，全速跑着，把头撞向墙上，顿时晕倒在石板地上。

当他醒来时，便扑倒在床上，在床上打滚，发疯似的吻着姑娘睡过的还有点温气的地方。他在那里躺了好一会，一动不动，似乎就要咽气。然后，他站起来，大汗淋漓，喘着大气，如疯似癫，用头猛撞墙壁，一下下像敲钟似的有规律，像是存心要把头撞破似的。终于，他筋疲力尽，再次倒下。他跪着爬出小屋，蹲在房门对面，一副惊讶的姿态。他就这样待了一个钟头，一动不动，眼睛紧紧盯着空洞洞的小屋，比一位坐在空空的摇篮和装满的棺材之间的母亲还要阴沉，想得更多。他一句话也不说；只是每隔很长一段时间，一声抽泣猛地震动他的全身，但那是没有眼泪的抽泣，就像夏天的闪电，没有响声。

似乎就在这时，当他在悲痛的想象中，寻找谁可能出乎意料劫持了埃及姑娘时，他想到了副主教。他想起，只有克洛德教士一人有通向小屋楼梯的钥匙。他还回想起，教士曾两次在夜间打过姑娘的主意，第一次是卡西莫多帮着干的，第二次是他制止住的。他想起千万个细节，不一会，他再也不怀疑，是副主教抢走了埃及姑娘。然而，他对教士是那么尊敬，对这个人是那么感激、忠诚、爱戴，这种感情在他心里是那么根深蒂固，即使在这时，它还抗拒着嫉妒和绝望的侵扰。

他想到是副主教干下此事。如果是任何别人，他会感到不共戴天的愤恨，但落到克洛德·弗洛罗身上，可怜的聋子却将愤恨转化成不断增长的痛苦。

当他的思想正集中在副主教身上的时候，乳白色曙光已经照亮教堂扶拱。他看见圣母院顶层，在环绕半圆殿顶端外部石栏的拐角处，有个人在走动。这个人正朝他走来。他一下认出来：就是副主教。克洛德步履庄重而缓慢。他走路时并不看前面。他向北钟楼走去，但他的脸扭向一边，朝着塞纳河右岸。他的头高高扬起，似乎在努力越过屋顶看一样什么东西。猫头鹰常常有这种斜视的姿态，它在飞向一点时，却还盯着另一点。教士也从卡西莫多头上走过，但并没有发现他。

教士的突然出现把聋子吓呆了，他看着教士钻进北钟楼的楼梯门。读者知道，这座钟楼就是能看到市政厅的那一座。卡西莫多站起来，跟在副主教后面。

卡西莫多爬上楼梯，为的是弄清副主教为什么上去。此外，他，卡西莫多，这个可怜的敲钟人也不知道自己该干什么，该说什么，又需要什么。他满腔愤怒，同时也充满恐惧。副主教和埃及姑娘在他心里发生冲突。

当他来到钟楼顶上，还没走出楼梯的阴影，进入平台时，他谨慎地检查了一下教士在哪里。教士背对着他。钟楼平台四周围着一圈透空式栏杆。教士的眼睛俯瞰着城市，胸膛贴在四边栏杆的一面上，这一面正对着圣母院桥。

卡西莫多轻手轻脚地走到他身后，看看他究竟在瞧什么。教士的注意力全部集中在别处，竟一点没有听见聋子走近他的身边。

巴黎，尤其是当时的巴黎，在夏日黎明清新的晨曦中，从圣母院钟楼顶端看去，真是一派美妙而动人的景色。七月里，这天的天气会怎样呢？天空万里无云，几颗残星分散各处，渐渐隐去，其中一颗特别明亮，挂在东方最明亮的天空中。太阳即将出山，巴黎开始活动。在十分洁白、纯净的光芒照耀下，东方千万座房屋勾画出鲜明的层次。无数钟楼的巨大阴影逐着屋顶移动，从大城市的一端移向另一端。许多城区已经有人说话，发出声响。这边一声钟鸣，那边一声锤击，再过去是马车行走的轧轧声。几缕炊烟在屋面上零散升起，犹如广阔的硫质喷气田在冒烟。河水在一座座桥拱下，在一个个江洲岬角处涟漪绵绵，波光粼粼。在城市四周，在城墙外，薄雾环绕的景色一望无垠。透过云雾，隐约可见边缘模糊的平原和冈峦起伏的山丘。形形色色的飘荡着的声音遍布这座似醒非醒的城市。在东方，晨风从山丘间拔出几朵白絮，把它们驱散在天空中。

在圣母院广场，几个老实妇人手里提着奶罐，惊讶不已，相互指说着圣母院大门那奇特的破败景象，还有山墙缝隙间那已经凝固的铅流。一夜骚动留下的就是这些。卡西莫多在钟楼之间点燃的柴堆已经熄灭。特里斯丹已经派人清理广场，把死尸扔进塞纳河。像路易十一这样的国王，屠杀后总要设法把街面迅速清洗干净。

在钟楼栏杆的外部，就在教士停靠处的下面，伸出一个雕刻离奇的石制滴水槽，这在哥特式建筑上并不少见；在滴水槽的一个凹陷处，两株美丽的紫丁香鲜花怒放，在微风吹拂下频频点头，仿佛活了起来，正相互逗笑问早安呢。在钟楼上空，高处，远远的天顶，传来鸟儿的鸣啭声。

然而，教士对这一切既不听也不看。他属于那一类人，他们没有早晨，没有鸟雀，没有花朵。广阔的天际在他周围呈现出多彩多姿的景色，而他却聚精会神地凝望着一个点。

卡西莫多急于问他把埃及姑娘弄到哪里去了。但副主教此刻似乎置身天外。显然，他正处于生命中最激动的时刻，即使天崩地陷也不会觉察到。他目不转睛地盯着某一点，一动不动，一声不响；这沉默，这静止有一种令人毛骨悚然的东西，即使粗野的敲钟人见了也不寒而栗，不敢去冲撞。他只好顺着副主教的视线看去，其实这也是他询问副主教的一种方式。于是，不幸的聋子的视线落到了河滩广场上。

就这样，他看到了教士所看到的东西。梯子已经靠在了常设的绞架边。广场上有少许市民，很多士兵。有个男人在石板地上拖着件白乎乎的东西，上面还挂着个黑色物体。那男人走到绞架边停下。

这时发生了一点什么事，卡西莫多不大清楚。这倒不是因为他那只独眼视程不够，而是有一大堆士兵挡着，使他不能看到所有情况。况且，这时太阳已经出来，一股光的波涛从地平线上涌起，淹没了巴黎的所有尖顶，尖塔、烟囱、山墙顶似乎同时燃烧起来。

这时，那个人开始爬上梯子。卡西莫多这下看得真真切切。他肩上扛着一个女人，是个穿着白衣的姑娘，姑娘的脖子上有一个绳结。卡西莫多立刻认出来。就是她。

那男人就这样爬到了梯子顶上。他在那里调整了一下绳结。教士在这里跪在栏杆边，以便看得更清楚。

突然，那人用脚蹬掉梯子。卡西莫多屏住呼吸已有好一会，这时看到那不幸的孩子被绞索吊着，离地两寻高，身体摇晃着。那男人双脚踩在姑娘的肩上蹲着。绞索打了几个转，卡西莫多看到埃及姑娘全身上下可怕地痉挛了几下。至于教士，他伸长脖子，眼珠差点没蹦出眼眶，凝视着这男人和姑娘组成的可怖的一对，那就是蜘蛛和苍蝇。

就在这最恐怖的时刻，教士惨白的脸上露出魔鬼般的笑容，这种笑只有人不再是人的时候才能出现。卡西莫多听不到这笑声，但他能看到。敲钟人在副主教身后倒退了几步，突然，他疯狂地扑向副主教，伸出两只大手，将克洛德教士推向他所俯视的深渊。

教士喊了一声“报应！”就掉了下去。

他下面那根滴水槽在他下落时正好把他托住。他双手绝望地抓住水槽，正要张嘴喊出第二声时，却看见栏杆扶手处，在他头顶上，卡西莫多那凶狠的复仇的面孔探了出来。于是，他没喊出声来。

深渊就在他的脚下。坠落两百多尺就是石板地面。在这可怕的处境中，副主教一句话不说，一声也不呻吟，只是抓着滴水槽扭曲身子，竭尽全力想重新爬上来。但他的双手在花岗岩上无处使劲，双脚在黑乎乎的墙上划出一道道印子，但无处着力。登过圣母院钟楼的人都知道，紧接着栏杆下面是一堵凸起的墙。副主教恰恰就在凸墙往里缩进的这个角度上，挣扎得筋疲力尽。他要对付的不是峭壁，而是从他脚下滑走的墙面。

卡西莫多只需伸伸手，就可把他从深渊里拉上来，可他连看都不看。他还在望着河滩广场，望着绞架，望着埃及姑娘。聋子靠在栏杆上，就在刚才副主教待的地方。在那里，他目不转睛看着那唯一的目标，这时候对他来说，世上只有这一样东西存在。他一动不动，一声不吭，像遭了雷殛电劈。他那只仅仅流过一滴眼泪的独眼，此时默默地哭泣着，泪水如长长的溪水滚滚而下。

这时，副主教喘着大气。秃顶的额头上汗如雨下，指甲在石头上磨出了血，膝盖在墙上蹭得皮开肉绽。他每挣扎一次，便听见挂在水槽上的教士服被撕裂的声音。更为不幸的是，水槽末端是一根铅管，被他的身体压得渐渐弯下去。副主教感到这根铅管慢慢下垂。这不幸的人心想，当他的双手累得抓不住水槽时，当他的教士服被撕破时，当这根铅管被压弯时，他就该掉下去了。恐惧钻进他的五脏六腑。有时，他呆滞地看着下面十来尺的地方，在那里，凹凸不平的雕刻形成一个狭窄的平台。他从心底绝望地向苍天祈求，让他就在这两尺见方的地方度其余年，即使待上一百年也行。又有一次，他看了看下面的广场，下面的深渊；他赶紧抬起头，闭上眼睛，头发根根竖起来。

这两人都沉默不语，特别吓人。副主教在他数尺之下做着可怕的垂死挣扎，而卡西莫多仍在哭泣，望着河滩广场。

副主教见自己一味蹦弹，反而动摇唯一还在的脆弱的支撑点，便决定不再晃动。他待在那里，紧抓着水槽，几乎停止呼吸，丝毫不动，只是腹部还有机械的痉挛，就像一个人梦中感到自己掉下去那样。他的眼睛直愣愣瞪着，病态中带着惊愕。然而，他渐渐体力不支，手指在水槽上往下滑。他越来越感到胳膊无力，而身体越来越重，支撑着他的铅管每时每刻都在一点一点地往深渊里弯曲。他看到身下的圆形圣约翰教堂的屋顶，小得如同折成两半的纸牌，太可怕了！他又逐个环视着钟楼上那些无动于衷的雕塑，它们和他一样，空悬在崖壁上，但它们既不为自己恐惧，也不对他怜悯。他四周都是石头：他眼前是大张其口的怪兽；他下面最低处是广场，是石板地；他头顶上是仍在哭泣的卡西莫多。

圣母院广场上有几堆好奇的人，他们正在悠闲地猜测，是哪个疯子，竟以这种奇怪的方式取乐。教士能听到他们说话，因为他们的声音一直传到他的耳边，既清楚又尖细。“他这样不把脖子摔断才怪呢！”

卡西莫多仍在哭泣。

副主教既愤怒，又恐惧，但终于明白这一切都无济于事。不过，他集中了剩下的全部力气，做最后一次努力。他在水槽上挺直身子，双膝推着墙壁，双手抠住一条石头夹缝，这样大约向上爬了一尺；但这一震动使支撑他的铅管突然往下一弯，同时，他的袍子也被撕破。这时，他觉得身下没有任何依托，只有那双僵硬的无力的手还抓着某样东西。不幸的人闭上眼睛，手松开水槽。他掉了下去。

卡西莫多目送他坠落。

从这样的高度下坠很少会是垂直下落的。副主教被抛在空中，起初头朝下，两手向前伸出，然后翻了几个筋斗。风把他吹向一幢房屋的房顶，不幸的人开始被摔掼。然而，当他撞到那里时他还没有摔死。敲钟人看见他还试着用手指抓住山墙。可山墙的面太陡，他已经没有力气抓住。他很快从屋顶上滑下来，就像一块脱落的瓦片，摔在石板地上弹了几下。他躺在那里不动了。

卡西莫多这时抬眼向埃及姑娘望去。他看到她的身体吊在绞架上，远远看去，还在白色衣裙下颤动，做临死前的最后战栗。然后，他又低头看看副主教，只见他躺在钟楼的下面，已经不具人形。他抽泣着，从心底里发出一声呼号：“啊！我所爱过的一切！”

三　腓比斯结婚

当天傍晚，当主教的司法官员们来到圣母院广场，从石板地上抬走副主教碎裂的尸体时，卡西莫多已经从圣母院消失。

关于这段奇事的传闻很多。人们毫不怀疑，根据他们的协议，卡西莫多，即恶魔，前来抓走了克洛德·弗洛罗，即巫师。人们推测，卡西莫多摔碎他的身体，取走他的灵魂，就像猴子砸碎核桃壳，吃掉核桃仁。

因为这个缘故，副主教没能葬入圣地。

路易十一于次年死去，时值一四八三年八月。

至于彼埃尔·格兰古瓦，他到底救出了母山羊，在悲剧创作上也屡有成就。尝试过星相术、哲学、建筑艺术、炼金术等疯狂行当之后，他又重操旧业，而悲剧创作是一切行当中最疯狂的。这就是他所谓的“有了一个悲剧性结局”。有关他在戏剧方面的成就，早在一四八三年，王室账簿上就有记载：

> 约翰·马尔尚与彼埃尔·格兰古瓦，木工与作家，此二人制作并编演了圣迹剧，于教皇使节先生入城时在巴黎大堡上演，一应角色皆按圣迹剧之要求着装，同时为此所需搭建舞台：特此赏金一百里弗尔。

腓比斯·德·沙朵佩也有了悲剧性结局，他结婚了。

四　卡西莫多结婚

我们刚刚说过，就在埃及姑娘和副主教死去的那一天，卡西莫多从圣母院失踪。确实没有人再见到过他，也不知道他的下落。

爱斯美拉达受刑的那天夜里，刽子手的助手们从绞架上解下她的尸体，并按照习俗，运往隼山的地窖。

正如索瓦尔所说，隼山是“王国中最古老和最威严的绞刑台”。在圣殿镇和圣马丁镇之间，离巴黎城墙约一百六十寻的地方，距库尔提几箭之遥之处，可以看见一座奇特的建筑。它位于一个坡度平缓，但有足够高度，方圆数十里都能看见的小山丘顶上，形状很像凯尔特人的大石台[①]。在这里也曾杀人祭天。

人们可以设想，在一个石灰石山丘的圆环形顶部，有一座平行六面体的石砌建筑，高十五尺，宽三十尺，长四十尺，有一道门，一排外部栏杆，一个平台；平台上有十六根料石砌成的粗大柱子，高三十尺，沿着支撑它们的基石呈三面排成柱廊，柱顶之间架着粗实的横梁，上面间隔着挂着铁链；这些铁链上都吊着死人骸骨；在四周的平原上，有一个石制十字架和两座二等绞架，好像是主绞架上长出的两个杈子；在这一切之上，在空中，总有乌鸦飞来飞去。这便是隼山。

十五世纪末，这个建于一三二八年的巍峨的绞架已经濒临倒塌。横梁已遭虫蛀，铁链生锈，柱子上长着绿苔。料石石块的黏合部位全部裂开，由于无人行走，平台上杂草丛生，使得这一建筑映在蓝天上的侧影显出狰狞；尤其在夜里，当些许月色照在那些白色的头盖骨上，或当晚风吹得铁链和骷髅嚓嚓作响、昏暗中一切都在晃动时，这座绞架矗立在那里，就足以使周围各处都变得阴森恐怖。

这座丑恶建筑的石头基座下面是空的。里面开凿了一个很大的地窖，入口处拦着破旧的铁栅栏。隼山铁链上解下的死人残骸，还有巴黎其他常设绞架上处死的不幸者的尸体，统统扔进这里。在这个深深的陈尸处，有多少遗体化作尘埃，和多少罪恶曾经一起腐烂，多少世上伟人、多少无辜者曾先后带来他们的尸骨。上自第一个享用隼山的昂格朗·德·马里尼[②]，他是个正派人；下至最后的关门鬼科利尼水军提督[③]，他也是正派人。

至于卡西莫多的神秘失踪，下面就是我们所能发现的一切：

在结束这个故事的那些事件发生后大约两年或十八个月，有人到隼山地窖里寻找奥利维·勒丹的尸体。此公在两天以前被绞死，查理

---

① 凯尔特人的文化遗迹，分布于爱尔兰、威尔士、布列塔尼一带。

② 法国国王菲力浦的宠臣，后以渎职和行巫罪被绞死于隼山。

③ 科利尼1552年任水军提督，后被王太后凯特琳暗杀，移尸至隼山后复处以绞刑。

八世恩准他移葬圣洛朗，与声誉好的人埋葬在一起。来人发现，在那堆丑恶的残骸中有两具尸骨，其中一具奇特地搂抱着另一具。一具是一个女人的，身上还有白色布料的裙子碎片。她的脖子上挂着一串念珠树果子的项链，上面系着一个饰有绿玻璃的丝质小荷包，荷包已经打开，里面空无一物。这些东西不值什么钱，肯定是刽子手不想要的。紧紧抱着这具尸骨的那一具骨骼却是个男人的。可以看出，他的脊椎骨歪斜，脑袋缩在肩胛骨内，一条腿比另一条腿短。此外，他的颈椎骨上没有任何断裂的痕迹，显然不是被绞死的。因此，这具骨骼的主人是自己前来死在这里的。人们想把他和他所拥抱的那具骨骼分开时，他化作了尘埃。